江西省高校人文社会科学重点研究基地
南昌大学客赣方言与语言应用研究中心　　基金共同资助
南昌大学国家"211 工程"重点学科"赣学"

韩愈研究

（第八辑）

王德保◎主编

中国社会科学出版社

图书在版编目（CIP）数据

韩愈研究. 第8辑／王德保主编. —北京：中国社会科学出版社，2016.12
ISBN 978 - 7 - 5161 - 9876 - 6

Ⅰ.①韩…　Ⅱ.①王…　Ⅲ.①韩愈（768 - 824）- 古典文学研究②韩愈
（768 - 824）- 人物研究　Ⅳ.①I206.423②K825.6

中国版本图书馆 CIP 数据核字（2017）第 031376 号

出 版 人　赵剑英
责任编辑　任　明
特约编辑　乔继堂
责任校对　李　莉
责任印制　何　艳

出　　　版　中国社会科学出版社
社　　　址　北京鼓楼西大街甲 158 号
邮　　　编　100720
网　　　址　http://www.csspw.cn
发 行 部　010 - 84083685
门 市 部　010 - 84029450
经　　　销　新华书店及其他书店

印刷装订　北京市兴怀印刷厂
版　　　次　2016 年 12 月第 1 版
印　　　次　2016 年 12 月第 1 次印刷

开　　　本　710×1000　1/16
印　　　张　25.75
插　　　页　2
字　　　数　422 千字
定　　　价　85.00 元

作者介绍

名誉主编：张清华（河南省社会科学院研究员）

主　　编：王德保（南昌大学教授，文学博士）

副 主 编：高建青（宜春学院副教授，文学博士）

　　　　　杨丕祥（中国唐代文学学会韩愈研究会副会长兼秘书长）

　　　　　杨国安（河南大学教授，文学博士）

撰 稿 者：张弘韬（郑州师范学院讲师，文学博士）

　　　　　阎琦（西北大学教授，博导）

　　　　　洪本健（华东师范大学教授，博导）

　　　　　曾楚楠（潮州文史专家，潮州市潮州文化研究中心特约研究员）

　　　　　胡阿祥（南京大学教授，博导，史学博士）

　　　　　隗芾（汕头大学教授）

　　　　　杨丕祥（中国唐代文学学会韩愈研究会副会长兼秘书长）

　　　　　郝润华（西北大学教授，博导，文学博士）

　　　　　刘宁（中国社科院研究员，文学博士）

　　　　　杨国安（河南大学教授，文学博士）

　　　　　陈恬逸（台湾台北市立大学博士）

　　　　　孙君恒（武汉科技大学教授，哲学博士）

　　　　　邓莹辉（三峡大学教授，文学博士）

　　　　　丁恩全（周口师范学院副教授，文学博士）

　　　　　陈龙（忻州师范学院副教授，文学博士）

　　　　　丁俊丽（陕西理工学院讲师，文学博士）

　　　　　郭树伟（河南省社科院副研究员，文学博士）

　　　　　高玮（三峡大学讲师，文学博士）

　　　　　王雷（解放军外国语学院讲师，文学博士）

　　　　　张志勇（河北大学副教授，文学博士）

谢志勇（宜春学院副教授，文学博士）

张淑华（西北工业大学副教授，文学博士）

武黎嵩（南京大学讲师，史学博士）

张振台（新乡学院副研究员）

韩守贞（咸宁中学高级教师）

杨树亮（孟州市委宣传部部长）

刘荣德（孟州市广电局原局长）

梁永照（孟州市文广新局副局长）

李文博（河南师范大学文学博士）

王惠敏（孟州市政府秘书科副科长）

尚振明（孟州市韩愈研究会特邀顾问）

刘群（孟州第一高级中学原校长）

张家庆（潮州市潮州文化研究中心联络部主任）

詹树荣（潮州市潮州文化研究中心主任）

黄俊明（潮州市潮州文化研究中心原主任）

陈月娟（潮州市潮州文化研究中心副主任）

陈耿之（潮州市委政研室主任）

林泽茂（潮州市文湘桥区区志办原编审）

黄智敏（潮州市韩愈纪念馆助理馆员）

陈立佳（潮州市委政研室副主任）

吴和群（潮州市委党史研究室主任）

林杰荣（潮州市委政研室副科长）

蔡述高（潮州市委政研室副主任）

苏庆辉（潮州市委政研室科长）

曾庆桦（潮州市委政研室副科长）

苏金涌（潮州市委政研室科员）

欧阳峻峰（阳山县委宣传部高级政工师）

李纯宏（阳山中学高级教师）

李伯瑶（阳山县教育局办公室讲师）

吴伟强（阳山中学一级教师）

《江西方言、文学与区域文化研究丛书》序

南昌大学客赣方言与语言应用研究中心于 2002 年整合学科力量组建，2003 年被批准为江西省普通高校人文社会科学重点研究基地。2006 年，通过江西省教育厅的首轮评审验收。2010 年，通过遴选进入"优秀重点研究基地"行列。

作为学校内独立建制的实体研究单位，南昌大学客赣方言与语言应用研究中心一直以其凝练的学科方向参与并承担南昌大学"211 工程"重点学科的建设任务。2003 年，"客赣方言研究"列为南昌大学"211 工程"第二期建设重点项目"赣学"的子项目之一。2008 年，"赣学"重点项目第三期建设启动，根据"赣学"学科的发展构想和其所依托的学科力量情况，本研究中心所承担的研究方向拓展为"江西方言、文学与区域文化"，再次确定纳入南昌大学"211 工程""赣学"重点项目的子项目之列。

已经获得国家立项批准的"赣学"重点项目的《"211 工程"三期重点学科建设项目申报书》中，关于"江西方言、文学与区域文化"方向的表述如下：

> 本方向包括方言与区域文化、文学与区域文化两个方面的研究。
>
> 江西方言与区域文化研究是在"十五"项目客赣方言研究基础上的拓展研究。从时间和空间上，由研究客赣方言的现状拓展到对客赣方言的历史开展研究，由研究江西省境内的客赣方言拓展到对由江西向省境外发展的客赣方言开展研究，同时也对文化生存状态融入赣地主流文化的江西省境内的其他方言开展研究；从研究对象和研究方法上，由单纯研究客赣方言拓展到对与方言密切相关的经济社会和文化相结合开展研究，由主要采用描写语言学方法拓展到与社会语言学方法相结合开展研究。

对江西文学与区域文化的研究，立足江西历史上颇具特色的地域性文学流派、文艺形式、家族文学研究，将其置于区域社会文化变迁的大背景下进行探讨，把文献整理与区域文化相结合，从大量的史料中梳理、提炼带规律性的理论观点，立足江西区域特色，坚持考证求实的学风，开拓视野，力求创新。

围绕上述目标，近年来我们所着力开展研究的项目主要有客赣方言单点的深入研究、客赣方言的地理语言学研究、近代江西客赣方言史研究、近代客赣方言历史文献资料整理、江西畲族语言研究、江西闽方言研究、江西吴方言研究、江西徽州方言研究、江西省境内社区语言状况调查研究、江西省境内普通话现状调查研究、江西诗派与区域文化研究、宋以来江西家族文化研究、明清江西文人别集文献研究、江西地方戏曲（赣剧、采茶戏、傩戏等）的全方位和新角度（如舞台音韵）研究等。

在"211工程"第二期建设阶段，本研究中心曾组织编纂出版了《客赣方言研究系列丛书》（一套十二种，中国社会科学出版社出版）。进入第三期建设阶段以来，我们继续以"凝聚力量、锻炼队伍、多出成果、提高水平"为宗旨，组织本研究中心的专职和兼职研究人员，以项目组队伍、以项目促成果，从上述研究项目成果中择优编成本研究中心所组织编写的第二套系列研究丛书《江西方言、文学与区域文化研究丛书》。这套丛书的编纂出版，体现了各位著者的辛勤劳动，得到了中国社会科学出版社的大力支持，也得到了江西省高校人文社会科学重点研究基地和南昌大学"211工程"重点学科"赣学"的基金资助，我们在此表示衷心的感谢。

胡松柏

2011年10月6日

"2014 中国·宜春韩愈国际学术研讨会"
开幕词（代序）

各位领导、与会的各位学者、女士们、先生们：

大家好！

今天我们能在这里切磋"韩学"研究心得，交流感情，应当感谢宜春学院的领导和文学与新闻传播学院的先生们的积极筹办，南昌大学人文学院的积极协办，江西省宜春市领导的支持。我代表中国唐代文学学会韩愈研究会和全体与会同志，向你们表示衷心的感谢！

我阅读了前年、去年发表在各种报刊上的"韩学"研究论文，数量之多、质量之高、内容之广，特别是年轻学者的文章居多，前所未见，"韩学"研究已成显学，可喜可贺！这也正应了 20 世纪末我会已故顾问傅璇琮先生"'韩学'的建立，对于我们今天来说，可以说适其时也"之语。也如我们的老会长卞孝萱先生谆谆告诫我们的"建立'韩学'，必须从基础作起，才能像建高楼大厦一样，基固楼坚，巍然屹立。"我们大家是这样做了，且一定会将先生的教导发扬光大，把"韩学"研究推向更高的境界。

这些文章中，特别勾我眼球的是宜春、南昌同志的文章，他们从历史文化的角度，揭示了韩愈文化与地域文化的关系。为筹备这次研讨会，去年我和副会长兼秘书长杨丕祥同志曾到宜春、南昌，在宜春市社联罗名鑫主席、史志办袁赣湘同志、宜春学院高建青同志以及南昌大学人文学院王德保院长的陪同下，考察了宜春、南昌等地有关韩公遗迹，很受鼓舞。使我感动的是，他们为宣传韩愈文化，迎接韩愈学术研讨会，于十分困难的情况下在袁山峰顶，修建了可以一窥宜春全貌的昌黎阁，还正在兴建欲与江南三胜比美的多胜楼，且以韩诗命名，足见宜春的领导和同志们对"韩学"研究和韩愈文化的重视；在南昌滕王阁正面雄伟汉白玉的基座石壁上，工笔大字镌刻着韩公的《新修滕王阁记》。他们没刻王勃的《滕王阁序》这篇名文而刻韩愈的《新修滕王阁记》，足见江西的领导和同志，清楚地认识到韩愈文化的历史价值与社会影响。

中央提倡发掘民族优秀历史文化遗产，提高国家的文化软实力。鉴于此，使我回忆起韩愈研究会成立以来的许多往事。孟州原是个不很开放的内陆小康县，由于省委领导重视、孟县领导有见识，1992 年 4 月在洛阳牡丹盛开的季节，由省委宣传部牵头，报请中央宣传部发文批准，举办了由外域七个国家和地区及国内学者一百五十人参加的"孟县韩愈国际学术研讨会"，会上成立了"中国唐代文学学会韩愈研究会"。学术搭台，经贸唱戏，又有千余人参加了经贸洽谈会。经过这次规模宏大的学术、经贸活动，孟州举起了韩愈的旗帜，孟州的名声一下在国内外传开了。使孟州改革开放、经济发展步入了快车道。先是成为全省十八罗汉之一，经济发展的速度名列全省前茅。随之，一个不足三十万人的内陆小县，被国务院率先批为县级市，韩愈墓祠被批为全国文保重点。而今，韩愈故里孟州，真可谓门里吹喇叭，名声在外了。潮州由县级市提升为地级市，又是历史文化名城，与韩愈文化在潮州的积淀，潮州领导对历史文化的重视，和潮州同志们对韩愈的研究，对韩愈文化的宣传密不可分。阳山的领导和同志也看到了这一点，于 2005 年举办了高层次的"阳山韩愈国际学术研讨会"，不但把韩愈留给阳山的文化遗产充分发掘出来，展示在世人面前，使与会学者为之惊叹：各地韩愈留下的文化遗迹，阳山为最。这些文化遗迹受到阳山、连州的重视，龙宫滩景点开发的规模之宏大，粤西北山区为空前，而阳山经济发展之迅速，由阳山整体面貌的改观，可以做证。令人可喜的是：少年韩愈曾经寓居的宣城的几位同志也来参加会议，并表示有意举办一届"韩愈国际学术研讨会"。宣城的加盟，与孟州、潮州、阳山、宜春打出了共举韩愈文化的旗帜！可见韩愈文化之旗如日中天，必得更加发扬光大！

总之，开掘历史文化资源，提升地方文化的实力，对地方经济发展至关重要。韩愈文化之旗当举之再举，让不断深入发展的"韩学"研究，为地方经济发展服务，为全面建设小康社会服务。

谢谢大家！

张清华

目　录

钱谦益在清初诗坛首倡韩诗

张弘韬　张清华

（郑州师范学院中原文化研究所；河南省社会科学院）

摘　要　钱谦益的杜甫研究历来受人瞩目，他对韩愈诗文的学习和借鉴亦颇多，这与他的诗学思想密切相关。钱谦益以"灵心、世运、学问"为诗学纲领，实际都与韩愈的诗论有着或多或少的关系，而韩诗也是他学诗之一途。钱氏在清初首倡韩诗，以其文坛巨大的影响力，为清代的韩诗研究奠定了坚实的基础。由他而后，不断有学者学习韩诗、研究韩诗，从而将清代韩愈诗歌的研究步步推向深入。

关键词　钱谦益　韩愈　灵心　诗史　学问

钱谦益（1582—1664 年），字受之，号牧斋，江苏常熟人，世称虞山先生。牧斋一生撰述宏富，有《初学集》110 卷、《有学集》50 卷、《投笔集》2 卷、《苦海集》1 卷、《尺牍》3 卷等，还有《列朝诗集》81 卷，又有《钱注杜诗》20 卷、《开国群雄事略》30 卷，等等。钱谦益虽然在政治上相当坎坷，但其文学成就在明末清初首屈一指。在清初文坛上，钱谦益是当之无愧的文坛领袖。《晚清簃诗汇》云："牧斋才大学博，主持东南坛坫，为明、清两代诗派一大关键。"① 《清史稿·文苑传》亦曰："明末文衰甚矣！清运既兴，文气亦随之而一振。谦益归命，以诗文雄于时，足负起衰之责。"② 钱谦益虽然在政治上被人诟病，甚至被乾隆皇帝打入贰臣之列，但他在文学上的造诣和影响不容忽视，他所领导的虞山诗派，也在当时颇有影响。钱氏对杜甫研究用力最勤，其《钱注杜诗》是清初第一部包含全部杜甫诗文的全集注本，在杜诗学史上占有重要地位。王士禛《带经堂诗话》卷一曾将明清之际诗坛描述为："明末暨国初歌

---

①　徐世昌编，闻石点校：《晚清簃诗汇》卷十九，中华书局 1990 年版，第 544 页。

②　赵尔巽等撰：《清史稿》卷四八四，中华书局 1977 年版，第 13314—13315 页。

行，约有三派：虞山源于少陵，时与苏近；大樽源于东川，参以大复；娄
江源于元白，工丽时而过之。"① 虞山即指钱谦益，大樽乃陈子龙，娄江
则为吴伟业。郑方坤《东涧诗钞小传》则曰："其诗昌大宏肆，鲸铿春
丽，一以少陵为宗，而出入于昌黎、香山、眉山、剑南以博其趣。"② 二
者均指出了钱氏诗学渊源，即杜甫、韩愈、白居易、苏轼、陆游都是钱谦
益学诗之渊薮，钱谦益可以说是在清初诗坛首倡学习韩诗的文坛领袖。因
钱氏《钱注杜诗》影响太大，学者多关注其学杜诗的明显表现。其实，
钱氏诗文"转益多师"，不主一家，对韩愈诗文的学习和借鉴颇多，这与
他的诗学思想密切相关。

一　以灵心、胎性论韩诗

对于韩愈"物不得其平则鸣"的文学观，钱谦益不但接受，且将其
进一步发展为灵心说。如云："古之为诗者，必有深情蓄积于内，奇遇薄
射于外，轮囷结轖，朦胧萌折，如所谓惊澜奔湍，郁闭而不得流；长鲸苍
虬，偃蹇而不得伸；浑金璞玉，泥沙掩匿而不得用；明星皓月，云阴蔽蒙
而不得出。于是乎不能不发之为诗，而其诗亦不得不工。"③ 形象地描述
了感情勃发时，自然发而为诗文的情景，所以钱氏对韩愈的《秋怀诗》
特别注意，《牧斋初学集·秋怀倡和诗序》曰："钱塘卓方水作《秋怀诗》
十七首，桐乡孙子度从而和之。二子者，高才不偶，坎壈失职，皆秋士
也。……余告之曰：子读韩退之之《秋怀》乎？叹秋夜之不晨，悼萧兰
之共悴，此悲秋者之所同也。'清晓卷书坐，南山见高楼'，'归愚识夷
涂，汲古得修绠'，此四言者，退之之为退之，俨然在焉，亦思所以求而
得之乎！夫悲忧穷蹙，蛩吟而虫吊者，今人之《秋怀》也；悠悠亶亶，
畏天而悲人者，退之之《秋怀》也。求秋怀于退之，而退之之秋怀在焉；
求退之于秋怀，而退之在焉。则夫为二子者，自此远矣！退之不云乎：

---

① （清）王士禛著，（清）张宗柟纂集，夏闳点校：《带经堂诗话》卷一，人民文学出版社
1963 年版，第 21 页。

② （清）钱谦益撰，潘景郑辑校：《绛云楼题跋》，上海古籍出版社 2005 年版，第 1 页。

③ （清）钱谦益著，（清）钱曾笺注，钱仲联标校：《初学集》卷三十二《虞山诗约序》，
上海古籍出版社 1985 年版，第 923 页。

'志乎古，必遗乎今。吾诚乐而悲之。'夫志乎古者，未有不遗乎今，未有不遗乎今而能志乎古者也。"① 韩愈的《秋怀诗》作于元和元年（806年）深秋，居长安任国子博士时，这是他听闻流言之后借秋抒怀的精心结撰，也是他五言古诗的代表作。"悲秋"是中国文人诗的一个常见主题，屈原《离骚》就有"惟草木之零落兮，恐美人之迟暮"之叹，宋玉写《九辩》以述志，开篇即云："悲哉秋之为气也，萧瑟兮草木摇荡而变衰。"草木的凋零总是会引起诗人对自身衰老、死亡的联想。韩愈《秋怀诗》虽名为"秋怀"，实则摆脱了文人悲秋的陈词滥调，借"秋怀"表达了他忧国忧民慨己之心。故钱谦益特意指出韩诗与今人秋怀诗的不同，说明韩诗"畏天而悲人"，并说："余苦爱退之《秋怀诗》，云'清晓卷书坐，南山见高棱'。高寒凄警，与南山相栖泊，警绝于文字之外。能赏此二言，味其玄旨，斯可与谈胎性之说矣。"② 钱谦益在此处将韩愈《秋怀诗》与他独创的"胎性说"联系起来，认为《秋怀诗》抒发了韩愈的真性情，所以《初学集》卷三十二《邵幼青诗草序》曰："人其诗，则其人与其诗二也。寻行而数墨，俪花而斗叶，其于诗犹无与也。诗其人，则其人之性情诗也，形状诗也，衣冠笑语，无一而非诗也。"③《秋怀诗》与韩愈也是这种人诗而一，《秋怀诗》确为表现人之性情与心灵的好诗。

二　以诗史观评韩诗

钱谦益在谈到杜诗影响时云："自唐以降，诗家之途辙，总萃于杜氏。大历后以诗名家者，靡不繇杜而出。韩之《南山》、白之讽谕，非杜乎？若郊，若岛，若二李，若卢仝、马异之流，盘空排奡，横纵谲诡，非

---

① （清）钱谦益著，（清）钱曾笺注，钱仲联标校：《初学集》卷三十三《秋怀倡和诗序》，上海古籍出版社1985年版，第963页。

② （清）钱谦益著，（清）钱曾笺注，钱仲联标校：《牧斋有学集》卷四十七《题遵王秋怀诗》，上海古籍出版社1985年版，第1552页。

③ （清）钱谦益著，（清）钱曾笺注，钱仲联标校：《初学集》卷三十二《邵幼青诗草序》，上海古籍出版社1985年版，第935页。

得杜之一枝者乎？然求其所以为杜者，无有也。"① 指出杜甫以后诗人学杜，韩愈、白居易、孟郊、贾岛、二李、卢全、马异等人均学杜之一枝，各有特色。对于杜诗和韩诗，钱谦益以其诗史观评曰："昔者有唐之世，天宝有戎羯之祸，而少陵之诗出；元和有淮蔡之乱，而昌黎之诗出。说者谓宣孝、章武中兴之盛，杜、韩之诗，实为鼓吹。"② 指出诗歌与世运的关系，也就是我们常说的"国家不幸诗家幸"。韩愈虽然未经历安史之乱或易代之变，但中唐社会政治动荡，元和间又有淮蔡之乱，韩愈亲自参加平淮西之役，其诗文对他所经历的历史事件均有真实的记录。元和十二年（817 年）裴度率军讨伐淮西，韩愈为行军司马。八月庚辰（初三），大军自通化门东出长安，诗人王建有《东征行》记事。韩愈也有七绝《过鸿沟》：

> 龙疲虎困割川原，亿万苍生性命存。
> 谁劝君王回马首，真成一掷赌乾坤！③

　　说明此次出师的风险和重大意义。战争如赌场，会出现各种意外。不论是个人利益、功名还是国家社稷，均由此一赌决定，真是凶险万分，责任重大。大军至郾城，韩愈与李判官正封有《晚秋郾城夜会联句》和《郾城晚饮奉赠副使马侍郎及冯李二员外》诗。《联句》非一般之诗，显示了韩愈胸怀博大，总揽淮西之战全局，是韩愈军事思想的集中体现。蔡州大捷后，大军凯旋，韩愈一路诗兴勃发，所到之处皆吟诗以记行，有《过襄城》《和李司勋过连昌宫》《次潼关先寄张十二阁老使君》及《晋公破贼回重拜台司以诗示幕中宾客愈奉和》等诗。如《次潼关先寄张十二阁老使君》：

> 荆山已去华山来，日出潼关四扇开。

---

① （清）钱谦益著，（清）钱曾笺注，钱仲联标校：《初学集》卷三十二《曾房仲诗序》，上海古籍出版社 1985 年版，第 928—929 页。

② （清）钱谦益著，（清）钱曾笺注，钱仲联标校：《初学集》卷三十《徐司寇画溪诗集序》，上海古籍出版社 1985 年版，第 903—904 页。

③ （唐）韩愈著，钱仲联集释：《韩昌黎诗系年集释》卷十，上海古籍出版社 1984 年版，第 1033 页。

刺史莫辞迎候远，相公亲破蔡州回。①

全诗洋溢着胜利的喜悦。将这些诗以时间为序，依次读来，不难看出出师时胜败未卜却毅然上战场的豪迈气概和胜利归来后的喜悦与自豪，可谓平淮西的诗史记录。而钱谦益《投笔集》的创作则表现了易代之际的独特感受，是其诗史观的创作实践。诗史观念使钱氏注意到诗歌与世运的关系，当与韩愈平淮西之诗有相通之处。不仅说明诗歌乃应运而生，且反过来成为盛世之鼓吹。这也就是我们常说的文学来源于生活，又反映生活，诗乃时代的晴雨表。

再如《元和圣德诗》，钱谦益《顾麟士诗集序》云："唐之诗人，皆精于经学。韩之《元和圣德诗》，柳之《秦平淮夷雅表》，雅之正也。玉川子之《月蚀》，雅之变也。"② 王士禛曰："元和之世，削平僭乱，于时韩愈氏则有《元和圣德诗》，柳宗元则有《秦平淮夷雅表》，昔人谓其辞严义纬，制作如经，能萃然耸唐德于盛汉之表，所谓'鸿笔之人，为国云雨'者也。"③ 与《牧斋有学集》所说基本相同，都是从儒家诗学观的"雅正"上肯定韩诗。又有以其与"三代"之比较来肯定韩诗的。钱谦益《彭达生晦农草序》曰："昔者有唐之文，莫盛于韩、柳，而皆出元和之世。《圣德》之颂，《秦平淮夷雅表》之雅，铿锵其音，灏汗其气，晔然与三代同风。"④ 也是将韩诗归于记录史实的雅颂之诗。

三 学习韩诗创作学问诗

钱谦益以"灵心、世运、学问"为诗学纲领，实际都与韩愈的诗论

---

① （唐）韩愈著，钱仲联集释：《韩昌黎诗系年集释》卷十，上海古籍出版社1984年版，第1074页。

② （清）钱谦益著，钱仲联标校：《牧斋有学集》卷十九，上海古籍出版社1994年版，第823页。

③ 王士禛著，张宗柟纂集，夏闳点校：《带经堂诗话》卷五，人民文学出版社1963年版，第127页。

④ （清）钱谦益著，钱仲联标校：《牧斋有学集》卷十九，上海古籍出版社1994年版，第811页。

有着或多或少的关系，而韩诗也是他学诗之一途。瞿式耜在《初学集》弁言《牧斋先生初学集目录后序》中说："先生之诗，以杜、韩为宗，而出入于香山、樊川、松陵，以追东坡、放翁、遗山诸家，才气横放，无所不有。"① 钱谦益长于七言古诗，明显是受到韩愈的影响，如《华山庙碑歌题华州郭胤伯所藏西岳华山庙碑》《新安汪氏收藏目录歌》就是学韩愈《石鼓歌》的典型。下面就以这两首诗为例与《石鼓歌》作一简单对比。

韩愈《石鼓歌》是他在元和六年（811 年）所作，时年韩愈四十四岁，正是他诗歌创作的中期，已形成了奇崛瑰怪的风格，《石鼓歌》就是这种典型诗风的代表作。《石鼓歌》之后，历代均有人学习此诗创作金石诗，如苏轼《石鼓》、吴渊颖《观秦丞相斯峄山刻石墨本碑》等。钱谦益《华山庙碑歌题华州郭胤伯所藏西岳华山庙碑》就是学习《石鼓歌》的成功之作。二诗均写金石文字，韩诗写古老的石鼓文，典雅雄肆，音节铿锵，气魄怪伟，把枯燥的金石文字描述得生动形象。虽一韵到底，但字句顿挫，凌空排闶，于平直中见奇崛，尤为难得，为后世金石诗的创作提供了宝贵的经验。钱诗正是学习了韩诗的创作经验而成，钱谦益本人也不避讳，直接在诗中自谓"按节自诵昌黎歌"，说明此诗就是学习韩诗而作。其学韩诗撮其要者五：一者题材同，韩诗写石鼓文，钱诗写华山庙碑刻石文字，均写石刻文字；二者风神同，均用奇崛之笔，音节顿挫，气势典重；三者用韵同，均用歌戈韵；四者字数略同，韩诗 33 联，钱诗 35 联；五者用语表意多同。如韩诗曰："张生手持石鼓文，劝我试作石鼓歌。少陵无人谪仙死，才薄将奈石鼓何！"钱诗曰："郭生示我《华山碑》，欲比《七发》捐沉疴。展碑抚卷忽起坐，再三叹息仍摩挲。"二者均是别人拿来碑帖，诗人展卷叹息，起意相类。诗中对文字书法的描述均采用以文为诗的方法。结句又出相似语，韩诗曰："安能以此上论列？愿借辩口如悬河。石鼓之歌止于此，呜呼吾意其蹉跎！"② 钱诗则曰："郭髯连蹇赵峋死，老夫头白空吟哦。还碑梯几意惝恍，髯乎髯乎奈尔何！"③ 同时，从

---

① （清）钱谦益著，（清）钱曾笺注，钱仲联标校：《初学集·目录后序》，上海古籍出版社 1985 年版，第 53 页。

② （唐）韩愈著，钱仲联集释：《韩昌黎诗系年集释》卷十，上海古籍出版社 1984 年版，第 794—795 页。

③ （清）钱谦益著，（清）钱曾笺注，钱仲联标校：《初学集》卷 13《华山庙碑歌题华州郭胤伯所藏西岳华山庙碑》，上海古籍出版社 1985 年版，第 456—457 页。

中亦可看出钱对韩愈集的诗文非常熟悉，故诗显然亦融入韩公《读科斗书后记》等诗文语意。但牧斋学中能有所创新，未为韩诗所囿，表现出他的才华、学养和风貌个性。

钱谦益《新安汪氏收藏目录歌》写新安汪氏收藏书的目录，也是一首典型的学问诗：

　　新安汪宗孝收藏金石、古文、法书、名画、彝器、古玉甚富。殁后，散落人间，独手书目录犹在。其子权奇装潢成帙。余方有沧桑之感，为作歌以识之。宗孝，字景纯，富而任侠。万历间，常卧病，梦授命于文庙，遣治水江淮间，七日而瘳。楚人王同轨作《耳谭》，载其事焉。

　　鸿朗八百应寿昌，斗匡天府垂文章。
　　东壁图书贡南极，光晶下薄天子郭。
　　金钱积气久盘郁，化为群玉纷璆琅。
　　羽陵宛委吐灵异，瑶函云笈差缥缃。
　　晋书唐画出秘阁，永和淳化罗墨庄。
　　昭陵玉匣夸购取，宣和金书矜弆藏。
　　郗侯万签曾未触，桓玄一厨今不亡。
　　东观词人著跋尾，奎章学士书右方。
　　轩辕丹鼎借光气，天都草木增辉光。
　　人间墨绘汗牛马，敢与列宿分焜煌。
　　清閟之阁萧闲堂，充栋插架闻古香。
　　错列几案峙彝鼎，镇压卷帙填珪璋。
　　疏窗眼明见仓籀，棐几日暖流丹黄。
　　主人好古复好事，千金豪取如针芒。
　　弹琴煮茗自欣赏，高僧词客同平章。
　　青娥摩挲辨款识，红袖拂拭焚都梁。
　　凄凉不解云烟录，寒俭笑彼书画航。
　　一之帝所梦不返，高冠长剑从文皇。
　　平泉花木旋改易，卫公器物非故常。
　　雷剑一往谁取去，楚弓人得知何方？
　　茂先室有残机杼，长吉家看古锦囊。

一生嗜好存谱录，十载镌镂劳肺肠。

遗墨宛然网尘箧，厥子翻得重装潢。

郑重有如获拱璧，再三示我涕泗滂。

君不见甲申以来百六殃，飙回雾塞何茫茫！

昆明旧灰铄铜狄，陆浑新火炎昆冈。

乘舆服御委粪土，武库剑履归昊苍。

炮火荡抛琬琰字，马牛蹴踏金玉相。

南城丛残余煨烬，北门矇瞽徒看详。

神焦鬼烂偏泯灭，国亡家破同尽伤。

宝玉大弓鲁史在，玉鱼金碗唐天长。

漫云遗山谱器什，更与渊颖论沧桑。

还君此册三太息，谒帝吾欲招巫阳。①

　　此诗与前述《华山庙碑歌题华州郭胤伯所藏西岳华山庙碑》均是"以文为诗"，以议论为诗，散文化句式特征明显，可说是学习韩诗的成功之作。结句"还君此册三太息，谒帝吾欲招巫阳"又是掩卷叹息，与上两首诗相似。钱仲联先生评曰："谦益自己的诗作，就能摆脱模拟汉魏盛唐的余习，于杜、韩、卢仝、李商隐、苏轼、陆游、元好问诸家，无所不学，但不取形似，能独创自己的面貌。"② 所以他在《浣花诗坛点将录》中将钱谦益点为"天空星急先锋索超"③。钱谦益学韩诗的高明处在于，从钱诗里可以处处体察出韩诗的气魄和用语，然又不露因袭韩诗的痕迹。

　　钱谦益诗虽不专主学韩，但却与韩诗有着千丝万缕的联系，又由于钱氏在清初文坛的影响力巨大，为清代的韩诗研究奠定了坚实的基础。由他而后，不断有学者学习韩诗、研究韩诗，从而将清代韩愈诗歌的研究步步推向深入。故朱庭珍曾云："（牧斋）奉韩、苏为标准，当时风尚，为之一变。"④ 这正说明了钱谦益在清初诗坛首倡学习韩诗的巨大影响。

---

　　① （清）钱谦益著，（清）钱曾笺注，钱仲联标校：《牧斋有学集》卷二《新安汪氏收藏目录歌》，上海古籍出版社1985年版，第58页。

　　② 钱仲联：《梦苕庵清代文学论集》，齐鲁书社1983年版，第3页。

　　③ 钱仲联：《梦苕庵论集》，中华书局1993年版，第59页。

　　④ 朱庭珍：《筱园诗话》卷二，郭绍虞编选，富寿荪校点：《清诗话续编》，上海古籍出版社1983年版，第2355页。

"王韦新政"与中唐文人刘禹锡、柳宗元及韩愈

阎　琦　张淑华

（西北大学文学院；西北工业大学人文与经法学院）

　　自 20 世纪六七十年代以来至今，论及顺宗时期王韦新政的著作、论文及相关哲学史、文学史教材，可谓"汗牛充栋"，众口一词，被誉为"革新"。偶尔有不同的声音，不过空谷足音而已。故此，对刘禹锡、柳宗元及其作品的解读，极有必要反观发生在贞元末德、顺、宪三帝"接替"之际的王韦集团及王韦新政。王韦集团，旧史学家有称其为"党人"的，当代史学家及相关教科书多将他们六个月的执政美化为"永贞革新"，并因"革新"的失败使他们成为中国历史上带有"悲剧"色彩的改革家。近年才有学者略觉"革新"不妥，改称"新政"。"革新"也罢，"新政"也罢，说法略有不同，实质一样。我们将要花较多的笔墨，回顾发生在德、顺时期的这一场"革新"或"新政"，看一看影响刘柳大半生的王韦集团形成及执政的本事究竟怎样，刘柳与王韦的关系、韩愈与刘柳及王韦的关系究竟怎样。只有明晰了这些，我们乃可以大致了解久久郁结在刘柳胸中的心结是如何形成的，也就会对他们一生的心态、诗文创作增加了解，从而在对他抱一腔同情之心的同时，又对他充满无限痛惜惋慨之情。

王韦集团及其形成

　　德宗在位合计二十七年。当其晚年，弊政迭出（如五坊小儿、宫市等），不任宰相而亲信佞臣。两《唐书·德宗纪》史臣的"赞曰"都毫不客气地批评他晚年的执政，句句皆是诛心之论。如《新唐书》史臣"赞"曰："德宗（晚年）猜忌刻薄，以强明自任，耻见屈于正论，而忘受欺于奸谀。故其疑萧复之轻己，谓姜公辅为卖直，而不能容；用卢杞、赵赞，

则至于败乱，而终不悔。及奉天之难，深自惩艾，遂行姑息之政。由是朝廷益弱，而方镇愈强，至于唐亡，其患以此。"① 萧复、姜公辅皆德宗时有名的直臣，官至平章事，被罢后不复起用；卢杞、赵赞皆受德宗宠信的奸谀之臣。如果加上《旧唐书·德宗纪》、韩愈《顺宗实录》中所列出的忠臣，则还要补入李晟、陆贽等，奸佞之臣还要补入裴延龄、李齐运、韦渠牟等。韦执谊、李实二位也可以补入奸佞之臣之列。德宗晚年的这些弊政，被立为太子已近二十年、"每以天下为忧"② 的李诵（即位后为顺宗）看在眼里，有时也规劝父皇一二。《顺宗实录》卷一载：

> 德宗在位久，稍不假宰相权，而左右因缘用事。外则裴延龄、李齐运、韦渠牟等以奸佞相次进用。延龄尤狡险，判度支，务刻剥聚敛以自为功，天下皆怨怒。上（按指顺宗）每进见，候颜色，辄言其不可。至陆贽、张滂、李充等以毁谴，朝臣懔惧，谏议大夫阳城等伏阁极论，德宗怒甚，将加城等罪，内外无敢救者，上独开解之，城等赖以免。德宗卒不相延龄渠牟。③

至贞元十九年（803 年），即刘禹锡、柳宗元、韩愈进入御史台为监察御史时，德宗六十二岁，年事已高，病入膏肓，朝不保夕，于是在太子周围很自然地形成了一个官僚集团。这个集团的核心人物就是王叔文、王伾和韦执谊。王叔文、王伾俱待诏翰林，王伾以书侍太子，王叔文以棋侍太子，颇有宠。翰林待诏或称翰林供奉，延文章之士或技艺之士（如书、画、琴、棋、术数、医官、占星），入翰林院待诏，与可以参与国家机密、处分朝廷大政的翰林学士不同。王叔文的实际职事为苏州司功参军，因围棋技艺被召为翰林待诏，并借此接近太子，有时也与太子议论时政。《顺宗实录》同卷有一段文字，最能说明以棋待诏的叔文的"深沉多计"：

> 上在东宫，尝与诸侍读并叔文论政。至宫市事，上曰："寡人方欲极言之。"众皆称善，独叔文无言。既退，上独留叔文，谓曰：

---

① （宋）欧阳修等：《新唐书》，中华书局 1975 年版，第 219 页。

② （唐）韩愈：《韩昌黎集》，中国书店 1991 年版，第 519 页。

③ 同上。

"向者君奚独无言，岂有意邪？"叔文曰："叔文蒙幸太子，有所见，敢不以闻。太子职当侍膳问安，不宜言外事。陛下在位久，如疑太子收人心，何以自解？"上大惊，因泣曰："非先生，寡人无以知此。"遂大爱幸。①

刘禹锡《子刘子自传》谓"时有寒隽王叔文以善弈棋得通籍博望"，"叔文北海人，自言（王）猛之后，有远祖风"②。北海王猛为东晋时人，博学，识度深远，秦苻坚常引为股肱，秦赖以强大。禹锡说叔文"自言猛之后"，语气上多少有些保留，但又说他"有远祖风"，则仍肯定他有政治家遗传并确实具政治家作风。柳宗元有为王叔文母写的《河间刘氏志文》，称王叔文"贞元中待诏禁中，以道合于储君，凡十有八载"③。柳文作于贞元二十一年（805 年），依此上推十八年，则王叔文入东宫与太子相伴在贞元四年（788 年）。最初自然是商量棋艺，相处一长，渐渐地由棋而转入政治，"以道（朝政）合于储君"。但是，当贞元四、五年之际，德宗尚富于春秋，王叔文没有条件萌生将来执掌朝廷大权的幻想。其后来萌生了执政的幻想，由以下几个原因促成：一是太子对他的信任，二是与王伾、韦执谊的结识、合流。王伾与王叔文同为翰林待诏，不消说结识很早，而叔文与韦执谊的结识则是"因缘凑巧"。《旧唐书·韦执谊传》：

> 德宗载诞日，皇太子献佛像，德宗命执谊为画像赞，上令太子赐执谊缣帛以酬之。执谊至东宫谢太子，卒然无以藉言，太子因曰："学士知叔文乎？彼伟才也。"执谊因是与叔文交甚密。俄丁母忧，服阕，起为南宫郎（吏部郎中）。④

韦执谊入翰林为学士在贞元二年（786 年），"年逾冠，召入翰林学士"⑤；如此年轻即入为翰林学士，在唐代士人中少见。所说德宗"载诞日"，指贞元十二年（796 年）四月德宗御麟德殿召官员与道士、沙门讲

①　（唐）韩愈：《韩昌黎集》，中国书店 1991 年版，第 523 页。

②　（唐）刘禹锡：《刘禹锡集》，上海古籍出版社 1989 年版，第 1501 页。

③　（唐）柳宗元：《柳河东集》，中华书局 1974 年版，第 215 页。

④　（后晋）刘昫等：《旧唐书》，中华书局 1975 年版，第 3732 页。

⑤　同上。

论儒、道、释三教（见《旧唐书·韦渠牟传》），韦执谊在东宫与王叔文初逢；韦"丁母忧"约在贞元十六、十七年，服阕后为吏部郎中，应在贞元十九年，王韦的"交甚密"应该在此一段时间。王韦集团最后形成的基础是王韦与刘柳等新锐之士的密结。《顺宗实录》卷五：

> 叔文说中上意，遂有宠，因为上言："某可为将，某可为相，幸异日用之。"密结韦执谊，并有当时名欲侥幸而速进者：陆质、吕温、李景俭、韩晔、韩泰、陈谏、刘禹锡。柳宗元等十数人，定为死交，而凌准、程异等又因其党而进。交游踪迹诡秘，莫有知其端者。①

王叔文确有鉴识眼光。刘柳才高当世不必说，即韩晔、韩泰、陈谏、凌准、程异、李景俭等，皆当世之才。韩晔、陈谏、凌准、韩泰《旧唐书》有传附王叔文传后，称：晔"有俊才"，谏"警敏"，准"有史学"，泰"有筹划，能决大事"。陆质、李景俭、程异、吕温《旧唐书》各有传，称：异"精吏治"，质"明《春秋》"，李景俭"性俊朗，博闻强记，颇阅前史，详其成败"，温"天才俊拔，文才赡逸"。其中，王韦最器重者，一为李景俭，"待以管、葛之才"；一为刘禹锡，"每称有宰相器"②。王韦败时，刘柳韩陈等皆连坐，陆质先已死，李景俭居母丧，吕温奉使入吐蕃未归，三人不及从坐。

刘禹锡《子刘子自传》："叔文……自言猛之后，有远祖风；惟东平吕温、陇西李景俭、河东柳宗元以为信然。三子者皆与予厚善，日夕过言其能。"东宫与台、省官员十数人"密交"往来，"踪迹诡秘，莫有知其端者"③，这是很反常的。唐代官员休沐日诗酒聚会酬答，原很平常；然以上诸人，除刘、柳、吕外，其他诸人可以说皆不具备"诗人面目"（《全唐诗》今存李景俭参与的联句诗一首，存韩泰残句二。陈谏、陆质、二王、韦等俱无诗），从贞元十九年王韦集团形成到贞元二十一年正月顺宗即位，一年有余，他们频繁地诡秘交游都做些什么？当然就是有朝一日太子即位应实行的所谓"新政"。贞元末，武元衡为御史中丞，以刘柳的

---

① （唐）韩愈：《韩昌黎集》，中国书店1991年版，第556页。

② （后晋）刘昫等：《旧唐书》，中华书局1975年版，第3737页。

③ （唐）刘禹锡：《刘禹锡集》，上海古籍出版社1989年版，第1501页。

精干多才，而作为御史台长官的元衡独不喜二人，"薄其人，待之卤莽"①（《顺宗实录》卷二，《旧唐书·武元衡传》与《新唐书·武元衡传》同）。武元衡薄于刘柳，无他，就是对他们与东宫、尚书省官员结党、诡秘往来不满。武元衡立身正直不预朋党，《新唐书·武元衡传》："元衡独持正无所违附，帝（宪宗）称其长者。"② 奇怪的是韩愈倡古文，亦有名于时，贞元十九年自四门博士迁监察御史，与刘柳为同僚，却不在王韦罗致的范围之内。韩与刘柳既为同僚，且为文章密友，很可能觉察到了刘柳私下的一些活动，而二王及韦最顾忌的就是有人议论到他们交密事，于是有贞元十九年王韦连手打击张正买之事。《顺宗实录》卷五：

> 贞元十九年，左补阙张正买（《资治通鉴》卷二三六作张正一）疏谏他事，得召见。正买与王仲舒、韦成季、刘伯刍、裴莒、常仲孺、吕洞相善，数游止。正买得召见，诸往来者皆往贺之。有与之不善者，告叔文、执谊云："正买疏似论君朋党事，宜少诫！"执谊、叔文信之。执谊……因言成季等朋燕聚游无度，皆遣斥之，人莫知其由。③

"朋党"是让王韦等犯忌的词语，此时先用来诬陷、打击并非政敌的对手。这可以视作王叔文、韦执谊在正式执掌政权之前的一次"预演"，一次"牛刀小试"。总之，当贞元末，已经形成了以东宫二王、尚书省韦执谊为首，以及王韦罗致的一批急于进取的年轻新锐，结合成朝廷以外的政治小集团，或皇太子身边的私党。这个政治小集团甚至还在朝廷内外造成人人自危的"恐怖"气氛。其时在长安的白居易后来回忆说："臣观贞元之末，时政严急，人家不敢欢宴，朝士不敢过从，众心无慑，以为不可。"④ 当王韦实际掌握了朝政大权的时候，志得意满的王叔文动辄就要取某人的性命。《顺宗实录》卷四：

> （贞元二十一年）六月乙亥，贬宣州巡官羊士谔为汀州宁化县尉。士谔性倾躁，时以公事至京，遇叔文用事，朋党相煽，颇不能

---

① （唐）韩愈：《韩昌黎集》，中国书店1991年版，第533页。
② （宋）欧阳修等：《新唐书》，中华书局1975年版，第4833页。
③ （唐）韩愈：《韩昌黎集》，中国书店1991年版，第556—557页。
④ （唐）白居易：《白居易集》，中华书局1979年版，第1268页。

平，公言其非。叔文闻之，怒，欲下诏斩之，执谊以为不可；则令杖杀之，执谊又以为不可，遂贬焉。①

羊士谔为贞元、元和间著名诗人，元和十四年（820年）仕至户部郎中。若依王叔文脾气，贞元末羊士谔就成刀下之鬼了。所谓"性倾躁"，就是心直口快，敢说敢道。

所谓"王韦新政"

贞元二十一年（805年）正月癸巳（二十三日），德宗崩，丙申，太子即位，是为顺宗。顺宗即位，即以韦执谊为尚书左丞、同平章事（不久改中书侍郎、平章事），以王伾为左散骑常侍、依前待诏翰林（不久为翰林学士），以王叔文为起居舍人、翰林学士（不久改盐铁副使，再改户部侍郎，仍兼盐铁副使，但去学士之职）。凡王韦集团中人，职位皆有大幅度升迁。并大力实施他们的所谓"改革"或"新政"。据《顺宗实录》《旧唐书·顺宗纪》《资治通鉴》，可以统计出自贞元二十一年正月顺宗即位至八月退位为太上皇，所施行的新政，约有六事：

其一，二月六日，罢翰林阴阳星卜医相覆棋诸待诏三十二人（一说四十二人）；其二，二月二十一日，谴责京兆尹李实"残暴掊敛之罪"，远贬为通州长史；其三，二月二十四日，罢宫市、罢五坊小儿；其四，二月二十五日，罢盐铁使额外进献；其五，三月一日，出宫女三百人，又出掖庭教坊女乐六百人，召其亲属归之；其六，三月二日，下诏追还德宗时被贬的名臣忠州别驾陆贽、郴州别驾郑余庆、道州刺史阳城等，然陆贽、阳城未及闻诏已卒于贬所。

以上，除第一项是王叔文"以棋待诏，既用事，恶其与己侪类相乱，罢之"② 外，其他各项还是大得人心的，故《顺宗实录》在如实记载这些措施后数用"人情大悦"称赞之。京兆尹李实强征暴敛，贬通州长史时，

---

① （唐）韩愈：《韩昌黎集》，中国书店1991年版，第543页。

② 同上。

《实录》曰："市里欢呼，皆袖瓦砾遮道伺之，实由间道获免。"①

　　真正称得上是王韦"新政"的，是王叔文尝欲夺宦者兵权，即神策军权力，而以右金吾大将军范希朝兼之，以自己阵营中人韩泰为行军司马。王叔文的计划为宦者俱文珍识破，未能得逞。宦官执掌神策军，为中唐以后军政大弊端，王叔文谋夺宦者兵，为力主王叔文永贞实行"革新"的史学家们最为欣赏的证据。但也另有识见卓异的史学家指出："神策军则系中央拥有的强大野战部队，为唐室所倚仗的可靠武力，此所以不敢轻易交付职业军人而必由天子的代理人宦官来统率。"② 笔者甚表同意。可详参黄永年先生的《文史探微》有关篇章。德宗朝，节镇兵数次哗变，闹得天翻地覆，唐室几乎崩溃：建中四年（783 年），泾原兵哗变，拥立原幽州节度使朱泚叛唐、称帝，德宗弃宗庙，亡奉天；次年（兴元元年），河中尹李怀光又叛，德宗走梁州。职业军人之不可靠，可见一斑。范希朝将军或可称忠心，范之后的继任者呢？宦者掌兵权，在宫中甚至可以随意拥、废皇帝，但宦者无论怎样绝对不会自立为帝。这一点，中唐以后的皇帝都是明白的。神策军大权，宁可付予家奴，也不可交付军人。

　　封建社会，新皇帝初即位，大率都有几项新措施以安天下。姑以德宗即位之初颁行的命令为例：一，罢山南枇杷、江南柑橘岁贡，罢剑南岁贡春酒十斛；二，停梨园使及伶官之冗食者三百人；三，五坊鹰犬皆放之；四，出宫女百余人；五，兵部侍郎黎干害若豺狼，特进刘忠翼掩义隐贼，并除名长流，俱赐死；六，天下进献并停。乙未，扬州每年贡端午日江心所铸镜，幽州贡麝香，皆罢之。以上，皆发生在德宗大历十四年（779 年）五月即位至六月间，可也算得"新政"或"革新"？前所称黄永年先生《文史探微》中一篇题为"所谓'永贞革新'"中有一段云："放宫女的事情，除众所周知的唐太宗曾把'怨女三千放出宫'外，打开《册府元龟》可看到'帝王部·仁慈'里还记载了不少。在唐朝高宗、睿宗、宪宗、穆宗、敬宗、文宗都放出过，其中收拾王叔文集团的宪宗在元和八年就'出宫人二百车，许人得娶以为妻'，这在人数上也未必少于顺宗。至于赋税，在封建社会里本是经常减免的，查一下《册府元龟》'邦计部·蠲复'，就知道在唐代几乎所有的皇帝都下诏减免过，光宪宗一朝就有二十二次之多。

---

①　（唐）韩愈：《韩昌黎集》，中国书店 1991 年版，第 526 页。

②　黄永年：《文史探微》，中华书局 2000 年版，第 8 页。

如果这都算'革新'，那历史上的革新人物也就未免太多了。"① 读罢这一段文字，曾经喧嚣一时，至今仍不时出现在刊物、教科书上的所谓"永贞革新"，不就像肥皂泡一样轻轻一戳破碎了吗？

王韦集团覆亡的原因

贞元二十一年（805年）八月丁酉（初四），顺宗内禅，宪宗即皇帝位，随即下诏贬王伾开州司马，贬王叔文渝州司户（翌年赐王叔文死）；九月再远贬韩泰、韩晔、柳宗元、刘禹锡等。王韦集团其兴也速，其覆亡亦速。原因何在呢？第一，施行"新政"的几个头面人物，包括他们罗致的几个新锐，人品多有可指摘之处。《资治通鉴》卷二三六，顺宗永贞元年：

> 伾寝陋，吴语，上所褻狎；而叔文颇任事自许，微知文义，好言事，上以故稍敬之，不得如伾出入无阻。叔文入至翰林，而伾入至柿林院，见李忠言、牛昭容计事。大抵叔文依伾，伾依忠言，忠言依牛昭容，转相交结。每事先下翰林，使叔文可否，然后宣于中书，韦执谊承而行之。外党韩泰、柳宗元、刘禹锡等主采听外事，谋议唱和，日夜汲汲如狂，互相推奖，曰伊，曰周，曰管，曰葛，偃然自得，谓天下无人，荣辱进退，生于造次，惟其所欲，不拘程序，士大夫畏之，道路以目。素与往还者，相次拔擢，至一日除数人。其党或言曰，"某可为某官"，不过一二日，辄已得之。于是叔文及其党十余家之门，昼夜车马如市。客候见叔文、伾者，至宿其坊中饼肆、酒楼下……伾尤阘茸，专以纳赂为事，作大柜贮金币，夫妇寝其上。②

《实录》卷二还记载了王叔文初得志骄横跋扈的一段"细事"：

> （三月）丁酉，吏部尚书平章事郑珣瑜称疾去位。其日，珣瑜方

①　黄永年：《文史探微》，中华书局2000年版，第445页。
②　（宋）司马光：《资治通鉴》，中华书局1956年版，第236页。

与诸相会食中书。故事，宰相方食，百僚无敢谒见者。叔文是日至中书，欲与执谊计事，令直省通执谊。直省以旧事告，叔文叱直省，直省惧，入白执谊。执谊逡巡惭赧，竟起迎叔文，就其阁语良久。宰相杜佑、高郢、珣瑜皆停箸以待。有报者云："叔文索饭，韦相公已与之同餐阁中矣。"佑、郢等心知其不可，畏惧叔文、执谊，莫敢出言。珣瑜独叹曰："吾岂可复居此位！"顾左右，取马径归，遂不起。①

杜佑、高郢、郑珣瑜与韦执谊同为宰相，而王叔文并不将他们放在眼里。以上两段记载或有夸大之处，但绝不致完全失实。

贞元二十一年（805 年）四月，册广陵王纯为皇太子；七月乙未，权勾当军国政事（监国）；八月丁酉，顺宗内禅，宪宗即皇帝位，壬寅，下诏贬王伾开州司马，贬王叔文渝州司户（翌年赐叔文死）；九月己卯，贬韩泰、韩晔、柳宗元、刘禹锡为远州刺史，柳得邵州，刘得连州；十一月壬申，贬韦执谊为崖州司马。朝议谓叔文之党贬之太轻，韩泰、韩晔及刘柳再贬为远州司马，当时不在朝中的陈谏、凌准、程异亦贬远州司马。其中，柳得永州，刘得朗州，时号为"八司马"。对八司马，"宪宗欲终斥不复，乃诏虽后更赦令不得原"②。王叔文赐死贬所，王伾、韦执谊不久病死。总之，以二王、韦执谊为首的顺宗东宫一党，无论从政治上精神上还是肉体上，算是彻底垮了。

仔细考察王韦一党之作为，其迅速垮掉的原因之二是：将执政寄托在一位病入膏肓的皇帝身上即大错。顺宗即位前（贞元二十年九月）即"风病，不能言"③，亦即通常说的脑出血、中风不语。《实录》卷四："上自初即位，则患疾不能言。至四月，益甚，时扶坐殿，群臣望拜而已，未尝有进见者。"④ 王韦集团决事的方式是："叔文入至翰林，伾入至柿林院，见李忠言、牛昭容计事。大抵叔文依伾，伾依忠言，忠言依牛昭容，转相交结。每事下翰林，使叔文可否，然后宣于中书，韦执谊承而行

①　（唐）韩愈：《韩昌黎集》，中国书店 1991 年版，第 534 页。

②　（宋）欧阳修等：《新唐书》，中华书局 1975 年版，第 5129 页。

③　（后晋）刘昫等：《旧唐书》，中华书局 1975 年版，第 405 页。

④　（唐）韩愈：《韩昌黎集》，中国书店 1991 年版，第 553 页。

之。"① 顺宗的失语表示封建国家的中枢停滞，也使王叔文、韦执谊企图长期执行"新政"失去依赖的可能性。原因之三是：反对立太子、反对太子监国，将自己置于与新帝对立面地位，更是大错特错。因为顺宗中风不能语，立太子、使太子监国即成为迫在眉睫的大事，也是维持封建国家基本秩序的必然之举。不能因为首先上表请皇太子监国的是几个方镇②，不能因为最先提出立广陵王纯为太子的是几个宦官③，就否定在当时情况下立太子、太子监国的重要性。广陵王纯（即位后为宪宗）为嫡为长，立为太子既符合舆情，亦合封建伦常。纯当时二十八岁，政治上业已成熟，有作为，即位后以"刚明果断"称，在位十五年，"慨然发奋，能用忠谋，不惑群议"④，号为"元和中兴"。宪宗的英明有为是让后来的刘柳感到难堪的事，让他们晓得自己当年合力拥戴病体沉绵的顺宗是多么不值得；而王韦在立太子、太子监国等重大举措中，皆另有别图，站在了宪宗的对立面。后来招来王叔文杀身之祸、刘柳等"八司马"远贬、纵逢恩赦亦不得复用的原因，皆缘于此。《唐会要》卷八〇《朝臣复谥》载李巽（时任兵部侍郎）之言曰："当先朝之日，上体不平，奸臣王叔文擅权作朋，将害于国。"⑤ 李肇（贞元进士，长庆时为左司郎中）《唐国史补》卷中云："顺宗风噤不言，太子未立，牛美人有异志。"⑥ 朝政安危，到了千钧一发之际。《新唐书·郑絪传》："顺宗病，不得语。王叔文与牛美人用事，权震中外，惮广陵王雄睿，欲危之。帝召絪草立太子诏，絪不请辄书曰'立嫡以长'。跪白之，帝额乃定。"⑦ 自是唐王室始获安定。所以宪

① （宋）司马光：《资治通鉴》，中华书局1956年版，第7609页。
② 《顺宗实录》卷四："癸丑，韦皋上表请皇太子监国，又上皇太子笺。寻而裴均、严绶表继至，悉与皋同。"韦皋为剑南西川节度使，裴均为荆南节度使，严绶为河东节度使。
③ 《顺宗实录》同卷："乙未，诏：'军国政事，易权令皇太子某勾当。百辟群后，中外庶僚，悉心辅翼，以抵于理。宣布朕意，咸使知闻。'上自初即位，则疾患不能言，至四月，益甚……天下事皆专断于叔文，而李忠言、王伾为之内主，执谊行之于外。（叔文等）朋党喧哗，荣辱进退，生于造次，惟其所欲，不拘程度。既知内外厌毒，虑见摧败，即谋兵权，欲以自固，而人情益疑惧，不测其所为，朝夕伺候。会其与执谊交恶，心腹内离，外有韦皋、裴均、严绶等牋表，而中官刘光琦、俱文珍、薛盈珍、尚解玉等皆先朝任使旧人，同心怨猜，屡以启上。"
④ （宋）欧阳修等：《新唐书》，中华书局1975年版，第219页。
⑤ 傅斯年：《史料论略及其他》，辽宁教育出版社1997年版，第1478页。
⑥ （宋）王溥：《唐会要》，中华书局1955年版，第37页。
⑦ （宋）欧阳修等：《新唐书》，中华书局1975年版，第5074页。

宗一即位，即着手处分王韦等；"八司马"相继被贬，且制书有"逢恩不原"之令；王叔文被贬并被赐死。他们的获罪应皆与反对宪宗有关。在唐代律令中，这是可以以"谋逆"论处的。原因之四是：王韦集团力单势薄，在朝廷远没有形成坚实力量，亦缺乏舆论支持，与多数朝官形成脱离、对立局面。据《新唐书·宰相年表》载，顺宗时期的宰相有杜佑、高郢、郑珣瑜、郑余庆、韦执谊、袁滋等，在同列中，韦执谊不但孤立无援，且树敌甚多。韦执谊为杜黄裳子婿，翁婿同朝，但杜黄裳在立太子、太子监国的立场上，即与执谊不同①。翰林学士郑絪、卫次公、王涯等亦不与王韦等同心。朝官中，除宰相、翰林学士外，尚书省六部尚书、侍郎，御史台御史大夫、中丞，以及卿监百司的长官，皆是大员，而未闻何人与王韦为政治同盟。王韦此前罗致了一批新锐，当王韦掌朝政时，李景俭在洛阳居丧，陆质已卒，吕温使吐蕃未归，陈谏为河中少尹，不在京，程异为盐铁扬子院留后，不在京。在京者，唯柳宗元、刘禹锡、韩泰与韩晔。其位仅为郎中、员外郎，属中下层官员，虽皆称干才，骤参国事，易引起百僚非议，适得其反。原因之五：王韦由合而分，最后彻底决裂。王叔文一意孤行，迫公议，韦执谊或已预见到一切顺从王叔文，自己将陷于覆亡之路，故在诸多施政问题上与王叔文有意异同，表示与王叔文切割，保持距离，终成仇怨。叔文母死，"伾日诣中人并杜佑请起叔文为相，且总北军（神策军）。既不得，请以威远军（禁军）使平章事，又不得。其党皆忧悸不自保"②。至山穷水尽地步，王叔文还欲总揽军、财、政大权以自保，其自不量力与权力欲望，都达到顶点。事终不成，王叔文归第，王伾无所作为，遂佯狂称中风，舆归，不出。王韦党人自叔文居丧［贞元二十一年（805 年）六月］，可以说已经垮了。

　　如上所说，王韦党核心人物（二王、韦）的个人品行都谈不上高尚，甚至相当低下。王伾、韦执谊不必说了，即如刘柳特加赞赏的王叔文，时有深谋，亦时有跋扈之气，然一旦临小利害，即卑卑无足道。两《唐书·王叔文传》俱载其母死前一日，王叔文以五十人担酒馔入翰林宴宦官李忠言、刘光琦、俱文珍及诸学士等请谅解；母已死，王叔文匿而不

①　《旧唐书·杜黄裳传》："杜黄裳……为裴延龄所恶，十年不迁。贞元末，为太常卿。黄裳终不造其门。尝语其子婿韦执谊，令率百官请皇太子监国，执谊遽曰：'丈人才得一官，可复开口议禁中事耶？'黄裳勃然曰：'黄裳受恩三朝，岂可以一官见卖！'即拂衣而出。"

②　（唐）韩愈：《韩昌黎集》，中国书店 1991 年版，第 552 页。

报，托王伓代谋起复。这在封建社会皆属为人不齿、大逆不道之事。如此"革新派"，如此"新政"集团，焉有不败之理？

《新唐书》编者在王叔文、韦执谊等传后史臣有赞曰："叔文沾沾小人，窃天下柄，与阳虎取大弓，《春秋》书为盗无以异。"① "沾沾小人"即小人得志；阳虎即《论语》中的阳货，名虎，字货，春秋时鲁国大夫季氏家臣。季氏掌鲁国朝政，而阳货又掌季氏家政。"大弓"喻国之重宝。史臣以阳虎拟王叔文，还是很恰当的。

韩愈与王韦及刘柳的关系

此处欲论及韩愈与王韦、刘柳的关系。前文说过，韩愈与刘柳同年进入御史台为监察御史，进御史台之前，韩愈因倡古文、反佛复儒已经名满天下，如张籍、李翱等俱以当代孟子许他（见张籍《与韩昌黎书》，李翱《与陆傪书》）。为御史台同僚后，韩愈立即与刘柳结为至交，至少是文字至交。奇怪的是，王韦密结刘柳等一大帮朝中新锐为密友，偏偏将韩愈排斥在外。有学者以为韩愈倡儒尊孔，哲学立场保守落后，故不在王韦罗致名单之列。这是很不通且无道理的说法。未闻哲学立场保守者就一定反对政治革新，何况当中唐之际，最大的政治就是中央与藩镇的对立，朝臣的弄权与宦官的擅权，而韩愈在以上原则问题上立场是明朗而且坚定的。王韦未罗致韩愈入围，没有别的理由，就是因为韩愈在仕进问题上较为"持重"（与柳宗元的"不贵重顾藉"相反），不甚热衷于与东宫官员结交，或者因韩愈年龄较刘柳等长了几岁。总而言之，韩愈与当时形成的王韦集团保持着一定的距离，但因为与刘柳密切的来往，却暗中觉察到这个官僚集团的存在。

贞元十九年（803 年）冬，京师大旱，韩愈与御史台同僚张署上书请缓征今年赋税（韩愈上书不引刘柳同署也是他政治上与刘柳保持距离的一个明证），书上，韩贬阳山令，张贬临武令。鉴于当年张正买无故被贬之事，韩愈颇疑心是刘柳"语言泄"而致使王韦出手打击了他。韩愈的推论是：他对王韦们的结党有所非议，但没有回避刘柳，于是刘柳泄其

---

① （宋）欧阳修等：《新唐书》，中华书局 1975 年版，第 5142 页。

"语言"与王韦，王韦借上书远贬韩愈。当宪宗即位之初先后远贬王韦及刘柳"党人"后，出于激愤，韩愈在量移江陵途中有强力攻击王韦"党人"之诗，如《永贞行》《八月十五夜赠张功曹》及寓言诗《射训狐》《遣疟鬼》等。韩愈的阳山之贬造成了韩对王韦的极度恶感，与刘柳之间也存在长期的误会，直到元和十四年（819 年）柳宗元去世，长庆四年（824 年）韩愈去世，韩愈与刘、柳之间的误会似乎并未完全消除。关于韩与刘柳之间的这一桩"公案"，并非完全是题外话，学术界至今也未能有结论。读者可参看《韩愈集》《赴江陵途中寄赠翰林三学士》诗及刘禹锡答韩愈诗《韩十八侍御见示岳阳楼别窦司直因令属和重以自述故足成六十二韵》及相关评析。

元和元年（806 年）韩愈返回长安，刘柳皆被远窜，且久久不能回朝，韩愈对王韦尤其对刘柳的态度，还是渐渐发生了一些变化。这也可以反映在韩愈所为的《顺宗实录》中。韩愈《顺宗实录》每被袒护王韦的学者指为"褊私""偏见"，其见未必公正。韩愈为国史馆修撰在元和八年（813 年），距王韦执政不过八九年，韩不但是当事人，其所据者为国史馆文献资料，撰《顺宗实录》，并非出于个人私见。两《唐书》相关纪、传，《资治通鉴》多采用《顺宗实录》的材料，说明《顺宗实录》足以作为信史。指责《顺宗实录》材料不实，或韩愈态度"褊私""偏见"，那就得列举另外的文献来加以证明。动辄说《实录》不实，又无新文献佐证，往往就夹杂了个人的好恶，甚至为时代的政治思潮所左右①。宪宗即位后，其《贬韦执谊崖州司马制》曰："韦执谊……早居禁署，谬列鼎台，直谅无闻，奸回有素，负恩弃德，毁信废忠，言必矫诬，动皆蒙蔽，官由党进，政以贿成……"②《贬王伾开州司马王叔文渝州司户制》曰："王伾……王叔文等，骤居左掖之秩，超赞中邦之赋，曾不自厉，以

---

① 韩愈《顺宗实录》至文宗朝，的确有指责其不实的舆论。《旧唐书·路随传》："韩愈撰《顺宗实录》，说禁中事颇切直，内官恶之，往往于上前言其不实，有诏改修……文宗复令改永贞时事。"路随时以宰相兼修国史，上奏称不宜修改，若要修改，请文宗明确"条示旧记最错误者，宜付史官，委之修定"。文宗后来果然"条示"了《实录》几处"书德宗、顺宗朝禁中事"，著史官"详正刊去，其他不要更修"。可见，指责《顺宗实录》"不实"者是内官，所谓"不实"处，是指令宦者不悦的"说禁中事颇切直"者。后世史家随宦者之后指责《顺宗实录》"不实"或存"褊私""偏见"，识见何其陋哉。

② （宋）司马光：《资治通鉴》，中华书局 1956 年版，第 605 页。

效其诚，而乃漏泄密令，张惶威福，蓄奸冒进，黩货彰闻，迹其败类，载深惊叹……"①"制书"即是皇帝的旨意，也代表了宪宗朝对王韦等的公论，作为国史馆修撰的韩愈不可能超越朝廷公论而另立他论。何况韩愈《顺宗实录》对王韦执政期间一切善政非但毫无隐瞒，且大书特书，《顺宗实录》卷二还全文录用了顺宗极尽褒美之辞的《授王叔文盐铁副使制》②。须知，韩愈的身份有两个：一个是史官身份，一个是（刘柳）朋友身份。当他撰写《顺宗实录》时，是第一个身份，只能据史直书；当他为柳宗元撰写《柳子厚墓志铭》《祭文》以及《柳州罗池庙碑》时，则是第二个身份，感情充沛，激荡低回，义形于色。在《柳子厚墓志铭》中，韩愈说到柳宗元参加王叔文集团，很谨慎地用"不自贵重顾藉，谓功业可立就，故坐废退"③ 数语来为柳宗元掩饰，不失为友人之道。元和十四年（819 年），韩愈自潮州量移袁州，举王韦党人、时为漳州刺史的韩泰自代，《自代状》云："前件官（按指韩泰）词学优长，才器端实；早登科第，亦更台省；往因过犯，贬黜至今。自领漳州，悉心为治，官吏惩惧，不敢为非；百姓安泰，并得其所。"④ 从中看到的只是韩愈的一片公心，并无"褊私""偏见"可言。著名史学家傅斯年先生尝有"史学即史料学"的著名判断，其《史料论略》云："史学的对象是史料，不是文词，不是伦理，不是神学，并且也不是社会学。史学的工作是整理史料，不是作艺术的建设，不是做疏通的事业，不是去扶持或推倒这个运动，或那个主义。"⑤ 我们的史学家，不正是违背了前贤的教导吗？史料如果不利于自己"扶持或推倒这个运动，或那个主义"，即不相信这个史料而另立"文辞"，另为"社会学"，其对史料的态度，何其苟简苍白！

---

① （宋）司马光：《资治通鉴》，中华书局 1956 年版，第 605 页。

② 《授王叔文盐铁副使制》："朕新委元臣……起居舍人王叔文，精识瑰材，寡徒少欲，质言无隐，沈深有谋。其忠也，尽致君之大方；其言也，达为政之要道；凡所询访，皆合大猷。宜继前劳，伫光新命。"见《顺宗实录》卷二。制书的文辞或者就是王韦党中人起草的，但也大体符合王叔文初执政时的情况。

③ （唐）韩愈：《韩昌黎集》，中国书店 1991 年版，第 246 页。

④ 同上书，第 419 页。

⑤ （唐）李肇：《唐国史补》，上海古籍出版社 1979 年版，第 3 页。

刘禹锡（也包括柳宗元）与王韦集团及
王韦"新政"的关系

王韦尤其是王叔文，对刘柳特别赏识，刘柳对王叔文的才能也有很高评价。这是双方关系的第一层。《旧唐书·刘禹锡传》云："王叔文于东宫用事，后辈务进，多附丽之。禹锡尤为叔文知奖，以宰相器待之。顺宗即位……叔文引禹锡及柳宗元入禁中，与之图议，言无不从。"①《柳宗元传》云："顺宗即位，韦执谊用事，尤奇待宗元。与监察御史吕温密引禁中，与之图事……叔文欲大用之。"②刘禹锡的《子刘子自传》中对叔文有赞誉之词，前已引过③；柳宗元《河间刘氏志文》云："叔文坚明直谅，有文武之用……嗣皇承大位，公居禁中，吁谟定命，有扶翼经纬之绩。"④

王叔文对刘柳的才干极表欣赏，执政之初，即"超拔"刘柳，引入枢密重用，刘柳因对王叔文的"超拔"心存感激而奋力前行，竭其所能协助王韦执政，并表现得相当强势，这是双方关系的第二层。《旧唐书·刘禹锡传》云："（禹锡）颇怙威权，中伤端士。宗元素不悦武元衡，时武元衡为御史中丞，乃左授右庶子。侍御史窦群奏参禹锡挟邪乱政，不宜在朝，群即日罢官……既任喜怒凌人，京师人士不敢指名，道路以目，时号二王、刘柳。"⑤当王韦执政之初，刘柳的奋力而行，原因在于自信是忠君为国的正义事业，个人事功寄托于此，自然也兼有报答王韦"知遇"之恩的意思。刘禹锡《上杜司徒书》云："小人受性颛蒙，涉道未至，末学见浅，少年气粗，常谓尽诚可以绝嫌猜，徇公可以弭谤恶，谓慎独防微

---

① （后晋）刘昫等：《旧唐书》，中华书局1975年版，第4210页。

② 同上书，第4214页。

③ 《旧唐书·刘禹锡传》又称禹锡为监察御史时"与吏部郎中韦执谊相善"。柳文中未尝提及执谊，刘仅在《子刘子自传》中说到叔文"后命终死"后补了一句"宰相贬崖州"。究其原因，或与执谊在执政后期有意与叔文"异同"、以示切割，引起宗元与禹锡的不满。然禹锡长庆间为夔州刺史时，执谊子韦绚以故人之子的身份由襄阳往夔州访禹锡，问前朝故事，成《刘公嘉话录》一书。刘禹锡与韦执谊关系，颇堪耐人寻味。

④ （唐）柳宗元：《柳河东集》，中华书局1974年版，第2215页。

⑤ （后晋）刘昫等：《旧唐书》，中华书局1975年版，第4210页。

为近隘，谓艰贞用晦为废忠。"① 与柳宗元《寄许京兆孟容书》中所说的
"宗元早岁，与负罪者亲善。始奇其能，谓可以共立仁义，裨教化"② 同
义。但当是时，刘柳难免有少年得志、浮躁轻狂之处，得罪同僚甚至引起
他人嫉恨亦在所难免。柳宗元在《寄许京兆孟容书》中说自己"素贫贱，
暴起领事"，在《与萧翰林俛书》（《柳河东集》同卷）中说"仆当时年
三十三，甚少，自御史里行得礼部员外郎，超取显美"③，即是此意，都
可以见出柳（也包括刘）在王韦执政之初年少气盛、踔厉风发之情状。
禹锡贬后有致昔日上司杜佑书，倾诉委曲，求杜佑施援，然禹锡似乎一直
未得到杜佑谅解。

　　对待与王韦的关系，刘柳在贬远州司马之后，有所不同：柳宗元对自
己贞元末的政治作为有较为深刻的反省，而刘禹锡则坚持立场到底。这是
刘柳与王韦双方关系的第三层。柳宗元初抵贬地永州，有《寄许京兆》
《与萧翰林俛书》二书，在《寄许京兆孟容书》书中承认自己"年少气
锐，不识几微，不知当否，但欲一心直遂，果陷刑法，皆自所求取得
之"④。"不识几微，不知当否"，其意就是未能及时判断出顺、宪二帝朝
代换易之际政治暗流的方向，也未能就朝廷官员的舆论倒向大势作出判
断，从而对自己的政治前途作出正确抉择，只是一味地跟随王韦一路走下
去。宗元同时还有《答问》一篇，借答客人问对自己贞元末的作为有类
似表白："仆少尝学问，不根师说，心信古书，以为凡事皆易，不折之以
当世急务，徒知开口而言，闭目而息，挺而行，踬而伏……冲罗陷阱，不
知颠踬，愚蠢狂悖。"⑤ 宗元又有《惩咎赋》，云："惩咎愆以本始兮，孰
非余心之所求……苟余齿之有惩兮，蹈前烈而不颇。"⑥《新唐书》本传录
此赋，评云："宗元不得召，内悯悼，悔念往昔，作赋自儆。"⑦ 大凡人对
自己昔日的立场、行为总有一个最合适的理由。被贬永州后，于冷静中乃
有深刻反省，从早年的立场退后一步，负疚、自责，每以"负罪人"自

---

①　（唐）刘禹锡：《刘禹锡集》，上海古籍出版社 1989 年版，第 237 页。

②　（唐）柳宗元：《柳河东集》，中华书局 1974 年版，第 480 页。

③　同上书，第 491 页。

④　同上书，第 480 页。

⑤　同上书，第 279 页。

⑥　同上书，第 32 页。

⑦　（宋）欧阳修等：《新唐书》，中华书局 1975 年版，第 5140 页。

居，这对宗元来说极不容易。禹锡则与宗元不同。《子刘子自传》作于会昌二年（842 年）刘禹锡七十一岁时，几乎是绝笔，仍旧固守早年的立场，毫不退让，这符合刘禹锡的性格。这很容易使人联想到他元和、大和间两为《玄都观看花诗》讥刺朝廷权贵。元和十年（815 年）刘禹锡初返长安，是裴度等为其"争取"来的一个机会，当时朝廷重要大臣如韦贯之、裴度、李绛、权德舆、崔群等皆为杰出人才，且都与刘禹锡保持良好关系。刘禹锡写《玄都观看花诗》，不过在情绪上完成了泄愤的需要而已，书生气太重且政治涵养不足，结果不但丧失了自己梦寐以求的从政机会，还连累了柳宗元、韩晔、韩泰等挚友。十三年之后，即大和二年（829 年），刘禹锡入长安为主客郎中，再赋《玄都观看花诗》。今之人对刘禹锡两赋《看花诗》，如桴鼓之相应，甚为津津乐道，其实就刘禹锡政治前途讲，实无此必要。《旧唐书·刘禹锡传》云："元和十年，自武陵召还，宰相复欲置之郎署。时禹锡作《游玄都观咏看花君子诗》，语涉讥刺，执政不悦，复出为播州刺史……大和二年，自和州刺史征还，拜主客郎中。禹锡衔前事未已，复作《游玄都观诗》，序曰……其前篇有'玄都观里桃千树，总是刘郎去后栽'之句，后篇有'种桃道士今何在，前度刘郎又到来'之句，人嘉其才而薄其行。禹锡甚怒武元衡、李逢吉，而裴度稍知之。大和中，度在中书，欲令知制诰，执政又闻诗序，滋不悦……终以恃才褊心，不得久处朝列。"① 裴度为刘禹锡安排的知制诰距中书舍人一步之遥，是天下文士最向往的职位；至中书舍人，再进一步至侍郎、尚书甚至更高，也就不远了。故再赋《看花诗》，又断送了刘禹锡难得的仕进机会。

晚年刘禹锡的政治处境及其未了之心结

《旧唐书》云："（禹锡）虽名位不达，公卿大僚多与之交。"② 自开成元年（836 年）刘禹锡以太子宾客分司东都后，他除与白居易、元稹诗歌唱酬不止外，与裴度、令狐楚、牛僧孺、李德裕之间的诗歌唱和亦甚

---

① （后晋）刘昫等：《旧唐书》，中华书局 1975 年版，第 4211 页。
② 同上书，第 4213 页。

多。其他诗歌往还者，几乎遍及朝廷大僚。其中裴度为三朝元老，牛僧孺、李德裕为"牛李党"双方的核心人物，令狐楚、白居易也属牛党，而刘禹锡与他们皆能保持"等距离"交往，说明晚年的刘禹锡已与昔日"书生意气"甚浓的自己大有不同。这就有一个问题：既然《玄都观看花》已经成为过去，刘禹锡与朝中大僚业已普遍建立了密切关系，所谓"终以恃才褊心"，使刘禹锡"不得久处朝列"的"执政者"是谁呢？难道裴度、牛僧孺、令狐楚、李德裕还算不得朝廷首辅吗？很令人费解。不外乎一种解释：尽管裴、牛、李、令狐辈与刘禹锡诗歌唱酬的态度皆很诚恳，但他们未始不怀着对刘禹锡昔日两赋《玄都观看花》的忌惮，而不能倾力向皇帝推举。宪宗虽已故去，宪宗子穆宗继为皇帝，嗣后的敬宗、文宗、武宗皆穆宗子。当顺宗疾病、禁中议立太子时，宦官李忠言、牛昭容与叔文等另有他图。所谓"另有他图"，就是不立宪宗而另立宪宗异母弟如郯王经、宋王结、郇王综、衡王绚等，他们的年龄与宪宗相差无几。储君之争非常激烈。最终李忠言的对立面俱文珍、刘光琦等与朝官郑絪等联手，挫败了李忠言与叔文的联合，立宪宗为太子并最终即位为皇帝。宪宗及穆宗之后的几任皇帝自然不会忘记昔日曾反对过宪宗的王韦集团及其余党。

贞元末，二王、韦政治集团迅速集结，又转瞬败亡，原不足惜，可惜的是集团中如刘柳那样的才干杰出的新锐之士，因陷于王韦一党而酿成终生之恨。刘柳等一辈人俱成长于动乱中，有抱负，有志向，有才学，因急于追求个人事功、不识几微而导致个人仕途严重受挫。《新唐书》史臣在讥讽王叔文为"沾沾小人"后，继而针对刘柳发感叹道："宗元等桡节从之，侥幸一时……彼若不傅匪人，自励材猷，不失为名卿才大夫，惜哉！"[①] 北宋王安石《读柳宗元传》亦云："余观八司马，皆天下之奇才也，一为叔文所诱，遂陷入于不义。"[②] 苏轼《续欧阳子〈朋党论〉》有云："唐刘禹锡、柳宗元，使不陷于叔文之党，其高才绝学，亦足以为唐名臣矣！"[③] 与《新唐书》史臣的言论同。韩愈在《柳子厚墓志铭》最后婉曲地对柳宗元遭遇的不幸，以及不幸中的大幸，即成就了他文学上的巨大成就，表示了他一贯的"文穷而后工"的看法："然子厚斥不久，穷不极，虽有出于人，其文

---

① （宋）欧阳修等：《新唐书》，中华书局 1975 年版，第 5143 页。

② （宋）王安石：《临川文集》，吉林出版社 2005 年版，第 756 页。

③ （宋）苏轼：《苏诗文集》，中华书局 1979 年版，第 732 页。

学辞章必不能自力，以致必传于后如今无疑也。虽使子厚得所愿，为将相于一时，以彼易此，孰得孰失，必有能辨之者。"① 拿来概括刘禹锡的一生，大体亦是如此。所不同者，是柳宗元贬永州后健康即急剧恶化，终于没能熬出头，元和十四年（819 年）卒，年仅四十七岁。刘禹锡不但熬过了宪宗，熬过了穆宗、敬宗、文宗，一直熬到武宗会昌。会昌元年（841 年），刘禹锡七十岁，有《岁夜咏怀》诗，云："弥年不得意，新岁又如何？念昔同游者，而今有几多？以闲为自在，将寿补蹉跎。春色无情故，幽居亦见过。"② "将寿补蹉跎" 是刘禹锡面对现实极无奈又自我慰藉的话。大和七年（833 年），刘禹锡六十二岁，在苏州刺史任，朝廷赐紫金鱼带。这是对州刺史一级官员极高的待遇。开成五年（840 年），刘禹锡六十九岁，任秘书监，从三品，虽然分司东都，职位却不低；次年，即会昌元年（841 年），加检校礼部尚书，兼太子宾客。刘禹锡的职衔不可谓不显赫，但刘禹锡的生命也走到尽头了。他终于没能在自己年富力强时建大功业，没能抵达王叔文 "以宰相待之" 的预期。大和以后，刘禹锡与令狐楚、裴度、牛僧孺、李德裕等大僚们诗歌往来还很多，几乎每一首诗里都潜藏着他殷殷的期盼。如他写给裴度的诗："谢公莫道东山去，待取阴成满凤池。"③ （《庭庭偃松诗》）写给令狐楚的诗："边庭自此无烽火，拥节还来坐紫微。"④ （《送令狐相公镇太原》）写给牛僧孺的诗："犹有登朝旧冠冕，待公三入拂尘埃。"⑤ （《酬淮南牛相公》）写给李德裕的诗："自古相门还出相，如今人望在岩廊。"⑥ （《送李尚书镇滑州》）等等都有个人的诉求。文学与事功，是古代士人人生追求的两个方面，然有时不可得兼。孰为轻，孰为重，韩愈说 "必有能辨之者"，后世人或者能辨，而对刘柳来说，则未必能辨。尤其刘禹锡，在他人生价值的衡器上，事功或占的分量要更重一些。会昌元年（814 年），刘禹锡七十岁，朝廷在秘书监头衔之上再加检校礼部尚书。检校礼部尚书是虚衔，与死后赠官无异，对刘禹锡来说恐怕连心理安慰也谈不上。读其诗文，原其情怀，良可哀也矣！

① （唐）韩愈：《韩昌黎集》，中国书店 1991 年版，第 245 页。

② （唐）刘禹锡：《刘禹锡集》，上海古籍出版社 1989 年版，第 775 页。

③ （唐）柳宗元：《柳河东集》，中华书局 1974 年版，第 1129 页。

④ （唐）刘禹锡：《刘禹锡集》，上海古籍出版社 1989 年版，第 1363 页。

⑤ 同上书，第 1370 页。

⑥ 同上书，第 876 页。

雄奇奔放与幽峭敛蓄

——从八组文对比看韩柳风格之迥异

洪本健

（华东师范大学中文系）

摘　要　本文通过对韩愈、柳宗元体裁或题材上相同或相近且颇具代表性的八组文章的对比分析，论说两位大家文风或雄奇奔放或幽峭敛蓄之不同，并探讨形成如此差异的原因。

关键词　韩柳文　比较　雄奇奔放　幽峭敛蓄　差异成因

韩愈与柳宗元两位唐代文学大师以他们辉煌的创作成就，震撼当时，影响后世。他们各具特色的文章，深受历代读者的关注和喜爱。在韩柳两大家并称的同时，他们的文学作品，特别是脍炙人口的文章，也被研究者反复比较，一再评说，真知灼见，在在皆是，为我们今天的研究提供了许多宝贵的借鉴和重要的资料。

关于韩文的风格，唐宋人早有灼见。皇甫湜称韩文"如长江秋清，千里一道，冲飙激浪，瀚流不滞"①。此已揭示出韩文奔放有力的特点。苏洵曰："韩子之文，如长江大河，浑浩流转，鱼鼋蛟龙，万怪惶惑，而抑遏蔽掩，不使自露。"② 这里，补充了"万怪惶惑，而抑遏蔽掩"的特点。于是，韩文雄奇奔放的风格得到了生动而全面的表述。而柳宗元之为文，其《杨评事文集后序》有云："文有二道：辞令褒贬，本乎著述者也；道扬讽谕，本乎比兴者也。"③

柳文实兼"辞令褒贬"与"道扬讽谕"之功能，故《柳河东集》中，愤郁情调的积蓄，加之奇山异水的陶冶，而发为幽峭敛蓄的文章，可谓不胜枚举。堪称唐代文坛"双子星座"的韩柳，文风截然相异，却共

---

① （唐）皇甫湜：《皇甫持正文集》卷1《谕业》，四部丛刊本。
② （宋）苏洵：《嘉祐集》卷12《上欧阳内翰第一书》，《四库全书》本。
③ （唐）柳宗元：《柳河东集》卷21，上海人民出版社1974年版。

同谱写了唐代散文异彩纷呈的壮丽篇章。

韩柳文佳作甚多，既然是对比，理所当然的是，必须从中选出有可比性的作品，即在体裁或题材方面有相同或相近之处的代表作。由于考虑到双方的对等，即大体具备可比的条件，故所挑选的作品有些难以称为最佳。以下谨将韩柳文分为八组，韩文在前，柳文在后，对比分析，以凸显两家文风雄奇奔放与幽峭敛蓄之不同。

第一组：《张中丞传后叙》与《段太尉逸事状》

这两篇文章都是歌颂为维护国家统一、反对藩镇叛乱而壮烈献身的英雄，都有辩诬与补充正史的作用，都强调写作素材的真实性，又都有人物形象的生动刻画，但两篇又有很多的不同，特别表现在文风方面。

《张中丞传后叙》之定名，即可见韩愈的创意。李翰已作《张巡传》，韩愈不便重写，"然尚恨有阙者，不为许远立传，又不载雷万春事首尾"[1]，故以"传后叙"为篇名，便于或补叙或议论的自由发挥。方苞曰："截然五段，不用勾连，而神气流注，章法浑成，惟退之有此。前三段乃议论，不得曰记张中丞逸事；后二段乃叙事，不得曰读张中丞传，故标以《张中丞传后叙》。"[2] 此文结构灵活，作者满腔的激情贯注全文，前议后叙，融为一体。不仅议为抽象之叙，在痛斥谬论的同时，自然展示了英雄正气凛然的壮举；而且叙为形象之议，以生动的事实，有力回击了对英雄无端的诽谤。另外，议论处的"擅强兵坐而观者相环也"为金针暗渡之笔，引出下文彭城太守、河南节度使贺兰进明"不肯出师救"的记叙，使全篇的议与叙结合得十分紧密，可谓天衣无缝。显然，叙议结合而造成贯串全篇的"神气流注"，大大强化了文章奔放的气势。

《段太尉逸事状》属行状体，以三件逸事颂扬段秀实的刚、仁、节，末以亲访"老校退卒"的见闻证实所书之不谬，可见状之严谨。文中纯为细腻生动的描写，相比于韩文的叙议结合，柳文主于记叙，作者的主观

---

① （唐）韩愈著，刘真伦、岳珍校注：《韩愈文集汇校笺注》卷3《张中丞传后叙》，中华书局2010年版，第295页。

② 叶百丰编著：《韩昌黎文汇评》杂著《张中丞传后叙》评语，正中书局1990年版，第67页。

感情隐伏于人物形象的刻画之中，显得敛蓄而绝不张扬。故清人何焯以"深谨"二字评此文。① 林纾则评曰："写忠义慷慨处，气壮而语醇，力伟而光敛。"② 他们都感受到此篇的严谨与敛蓄。

　　无疑，两篇文章最重要的差别还表现在作者的情感处理和文风展示上，即表现在韩愈的激情洋溢、文势奔放和柳宗元的冷静客观、文势敛蓄上。韩愈为张巡、许远伸张正义，义愤填膺地痛斥污蔑许远畏敌后死、应负城陷之责及张、许不该死守，应"弃城而逆遁"等谬论。柳宗元以段秀实平日所作所为的详尽事实，客观地证明其关键时刻奋不顾身的必然性。韩愈以张巡、许远、南霁云一心为公、取义成仁、相映生辉的鲜明形象，昭示世人，收到动人心魄的效果。柳宗元以郭晞、焦令谌、韦晤的反衬，突出段太尉疾恶如仇、关爱弱者和忠毅坚贞的高尚品格，以潜移默化世人的心灵。韩文讴歌殉国的英烈，以两相对应的长短句和有力的反问，展现磅礴的气势："守一城，捍天下，以千百就尽之卒，战百万日滋之师，蔽遮江淮，沮遏其势，天下之不亡，其谁之功也？"柳文中"太尉列卒取十七人，皆断头注槊上，植市门外"的描写，一"注"字，一"植"字，极为峭拔，不动声色地显示了太尉的果断和刚毅。两篇佳作，各具匠心，各有特色。

第二组：《应科目时与舍人书》与《上门下李夷简相公陈情书》

　　此二篇皆为处困境时求人援己之作。韩愈贞元八年（792 年）登进士第，翌年于吏部试博学宏辞科，有《应科目时与舍人书》，是科不中，后于贞元十年、十一年又两试博学宏辞，均失利。《上宰相书》云"四举于礼部乃一得，三选于吏部卒无成"，即谓此也。柳宗元一贬永州，再贬柳州，北还无日，极其郁闷。元和十三年（818 年），在柳州刺史任上，作《上门下李夷简相公陈情书》。韩愈作书时才二十六岁，意气犹盛；柳宗元上书时已四十六岁，衰疲至极，次年即卒于任上。

　　① （清）何焯：《义门读书记》卷 35 评语，中华书局 1987 年版。
　　② 林纾：《春觉斋论文》，人民文学出版社 1959 年版。

先看韩文：

> 月日，愈再拜。天池之滨，大江之濆，曰有怪物焉，盖非常鳞凡介之品汇匹俦也。其得水，变化风雨，上下于天不难也；其不及水，盖寻常尺寸之间耳。无高山大陵、旷途绝险为之关隔也。然其穷涸不能自致乎水，为獱獭之笑者，盖八九年矣。如有力者，哀其穷而运转之，盖一举手、一投足之劳也。然是物也，负其异于众也，且曰："烂死于沙泥，吾宁乐之。若俯首帖耳，摇尾而乞怜者，非我之志也。"是以有力者遇之，熟视之若无睹也。其死其生，固不可知也。今又有有力者当其前矣，聊试仰首一鸣号焉，庸讵知有力者不哀其穷，而忘一举手、一投足之劳，而转之清波乎？其哀之，命也；其不哀之，命也；知其在命，而且鸣号之者，亦命也。愈今者实有类于是，是以忘其疏愚之罪，而有是说焉。阁下其亦怜察之。

韩愈之书，通篇托物以喻，自比怪物，而自信异常。因已登进士第，故谓"不及水，盖寻常尺寸之间耳"，而一旦得水，则"变化风雨，上下于天不难也"，傲岸之态毕现。既渴望"有力者，哀其穷而运转之"，又自视甚高，不肯放下身段，声称"俯首帖耳，摇尾而乞怜"，"非我之志"；既不满于"有力者遇之，熟视之若无睹"，却又不放弃"鸣号"以求得"转之清波"的希望。"怪物"的自喻，恢诡的意态，塑造了不妥协地与命运抗争的士人形象。求人之文却写得气势不凡，毫无卑下之态，淋漓尽致地展示出雄奇奔放的风格。

再看柳文的前半篇：

> 月日，使持节柳州诸军事守柳州刺史柳宗元，谨再拜献书于相公阁下：宗元闻有行三涂之艰，而坠千仞之下者，仰望于道，号以求出。过之者日千百人，皆去而不顾。就令哀而顾之者，不过攀木俯首，深颦太息，良久而去耳，其卒无可奈何。然其人犹望而不止也。俄而有若乌获者，持长绠千寻，徐而过焉，其力足为也，其器足施也，号之而不顾，顾而曰不能力，则其人知必死于大壑矣。何也？是时不可遇而幸遇焉，而又不逮乎己，然后知命之穷，势之极，其卒呼愤自毙，不复望于上矣。

柳宗元之陈情书在上面的引文之后，还有"宗元曩者齿少心锐，径行高步，不知道之艰以陷于大厄，穷踬殒坠，废为孤囚"及"伏惟念坠者之至穷，锡乌获之余力，舒千寻之绠，垂千仞之艰，致其不可遇之遇，以卒成其幸"等下半篇文字，如孙琮所言，此乃"前虚后实"之文，"上半篇是隐喻，下半篇是实说"①。虽前伏后应，结撰严谨，相较于韩文，毕竟有辞费之憾。

韩柳二书，愤激之情溢于言表，在运用隐喻吁人相助上如出一辙。柳书后出，似模韩而有变化，韩径以"怪物"自比，柳则借众多比喻自述窘境；韩书作于初试吏部之日，柳书写于久贬不归之时；韩书气盛，柳则气衰；韩书愤号，柳书悲鸣；韩书狂傲，颇自命不凡，柳书多自责，见无可奈何；韩书言"知其在命"，仍满怀希冀，柳书叹"命之穷"，则近乎绝望。金圣叹评柳书曰："沉困至久，其言至悲，与昌黎《应科目时书》绝不同。盖彼段段句句字字，负气傲岸；此段段句句字字迫蹙掩抑，则所处之地不同也。看他拉拉杂杂，将'坠者'字、'乌获'字、'千寻之绠'字、'千仞之艰'字、'不可遇'字、'幸遇'字、'号'字、'望'字、'呼愤自毙'字，如桃花红雨，一齐乱落，便成绝妙收煞。"② 何焯评柳书曰："此与《应科目时与人书》貌似，而命意殊。不如韩之工，用笔亦繁简纡径差异。"③ 相较于韩书，柳书虽有如是差异，但抒发深陷绝境的悲切，沉郁顿挫的行文，仍见幽峭不平之风貌。"呼愤自毙，没有余恨"④，可谓悲之已甚，但自悲并非自卑，柳称"径行高步，不知道之艰以陷于大厄"，其中不难窥见自尊自矜的心理，由此言之，本文犹依稀可见幽峭的风姿。

---

① 孙琮：《山晓阁选唐大家柳柳州全集》卷 1《上李夷简相公书》评语，锦章图书局 1919 年石印本。

② 《山晓阁选唐大家柳柳州全集》卷 1《上李夷简相公书》评语。

③ （清）何焯：《义门读书记》卷 36 评语。

④ （唐）柳宗元：《柳宗元集》卷 34《上门下李夷简相公陈情书》，中华书局 1979 年版，第 892 页。

第三组：《进学解》与《起废答》

《进学解》作于元和七年（812 年），洪兴祖《韩子年谱》引《宪宗实录》："元和七年二月乙未，职方员外郎韩愈为国子博士。"此即文中所谓"三为博士"是也。此文以国子先生教诲诸生之言发端，称"诸生业患不能精，无患有司之不明；行患不能成，无患有司之不公"。反话正说，暗示有司之"不明""不公"。旋以弟子语"先生欺余哉"领起下文的责难：先生有学问，有作为，有文章，却"公不见信于人，私不见助于友。跋前踬后，动辄得咎"。从而证实"无患有司之不明""无患有司之不公"为伪说。随后是先生之"解"，即答词，赞孟、荀二子"优入圣域"，而自责以"动而得谤，名亦随之；投闲置散，乃分之宜"。妙的是先生之言，皆当以反意视之，而弟子之语，全出于正意。作者以极其恢诡的笔调，入木三分地刻画出了执政者不明不公的丑态，并予以辛辣的嘲讽。茅坤指出："其主意专在宰相，盖大才小用，不能无憾。而以怨怼无聊之辞托之人，自咎自责之辞托之己，最得体。"[①] 让有司顺耳的话自己说，自然"得体"，而讽刺有司的话托别人说，亦无所顾忌；正话反说，怪怪奇奇，反话正说，畅快淋漓。韩愈尚奇的文风在《进学解》中得到充分的展现。为文也追求奇崛的孙樵高度评价此篇曰："拔地倚天，句句欲活，读之如赤手捕长蛇，不施控勒骑生马。"[②] 储欣亦为之倾倒，曰："其体自汉人来，其文则汉未有。"[③] 又曰："局调句字，色色匠心，雄深奥衍，固非《客难》《解嘲》所能颉颃也。"[④]

柳宗元《起废答》作于来永州十年之际，为元和九年（814 年），贬而难归，愤懑郁结，遂有匪夷所思之构撰。所谓"起废"，起用者谁欤？永州司马"柳先生"，"游于愚溪之上"，问"溪上"所"聚黧老壮齿"，答曰："东祠躄浮图，中厩病颡之驹。""起废"之详情如下：

---

① （明）茅坤：《唐宋八大家文钞·韩文公文钞》评语卷 10，皖省聚文堂重校刊本。

② （唐）孙樵：《孙樵集》卷 2《与王霖秀才书》，四部丛刊本。

③ （清）储欣：《唐宋十大家全集录·昌黎先生全集录》杂著《进学解》评语，清康熙四十四年松龄堂刻本。

④ （清）储欣：《唐宋八大家类选》评语卷 3，清刻古文汇选本。

今年，他有师道者悉以故去，始学者与女释者伥伥无所师，遂相与出蹩浮图以为师，盥濯之，扶持之，壮者执舆，幼者前驱，被以其衣，道以其旗，怵惕疾视，引且翼之。蹩浮图不得已，凡师数百生。日馈饮食，时献巾帨，洋洋也，举莫敢逾其制。中厩病颡之驹，颡之病亦且十年，色玄不庞，无异技，硁然大耳。然以其病，不得齿他马。食斥弃异皁，恒少食，屏立摈辱，掣顿异甚，垂首披耳，悬涎属地，凡厩之马，无肯为伍。会今刺史以御史中丞来莅吾邦，屏弃群驷，舟以沂江，将至，无以为乘。

于是平素"凡厩之马，无肯为伍""无异技"的病颡驹居然荣幸之至，得以起用，与乘"他有师道者悉以故去"之机，幸运地登上师座的"蹩浮图"，一起享受前所未有的待遇，出尽风头。那么，自称"病德之人"的柳先生呢？文章写到，永州的鬒老也为他抱屈："足轶疾风，鼻知膻香，腹溢儒书，口盈宪章，包今统古，进退齐良，然而一废不复，曾不若蹩足涎颡之犹有遭也。"渴望得到起复，以便回归中原，施展身手，造福百姓的柳宗元，竟然连"蹩浮图"与"病颡驹"都比不上，这是怎样的不公啊！心愿与现实的巨大反差，将柳先生的抑郁推向了极致。

与《进学解》一样，《起废答》以正话反说的讽喻，有力抨击了是非不分、贤愚倒置的社会。作者"病德之人"的自称及结尾处的议论，看似自责，实见自负，潜伏的笔锋刺向丑陋的现实，幽默的笔调抒写对不平的抗议，柳宗元幽峭敛蓄的风格表露无遗。黄翰《祭柳侯文》云："一斥不复，困于三湘。譬如鸾凤，不筑高冈。棲之枳棘，六翮摧伤。亦如巧匠，睥睨观旁。缩手袖间，善刀以藏。"① 此堪称柳宗元一贬不复的蛮荒生涯和他那幽峭文风的形象写照。

第四组：《龙说》与《谪龙说》

韩愈和柳宗元皆有说龙之作，韩为《杂说四首之一》即《龙说》：

---

① 《柳河东集》附录《河东先生集传》。

龙嘘气成云，云固弗灵于龙也。然龙乘是气，茫洋穷乎玄间。薄日月，伏光景，感震电，神变化，水下上，汩陵谷，云亦灵怪矣哉！

云，龙之所能使为灵也；若龙之灵，则非云之所能使为灵也。然龙弗得云，无以神其灵矣，失其所凭依，信不可欤！

异哉，其所凭依，乃其所自为也。《易》曰："云从龙。"既曰：龙，云从之矣。

此篇是韩文中极有魅力之作，云与龙之所指即引来诸多的猜测。龙为主，云为宾，此毫无疑问。曾国藩曰："龙以自喻其身，云以喻其文章，凭依乃其所自为，犹曰文书自传道，不仗史笔垂。"[1] 多数古代学者认为龙以喻君，云以喻臣。如汪份所言："此篇以龙喻圣君，以云喻贤臣，言贤臣为圣君所自举，而即为其所凭依。要之既是圣君，自必举贤臣而凭依之也，一则见贤臣之重，一则见圣君之尤重。"[2] 李光地思路开阔，曰："此篇寄托至深，取类至广。精而言之，则如道义之生气，德行之发为事业文章；大而言之，即为君臣之遇合，朋友之应求，圣人之兴起于百世之下，皆是也。"[3] 李氏未受君臣之喻的局限，无疑是正确的。韩愈是个想象力极为丰富的大师，上天入地，纵情驰骋，思接万里，神游古今，如以君臣之说排斥其他见解，势必将本文所蕴含的义理缩限于极小的范围，大大减弱了韩文那无穷的艺术魅力。韩文在极小的篇幅里，仍转折不穷，变幻莫测，其笔力之雄奇真令人叹为观止。

柳之《谪龙说》亦短而有味：

扶风马孺子言：年十五六时，在泽州，与群儿戏郊亭上。顷然，有奇女坠地，有光晔然，被缯裳白纹之裹，首步摇之冠。贵游少年骇且悦之，稍狎焉。奇女頩尔怒曰："不可。吾故居钧天帝宫，下上星辰，呼嘘阴阳，薄蓬莱，羞昆仑，而不即者。帝以吾心侈大，怒而谪来，七日当复。今吾虽辱尘土中，非若俪也。吾复，且害若。"众恐而退。遂入居佛寺讲室焉。及期，进取杯水饮之，嘘成云气，五色络

① 叶百丰编著：《韩昌黎文汇评》杂著《杂说一》评语，第24页。
② 同上书，第23页。
③ 同上。

儵也。因取裘反之，化为白龙，徊翔登天，莫知其所终。亦怪甚矣。
呜呼，非其类而狎其谪，不可哉。孺子不妄人也，故记其说。

柳宗元此龙非韩愈之龙，为寓言中的谪龙，乃其为自己量身定制。林纾评曰："重要在'非其类而狎其谪'句。想公在永州，必有为人所侵辱者。"① 柳氏在自己所创作的寓言中，往往有篇末点出主旨之笔，如《捕蛇者说》之"孰知赋敛之毒，有甚是蛇者乎"，《罴说》之"今夫不善内而恃外者，未有不为罴之食也"等。故一看便知是因遭贬谪之辱而发。"奇女坠地"真切地道出了显赫的京朝官被贬至蛮荒之地一落千丈的感受。故遇到有人"稍狎焉"的侵犯时，即予以怒斥，亮出自己"居钧天帝宫，下上星辰，呼嘘阴阳"的不同凡俗的身份，严正声明"今吾虽辱尘土中，非若俪也。吾复，且害若"。后奇女果然"化为白龙，徊翔登天"，这其实是柳氏对自己量移有日、重返京都的殷切期待和暗示。落难之际盼望着有洗刷屈辱的明天，被压之时仍显出心有不甘的倔强之姿，在诉诸寓言的敛蓄中，作者仍通过对奇女形象的精心刻画和篇末点题，显露出幽峭的文风而引人注目。

第五组：《鳄鱼文》与《逐毕方文》

这两篇均为韩柳遭贬时所作，一作于潮州，驱害民之鳄鱼；一作于永州，逐不祥之毕方鸟。韩文全用散体，柳则序用散体，正文用骚体。

姚范谓《鳄鱼文》篇首"有'告之曰'云云，则作《告鳄鱼文》为得之"②。此篇言"昔先王"为民除害，后言己承"今天子"之命赴潮为吏，向作恶不止的鳄鱼发出严正的警告：

> 鳄鱼有知，其听刺史言：潮之州，大海在其南，鲸鹏之大，虾蟹之细，无不容归。以生以食，鳄鱼朝发而夕至也。今与鳄鱼约：尽三日，其率丑类南徙于海，以避天子之命吏。三日不能，至五日；五日

---

① 林纾：《韩柳文研究法·柳文研究法》，商务印书馆1916年版。
② 姚范：《援鹑堂笔记》卷42，清道光乙未刊本。

不能，至七日。七日不能，是终不肯徙也，是不有刺史听从其言也。
不然，则是鳄鱼冥顽不灵，刺史虽有言，不闻不知也。夫傲天子之命
吏，不听其言，不徙以避之，与冥顽不灵，而为民物害者，皆可杀。
刺史则选材技吏民，操强弓毒矢，以与鳄鱼从事，必尽杀乃止。其
无悔！

　　此文将鳄鱼视作可与之话语交流的对象。"潮之州"七句，指明允许
鳄鱼迁徙活动的区域。"今与鳄鱼曰"以下为长短交错、义正词严、铿锵
有力的讨伐文字，先用"五日""七日"的顶针句，急切地命令鳄鱼速速
离开。"不然"一转，怒斥鳄鱼"冥顽不灵"，宣称"为民物害者，皆可
杀"，并誓言将鳄鱼斩尽杀绝。通篇充满一往无前所向披靡令丑类胆战心
惊的气势。何焯评曰："浩然之气，悚愒百灵。"[1] 沈德潜曰："从天子说
到刺史，如高屋之建瓴水，一路逼拶而来，到后段运以雷霆斧钺之笔，凛
不可犯。"[2]

　　《逐毕方文》先以序交代永州火灾频发的情况，并引《山海经》"有
鸟如鹤，一足，赤文白喙，其名曰毕方，见则其邑有讹火"的记载，交
代毕方鸟与火灾的关系，而后是逐毕方的骚体文：

　　　后皇庇人兮，敬授群材。大施栋宇兮，小蔽草莱。各有攸宅兮，
　　时阖而开。火炎为用兮，化食生财。胡今兹之怪戾兮，日十热而穷
　　灾。朝储清以联邃兮，夕荡覆而为灰。焚伤羸老兮，炭死童孩。叫号
　　臊突兮，户骇人哀。袒夫狂走兮，倏忽往来。郁攸蓐暴兮，混合恢
　　台。民气不舒兮，僵踣颠颓。休炊息燎兮，仄伏煨煤。门薨晦黑兮，
　　启伺奸回。若坠之天兮，若生之鬼。令行不讹兮，国恐盍已。问之禹
　　书，毕方是祟。

　　　嗟尔毕方兮，胡肆其志？皇亶聪明兮，念此下地。灾皇所爱兮，
　　僇死无贰。幽形扇毒兮，阴险诡异。汝今不惩兮，众惄咸至。皇斯震
　　怒兮，殄绝汝类。祝融悔祸兮，回禄屏气。太阴施威兮，玄冥行事。
　　汝虽赤其文，只其趾，逞工炫巧，莫救汝死。黠知急去兮，愚乃止

① （清）何焯：《义门读书记》卷33评语。

② （清）沈德潜：《唐宋八大家文读本》卷6，光绪壬寅年孟夏宁波汲绠斋石印本。

此。高飞兮翱翔，远伏兮无伤。海之南兮天之裔，汝优游兮可卒岁。皇不怒兮永汝世，日之良兮今速逝。急急如律令！

毕方到底是不是引发火灾的不祥之鸟？柳宗元是信还是不信？序叙永州火灾频发之后曰："讹言相惊，云有怪鸟……见则其邑有讹火。若今火者，其可谓讹欤？而人以鸟传者，其毕方欤？"作者显然是存疑的。本文的创作，主要不是探究毕方是否为不祥之鸟，而是表现对饱受火灾之苦的永州百姓的同情。前段从先人造房以安居说起，叹火为民生所用，却酿成今日之灾。详写火场惨状毕，以"禹书"即《山海经》为据，指毕方难辞其咎。后段由"嗟尔毕方兮，胡肆其志"的反问展开，控诉毕方"幽形扇毒兮，阴险诡异"，引发众怒，必遭严惩，且示以"逞工炫巧，莫救汝死"的警告。最后命毕方"急去""速逝"，以求"远伏兮无伤"。细绎柳文，对付恶名的毕方，虽加遣责，但态度跟作《鳄鱼文》的韩愈不同。因潮州鳄鱼确实屡屡侵害民畜，而永州毕方罪名尚未落实，则难以痛下杀手，只是劝其离开了事。有趣的是，柳文严词厉色，"殄绝汝类"等句颇触目惊心，但鞭子高高举起，却又轻轻落下。与韩文的震慑丑类，气势非凡有别，柳文张中有弛，形似张扬，实则有敛蓄之意，显示出极强的艺术功力。

第六组：《燕喜亭记》与《小石城山记》

《燕喜亭记》和《小石城山记》皆为远谪贬所之作。韩记作于贞元十九年（803 年）自监察御史出为山阳令时，亭在连州，山阳为连之属邑。柳记作于元和七年（812 年），时宗元贬官永州已有八年。

同在贬谪中，两记的格调很不同。《燕喜亭记》写同为贬官者的友人王弘中在连州发现天然美景，韩遂取经史中寓美善之意的文辞，为其地之丘、谷、瀑、洞、池、泉等命名，并"以屋曰燕喜之亭，取《诗》所谓'鲁侯燕喜'者颂也"。此后由州人对此处山水的赞美，述及弘中"贬秩而来"漫漫长途中经历的无数山水，联系"智者乐水，仁者乐山"的古训，称赏友人对美景美德的不懈追求。通篇叙写贬谪中营造美山美水的自得其乐，寄意深远，情怀壮阔，气盛言宜，文有蓬勃之势、疏朗之气与雄放之风。

《小石城山记》写此山景致，突出其"无土壤而生嘉树美箭，益奇而坚，其疏数偃仰，类智者所施设"的特点，紧接着是一番意味深长的议论：

> 噫！吾疑造物者之有无久矣。及是，愈以为诚有。又怪其不为之中州，而列是夷狄，更千百年不得一售其伎，是固劳而无用，神者傥不宜如是，则其果无乎？或曰："以慰夫贤而辱于此者。"或曰："其气之灵不为伟人，而独为是物，故楚之南少人而多石。"是二者，余未信之。

借小石城山所发的一通议论，作者将积蓄胸中多年的怨气，巧妙地加以宣泄。茅坤评曰："借石之瑰玮以吐胸中之气。"① 文中以弃物喻弃人，以奇景"不得一售其技"喻己一贬不复，金圣叹云："笔笔眼前小景，笔笔天外豪情。"② 可见寓情于景之蕴蓄。至于"以慰夫贤而辱于此者"，更是作者极为自负不甘屈辱的心声，在敛蓄中而见峭拔的文风，于此可谓展露无遗。

第七组 《子产不毁乡校颂》与《梁丘据赞》

这一组属颂赞类，柳文纯用四字体韵文，韩文夹用少量五字句，文气更为舒展。子产为郑国之名大夫，梁丘据为齐国之嬖大夫。两篇都不长，先看韩文：

> 我思古人，伊郑之侨。以礼相国，人未安其教。游于乡之校，众口嚣嚣。或谓子产："毁乡校则止。"曰："何患焉，可以成美。夫岂多言，亦各其志。善也吾行，不善吾避。维善维否，我于此视。川不可防，言不可弭。下塞上聋，邦其倾矣！"既乡校不毁，而郑国以

---

① （清）孙琮：《山晓阁选唐大家柳柳州全集》卷3评语。

② 同上。

理。在周之兴，养老乞言；及其已衰，谤者使监。成败之迹，昭哉可观。维是子产，执政之式。维其不遇，化止一国。诚率是道，相天下君。交畅旁达，施及无垠。于虖！四海所以不理，有君无臣。谁其嗣之，我思古人。

此文的背景是：德宗贞元十四年（798 年），国子司业阳城出为道州刺史，众太学生诣阙，迄留阳城数日，但为吏所遮止，疏不得上达天听。李刚己以为："是时朝廷必有忌疾太学诸生之意，此文盖因是而作。反复咏叹于子产之事，所以讽切当时君相，其旨微矣。"① 由此，如叶百丰师所言，我们不难理解韩愈何以在文章的首尾，"一再曰'我思古人'，以今无其人也"②。

文章前幅檃括《左传》所载子产不毁乡校之事迹，以"在周之兴，养老乞言；及其已衰，谤者使监"的对比，深切感慨于子产的远见卓识，抒发对现实的不满。后幅为子产仅"化止一国"，未能"施及无垠"而深为遗憾，并发出强烈的思古忧今的感叹。李刚己称"诚率是道"四句"笔势奇纵，在韵语中尤为难得"③，又称此篇"咏叹作结，有含蓄不尽之意"。④ 储欣誉本篇为气势不凡的"颂古人，微时相"⑤ 的杰作，吴汝纶则评曰："纵横跌宕，使人忘其为有韵之文。"⑥

再看柳文：

齐景有嬖，曰梁丘子，同君不争，古号媚士。君悲亦悲，君喜亦喜。曷贤不赞？卒赞于此。媚余所仇，激赞有以。梁丘之媚，顺心狎耳，终不挠厥政，不嫉反己。晏子躬相，梁丘不毁。恣其为政，政实允理。时睹晏子食，寡肉缺味。爱其不饱，告君使赐。中心乐焉，国用不坠。后之嬖君，罕或师是。道君以谀，闻正则忌。谗贤协恶，民蠹国圮。呜呼！岂惟贤不逮古，嬖亦莫类。梁丘可思，又况晏氏？激

① （清）李刚己：《古文辞约编·子产不毁乡校颂》题注，光绪乙巳柏香书屋校印本。
② 叶百丰编著：《韩昌黎文汇评》杂著《子产不毁乡校颂》评语，第 57 页。
③ （清）李刚己：《古文辞约编·子产不毁乡校颂》文中夹评。
④ 同上。
⑤ 同上评语，第 56 页。
⑥ 同上评语，第 57 页。

赞梁丘，心焉孔瘁！

此文讽意昭然。首六句形容嬖大夫梁丘据谄媚之态，"曷贤不赞"四句，以设问的方式，引出之所以"激赞""所仇"的下文：梁丘"不挠"国政，"不毁"晏子，还为晏子的饮食操心。接着，笔锋一转，叹今之嬖臣，"谗贤协恶"，谀君误君，害国害民。末以"激赞梁丘，心焉孔瘁"，无情地鞭挞世风，宣泄对贤愚倒置现状的强烈不满和自身被弃置蛮荒的无比郁愤。故爱新觉罗·弘历评曰："此亦激昂风世之论。"① 作者的真意凭借古今对比与反讽的手法彰显出来，其幽峭敛蓄之文风得到充分的展现。

第八组：《讳辩》与《桐叶封弟辩》

这两篇是历来备受推崇的佳作。《新唐书·韩愈传》谓李贺"以父名晋肃，不肯举进士，愈为作《讳辩》，然卒亦不就举"。洪迈曰："韩文公作《讳辩》，论之至切，不能解众惑也。《旧唐书》至谓韩公此文为'文章之纰缪者'，则一时横议可知矣"②。韩愈写此文时，顶着何其大的压力，足以想见。文章开门见山，叙作辩之缘由即"劝贺举进士"。旋曰"二名""嫌名"皆不避讳，并举周公、孔子、曾参等为证，后更以宦官、宫妾有所讳相形，反衬避讳之不当。末收卷前文，谓当效法周、孔、曾参，而不可追随宦官、宫妾。文引律、经、典为说理之依据，反复辩难，畅快淋漓。谢枋得评曰："一篇辨明，理强气直，意高辞严，最不可及者，有道理可以折服人矣，全不直说破，尽是设疑，佯为两可之辞，待智者自择。"③ 所谓"全不直说破，尽是设疑"，实乃蓄势而待发，给读者之思维以理性的冲击，确系文章高手之所为。故张裕钊曰："辨析处理足而词辨，足以厌乎人人之心。"④

《桐叶封弟辨》发端言成王戏封其弟而周公促成其事，随即以"吾意不然"一句抹倒，谓不当以王之戏言而成其事，关键取决于当封不当封。

① 《唐宋文醇》卷11 河东柳宗元文评语，九思斋藏版。

② （宋）洪迈：《容斋随笔》卷11，上海古籍出版社1978年版。

③ （宋）谢枋得：《文章轨范》卷2，清同治五年刊本。

④ 王文濡编：《评校音注古文辞类纂》卷2，中华书局1923年印行本。

并以"设有不幸，王以桐叶戏妇、寺，亦将举而从之乎"，极言戏封之不当，强调"设未得其当，虽十易之不为病"。又指出，"周公辅成王宜以道"，必不逢王之失而"为之辞"。终以"封唐叔，史佚成之"之语，明周公无预戏封之事，釜底抽薪地推翻谬说。谢枋得评曰："七节转换，义理明莹，意味悠长。字字精思，句句着意，无一字懈怠，亦子厚之文得意者。"① 此篇层层辩驳，锋芒无限，而文笔极其谨严，与韩愈的《讳辩》均有极强的批判力，但奔放与严谨实各异其趣。

通过以上八组文章的对比，韩柳文迥异的风格清晰可辨，朱熹在修订《韩文考异》时，与到访学者言及韩柳文："韩退之议论正，规模扩大，然不如柳子厚较精密。"② 后又称"柳文局促"③，似已窥见韩文奔放柳文敛蓄的一点奥秘。秦笃辉指出："韩之文，扬而明，乾也；柳之文，抑而奥，坤也。"④ 揭示了韩柳文外显与内敛的差异。刘熙载曰："昌黎之文如水，柳文之文如山；'浩乎''沛然'，'旷如''奥如'，二公殆各有会心。"⑤ 以山水为喻，刘氏从情思的汹涌澎湃或郁结不平、文势的奔放不羁或巍然卓立、结构的变幻莫测或层进层深、语言的圆活流转或古丽奇峭几方面体味出韩柳之不同。⑥ 那么，这种差异或不同是怎么形成的呢？下文拟从两人的秉性与遭际及文论、学养等入手，略作比较分析。

韩愈是颇有激情而秉性直率的人。《旧唐书·本传》曰："愈发言真率，无所畏避，操行坚正，拙于事务。"一个"拙"字将其个性的秉直和缺乏城府与机巧地为官，相当生动地表现出来。在步入仕途之前，他"四举于礼部乃一得，三选于吏部卒无成"，三上宰相书，坦诚得可爱，毫不避讳地称自己"居穷守约，亦时有感激怨怼奇怪之辞"，又不顾尊严地自诉："遑遑乎四海无所归，恤恤乎饥不得食，寒不得衣，滨于死而益固，得其所者争笑之。"⑦ 还疾言厉色地责问宰相："有观溺于水而热于火

---

① （宋）谢枋得：《文章轨范》卷2，清同治五年刊本。

② （宋）朱熹：《朱子语类》卷139 论文上，咸淳庚午江氏刊本。

③ 同上。

④ （清）秦笃辉：《平书》卷7 文艺篇上，湖北丛书本。

⑤ （清）刘熙载：《艺概·文概》，上海古籍出版社1978年版，第25页。

⑥ 详见拙文《韩文如水柳文如山略说》，《江海学刊》1989年第5期。

⑦ 《韩愈文集汇校笺注》卷6《上宰相书》，第647页。

者，有可救之道而终莫之救也，阁下且以为仁人乎哉?"① 更有甚者，以"今阁下为辅相亦近耳"领起"天下之贤才岂尽举用? 奸邪谗佞欺负之徒岂尽除去"等十一个问题，要宰相明确回答，以发泄未获回示的愤怒，斥宰相"不宜默默而已也"②。直至晚年作《论佛骨表》，依然未改率真的个性，历陈帝王佞佛短命的下场，指责宪宗迎佛骨入皇宫的举动，令宪宗大怒，欲处以极刑，赖裴度等再三说情，得以贬潮州刺史了事。宪宗卒后穆宗继位，韩愈返京任国子祭酒，调兵部侍郎。又因平叛立功转吏部侍郎。综观其一生，虽有青年时应举求官的蹭蹬、中年时三为博士的坎坷，韩愈毕竟有枯而复荣的晚年。尽管仕途有顺逆，命运有波折，为了博得宪宗的欢心，以改变自己的处境，甚至在《潮州谢上表》中劝宪宗东封泰山，但大节不亏，追随裴度，反藩镇与宦官，敢怒敢言。文如其人，难怪韩愈笔下出了那么多雄健奔放的力作。

柳宗元与韩愈贫寒的出身大有不同。《柳子厚墓志铭》记载柳之先世颇为显赫：

> 七世祖庆，为拓跋魏侍中，封济阴公。曾伯祖奭，为唐宰相，与褚遂良、韩瑗，俱得罪武后，死高宗朝。皇考讳镇，以事母弃太常博士，求为县令江南。其后以不能媚权贵，失御史；权贵人死，乃复拜侍御史，号为刚直，所与游皆当世名人。

有着不寻常身份、名声的先祖辈与"不能媚权贵""号为刚直"的父亲，当是少年柳宗元的骄傲和激励他发愤读书力求仕进的巨大动力。《墓志铭》接着写道：

> 子厚少精敏，无不通达。逮其父时，虽少年，已自成人，能取进士第，崭然见头角。众谓："柳氏有子矣。"其后以博学宏词，授集贤殿正字。俊杰廉悍，议论证据今古，出入经史百子，踔厉风发，率常屈其座人，名声大振，一时皆慕与之交。诸公要人，争欲令出我门下，交口荐誉之。

---

① 《韩愈文集汇校笺注》卷6《后十九日复上书》，第664页。
② 同上，《后二十九日复上书》，第670—671页。

　　登第后的柳宗元可谓一帆风顺，"俊杰廉悍""踔厉风发""名声大振""交口荐誉"，见锋芒毕露、意气非凡，继承先辈事业、再创家族辉煌的前景，隐隐可期。

　　但贞元革新的失败和贬官永州的打击，彻底改变了柳宗元的命运，政坛大展身手和振兴家族的愿望全部落空，又被当作罪人，远赴蛮荒。在永州的落寞、痛苦与不甘，尽显游记之中。一改昔时的英气勃发与个性张扬，柳宗元深陷失望与迷茫，愤激令个性转向了内敛。《说车赠杨诲之》以"圆其外而方其中"设置了新的做人准则，内中既有的原则绝不改，但外在的处世之态有变化。元和十年（815 年），例召至京都，旋又贬往更远的柳州，曹辅《祭柳侯文》曰："三湘之一斥十年兮，怅远符之再分；意冥冥以即夜兮，志郁郁而不伸。"① 残存的一丝希望再落空，心中的怨恨、悲切与绝望可想而知。但在自身极为不幸的暮年，他还是为柳州百姓做了许多好事，留下了千古的名声。正因为外圆而内方，正因为心存不甘，故忧郁中难消峭拔之态，敛蓄中仍见自重自尊。其幽峭敛蓄之文风盖缘于此。漫长的贬谪生涯和奇山异水的陶冶对柳宗元创作的发展和文风的形成，产生了很大的影响。唐顺之曰："公之文章，开阳阖阴，固所自得。至于纵其幽遐诡谲之观，而遂其要眇沉郁之思，则江山不为无助。"② 茅坤曰："公与山川两相遭：非子厚之困且久，不能以搜岩穴之奇；非岩穴之怪且幽，亦无以发子厚之文。"③ 二者所言，堪称真知灼见。

　　作家的文论对其创作的影响是不言而喻的，韩柳自不例外。关于韩愈，尤要言其"不平则鸣"和"气盛言宜"二说。《送孟东野序》云："大凡物不得其平则鸣。"韩愈在自身的经历以及与友朋的交往中看到太多的不平，如《蓝田县丞厅壁记》为徒有县丞之名，而在长官和胥吏的挤压下，无法过问职事的崔斯立鸣。以本文所举文章言之，《张中丞传后叙》为殉国后仍受诬的英雄张巡、许远鸣，《子产不毁乡校颂》为乞留国子司业阳城而遭阻止的太学生鸣，《应科目时与舍人书》为一介寒士科考及选官屡遭挫折的自身鸣，《讳辩》为因父名"晋肃"而不得举进士的李贺鸣，等等。韩愈远承孟子"吾善养吾浩然之气"之说，近受梁肃论气

---

① （唐）柳宗元：《增广注释音辩唐柳先生集》附录，四部丛刊影印元刊本。
② （明）唐顺之：《荆川先生文集》卷13《永州祭柳子厚文》，四部丛刊本。
③ （明）茅坤：《唐宋八大文钞·柳柳州文钞》评语卷7，皖省聚文堂重校刊本。

说的影响，倡导"气盛言宜"之说，本文所举韩文皆气势壮盛，言语畅达，无愧于"气盛言宜"之美誉。正是在自身文论的指导下，韩愈推出了众多雄奇奔放的佳作。

柳宗元重视作品对现实的美刺功能，强调"辞令褒贬"与"道扬讽喻"的作用，又借助寓言的写法，在贬所创作了如本文所列举的《段太尉逸事状》《小石城山记》《起废答》《梁丘据赞》等佳作，有褒贬、有讽喻，充分展现了自己幽峭敛蓄的文风。柳宗元在经学方面深有造诣，以《逐毕方文》为例，其古丽奇峭特色的形成，离不开《诗经》《楚辞》《左传》等经典对作者的滋养。总之，韩柳形成影响深远而各具特色的文风，绝非偶然，他们的创作经验是值得我们好好学习和研究的。

潮州"崇韩文化"成因浅析

曾楚楠

（广东省潮州市历史文化研究中心）

摘　要　潮州至今仍保留着"崇韩文化"的迹象，韩愈的人格魅力、在潮州的作为、理学风气的推动以及他在中国历史上辉煌地位之影响是造成潮州"崇韩文化"的成因。

关键词　潮州　崇韩文化　成因　浅析

建于北宋咸平二年（999年）的韩祠，是我国现存一处年代最久远、保存最完整的纪念韩愈的专祠。在潮州，还有众多与韩愈有关的文物胜迹：西湖的"景韩亭"；原府治前的"昌黎路""昌黎旧治"坊；原建于义安路的"十相留声、太山北斗"坊；"韩山书院"（今韩山师范学院）；"叩齿庵"；"城南小学""昌黎小学"；原建于韩江西岸的"仰韩阁"；韩江，韩山……这种"江山改姓为韩"的实物遗存与大量属于"非遗"范围内的民间传说、文献著述、民俗等，都说明了潮州至今仍保留着"崇韩文化"的迹象。

一　"崇韩文化"的成因

1. 韩愈的人格魅力

在唐宪宗元和十四年（819年）的"迎佛骨"事件中，满朝文武对皇帝的佞佛行为没有一个人敢吭声，唯独韩愈上了《论佛骨表》，说：信佛的皇帝都短命，迎拜佛骨，必将蛊惑人心，伤风败俗，传笑四方。他建议把佛骨"付之有司，投诸水火，永绝根本，断天下之疑，绝后代之惑"！佛如有灵，能作祸祟的话，所有的灾祸，都让他一人承受。

接到奏章的宪宗极为震怒，要把韩愈处死！在宰相们的哀求下，才同意将韩愈贬为潮州刺史，当天被押解着离开京城。不久，家眷亦被斥逐离京，12岁的小女儿经不起劳顿惊吓，竟惨死在陕西层峰驿旁！作为政治受打击，家庭遭不幸、疾病缠身、前程难卜的"罪臣"，谁还指望他去忠于自己的新职守？但他仍倔强地认为自己是"欲为圣明除弊事"，非但不肯沿袭"大官谪为州县，簿不治务"的即躺倒不干的官场陋习，反而是一上任便不遗余力地为地方兴利除弊，这种敢于为理想而献身的精神，身处逆境仍自强不息的毅力，其人格、官风，自然为后人所崇仰、怀念。

2. 韩愈在潮州的作为

（1）驱鳄。《旧唐书·韩愈传》载：

> 初，愈至潮阳，既视事，询吏民疾苦，皆曰："郡西湫水有鳄鱼……食民畜产将尽，于是民贫。"居数日，愈往视之，令判官秦济炮一豚一羊，投之湫水。咒之夕，有暴风雷起于湫中。数日，湫水尽涸，徙于旧湫西六十里。自是潮人无鳄患。

韩愈《鳄鱼文》中又有"今与鳄鱼约：尽三日，其率丑类南徙于海，以避天子之命吏，三日不能至五日，五日不能至七日……"话语；因此，韩愈驱鳄一事，被王安石讥为"诡怪以疑民"，当代学者胡适认为鳄鱼远徙，"是韩愈自造的"。他的学生吴世昌说，《祭鳄鱼文》"真是中国文学史上弄虚作假、欺世盗名的一篇杰作"。郭朋更认定韩愈"简直就是古代中国的'堂·吉诃德'了"。

唐代张读《宣室志·韩愈驱鳄》谓：

> ……（韩愈）命廷掾以牢礼陈于湫之旁，且祝曰："汝，水族也，无为生人患，将以酒沃之。"是夕，郡西有暴风雷，声振山郭，夜分霁焉。明日，里民视其湫，水已尽。公命使穷其迹，至湫西六十里易地为湫，巨鳄也随而徙焉。自是郡民获免其患。

张读是河北深州人，宦迹未及潮州。《宣室志》成书于韩愈逝世约40年间，是一部记述仙鬼灵异故事的笔记小说。显然，上述的记载来自已流传到北方的潮州民间传说，而在韩愈去世后 120 年左右才修成的《旧唐书》又采录于《宣室志》。再看《鳄鱼文》，其中并无一字提及驱鳄的过程及效果，因此，把来自民间的传说强栽到韩愈身上，说他自造鳄鱼远徙的神话，岂不冤枉？

"古者猫虎之类，俱有迎祭。而除治虫兽鼍龟，犹设专官，不以为物而不教且制也。"（清·何焯《义门读书记》卷八）韩愈为消除民众对鳄鱼的恐惧心理，写了祭文式的《鳄鱼文》，在当时的历史背景下，并不为过，此其一；韩愈的前任，没有人愿带领百姓驱鳄，此其二；唐代的潮州，须进贡鳄鱼皮，说明当时有捕鳄的猎户，韩文所说的"选材技吏民，操强弓毒矢"并非虚应文字，而是切实可行的措施，此其三。所以说，韩愈驱鳄，是治潮善政之一，尽管只取得暂时的、局部的效果，亦能赢得百姓的颂扬，并衍生出带有神奇色彩的故事且传至北方。

（2）关心农桑。元和十四年（819 年）的潮州，风不调，雨不顺。为此，韩愈写了几篇祭文。"百姓无罪，使至极也……刺史不仁，可坐以罪，惟彼无辜，惠以福也。"为了百姓的忧苦而向上苍虔诚祷告，又敢于公开责备自己，承担责任，刺史对农桑的关切之情，跃然纸上。但两度乞求之后。淫雨仍不止，他对神明发火了："神聪明而端一，听不可滥以惑也！"他要求神明只听刺史的话，不要被其他的胡言乱语所迷惑——这哪像祭神，简直就是在对品行不端的下属当面训斥！透过祭拜的外衣，我们看到的，正是韩愈祈望丰收的炽热心肠。

潮安磷溪砀山有一道金沙溪，相传就是韩愈当年带领村民开凿的。渠末有"龙门关"，上面建有韩文公祠。从前每逢九月九日，村民都会抬出神像巡行。清澈的渠水，似乎仍在诉说着韩刺史奖劝农桑的政绩。

（3）释放奴婢。《韩文公神道碑》谓：（韩愈）"贬潮州刺史……掠卖之口，计庸免之，未相计价，辄以钱赎，及还，著之赦令，转刺袁州，治袁州如潮。"

债务纠葛是没良为奴的一个重要原因。韩愈《柳子厚墓志铭》曰："子厚得柳州……其俗以男女质钱，约不时续，子本（按指子金利息和本金）相侔，则没为奴婢。"因此，韩愈以"计庸"方式（以工钱抵债）来解决债务矛盾：工钱和债款相当，人质须放归。差距太大的，则由官府以钱赎，人归还了，须以契约文书为证。这在当时当地，确实是合情、合理、合法的好措施。

在唐代,"帅海南者,京师权要多托买南人为奴婢"(《旧唐书·孔戣传》)。可见,代觅奴婢还是一条向京师权要献媚取宠的捷径。因此,韩愈在潮州释奴一事,是德政、福音,也是韩愈刚正廉明性格、官风的具体反映。

(4)兴学育才。韩愈认为,施政须"以德礼为先而辅以政刑",而普及德礼"未有不由学校师弟子者"。所以,不管在什么任上,他都把兴学育才视为施治化的根本。

韩愈到潮州后,发现"赵德秀才,沉雅专静,颇通经,有文章,能知先王之道,论说且排异端而宗孔氏,可以为师",便大胆果断地让他"摄海阳县尉,为衙推官,专勾当州学"。为了解决办学经费,韩愈"出己俸百千,以为举本,收其盈余,以供学生厨馔"。

起用当地人才主持学政,从而使文教事业不会因主管官员的调动而受到影响,这一决策,可以说是开风气之先,潮州教育从此揭开新的一页。正如苏东坡《潮州韩文公庙碑记》所说的,"始潮人未知学,公命进士赵德为之师,由是潮之士皆笃于文行,至于今号称易治"。这是韩愈对潮州的最大贡献。南宋干道潮守曾造说:"自昌黎韩公以儒学兴化,故其风声气习,传之益久而益光大",这是"学校作成积习之所以致也。"

此外,韩愈的法治精神和德治、法治相结合的治潮方针,对健全潮州的封建秩序,发展封建经济、文化,亦具有重大的指导意义。他因此而被历代治潮者奉为楷模,亦赢得士庶的怀念和颂扬。

3. 理学风气的推动

韩愈受到后人推崇,起始于唐末皮日休《清韩文公配飨太学书》。至北宋中期,其在文学、儒学的地位渐被肯定。当时,弘扬韩学最盛的地区是四川和福建,而两宋莅潮官吏多为蜀士与闽人,他们对昌黎崇奉最力,如陈尧佐、常祎、林霆、曾汪、郑良臣、孙叔谨等。自宋宁宗庆元(1195—1200年)以后,"韩学且与理学结合,成为当时潮州文化思想之重镇"。"元明之后,朱子理学大行,韩公地位遂与日月争光。"(饶宗颐《宋代莅潮官师与蜀学及闽学》)

4. 韩愈在中国历史上辉煌地位之影响

《新唐书·韩愈传赞》谓:

昔孟轲拒杨、墨，去孔子才二百年。愈排二家，乃去千余岁，拨衰反正，功与齐而力倍之，所以过（荀）况，（杨）雄而不少矣。自愈殁，其言大行，学者仰之如泰山、北斗云。

这段赞语，世人知之不多，而苏东坡《韩文公庙碑记》中的"文起八代之衰，道济天下之溺，忠犯人主之怒，而勇夺三军之帅"四句话，却是家喻户晓，几成不刊之论。人们通过《古文观止》了解到韩愈在中国文学史、思想史的地位，以及他刚直不阿、宁死不屈的气魄，自然进一步地萌发对他的崇仰之情。对于曾经受过其治化的潮州人来说，"崇韩文化"情结之深厚且历传不衰，也就顺理成章、理所当然了。

法律与情理视域中的
中国台湾"诽韩案"分析[①]

胡阿祥　　武黎嵩
（南京大学历史学系）

20 世纪 70 年代，中国台湾岛内爆发了一场罕见的文字官司——"诽韩案"。在一年多的时间里，来自学术界、法律界的学者纷纷撰文争辩，喧腾一时。其缘由乃是 1976 年 10 月 10 日发行的半年刊《潮州文献》（中国台北）第二卷第四期所刊干城（郭寿华）[②] 的《韩文公苏东坡给与潮州后人的观感》，文中指称：

> 根据地方文献资料，证明韩愈为人尚不脱古文人风流才子怪习气，妻妾之外，不免消磨于风花雪月，曾在潮州染风流病，以致体力过度消耗，及后误信方士硫黄铅下补剂，离潮州不久，果卒于硫黄中毒，死时亦不过六十岁。

先是潮州人黄宗识认为此文有辱先贤，遂向中国台北地方法院状告郭寿华。法院因黄宗识无诉讼资格，不予受理。同时，此说亦引起自称为韩愈第 39 代直系血亲韩思道的愤怒。韩思道持有《韩氏宗谱》，该谱于韩思道姓名旁注"民国三十二年应袭奉祀官"，并持有"韩文公后裔世袭翰林院五经博士关防"印章一枚，声称来自清代部颁。韩思道以此证明自己为韩愈后代，向台北地方法院控诉郭寿华"诽谤死人罪"。台北地方法

---

① 本文缘起：2011 年 6 月 15 日，笔者（胡阿祥）在彰化师范大学历史研究所做"中国古代文学的历史地理学关注——以韩愈研究为例"讲座时，从陈文豪教授处意外获悉"诽韩案"。随后，在弟子陆广安（硕士毕业于成功大学历史研究所）、同行李伯瑶（广东省阳山县韩愈研究学者）的协助下，颇事收集了与此案相关的各类资料，并与同事武黎嵩合作，撰成此文。谨向陈文豪、陆广安、李伯瑶诸位致谢！

② 干城，即郭寿华（1902—1984 年），广东大埔人。曾任中国台湾省台北市潮州同乡会常务理事，为《潮州文献》发行人。

院 1977 年 2 月 10 日的判决结果是：被告郭寿华所指韩愈曾在潮州染风流病，以及后卒于硫黄中毒云云，"既乏事实依据，又无史册可考，捕风捉影，凭空蠡测，著述诬蔑文字，意图散布于众，刊登杂志，足以毁损韩愈生前人格品德"，于是认定"郭寿华对于已死之人犯诽谤罪，处罚金叁百元，如易服劳役以九元折算壹日"。郭寿华不服，提起上诉，经台湾高等法院判决，于 1977 年 9 月 24 日驳回，该案遂告确定。

然而，这场公案并未因判决的生效而结束辩论，反因法院的判决，激发出更多的议论。一时之间，如陶希圣、钱穆、萨孟武、严灵峰、高阳、罗龙治、张玉法、沈云龙、薛尔毅（该案庭长）、杨仁寿（该案推事）等学界、政界、法学界的名流人士均卷入其中，引起中国台湾社会之广泛关注与激烈争议。

按该案之争论所关涉的领域可谓甚多。其直接关涉者，诸如韩愈是否服用了硫黄，服用硫黄是否为了壮阳，韩思道是否韩愈直系血亲，第 39 代是否属于服制太远的情形，家谱是否可信，此案是否为当今的"文字狱"；又间接关涉者，诸如侮辱死者是否成罪，如何认定侮辱死者的言行，哪些死者不可侮辱，社会的情理、法律的规定、历史的真相三者的关系究竟怎样。再有连带的问题，比如在中国台湾之中华传统文化语境中，如何看待"天地君亲师"以及其中的韩愈韩文公；又屏东县内埔乡兴建于清代雍正年间之台湾省唯一的以韩愈为主神的"昌黎祠"，与来自广东潮州的客家移民有何关系，出身潮州的台湾客家族群怎样供奉韩愈，在台的潮州人与在潮的潮州人眼里心中的韩愈有何异同，屏东内埔昌黎祠供奉的韩愈韩文公如何演变成了今日台湾学子的高考护佑之神。如此等等的问题或者现象，借由"诽韩案"集中到了一起，如此，"诽韩案"就真的成了跨越古今而又涵盖了历史学、医药学、社会学、法律学、文献学等学科的宏大课题了。

一 韩愈致谤之因由

关于韩愈晚年服食硫黄而中毒的一段公案，缘自韩愈（768—824 年）逝世后不久的大和八年（834 年）白居易的一首题为《思旧》的诗，诗云：

闲日一思旧，旧游如目前。再思今何在，零落归下泉。

退之服流黄，一病讫不痊。微之炼秋石，未老身溘然。

杜子得丹诀，终日断腥膻。崔君夸药力，经冬不衣绵。

或疾或暴夭，悉不过中年。惟予不服食，老命反迟延。

况在少壮时，亦为嗜欲牵。但耽荤与血，不识汞与铅。

饥来吞热面，渴来饮寒泉。诗役五藏神，酒汩三丹田。

随日合破坏，至今粗完全。齿牙未缺落，支体尚轻便。

已开第七秩，饱食仍安眠。且进杯中物，其余皆付天。①

　　此诗之中，白居易深悼的四位亡友，"微之"谓元稹，"杜子"谓杜元颖，"崔君"谓崔玄亮，皆无异义；唯"退之"是谁，自前有钱大昕、崔述谓"退之"乃卫退之，非韩愈，以及后更有韩愈、卫中立、李建、郑居中、白行简五说。陈寅恪于《元白诗笺证稿》中，曾论定白居易诗中的"退之"即是韩愈。而自卞孝萱师《"退之服硫黄"五说考辨》②辨明只有"韩愈完全符合'旧游'（包括四人排名次序）'服硫黄''一病讫不痊'（非暴死）三项条件"，"其他四说漏洞百出"以后，"白居易《思旧》诗中所悼惜的'服硫黄，一病讫不痊'的'退之'，舍韩愈莫属"的结论，今已为多数学者接受。

　　然而，退之即韩愈为什么服硫黄，迄今的相关讨论仍局限在"韩愈晚年是否喜好声色"的问题上。原其史料依据，最关键的早期史料是五代陶谷《清异录》卷上"火灵库"条：

　　　　昌黎公愈晚年颇亲脂粉。故事：服食，用硫黄末搅粥饭啖鸡男，不使交千日。烹庖，名"火灵库"。公间日进一只焉。始亦见功，终致绝命。③

　　于是韩愈晚年为"亲脂粉"而服硫黄，因服硫黄而致绝命，与白居

---

① 朱金城笺校：《白居易集笺校》卷二十九，上海古籍出版社1988年版，第2023—2024页。"硫黄"也作"流黄"。

② 卞孝萱：《冬青书屋文存》，陕西人民出版社2008年版，第185—193页。按：此文初刊《东南大学学报》1999年第4期。

③ （宋）陶谷：《清异录》卷上，文渊阁《四库全书》本，第1047册，第875页。

易《思旧》诗中"退之服流黄，一病讫不瘳"的说法，形成了呼应与对证之势。如此，本为小说家言的《清异录》的"火灵库"之说，得到了证实，并为其后的诸多诗话、笔记所袭用，也为近世以来的诸多大家所认可，并进而联系时代风气、社会习尚予以解说。如范文澜指出："唐时社会经济繁荣，士大夫生活侈靡，以道统自任的韩愈，也有绛桃、柳枝二妾，都能歌舞。……唐时士大夫大抵留连酒色歌舞，寻求快乐，相习成风，不足为怪"；韩愈"好声色却是事实。……爱好声色并不害圣人之道，不过因为好声色，以至服硫黄而死，那就害身又害道了。"① 又陈寅恪认为："至昌黎何以如此言行相矛盾，则疑当时士大夫为声色所累，即自号超脱，亦终不能免。……夫韩公病甚将死之时，尚不能全去声伎之乐，则平日于'园花巷柳'及'小园桃李'之流，自未能忘情。……鄙意昌黎之思想信仰，足称终始一贯，独于服硫黄事，则宁信其有，以与唐代士大夫阶级风习至相符会故也。"②

　　据上所述，再细审前引郭寿华的文字，所谓"妻妾之外，不免消磨于风花雪月，曾在潮州染风流病，以致体力过度消耗，及后误信方士硫黄铅下补剂，离潮州不久，果卒于硫黄中毒"，与范文澜的"因为好声色，以至服硫黄而死"，以及陈寅恪的"平日于'园花巷柳'及'小园桃李'之流，自未能忘情"，并无质的不同；郭氏所增加者，只是坐实了韩愈因"风花雪月"而"在潮州染风流病"一节，这显然为郭寿华的妄臆猜测。按郭文的主旨，在于破除潮州人对韩愈的崇拜观感，其目的并不在"诽谤"韩愈。我们从郭寿华文章的副标题"韩愈贬潮州占尽韩山韩江的美誉""潮州的文化和文明绝不能归功于韩愈一人""苏东坡一'碑'之誉，误人一千一百四十多年的观感"都能看出，郭寿华是希望斩断韩愈成就潮州的千古美誉。作为一篇翻案文章，郭氏只能通过贬低韩愈，破除历史上对他的美誉乃至迷信，才能说明韩愈本无功或本无大功于潮州。于是，郭寿华便生造出韩愈在潮州"染风流病"的说法。郭文前后不过千余字，既无深入的考证辨析，又无过硬的新发现史料，难免有哗众取宠之嫌，而其引发质疑，也就在所难免了。

　　然则韩愈晚年是否服食硫黄以及为何服食硫黄，是否因为"风花雪

---

① 范文澜：《中国通史》第四册，人民出版社 1978 年版，第 285、353 页。
② 陈寅恪：《元白诗笺证稿》，上海古籍出版社 1978 年版，第 326—327 页。

月"而服食硫黄,本是韩愈生平研究与品格评价中仍无定说的关键问题。而以韩愈自述的"足弱不能步"、张籍的《祭退之》诗、白居易的《思旧》诗与隋唐相关医籍进行比对,我们认为韩愈确实服食了硫黄类的"药汤";但服此药汤的目的,是对症下药地治疗脚气病中的"足弱"之症,而非喜好声色的壮阳之需。韩愈罹患"足弱"的病原,则与其长期的南土经历、丰肥的体形、远贬潮州的沉重打击有关。韩愈之卒,也是因为"足弱"病症,而非硫黄中毒。上述的观点,详见笔者所撰的《韩愈"足弱不能步"与"退之服硫黄"考辨》①,此处不再赘述,有兴趣的读者可以参看。

二　法院裁定之考量

审视中国台湾"诽韩案",依据判决书,地方、高等两级法院方面裁定此案的考量是:先贤韩愈崇尚儒家道统,"文起八代之衰,道济天下之溺",其道德文章人皆景仰。奈何千百年之后,被告郭寿华竟标新立异,著文诋诽。犯行洵堪认定,自应依法论科,以保先贤高尚品德,并维护国人对道统文化之信仰。②

该判决书为自诉案件之刑事判决。由于涉及的"被诽谤人"韩愈是已经故去之古人,所以涉及自诉人是否合法以及对古人的评判是否使用"诽谤罪"两个问题。该判决书中声明:依据《刑事诉讼法》第三百十九条第一项后段规定,自诉合法;裁定被告人郭寿华实犯《刑法》第三百十二条第二项之诽谤罪。然而我们看到,围绕"诽韩案"的法律争论,从"自诉人"是否合法、"诽谤罪"是否适用于古人的评判展开最多。如严灵峰在《公是公非,必须判明》③ 中,向受理案件的法院提出如下质问:"第一,我要问:中华民国《刑法》哪一条、哪一项规定,指人有'风流病'是犯罪行为? 第二,韩思道是否韩愈的'直系血亲'?"关于严氏的疑问,我们不妨分别梳理如下:

---

① 胡阿祥、胡海桐合撰:《中华文史论丛》2010 年第 2 期。

② 中国台北地方法院刑事判决:民国六十五年度自字第一三七七号。

③ 见《联合报》民国六十六年（1977 年）9 月 18 日。

　　首先，关于自诉人是否合法的问题。

　　韩愈卒于唐穆宗长庆四年（824 年），郭寿华的文章撰成于 1975 年年末，即距离韩愈去世已经过去了 1151 年，显然韩愈不可能成为本案的自诉人。通常自诉人都是直接受害人，故而"诽韩案"一出，首先提出诉讼的潮州文化界名流黄宗识因为并非受害人，不符合自诉人的基本要求，故此该案先被驳回，不予受理。而此后提出诉讼的韩思道，声称为韩愈第 39 代孙，"可资参证"的材料则有《韩氏宗谱》、清代"韩文公后裔世袭翰林院五经博士关防及其印文"，又得到台北市韩氏宗亲会证明书及该会理事长韩克温证言，故被认定为韩愈直系血亲。

　　查中国台湾地区实行的"中华民国刑事诉讼法"① 第三百十九条第一项规定："犯罪之被害人得提起自诉。但无行为能力或限制行为能力或死亡者，得由其法定代理人、直系血亲或配偶为之。"同时，并未对"直系亲属"作出定义，而"民法"虽然规定了直系亲属谓"己身所从出"或"己身所出之血身"，但对代数（亲等）并无规定。故韩思道若成立为韩愈第 39 代孙，则其为韩愈的直系血亲，法理方面并无不合适之处。

　　也是职此之故，当时质疑韩思道之自诉人身份是否合法者，并未从第 39 代孙是否可以被认定为直系血亲入手，而是从韩思道是否真为韩愈的第 39 代孙入手；至于质疑的主要目标，则锁定在《韩氏宗谱》、"五经博士"印信等实物依据方面。如上引严灵峰的文章指出：韩思道所持证据《韩氏宗谱》，系民国二年（1913 年）二月所修，谱中明确说"自唐迄今，千有余年，屡遭兵火，家谱无存"，又云该谱始祖"相传文公二十四代孙玉珍"。既为新修的家谱，可信度自然可以怀疑；又既言"相传"，则该谱始祖韩玉珍便非确定。再由"韩玉珍又过十五代的韩思道，算得上什么"？而且关于韩思道本人的记录，是在《宗谱》的最后一页，笔迹与原谱"根本不一样"，旁注"民国三十二年应袭奉祀官"更是后来增补。由此，《韩氏宗谱》实有伪造之嫌。又如高阳撰文，考证韩思道所持"五经博士关防"并非出于部颁。② 后有彭国栋从《清高宗实录》中考出"乾隆三年六月辛丑，予唐儒韩愈世袭五经博士"，《清史稿·职官志》

---

　　① "中华民国刑事诉讼法"，1935 年 1 月 1 日颁布，共分九编，凡 516 条。
　　② 高阳：《为韩文公后裔考证其先世荣衔的来历：兼谈如何判定"五经博士关防"非出于部颁》，《联合报》民国六十六年（1977 年）10 月 7 日。

"翰林院世袭五经博士·韩氏"条下注云："乾隆三年，授先儒韩子愈三十世孙法祖。"① 又有中国台北"故宫博物院"鉴定，韩思道所持印信确为清代旧物，不是伪造。综合考量，中国台北地方法院裁定自诉合法，实是依据了以上物证且是取了相信的立场，故此认定韩思道为韩愈的直系血亲。

其次，关于"诽谤罪"是否适用于评判古人的问题。

即便韩思道的自诉权成立，郭寿华的文章是否构成对古人（不仅仅是死人）韩愈的诽谤？或者说即便是对韩愈有非正面的评价，是否就适用于"诽谤罪"？这又是个纠结的问题。例如，反对该项判决的萨孟武在《论"诽韩"的文字狱》② 中说：

> 本条③所谓"已死之人"，必有期间上的限制，否则我们随便评论一位古人，均将犯了诽谤罪。此风一开，诚如严灵峰先生所说，我们不能批评王莽，不能批评曹操，不能批评秦桧，不能批评张邦昌。文人一执笔，一下笔，动辄得咎，那里尚有什么言论自由？为古人抱不平，写文章反驳可也，告到法院，真是闻所未闻。……生在千年之后，批评千年以前的人，有人控告诽谤，法院竟予受理，且处被告以罚金之刑，这真是开司法未有之例。此例一开，任何一本书都要变成禁书。

萨孟武的担心也许并非杞人忧天。作为历史人物，且为公众人物的韩愈，对其评价既可以由历史学者根据自身的研究作出，也可以由民间社会阅读者的感悟得出。南宋诗人陆游就曾感叹："死后是非谁管得，满村听说蔡中郎。"对于公共人物的评判，无论是古人还是健在的名人，是否适用"诽谤罪"，本就应当极为谨慎。有学者认为，对千年以前的死人尚不能批评，如批评就诉之法院，那么若是批评健在的作家或名人，后果将更不堪设想。

查"中华民国刑法"第三百一十二条："对于已死之人公然侮辱者，

---

① 彭国栋：《论诽韩案兼证世袭五经博士》，《联合报》民国六十六年（1977 年）10 月 20 日。

② 萨孟武：《论"诽韩"的文字狱》，《联合报》民国六十六年（1977 年）9 月 15 日。

③ 指"刑法"第三百一十二条。

处拘役或三百元以下罚金。对于已死之人犯诽谤罪者，处一年以下有期徒刑、拘役或一千元以下罚金。"该"刑法"第三百一十条规定："意图散布于众，而指摘或传述足以毁损他人名誉之事者，为诽谤罪。"而据前引郭寿华的文章，其谓韩愈在潮州染风流病，并无真凭实据，并且带有捏造成分，又刊载在杂志上，散布于众，确实有损韩愈的声誉。故而尽管在争论中，多有为学术自由担忧者，但在这一具体问题上，大家却多保持沉默，罕有支持郭寿华者。

三　"诽谤古人"的判定义理

值得注意的是，因为这桩"诽韩案"，还引发了持久的围绕相关法律条文的讨论。法律学者黄源盛整理了清末以来的"刑法"立法草案，并检附立法理由，指出在1907年的"刑律草案"里，首见"诬罔死者"的条文，1918年第二次"刑法修正案"里，再现对已死之人的诽谤，其后即成为"中华民国刑法"的立法理由。又台湾大学法律系教授韩忠谟《刑法各论》云：关于侮辱死者罪，"刑法设此规定，其所保护之客体如何，学说颇多异论。有谓已死之人已无法律上之人格，本罪之设，非在保护已死者之人格法益，而系保护死者之名誉。有谓名誉法益与其他法益不同，即已死之人亦得有之，刑法设此规定，无非在保护死者身后之名誉。更有谓刑法处罚对死者之侮辱等行为，并非保护死者之利益，而系以顾全死者遗族之孝思为目的。"至于"诽韩案"，显而易见，较为允当地对应了第三说，即其中涉及了韩氏家族的集体荣誉感被损害。

在"诽韩案"中，引发争议的焦点无疑是"直系血亲"。根据"中华民国刑事诉讼法"第二百三十四条第五项："《刑法》第三百十二条之妨害名誉及信用罪，已死者之配偶、直系血亲、三亲等内之旁系血亲、二亲等内之姻亲或家长、家属得为告诉。"配偶自不待言，身份明确；旁系血亲及姻亲、家长、家属均规定了相应的亲等。唯独"直系血亲"没有规定亲等，故当事法官在直系血亲上，承认了无限延续的第39代孙为直系血亲。薛尔毅庭长即在《异哉！所谓文字狱》①中声称："法律没有规定

① 薛尔毅：《异哉！所谓文字狱》，《联合报》民国六十六年（1977年）9月19日。

隔了一百年，或隔了一千年便没有告诉权，试问法官可以像写文章那样，随心所欲，创造法律，硬说韩思道没有告诉权吗？"薛庭长的言外之意当是，即便判决下来，人心未恰，也是无可奈何之事。

与薛庭长不同的是，在认定韩思道自诉权问题上，萨孟武、陆以正等就法论法，多有质疑。如萨孟武虽不直接质疑《韩氏宗谱》的可信度，但认为经过唐末丧乱，家谱已经多不可信，所以韩思道作为韩愈后代应有疑义。① 这一点，其实为谱牒学界之常识。《宋史·刘烨传》曰："唐末五代乱，衣冠旧族多离去乡里，或爵命中绝而世系无所考。"南宋郑樵《通志·氏族略》也说："自五季以来，取士不问家世，婚姻不问阀阅，故其书散佚，而其学不传。"按古人既以夸耀门第为风尚，有经乱离而失其谱系者，则择前代爵隆誉重之人，冒认以为祖宗。卞孝萱师曾经论定，家谱文献所记宋代之前的谱牒世系，多不可靠。况且家族之中，因为财产、继嗣等关系，出祧入赘、抱养承嗣等情况比比皆是，即便谱牒所述皆为确实，亦无法从基因上确定韩思道之为韩愈的"直系血亲"。

既然家谱并非可以直接认定直系血亲的证据，那么法官为何据以认定韩思道的自诉权？这里薛尔毅庭长提出："若如萨（孟武）文所称：'无世系可考'，则政府认定孔德成先生为孔子第若干代孙，而立为奉祀官，也将失其依据。"这恐怕是作为公职人员的法官，在判案时不得不顾及政府颜面的考量之一。

另外，就价值衡量言，该案法官仍考虑到了类似案件，将来应该考虑"被害人"家属的感受。杨仁寿推事在《从法律观点论"诽韩"案》② 中说，诽谤死者罪之被害客体，并非"死者"，而系其"后人"，稽其用意，无非在保护其"后人"，对于先人之孝思忆念，以励薄俗。盖死者生前行事，早已"盖棺论定"，若妄加诽谤，生者将何以堪！谁无祖先，岂能任人平白诬攀！杨文引述"诽谤死者罪"的立法理由谓：

> 查前法律馆草案第三百四十条第二项，设有保护死者之条文，后经删去，但未具理由。考外国立法例，多有类似之规定，所以保护死者后人之孝思也。我国风俗，对于死者，其尊重心过乎外国，故不可

① 萨孟武：《论"诽韩"的文字狱》，《联合报》民国六十六年（1977 年）9 月 15 日。
② 杨仁寿：《从法律观点论"诽韩"案》，《联合报》民国六十六年（1977 年）9 月 16 日。

不立此条。以励薄俗而便援用。诽谤死者罪，以明知虚伪之事为限，其保护之范围，不如生人之广，盖妨碍死者之名誉，实为间接之损害，且已死之人，盖棺论定，社会上当然有所评论及记录，其损害名誉，不若生人之甚也。

文中，杨仁寿还援引"中华民国刑法"第三百一十条第三项规定："对于所诽谤之事，能证明其为真实者，不罚。"但是显然，被告郭寿华并不属于"不罚"的情形。

综上可知，当日薛、杨两位法官判定"诽韩案"并非心血来潮，而是经过熟虑深思的。对于郭寿华的老同学严灵峰认为该案是"文字狱"的指责，当时参与辩论且不认同判决的一些学者也不以为然。被目为"自由派"的学者们，更多强调韩愈的问题已经超出了法律范畴，应由历史学家通过学术研究的方式予以辩论和解决，而非通过法院判决的方式予以裁定。如高阳发表的《历史公案唯有历史能裁判——请最高检察长正视一个后患无穷的判例》① 一文，即强调"学术上的问题，非司法所能解决；历史公案亦唯有历史能裁判。……中国向来有褒贬古人的言论自由"。换言之，薛、杨文章中隐含的意思是，倘或郭寿华所述有凭有据，并非凭空捏造，则不适用"诽谤古人罪"，至于"学术自由"云云，也并不能成为保护恶意捏造者的理由。

多年以后，当年参与"诽韩案"的杨仁寿法官在其著作《法学方法论》中，重新检讨了"诽韩案"，详述应以中国古代礼制为基础，本于服制，"五代亲尽"，即是否认定为对于先人的"诽谤"，应以五代为限。杨氏进而指出，法官在办理此类案件的时候，应当先将"直系亲属"分为两种类型，一种是"法律上"的直系亲属，即后人对其先人仍有孝思忆念者；另一种是"观念上"的直系亲属，即其先人已属于"远也"，后人对其并无孝思忆念者。其后法官应当利用法学方法论中的"目的性限缩"，将"观念上"的直系亲属剔除在诽谤死人罪的适用范围外。"孝思忆念"虽是人的主观情感，但诽谤死人罪并不是专门为了某个特定的人而定的，所以应当参考大众普遍客观存在的情感，即"直系血亲"在法

---

① 高阳：《历史公案唯有历史能够裁判——请最高检察长正视一个后患无穷的判例》，《联合报》民国六十六年（1977年）9月19日。

理方面止于高祖父母。

四　"诽韩案"所昭示的深层历史背景

在此"诽韩案"的聚讼纷纭中，也有一些人对于案件本身的是非曲直并不十分关心，但在作为古代大贤韩愈的名誉问题上，坚定地站在韩愈一方，为韩愈辩解，这被称为"卫道派"。其实，"诽韩案"之所以沸沸扬扬，关键即在于郭寿华"诽谤"的古人，并非一般的古代名人，而是位居文学之"唐宋八大家"之首的韩愈，列在孔子、孟子、董仲舒、韩愈、朱熹之儒家道统学脉中的韩愈。

"卫道派"中，如陶希圣撰有《抄韩文弥韩谤》①，替韩愈的生活作风辨冤；继而撰《韩退之的道统论与尊王论》②，直接推崇韩愈的道德功业，如云："韩退之的学说与主张，自未可一笔抹杀。今日诽韩及攻韩者彻底清算此公，殊非易易。……道统论源流长，历劫不磨。退之凭这一论点，在孟子与国父孙先生提挈之下，便可逃过今天这一劫。"我们看到在判决书上，也有"以保先贤高尚品德，并维国人对道统文化之信仰"的词句。

又有钱穆，认为"诽韩案"乃是民国以来社会思潮演绎的结果、习惯性思维所致，其发表的《为诽韩案鸣不平》文中指出：

> 民国以来，竞务为崇洋谴华，在中国历史上下不甘仍留一好人。孔子大圣，以子见南子肆嘲弄，岳武穆为武圣，以军阀恣诬蔑，韩公亦自不免。……夫苟能乐道人之善，则天下皆去恶为善，善人得其所，其功实大。韩公独不得为一善人乎？若谓居今日凡善皆在外洋，凡恶皆在我躬，此犹可也。果必求恶于古人，吾祖吾宗，积数千年来，无善可述，则今日吾国人，可与为善者又几希，此诚当惕然自反也。③

---

① 严灵峰、萨孟武、陶希圣等著：《诽韩案论战》，东府出版社（中国台北）1978 年版。按：原载于《食货》第六卷第十期。

② 见《法论月刊》第七期，收入《诽韩案论战》。

③ 钱穆：《为诽韩案鸣不平》，《联合报》民国六十六年（1977 年）10 月 1 日。

不得不说，一代儒宗钱穆的上引论点，乃是借"诽韩"一案，发一声音，以消胸中块垒。早在撰写《国史大纲》时，钱穆便说："所谓对其本国以往历史略有所知者，尤必附随一种对其本国已往历史之温情与敬意。"史学大师陈寅恪也说："对于古人之学说，应具了解之同情。"中国传统学术，讲求敦厚温柔，"正己而不求于人"，遇事"反求诸己而已矣"。论心、论事，当求客观公允之评价，而不苛责他人。

的确，自从新文化运动以来，有股喜作翻案文章的风潮，而一些学者也是事业心在求知欲之上，为求哗众取宠，故意饰智惊愚。如陈寅恪在《刘叔雅庄子补正序》中，谈及民国时代之学风而批评道："今日治先秦子史之学……乃以明清放浪之才人，而谈商周邃古之朴学。……焉得不为古人痛哭耶？"① 钱穆也正是着眼于此等处，而谓"苟能乐道人之善，则天下皆去恶为善，善人得其所，其功实大。韩公独不得为一善人乎"，即以儒家宽以待人之道，抱择其善者而从之、其不善者而改之的心态评价古人，故此发问：韩愈难道真的一无是处，非要以所谓"风流病"加以贬抑？按钱氏此问，乃是在学术是非问题之外，又生一心术善恶问题。盖郭寿华贬抑韩愈，不过民国以来学术风尚不醇不正之末流，且等而下之者。

其实学术问题，固然不必以公堂裁决进行了断。笔墨官司，古已有之，是非定论，待之千秋。然便辟之说，若不能为之澄清，一旦三人市虎，转识成智，贻误将来者其害亦必巨。此固然为治学者之操守，只能期待治学者皆稍具学术良知与对古人之同情，以严肃态度对待学术问题。除此之外，实在亦无良方可解。试以"诽韩案"言之，倘或郭寿华不因输掉官司而受罚，则其言论流布，必将直接或间接影响他人，其余学者虽欲驳正之，对于已经发表之文字，亦无能如之何。而郭氏厚诬古人之行为，亦毫无客观之约束矣。

结　语

"诽韩案"牵涉法学理论、言论自由、历史考证、学统道统诸多方面。因白居易有诗句"退之服硫黄，一病讫不痊"，加以陶谷《清异录》

---

①　陈寅恪：《金明馆丛稿二编》，上海古籍出版社 1980 年版，第 229 页。

之"火灵库"怪论,遂谓韩愈晚年"流连风月,颇亲脂粉"。又在"诽韩案"中,即便站在卫道立场者,也以"人非圣贤"为说辞,既肯定韩愈的道德文章功业,亦默认其晚节有亏;至于多数参与论争者,虽不认可郭寿华之"风流病"说,然于"退之服硫黄",竟也不能代为洗脱。

近代以来,人性之觉醒,神性之祛魅,往往于古圣贤之操守抱以今日之眼光,予以怀疑;古今志士仁人,转以肉身沉重,不能自白,转损声誉。如无笔者考竟韩愈服食硫黄乃为治疗足弱之疾,无关风月,则退之昌黎先生韩愈何以自明!

学术问题,固不宜以法院裁决之。而作为韩愈这类公众人物,且有特定崇拜与忆念孝思之对象群体,其名誉及家族荣誉如何保护,诚为法理方面的一大难题。即如后来,杨仁寿所谓"直系血亲"定位五世以内,此"五世"之确定,自是根据中国传统时代旧有服制而言,但从法律逻辑上讲,五世与六世乃至七世、八世,到底有无实质性的区别,仍然存在可以继续探讨的空间。至于中国大陆"文化大革命"期间之古人名誉受损乃至坟墓惨遭掘毁破坏者,更是不计其数,然则此类问题究竟如何看待,更是本篇小文无法承担的宏大命题了。

韩愈离我们有多远？

隗 芾

（汕头大学潮汕文化研究中心）

中国古代文论研究是中国古代文学研究中最"深奥"的一门，似乎只能在部分专家学者的小圈子里"理论"。其实它也有很普及的一面，那就是搜寻古代文论中与今人生活仍然有联系的那个纽带。不论文论、诗论、画论、剧论，其中都有一些具有现代生命的东西，挖掘这些东西，让古人走进现代人的生活，是对古代圣贤们的最好继承。即以古文大家韩愈为例，在古文八大家中，恐怕是公认的生涩古奥之代表，然而只要我们盘点一下，就知道他离我们现代生活并不遥远。

韩愈生在唐代宗大历三年（768年），历经代宗李豫、德宗李适、顺宗李诵、宪宗李纯、穆宗李恒、敬宗李湛六朝，卒于穆宗长庆四年（824年），距离我们已经将近1200年了。他在世的57年中，颠沛流离，历经磨难，当代及后代对他的一生毁誉不断，而他留下的大量诗文，却光耀千秋，历久弥香。至宋代苏轼已经评价他为"文起八代之衰，道济天下之溺"。他是中国儒家文化传承中承前启后的人物。由汉武帝刘彻与董仲舒弘扬的儒学统系，经过韩愈才能传续至朱熹，而成为支撑中国传统文化的重要支柱。现代人公认他是一个伟大的思想家、政治家、文学家。他的许多思想与言辞，仍然活在我们现代人的生活之中，他的许多语录成为格言世代传诵。从这个意义上说，韩愈就在我们身边。如果以对当代的影响说，除了审美体验外，主要应该是在教育、品德、人才、人生事理等几个方面影响最为深刻。

审美体验

当你深夜仰望天穹的时候，你会想起韩愈的诗："夜深静卧百虫绝，清月出岭光入扉"（《山石》）；"晴云如擘絮，新月似磨镰"（《晚寄张十八助教周郎博士》）。看到星光的时候，想起他的描写："池光天影共青青，拍岸才添水数瓶。且待夜深明月去，试看涵泳几多星。"（《盆池五首》）

当我们端午节在汨罗赛龙舟祭奠屈原的时候，会想起韩愈那时的感受："猿愁鱼踊水翻波，自古流传是汨罗。"（《湘中》）

当我们在桂林漓江上泛舟的时候，不由得会赞叹韩愈的形容："江作青罗带，山如碧玉簪。"（《送桂州严大夫同用南字》）

当游人来到庐山，惊叹于李白的夸张描述时，山石上也镌刻着韩愈的浪漫想象："是时新晴天井溢，谁把长剑倚太行。冲风吹破落天外，飞雨白日洒洛阳。"（《卢郎中云夫寄示送盘谷子诗两章歌以和之》）

画家在描绘四季景色时，韩愈所写的四季代表物即可浮现："以鸟鸣春，以雷鸣夏，以虫鸣秋，以风鸣冬。"（《送孟东野序》）

韩愈特爱春天，他对春天的描述多姿多彩：

"新年都未有芳华，二月初惊见草芽。白雪却嫌春色晚，故穿庭树作飞花。"（《春雪》）

"天街小雨润如酥，草色遥看近却无。最是一年春好处，绝胜烟柳满皇都。"（《早春呈水部张十八员外》）

"洛阳东风几时来，川波岸柳春全回。"（《感春五首》）

"草树知春不久归，百般红紫斗芳菲。"（《晚春》）

最妙的是韩愈以雪景写春天："当春天地争奢华，洛阳园苑尤纷挐。谁将平地万堆雪，剪刻作此连天花？"（《李花二首》）

写花："百叶双桃晚更红，窥窗映竹见玲珑。"（《题百叶桃花》）

"杨花榆荚无才思，惟解漫天作雪飞。"（《晚春》）

"已分将身著地飞，那羞践踏损光辉。"（《落花》）

"五月榴花照眼明，枝间时见子初成。"（《榴花》）

写鸟："柳花还漠漠，江燕正飞飞。"（《送李六协律归荆南》）

写雨："廉纤晚雨不能晴，池岸草间蚯蚓鸣。"（《晚雨》）

写海："潮阳未到吾能说，海气昏昏水拍天。"（《题临泷寺》）

写乡村景色："山净江空水见沙，哀猿啼处两三家。筼筜竞长纤纤笋，踯躅闲开艳艳花。"（《答张十一功曹》）

韩愈具有很高的审美能力，无论对世事，还是对文学，都有其独到的眼光。

论知识："智能谋，力能任。"（《与卫中行书》）

"人生处万类，知识最为贤。"（《谢自然诗》）

论作家："国朝盛文章，子昂始高蹈。"（《荐士》）

"李杜文章在，光焰万丈长。"（《调张籍》）

"孟郊死葬北邙山，从此风云得暂闲。天恐文章浑断绝，更生贾岛著人间。"（《赠贾岛》）

论文章："沉浸酞郁，含英咀华。"（《进学解》）

论文风："齐梁及陈隋，众作等蝉噪。"（《荐士》）

论文体："存志乎诗书，寓辞于咏歌。"（《荆潭唱和诗序》）

论文之法则："必出于己，不袭蹈前人一言一句。……惟古于词必己出，降而不能乃剽贼。"（《南阳樊绍述墓志铭》）

"惟陈言之务去，戛戛乎其难哉。"（《答李翊书》）

"师其意，不师其辞。"（《答刘正夫书》）

"丰而不余一言，约而不失一辞。"（《上襄阳于相公书》）

"气盛，则言之短长与声之高下者皆宜。"（《答李翊书》）

论修辞："闳其中而肆其外。"（《进学解》）

"文从字顺各识职。"（《南阳樊绍述墓志铭》）

"大书特书，屡书不一书。"（《答元侍御书》）

"龙文百斛鼎，笔力可独扛。"（《病中赠张十八》）

"横空盘硬语，妥帖力排奡。"（《荐士》）

"体不备不可以为成人，辞不足不可以为成文。"（《答尉迟生书》）

论音乐："昵昵儿女语，恩怨相尔汝。划然变轩昂，勇士赴敌场。浮云柳絮无根蒂，天地阔远随飞扬。喧啾百鸟群，忽见孤凤凰。跻攀分寸不可上，失势一落千丈强。"（《听颖师弹琴》）

以上所举，皆是韩愈留给我们的审美体验，有些已经成为成语在流传。

教　育

这是现代人最为熟悉的，他的许多语录已经成为定义，为人们所接受。例如关于教师的定义"师者，所以传道授业解惑也"，为其后历代所遵循。他的《师说》集中体现了他的教育思想，而其价值超越千年而不朽。

在师道方面他提出：

"古之学者必有师。"首先肯定师不可或缺的作用。

"人非生而知之者，孰能无惑。惑而不从师，其为惑也，终不解矣。"

"圣人无常师。"次解师之所在。

"无贵无贱，无长无少，道之所存，师之所存也。"

"不耻相师。"

"位卑则足羞，官盛则近谀。"有些人不愿意向比自己"位卑"的人学习，也不愿意向比自己官大的人靠近，怕人说自己拍马屁。其实借口这些"不耻相师"是最值得羞耻的。

"弟子不必不如师，师不必贤于弟子。闻道有先后，术业有专攻，如是而已。"这里的"不必"不作"没有必要"讲，而是"不必非如此不可"的意思。最后这一点认识十分珍贵而超前，现在尤其应该大力提倡。以上这些引文全部都是《师说》中的。

贵学思想："学所以为道，文所以为理。"（《送陈秀才彤序》）

"金璧虽重宝，费用难贮储。学问藏之身，身在则有余。"（《符读书城南》）

"学以为耕，文以为获。"（《祭故陕府李司马文》）这里把学习比为耕作，文章则是收获。

在治学态度与方法上韩愈提出许多重要原则：

"业患不能精，无患有司之不明；行患不能成，无患有司之不公。"（《进学解》）"有司"指那些管理人事的官吏。

"纪事者必提其要，纂言者必钩其玄。"从此，提要、钩玄，就成为治学的重要原则。

"贪多务得，细大不捐。"（《进学解》）

"补苴罅漏，张皇幽眇。"（《进学解》）

"小学而大遗，吾未见其明也。"（《师说》）批判的是抓住了细枝末节的知识，却遗漏了重要的知识。

"择焉而不精，语焉而不详。"（《原道》）

"读书患不多，思意患不明。患足己不学，既学患不行。"（《赠别元十八协力六首》）"足己"是自己满足的意思，"行"是实践。韩愈把这四句话称为"四美"，他称赞对方"子今四美具，实大华亦荣"。这是可贵的治学经验。

"学广而闻多，不求闻于人。"（《争臣论》）提倡闻多学广，不求被别人知道。

"强学力行。"（《后十九日复上宰相书》）强调读书要"力行"。

勤学方面："读书勤乃有，不勤腹空虚。"（《符读书城南》）

"业精于勤，荒于嬉；行成于思，毁于随。"（《进学解》）

"朝骋骛乎书林兮，夕翱翔乎艺苑。"（《复志赋》）

读书经验："未曾一日去书不观。"（《唐故相权公墓碑》）

"手批目视，口咏其言，心惟其义。"（《上襄阳于相公书》）

"口不绝吟于六艺之文，手不停批于百家之编。"（《进学解》）

惜时读书："哀白日不与我谋。"（《复志赋》）

"但悲时易失，四序迭相侵。"（《幽怀》）

"百年讵几时，君子不可闲。"（《读皇甫湜公安圆池诗书其后》）

"焚膏油以继晷，恒兀兀以穷年。"（《进学解》）

品　德

人们眼中的韩愈往往是不苟言笑的"腐儒"，其实不然，他是一个感情十分丰富、热爱生活的性情中人。他对"性情"的解释是："性也者，与生俱生也；情也者，接于物而生也。……其所以为情者七：曰喜、曰怒、曰哀、曰惧、曰爱、曰恶、曰欲。"（《原性》）这七情也多为后世所沿用。因此他论品德多与性情相结合。

论道德："以德礼为先而辅以政刑。"（《潮州请置乡校牒》）

"所谓道德云者，合仁与义言之也。博爱之谓仁，行而宜之之谓义，由是而之焉之谓道，足乎己无待于外之谓德。"（《原道》）

"知而不以告人者，不仁也；告而不以实者，不信也。"（《送浮屠文畅师序》）

"麟之所以为麟者，以德不以形。"（《获麟解》）

论道义："为义若嗜欲，勇不顾前后。"（《唐朝散大夫赠司勋员外郎孔君墓志铭》）

"以义取人，以道自任。"（《送石处士序》）

"闻命而奔走者，好利者也；直己而行道者，好义者也。"（《上张仆射书》）

论善恶："善也吾行，不善吾避。"（《子产不毁乡校颂》）

"名声之善恶存乎人。"（《与卫中行书》）

"善，虽不吾与，吾将强而附。不善，虽不吾恶，吾将强而拒。"（《送孟秀才序》）

"有善必闻，有恶必见。"（《潮州刺史谢上表》）

"嫉恶如仇雠，见善若饥渴。"（《举张正甫自代状》）

"君子之于人，无不欲其入善。"（《重答翊书》）

"据事迹实录，则善恶自见。"（《答刘秀才论史书》）

论公私："利居众后，责在人先。"（《送穷文》）

"当官而行，不求利己。"（《为裴相公让官表》）

"其自为也过多，其为人也过少。"（《圬者王承福传》）

"公无私者，其取舍进退无择于亲疏远迩。"（《送齐暤下第序》）

论刚直："聪明则视听不惑，公正则不迩谗邪。"（《释言》）

论守正："特立而独行，道方而事实，卷舒不随乎时，文武惟其所用。"（《与于襄阳书》）

"其行己不敢有愧于道。"（《感二鸟赋序》）

论节操："士穷乃见节义。"（《柳子厚墓志铭》）

"不以富贵妨其道，不以隐约易其心。确乎不拔，浩然自守。"（《省试颜子不贰过论》）

舍生取义："曲生何乐，直死何悲。"（《祭穆员外文》）

"不畏义死，不荣幸生。"（《清边郡王杨燕奇碑文》）

"男儿死耳，不可为不义屈。"（《张中丞传后叙》）

"生而不淑，孰谓其寿？死而不朽，孰谓其夭？"（《李元宾墓铭》）

论谦谨："自知者为明。"（《复志赋》）

"慊慊为人，矫矫为官。"（《江西观察使韦公墓志铭》）

"独断不谋。"（《为裴相公让官表》）

"恃才能深藏而不市。"（《送温处士赴河阳军序》）

"自视以为得计。"（《柳子厚墓志铭》）

"蚍蜉撼大树，可笑不自量。"（《调张籍》）

为政："以国家之务为己任。"（《送许郢州序》）

"纯信之士，骨鲠之臣，忧国如家。"（《论今年权停选举状》）

"欲为圣明除弊事，肯将衰朽惜残年。"（《左迁至蓝关示侄孙湘》）

他时刻关心国家安危，他主张"为政知所先后。"（《处州孔子庙碑》）

"贫可富，乱可治。"（《太原王公墓志铭》）

"发号出令，云行雨施。"（《贺赦表》）

韩愈主张治理国家要文武结合，仁政与威严并施："经纬天地之谓文，勘定祸乱之谓武。"（《贺册尊号表》）"威行如秋，仁行如春。"（《与凤翔邢尚书》）

同时他也注重兼听则明："川不可防，言不可弭。下塞上聋，邦其倾矣。"弭是消除的意思。

为政可以权变："大君子为政，当有权变。"（《上留守郑相公书》）

"授之柄而处其下。"（《张中丞传后叙》）

"高材多戚戚之穷，盛位无赫赫之光。"（《与于襄阳书》）

"蝇营狗苟，驱使复还。"（《送穷文》）

人　才

韩愈主张举贤不拘一格："古之进人者，或取于盗，或举于管库。"（《后十九日复上宰相书》）

识才："朽蠹不胜刀锯力，匠人虽巧欲何如？"（《题木居士二首》）

"当大有为之时，得非常人之佐。"（《为裴相公让官表》）

为政应审时适变："惑乎故而不能即乎新者，溺也。"（《送浮屠文畅师序》）

育才："爬罗剔抉，刮垢磨光。"（《进学解》）

"是马也，虽有千里之能，食不饱，力不足，才美不外见，且欲与常马等不可得，安求其千里也？……策之不以其道，食之不能尽其材，鸣之而不能通其意……其真不知马也。"（《杂说四首之四》）

"不忍奇宝横弃道侧。"（《与袁相公书》）

"根之茂者其实遂，膏之沃者其光晔。"（《答李翊书》）

选才:"一视而同仁,笃近而举远。"(《原人》)

"孜孜以荐进良士,明白是非为己任。"(《与祠部陆员外书》)

"未尝干之,不可谓上无其人;未尝求之,不可谓下无其人。"(《与于襄阳书》)

"世有伯乐,然后有千里马。千里马常有,而伯乐不常有。"(《杂说四首之四》)

"伯乐一顾,价增三倍。"(《为人求荐书》)

"伯乐一过冀北之野,而马群遂空。"(《送温处士赴河阳军序》)

用才:"校短量长,惟器是适。"(《进学解》)

"左右前后,莫匪俊良;小大之才,咸尽其用。"(《请上尊号表》)

"君子之于人才,无所不取。"(《上宰相书》)

"大木为㭪,细木为桷。欂栌侏儒,椳闑扂楔,各得其宜。"(《进学解》)

"量力而用之,度才而处之。"(《上张仆射书》)

"任有大小,惟其所能。人不可遍为,宜乎各致其能以相生也。……一身而二任焉,虽圣者不可能也。"(《圬者王承福传》)

"适于用之谓才,堪其事之谓力。"(《释言》)

"不求闻而人闻之,不求用而君用之。"(《争臣论》)

"取其一,不责其二;即其新,不究其旧。"(《原毁》)

英才:"崭然见头角。"(《柳子厚墓志铭》)

"智足以造谋,材足以立事,忠足以勤上,惠足以存下。"(《送杨支使序》)

"治人将兵,无所不宜。"(《凤翔陇州节度使李公墓志铭》)

他认为为政必须斥小人:"小人君子,其心不同。"(《送穷文》)

考察人不要以貌取人,而要深入内心:"心中疾,箴石非所砭。"(《赠张籍张彻》)有些人看人"不求其端,不讯其末,惟怪之欲闻"(《原道》),这是不足取的。韩愈警告为政者要警惕那些"貌则人,其心则禽兽"(《杂说四首之三》)的人,这样的人会时刻诋毁别人。韩愈专门写过一篇文章叫《原毁》,从前是选入中学语文课本里的范文。此外,他还在多处谈到毁誉问题:

"古之道,不苟毁誉于人。"(《题欧阳生哀辞后》)

"与其有誉于前,孰若无毁于其后;与其有乐于身,孰若无忧于其

心。"（《送李愿归盘谷序》）

"莫为之前，虽美而不彰；莫为之后，虽盛而不传。"（《与于襄阳书》）这里所揭示的是多么高超的精神境界呀。

韩愈对阿谀者的描述："俯首帖耳，摇尾而乞怜。"（《应科目时与人书》）真是"如闻其声，如见其容"（《孤独申叔哀辞》）。这两句熟语，已经成为现代的流行语。

人生事理

韩愈是儒学骨干人物。儒学很重视自身的修养。他所追求的境界是"清声而便体，秀外而惠中"（《送李愿归盘谷序》）。韩愈在这方面留下了许多有益的格言。

论修身："怠者不能修，而忌者畏人修。"（《原毁》）

"其责人也详，其待己也廉。详，故人难于为善；廉，故自取也少。"（《原毁》）

雄心壮志："事业功德，老而益明，死而益光。"（《上考功崔虞部书》）

"君子居其位，则思死其官；未得位，则思修其辞以明其道。"（《争臣论》）

"事业无穷年。"（《秋怀诗十一首之一》）

"障百川而东之，回狂澜于既倒。"（《进学解》）

"功业逐日以新，名声随风而流。"（《与凤翔邢尚书书》）

论奋进："自处不敢后于恒人。"（《与于襄阳书》）恒人即常人。

"借问行几何，咫尺视九州。"（《驽骥》）

"孜孜矻矻，死而后已。"（《争臣论》）

"食焉而怠其事，必有天殃。"（《圬者王承福传》）

"急乎其所自立，而无患乎人不己知。"（《重答翊书》）

"非其身力，不以衣食。"（《唐故中散大夫少府监胡良公墓神道碑》）

论改过："释然悟，翻然悔。"（《与陈给事书》）

"时俗人有耳不自闻其过。告我以吾过者，吾之师也。"（《答冯宿书》）

"人患不知其过，既知之不能改，是无勇也。"（《五箴五首序》）

韩愈一生经历了太多的世态炎凉，因此也积累了许多这方面的格言。

"由来骨鲠才，喜被软弱吞。"（《送进士刘师服东归》）

"一封朝奏九重天，夕贬潮州路八千。"（《左迁至蓝关示侄孙湘》）

"凡今之人，急名与官。"（《剥啄行》）

"人情忌殊异，世路多权诈。"（《县斋有怀》）

"小人之好议论，不乐成人之美。"（《张中丞传后叙》）

"人皆劣骐骥，共以驽骀优。"（《驽骀》）

"事修而谤兴，德高而毁来。"（《原毁》）

"跋前踬后，动辄得咎。"（《进学解》）

"胜事谁复论，丑声日已播。"（《合江亭》）

"偶然题作木居士，便有无穷求福人。"（《题木居士》）

"君门不可入，势利互相推。"（《将归赠孟东野房蜀客》）

"跳踯虽云高，竟不离汀淖。鸣声相呼和，无理只取闹。"（《答柳柳州食虾蟆》）这里是借青蛙以讽刺小人。

韩愈主张读书要最后归结于言行，而言行各有原则。如：

不轻言："有不得已者而后言。"（《送孟东野序》）他以自己的经验告诫别人"直言失官"（《京兆韦氏夫人墓志铭》）的教训，最好是"别语不许出，行裾动遭牵"（《送灵师》）。

言要分清对象："可与智者道，难与俗人言。"（《送陈秀才彤序》）

"不知言之人，乌可与言；知言之人。默焉而其意已传。"（《言箴》）

不以人废言："其言可信，不以其人布衣不用。"（《唐故相权公墓碑》）

但他坚持"无昧于谄言"（《送石处士序》）。而对那些毫无特色的语言称之为"面目可憎，语言无味"（《送穷文》）。毛泽东曾经直接拿这八个字来批评党八股的文风。

谈到言与行的关系，他说："行，发于身加于人；言，发乎迩见乎远。苟不慎也，败辱随之。"（《省试颜子不贰过论》）

凡事最好能预防："止之于始萌，绝之于未形。"（《省试颜子不贰过论》）

对成败的看法则是："前古之兴亡，未尝不经于心也。当世之得失，未尝不留于意也。"（《与凤翔邢尚书书》）

他认为世事是可以转化的："丰悴有时，一去一来而不可常。"（《圬者王承福传》）即使是法律也是逐渐完善的："凡法始立必有病。"（《钱重物轻状》）这种认识是很深刻的，也为今日所信服。因此他强调"慎法宽惠不刻"（《唐故国子司业窦公墓志铭》），"刻"指刻毒。赏罚严明也适宜于用兵，他说："兵之胜负，实在赏罚。赏厚可令廉士动心，罚重可令凶人丧魄。"（《论淮西事宜状》）

论悲痛："如痛定之人，思当痛之时。"（《与李翱书》）

"顺其变以节哀，故存者不至于伤生，逝者不至于甚痛，谓之达理以贯通。"（《顺宗实录》卷五）

说离情："一在天之涯，一在地之角。"（《祭十二郎文》）

论事理："物不得其平则鸣。"（《送孟东野序》）

"弱之肉，强之食。"（《送浮屠文畅师序》）

"坐井而观天，曰天小者，非天小也。"（《原道》）

"柏生两石间，万岁终不大。"（《招杨之罘》）

"毫厘之差，或致弊于寰海；晷刻之误，或遗患于历年。"（《为韦相公让官表》）

在社交处世方面，韩愈留给我们的格言是：

"志同而气合。"（《徐泗豪三州节度掌书记厅石记》）"志同"指目标一致，"气合"指意气相投。且不可交那些动不动就翻脸的人："一旦临小利害，仅如毛发比，反眼如不相识。"更要警惕落井下石的人："落陷阱，不一引手救，反挤之又下石焉。"（《柳子厚墓志铭》）

韩愈一生颠沛流离，到各处全靠朋友照应，诗文酬唱，在精神上相互支持。在他上《论佛骨表》而面临死罪之时，是宰相裴度带领群臣以死相谏，才改为贬斥潮州为刺史。在他的诗文中，充满了对友情的怀念。

"少年乐新知，衰暮思故友。"（《除官赴阙至江州寄鄂岳李大夫》）

"诗成有共赋，酒熟无孤斟。"（《县斋读书》）

"肝胆一古剑，波涛两浮萍。"（《答张彻》）

"吟君诗罢看双鬓，斗觉霜毛一半加。"（《答张十一》）

"君歌声酸辞且苦，不能听终泪如雨。"（《八月十五夜赠张功曹》）

待人方面，韩愈提出了几个重要原则：

"其责人也详，其待己也廉。其责己也重以周，其待人也轻以约。重以周，故不怠。轻以约，故人乐五善。"（《原毁》）

"位益尊，则贱者曰隔。"（《与陈给事书》）

对朋友："赠必固辞，求无不应。"（《祭裴太常文》）

处世方面，当然最好是"驾轻车，就熟路"（《送石处士序》）。韩愈以诗表达希望摆脱困境的心情："几岁生成为大树，一朝缠绕困长藤。谁人与脱青罗帔，看吐高花万万层。"（《楸树二首》）

韩愈对家庭的态度自然是遵奉孔孟之道，主张"亲亲而尊尊，生者养而死者藏"（《送浮屠文畅师序》）。

对子女之事，他也看得很开："有子与无子，祸福未可原。有子且勿喜，无子固勿叹。"（《孟东野失子》）韩愈虽然几度位居高官，但生活却一直并不富裕，而且他直言："乐富贵而悲贫贱，我岂异于人哉！"（《圬者王承福传》）因此他一直对家庭有一种负罪感："冬暖而儿号寒，年丰而妻啼饥。"（《进学解》）特别是子女与亲人的逝世，给韩愈的打击很大，他总觉得自己对不住他们："生不能相养以共居，殁不能抚汝以尽哀。……少者殁而长者存，强者夭而病者全。"（《祭十二郎文》）

韩愈对人生是积极的，但也恨人生苦短："一年明月今宵多，人生由命非由他。有酒不饮奈明何。"（《八月十五夜赠张功曹》）他时常羡慕那些自由旅人的生活："闻道郭西千树雪，欲将君去醉如何？"（《闻梨花发赠刘师命》）

韩愈一生坎坷，衰老早到："吾年未四十，而视茫茫，而发苍苍，而齿牙动摇。"（《祭十二郎文》）到老年，他"两世一身，形单影只"（《祭十二郎文》），也生发了闲居的梦想。"岁老岂能充上驷，力微当自慎前程。"（《入关咏马》）当他的好友柳宗元写出"皇恩若许归田去，晚岁当为邻舍翁"的时候，韩愈马上响应："断送一生惟有酒，寻思百计不如闲。"（《遣兴》）韩愈追求的是："与其有乐于身，孰若无忧于心。"（《送李愿归盘谷序》）

这些处世名言所叙之情状，千载之下，犹历历如在目前，使我们不能不佩服韩愈的概括能力。

上引这些韩愈语录，除了被学术界或日常生活中所引用外，有一些在历经1200年的流传中，经过字句的增减成了汉语成语或熟语，丰富了韩愈的表现力。

源于韩愈诗文的成语或短语：天街小雨、草树知春、海气昏昏、光焰万丈、沉浸酢郁、含英咀华、袭蹈前人、词必己出、大书特书、笔力独扛、一落千丈、提要钩玄、小学大遗、择焉不精、语焉不详、强学力行、焚膏继晷、疾恶如仇、见善若渴、特立独行、自知之明、慊慊为人、独断不谋、深藏不市、自视以为得计、蝇营狗苟、爬罗剔抉、刮垢磨光、一视同仁、才尽其用、美而不彰、盛而不传、俯首帖耳、摇尾乞怜、幡然悔悟、痛定思痛、节哀顺变、天涯地角、不平则鸣、弱肉强食、坐井观天、志同气合、轻车熟路、啼饥号寒、形单影只。

熟语："江作青罗带，山如碧玉簪"；"师其意，不师其辞"；"丰不余言，约不失辞"；"闳其中而肆其外"；"文从字顺各识职"；"圣人无常师"；"道之所存，师之所存"；"不耻相师"；"弟子不必不如师"；"术业有专攻"；"学以为耕，文以为获"；"贪多务得，细大不捐"；"补苴罅漏，张皇幽眇"；"业精于勤荒于嬉；行成于思毁于随"；"有善必闻，有恶必见"；"蚍蜉撼大树，可笑不自量"；"威行如秋，仁行如春"；"川不可防，言不可弭"；"千里马常有，伯乐不常有"；"伯乐一顾，价增三倍"；"如闻其声，如见其容"；"回狂澜于既倒"；"赠必固辞，求无不应"。

重议韩愈的人才观

杨丕祥

（河南省孟州市政协）

纵览古今中外，众多资源里能在社会发展中起基础性、战略性和决定性作用的，唯有人才资源。

正由于此，韩愈在他的诸多著述中也不惜笔墨地论及人才问题。他那些关于人才问题的思想观点，实在是值得我们去认真探讨与深入挖掘的重要宝贵遗产。笔者前几年曾就这个议题，先后写过两篇短文，即《漫议韩愈的人才观》和《再论韩愈的人才观》。如今审阅之后，仍感意犹未尽。遂想就此再谈点浅见，以就教于诸位同人。

深入探讨韩愈关于人才问题的思想观点，我们不难发现，韩愈本身就是一位极为重视人才的先贤。

《旧唐书·韩愈传》有言记载：

> （愈）颇能诱厉后进，绾之者十六七，虽晨炊不给，怡然不介意。

《新唐书》本传说他：

> 成就后进士，往往知名；经愈指授，皆称"韩门弟子"。

韩愈的好友柳宗元在《与韦中立论道书》中也载道：

> 孟子称人之患在好为人师，由魏晋以下，人益不事师；有辄哗笑之，以为狂人。独韩愈不顾流俗；犯笑侮，召收后学，作《师说》，因抗颜为师；世果群怪聚骂，指目牵引……愈以是得狂名。

　　以上记载说明，韩愈之重视人才在当时就极具盛名。而且他的人才观中亦确有那么一种敢于对抗习惯势力、反对特权阶层、摒弃传统流俗的顽强精神。

　　韩愈之所以如此反叛传统习俗，重视人才、培育后进，这与他个人在仕途中的不幸遭遇有关。他对于下层人才被埋没、受压抑有着切身的体会。他在《上宰相书》中曾说："今有人生二十八年矣，名不著于农工商贾之版，其业则读书著文歌颂尧舜之道。鸡鸣而起，孜孜焉亦不为利……四举于礼部乃一得，三选于吏部卒无成；九品之位其可望，一亩之宫其可怀。遑遑乎四海无所归，恤恤乎饥不得食、寒不得衣，滨于死而益固，得其所者争笑之。"他在《与李翱书》中又说："仆在京城八九年，无所取资，日求于人以度时月；当时行之不觉也，今而思之，如痛定之人，思当痛之时，不知何能自处也。"有了这样的经历，就很容易使他与后进之士产生共鸣。然而韩愈之重视人才更多的还是他对后进成长的关怀度和天下兴亡的责任感。

　　韩愈人才观的最核心之处和最突出之点是他在《与祠部陆员外书》中提出的"为国家树根本之道"的观点。这是他从长期实践中察得失、观兴亡、审历史、剖现实而总结出来的人才思想的精髓。

　　"为国家树根本之道"是韩愈人才观在政治上的集中体现，表现出了他对天下兴亡的强烈现实感和责任感。韩愈生活的中唐时期，是充满内忧外患与各种激烈矛盾冲突的时期。宦官专权、藩镇割据、边境动乱、皇权衰微，社会积弊成患，中央集权被削弱。韩愈忧世愤时，出于深重的忧患危机感和强烈的历史使命感，出于中兴唐朝伟业的壮心夙志，出于挽狂澜于既倒的宏图大愿，追踪历史，审视现实，热情流溢出"前古之兴亡，未尝不经于心也；当世之得失，未尝不留于意也"（《与凤翔邢尚书书》）的责任心和使命感，强烈显露出"有忧天下之心"。在灾难深重的政局面前，韩愈深沉地思虑着国家的前途、民族的命运、人才的重任，渴盼"得人治国"。他把选拔人才视为十分重大的急迫之事，强调宰相"论道经邦之暇，舍此宜无大者焉"（《后二十九日复上宰相书》）。

　　韩愈正是这样，以不惧"事修而谤兴，德高而毁来"（《原毁》）的大无畏气概，和"不敢独善其身，而必以兼济天下"（《争臣论》）的积极用世态度，坚定"欲为圣明除弊事"（《左迁至蓝关示侄孙湘》）的政治抱负，对中唐王朝的中兴寄予殷切期望。与韩愈这样的政治抱负相一致，他的"为国家树根本之道"的政治目的就显得十分明确。也就是说，正是由于韩愈强烈地意识到了人才之于国家的极端重要性，他才一再上书，希望朝廷能重视选贤用能；他才强烈呼出了选拔人才"为国家树根本之道"的心声。

韩愈素以恢复儒家思想正统地位为己任，以儒道来统治国家为出发点。他继承和发扬了儒家关于人才观的正确主张，兼采诸家重视人才的学说，呼吁发挥人才的作用，言倡力行"得人治国"的思想。他从"能够得才便能够得之民心，善于用才便能够使国家昌盛，唐王朝中兴才有希望"这一政治目的出发，希望君主与宰相能够像周公那样求贤若渴，像孟子倡言的那样"得天下英才而教育之"。他先是在《上宰相书》中引经据典，向当权者宣传培育人才的意义，以期引起重视。如"《诗》之《序》曰：'《菁菁者莪》，乐育材也。'君子能长育人材，则天下喜乐之矣"！继而又在《三上宰相书》中引证周公礼贤的事迹，向当权者反复强调人才的重要："……当是时，天下之贤能皆已举用……然而周公求之如此之急，唯恐耳目有所不闻见，思虑有所未及，以负成王托周公之意，不得于天下之心！"

韩愈就是这样，认为为国培育选拔人才是"古今所宜法"的"圣人贤士之极言至论"，是有"深思长虑"的"根本之道"，是"得天下之心"的一大功业。

韩愈在《进士策问》之七中，还提出了当时存在的人才危机问题，希望天下应举之士来共同讨论。其言：

> 春秋之时，百有余国，皆有士大夫详于传者，无国无贤人焉。其余皆足以充位……
>
> 今天下九州四海，其为土地大矣！国家之举士……内有门户多矣！而自御史台、尚书省以至于中书、门下省，咸不足其官，岂今之人不及古人邪！何求而不得也？

对于这个影响天下治理的人才危机问题，他不仅提给天下士子去思考，更重要的是自己经反复思考和认真探讨后，作出了回答，从而在人才问题上提出了许多重要的见解。

其一，韩愈认为，出现人才危机问题首先是因为"世无伯乐"。正是由于在上者昏庸，才使大批人才被埋没，而并非天下无贤才。他在《送温处士赴河阳军序》中云："伯乐一过冀北之野，而马群遂空。"而当时因为世无伯乐，致使人才沉沦。

其二，韩愈认为，千百年来的狭隘自私观念是压抑人才的重要因素。他在《送齐暤下第序》中说道：

> 古之所谓公而无私者，其取舍进退无择于亲疏远迩，唯其宜可焉。……及道之衰，上下交疑，于是乎举仇、举子之事，载之传中而称美之，而谓之忠。见一善焉，若亲与迩，不敢举也；见一不善焉，若疏与远，不敢去也。……于是乎有违心之行……

其三，韩愈认为，朝廷选拔人才的途径过于单一，考试内容陈腐无用，排挤了许多真正有安邦化俗之才的有为之士。他在《上宰相书》中愤慨不平地说，对于下层之士来讲，"今天下不由吏部而仕进者，几希矣"，仕进之门路极少。而礼部、吏部的选拔，仅仅"试之以绣绘雕琢之文，考之以声势之逆顺，章句之短长，中其程式者，然后得从下士之列；虽有化俗之方，安邦之策，不由是而稍进，万不有一得焉"。

为此，韩愈主张：对于有真才实学之士，在上者要"可举而举焉，不必让其自举也"；在下者，要"可进而进焉，不必廉于自进也"。从而要广开途径，随时为国家选拔、举荐真正有为之人。同时，对于在职的各级官吏，不论职位高低都要有职、有权、有责，以充分发挥其各自的才能。在他所写的《徐泗豪三州节度掌书记厅石记》中，就对徐州节度使府历任书记之能够发挥才能，大为赞赏。对于上下"志同而气合"的信任与融洽关系，表示羡慕。他认为，只有如此知人善任，才能真正发挥一个人的才能。

关于人才问题，历来就是一个相当复杂的社会问题。历史上埋没、压抑人才与不能知人善任等现象的存在，既有人们认识上、主观上的种种原因，也有客观上社会的、政治的种种原因。韩愈的人才观，虽然也深深打着时代和阶级的烙印，但他能在当时的情况下用那么多的篇章讨论探究人才问题，并大胆提出自己的一系列看法，确也十分罕见和难能可贵。我们完全可以说，韩愈就是唐代人才问题的专家。对于他的人才观，我们理应深入研究，认真总结，并很好地借鉴和继承这一优秀遗产。

《昌黎先生诗集注》成书及版本述略

郝润华　莫琼

（西北大学文学院）

清初顾嗣立《昌黎先生诗集注》一书，是清代众多韩诗注本中的一种，也是现存最早的韩诗单行注本，开清人注韩诗风气之先，顾嗣立所刻秀野草堂本《昌黎先生诗集注》版刻精美，是清代写刻中的精本，值得关注。故本文就其书成书及版本情况略作论述。

一　清代以前韩诗单行本及注本

在考察顾嗣立《昌黎先生诗集注》①（以下简称《集注》）成书过程之前，有必要对在此之前出现的韩诗注本做个简单梳理，以达到确定其底本来源并准确判断此注本在韩学史上地位的目的。

有学者指出："在一千二百多年的韩学史上，宋代和清代是两个高峰。"②与此相对应的，是韩集文献整理的两个高峰也出现在这两个朝代里面。宋代研究韩愈之盛，较为明显地表现在韩文注本的数量上，仅以魏仲举刻于南宋庆元六年（1200年）之《新刊五百家注音辩昌黎先生文集》前所附《韩集所收评论诂训音释诸儒名氏》③为例，其所列名氏虽不满五百家，以至四库馆臣讥其"殊牵合"，有"书肆之习气"④，但仍可想见当时注韩风气之一斑，而魏本亦成为宋代韩集注释方面的集大成者，四库馆臣也改口称赞曰："有考证、音训者凡数十家，原书世多失传，犹

---

① 本文所用《昌黎先生诗集注》的版本，均为中华再造善本据清康熙三十八年（1699年）顾嗣立秀野草堂刻本影印本。

② 杨国安：《宋代韩学研究》，中国社会科学出版社2006年版，第5页。

③ （宋）魏仲举：《新刊五百家注音辨昌黎先生集》，中华再造善本据南宋庆元六年（1200年）魏仲举家塾刻本影印本，第1册。

④ （清）纪昀等撰：《四库全书总目》，中华书局1965年版，第1288页。

赖此以获见一二，亦不可谓非仲举之功也。"① 刘真伦先生"以现存韩集宋元传本以及传世宋人别集、笔记、诗话等史料为基础，全面稽考宋代的韩集传本，确认已经失传的宋元韩集传本102种。其中有逸文可供稽考者59种，只存著录者43种"，"而真正流传至今的宋元传本只有13种"②。在这13种传本中，南宋前期方崧卿《韩集举正》③ 是韩集文本研究的集大成者，朱熹"犹恨其不尽载诸本同异，而多折中于三本也"④，故作《昌黎先生集考异》，而方崧卿《韩集举正》"为盛名所掩，原本遂微，越及元明几希泯灭"⑤。然而《韩集举正》所引用的各种参校版本达到七十家之多⑥，从刘真伦先生考察宋代韩集传本的材料来看，也多用方本（另一重要材料便是上文所称魏本者）。方本和朱本为韩集提供了一个可靠的文本，并一同成为后世韩集的祖本。

从目前宋元韩集传本的研究情况来看，韩集多为诗文合注本，韩诗单行本十分罕见。方崧卿《韩集举正·叙录》除石本外，分别为十家韩集传本作叙录，于《唐氏令狐本》下云：

> 右唐令狐绹之子澄所藏本，咸通十一年（870年）书，止有诗赋十卷，苏魏公子容尝得之于蔡文忠家，题其后曰："与今本不同者百四十有一。"今浙本之所谓"蔡作"者实令狐氏之旧也。澄亦进士登第，能世其家。今本《游城南诗》十六首而阙其一，惟此本为备，《大安池诗》之当为《游太平公主山庄诗》，虽阁本亦误。十《琴操》元不具注，皆今本之所异者。谢参任伯尝得苏本而校之，于所校之字皆朱书其右，作"澄本"二字，虽不尽然，亦大约可见。今只以唐本目之，而具蔡、谢所校于其下云。⑦

---

① （清）纪昀等撰：《四库全书总目》，中华书局1965年版，第1288页。

② 刘真伦：《韩愈集宋元传本研究》，中国社会科学出版社2004年版，第35页。

③ （宋）方崧卿：《韩集举正》，影印文渊阁《四库全书》本。

④ （宋）朱熹：《韩文考异》。所谓三本，即方崧卿《韩集举正》中所称祥符杭本、嘉佑蜀本、秘阁本。

⑤ （清）纪昀等撰：《四库全书总目》，中华书局1965年版，第1287页。

⑥ 刘真伦：《韩愈集宋元传本研究》上编《现存集本》，中国社会科学出版社2004年版，第88页。

⑦ （宋）方崧卿：《韩集举正》，影印文渊阁《四库全书》本。

　　由此可知，唐末令狐澄所编之韩集，包括赋与诗，共十卷，方崧卿称之为唐本，并以之校当时所称"今本"者，则以唐本为长。以唐长庆四年（824年）韩愈门人李汉所编之《昌黎先生集》的编排次序来比照推测，令狐本所编次序，应以赋为首，后为诗（令狐本赋与诗共有十卷之多，那么以现存韩集版本比照①，应该包括正集所有的诗在内了，今本韩集正集有诗十卷）。然而，既然此十卷包括赋在内，那么就不能算作单纯的韩诗单行本，况且检索方本所引令狐本的文字来看，令狐本并无注释文字，魏本卷首所附《韩集所收评论诂训音释诸儒名氏》也只称"令狐陶氏，名澄，校定韩柳文集"②。

　　另外，清彭元瑞所编《天禄琳琅书目后编》（以下简称《后编》）一书于"宋版集部"中即著录《昌黎先生诗集》一函四册，提要云："书中卷赋、诗两体，《外集》遗诗俱载，各句下并注《考异》。"③另据刘蔷《天禄琳琅研究》一书所附表2-2《天禄继鉴书存佚状况版本实情一览》（卷六宋版集部一），于《昌黎先生诗集》审定为宋刻本，书名、卷数则署为"昌黎先生诗集四十卷外集十卷遗文一卷"④。根据刘书所著录的卷数来看，此本《昌黎先生诗集》所包括的恐怕不仅仅是诗赋而已。然而《后编》提要云"书中卷赋、诗两体"，又题"《外集》遗诗俱载"（据刘真伦先生研究，"分为五卷收录诗文34篇的外集，至北宋监本已经定型"⑤），似乎此本只收赋诗二体，况且"一函四册"，恐怕无法容纳刘《书》所说的五十余卷，这种种实在是很令人生疑，因笔者无法寓目，所以只能存疑。《后编》下附有印章数枚，分别为"嗜好与俗殊酸咸""用嘉""陈氏彦廉""味余斋珍藏印""四明楼月"。楼钥（1137—1213年），字大防，自号攻媿主人，为南宋藏书家，印章为"四明楼钥"⑥。彦

　　①　据刘真伦《韩愈集宋元传本研究》一书，"李汉原编的分类，分卷情况与今传各本基本相同，这一判断是可以成立的"，第47页。

　　②　（宋）魏仲举：《新刊五百家注音辨昌黎先生集》，中华再造善本据南宋庆元六年（1200年）魏仲举家塾刻本影印本，第1册，第1页。按："令狐陶氏"，"陶"当为"绹"，又，陶字当为误衍。

　　③　（清）彭元瑞等著，徐德明校点：《天禄琳琅书目后编》，上海古籍出版社2007年版，第527—528页。

　　④　刘蔷：《天禄琳琅研究》，北京大学出版社2012年版，第134页。

　　⑤　刘真伦：《韩愈集宋元传本研究》，中国社会科学出版社2004年版，第52页。

　　⑥　潘美月：《宋代藏书家考》，学海出版社1980年版，第199—200页。

廉即元人陈宝生的字，"嗜好与俗殊酸咸""陈氏彦廉"均为其藏书印。①
"用嘉"为明人杜琼（1396—1474 年）的字，杜琼为著名书画家、藏书
家。"味余斋珍藏印"为清仁宗藏书印。据此可知，此本原为南宋楼钥所
藏，历经元陈彦廉、明杜琼、清皇室递藏，现已不知去向。② 刘书应是依
据"四明楼钥"的印章而审定此本为宋本的。

　　方崧卿《韩集举正叙录》除十家外，又云："外此，又得董彦远《韩
文考》三卷，姚令威《诗注》八卷。"③ 姚令威《诗注》八卷，从卷数上
来看，比韩集十卷之诗少了两卷，此本并有注，若不是经姚氏重新编排，
则可推测其只为韩诗选本，并不是完整的韩诗本子了。今亦不传。

　　上述唐令狐氏本与宋本《昌黎先生诗集》（暂且以《后编》为准），
从严格的文体意义上来说，并不能算是韩诗单行本④，而姚本也只能算是
韩诗选本。但是从已知的这三个本子来看，韩集的研究出了一些专门化的
倾向，即将韩诗从韩集中独立出来，并出现了专注韩诗的情况［宋初柳
开（948—1001 年）有韩愈《双鸟诗解》一篇，被称为"最早笺疏韩文
（诗）作意"之人⑤］。

　　现存十三种韩集传本都属于宋人著述，元人竟无一例。上文论及方崧
卿《韩集举正》与朱熹《昌黎先生集考异》已经使得韩集有了一个可靠
的文本，并成为后世韩集的祖本。检《中国古籍总目·集部》⑥ 可知，
元、明两代在韩集整理上并无什么出色的成绩。其中元代对韩集的整理主
要体现在对《朱文公校昌黎先生文集》南宋王伯大音释本的重刻上面，
其中最著名的要数元至元辛巳（1341 年）日新书堂重刊本，《中华再造善

---

　　①　刘尚恒：《闲章释义》，百花文艺出版社 2007 年版，第 94 页。据《闲章释义》，清张宗
橚（1705—1775 年）也有"嗜好与俗殊酸咸"印章。

　　②　刘蔷：《天禄琳琅研究》之《天禄继鉴书存佚情况、版本实情一览》一表，"《昌黎先生
诗集》四十卷外集十卷遗文一卷"的"存藏"一栏为空白，第 134 页。

　　③　（宋）方崧卿：《韩集举正》，影印文渊阁《四库全书》本。

　　④　阎琦、姚敏杰等人认为天禄琳琅所藏宋本《昌黎先生诗集》"当为首次单刊韩诗者"
（见傅璇琮、许逸民等主编《中国诗学大辞典》，浙江教育出版社 1999 年版，第 1361 页）。笔者
认为从严格意义上来说，此本包含了赋体在内，尽管数量只有四篇，而不应被视为"单刊韩
诗"。如果从赋体数量少，而将其忽略的角度看，那么首次将韩诗从韩集中析出，就应该数唐
令狐本了。

　　⑤　刘真伦：《韩愈集宋元传本研究》，中国社会科学出版社 2004 年版，第 26 页。

　　⑥　《中国古籍总目》编纂委员会编：《中国古籍总目·集部》，中华书局 2012 年版。

本》即据此本影印。明代的韩集整理亦主要集中在对南宋廖莹中世彩堂校正本《昌黎先生集》重刻上，其中明徐氏东雅堂刻本最广为人知。另一本被明人大量翻刻的即是上文提到的《朱文公校昌黎先生文集》王伯大音释本。另外，值得注意的是，明代出现了一些韩集评点本，如陈仁锡（1581—1636 年）评《韩昌黎先生全集》、顾锡畴（1585—1646 年）评《韩昌黎先生集》、郭正域（1554—1612 年）评《韩文》等①，这应该和明中后期评点学之兴盛有关，正如孙琴安先生所云："只有到了弘治年间，随着明代文坛的渐渐活跃，流派增多，人们才开始有了对文学作品的评点，明代的文学评点才开始逐渐地兴盛起来，到了嘉靖、万历以后，更是出现了一个前所未有的高峰，产生了中国评点文学的全盛期。"② 上述三位均处于评点学兴盛时期。

明代虽然在韩集整理上没有什么进展，但却出现了所谓的韩诗单行本。清朱骏声《书东雅堂昌黎集后》一文有记载：

> 余藏明季徐时泰东雅堂《昌黎诗集》，有本朝顾嗣立印章。按宋宝庆时，王伯大留耕氏取庆元间魏仲举《韩诗五百家注》重订，集其善者汇刊之。宋末廖莹中又仿朱子《离骚集注》例削去诸家姓氏，自为一书，亦颇多增益。至东雅堂徐氏翻刻廖本，而顾君复校定之为秀野草堂本，重刻于康熙己卯之春，此东雅堂殆其所藏原本欤？③

朱骏声此文信息量大，但也有可商榷之处。首先，魏仲举所编之本，全名为《新刊五百家注音辩昌黎先生文集》，虽然此本为诗文合注，但是即使为简称，似亦不能以偏概全径称为《韩诗五百家注》。④ 其次，王伯大本并非取魏仲举本重订，而是以朱熹本为基础，旁采魏本注释，这在王伯大刻书序里有说明："郡斋近刊《朱文公校定昌黎集》附以《考异》，

---

① 以上三家均著录于《中国古籍总目·集部》别集类（唐五代之属），第 113、115、119 页。

② 孙琴安：《中国评点文学史》，上海社会科学院出版社 1999 年版，第 88 页。

③ （清）朱骏声：《传经室文集》卷六，《续修四库全书》本，上海古籍出版社 2002 年版，第 620 页。

④ 如徐松《登科记考》多有引用《五百家注音辩昌黎先生文集》作为考证资料之处，而简称则为《韩文五百家注》或《五百家注》。

而《音辩》则旧所刊也。……今悉从校本，更定音训，因旁摭诸家注解，效本文用事者枚举而记……"[①] 下面再来看此文所带来的信息：第一，明徐时泰东雅堂翻刻南宋廖莹中本，名为《昌黎先生集》，而据朱骏声之意，似误认为是《昌黎诗集》，而以其称魏仲举本为《韩诗五百家注》来看，朱氏误称东雅堂本为《昌黎诗集》的可能性是很大的。据此，顾嗣立所藏东雅堂本也应为《昌黎先生集》，而所谓《昌黎诗集》只是一个误会罢了。第二，朱氏云"顾君复校定之为秀野草堂本，重刻于康熙己卯之春"，康熙己卯，即康熙三十八年（1699 年），顾嗣立《昌黎先生诗集》即刊刻于此年，朱氏所指应为此本。以朱氏所提供的信息稍作更正，顾嗣立确实藏有东雅堂本《昌黎先生集》，据此可以推测：顾嗣立《昌黎先生诗集注》所用的底本应为东雅堂本《昌黎先生集》，其诗篇之来源当是从东雅堂本析出。

　　以上便是清代以前韩诗单行本及注本的概况。如果上述论述基本属实，那么从已知的材料来看，在清代以前，韩诗单行本及注本几乎不见于世。清初顾嗣立刻于康熙三十八年（1699 年）的《昌黎先生诗集注》应为首个韩诗单行注本。顾嗣立对此也有认识，其云"欲奉其（韩愈）诗集单行于世"[②]，如果真如朱骏声所说的顾嗣立所藏有《昌黎诗集》，那么顾嗣立本人又怎么会说"欲奉其诗集单行于世"呢？

　　另外，清康熙四十一年（1702 年），席启寓将家藏及访求所得唐诗别集加以编辑付梓，断自大历、贞元，迄于唐末五代，是为《唐诗百名家全集》。其中《昌黎先生诗集》"照宋版，刻诗十卷，外集一卷，遗诗一卷"[③]，题"门人李汉编"。此本诗集卷一亦首列韩愈《感二鸟赋》《复志赋》《闵己赋》《别知赋》四篇赋。席氏家族与唯亭顾氏有姻亲关系，席世臣《元诗选癸集·序》云："先大夫守朴府君（笔者按：即席绍容），顾出也。"[④] 绍容是席启寓曾孙，所娶顾氏为顾嗣立侄辈，他本人又是顾

　　① （宋）王伯大音释：《朱文公校昌黎先生集》卷首，中华再造善本据元至元辛巳（1341年）日新书堂本影印本。

　　② （清）顾嗣立：《昌黎先生诗集注》卷首序，中华再造善本据清康熙三十八年（1699年）顾氏秀野堂刻本影印本。

　　③ （清）席启寓编：《唐诗百名家全集》之《韩文公诗集卷首》，民国九年（1920 年）扫叶山房石印本。

　　④ （清）顾嗣立、席世臣编，吴申扬点校：《元诗选癸集》，席世臣序，中华书局 2001 年版。

嗣立门生。① 顾嗣立晚年无力刊刻所编《元诗选·癸集》，至嘉庆初期才由席世臣校勘开雕，席氏实为顾嗣立学术之功臣！席启寓从韩集中将韩诗析出刊刻的时间，与顾嗣立《昌黎先生诗集注》完成的时间相距仅数年，但似乎没有资料表明这两个本子之间有关联。

二　《昌黎先生诗集注》成书过程及时间

关于《昌黎先生诗集注》的成书过程，依据的主要材料是顾嗣立《年谱》。下面就根据《年谱》并结合顾嗣立《诗集》及其他相关材料对《昌黎先生诗集注》的成书过程进行梳理。

顾嗣立于《昌黎先生诗集注·序》云："更阅数岁，至今春乃获成书，遂刻诸家塾，以质诸世之君子。时康熙三十有八年，岁在己卯春三月上巳前一日。"可知此书完成并刻于康熙三十八年（1699 年），而《昌黎先生诗集注·序》只云"更阅数岁"，并没有说明开始注韩诗的确切时间，但应该不会距离三十八年太远。从现有材料来看，顾嗣立《寿胡东樵八十》一诗，似可提供一点线索，诗略云："廿年忆采虫鱼注，坐对苍颜一笑温。"下有自注："丁丑岁，余方注韩诗，东樵曾过草堂，以新解数条见示，悉采入注中。"② 胡东樵即清初著名经学家胡渭，关于他与顾嗣立的关系以及他对顾嗣立注韩诗的贡献留待后文再述。此诗作于康熙五十一年壬辰（1712 年），诗云"廿年忆采虫鱼注"，从诗下自注来看，"采虫鱼注"应指笺注韩诗无疑，那么从康熙五十一年（1712 年）往前推二十年，则为康熙三十二年癸酉（1693 年），这一年秋九月，顾嗣立于家中"墙东辟得隙地一弓，葺治门径，颜曰间丘小圃"③，使秀野草堂顿

---

① 马学强：《江南席家与扫叶山房》，《史林》2009 年第 6 期。

② （清）顾嗣立：《秀野草堂诗集》卷三九，清道光二十八年（1848 年）浔州刻本。以下引顾嗣立诗处，均出此本，只注卷数及篇名，不再注版本信息。

③ （清）顾嗣立：《间丘先生自订年谱》"康熙三十二年癸酉（1693 年）"条，《北京图书馆珍藏本年谱丛刊》本，第 89 册，北京图书馆出版社 1999 年版，第 68 页。以下所引顾嗣立年谱处，均出此本。

改旧观①，顾嗣立开始注韩诗可能始于此年。丁丑岁，为康熙三十六年（1697年），春二月，顾嗣立生母去世，顾于读礼之暇补注《温飞卿诗集》，并刻之家塾，这一年，顾嗣立仍在完成注韩诗工作。康熙三十七年戊寅（1698年），夏五月，顾嗣立还于家中笺注昌黎诗，此时还曾辅助邵长蘅订补宋荦购得的《施注苏诗》②，完成时间则是在康熙三十八年五月。③康熙三十八年己卯（1699年），此年三月十四日，清圣祖巡行江浙，驻跸苏州，此时，顾嗣立笺注昌黎诗的工作已经完成。四月初四，清圣祖自浙江回銮，车驾从苏北发，顾嗣立被召至御舟中，遂以《元百家诗》九卷与《韩愈诗集注》十一卷进呈御览。《年谱》对此事记之甚详：

> 因进《元百家诗》九卷。奏曰："此是元朝一代之诗，向无刻本，臣以甲乙次序分编，留心数年，始得成书。"复进《韩愈诗集注》十一卷，奏曰："此集悉照李汉所编，后以集外诗附焉。"上心甚悦，手加翻阅，命十三皇子将所进书一一留览。④

以《元百家诗》及《韩愈诗集注》一起进献最高统治者，可见顾嗣立对这两部书的珍视。顾嗣立还有《纪恩诗三十首》记录此次的圣遇，其二十曰："开卷《元和圣德诗》，虫鱼笺注费三时。多蒙御手亲翻阅，吩咐龙孙好护持。"⑤说的就是呈献《韩愈诗集注》的事。这次的御舟召见，似乎在顾氏家族中算得上是件光宗耀祖的事，《家谱》顾来章《续修宗谱新添凡例二则》第一则："先五世祖侠君公恭遇仁庙南巡献诗拜恩，恩遇优隆，仅以《恩遇》次《诰敕》。"⑥这就是说，原来《恩遇》本不在《诰敕》之后，而因为这次顾嗣立的"恩遇优隆"，竟将"《恩遇》次

---

① 《诗集》卷四有诗《余于戊辰卜筑草堂栋宇相连少疏野之故五六年来耿然于怀今秋从墙外辟得隙地叠石凿池粗成丘壑而草堂顿改旧观矣因署其处曰闾丘小圃赋诗志喜用白香山竹窗韵》，目中有"顿改旧观"语。

② 《闾丘先生自订年谱》"康熙三十七年戊寅（1698）"条，第73页。

③ （宋）施元之注，（清）邵长蘅删补：《施注苏诗》（宋荦序），清康熙三十八年（1699年）刻本。

④ 《闾丘先生自订年谱》"康熙三十八年己卯（1699）"条，第74页。

⑤ 《秀野草堂诗集》卷一一。

⑥ （清）顾来章等重编：《重修唯亭顾氏家谱》，上海图书馆藏清光绪二十九年（1903年）刻本，据《家谱》目录，前三卷次序为卷一《世系》、卷二《诰敕》、卷三《恩遇》。

《诰敕》"，放在了《家谱》卷三的位置。

顾嗣立在完成《昌黎先生诗集注》之后，还曾有友人寄书商榷注韩之事。其《再叠前韵答襄城刘进士太乙》一诗有"季绪平生善掎摭，佐以长篇书客饷"句，中有自注云："前岁以长篇托书贾寄示，并商榷《韩注》数条。"①　此诗作于康熙四十五年丙戌（1706 年），注云"前岁"，则为康熙四十三年（1704 年），距离《昌黎先生诗集注》完成已经五年之久，从现有资料来看，此次商榷的结果并没有采入注中，顾嗣立也并没有重刊《昌黎先生诗集注》之举。

三　《昌黎先生诗集注》的版本

顾嗣立《昌黎先生诗集注·序》云，书成，刻之家塾，此家塾即为前文所言闾丘小圃之秀野草堂，故而此本又称为"秀野草堂本"。

秀野草堂本《昌黎先生诗集》十一卷《年谱》一卷，其版式如下：左右双边，白口，单黑鱼尾，鱼尾下有"昌黎诗集注卷几"，并有页数；半页十一行，大字二十字小字三十字；版心右上记字数，右下记刻工，并刻有"秀野草堂"四字。此本牌记页于右下注明"秀野草堂藏版"，并钤有两枚大印，在上者为圆形双龙印，中有"进呈御览"四字；在右下者为"别裁伪体亲风雅"白文方印。"进呈御览"四字当是指康熙三十八年（1699 年）进献清圣祖御览。

此本为清初写刻精本。②　清前期的刻本，最有特色的即是写刻本。叶德辉《书林清话》之《国朝刻书多名手写录亦有自书者》条云："国初诸人刻书，多倩名手工楷书者为之。如倪霱为薛熙写《明文在》，侯官林佶为王士禛书《渔洋精华录》，为汪琬书《尧峰文钞》，为陈廷敬书《午亭文编》，常熟黄子鸿仪为渔洋书《诗续集》《香祖笔记》二。均极书刻之妙。"③　关于写刻本，黄永年先生言："当然所有的刻本都是叫人写样然后交付刻工刻成版片的，但万历以来通行的方体字已和普通手写字体有了很

①　《诗集》卷二一。

②　黄永年、贾二强：《清代版本图录》卷一，浙江人民出版社 1997 年版，第 72 页。

③　叶德辉：《书林清话》卷九，上海古籍出版社 2008 年版，第 184 页。

大距离，于是把此后不用方体而用接近手写字体的刻本专称之曰'写刻'。"① 值得注意的是，写刻本在明万历时就已经出现了，而"杰出的代表作品是陈仁锡在苏州刻的《陈白阳集》和《石田先生集》"②。在清前期，苏州地区流行写刻本，王士禛将其《精华录》交给门人林佶，希望在江南写完竣工，也正是受此种风气的影响。上文提到，秀野草堂本《昌黎先生诗集》于版心记刻工姓名，而考察这些刻工可以发现，他们大都是来自苏州地区的刻工，除参与刊刻《昌黎先生诗集注》外，还参加过其他书籍的刊刻工作。现将他们的籍贯及所参加过的其他刊刻工作略述如下。③

（1）邓明玑：字初骧，清康熙年间吴郡刻工；《一鹤庵诗》。

（2）曾唯圣：清康熙年间苏州地区刻工。

（3）缪际生：清康熙年间苏州地区刻工；《元诗选》（秀野草堂本）、《通志堂经解》（通志堂本）、《古欢录》（清王士禛撰，新安朱从延校，康熙三十九年刊本）。

（4）邓子佩：清康熙年间苏州地区刻工；《元诗选》（秀野草堂本）、《苏东坡诗集注》、《读礼通考》。

（5）顾有恒：清康熙年间苏州地区刻工；《古欢录》（清王士禛撰，新安朱从延校，康熙三十九年刊本）。

（6）邓玉宣：清康熙年间苏州地区刻工；《元诗选》（秀野草堂本）、《通志堂经解》（通志堂本）。

（7）邓芃生：清康熙年间刻工；《通志堂经解》（通志堂本）、《元诗选》（秀野草堂本）、《李义山文集》（清徐树谷笺，徐炯注，康熙四十七年徐氏花溪草堂本）。

（8）张公化：清初苏州地区刻工；《元诗选》（秀野草堂本）、《通志堂经解》（通志堂本）。乾隆年间参加刊刻《事类赋注》、《广事类赋》（皆剑光阁本）。

---

① 黄永年：《黄永年古籍序跋述论集》第四部分之《清代版本述略》一文，中华书局 2007 年版，第 332—333 页。

② 黄永年：《古籍版本学》第七章《明刻本》，江苏教育出版社 2009 年版，第 130—131 页。

③ 参考资料为张振铎《古籍刻工名录》（上海书店出版社 1996 年版）和瞿冕良《中国古籍版刻辞典》（齐鲁书社 1999 年版）。

（9）唐元吉：清康熙年间苏州地区刻工。

可以发现，缪际生、邓子佩、邓玉宣、邓芃生、张公化五人参加了顾嗣立《元诗选》的刊刻，其中际生、玉宣、芃生、公化三人还参加了《通志堂经解》的刊刻，际生、顾有恒参加了王士禛《古欢录》的刊刻，而这三部书都是当时的写刻精本，刻工几乎都来自苏州，可以想见其时这个地区写刻风气之盛。这甚至影响到了武英殿刻书的字体。① 清圣祖曾六次南巡，其中三次南巡正当宋荦任江南巡抚之时，分别为康熙三十八年（1699 年）、四十二年（1703 年）、四十四年（1705 年），"在这种新的刻书风格由私刻、坊刻向中央官刻传播的过程中，宋荦起了关键性作用"②。上文提到，宋荦与顾嗣立交往甚密。顾嗣立本人"工行楷书，出入赵、董"③，而其刻自家塾的书，大都为写刻本，除《昌黎先生诗集注》《元诗选》外，还有其《闾丘诗集》《书馆闲吟》等诗集也是写刻本，其中《闾丘诗集》被誉为"写刻精雅，秀美无俦，康熙年间吴中刻书最精本也"④，而《书馆闲吟》乃是林佶写刻的。⑤ 顾嗣立的刻书风格应该会给宋荦带来影响。

秀野草堂本《昌黎先生诗集注》，清代影响较大的藏书目录少有著录，直至清末才渐见著录。丁日昌《持静斋书目》于别集部著录为："《韩昌黎诗集注》十一卷，《年谱》一卷，国朝顾嗣立撰。"⑥ 下有注云："康熙己卯刊本。甚善。卷中红笔黄笔批校圈点，俱精核可味。有徐天麟、申涵光、陈邦彦、莱孝诸印。其批点不知究出谁手也。又一部，初印本。亦红墨笔批校，似不如前本之精。"⑦ 莫友芝《持静斋藏书记要》是为丁氏持静斋藏书的善本书目，其中对此本亦有著录，著录内容亦同。⑧

---

①　黄永年：《黄永年古籍序跋述论集》第四部分之《清代版本述略》一文，中华书局 2007年版，第 333 页。

②　曹红军：《清康雍乾时期臣工刊书进呈内府现象研究》，《求索》2005 年第 12 期。

③　（清）李放纂辑：《皇清书史》，《清代传记丛刊》本，第 368 页。

④　（宋）黄裳：《清代版刻一隅》（增订本），复旦大学出版社 2005 年版，第 107 页。

⑤　（宋）黄裳：《清刻本》上编《清代版刻丛谈》，江苏古籍出版社 2002 年版，第 6 页。

⑥　（清）丁日昌撰，路子强、王雅新校点：《持静斋书目》卷四，上海古籍出版社 2008 年版，第 412 页。

⑦　同上。

⑧　（清）莫友芝撰，李淑燕点校：《持静斋藏书记要》卷上，上海古籍出版社 2009 年版，第 220 页。

沈德寿《抱经楼藏书志》著录为"《昌黎先生诗集注》十一卷。康熙刊本。邓尉徐坚旧藏"，并题"唐韩愈。国朝长洲顾嗣立侠君删补"，又有"卷首有徐坚校读诗四十八首。有'徐坚藏本'白文方印，'邓尉徐氏藏书'朱文方印"等信息①，可知此本为徐坚旧藏，徐坚为清书画家、篆刻家，号友竹、邓尉山人。② 藏书家丁丙《八千卷楼书目》除著录顾氏原刊本外，又有赓德堂刊本。③

《清史稿·艺文志》著录为《昌黎诗笺注》十一卷。从顾本在各大书目中著录情况可以看到其在后世流传的情况。

另据顾元凯云："（顾嗣立）所注《韩昌黎诗集》，直举昌黎，一腔热血，异代相契，仰蒙纯庙采入《四库全书》，足以不朽。先是康熙年间何义门、朱竹垞两先生尝取公所注《昌黎诗集》原本，每篇缀评语于上，而于所注不能增减一字。殆后长白博西斋前辈手录藏之。近者穆鹤舫师相出西斋前辈手录藏本付梓广传，而仍以重刊顾氏本注于每页之旁，原序、凡例因之，不忘秀野草堂之遗。且以余为秀野后裔，又忝师相门下士，首以赠余。……公一生苦心越百数十年尚得旷世知己……"④ 顾元凯所提到的穆鹤舫（按：即穆彰阿，号鹤舫）据博西斋（按：即博明）过录本重刊之本，即丁氏《八千卷楼书目》所云赓德堂本，此本是据顾氏秀野草堂本重刊于道光十六年（1836 年），牌记页题"《昌黎先生集注》，秀野堂本，赓德堂重刊。朱竹垞彝尊、何义门焯评"，朱墨套印，朱笔为何义门批点，墨笔为朱竹垞批点。版心下方亦有"赓德堂重刊顾氏本"⑤。至于顾元凯所云顾氏原本被采入《四库全书》，显系误记，《四库全书》并没有收录顾本。而何、朱二氏的评点也是由他人手录，并不是二人自缀评语于上，更说不上"于注不能增减一字"了。

再检《中国古籍善本书目》可以发现，其中以秀野堂本为原本进行批点的本子即有二十种之多。较为著名者除何、朱二氏批点本之外，还有严虞惇、方世举、黎简等人的批本。⑥ 方世举另有《韩昌黎诗编年笺注》

---

① （清）沈德寿撰：《抱经楼藏书志》卷五十二，中华书局 1990 年版，第 593—594 页。

② （清）钱泳撰，张伟点校：《履园丛话》卷十一下，中华书局 1979 年版，第 300 页。

③ （清）丁丙：《八千卷楼书目》卷十五，《续修四库全书》本，第 292 页。

④ 语见《秀野草堂诗集》顾元凯跋语。

⑤ 见道光十六年（1836 年）赓德堂本《昌黎先生诗集注》。

⑥ 周兴陆有《黎简批〈昌黎先生诗集注〉》一文，刊于《文献》2004 年第 1 期，可参看。

行于世。

　　综上所述，顾嗣立《昌黎先生诗集注》是现存最早的韩诗单行注本。此本版刻精美，是清代写刻精本。大概是因为这两个原因（尤以前者为重），后世以此本为原本进行批点的本子数量很多，可以看出顾本在当时是颇受学者们青睐的。

韩愈古文理论与儒家修养思想

刘　宁

（中国社会科学院文学研究所）

摘　要　韩愈的古文思想包含鲜明的修养论内涵，对于古文的学习和写作，在韩愈看来，具有修身成德的重要意义。韩愈对古文修养内涵的阐发，融合继承了荀子、孟子的修养思想，在中唐士人普遍立足佛教、道教思考修养问题的时代风气中，体现出独特的思想创造。宋儒批评韩愈欠缺儒学的修养功夫，但其对于格物致知的修养功夫的思考，又可以看到来自韩愈的影响。朱熹在功夫论思考中对待韩愈、柳宗元的不同态度，呈现出韩愈古文思想与宋儒功夫论思考的复杂联系。

关键词　韩愈　古文　修养论　柳宗元　朱熹

在宋代理学家眼中，韩愈虽然弘扬儒道有功，但儒学的修养功夫则不无欠缺。如果仔细体察韩愈的古文思想，会发现其中包含着鲜明的修养论内涵。对于古文的学习和写作，在韩愈看来，具有修身成德的重要意义。韩愈对古文之修养内涵的阐发，融合继承了荀子与孟子的修养思想，丰富了中唐士人日益关注的修养论思考。宋儒对功夫论的探讨，虽然相对于韩愈发生了许多明显的变化，但与韩愈的复杂联系仍然值得关注。追求理性化的柳宗元，虽然也关注修养问题，但其古文思想的修养论内涵，与韩愈有明显的不同。

一

韩愈古文思想的核心是文道关系，提倡以写作古文来发明圣人之道。注重文章的政治文化价值，是儒家一贯的追求，但在韩愈之前，论者对"文道"关系的阐述，往往着眼于对文章"教化"功能的提倡。韩愈的前辈萧颖士、独孤及等人，仍然在鲜明地主张这样的看法。

萧颖士的《赠韦司业书》是自剖心志的文字，其中他写道："丈夫生遇升平时，自为文儒士，纵不能公卿坐取，助人主视听，致俗雍熙，遗名竹帛，尚应优游道术，以名教为己任，著一家之言，垂沮劝之益，此其道也。"① 而独孤及在《唐故殿中侍御史赠考功郎中萧府君文章集录序》中，也倡言文章弘道、垂之不朽的卓越意义，所谓"足志者言，足言者文。情动于中，而形于声，文之微也；粲于歌颂，畅于事业，文之著也。君子修其辞，立其诚，生以比兴弘道，殁以述作垂裕，此之谓不朽"②。

这些宏大而庄严的论述，表达了文章能够寄托经世教化价值的神圣意义。然而，韩愈对古文价值的阐发，则将立足点从实现"教化"功能，更多地转向了士君子内在的成德。韩文对文道关系的阐述，很少宣扬教化的宏大立论，在《谏臣论》中，韩愈不满意阳城的不尽职，提出士君子的职责，当为"居其位，则思死其官；未得位，则思修其辞以明其道"③。这是今传文献所见，韩愈唯一一次明确提出"修辞以明道"的说法。在其他的场合，韩愈谈到"文"与"道"，常常是从自己的志趣和体会出发。例如，他在《答陈生书》中说："愈之志在古道，又甚好其言辞。"④在《答李图南秀才书》中说："然愈之所志于古者，不惟其辞之好，好其道焉尔。"⑤ 这不是一般性的敷扬文道大义，而是从自我对"文""道"的亲切体认，来揭示两者之间的深刻联系。

韩愈要将圣人之道，落实到自我，当张籍批评他持论峻急，不够和缓时，他说"虽诚有之，抑非好己胜也，好己之道胜也；非好己之道胜也，己之道乃夫子、孟轲、扬雄所传之道也。若不胜，则无所为道。"（《重答张籍书》)⑥ 如果说萧颖士、独孤及倡言文章以比兴述作垂世，表达了士人宏大的抱负，那么韩愈"己之道乃夫子、孟轲、扬雄所传之道"的表

---

① （清）董诰编：《全唐文》卷 323，中华书局 2001 年版，第 3275 页。

② （清）董浩编：《全唐文》卷 388，中华书局 2001 年版，第 3941 页。

③ （唐）韩愈著，刘真伦、岳珍校注：《韩愈文集汇校笺注》卷 4，中华书局 2010 年版，第 469 页。

④ （唐）韩愈著，刘真伦、岳珍校注：《韩愈文集汇校笺注》卷 6，中华书局 2010 年版，第 731 页。

⑤ 同上书，第 725 页。

⑥ （唐）韩愈著，刘真伦、岳珍校注：《韩愈文集汇校笺注》卷 4，中华书局 2010 年版，第 562 页。

白，则传达了自我作为传道主体的强烈自信。

韩愈不仅以弘道为己任，更以提倡古文来促进士人的修身成德。他的古文思想表达了鲜明的修养论思考，《答李翊书》中对古文学习体验的深刻描绘，就十分值得关注：

> 抑不知生之志：蕲胜于人而取于人邪？将蕲至于古之立言者邪？蕲胜于人而取于人，则固胜于人而可取于人矣！……愈之所为，不自知其至犹未也；虽然，学之二十余年矣。始者，非三代两汉之书不敢观，非圣人之志不敢存。处若忘，行若遗，俨乎其若思，茫乎其若迷。当其取于心而注于手也，惟陈言之务去，戛戛乎其难哉！其观于人也，不知其非笑之为非笑也。如是者亦有年，犹不改。然后识古书之正伪，与虽正而不至焉者，昭昭然白黑分矣，而务去之，乃徐有得也。当其取于心而注于手也，汩汩然来矣。其观于人也，笑之则以为喜，誉之则以为忧，以其犹有人之说者存也。如是者亦有年，然后浩乎其沛然矣。吾又惧其杂也，迎而距之，平心而察之，其皆醇也，然后肆焉。①

正是在这个不断沉浸揣摩圣人之"文"的过程中，他才体会到圣人之志。而其间自己的修养不断提升的标志，就是能够越来越清晰地分辨"文"之正伪与精粗，正所谓"古书之正伪，与虽正而不至焉者"。显然，这已经不仅仅是一个文学的研摹与创作状态，更是一个精神上不断修养砥砺以优入圣域的过程。

值得注意的是，韩愈在这同一封信中，进一步提出了"气盛言宜"的著名观点，所谓："气，水也；言，浮物也。水大而物之浮者大小毕浮，气之与言犹是也，气盛则言之短长与声之高下者皆宜。""气盛言宜"无疑要以"养气"为本，而"养气"同样是身心修养的重要方式。

韩愈古文思想对修养论的关注与阐发，虽然颇具新意，但如果从中唐前后的某些思想变化趋势来看，这一思考新意的出现，又并非偶然。面对礼乐隳颓的社会现实，中唐的儒学复兴者，特别意识到教化的实现，需要

---

① （唐）韩愈著，刘真伦、岳珍校注：《韩愈文集汇校笺注》卷6，中华书局2010年版，第700页。

文德俱备的士君子，李华就提出"六义"之兴，有赖文行兼备之"作者"，所谓："文章本乎作者，而哀乐系乎时；本乎作者，六经之志也；系乎时者，乐文武而哀幽厉也。立身扬名，有国有家，化人成俗，安危存亡，于是乎观之。宣于志者曰言，饰而成之曰文，有德之文信，无德之文诈。……论及后世，力足者不能知之，知之者力或不足，则六义浸以微矣，文顾行，行顾文，此其与于古欤！"（《赠礼部尚书清河孝公崔沔集序》）① 士君子的文德修养，显然成为教化兴废的根本所在。

士君子培养的迫切性以及如何培养，也成为很受关注的问题。柳冕对"养才"的认识，就表达了中唐士人的焦虑和思考，在《答杨中丞论文书》中，他说：

> 天地养才而万物生焉，圣人养才而文章生焉，风俗养才而志气生焉，故才多而养之，可以鼓天下之气，天下之气生，则君子之风盛。……嗟乎，天下才少久矣。文章之气衰甚矣，风俗之不养才病矣。才少而气衰使然也。故当世君子，学其道，习其弊，不知其病也，所以其才日尽，其气益衰，其教不兴，故其人日野，如病者之气，从壮得衰，从衰得老，从老得死，沉绵而去，终身不悟，非良医孰能知之。夫君子学文，所以行道，足下兄弟，今之才子，官虽不薄，道则未行，亦有才者之病。君子患不知之，既知之，则病不能无病，故无病则气生，气生则才勇，才勇则文壮，文壮然后可以鼓天下之动，此养才之道也。②

文中"无病则气生，气生则才勇，才勇则文壮，文壮然后可以鼓天下之动，此养才之道"的论述，虽然还很单薄，但其中毕竟呈现出对士人修养问题的关注。

中唐前后，佛、道两家对修养论的探索，其精深程度，都远在儒家之上。盛唐司道士马承祯的服气养命与坐忘修心之论，以及道士吴筠对神仙可学、形神可固的论述，都具有丰富的修养论内涵。③ 作为中唐古文运动

---

① （清）董浩编：《全唐文》卷315，中华书局2001年版，第3196页。

② 同上书，卷527，第5359页。

③ 关于司马承祯、吴筠等人的心性形神修养理论，参见卿希泰主编、詹石窗副主编《中国道教思想史》中的有关讨论，人民出版社2009年版，第149—170页。

的前辈，梁肃深研佛理，对佛教重要修持理论天台止观学说，极为关注。他认为《止观》是"救世明道之书"，并有感于《止观》因过于繁细而不便学习，不能光大于时，亲加精简条析而为《天台止观统例》。① 这一工作，无疑也体现了梁肃对于修持修养问题的高度重视。

韩愈古文思想对修养论的关注，与中唐士人关心修养问题的时代风气，密切联系；然而与柳冕思考之粗疏，以及梁肃转向佛理不同的是，韩愈的古文修养思想，表现出对儒家修养传统的深入继承。

从基本的修养路径来看，韩愈通过学习古文来体会进而发明圣人之道的修养方式，是以外在的学习来改变内在的气质，因此与荀子学以成德的修养之路，颇为接近。荀子持"性恶论"，主张"化性起伪"，强调通过对外在的圣人之道的学习，改变内在的本性与气质。更为值得注意的是，荀子对通过"学"来"化性起伪"的修养方法，作了细致的探讨，提出以"虚一而静"追求"全粹"和"成人"。

所谓"虚一而静"，是指以虚心而专注的态度来接受圣人之道的影响："未得道而求道者，谓之虚一而静，作之，则将须道者之虚则入，将事道者之一则尽，尽将思道者静则察。"② 学道者，"礼恭而后可与言道之方，辞顺而后可与言道之理，色从而后可与言道之致"③。专注持久地浸淫于圣人之道，即可"真积力久则入，学至乎没而后止也"④。这样一个身心修养的过程，是以追求"全粹"来达于"成人"，《荀子·劝学》对此有详细的论述：

> 君子知夫不全不粹之不足以为美也，故诵数以贯之，思索以通之，为其人以处之，除其害以持养之，使目非是无欲见也，使耳非是无欲闻也，使口非是无欲言也，使心非是无欲虑也；及至其致好之也，目好之五色，耳好之五声，口好之五味，心利之有天下；是故权利不能倾也，群众不能移也，天下不能荡也。生由乎是，死由乎是，

---

① 关于梁肃编撰《天台止观统例》的有关思考，参见其本人所撰《〈天台止观统例〉议》，见（唐）梁肃著，胡大浚、张春雯整理点校：《梁肃文集》第 1 卷，甘肃人民出版社 2000 年版，第 25—30 页。

② （战国）荀子著，王先谦集解：《荀子集解》卷 15，中华书局 1988 年版，第 264 页。

③ （战国）荀子著，王先谦集解：《荀子集解》卷 1，中华书局 1988 年版，第 10 页。

④ 同上书，第 7 页。

夫是之谓德操，德操然后能定，能定然后能应。能定能应，夫是之谓成人。天见其明，地见其光，君子贵其全也。①

这个通过专注的学习而达于"成人"的过程，与韩愈《答李翊书》对古文学习体验的论述，十分接近。"目非是无欲见也，使耳非是无欲闻也，使口非是无欲言也，使心非是无欲虑也"，这个学习中的专注，与韩愈所论"非三代两汉之书不敢观，非圣人之志不敢存"的状态颇相一致，而韩愈古文学习中"浩乎沛然""醇而能肆"的化境，也是"全粹"与"成人"之境的一种呈现。

韩愈在《答李翊书》中，还提出"气盛言宜"的著名观点，这一观点所体现出的修养论意涵，则与荀子有了明显的差异，呈现出与孟子更为接近的面貌。孟子主张涵养内心的"浩然之气"，指出"浩然之气"是礼义涵养所生，所谓"其为气也，至大至刚，以直养而无害，则塞于天地之间。其为气也，配义与道。无是，馁也。是集义所生者，非义袭而取之也。行有不慊于心，则馁矣"②。而韩愈对古文养气的认识，与此颇为接近：韩文亦对此有所论及："虽然，不可以不养也。行之乎仁义之途，游之乎《诗》《书》之源，无迷其途，无绝其源，终吾身而已矣。"③

"浩然之气"是内在德行的体现。而荀子所提出的"治气养心"，所论之"气"，则着眼于人的自然气质，"治气养心"则是以礼义调节气质，所谓"治气养心之术，血气刚强，则柔之以调和；知虑渐深，则一之以易良；勇胆猛戾，则辅之以道顺；齐给便利，则节之以动止；狭隘褊小，则廓之以广大；卑湿重迟贪利，则抗之以高志"④。韩愈"气盛言宜"之论，以"气盛"为古文成功的重要基础，其所谓"气"，显然与孟子推崇的"浩然之气"一脉相承。

总的来看，韩愈继承荀子学以成德的道路，而更加强调内在德行的长养；接续孟子对内在德行的重视，而又非常关注外在学习的意义。从某种

①　（战国）荀子著，王先谦集解：《荀子集解》卷1，中华书局1988年版，第11—12页。

②　（战国）孟子著，（汉）赵岐注，（宋）孙奭疏：《孟子注疏》卷3，李学勤主编《十三经注疏》，北京大学出版社1999年版，第75页。

③　（唐）韩愈著，刘真伦、岳珍校注：《韩愈文集汇校笺注》卷6，中华书局2010年版，第700页。

④　（战国）荀子著，王先谦集解：《荀子集解》卷1，中华书局1988年版，第15页。

意义上说，韩愈的古文修养论，是对荀孟的独特融合，之所以会形成这样的特点，与他围绕"古文"来思考修养论的立足点很有关系。

荀子认为，对圣人经典的学习，是"化性起伪"的重要方式："故《书》者，政事之纪也，《诗》者，中声之所止也，《礼》者，法之大分，类之纲纪也……《礼》之敬文也，《乐之》中和也，《诗》《书》之博也，《春秋》之微也，在天地之间毕矣。君子之学也，入乎耳，箸乎心，布乎四体，形乎动静，端而言，而动，一可以为法则"①。孟子则强调通过"反身而诚""尽性知天"来培养德行。这是一个内在长养而非外在学习的方式。韩愈所提倡的"古文"是能够发明圣人之道的文章，圣人的典籍固然是"古文"的重要代表，但"古文"又并不简单地等同于圣人典籍，不简单地等同于"三代两汉之文"，而是一切承载和体现了"圣人之道"的文章。因此，"古文"的内涵兼具历史和价值、权威典范与个体创造。学习古文、创作古文，既对圣人典籍表现出高度的尊重，又对个体发明圣人之道的自主性打开空间。可见，韩愈立足"古文"这一独特的立足点来思考修养问题，为他创造性地继承融合荀孟之修养论，奠定了基础。荀孟的修养论思想，自六朝以来长期不受关注，士人思考身心修养问题，多从佛道入手，韩愈的古文思想，继承并融合荀孟的修养思想，这在中唐的思想环境中，是非常值得关注的思想创造。

二

韩愈的古文思想能够呈现出深刻的修养论关怀与思考，这在中唐古文作者中，是十分罕见的。虽然韩愈的古文同道，不少人也表现出对修养问题的关注，但他们很少将"古文"与身心修养如此紧密地结合起来。

古文运动的前辈柳冕，重视"养才"，也很推崇"文"之于"道"的意义，提出"圣人之道，犹圣人之文也。学其道，不知其文，君子耻之；学其文，不知其教，君子亦耻之"（《答徐州张尚书论文武书》）②，"夫君子之儒，必有其道，有其道必有其文。道不及文则德胜，文不知道

---

① （战国）荀子著，王先谦集解：《荀子集解》卷1，中华书局1988年版，第7页。

② （清）董浩编：《全唐文》卷527，中华书局2001年版，第5358页。

则气衰，文多道寡，斯为艺矣"（《答荆南裴尚书论文书》）①。但是，对于"文"之于修身成德的内在意义，柳冕并没有作更深入的思考，与韩愈相比，他的文章理论并没有多少修养论的内涵。

被视为韩愈门人的李翱，在注重古文写作上，与韩愈十分投契。同时，李翱对精神修养问题，也有深入的思考，其著名《复性书》的讨论主题，就是人如何可以成圣，其文开篇云："人之所以为圣人者性也，人之所以惑其性者情也。"② 文章所论，即是如何复性成圣，其中"中篇"更集中讨论了如何"复性"的修养成圣方法：

> 或问曰："人之昏也久矣，将复其性者，必有渐也，敢问其方。"曰："弗虑弗思，情则不生，情既不生，乃为正思。正思者，无虑无思也。"《易》曰："天下何思何虑。"又曰："闲邪存其诚。"《诗》曰："思无邪。"③

文中所讨论的复性之"方"，以"灭情复性"为核心，其思想渊源颇为复杂，研究者指出其与佛教、道教思想都有密切的联系。④ 但是，显而易见的是，这些思考与"文道"关系等问题完全无涉。李翱虽为韩愈的古文同道，"文"对于他，并非如韩愈那样是一个不可或缺的身心修养方式，因此写作古文与思考身心性命问题，也就没有必然的联系。

与韩愈同为中唐古文运动之代表的柳宗元，其古文思想同样表现出对修养论的思考，但是，由于柳宗元的文道观具有鲜明的理性化特点，因此其古文思想的修养论内涵，与韩愈多有不同，而在将"文"与身心修养联系的深度上，则不及韩愈。

柳宗元著名的《答韦中立论师道书》对习文、作文状态的描述，也

---

① （清）董浩编：《全唐文》卷 527，中华书局 2001 年版，第 5357 页。

② 《全唐文》卷 637，第 6433 页。

③ 同上书，第 6435 页。

④ 冯友兰、T. H. Barrett 比较深入地分析了李翱思想的佛教来源，陈弱水对李翱思想的道教来源，有比较细致的揭示，参见冯友兰著《中国哲学史新编》中册，人民出版社 2001 年版，第 696—699 页；T. H. Barrett, *Li Ao: Buddhist, Taoist, or Neo-Confucian?* Oxford University Press, 1992, pp. 33–57；陈弱水著《唐代文士与中国思想的转型》，广西师范大学出版社 2009 年版，第 290—356 页。

很有修养论的意味：

> 故吾每为文章，未尝敢以轻心掉之，惧其剽而不留也；未尝敢以怠心易之，惧其弛而不严也；未尝敢以昏气出之，惧其昧没而杂也；未尝敢以矜气作之，惧其偃蹇而骄也。抑之欲其奥，扬之欲其明，疏之欲其通，廉之欲其节，激而发之欲其清，固而存之欲其重，此吾所以羽翼夫道也。本之《书》以求其质，本之《诗》以求其恒，本之《礼》以求其宜，本之《春秋》以求其断，本之《易》以求其动，此吾所以取道之原也。参之穀梁氏以厉其气，参之《孟》《荀》以畅其支，参之《庄》《老》以肆其端，参之《国语》以博其趣，参之《离骚》以致其幽，参之太史公以著其洁，此吾所以旁推交通而以为之文也。①

在《报袁君陈秀才避师名书》中，他还谈到修道当持之以恒，毋求速进：

> 秀才志于道，慎勿怪、勿杂、勿务速显。道苟成，则慸然尔，久则蔚然尔。源而流者，岁旱不涸，蓄谷者不病凶年，蓄珠玉者不虞殍死矣。然则成而久者，其术可见。虽孔子在，为秀才计，未必过此。②

这些带有修养论色彩的思考，如果与韩愈的有关思考作一对比，会发现，柳宗元更侧重于自我约束，讲求抉择与鉴别。对自我芜杂气质的鉴别与克制，对圣贤之作不同特长的判定，以及对修道中各种"怪""杂""速显"之弊的自警，都偏重思想上的鉴识与修身上的克制。从儒家的修养传统来看，这些思考接近荀子"治气养心之术"中，对自身不良气质的调节与治理，但缺少荀子"虚一而静"，通过全身心沉浸于圣人之道以达至"全粹"之境的修养追求；至于孟子那种存心养气的修养传统，柳宗元更与之颇为疏离。而如前所述，荀子的"虚一而静"与孟子的"养

---

① （唐）柳宗元著：《柳宗元集》卷34，中华书局1979年版，第873页。

② 同上书，第880—881页。

浩然之气"，正是韩愈古文修养思想的重要渊源，与柳宗元相比，韩愈的修养论首先不强调思辨与抉择，而更注重对圣人之文的全身心的涵养学习，以及对内在德行的长养。

柳宗元的古文修养思想，何以形成这样的面貌，与他文道观强烈的理性色彩很有关系。与韩愈相比，他对儒道的理解，显然更加理性化。韩愈在《原道》中所阐述的儒"道"，并非一系列抽象的概念，而是一整套"先王之教"，柳宗元则反复以"大中"与"大公"这种抽象的理念来阐发儒道。在对圣人的理解上，柳宗元也比韩愈更加理性化与常情化，他强烈反对对圣人作神秘化的理解，其《非国语上·料民》云："吾尝言，圣人之道不穷异以为神，不引天以为高，故孔子不语怪与神。"① 在《天爵论》中，他认为圣人与常人的差别，在于天赋的"明"与"志"有所不同，"圣贤之异愚也，职此而已"②，这种自然气禀的差异，在柳宗元看来，并非神秘的天命，而是一种自然的差别，故其文曰："或曰：'子所谓天付之者，若开府库焉，量而与之耶？'曰：'否，其各合乎气者也。庄周言天曰自然，吾取之。'"③ 这种"自然"的解释，在今人看来，仍有虚玄的色彩，但与神秘的天命论相比，则体现了理性化的倾向。

对儒道理解颇为理性化的柳宗元，在讨论"文""道"关系时，也更有理性的色彩，他提出"文以明道"，认为"文"最重要的价值，在于发明"道"，掌握"圣人之文"，就是要"之道"。他说："始吾幼且少，为文章以辞为工。及长，乃知文者以明道，是固不苟为炳炳烺烺，务彩色，夸声音而以为能也。"（《答韦中立论师道书》)④ 又说："圣人之言，期以明道，学者务求诸道而遗其辞。辞之传于世者，必由于书。道假辞而明，辞假书而传，要之，之道而已耳。"（《报崔黯秀才论为文书》)⑤

从柳宗元理性化的观点来看，"圣人之文"的核心是"圣人之道"，得其"道"，则"文"不必拘泥，如果能够"之道"，甚至可以"遗其辞"。而对于韩愈，"圣人之文"与"圣人之道"共在，通过学习"圣人之文"来达到"圣人之道"，并非从"文"中提炼出一些理性概念那样简

---

① （唐）柳宗元著：《柳宗元集》卷44，中华书局1979年版，第1271页。
② （唐）柳宗元著：《柳宗元集》卷3，中华书局1979年版，第80页。
③ 同上。
④ （唐）柳宗元著：《柳宗元集》卷34，中华书局1979年版，第873页。
⑤ 同上书，第886页。

单，而是要通过对"圣人之文"的深入涵养体验来感知。韩愈比柳宗元更多地关注"文"的正伪与精粗。这一种细腻而深刻的体验，只有在对"文"全身心的沉浸之中，才能清晰分辨，并作出抉择。理性化的柳宗元，在"中道"的原则下，看到了前代之"文"，各自具备的长处，但在对"文"的复杂层次的细腻体验上，则不如韩愈。

由于对"文"之于"道"不可或缺的意义，缺少韩愈那样的认识，因此柳宗元就不像韩愈那样，对"文"的身心修养价值有更为丰富和深刻的阐发。他对修养问题的关注，更多地借助佛理来表达，也就并非偶然。他重视佛教的修持论。对于当时洪州禅不重修持的狂荡之风，他颇为不满，主张"佛以律持定慧，去之则丧"（《南岳大明寺和尚碑》)①，其《东海若》一文，宣扬净土思想，同时强调修证。

可见，韩愈对"古文"之修养内涵的关注与深入阐发，以"文"与修养论紧密联系的方式，继承融合了儒家荀孟的修养思想，在中唐的古文家中，也是很特别的。

三

宋儒对儒学功夫论的思考，倾注了极大的热情。他们"对人心负面有了更深刻的认识，就不能再空洞地只谈道德生命的理想，而是要落实在细密的道德修养功夫论上。而事实上，自我修养的功夫，如何成为圣人的研究，正是宋明儒学最独特的成就和贡献"②。

宋儒追求以"功夫"达于"本体"，强调对"心性"的体认，这与韩愈古文思想中的修养论，有明显的差异。韩愈虽然围绕"气盛言宜"之说，也关注到长养内在德行气质的重要，但在宋儒看来，他缺少对德行内在的察识体认，诚意功夫不足，是论道不精的表现。朱熹曾在高度评价二程之贡献时，指出了韩愈的局限："天命之性，若无气质，却无安顿处。且如一勺水，非有物盛之，则水无归著。程子云：'论性不论气，不

---

① （唐）柳宗元著：《柳宗元集》卷7，中华书局1979年版，第170页。

② 温伟耀著：《成圣之道：北宋二程修养功夫论之研究》，河南大学出版社2004年版，导言第1页。

备；论气不论性，不明，二之则不是。'所以发明千古圣贤未尽之意，甚为有功。大抵此理有未分晓处，秦汉以来传记所载，只是说梦。韩退之略近似。千有余年，得程先生兄弟出来，此理益明。"①

韩愈期望通过学习古文来修养身心，在宋儒看来，这条路对于明心见性，也是一条歧路，朱熹对韩愈陷溺于"文"而迷失本源，就多有批评，《朱子语类》云：

> 才卿问："韩文《李汉序》头一句甚好。"曰："公道好，某看来有病。"陈曰："文者，贯道之器。且如六经是文，其中所道皆是这道理，如何有病？"曰："不然。这文皆是从道中流出，岂有文反能贯道之理？文是文，道是道，文只如吃饭时下饭耳。若以文贯道，却是把本为末。以末为本，可乎？其后作文者皆是如此。"因说："苏文害正道，甚于老佛，且如《易》所谓'利者义之和'，却解为义无利则不和，故必以利济义，然后合于人情。若如此，非惟失圣言之本指，又且陷溺其心。"②

可见，"文"之于"道"，是外在的，朱熹认为韩愈如此看重"文"之于"道"的意义，是"把本为末，以末为本"。

如前文所述，韩愈主张通过学习"古文"来修身，与荀子学以成德的思路，有一脉相承之处，这当然与宋儒功夫论追求明心见性的孟学旨趣，明显不同，但学习"古文"毕竟不同于对圣人经典的被动学习，而是包含着丰富的主体能动因素，因此韩愈的古文修养论，就不能简单地等同于荀子的以学修身，而是容纳了孟学尊重主体德行的因素。朱熹一方面批评韩愈由"文"之"道"的路径是错误的，但也承认韩愈确有所见，承认他所谓"气盛言宜"之论，也关注到存养功夫的问题。《近思录》云："学本是修德，有德然后有言。退之却倒学了，因学文，日求所未至，遂有所得。如曰：'轲之死，不得其传。'似此言语，非是蹈袭前人，

① （宋）朱熹著，（宋）黎靖德编：《朱子语类》卷4，中华书局1988年版，第3305—3306页。

② （宋）朱熹著，（宋）黎靖德编：《朱子语类》卷139，中华书局1988年版，第3305—3306页。

又非凿空撰得出，必有所见。若无所见，不知言所传者何事。"①

《朱子语类》更明确谈到"气盛言宜"与存养功夫的近似：

> （释氏）虽是说空理，然真个见得那空理流行。自家虽是说实理，然却只是说耳，初不曾真个见得那实理流行也。释氏空底，却做得实；自家实底，却做得空，紧要处只争这些子。如今伶利者虽理会得文义，又却不曾真见；质朴者又和文义都理会不得。譬如撑船，著浅者既已著浅了，看如何撑，无缘撑得动。此须是去源头决开，放得那水来，则船无大小，无不浮矣。韩退之说文章，亦说到此，故曰："气，水也；言，浮物也。水大，则物之小大皆浮。气盛，则言之短长与声之高下皆宜。"广云："所谓'源头工夫'，莫只是存养修治底工夫否？"曰："存养与穷理工夫皆要到。然存养中便有穷理工夫，穷理中便有存养工夫。穷理便是穷那存得底，存养便是养那穷得底。"②

可见，韩愈的古文修养论，在宋儒眼中，有着复杂的面貌。如果进一步考察，会发现宋儒对格物致知的思考，与韩愈的古文修养论之间，有着相当值得关注的联系。

"格物致知"是宋儒功夫论的重要课题，"格物"是达于"本体"、明乎"心性"的重要手段。"格物"究竟应如何理解，宋儒展开了丰富的讨论，而其中程颐、朱熹的思考，最具有代表性。他们都认为，对圣人典籍、前代书史的虚心学习、深入领会、从容涵养，是"致知"的重要基础。朱熹尤其把这个涵养典籍的读书过程，视为修养功夫的重要内涵。而对于如何沉潜涵养，朱熹特别注重虚心涵味，以期实现一种完整的、精粹的把握。在《四书集注》中，他对"格物"有如下阐释：

> 《大学》始教，必使学者即凡天下之物，莫不因其已知之理而益穷之，以求至乎其极。至于用力之久，而一旦豁然贯通焉，则众物之

---

① （宋）朱熹著，（宋）吕祖谦编，严佐之导读：《朱子近思录》卷14，上海古籍出版社2000年版，第128页。

② （宋）朱熹著，（宋）黎靖德编：《朱子语类》卷63，中华书局1988年版，第1538—1539页。

表里精粗无不到，而吾心之全体大用无不明矣。此谓物格，此谓知之
至也。①

这个"众物之表里精粗无不到"的"格物"境界，需要依靠虚心的
沉潜，不能追求一蹴而就，朱熹对这一沉潜过程的体会，明显地受到韩愈
的影响，他曾说："韩退之苏明允作文，只是学古人声响，尽一生死力为
之，必成而后止。今之学者为学，曾有似他下功夫到豁然贯通处否？"②
在他看来，韩愈等人"下功夫到豁然贯通处"，正与儒者涵养修养功夫的
努力相近似：

> 如今读一件书，须是真个理会得这一件了，方可读第二件……少
> 间渐渐节次看去，自解通透。……韩退之所谓"沈潜乎训义，反覆
> 乎句读"，须有沈潜反覆之功，方得。所谓"审问之"，须是表里内
> 外无一毫之不尽，方谓之审。……只如韩退之、老苏作文章，本自没
> 要紧事。然他大段用功，少间方会渐渐塌去那许多鄙俗底言语，换了
> 个心胸，说这许多言语出来。如今读书，须是加沈潜之功，将义理去
> 浇灌胸腹，渐渐荡涤去那许多浅近鄙陋之见，方会见识高明。③

可见，韩愈虽然在求道的路径上有所偏差，但他那种深刻的沉潜之
功，是十分可取的，倘若用之于正确的方向，无疑是入道的梯航。

在韩愈与柳宗元之间，朱熹对柳宗元的批评更多，而他对柳宗元的不
满，与柳氏过于理性化、缺少从容涵养，不无关系。朱熹认为，读书要完
整地体会，不要只是枝枝节节地去领会，柳宗元富于思理，精于分析，用
这样的态度理解圣人典籍，长于条分缕析，但失去了完整浑融的把握。朱
熹曾这样比较韩、柳的不同：

> 大凡义理积得多后，贯通了，自然见效。不是今日理会得一件，
> 便要做一件用。譬如富人积财，积得多了，自无不如意。又如人学作

---

① （宋）朱熹撰：《四书章句集注》，中华书局2003年版，第6—7页。
② （宋）朱熹著，（宋）黎靖德编：《朱子语类》卷31，中华书局1988年版，第788页。
③ （宋）朱熹著，（宋）黎靖德编：《朱子语类》卷104，中华书局1988年版，第2613页。

文，亦须广看多后，自然成文可观。不然，读得这一件，却将来排凑做，韩昌黎论为文，便也要读书涵味多后，自然好。柳子厚云，本之于六经云云之意，便是要将这一件做那一件，便不及韩。①

柳宗元富于怀疑精神，而朱熹认为，读书明理，虽然需要独立思考，但先要沉潜，不能一开始就去质疑，倘若如此，就难以虚心体会，难有真正的收获，他说：

> 某向时与朋友说读书，也教他去思索，求所疑。近方见得，读书只是且恁地虚心就上面熟读，久之自有所得，亦自有疑处。盖熟读后，自有窒碍，不通处是自然有疑，方好较量。今若先去寻个疑，便不得。又曰："这般也有时候。旧日看《论语》，合下便有疑。盖自有一样事，被诸先生说成数样，所以便着疑。今却有《集注》了，且可傍本看教心熟。少间或有说不通处，自见得疑，只是今未可先去疑着。"②

在朱熹看来，注重沉潜的韩愈，对圣人典籍的把握也完整深厚，其文章"议论正，规模阔大"③；柳宗元长于理性的思辨，文章"较精密"④，但学习柳文"会衰了人文字"⑤。比较而言，深厚浑融的韩文，比思理精细的柳文更难学，所谓"韩文大纲好，柳文论事却较精核，如辨《鹖冠子》之类。《非国语》中尽有好处。但韩难学，柳易学"⑥。

值得注意的是，程颐论及功夫修养，很少提到韩愈。程颐的格物论，与朱熹多有差异，朱熹的格物论，主要和更多地强调对于外在事物的考究。⑦ 在这一点上，韩愈古文修养论与之多有可以相互启发之处。朱熹虽

---

① （宋）朱熹著，（宋）黎靖德编：《朱子语类》卷9，中华书局1988年版，第157—158页。

② （宋）朱熹著，（宋）黎靖德编：《朱子语类》卷11，中华书局1988年版，第186页。

③ （宋）朱熹著，（宋）黎靖德编：《朱子语类》卷139，中华书局1988年版，第3302页。

④ 同上。

⑤ 同上。

⑥ 同上书，第3303页。

⑦ 陈来著：《宋明理学》，生活·读书·新知三联书店2011年版，第199页。

然批评韩愈路径有差，但他对韩愈、欧阳修等人的古文成就十分关注。他的功夫论与韩愈古文修养论的联系，从一个独特的角度再次反映了韩愈古文观在思想史上的重要意义。

蜀刻《新刊经进详注昌黎先生文》考论

杨国安

（河南大学社科处）

摘　要　蜀刻文谠注、王俦补注的《经进详注昌黎先生文》，是现存很少的韩集注释本之一，对于研究宋代蔚然成风的韩集注释的具体面貌，进而研究宋代版刻的发展及其格局都有重要意义。文注最显著的特点在于详赡，而王俦的补注则广泛汲取了宋代众多韩集注本的成果。王俦吸收诸家成果的途径很可能与《五百家注音辨昌黎先生集》之类的集注本有关。由此，该书的刊刻年代可以进一步准确地予以定位。

关键词　《经进详注昌黎先生文》　王俦补注　刊刻年代　《五百家注音辨昌黎先生集》

一　蜀刻文谠注、王俦补注韩集在宋代韩集注释文献中的独特地位

钱锺书先生曾在《谈艺录》中说："韩退之之在宋代，可谓千秋万代，名不寂寞矣。"① 这句话很贴切地说明了韩愈在宋代的崇高地位。尽管从时间上看，韩愈在宋代的地位有明显的变化过程；从学术上看，由于宋人立场的不同，各人所持的评价也有很大差别。但总的来说，韩愈对于宋代思想、文化、文学的影响都是深远的。宋代人对于韩愈的集子下了很大的功夫，现在可以考知的校勘过韩愈集子的学者有数十人之多，注释过韩文的人也很多。旧有"千家注杜，五百家注韩"的说法，大概由南宋魏仲举所刊刻的《五百家注音辨昌黎先生集》而来，尽管魏本的收录远

---

① 钱锺书：《谈艺录》（补订本），中华书局 1984 年 9 月第 1 版，第 62 页。

没有它所标榜的那样宏富，但也从一个侧面说明了在宋代韩愈文集被高度重视的事实。

宋代对于韩文的注释是从零星的篇章注释开始的，如柳开对《双鸟诗》的解释、朱廷玉对《柳州罗池庙碑》的解释等。从现存的文献看，至北宋末年开始有学者对韩愈的整个文集加以注释。南宋高宗、孝宗时期，由北宋的亡国所引发的思考使主流学术的取向发生重大变化，元祐学术重新占据主流地位，作为元祐学术分支的义理和辞章之学都得到发展，对苏黄辞章之学的热衷影响到对韩文的学习。这个时期成为韩集注释的黄金时期，现在已知的各主要韩集注本大多出现在这个时期。先后出现的注家和注本有蒋灿、严有翼、祝充、孙汝听、韩醇、刘崧、樊汝霖、文谠、王俦、任渊、程敦厚等。

这些注本现在大多已经失传，其面貌和格局我们只能通过晚些时期几种集注本的征引见其大概，这些集注本包括魏仲举所刊刻的《五百家注音辨昌黎先生集》、王伯大所编的《朱文公校昌黎先生集》和廖莹中在五百家注基础上删减而成的世采堂本韩集。本来在清代的《天禄琳琅书目》卷三中还著录有韩醇的"《诂训唐昌黎先生文集》五十一卷，宋刻本一部"，这个本子现在也已失传。所以，现在我们所能看到的单个韩集注本，就只有祝充的《音注韩文公文集》和文谠注、王俦补注的《经进详注昌黎先生文》两种了。

关于祝充的《音注韩文公文集》还需要加以说明。宋代赵希弁续补晁公武的《郡斋读书志》所作的《读书附志》中，著录祝充《韩文音义》一卷，该本曾进呈，有毛宏（字叔度）为之序，张构曾刻此书并作后叙。① 吴郡陆之渊为潘纬《柳文音义》作序，亦言潘氏之作乃仿祝氏《韩文音义》而为，陆序作于乾道三年（1167 年），可知祝氏此书成书于乾道三年之前，原来单行。但《宋史·艺文志》已著录为《韩文音义》五十卷，可能是将《音义》的主要内容散入韩集而成。单行之一卷本与题为"韩文音义"的五十卷本韩集已逸。国图善本库今存《音注韩文公文集》一种，全书包括正集四十卷，外集十二卷。原无序跋，无署名。傅增湘、张允亮等将现存《音注韩文公文集》与魏本韩集相对照，魏氏

---

① 孙猛：《郡斋读书志校证》，上海古籍出版社 1990 年版，第 1773 页。

所引祝说多与此书同，故考定为祝充之作。① 但现存之《音注韩文公文集》与魏本引文互有详略，"有全录祝注而文字略加删节者，有魏本所采祝注音释加详而此本乃今存其半者，有所引祝注全条为此本所无者"。对此，傅增湘认为此本乃"祝注之节本也"，张允亮后来也据讳字、行款认为是光宗前后婺人删节刊行的，可见已非祝充原书了。这样说来，现存完整的韩集单注本就只有文谠注、王俦补注的《经进详注昌黎先生文》了。其对于研究宋代蔚然成风的韩集注释的具体面貌，进而研究宋代版刻的发展及其格局都有重要意义。

二　文谠注韩集的格局与特色

文谠，字词源，普慈（今四川至乐县）人，曾为迪功郎，孝宗乾道中授达州东乡县尉兼主簿。他注韩集之外，还曾注过柳集。余事不详。此本卷首有杜莘老序一首，文谠自序一首，进表一道。文谠序作于绍兴十九年（1149 年）春，盖此时书已基本完成，其后或屡有损益，至乾道二年（1166 年）始上表进呈，故表中有"积二十年之久"之语。文谠书成后，又有王俦为之补注。王俦，平阳（今属山西）人，乾道中曾知普慈。该本卷一《复志赋》"退休于居，作《复志赋》。其辞曰"数句下，补注曰："此赋步骤《离骚经》，其句法往往相似。文见《详注》。"观此，则似王俦补注曾经单行，后来才与文谠注合刻在一起。

文谠注本的基本格局是正集四十卷、外集十卷、遗文三卷，包括《论语笔解》两卷、《韩文公志》三卷。其本吸收了蜀刻系统与杭刻系统的校勘成果，该书卷一《元和圣德诗》"不可以辞语浅薄不足以自效为解"句下，文谠注谓："今世韩集数本下称'一作'者甚众，皆因后人传写错误。本有同异，故两存之。谠读之既久，真伪自判。又撼之以古监本，多所是正。"可见其取舍最主要的依据是北宋蓝本。该书中《赠河阳李大夫》《苦寒歌》入于正集，《送牛堪序》列二十卷首，也可证明此点。外集与各本大同小异，唯《召大巅和尚书》已入于外集卷二之末，可知

---

① 傅跋见《藏园群书题记》卷五，张序见文禄堂 1934 年影印《音注》本卷首，此处转引自《影印善本书序跋集录》，中华书局 1995 年版，第 402 页。

蜀地各刻本也同时受到了嘉祐杭本的影响。《遗文》中除收录逸散诗文外，另附入《论语笔解》两卷，这可能是现存最早的《论语笔解》文本，对于窥探《论语笔解》的流传情况具有重要价值。《韩文公志》三卷主要收入有关韩愈生平和著作的资料，或许受到了略早于此而又同出于蜀的樊汝霖《韩文公志》的影响，其所收内容与樊《志》几乎完全相同，唯次序稍异，樊《志》收入吕大防所编《年谱》，而文谠《志》不收而已。

书前有杜莘老所作引言一篇。杜莘老（1107—1164 年），字起莘，生于宋代四川眉州青神（今眉山市青神县），杜甫十三世孙。高宗绍兴间（1140 年）省试合格，却不参加廷对，高宗知其大才，遂赐同进士出身，授梁山军教授。提出防备金兵入侵、保卫江淮的良策，并上书陈述时弊十事，被宋高宗任命为殿中侍御史。在御史任期内，忠直敢谏，疾恶如仇，声震一时，被朝野誉为"骨鲠敢言者"。后被奸臣谗害，请求出任外职，迁任遂宁（今属四川）知府。在遂宁任上，居官清修独处，多行惠政，考核政事功绩时，居诸州官之冠。晚年迁居江津，孝宗隆兴二年（1164年）六月病卒，丞相虞允文题"刚直御史"刻于墓碑之上。

《详注韩文引》实际上站在整个韩学接受史的高度对文谠此注进行评论。引言首先对韩愈其文其道给予了高度评价，对其在五代宋初的暗淡不遇于时颇为感慨，肯定了欧阳修推尊韩愈、复兴斯文斯道之功。在此基础上，杜莘老指出在整个的韩学接受中，文谠的用功之勤，贡献之大，可以与韩愈的两大功臣赵德、李汉相比并："尊崇山斗，力于赵德、李汉。"具体而言，引言对于文谠此注的成就也给予了高度评价，认为该书"尽搜经史百家之书，详为之注，考定年月，系于其文之首。其中质疑阙，发隐秘，章分句断，以辟面墙，俾读之者焕然在目，而韩氏之剖劂亦于以心通而意会"①。认为该书在考定年月、详注文意、章解句析、质疑发隐等方面为对韩文的理解、接受提供了便利，可以说是继赵德、李汉、欧阳修之后，韩愈的又一个大功臣。因而，"若欧可作，岂无一言以进之"？如果欧阳修在世，也会对该书大加称赞、推荐的。

从现存文献看，文谠注和孙汝听注在所有的韩集注本中是最为详赡的，而两人都为四川人，这或与其地域文化之特色有关。四川是宋代刻书

---

① （唐）韩愈著，（宋）文谠注，（宋）王俦补注：《新刊经进详注昌黎先生文》卷首，上海古籍出版社影印宋蜀刻本。

业最早发达起来的地区之一，以韩集的刊刻而言，已知最早的韩集刻本即出于蜀，很多重要的刻本和注本都出自蜀。唐宋以来，四川文风愈盛，其刻书的商业目的很明确，其旨在于为一般读书人提供通俗易懂的读本，所以一些蜀刻的文集在注释上都力求详尽。文说此注后虽上呈，但在作法上仍受到蜀地文化风气的影响。

文注最显著的特点在于其详赡，确如其名为"详注"一样。差不多每首都有题注，言其写作背景、主旨，收录相关评论等；句中之注则及于难字的注音释义，用事和造语的出处，诗文中所涉人、事、物、地等相关材料，引述他人相关的评论，甚至包括对段意、句意的串联解释，对其中句法、作法的解析评论等，常常不避繁冗，动辄数百言上千言。其对于韩诗的注释尤其如此，注文往往数倍于正文。略举二例如下。

卷二《北极赠李观》"北极有羁羽，南溟有沉鳞"两句，文注："极，方也。溟，海也。南、北，言相远。羁、沉，言失所。观，赵州人，故喻以羁羽；公，南阳人，故自喻以沉鳞。《淮南子》曰：'北方之极，玄冥所司者，万二千里。'《庄子》曰：'南溟，天池也。'"

同卷《醉赠张秘书》"不解文字饮，惟能醉红裙"两句，文注："'文字饮'事不见古。后多袭其句法。如东坡公《和霍大夫》云'文字先生饮'。又《洞庭春色》云'贤王文字饮，醉笔蛟蛇走'。又《西湖月下听琴》云'良辰饮文字，晤语无由醮'。皆用此意也。学者可以类推之矣。解，下买切。"

这一类五花八门的注释很多，可见注者的兴趣和关注极为广泛。这或许造成体例的芜杂不纯，但对于初学者来说，也许是很方便的。关于文注的成就和得失，笔者将另文深论，此不具述。

三　王俦补注与"五百家注"在内容上的复杂关联

将王俦补注的内容与宋代韩学的其他文献加以对比研究，我们会有令人吃惊的发现：王俦的补注与宋代其他注家的注释文本存在着大量的重叠和相似之处。

宋代注释韩集的学者很多，最重要的注本有樊汝霖、孙汝听、韩醇、祝充、洪兴祖等，这些学者的注释成果除了祝充的《韩文音义》有流传外，其他多已失传，但在方崧卿的《韩集举正》、魏仲举的《五百家注音辨昌黎先生集》等集成性的宋代韩学文献中，却不同程度地有所保留。与王俦补注中重叠和相似之处最多的是樊汝霖注，其次为韩醇注，其他如孙过庭、刘崧，以及五百家注中标为"集注"的无名氏注都多有相同。为了说明王俦注与诸家注文本上的强烈关联性，我们举例性地略加征引。

（一）补注与樊汝霖注

　　卷一《秋怀十一首》题下补注："公时为国子博士。元和初作此，《文选》体也。唐人最重《文选》学，至公，以六经之文为诸儒唱，《文选》弗论也。独于《李邶墓志》曰：'能暗记《论语》《尚书》《毛诗》《左氏》《文选》。'而公诗如'自许连城价'，'傍砌看红药'，'眼穿长讶双鱼断'，皆取诸《文选》。故此诗往往有其体焉。"①

而《五百家注》韩集同诗的题下注是：

　　樊曰：《秋怀诗十一首》，《文选》诗体也。唐人最重《文选》学，公以六经之文为诸儒唱，《文选》弗论也。独于《李邶墓志》曰："能暗记《论语》《尚书》《毛诗》《左氏》《文选》。"而公诗如"自许连城价"，"傍砌看红药"，"眼穿长讶双鱼断"之句，皆取诸《文选》。故此诗往往有其体。②

两相对照，只有字句表达上略有变化。再如：

　　卷二《出门》题下补注："公十九举进士京师，二十五登第春官，二十九始佐董晋于汴。此诗在京师未得志之所为，故其辞如此。"③

---

　　①　（唐）韩愈著，（宋）文谠注，（宋）王俦补注：《新刊经进详注昌黎先生文》卷一，上海古籍出版社1994年影印本，第141页。

　　②　（宋）魏仲举编：《五百家注昌黎文集》卷一，文渊阁《四库全书》本。

　　③　（唐）韩愈著，（宋）文谠注，（宋）王俦补注：《新刊经进详注昌黎先生文》卷二，上海古籍出版社1994年影印本，第278页。

《五百家注》韩集同诗的题下注是：

> 樊曰：公十九举进士京师，二十五登第春官，二十九始佐汴幕。此诗在京师未得志之所为，故其辞如此。①

与樊注的意思全同，只动了两三个字。

这样的例子在王俦的补注中俯拾即是，在诗文各部分都大量存在。诗的部分如《元和盛德诗》《南山诗》《夜歌》《送灵师》《马厌谷》《忽忽》《山石》《鸣雁》《洞庭湖阻风赠张十一署》《寒食日出游夜归张十一院长见示病中忆花诗九篇因此投赠》《三星行》《青青水中蒲》《孟东野失子》《苦寒》《醉留东野》《李花》《孟先生诗》《奉和钱七兄曹长盆池所植》《远游联句》等。文的部分如《读荀子》《与鄂州柳公绰中丞书》《答友人论京尹不台参书》《送齐暤下第序》《袁州祭神文三首》《潮州刺史谢上表》等作品的题注全部或部分直接采自樊注。

有时王俦的补注也将樊注的题注改为句注，或将句注改为题注，或对樊注的内容加以概括，.或据樊注加以阐发，等等，但其意旨则与樊注颇多相同。也略加列举如下。

卷一《长安交游者》诗首句"长安交游者"句后，王俦补注评曰：

> 此皆公未得志之所为也。②

而《五百家注》韩集卷一同诗题注：

> 樊曰：《长安交游者》《马厌谷》《出门》，其意大率相类，皆公未得志之所为也。③

卷二《醉赠张秘书》题下文谠注张秘书为张署，王俦补注曰：

---

① （宋）魏仲举编：《五百家注昌黎文集》卷二，文渊阁《四库全书》本。
② （唐）韩愈著，（宋）文谠注，（宋）王俦补注：《新刊经进详注昌黎先生文》卷一，上海古籍出版社1994年影印本，第171页。
③ （宋）魏仲举编：《五百家注昌黎文集》卷一，文渊阁《四库全书》本。

以为张彻。彻诗不见于世，惟《会合联句》有"愁去剧箭飞，谨来若泉涌"，"马辞虎豹怒，舟出蛟鼍恐"两联，亦奇语也。时公自江陵召入为国子博士，四人者会合联句。此诗则元和四年彻及第后作也。①

而《五百家注》韩集同诗"蔼蔼春空云"句下樊汝霖注曰：

彻诗不见于世，惟《会合联句》有"愁去剧箭飞，谨来若泉涌"，"马辞虎豹怒，舟出蛟鼍恐"两联，亦奇语也。②

显而易见，王俦补注的内容是在樊汝霖句注的基础上适当增加内容而形成的。

樊汝霖是宋代专注于韩愈研究的重要学者，他不仅有《谱注韩文》四十五卷，而且收集有关资料如"《行状》、《墓志》、《神道碑》、新、旧《传》、祭文、诗、《配飨文》、《辨谤》文、《潮州庙记》、《文录序》、《集序》、后序、欧、吕所书，与夫汲公所谱"③，编成了《韩文公志》五卷，一个有关韩愈生平和文集序跋的材料集，其中的一些序跋对研究韩集版本的沿革流变极其重要。由于樊氏对唐代文史文献极为熟悉，他善于综合运用正史系统、笔记、地志和集部文献等多方面的材料注释韩文，在对于韩愈作品相关背景、相关历史事件和人物的考证、作品主旨的阐发等方面有着显著的特色和优势。不仅如此，樊氏韩愈其人其文衷心钦佩，对韩文的思想、感情颇多共鸣，对韩愈的文风和成就高度认同，在注释中倾注了自己的感情。可以说，在宋代的韩集注本中，樊注是成就最高的注家之一。这不仅体现在王俦补注的大量采用上，在魏仲举刊刻的《五百家注昌黎文集》韩集中，樊注也是采用率最高的几家之一。

（二）补注与韩醇注

如卷一《重云一首李观疾赠之》题下有文谠注、王俦补注曰：

---

① （唐）韩愈著，（宋）文谠注，（宋）王俦补注：《新刊经进详注昌黎先生文》卷二，上海古籍出版社1994年影印本，第192页。

② （宋）魏仲举编：《五百家注昌黎文集》卷二，文渊阁《四库全书》本。

③ 见《韩文类谱》卷九范汝霖《韩文公年谱》自跋。

元宾与公同举正（贞）元八年进士，以十年死于京师。当其疾时，常有诗赠云。①

而《五百家注》韩集卷一同诗题注曰：

韩曰：观字元宾，陇西人，与公同举贞元八年进士，以十年死于京师。当其疾时，以诗赠云。②

卷三《东方未明》题下王俦补注：

东方未明，皆指顺宗时事也。"东方未明"，其宪宗之在东官欤？"大星没"者，贾耽、郑珣瑜二相皆天下重望，叔文既用事，相继引去。"独有太白配残月"，谓执谊之于叔文也。时顺宗已厌万机，天下莫不属望皇太子，而叔文、执谊乃猜忌如此，"嗟尔残月勿相疑，同光共影须臾期"，讥之也。"残月晖晖，太白映映，鸡三号，更五点"，东方明矣。东方明而残月、太白灭，宪宗立而叔文、执谊诛。③

而《五百家注》韩集卷一同诗题注曰：

韩曰：此诗与《煌煌东方星》兴寄颇同。盖执顺宗即位不能亲政，而宪宗在东官之时也。时贾耽、郑珣瑜二相皆天下重望，王叔文用事，相继引去，此诗所以喻"东方未明大星没"也。执谊、叔文初相汲引，此诗所以喻"独有太白配残月"也。顺宗已厌机政，叔文、执谊尚以私意更相猜忌，此诗所以有"嗟尔残月勿相疑，同光共影须臾期"也。及宪宗立而叔文、执谊窜，犹东方明而残月、太白灭，此诗所以喻"残月晖晖，太白焰焰，鸡三号，更五点"也。

---

① （唐）韩愈著，（宋）文谠注，（宋）王俦补注：《新刊经进详注昌黎先生文》卷一，上海古籍出版社1994年影印本，第168页。

② （宋）魏仲举编：《五百家注昌黎文集》卷一，文渊阁《四库全书》本。

③ （唐）韩愈著，（宋）文谠注，（宋）王俦补注：《新刊经进详注昌黎先生文》卷三，上海古籍出版社1994年影印本，第304页。

意微而显，诚得诗人之旨。①

　　两相对照，表述的方式虽略有变化，表达的意思却基本相同。只有"嗟尔残月勿相疑，同光共影须臾期"两句，两家的理解似有歧异，也可能是表达不够到位所引起的。值得注意的是，蜀刻本中本作"太白焰焰"，而王俦补注中的引文却是"太白映映"，转引韩醇注释的痕迹十分明显。

　　王俦采用韩醇注释的地方还有不少。如《琴操十首》《赠侯喜》《感春》《新竹》《赠张籍》《答魏博田弘正仆射书》《送廖道士序》等篇的题注或句注都不同程度地采用了韩注。

（三）　补注与孙汝听注

　　孙汝听，字良臣，也曾对韩愈文集进行了详细注释，是魏本引录最多的注家之一。据魏本引录的情况看，孙汝听注也是较为全面的，从词语之训释，文意之疏解，到时事之钩稽，主旨之阐释，都是其关注所在。在宋代注释韩愈的学者中，孙汝听注与文谠注的气质最为接近，注释极为明白浅近，句疏字解，颇见细密，有时也不免过于浅近容易也流于芜杂。其所征引之史乘著作，似以两《唐书》及《资治通鉴》为主，其学术性不及洪兴祖、樊汝霖诸家。

　　王俦补注采用孙注之处虽不如上两家频繁，但也有时可见。如卷四《郑群赠簟》诗，文谠无题注，王补注曰：

　　　　此诗元和元年江陵所作。群，字洪之，以殿中侍御史佐裴均于江陵。公其法曹参军。于公为同僚也。②

而《五百家注》韩集卷四同诗题注首引孙说：

　　　　群，字洪之，时以殿中侍御史佐裴均江陵军。公自阳山量移江陵

---

① （宋）魏仲举编：《五百家注昌黎文集》卷三，文渊阁《四库全书》本。

② （唐）韩愈著，（宋）文谠注，（宋）王俦补注：《新刊经进详注昌黎先生文》卷四，上海古籍出版社1994年影印本，第347页。

法曹，与群同僚。①

前后相较，其关联性显而易见。

（四）补注与洪兴祖注

洪兴祖是宋代著名的文史学者，对宋代韩学贡献颇巨。他不仅编成了《韩子年谱》五卷，而且著有《韩文辨正》，对韩文的校勘、考证都下过功夫。由于他扎实的文史功底，其研究成果在宋代即广受关注，宋代韩学的集成性成果如《五百家注音辨昌黎先生集》、方崧卿《韩集举正》等都大量采用了他的说法。对其成果王俦补注也常加引用。如韩集卷二十三《祭郑夫人文》题下文谠无注，王俦补注曰：

> 《旧唐·志》：正观十四年，太宗因修礼官进事次言及丧服。太宗曰："同尚有缌麻之恩，其嫂叔服宜集学者群议。"魏征令狐德棻奏议，引郑仲虞、颜洪都、马援、孔伋事，嫂叔当服小功。制曰可。则嫂在唐小功服，而期服自公始。故云"受命于兄"，"服必以期"。此公所以报也。②

而《五百家注》韩集同篇"天实临之"句下引洪兴祖注曰：

> 洪曰：贞观中，魏征令狐德棻等议嫂叔服云：或有长年之嫂，遇孩提之叔，劬劳鞠养，情若所生，分饥共寒，契阔偕老，其在生也爱之同于骨肉，及其死则推而远之，求之本原，深所未谕。且事嫂见称载籍非一，郑仲虞则恩礼甚笃，颜洪都则竭诚致感，马援则见之必冠，孔汲则哭之为位。察其所尚，岂非先觉？嫂叔旧无服，今请服小功。五月，制可。公幼养于嫂，服期以报，可为士大夫之法矣。李汉序公文集，及李习之状亦云。③

---

① （宋）魏仲举编：《五百家注昌黎文集》卷四，文渊阁《四库全书》本。

② （唐）韩愈著，（宋）文谠注，（宋）王俦补注：《新刊经进详注昌黎先生文》卷二十三，上海古籍出版社1994年影印本，第1317页。

③ （宋）魏仲举编：《五百家注昌黎文集》卷二十三，文渊阁《四库全书》本。

　　显然王俦补注是依据洪注提供的文献线索，撮要而成的，包括对于此事的认识和评价，也与洪注约略相似。

　　洪兴祖的《韩子年谱》和《韩文辨正》在宋代影响很大，连一向对当代成果关注不多的文谠注，其最重要的学术参考也是《韩文辨正》，此点我们将在相关的部分中详加论述。这里我们想要强调的是，王俦本人很可能见到洪兴祖的《韩文辨正》。他在《石鼎联句诗序》题后的补注中引用的洪兴祖之说就不见于《五百家注昌黎文集》。

（五）补注与唐氏注

　　唐氏注是《五百家注昌黎文集》本韩集引用较多的一家，正集部分引用即达39处之多。但其名字、事迹、注释韩集的情况都不详，历代韩学著作与目录学著作中也不见对唐注韩集的记载。《五百家注昌黎文集》韩集卷首《评论诂训音释诸儒名氏》中有"眉山唐氏，名庚，字子西，议论见鲁国文集"①。可见唐庚对于韩愈只有评论，并未系统注释其作品。关于唐氏注我们现在主要依据是《五百家注昌黎文集》。

　　王俦补注的有些内容与唐氏注显然存在关联。如卷一《江汉答孟郊》题下王俦补注曰：

　　　　孟郊集有《赠韩郎中愈二首》，其一云："何以结交契，赠君高山石。何以保真坚，赠君青松色。贫交过此外，无可相彩饰。闻君首鼠诗，吟之泪空滴。"又一首云："硕鼠既穿墉，又啮机上丝。穿墉有余土，啮丝无余衣。朝吟枯桑柘，暮泣空杼机。岂是无巧妙，丝断将何施。众人尚肥华，志士多饥羸。愿君保此节，天意当察微。"唐人诸诗和意不和韵，此篇岂公所答者耶？公为比部郎中在元和八年三月，而郊以九年八月死，则此诗作于八年矣。②

　　而《五百家注》韩集卷四同诗题注首引唐注曰：

---

① （宋）魏仲举编：《五百家注昌黎文集》卷首，文渊阁《四库全书》本。

② （唐）韩愈著，（宋）文谠注，（宋）王俦补注：《新刊经进详注昌黎先生文》卷一，上海古籍出版社1994年影印本，第169页。

　　唐曰：孟郊集有《赠韩郎中二首》，其一云："何以结交契，赠君高山石。何以保真坚，赠君青松色。贫交过此外，无可相彩饰。闻君首鼠诗，吟之泪空滴。"又一云："硕鼠既穿墉，又啮机上丝。穿墉有余土，啮丝无余衣。朝吟枯桑柘，暮泣空杼机。岂是无巧妙，丝断将何施。众人尚肥华，志士多饥羸。愿君保此节，天意当察微。"唐人诸诗和意不和韵，此篇岂公所答者耶？①

　　再如卷六《病鸱》题下王俦补注：

　　鸱鸟贪恶，其性好攫而善飞。公意盖有所讥也。杨宝黄雀事见《续齐谐记》及《杨震传》注。②

　　而《五百家注》韩集卷四同诗题注首引唐注：

　　唐曰：《说文》：鸱，鸢也。鸟之贪恶者，其性好攫而善飞。公意盖有所讥也。③

（六）补注与刘崧注

　　《五百家注》韩集卷首《评论诂训音释诸儒名氏》中载："眉山刘氏，名崧，字公辅。全解。"刘崧生平事迹不详，除注释韩集外，也注过柳宗元集。刘崧注释韩集的情况不详，宋代以来目录学著作未见著录。但既名"全解"，应当是一个相对完整的注本。《五百家注》韩集正文部分引用刘注9处。

　　卷二十八《试大理评事王君墓志铭》题下王俦补注：

---

　　① （宋）魏仲举编：《五百家注昌黎文集》卷一，文渊阁《四库全书》本。

　　② （唐）韩愈著，（宋）文谠注，（宋）王俦补注：《新刊经进详注昌黎先生文》卷六，上海古籍出版社1994年影印本，第534页。

　　③ （宋）魏仲举编：《五百家注昌黎文集》卷六，文渊阁《四库全书》本。

王介甫云：退之善为铭，如王适、张彻铭，尤奇也。①

而《五百家注》韩集卷二十八同诗题注引刘注：

刘曰：王荆公云：退之善为铭，如王适、张彻铭，尤奇也。②

（七）补注与"集注"

《五百家注》韩集中，引用频次较高的还有"集注"和"补注"两家，这两种注的作者在卷首的《评论诂训音释诸儒名氏》没有列出，只在文本注释中以"集注"和"补注"标示出来，这在务以淹博相炫的《五百家注》中是很反常的。为了达到宣传的目的，书商不仅给自己刊印的韩集冠以"五百家注"的响亮名号，而且在卷首的《诂训音释诸儒名氏》中虚张声势地编造了一个"新添集注五十家，新添补注五十家，新添广注五十家，新添释事二十家，新添补音二十家，新添协音十家，新添正误二十家，新添考异十家"的庞大阵容。对于此两种韩集注本的情况，目前的研究尚未能予以具体的揭示。

王俦补注的一些内容与《五百家注》同一篇目中"集注"的注释内容颇为相似。如卷五《酬司门卢四兄云夫院长望秋作》题下王俦补注曰：

公诗有《和虞部卢四汀钱七徽赤藤杖歌》，又有《和卢郎中云夫寄示送盘谷子诗》，又有《和库部卢四兄曹长元日朝回》，又有《早赴街西行香赠卢李二中舍》，又有《奉酬卢给事云夫四兄曲江荷花行见寄》。卢汀，字云夫，正元元年进士，新、旧史无传。以公诗考之，历虞部司门、库部郎，迁中书舍人，为给事中。其后莫知所终。此诗元和六年秋所作，公时职方外郎。③

---

① （唐）韩愈著，（宋）文谠注，（宋）王俦补注：《新刊经进详注昌黎先生文》卷二十八，上海古籍出版社1994年影印本，第1490页。

② （宋）魏仲举编：《五百家注昌黎文集》卷二十八，文渊阁《四库全书》本。

③ （唐）韩愈著，（宋）文谠注，（宋）王俦补注：《新刊经进详注昌黎先生文》卷五，上海古籍出版社1994年影印本，第435页。

而《五百家注》韩集卷五同诗题注引"集注"曰：

　　　集注：卢四，名汀。公诗有《和虞部卢四汀酬翰林钱士徽赤藤
杖歌》，又有《和卢郎中寄示送盘谷子诗》，又有《和库部卢四兄元
日朝回》，又有《早赴行香赠卢李二中舍》，又有《酬卢给事曲江荷
花行》。云夫，贞元元年进士，新、旧书无传。以此数诗考之，历虞
部司门、库部郎曹，迁中书舍人，为给事中。其后莫知所终矣。此诗
元和六年秋所作，时公自河南令入为职方员外郎作。①

　　两相对照，除个别诗题和语言表达外，内容基本相同。此诗注释之外，
王侗对《谢自然》《岐山下》《送无本师归范阳》《雨中寄孟刑部几道联句》
《祭柳子厚文》等诗文的补注，也都与"集注"文字有直接关联。有些位置
相同，也有"集注"的题注与王侗补注的句注内容相似的例子。

（八）补注与《五百家注》中的"补注"

卷十九《与鄂州柳公绰中丞书》题下王侗补注：

　　　公绰斩马祭死士，正在鄂岳时，而《柳氏叙训》、新、旧传以为
在襄阳时，误矣。②

　　而《五百家注》韩集卷十九该文"斩所乘马以祭蹑死之士"句下注
释，先引祝充注以释"蹑"字音义，再引樊汝霖注释杀马事件的缘由，
后引"补注"曰：

　　　补注：《柳氏叙训》及新、旧唐史并以杀马为公绰为襄阳节度使
时事，司马温公《考异》正引公此书证之，云乃鄂岳时事，《叙训》
《旧》传误，《新》史承之亦误。③

---

　　① （宋）魏仲举编：《五百家注昌黎文集》卷五，文渊阁《四库全书》本。
　　② （唐）韩愈著，（宋）文谠注，（宋）王侗补注：《新刊经进详注昌黎先生文》卷十九，
上海古籍出版社 1994 年影印本，第 1116 页。
　　③ （宋）魏仲举编：《五百家注昌黎文集》卷十九，文渊阁《四库全书》本。

在以上的部分中，我们不惮繁难，对宋代蜀刻《新刊经进详注昌黎先生文》的王俦补注部分与已知宋代韩集注本的关系进行了举证。通过上面罗列的例证可以证明，王俦补注出现在韩集注释活跃的南宋前期，与其前后的韩集注本有着非常丰富的联系。

接下来的问题是，我们举证的这些注家和注本与王俦补注的关系如何？在我们看来，现存文献虽然无法完全排除诸家注汲取王俦补注相关成果的可能性，但更大的可能性则是相反，王俦补注是在广泛接纳他之前注释成果的基础上形成的。这样说的理由是：首先，在我们举出的诸家注中，有些成果确定早于王俦补注。最明显的例子是洪兴祖的《韩文辨正》。按照我们的研究，洪氏所校韩文与其所著《辩证》《年谱》均成书于徽宗宣和七年（1125年）以前，至迟在绍兴二十二年（1152年）七月就得以刊布①。文谠注对当代研究成果借鉴不多，其最为尊崇的就是洪兴祖的《辨正》，在注释中多次引用。王俦补注也有直接标注出引用洪兴祖成果的。樊汝霖的韩集注本名为"谱注韩文"，其年谱的完成时间是绍兴十二年（1142年）五月，文本注释也当在此前后完成。韩醇的《诂训唐柳先生文集》完成于孝宗淳熙四年（1177年），《诂训唐昌黎先生文集》的完成当在此之前。

其次，樊汝霖、洪兴祖、孙汝听、韩醇等各家成果，在宋代及以后的文献中，流传的线索往往可以追寻。如上所述，洪、樊、韩三家的著述在宋代文献中都有相关的文献支撑，有些著作如韩醇的《诂训韩集》在后世仍在流传。即使是著述、流传线索不甚清晰的孙汝听注、刘崧注、唐氏注皆因魏仲举《五百家注》本的采录而得以部分保存。《五百家注》以其采择之富有较高接受度，南宋后期廖莹中的世彩堂韩集即以其为基础删改而成。被《五百家注》采入的注家中，樊汝霖、孙汝听、韩醇、刘崧等均为四川人，而同为蜀地学者、蜀地刻本的文谠、王俦注释本却没有进入《五百家注》的采择范围。这可能与其地方性有关，也有可能是其刊刻时代较晚造成的。

最后，以上列出的诸家，如樊汝霖、洪兴祖、孙汝听、韩醇等，皆为宋代韩学的大家，特别是樊、洪二家，对唐代文史文献极为谙熟，在韩集注释中常常能以丰富的材料排比互证，发隐掘微，代表了宋代韩集注释所

①　参见本人《宋代韩学研究》中的相关考述，中国社会科学出版社2006年版，第95—96页。

达到的高度，因而广为流传。而从王俦补注的水平看，其功力与水准无法
与樊、洪诸人相比。

四　从文本内容看蜀刻"经进详注"
本韩集的刊刻年代

蜀刻文谠注、王俦补注本韩集卷帙浩繁，其刊刻过程的艰苦和曲折可
以想见。但令人感到多少有些疑惑的是，该书刊刻之后，在宋代的相关文
献中却很难寻觅其传播的线索。现存宋代的几种主要公私目录中，该书都
不见著录，这种情形出现在文化全面高涨、刻书业高度发达、公私收藏蔚
成风气的宋代就更特别了。该书流传的统绪至明清之际才开始趋于明晰：
该书首页杜莘老《详注韩文引》右边钤有收藏印"昆山徐氏家藏""乾学
之印""健庵""杨绍和审定""宋存书室""汪士钟藏"等。引言后钤藏
书印"长洲汪骏昌藏"，文谠进表页右边钤有藏书印"杨以增印""至
堂""东郡杨?""绍和?"。第二册以下首页右册有"汪士钟藏""彦合珍
藏""彦合珍玩"等印，每册卷尾有"骏昌""雅庭"诸印。据此可以知
道，该书清初由著名藏书家徐乾学传是楼收藏，后归长洲汪士钟、汪骏昌
父子艺芸书舍，咸丰年间，艺芸书舍藏书散出，大约此时该书为海源阁收
藏，杨以增、杨绍和两代都曾珍藏赏玩此书。20 世纪 30 年代，海源阁藏
书楼历经战乱，屡遭破坏，所藏图书大部散逸。1931 年 3 月，藏书家、
目录学家傅增湘得悉天津盐业银行藏有海源阁孤本遗籍，通过途径进入库
房，获睹此书，并作了较为详细的著录。该书今存国家图书馆，上海古籍
出版社曾据以影印，收入《宋蜀刻本唐人集丛刊》。

关于现存蜀刻本文谠注、王俦补注韩集的刊刻年代，上海古籍出版社
在影印本的跋语中指出："看本书的字体刀法，初步可定为南宋中期四川
刻本"，跋语还对南宋时期蜀地刻工的资料进行排比，特别提到了庆元五
年（1199 年）成都府刻《太平御览》的刻工姓名与此刻的刻工多有重
叠，指出此本当为成都眉山地区刻本，结论是确实可信的。①　刘真伦先生

---

①　（唐）韩愈著，（宋）文谠注，（宋）王俦补注：《新刊经进详注昌黎先生文》，上海古
籍出版社 1994 年影印本，陈杏珍跋。

也列出了该书可以见到的具有比较完整姓名的刻工共 24 人，这些刻工参与刻书的年度分布在从北宋末到南宋庆元五年（1199 年）、嘉泰四年（1204 年）、嘉定六年（1213 年）。① 这些都为定位该书刊刻的年代和地点提供了明确的参照。

实际上，该书刊刻的年代还可以从其文本内容方面得到佐证。此本卷首有杜莘老序一首，文谠自序一首，进表一道。文谠序作于绍兴十九年（1149 年）春，盖此时书已基本完成，其后或屡有损益，至乾道二年（1166 年）始上表进呈，故表中有"积二十年之久"之语。② 进表署衔"右迪功郎新授达州东乡县尉兼主簿臣文谠上表"。文谠，字词源，普州乐至县人，曾为迪功郎，孝宗乾道中授达州东乡县尉兼主簿。他注韩集之外，还曾注过柳集。余事不详。文谠书成后，又有王俦为之补注。王俦，字尚友，号淡斋，山西平阳人，乾道中曾任乐至知县。除本书外，他和文谠都还列于《新刊增广百家详补注唐柳先生文》书中所附"新刊百家音辩话训柳文诸儒名氏"的名单中。③

文谠和王俦二人都对韩、柳二集的注释下过功夫，且都是四川一带的文人，很容易给人一种感觉，即二人对韩、柳二集的注释是互通声气的，甚至可能有着长期的交往和合作。但揆诸事实，却并非如此。文谠的韩集注释在绍兴已基本成型，乾道二年（1166 年）进呈，此时王俦或者刚到乐至知县任，其对文谠的韩集注释有所关注应该是从这个时期开始的。但其为文谠注释进行补注，则有可能是三四十年以后的事情了。在《新刊经进详注昌黎先生文》中，他的署衔是"通直郎致仕淡斋王俦尚友补注"，可见其对文谠注韩集的补注工作应是在致仕之后进行的。

在本文的第二部分，我们将王俦补注的内容与宋代韩学的其他文献进行了对比研究，大量的事实可以证明，王俦的补注多是在宋代其他注家注释的基础上完成的。如果我们的推断正确，接下来的问题是，王俦是通过什么途径接受以上诸家的注释成果的？这一问题的解决或许可以从另外的一个角度为我们提供蜀刻文、王注韩集刊刻年代的佐证材料。

四川是韩集注释最为活跃的地区之一，已知的韩集注本中，樊汝霖、

---

① 刘真伦：《韩愈集宋元传本研究》，中国社会科学出版社 2004 年版，第 85—87 页。

② 见《新刊经进详注昌黎先生文》卷首文谠进表。

③ 陈杏珍：《宋代蜀刻〈经进详注韩文〉与〈百家注柳文〉》，《文献》1992 年第 1 期。

孙汝听、韩醇、刘崧等均为四川人。四川同时也是版刻业最为兴盛的地区之一，已知的韩集刻本中，就有旧蜀刻本、嘉祐蜀刻本、吕大防成都刻本、蜀刻十二行白文本和文谠注、王俦补注本等。因此，樊汝霖、孙汝听、韩醇、刘崧等人的注释是有可能被刻印出来，在一定范围内传播的。王俦孝宗乾道间曾在四川乐至县任职，就在他到任前后，文谠进呈了其韩集注本，王俦对韩集的关注可能与此有关。由于这种关注，加上天时地利等因素，如果上述诸家注本已经印行，或者以传抄的形式流行，他是完全有可能见到的。至于洪兴祖的《韩文辨正》，上文业已提及，王俦已经明确标出曾经有所引用，而且，按照我们的理解，他应该是确定见到过单行本的。一则《辨正》在四川地区已经广为流传，二则他对《辨正》的引用已超出了《五百家注》引《辨正》的范围。

　　但问题的另一个方面是，即使是在版刻发达的四川，学者们的著作也并非都是可以在完成之后马上有条件付梓的。我们可以以已知的韩集刊本为例加以讨论，如洪兴祖的韩学著作在徽宗宣和七年（1125 年）以前已经完成，但我们确切知道的刊本却已到绍兴二十二年（1152 年）了；王俦补注依附以行的文谠注绍兴十九年（1149 年）春已基本完成，乾道二年（1166 年）始上表进呈，而王俦的补注是在其致仕后才完成的，其刊刻据我们的推断还要更晚。大概将一部卷帙浩繁的著作付梓印行，对于一个普通士人来说，并不是一件容易的事。上述诸韩集注家中，洪兴祖、樊汝霖、韩醇等注本在宋代文献中有迹可循，而孙汝听、刘崧、唐氏、集注、补注等注本在宋代文献中除了《五百家注》有所征引外，并无已经付梓的确证，是否已刊印出来尚存疑问。特别是连姓氏都不甚了了的唐氏、集注、补注各家，或许直接以稿本或抄本的形式汇聚到书商手中，也不无可能。即使这些著作都已经刻印出来了，一个民间的学者是否能在短时间内见到，也是值得考虑的。

　　所以，我们有理由认为，王俦补注对诸家注释的引用也有可能是来自一个韩集的集注本，如《五百家注音辨昌黎先生集》。之所以有这样的推断并不是完全凭空臆测，我们将蜀刻《新刊经进详注昌黎先生文》与《五百家注》韩集对读，有些线索是可以深化我们的思考的。

　　先看下面这则材料：

　　《五百家注昌黎文集》卷二《醉后》题注：

魏道辅云：夏英公竦评老杜初秋月云："微升紫塞外，已隐暮云端"，意主肃宗也。洪曰：吾观退之"煌煌东方星"，其顺宗时作乎？"东方"谓宪宗在储宫也。樊曰：按史贞元二十一年正月，顺宗即位。三月，立广陵王纯为皇太子。八月立为皇帝，是为宪宗。韩曰：《诗》："明星煌煌"。

《新刊经进详注昌黎先生文》卷二同诗题下补注：

魏道辅云：夏英公竦评老杜中秋月诗"微升古塞外，已隐暮云端"，意主肃宗也。退之"煌煌东方星"，其顺宗时作乎？"东方"谓顺宗在储宫也。

两则材料对照，《五百家注》韩集题下集了四家注，王俦补注与前两家注相比，除了字句有微调外其他基本相同，次序也相同，很难认为是偶合。其对《五百家注》的微调，有引洪兴祖注中对"东方"的理解"宪宗在储宫"，改为"顺宗在储宫"，这个改变错误是明显的，既云"顺宗时作"，又云"顺宗在储宫"，是自相矛盾的。与洪兴祖、樊汝霖两家比，王俦注的深浅显然可见。

如果这个推断成立，那么我们可以进一步推断该书刊刻的年代。《五百家注》本韩集刊于庆元六年（1200 年），该书的刊刻应在庆元六年之后。这和陈杏珍、刘真伦两位学者从字体、刀法、刻工等角度做出的推断恰好相符合。在他们提出的大致时间段上，我们可以将该书刊刻年代的定位进一步明确，该书虽然在 12 世纪中期就已基本完成，但经过王俦补注的文本，其刊刻已在 13 世纪初期了。这是符合宋代民间知识分子著作刊刻的一般规律的。

再进一步看，该书既出于《五百家注》之后，而其注释的权威性和代表性又逊于前书，王俦的补注虽然在一定程度上吸收了当代学者的成果，稍微弥补了文谠注的不足，但因为受到"补注"这种形式的限制，又不能明确标出与当代诸名家注的关系，就使其流传处于相当不利的地位。从篇幅上看，由于该书在注释中毫无节制地大量引用没有必要的普通文献，也增加了其刊印与传播的成本，或许也是其流传不广的原因之一。

何焯"韩学"研究著作及成果通考
——以韩愈诗赋作品为例

陈恬逸[①]

（台湾中央研究院中国文哲研究所）

摘 要 本文有鉴于清代著名评点及校勘学家何焯对于"韩学"诗赋的校评成果，始终为学界忽视，是以借由增补《昌黎先生诗集注》中的何焯评点内容，透过《义门读书记》及《昌黎先生诗集注》来完整分析何焯对"韩学"诗赋的看法，并纠正余萧客所谓何氏重"文选学"不重"韩学"的观念。

笔者希望透过本文，展现何焯相当推崇敬佩韩愈，尤其对韩愈诗赋中的布局巧思安排，用字用典的精妙奇崛，极为赞叹。

关键词 何焯 韩学 昌黎先生诗集注

一 前 言

何焯，初字"润千"，后字"屺瞻"，晚号"茶仙"[②]，江苏长洲（今苏州）人，生于顺治十八年（1661 年），卒于康熙六十一年（1722 年）。因先世在元代元统年间曾以"义行"旌门，故取"义门"二字为书塾名，

---

① 陈恬逸，中国台湾台北市立大学中国语文学系博士生，现为中国台湾"中央研究院中国文哲研究所"博士候选人。

② 何焯的字号，众本说法不一，崔高维点校《义门读书记》作"初字润千，后字屺瞻，晚字茶仙"（《点校说明》，中华书局 1987 年 6 月版，第 1 页），谢巍编撰《中国历代人物年谱考录》则作"字屺瞻，号茶仙，又号润千"（中华书局 1992 年 11 月版，第 411 页），本论文乃根据李放纂录《皇清书史》"初字开（一作润）千，因哭其母改字屺瞻，号无勇，一号茶仙，别号香案小吏"（《丛书集成续编》第 99 册，第 453 页）。

学者称其"义门先生"，是清代著名的书法家、评点学家及校勘学家。何氏一生学术成果丰硕，却因政治及其性格因素，作品多有散逸，甚而乾嘉时期考据学大盛，冒名何氏的伪作充斥书肆，幸赖其子何云龙、从子何堂及门生沈彤、陈景云等人悉心整理，其后又有蒋维钧的博搜遐访，于乾隆三十四年（1769年）完成《义门读书记》五十八卷本。

何氏一生校勘评点作品甚多，遍及四部，尤以评点《文选》及唐代诗人诗作著名。卞孝萱先生研究唐代文学时，曾多次以何焯的成果为讨论对象，如其《刘禹锡诗何焯批语考订》①《〈长江集〉冯班、何焯批语考释》②等；夏㝎《唐贤三体诗句法·序》称"何义门先生以朱笔通部点勘，评语多者，上下眉、行间几满，于诗人比兴寄托之旨，起伏照应之法，细意寻绎，体会入微"，傅增湘先生更自云其一生读书方法，唯"何氏点校法"。而当代学者亦多有讨论何焯评点成就之作品，如徐华中《评点学与〈义门读书记〉》③、王丽《略论何焯〈义门读书记〉中的杜诗校评》④、朱秋娟《何焯诗歌评点之学刍议——以何评义山诗为例》⑤、高平《论何焯的柳宗元研究》⑥等，足证何氏对整理唐代文学的重要成果与贡献。

然而，过去的学者过度重视何焯对《文选》整理工作的成果，如前代徐攀凤撰《选学纠何》针对其"选学"主张提出质疑，甚有余萧客者云：

> 前辈何侍读义门先生当士大夫尚韩愈文章，不尚《文选》学，而独加赏好，博考众本，以汲古为善，晚年评定，多所折衷，士论服其赅洽。⑦

①　卞孝萱：《刘禹锡诗何焯批语考订》，《唐研究》第二卷，北京大学出版社1996年12月版，第167—213页。

②　卞孝萱：《〈长江集〉冯班、何焯批语考释》，《常州教育学院学刊》1987年第1期。

③　徐华中：《评点学与〈义门读书记〉研究》，乐学书局2010年版。

④　王丽：《略论何焯〈义门读书记〉中的杜诗校评》，《杜甫研究学刊》（总第104期）2010年第2期，第59—66页。

⑤　朱秋娟：《何焯诗歌评点之学刍议——以何评义山诗为例》，《江南大学学报》（人文社会科学版）第7卷，2008年12月第6期，第118—121页。

⑥　高平：《论何焯的柳宗元研究》，《中国韵文学刊》第24卷，2010年10月第4期，第21—26页。

⑦　余萧客：《文选音义·序》，《四库全书存目丛书》，庄严文化事业公司1997年版，第288册，第226页。

余萧客称当时士大夫皆喜好韩愈文章，唯何焯与众不同，独加赏好《文选》，并加以评定，后世学者也多次专文探讨何焯的"评点学"或"文选学"成就。然而，在此笔者不禁要提出"难道何焯不尚韩愈文章吗"？

目前有关何焯对"韩学"诗赋的讨论研究，仅徐华中《唐宋诗文评点》① 一文，然徐氏仅从《义门读书记》中区区一卷内容为讨论范畴，该论文又是针对唐宋诗文作广泛性论述，因此针对韩愈的讨论篇幅便显得过于缺漏，实为可惜。事实上，扣除《义门读书记》，何氏尚有其他韩学评校本，是以笔者认为应当汇整所有何焯对韩愈作品的校勘评点内容，才能真正看出何氏"韩学"的特色。

二　何焯"韩学"诗赋著作考

何焯对于"韩学"诗赋类的评校作品，除了《义门读书记》外，另有《昌黎先生诗集注》三色套印本②。《昌黎先生诗集注》原为秀野堂本，是清代顾嗣立校刊本，顾嗣立有感唐代文坛大家韩愈诗作"能尽启秘钥……其笔力放恣横从，神奇变幻，勾读者不能窥究其所从来"③，故于康熙三十八年（1699 年）编此《昌黎先生诗集注》，是书为历代以降第一部评注韩诗著作，亦开启了后世对韩诗评注的研究。道光十六年（1836 年）膺德堂据秀野草堂刊本重刻，以朱墨双色套印，增录朱彝尊、何焯评韩诗本。至光绪九年（1883 年），广东翰墨园再据膺德堂刊本重刻，并增为三色套印，天头处有何焯朱色批点，朱彝尊则为蓝色评注，正文中以黑墨为主，而佐蓝色句读，并以朱色为标示重点。

书前有博明④序云：昌黎先生诗十卷，朱笔为何义门批点，蓝笔为朱竹垞批点，依原本录焉。时己卯端阳前二日也，盖庄谧庵得之姚江黄君稚圭者，黄馆庄方耕少宗伯，谧庵与兄伯埙为少宗伯从兄弟，伯埙适馆予

---

① 徐华中：《唐宋诗文评点》，载徐华中《评点学与〈义门读书记〉研究》，乐学书局2010年版，第380—454 页。

② 本文所据为台湾"中央研究院"傅斯年图书馆所藏。

③ 同上。

④ 博明，清满洲镶蓝旗人，博尔济吉特氏，字希哲，号晰斋。

舍，是以转相抄录也。①

其中所录何焯批点内容，与《义门读书记》不尽相同，此在《凡例》中亦有说明：

> 《义门读书记》有韩诗一卷，核与此本不同，今并附入，可以见古人为学之次第焉。②

博明所见的何焯评点，是从庄伯埙处抄来，因此在赓德堂刊本时所录的何氏评点应与《义门读书记》所载略有不同。后于翰墨园本时，编者又加入了《义门读书记》中第三十卷《昌黎集——赋·诗》的内容，成为我们现在所见的《昌黎先生诗集注》三色套印本内容。

承上推论，笔者所要补充的何焯评点内容，为《昌黎先生诗集注》三色套印本中扣除《义门读书记》所载的部分，也就是原本赓德堂刊本中庄伯埙所藏的何氏评点未刊本，碍于篇幅，仅兹列举部分内容于下方表格，并依《昌黎先生诗集注》编排顺序：

诗赋篇名	原句	何焯校评语
古诗三十一首		
元和圣德诗	"维是元年，有盗在夏"等句	平夏
	"韦皋去镇，刘辟守后"等句	平蜀
	"幽恒青魏，东尽海浦"等句	定青徐
	"皇帝曰吁，伯父叔舅"等句	告庙
	"乃以上辛，于郊用牡"等句	郊天
	"幸丹凤门，大赦天下"	大赦
琴操十首	履霜操	凄切
南山诗	东西两际海	胡三省云东西为经，两海东海西海，谓自东至西一为秦所有
	"蒸岚相颂洞，表里忽通透"等句	此就望中所见先叙大概
	"横云时平凝，点点露数岫"等句	刻画奇秀
	"崎岖上轩昂，始得观览富"等句	此叙游山经历之处

① 朱秋娟：《何焯诗歌评点之学刍议——以何评义山诗为例》，《江南大学学报》（人文社会科学版）第 7 卷，2008 年 12 月第 6 期，第 118—121 页。

② 同上。

续表

诗赋篇名	原句	何焯校评语
南山诗	"鱼虾可俯掇，神物安敢寇" 等句	体物幽细至此
	"前年遭谴谪，探历得邂逅" 等句	此段一开妙甚
	"峥嵘跻冢顶，倏闪杂鼯鼬" 等句	此方叙登山所见
	"或如贲育伦，赌胜勇前购" 等句	中间着此四段，便觉参差变化
	又如游九原	又变
谢自然诗	繁华荣慕绝，父母慈爱捐。凝心感魑魅，慌惚难具言	四语为后半篇议论伏案
	"人生有常理，男女各有伦" 等句	切寒女
秋怀诗十一首	（题下）	妙从秋声入耳，写得惊心动魄，然后转出颜色凋瘁来，若于"光蘦蘦"下径接"凋瘁"，便嚼蜡矣
	秋风一披拂	接得妙
	微灯照空床	逐层衬出
	夜半偏入耳	顶策策
	天明视颜色	应蘦蘦
	"运行无穷期，禀受气苦异" 等句	翻案感慨
	第三首	古诗"人生不满百，常怀千岁忧"，陶诗"世短意常多"，起联即此意
	第四首	从悲秋意又翻出一层
		清神高韵会心自远
	第五首	自生造新警之极
	青冥无依倚	自解一笔
	忧愁费晷景	可痛
赴江陵途中寄赠王二十补阙李十一拾遗李二十六员外翰林三学士	中使临门遣，顷刻不得留。病妹卧床褥，分知隔明幽	老杜家数
	行行诣连州	阳山属连州
	"遗风邈不嗣，岂忆尝同裯" 等句	转接自己无痕
	自从齿牙缺	双关语
重云一首李观疾赠之	（题下）	诸短章音节极古，且多用比兴，直所谓突过黄初也

古诗二十九首

此日足可惜一首赠张籍	（题下）	贞元十五年，公时在徐，籍得谒公，未几辞去，故作是诗送之
	"人事安可恒，奄忽令我伤"	转卸无痕

续表

诗赋篇名	原句	何焯校评语
此日足可惜一首赠张籍	哀情逢吉语	《汉书·陈汤传》"不出五日，当有吉语闻"
	黄昏次汜水，欲过无舟航，号呼久乃至，夜济十里黄	摹写逼老杜
送惠师	（题下）	出水一篇之骨
	微风吹木石，澎湃闻韶钧	写景奇壮
送灵师	瞿塘五六月，惊电让归船	造句警奇
	纵横杂谣俗，琐屑咸罗穿。材调真可惜，朱丹在磨研	四语是作诗之旨
陪杜侍御游湘西寺独宿有题一首因献杨常侍	（题下）	湘西寺在潭州，此自阳山北还过潭作，永贞元年秋也
	况当江阔处，斗起势匪渐	峭句
	路穷台殿辟，佛事焕且俨	入湘西寺
	群行忘后先	入陪游
	华榻有清簟	先为独宿引线
岳阳楼别窦司直	（题下）	公自阳山移江陵，法曹道出岳阳楼，作此诗，永贞元年冬十月也
	"阳施见夸丽，阴闭感凄怆"等句	二句抵一篇江赋
	泓澄湛凝绿，物影巧相况	写景幽细
答张彻	华山穷绝径	叙入登华一段助奇
荐士	周诗三百篇，雅丽理训诰	《文心雕龙》圣文之雅丽
	齐梁及陈隋，众作等蝉噪	蝉噪对三百篇言之也
	（本作前段上题）	以上诗之源流
	行身践规矩，甘辱耻媚灶。孟轲分邪正，眸子看瞭眊	"行身"二连古来才子或多文而薄于行，不可荐之天子。若郊之方正诚笃如此二公，又何所疑难不亟进言上也。以上论其人文，以下惜其遭遇
	（本作末上题）	此诗多用譬喻，极纵横利落之致
喜侯喜至赠张籍张彻	常思得游处，至死无倦厌	此处若接"今者"云云便直
	欹眠听新诗，屋角月艳艳	佳句，可方老杜夜阑月落一联
驽骥	（上题）	句句针对，却又变化

三　何焯"韩学"诗赋研究成果考

汇整《义门读书记》第三十卷《昌黎集——赋·诗》及《昌黎先生诗集注》中何氏评点文字，笔者在此归纳出几个何焯对于"韩学"诗赋作品的评价。由于何焯习惯"评、校合一"，亦即傅增湘所谓的"点校法"，因此其笔记多半兼具评点与校勘两种内容，偶尔甚有原典出处、语汇解释等注记。

第一，何焯首先注意到韩诗的渊源及传承，举凡出自前人作品而变化转出者，何焯皆会详细注载语出何人何典。例如韩愈《琴操十首》，何焯注：

> 刘向别录云，君子因雅琴之适，故从容以致思焉，其道闭塞，悲愁而作者，名其曲曰操，言遇灾害不失其操也。十篇皆得不失其操本意。

又如《谢自然诗》后注：

> 阮公《咏怀》云："王子十五年，游衍伊洛滨。朱颜茂春华，辨慧怀清真。焉见浮邱公，举手谢时人。轻荡易恍惚，飘飘弃其身。飞飞鸣且翔，挥翼且酸辛。"退之此篇盖从之出。

何焯在文中多次注记其用语出处，此乃何氏充分掌握韩愈重视据经用典的特色。

第二，评点"韩学"着重作品布局的巧妙翻新处，何焯非常赞赏韩愈诗赋中的构思布局及巧妙新颖，例如何氏在韩愈《秋怀诗十一首》诗前有注：

> 妙从秋声入耳，写得惊心动魄，然后转出颜色凋瘁来，若于"光魏魏"下径接"凋瘁"，便嚼蜡矣。

《秋怀诗十一首》中第一首为：

> 窗前两好树，众叶光蘽蘽。秋风一拂披，策策鸣不已。
> 微灯照空床，夜半偏入耳。愁忧无端来，感叹成坐起。
> 天明视颜色，与故不相似。羲和驱日月，疾急不可恃。
> 浮生虽多涂，趋死惟一轨。胡为浪自苦，得酒且欢喜。

何焯首先赞叹"秋风一拂披，策策鸣不已"如秋声入耳，惊心动魄，至第二首诗时，才逐渐引入"白露下百草，萧兰共凋瘁"，如此层层铺叠，扣人心弦。如果从"众叶光蘽蘽"后直接转入"凋瘁"，不但画面跳跃过快，也带不出诗人悠悠情感。

又如《南山诗》一首，自"或连若相从，或蹙若相斗"句起，至"或前横若剥，或后断若姤"止，串联出一系列的"或……，或……"句式，看似稀松平常，但韩愈却在其中夹藏四句"或如贲育伦，赌胜勇前购。先强势已出，后钝嗔涒濡。或如帝王尊，丛集朝贱幼。虽亲不褒狎，虽远不悖谬"，使得何焯大赞"中间着此四段，便觉参差变化"。

第三，补充说明，使后人方便了解韩愈作诗之用心。例如《谢自然诗》中有"繁华荣慕绝，父母慈爱捐。凝心感魑魅，慌惚难具言"，何焯担心后人未必了解韩愈此段的用心，特在其后加上注语"四语为后半篇议论伏案"，也凸显出韩愈作品中布局精妙高超的一面。又如《和席八十二韵》中有"余事作诗人"一语，历来多有不同看法，欧阳修认为"以诗为文章末事"，但韩愈的诗却能将各种题材寓于一诗，此为韩愈"无施不可"的非凡笔力，方世举则以杜甫"文章一小枝，于道未为尊"来定义，认为诗实在只是雕虫小技。事实上，虽然韩愈称"余事作诗人"，是因为他以读书为己志，而他的诗赋作品也正是靠着深厚的学养而来，既然读书为立身行道，诗自然被戏称为余事，并不代表韩愈就不重视诗赋，何焯对此便引班固《宾戏》"著作者，前烈之余事也"来说明，何焯认为古人有三不朽，先立德、立功，其末才是立言，因此胸怀远志的韩愈戏称"余事"也就不足为怪了。

四　结　语

本文有清代著名评点及校勘学家何焯对于"韩学"诗赋的校评成果，始终为学界忽视，或过分重视《义门读书记》而忽略了其他相关著作，是以借由增补《昌黎先生诗集注》中的何焯评点内容，完整分析何焯对"韩学"诗赋的看法，并纠正余萧客所谓何氏重"文选学"不重"韩学"的观念。

《昌黎先生诗集注》先后共有三个版本，首先是秀野堂刊刻的顾嗣立校评本，后为膺德堂增补何焯与朱彝尊评点的朱墨双色套印本，最后则有翰墨园的三色套印本，其中并增加收入《义门读书记》中第三十卷《昌黎集——赋·诗》内容。然《义门读书记》所收与膺德堂所收之何氏评点内容略有出入，故笔者本文首先取出《义门读书记》中所未收录之何氏评校内容，后再以两者合并讨论，力求完整呈现何氏的"韩学"成果。

本文第三节指出，何氏对韩愈诗赋作品的评校大致可分为三个面向。首先，点出韩愈诗赋的用典特色，详载出于何人何典，虽然韩愈诗赋多强调"以文为诗、用奇字、造怪句、押险韵"，但何焯仍能找出韩愈诗赋的传承源头，证明韩愈深厚的学养与知识。其次，何焯也逐句指出韩愈诗赋用字的精妙高超处，虽然"奇险拗怪"，却别有一番韵致，绝非纯为"怪奇唯尚"。最后，何焯也针对韩愈诗文中的用词典故加以说明，展现韩愈创作诗赋的匠心独具，布局精妙。是以从本文可看出，何焯相当推崇敬佩韩愈，尤其对韩愈诗赋中的布局巧思安排，用字用典的精妙奇崛，相当赞叹。

后世学者多因为何焯对于"文选学"的成果，忽略了何焯的"韩学"成果，甚是可惜。笔者希望借此论文为何氏翻案，证明其虽推广"文选学"，却未曾忽视"韩学"。

韩愈的君子思想论

孙君恒　曾杰

（武汉科技大学）

摘　要　韩愈对君子思想有一定研究。他复兴儒家思想，对君子很重视，通过道德仁义说明了君子的内涵，强调君子应该言行一致、宽宏大量、尊重规律、讲究诚信，同时对君子的不幸遭遇进行论述，倡导兰花的君子品性。韩愈的君子认识是分散的思想火花，但是在当时是难能可贵的。

关键词　韩愈　君子　仁义　兰花

韩愈作为唐宋八大家之一，力挽狂澜，中兴儒学，发扬中华传统文化的正统儒家思想，是自觉的中国儒家文化的传承者，对中唐儒学的复兴有巨大贡献。韩愈从当时的社会现实出发，复古崇儒，在很多地方论述了君子人格，包括给予他人墓碑文字往往以君子进行赞扬，《韩愈诗全集》有11处有君子一词。我们将依据韩愈的著作《韩昌黎文集》和《韩愈诗全集》，对韩愈的君子思想进行说明。

一　君子具备仁心

仁是儒家君子思想核心，韩愈高度认同。韩愈指出："博爱之谓仁，行而宜之之谓义；由是而之焉之谓道，足乎己无待于外之谓德。仁与义为定名，道与德为虚位。"（韩愈《原道》）"君子笃于仁爱，终始不倦。"（韩愈《与郑相公书》）

为人，应该经常树立君子情怀，无论当官还是普通老百姓，君子思想应该永远保持。君子之道才是应该提倡和选择的为人之道。"君子居其位，则思死其官；未得位，则思修其辞，以明其道。"（韩愈《争臣论》）

韩愈把墨子的"兼爱"视同孔子的"爱人"。韩愈在《韩愈集·原道》中明确指出"博爱之谓仁"；在《韩愈集·原人》里说"一视而同仁，笃近而举远"，博爱的根本原则和规范；在《读墨子》中强调"孔子曰泛爱众，以博施济众为圣，不兼爱哉"？（《韩愈集·读墨子》）这些说明了孔墨仁爱与兼爱两者实质的相同，强调了两者可以互相融通或者替换。明确揭示博爱就是仁，韩愈是第一人。这是韩愈对中国人道思想的一个发展。

韩愈的"原道"，主张一视同仁的博爱，创造性地吸收了墨学成果。宋儒张载《正蒙·诚明篇》说"爱必兼爱"，正是继承发展了韩愈"孔子必用墨子""博爱之谓仁""一视同仁，笃近举远"的思想。朱熹集大成，发展成"仁是爱的道理""以爱名仁，是仁之迹"。在近代，梁启超指出："墨子的兼爱主义，和孔子的大同主义，理论方法，完全相同。"（梁启超《墨子学案》第二章）"兼爱"说更受到孙中山的赞誉，比之于"平等，自由，博爱"之属，把它作为民族文化中固有的好道德，以号召国人，建设新社会文明。孙中山指出："古时最讲爱字的莫过于墨子。墨子的'兼爱'，与耶稣所讲的博爱是一样的。"①

君子和小人最大的区别，就在于是否具有仁心。"小人君子，其心不同，惟乖于时，乃与天通。"（韩愈《送穷文》）

二　君子言行一致

人生的价值在于创造，有所作为，才能不至于虚度年华。韩愈告诫人们应该珍惜时间，大展宏图，实现自我的理想。"士之壮也，或从事于要剧，或旅游而不安宅，或偶时之丧乱，皆不皇有所为，况有疾疢吉凶虞其间哉！是以君子汲汲于所欲为，恐终无所显于后。若皆待五六十，而后有所为，则或有遗恨矣。"（韩愈《重答张籍书》）

文人的文章，要显示君子风格，同样应该讲究务实的作风。"夫所谓文章者，必有诸其中，是故君子慎其实。实之美恶，本深而末茂，形大而声宏，行峻而言厉，心醇而气和。"（韩愈《答尉迟生书》）

君子循规蹈矩，严格自己的言行，认真贯彻君子之道。"君子发言举

---

① 孙中山：《孙中山全集》（第九卷），中华书局1985年版，第244页。

足，不远于理，未尝闻以驳杂无实之说为戏也。"（韩愈《重答张籍书》）

三　君子是道德化身

韩愈希望实现孔孟的仁政王道，原经求道、依经立义的"五原"，即《原道》《原性》《原毁》《原人》《原鬼》的出现，就是见证。韩愈赞同孔孟仁政学说，在《原道》一文中对孔孟所传"以德治国"的先王之教，有具体阐述，内容涉及了仁、义、道、德、文、法、民、位、服、居、食等国家和民生的各个方面。

（1）君子严格要求自己，对他人宽宏大量。"古之君子，其责己也重以周，其待人也轻以约。……今之君子则不然，其责人也详，其待己也廉。"（韩愈《原毁》）古之君子，就是儒家传统的君子形象，责备自己很重，很周全，要求很严格；对待别人，则很宽，很随和，毫不苛求。今之君子，要求自己很低，要求别人却很苛刻。

（2）君子坚定不移。"君子不为小人之汹汹而易其行。"（韩愈《答冯宿书》）君子有坚定的信念，只要认定是正确的事情，就勇往直前，坚决执行。

（3）君子讲究诚、信等道德条目。"盖君子病乎在己，而顺乎在天；待己以信，而事亲以诚。所谓病乎在己者，仁义存乎内，彼圣贤者能推而广之，而我蠢焉为众人。"（韩愈《答陈生书》）

君子之道的体现是多方面的。韩愈认为应该在衣食住行和人际关系中，认真贯彻君子的美德。"其文：《诗》《书》《易》《春秋》；其法：礼、乐、刑、政；其民：士、农、工、贾；其位：君臣、父子、师友、宾主、昆弟、夫妇；其服：麻、丝；其居：宫、室；其食：粟米、果蔬、鱼肉。"（韩愈《原道》）

四　君子依天运行事

韩愈专门写哲理诗《君子法天运》表达君子应该按照自然和社会规律进行行动的思想：

君子法天运，四时可前知。小人惟所遇，寒暑不可期。

利害有常势，取舍无定姿。焉能使我心，皎皎远忧疑。

五　君子是后天养成

韩愈认为君子小人不是天生的，而是后天学习、修炼而成的。韩愈教训自己儿子的时候，专门作诗一首，强调学习的重要，指出君子小人与父母生育、帮助、决定无关，的确耐人寻味。韩愈《符读书城南》强调："君子与小人，不系父母且。"韩愈主张"闻道有先后，术业有专攻"，为了追求君子之道，应该认真学习和拜师，跟随老师的目的主要是求君子之道。

六　君子处境的忧虑

韩愈困惑的是，高尚君子人格的坚守者，往往在人生中遭到厄运。"凡祸福吉凶之来，似不在我。惟君子得祸为不幸，而小人得祸为恒；君子得福为恒，而小人得福为幸。"（韩愈《与卫中行书》）这样的历史事实，也落到韩愈头上，屡屡重演。"君子有失其所兮，小人有得其时。"（韩愈《闵己赋》）

对此，韩愈进行了论述，认为道德和祸福不能完全对应和符合，其中的分离是经常发生的。"故道有君子小人，而德有凶有吉。"（韩愈《原道》）韩愈用孔子当年的遭遇进行说明，认为孔子能够坚守君子情操，似深谷幽兰，让人敬佩。君子是能处于不利的环境而保持他的志向和德行操守，忍受寂寞，不怨天尤人，才是对真正高尚人格的考验。韩愈作诗《琴操十首·兰操》赞美君子的兰花情操：

（孔子伤不逢时作。古琴操云：习习谷风，以阴以雨。

之子于归，远送于野。何彼苍天，不得其所。逍遥九州，

无有定处。世人暗蔽，不知贤者。年纪逝迈，一身将老）

兰之猗猗，扬扬其香。不采而佩，于兰何伤。

今天之旋，其曷为然。我行四方，以日以年。

雪霜贸贸，荞麦之茂。子如不伤，我不尔觏。

荞麦之茂，荞麦之有。君子之伤，君子之守。

总之，韩愈十分关注君子问题，在他的作品中，尤其是文学作品中，大量论及君子。我们看到其"五原"（《原道》《原性》《原毁》《原人》《原鬼》）中，也有哲学的论述，对儒家君子之道的根本思想，有深刻的把握。但是我们也看到，他的论述毕竟是分散的、不系统的，显示了文学大家的语言精练的优势，又使君子思想探讨仅仅是蜻蜓点水，有其零星的思想火花而已。在唐代释老泛滥、儒学传播的危难局势下，韩愈有着强烈的文化危机感、使命感和责任感，自告奋勇，振臂高呼，复兴儒学君子思想。欧阳修高度评价了韩愈辨别儒墨、发扬儒家、排斥墨家的显赫作用，认为："昔孟轲拒杨、墨，去孔子才二百年。愈排二家，乃去千余载，拨衰反正，功与齐而力倍之，所以过况、雄为不少矣。自愈没，其言大行，学者仰之，如泰山、北斗云。"（欧阳修《新唐书·韩愈列传》）

王安石的评韩与韩愈在
宋代儒学地位的转变

邓莹辉

（三峡大学文学院）

摘　要　作为中国思想史上一位关键人物，韩愈在宋代儒学和诗文革新运动中扮演着重要角色，北宋前期的文人对韩愈排斥佛老、继承儒家道统给予充分肯定，对其诗文成就更是大力推崇，崇韩遂成为一时风气。但王安石则对韩愈的学说、著作、行事等进行了全方位的评价，或褒或贬而以贬为主。王安石较为理性客观的批评不仅改变了之后人对韩愈其人其文的看法，使得韩愈儒学之地位日渐跌落，最终被定位为有功于儒道的"文士"；同时，也刺激了宋代新儒学在理论建构上的发展、繁荣和完善。

关键词　王安石　韩愈　道统　宋代儒学

长期以来，唐代韩愈被看作中国古代思想文化史上的一位重要人物，是中国思想近世转型的一位关键人物。在华夏民族思想发展史上，中唐乃一关键时期，在严重的社会与文化危机面前，唐代士人或主动或被动地参与到危机应对策略的思考之中。韩愈对"重建华夏文化之本位"之历史使命的自觉承担，深刻影响了中唐及其后世中国思想的转型，而他自身也不可避免地成为历史书写的重要组成部分，被陈寅恪先生评价为中国古代思想文化史上"承先启后、转旧为新关捩点之人物"①。就韩愈与宋学的关系而言，现代新儒学代表人物之一的钱穆认为："治宋学必始于唐，而以昌黎韩氏为之率。"② 韩愈作为唐代儒学复兴的主要人物，在中唐至晚唐五代很少同调，但在北宋儒学和诗文革新运动中，几乎是每个儒家学者心驰神往、无限仰慕的一代大儒，成为宋人评判文学成就、学术地位的不

---

① 陈寅恪：《论韩愈》，原载《历史研究》1954年第2期，收入《金明馆丛稿初编》。
② 钱穆：《中国近三百年学术史》，中华书局1987年版，第1页。

二标的。当代著名文学批评家郭绍虞说："宋初之文与道运动，可以看作韩愈的再生。一切论调主张与态度无一不是韩愈精神的复现。最明显的，即是'统'的观念。因有这'统'的观念，所以他们有了信仰，也有了奋斗的目标，产生以斯文斯道自任的魄力，进一步完成摧陷廓清的功绩。韩愈之成功在此，宋初人之参加文与道的运动者，其主因也完全在此。"① 宋人言道统、文统，渊源莫不出于韩愈；从某种意义上说，绕开韩愈，就无法真正理解有宋一代的学术和文学。无论是推崇者，还是批评者，都曾不遗余力地对韩愈的学术、诗文乃至人品发表自己的见解，从而形成两宋蔚为壮观的"五百家注韩文"的韩愈研究热潮。

一　北宋前期文人对韩愈的接受

钱锺书先生在其《谈艺录》中曾说过："韩昌黎之在北宋可谓千秋万岁，名不寂寞矣。欧阳永叔尊之为文宗，石徂徕列之于道统。即朱子《与汪尚书书》所斥为浮诞轻佻之东坡门下，亦知爱敬。子瞻作碑有'百世师'之称；少游进论，发'集大成'之说。"② 但宋初半个多世纪韩愈的文学并没有多少市场，宋代的韩愈接受是随着宋代儒学复兴思潮的兴起而开始的。

北宋对韩愈的推尊大约可以从两个方面予以考察，一是对韩愈排斥佛老、继承儒家道统的充分肯定；二是对韩愈诗文成就的大力推崇。

首先，看宋代文人对韩愈道统思想的推崇。北宋前期大力肯定韩愈排斥佛老、重建儒家道统之功的文人，学界一般都认为莫过于柳开与石介。韩愈在《原道》中说："斯吾所谓道也，非向所谓老与佛之道也。尧以是传之舜，舜以是传之禹，禹以是传之汤，汤以是传之文、武，周公，文、武、周公传之孔子，孔子传之孟轲，轲之死，不得其传焉。荀与扬也，择焉而不精，语焉而不详。"这一论调将道统论视为排斥异端的主要根据，认为儒与佛老属于"入于彼，必出于此"的势不两立的思想。这一认识在北宋初引起诸多学者的高度重视，并予以认同。最早赞同其道统的是古

---

① 郭绍虞：《中国文学批评史》，上海古籍出版社 1988 年版，第 299 页。

② 钱锺书：《谈艺录》，中华书局 1984 年版，第 62、64、69—70 页。

文家柳开，他在《应责》中说："吾之道，孔子、孟轲、扬雄、韩愈之道。"明确把韩愈列为道统的最后继承者，并认为其儒学地位远在孟子、扬雄之上："先生于时作文章，讽咏规戒，答论问说，淳一归于夫子之旨而言之，过于孟子与扬子云远矣。"他甚至号"肩愈"，以表明自己"开圣道之涂"的决心（《宋史·柳开传》）。其后的宋祁则认为"昔孟轲拒杨、墨，去孔子才二百年；愈排二家，乃去千余岁，拨衰反正，功与齐而力倍之，所以过况、雄为不少矣。"（《新唐书·韩愈传赞》）这种推尊到仁宗时期"其言以排斥佛、老，诛贬奸邪为己任"（王辟之《渑水燕谈录》卷三）的"太学三先生"之一的石介那里达到顶点。他继承韩愈的道统论，并加以大力发挥："道始于伏羲氏，而成终于孔子。道已成终矣，不生圣人可也。若孟轲氏，扬雄氏，王通氏，韩愈氏，祖述孔子而师尊之，其智足以为贤。孔子后，道屡废塞，辟于孟子，而大明于吏部。道已大明矣，不生贤人可也。故自吏部来三百余年矣，不生贤人。"（《尊韩》）推崇韩愈为贤人之至，认为儒家道统"大明于吏部"。同时代的何亮、孙复、穆修等也持大致相似的论调。后人在评价柳开的历史地位时曾云"宋朝变偶俪为古文实自开始"，认为他对"转移风气于文格实为有功"（《四库全书总目提要》）；而"（石介）……作《怪说》三篇以排佛、老及杨亿。于是新进后学，不敢为杨、刘体，亦不敢谈佛、老"（朱熹《五朝名臣言行录》卷一〇）。如此可见柳开、石介等在神话、圣化韩愈过程中的重要作用。

其次，看宋代文人对韩愈文章的肯定。针对宋初文坛流行的五代浮艳柔弱的文风，一些文人借提倡韩愈之文以相对抗，从而使韩文逐渐取得崇高地位。如宋初白体诗派代表人物王禹偁《答张扶书》云："近世为古文之主者，韩吏部而已。……吏部之文，与六籍共尽。"姚铉则对韩愈推崇备至，称其"超卓群流，独高遂古"（《唐文粹序》）；古文家穆修"独齐韩以自随"（《唐柳先生集后序》），用二十年时间搜集，校刻韩、柳文集，其尊韩之深可见一斑；理学先驱者之一的孙复认为孔子之道，韩愈得"其门而入者"（《上孔给事书》），而其言"终始仁义不叛不离者"（《答张洞书》）；直到仁宗时期的尹洙论文作文，依然尊孟学韩不辍。对此钱基博先生评论说："宋之为古文而学韩愈者，至王禹偁而辞以舒，逮于洙而体以严。王禹偁不能学愈之闳深奥衍，而出以平易舒畅，开欧阳修之逸；洙则不能为愈之雄怪矫变，而特为简直峭拗，开王安石之峻；各得愈之一体。"①

　　柳开等在宋初举起"尊韩"旗帜，大力倡导韩柳古文，具有开创之功。他们的努力，在一定程度上转变了当时片面追求形式的华靡文风，对佛教的批判也有一定的效果。但由于他们政治地位不高，影响有限，加上在思想观念和认识水平上存在的局限性，致使其并未最终完成复兴古道古文的任务。这一历史重任无可避免地落到欧阳修的身上，从而也成就了他"宋之韩愈"的文学地位。

　　再次看宋代文人对韩愈诗的态度。宋代前期对韩愈的接受，其倾向性十分明显。正如尚永亮先生等所云："（韩愈）其名头在宋代甚是响亮，但宋人推崇韩愈，很大程度上是对其道学地位、古文成就的尊崇。从北宋中期的诗文革新运动开始，一大批道学家、文人……将关注的目光转向韩愈，韩愈的道学和古文成为文人心目中高高在上的楷模，这在相当程度上影响了文人们对韩诗的接受。"② 宋初积极倡导道统的柳开等推崇韩愈的道论与古文，而对于其诗歌则很少给予关注。穆修一生致力于整理、校雠韩愈文集，石介标举儒学道统，高张"有慕韩愈节，有肩柳开志"的大旗，却于韩诗未能登堂入室，窥其阃奥，有所心得。直到领袖儒林的欧阳修登上文坛，因其道德文章无与伦比的崇高地位促成了北宋时代影响深远的尊韩思潮，并为宋代学术思想的发展繁荣建立了一个基点，韩诗才得以被宋人真正"发明其妙"。

　　欧阳修对"寂寞二百年"的韩愈诗有"发明之功"，主要体现在两个方面，一是他最早对韩诗创作在中国诗歌史上意义的标举："退之笔力，无施不可，而尝以诗为文章末事，故其诗曰：'多情怀酒伴，余事作诗人'也。然其资谈笑，助谐谑，叙人情，状物态，一寓于诗，而曲尽其妙"（《六一诗话》），精辟地揭示出韩诗艺术的深层特质。二是他在师法韩愈诗的基础上出奇创新。欧阳修对韩诗的学习贯串其一生整个过程，"他的师法研习不仅停留在对韩诗的题材、词语的模拟和化用上，更表现在对韩诗深层特质的准确理解与把握中，学韩而不觉其为韩的创新精神是

---

　　① 　钱基博：《中国文学史》，中华书局 1996 年版，第 491 页。

　　② 　尚永亮等著：《中唐元和诗歌传播接受史的文化学考察（上卷）》，武汉大学出版社 2010 年版，第 198 页。

欧阳修尊韩、领导诗歌革新的真精神所在。"① 欧阳修对韩诗的推崇和学习，最终确立了韩愈诗歌在北宋诗文革新运动中的诗学典范地位。

二　王安石对韩愈的褒贬

宋代诗文革新运动是在唐代古文运动基础上形成的文学改革运动，而这场运动最大的特点便是"尊韩"，其领袖欧阳修有言："韩氏之文之道，万世所共尊，天下所共传而有也。"（《记旧本韩文后》）作为这场文学革新运动的重要成员，王安石则对韩愈的学说、著作、行事进行了全方位的批判，可谓是"非韩"的代表人物。诚然，在王安石之前的唐宋学者中，已不乏贬抑韩愈之说，如僧人契嵩的"非韩"就颇有代表性；就连被视为"宋代韩愈"的欧阳修对韩愈的态度也会有所保留，如他在《与尹师鲁第一书》中谓："每见前世有名人，当论事时，感激不避诛死，真若知义者。及到贬所，则戚戚怨嗟，有不堪之穷愁，形于文字。其心欢戚，无异庸人。虽韩文公不免此累。"对其不善穷处的毛病给予尖锐批评。类似这样对韩愈褒中之贬抑在宋代文人时或有之，但唯有王安石对韩愈的评价与时人迥异，且以贬抑为主。正如钱锺书先生所言，他们"或就学论，或就艺论，或就人品论，未尝概夺而不与也。有之，则自王荆公始矣"②。

要弄清王安石对韩愈的态度，不妨从两个不同角度来观察。从纵向来看，王安石对韩愈的认识经历了从基本肯定到基本否定的过程。嘉祐二年（1057 年）大约可看作一个比较明显的界限，之前他对韩愈基本上是颂扬为主，如 22 岁考中进士后签书淮南判官时曾模仿韩愈《争臣论》风格作《上田正言书》；是年所作《送孙正之序》进一步把韩愈和孟轲相提并论，并将"孟韩之心"作为学习典范；26 岁所作《上人书》云："自孔子死久，韩子作，望圣人于百千年中，卓然也。"他在《寄（孙）正之》诗中忆及年轻时的学习生活时说："少时已感韩子诗，东西南北俱欲往。"还有更多其他作品都表明年轻时期的王安石对韩愈多有崇拜。而嘉祐二年所

---

①　谷曙光：《论欧阳修对韩愈诗歌的接受与宋诗的奠基》，《北京师范大学学报》2005 年第 3 期。

②　钱锺书：《谈艺录》，中华书局 1984 年版，第 62、62、64、69、69—70、64 页。

作的《奉酬永叔见赠》诗，标志着王安石对韩愈态度的转折。

据叶梦得《避暑录话》云："王荆公初未识欧阳文忠公，曾子固力荐之。公愿得游其门，而荆公终不肯自通。至和初，为群牧判官，文忠还朝，始见知，遂有'翰林风月三千首，吏部文章二百年'之句。然荆公犹以为非知己也，故酬之曰：'他日倘能追孟子，终身安敢望韩公。'自期以孟子，处公以为韩愈，公亦不以为嫌。"对王安石的《奉酬永叔见赠》诗，学界早有不同解读，此不赘述，但由此而引发的王安石"尊孟抑韩"却贯串其后半生。如果说如《秋怀》中"韩公既去岂能追，孟子有来还不拒"之类的表达尚属含蓄，那么"退之道此尤隽伟，当镂玉版东燔柴。欲编诗书播后嗣，笔墨虽巧终类俳"（《和董伯懿咏裴晋公平淮西将佐题名》）、"纷纷易尽百年身，举世何人识道真。力去陈言夸末俗，可怜无不费精神"（《韩子》）之类的批评则已是毫不留情。

从横向看，正如钱锺书先生所言，"荆公与退之学术文章以及立身行事，皆有贬词"①。但与此同时"荆公诗语之自昌黎沾丐者，不知凡几"②。顺着这一思路，笔者认为王安石对韩愈的评价应该从褒贬两个方面来理解。

先从贬抑的一面看。

关于韩愈的学术思想。一般认为韩愈在中国思想史上的贡献有二：一是尊崇儒学，排斥佛老；二是推尊孟子，建立道统。其理论主要体现在他的"五原"之《原道》《原性》两篇文章里。对于韩愈的儒道学说，王安石主要从以下几个方面提出批评和质疑。

首先，认为韩愈不知道德。韩愈《原道》谓："博爱之谓仁，行而宜之之谓义，由是而之焉之谓道，足乎己而无待于外之谓德。仁与义为定名，道与德为虚位。故道有君子小人，而德有凶有吉。"对于韩愈所建立的儒家道统论，王安石与北宋前期的多数文人予以基本接受不同，他认为"韩文公知'道有君子有小人，德有凶有吉'，而不知仁义之无以异于道德。此为不知道德也"（《答韩求仁书》），矛头直接指向韩愈的《原道》。事实上，韩愈对"道"的理解确实比较肤浅，只是立足现实层面论证儒家价值观的必然性，而并没有站在本体论的高度对儒家价值观的必然性加

---

① 钱锺书：《谈艺录》，中华书局1984年版，第62、64、69—70页。

② 同上。

以论证，从而带来北宋高僧契嵩所指出的问题："韩氏其说数端，大率推乎人伦天常与儒治世之法，而欲必破佛乘道教，嗟夫！韩子徒守人伦之近事，而不见乎人生之远理，岂暗内而循外欤？"（《非韩上》）儒家崇奉三纲五常和王道理想的价值观，而这一价值观存在的前提和基础就是道。儒学要应对佛教理论的挑战，必须超越现实层面，从道的高度论证儒学的必要性和必然性。王安石的道论在北宋前期最先表现出建构道论的理论努力。他说："道有本有末。本者，万物之所以生也；末者，万物之所以成也。本者，出之自然，故不假乎人之力而万物以生也。末者，涉乎形器，故待人力而后万物以成也。"（《王安石老子注辑本》）他立足道之本、末和于无与有，一方面解释了自然世界的本质，另一方面阐明了人文世界中人力的必然性和必要性。他从本体论的高度建构新儒学的努力具有重要意义。对此，他的弟子蔡卞评论道："自先王泽竭，国异家殊。由汉迄唐，源流浸深。宋兴，文物盛矣，然不知道德性命之理。安石奋乎百世之下，追尧舜三代，通乎昼夜阴阳所不能测而入于神。初著杂说数万言，世谓其言与孟轲相上下。于是天下之士，始原道德之意，窥性命之端。"（见晁公武《郡斋读书志·后志二》）金朝儒者赵秉文亦云："自韩子言仁义而不及道德，王氏所以有道德性命之说也。"（《滏水集·原教》）总之，王安石在北宋儒学中起到了开道论建构风气之先的作用。所以，侯外庐《中国思想通史》说："道德性命之学，为宋道学家所侈谈者，在安石的学术思想里，开别树一帜的先河，也是事实。"①

其次，对韩愈人性论的辩驳。人性论是中国古代哲学中的一个重要命题，韩愈的"性三品"说与王安石的"性情一也"说都是中国思想史上具有代表性的人性论观点。王安石对韩愈的"性三品"说提出批评，认为其理有未安，学术不精纯，故而专门作《原性》《说性》二文以相辩驳。事实上，二人对"性"的理解既有一致处，也有不同点，其不同点有三：一是"性"的内涵不同。韩愈在《原性》中说："其所以为性者五：曰仁、曰礼、曰信、曰义、曰智。"将性的内容理解为五常。王安石则认为"性者，五常之太极也，而五常不可以谓之性。此吾所以异于韩子。"（王安石《原性》）性应是更加抽象而且难以表达的。二是对"性"是否可言善恶有不同的理解。韩愈将性分为三等，"曰性之品有上、中、

---

① 侯外庐主编：《中国思想通史》第四卷上册，人民出版社1959年版，第423页。

下三。上焉者，善焉而已矣；中焉者，可导而上下也；下焉者，恶焉而已矣"。因此他认为人性是可言善恶的；而王安石指出，性的本质是五常之后的终极原理，是五常的"太极"，它超越善恶，不可言善恶。三是人性是否具有后天可塑性的争论。韩愈《原性》有云："曰：然则性之上下者，其终不可移乎？曰：上之性，就学而易明；下之性，畏威而寡罪。是故上者可教，而下者可制也。其品则孔子谓不移也。"在韩愈看来，唯有具有中等品性的人"可导而上下也"，否认"上智"与"下愚"人性的后天可塑性；王安石却认为人性是可以通过后天的学习逐渐善化的。他举了个例子："彼其始生也，妇人者以声与色定，而卒得之，妇人者独有过孔子者耶？"以此来证明人性是具有后天的可塑性的。

　　再次，批判韩愈颠倒了文与道的关系。本来在处理文与道的关系问题上，韩愈生以"明道"而自许自命，他在其《争臣论》中说："君子居其位，则思死其官；未得位，则思修其辞，以明其道。我将以明道也。"他认为古文的目的就是"通其辞也，本志乎古道也"（《题欧阳生哀辞后》）。这些表述中浸透了"文以载道"的思想传统，表明他"以文明道"的思想观念。韩愈之"道"一方面指的是"古道"，即《原道》中所说的尧、舜、汤、禹、文、武、周公、孔、孟之道；另一方面指修身、正心、诚意等道德修养的"君子之道"。韩愈之"文"，很明显指的是"辞"，即文辞。其"文"与"道"的关系是"修其辞以明其道"，"本志乎道也者"，"志在古道，又甚好其辞"，强调文道并重。但在实际创作中，却存在过分讲究语言形式的问题。而作为政治家的王安石则特别强调"治教政令，圣人之所谓文也"，反对"章句声病，苟尚文辞"（《与祖择之书》），"且所谓文也，务为有补于世而已矣；所谓辞者，犹器之有刻镂绘画也。诚使巧且华，不必适用；诚使适用，亦不必巧且华。要之以适用为本，以刻镂绘画为之容而已。……然容亦未可已也，勿先之，其可也"（《上人书》），"非夫诚发乎文，文贯乎道，仁思义色，表里相济者……某尝患近世之文，辞弗顾于理，理弗顾于事，以襞积故实为有学，以雕绘语句为精新，譬之撷奇花之英，积而玩之，虽光华馨采，鲜缛可爱，求其根柢济用，则蔑如也"（《上邵学士书》）。这种带有强烈政治家色彩的文道观显然与主要以文学家而著名的韩愈有明显区别。

　　此外，在对待佛老的态度与方法上，王安石与韩愈也有极大不同。韩愈认为"释老之害过于杨墨"（《与孟尚书书》），因为"夫佛本夷狄之人，与中国言语不通，衣服殊制；口不言先王之法言，身不服先王之法服；不知君臣之义，父子之情"（《谏迎佛骨表》），所以对待佛老要"人其人，火其书，庐其居"（《原道》），完全是一种情绪化的感性思维方式。"由于韩愈未发现儒学本身的内在魅力，不敢与佛教正面交锋，只能是旁敲侧击，迂回作战。他不能说明儒学有多么的高明，只是以攻击、贬低佛教来显示儒学的高明。……因此韩愈在排佛方面完全是武大郎的做法，主要是通过排斥、贬低别人来显示自己，表现出了一种封闭、偏执、狭隘的态度。"① 据宋人笔记载："退之《原道》辟佛老，欲'人其人，火其书，庐其居'，于是儒者咸宗其语。及欧阳公作《本论》，谓'莫若修其本以胜之，又何必人其人，火其书，庐其居也哉？'此论一出，而《原道》之语几废。"（《扪虱新话》）欧阳修"修本胜之"的理念堪称一大创见，可惜他没有真正找到方法。到了熙、丰间，王安石等一大批"有概括能力的思想家"的出现，才真正从理论上对佛、道加以批判。王安石在其作品中谈论心性修养，他的心性理论以孟子的思想为起点，通过对佛学心性说的扬弃吸收，把社会伦理提升为道德本体，提高心的主体地位，从而建立起以普遍、超越，绝对的道德法则为人性根本标志的道德本体论。这种新的儒学形态对后来发展成为主流思想的理学也有重要的影响作用。

　　翻检王安石的作品，可知其对韩愈的立身行事亦有所批评。他认为韩愈肯定孟子，反驳荀、扬值得赞扬，但他自己的出处取舍，却有所蒙蔽；韩愈贬官潮州时颇有惠政，驱鳄除害并写有《鳄鱼文》而"祝之"，这被许多人视为其重要功绩，王安石在《送潮州吕使君》诗中则告诫当时的潮州太守吕说"不必移鳄鱼，诡怪以疑民"，明确表示韩愈祭鳄为"诡怪"之事；对他的与大颠交往的行为也有一些微词。但这类批评并不太多，更说不上特别尖锐。

　　再从褒扬的一面看。

　　前面说过，王安石对韩愈的认识经历了从褒到贬的过程，而他对韩愈的批评主要集中在道德学术方面。就文学创作而言，王安石或潜在或显著地受到其诸多影响，因此，他对韩愈的文学尤其是诗歌还是十分推赏的。王安石比较有代表性的选本著作主要有《四家诗选》和《唐百家诗选》，其中《四家诗选》选录了杜甫、欧阳修、韩愈、李白等人的诗。把韩愈

---

① 徐文明：《出入自在——王安石与佛禅》，河南人民出版社 2001 年版，第 33 页。

诗列于唐代最著名的诗人之一——李白之前，足见韩愈诗歌在其心中的崇高地位。笔者以为，上面所引《奉酬永叔见赠》之"终身何敢望韩公"一语，并非像一些人所理解的那样是对韩愈文学的否定，相反，它表达了对韩愈诗文成就的心悦诚服，真诚地认为自己在文学创作和诗文革新上无法达到韩愈那样的高度，语气颇为谦虚。

关于王安石对韩愈诗歌的接受，前人议论颇多，早在北宋后期邵博《闻见后录》卷十八就认为荆公一方面鄙夷韩愈力去陈言，另一方面自作《雪诗》，又全袭退之语。而钱锺书先生指出王安石诗歌语言影响非常之多，如荆公《读韩》"可怜无补费精神"一语，即退之《赠崔立之》诗中语，改"益"字为"补"字；《元丰行示德逢》"田背坼如龟兆出"乃荆公得意语也，故《寄杨德逢》又云："遥闻青秧底，复作龟兆坼。"《后山诗话》以为前人未道，实际上出自韩愈《南山诗》："或如龟坼兆，或若卦分繇。"其他如《孔子》"圣人道大能亦博，学者所得皆秋毫"、《再用前韵寄蔡天启》"微言归易悟，捷若髭赴镊"、《怀钟山》"何须更待黄粱熟，始觉人间是梦间"等，皆是本于昌黎诗。"然此皆不过偷语偷意，更有若皎然《诗式》所谓'偷式'者。"如《游土山示蔡天启秘校》《用前韵戏赠叶致远直讲》等。"荆公五七古善用语助，有以文为诗、浑灏古茂之致，此秘尤得昌黎之传。"[①] 可见王安石对韩愈的文学成就虽然没有太多的肯定性阐述，但从创作实践上对其诗歌的借鉴或接受是全方位的。

三　非韩的原因及影响

从上面的分析可以看出，王安石对韩愈其人其文其诗都有迥异于时人的独特评价，而且这种评价是贬抑多于褒奖。那么，究竟是什么原因导致这种结果？而这种批评性评论对王安石以后的文坛如何评价韩愈的学术和文学地位会产生怎样的影响？这都是研究韩愈无法回避的问题。对此，历代研究者都作出了各自不同的解说，这对于我们解决上述问题可以提供有益的参考。

---

① 钱锺书：《谈艺录》，中华书局 1984 年版，第 62、64、69—70 页。

（一）王安石非韩的原因

王安石对韩愈的评价在不同时期所持的观点有所变化。早期之所以多有肯定，笔者窃以为原因有二：一是从学术发展史看，因为此时宋代儒学重建刚刚开始，作为道学统序的一环，韩愈的学术具有重要的理论借鉴意义；二是就个人而言，此一时期的王安石对韩愈的了解尚不深入，对其学说的理解相对有限。而到了后期之所有多所批评否定，可以从主、客观两个方面来寻找原因。

首先，从主观上说。第一，志向抱负的不同造成王安石和韩愈文学观的分歧。韩愈"性本好文学……沈潜乎训义，反复乎句读，砻磨乎事业，而奋发乎文章"（《上兵部李侍郎书》）。直到晚年依然坚持"人事多所不通，惟酷好学问文章"的本色（《潮州刺史谢上表》）。南宋理学家朱熹说他是"平生用力深处，终不离乎文字言语之工"（《与孟尚书书》考异文）。可见韩愈的理想偏重于做一个文章语言出色的文学家，因此韩愈论文强调"惟陈言之务去"，提倡语言创新，但往往忽视文学作品的社会功能。而王安石的人生理想是希望做一个肩负道义传承的学者，一个"有补于世"的政治家，而非仅仅成为一个以文章辞藻立世的著名文人："夫圣人之术，修其身，治天下国家，在于安危治乱，不在章句名数焉而已"（《答姚辟书》）。因此在文学观念上王安石特别强调"以适用为本"："独谓孟子之云尔，非直施于文而已，然亦可托以为作文之本意。且自谓文者，务为有补于世而已矣。所谓辞者，犹器之有刻镂绘画也。诚使巧且华，不必适用；诚使适用，亦不必巧且华。要之以适用为本，以刻镂绘画为之容而已。不适用，非所以为器也……"（《上人书》）他认为"治教政令，圣人之所谓文也"（《与祖择之书》）。这种视文学与治教为一体的实用主义文学态度和韩愈以文章辞藻立世的追求是有根本差异的，所以他对"徒语人以其辞耳"的韩愈有所批评，反而把视诗赋之类文学创作为"雕虫小技"的扬雄引为异代知己。

第二，改革创新的意识和争强好胜的个性决定王安石和韩愈文学观的分歧。王安石个性坚韧，斗志顽强，时人称其为"拗相公"。陆佃在《答李贲书》中说："临川先生，起于弊学之后，不向于末伪，不背于本真，度之以道揆，持之以德操，而天下莫能罔，莫能移。"北宋神宗熙宁年间，他主持了历史上著名的政治改革——熙宁变法，作为一个具有强烈改革意识的政治家，他不仅在政治上反对保守，而且在思想上也不迷信古人古训。如此，他以政治家的胆识和学者的素养对韩愈有过分的否定就不奇怪了。而王安石争强好胜的个性也决定了他对韩愈的批判态度。钱锺书先生曾说过："荆公于退之学术文章以及立身行事，皆有贬词，殆激于欧公、程子辈之尊崇，而故作别调，'拗相公'之本色然欤？朱弁《曲洧旧闻》卷三《余在太学》条谓：'欧公及许、洛诸前辈，皆不以能古文许介甫。'然则'今生安敢望韩公'真为负气语。……俞文豹《吹剑录》谓'韩文公、王荆公皆好孟子，皆好辩，三人均之好胜'云云，殊有识见。彼此好胜，必如南山秋气，相高不下"①。客观地看，王安石对韩愈的贬损未必都是"激于欧公、程子辈之尊崇，而故作别调"，但宋人的学术自信决定了像王安石这样的思想家绝不会甘愿匍匐在前代巨人的脚下拾人牙慧，做个汉唐那样皓首穷经的一介腐儒，而是要么站在巨人的肩膀上百尺竿头更进一步，要么打倒巨人建立自己的领地。对争强好胜的王安石而言，要想建立自己在宋代学术史乃至儒家统序上的地位，就必须寻找一个强大对手并战而胜之，而受到宋初学者一致尊崇的韩愈自然成为王安石的最佳选择。王安石一方面在文学上不可避免地接受韩愈的影响，另一方面又通过竭力贬低其人品和学术价值的方式建构自己的学术体系——"新学"。这种贬抑虽然有可能"矫枉过正"，但可以启发人们对神化韩愈的思考。

其次，从客观上看。第一，韩愈其人其文确有明显可以批评的地方。作为宋初文人极力推崇的唐代重要的思想家和文学家，韩愈的思想和人品并非没有瑕疵。从学术角度看，他以孔孟道统的正宗继承人而自居，但事实上他并非醇儒；他摆开架势谈"道"说"性"，试图通过反对佛老建立新的儒家道统理论，但他对儒释道的理解还非常肤浅幼稚，远没有达到精通的地步，故而多有唯心、牵强率意之处。从个人道德言，他一生追逐富贵，汲汲求官，有时表现得低声下气，违心逢迎，张九成说"韩退之求官书略不知耻"（《横浦日新》）；朱熹甚至说韩愈"当初只是要讨官职做，始终只是这心。他只是要做得言语似六经，便以为传道。至其每日功夫，只是作诗博弈，酣饮取乐而已"（《朱子语类》卷137）。即使是韩愈的崇拜者欧阳修也不无批评之语。就诗文创作言，一方面提倡文从字顺，

---

① 钱锺书：《谈艺录》，中华书局1984年版，第62、64、69—70页。

另一方面又追求语言和意象的奇特、新颖，甚至不避生涩拗口、突兀怪诞，有过分讲究形式的毛病。

第二，宋学超越韩愈之学是学术发展规律的体现。虽然韩愈提出的儒家道统观念开启了两宋儒学的重建，这在中国思想文化史上具有重要意义。但无论在对传统的阐释，还是在佛道的把握方面，韩愈的理论素养都令宋人中后期的思想家失望，正如朱熹所批评的那样，"盖韩公之学，见于《原道》者，虽有以识夫大用之流行，而于本然之全体，则疑其有所未睹。且于日用之间，亦未见其有以存养省察而体之于身也。是以虽其所以自任者不为不重，而其平生用力深处，终不离乎文字言语之工。至其好乐之私，则又未能卓然有以自拔于流俗。所与游者，不过一时之文士。其于僧道，则亦仅得毛干、畅观、灵惠之流耳。是其身心内外，所立所资，不越乎此。亦何所据以为息邪距谄之本，而充其所以自任之心乎？是以一旦放逐，憔悴、亡聊之中，无复平日饮博过从之乐，方且郁郁不能自遣"（《韩文考异》卷十八《与孟尚书书》）。在宋代思想家们看来，韩愈的学术造诣难以承担儒家文化重建工作的重任。因此北宋自王安石开始致力于从本体论的高度重建儒家道德秩序，把儒家学说推向新的理论高度，从而推进了宋代学术的繁荣。

（二）王安石非韩的影响

在重新阐释儒家精神的最初阶段，宋人基本上没有渡越前辈韩愈的学说，直到宋仁宗庆历年间刘敞《七经小传》，特别是神宗熙宁年间王安石《三经新义》的撰成，才改变了此种局面。王应麟云："自汉儒至于庆历间，谈经者，守训诂而不凿。《七经小传》出，而稍尚新奇矣。至《三经义》行，视汉儒之学若土梗。"（《困学纪闻》卷八《经说》）自此而降，学风为之巨变，其风气诚如司马光所言："新进后生，未知臧否，口传耳剽，翕然成风。至有读《易》未识卦爻，已谓《十翼》非孔子之言；读《礼》未知篇数，已谓《周官》为战国之书；读《诗》未尽《周南》《召南》，已谓毛、郑为章句之学；读《春秋》未知十二公，已谓《三传》可束之高阁。循守注疏者，谓之腐儒；穿凿臆说者，谓之精义。"（《论风俗札子》）由此以发明经旨、讲明义理、偏重心性理气为特征的宋学得以形成。王安石之后，韩愈在士人心目中的地位大幅跌落。

王安石对韩愈的批评有着引导性价值，启示人们更加客观地评价其人其文，其后士人对韩愈的评论主要集中在三个方面，一是韩愈并未真正领悟儒道，二是韩愈汲汲于功名利禄，三是韩愈以文为诗。

对韩愈不知道的批评，包括韩愈对儒道的阐释和"性三品"说等，这些与王安石的"非韩"一脉相承。韩愈在《原道》中对于儒道的阐释，与新儒学对于儒道的理解相去甚远。王安石认为韩愈并未知道的观点颇得后之文人赞同，苏轼《韩愈论》云："圣人之道，有趋其名而好之者，有安其实而乐之者。"而"韩愈者，知好其名，而未能乐其实者也"，因为"其论至于理而不精，支离荡佚，往往自叛其说而不知"。二程也说"《原道》一篇，其间语固多病"（《二程集·河南程氏遗书》卷二上）。程颐在批评韩愈对"仁"的阐释说："退之言'博爱之谓仁'，非也。仁者固博爱，然便以博爱为仁，则不可。"（《二程集·河南程氏遗书》卷十八）南宋初范浚《题韩愈〈原道〉》说："愈诚知道者，而略子思耶？原道而不知有子思则愚，知有子思而不明其传则诬，愚与诬皆君子所不取，愈诚知道者耶？"韩元吉《韩愈论》则说韩愈"能明圣人之功，而不能明圣人之道"。由此可见，认为韩愈并不知"道"成为王安石之后宋人的共识。

余英时认为，宋代新儒学（尤其是理学）较之此前的儒学，"最大不同之处则在于心性论的出现"[①]。王安石之后的北宋中后期诸多新儒学代表人物对韩愈"性三品"说基本都持批评态度。苏轼在《扬雄论》中说："孔子所谓中人可以上下，而上智与下愚不移者，是论其才也。而至于言性，则未尝断其善恶，曰'性相近也，习相远也'而已。"其看法和王安石相近，也认为上智下愚是辨人之才，并非言性。而"韩愈欲以一人之才，定天下之性"。程颐说："性无不善，而有不善者，才也。……才禀于气，气有清浊。禀其清者为贤，禀其浊者为愚。"（《二程集·河南程氏遗书》卷十八）而"扬雄、韩愈说性，正说着才也"（《二程集·河南程氏遗书》卷十九）。宋代诸派儒学都反对韩愈"性三品"说，于是"性三品"说日渐式微。

宋代文人特别强调道德修养，颇重出处去就。王安石和同时的欧阳修、司马光等对韩愈干进之心的批评自然也影响了后来者对其人格的评价。如南宋林季仲说："愈以市道望于权贵，屑屑然从求刍米仆赁之资，识者恨之。"① 朱子弟子也说："韩公虽有心学问，但于利禄之念甚重。"② 另一位崇奉朱子之学的詹初则云："韩子自比孟氏，而三上书，两及门，其未达孟子之进欤？"③ 韩愈在学人心目中的每况愈下，与孟子的差距愈行愈远，并逐渐被宋人排除在儒学道统体系之外，最终被定位为有功于儒道的"文士"。

叶燮《原诗》言："韩愈为唐诗之一大变；其力大，其思雄，崛起特为鼻祖。宋之苏、梅、欧、苏、王、黄，皆愈为之发其端，可谓极盛。"所谓"变"，其特征之一就是以文为诗。对于韩愈以文为诗的创作取向和奇崛险怪、变化议论的创作风格，宋人也不乏批评的声音，如黄庭坚认为："诗文各有体，韩以文为诗，杜以诗为文，故不工尔。"（陈师道《后山诗话》引）陈师道《后山诗话》同样有言："退之以文为诗，子瞻以诗为词，如教坊雷大使之舞，虽极天下之工，要非本色。"二人从维护传统诗体质性的角度，认为韩诗模糊了诗与文的界限，故不能算作传统意义上的好诗。沈存中甚至认为"退之诗，押韵之文耳，虽健美富赡，然终不是诗。"（惠洪《冷斋夜话》记）更明确地从规范诗体的角度否定了韩诗。

宋代是一个思想解放、学术繁荣的时代，包括王安石在内的一大批思想家为阐释儒学精神、重建儒家思想体系，一方面充分吸收前辈留下的理论成果，另一方面又以非韩为基本策略来奠定自己的学术地位。王安石批评韩愈的儒道阐释和人性论见解，指责其行为品德，使得其后士人对韩愈的评价由一代大儒逐渐转变成一介"文士"，而韩愈不知"道"渐成定论。同时，他对韩愈的批评也刺激着宋代新儒学在理论建构上的发展、繁荣和完善。

---

① 四川大学古籍所编：《全宋文》，上海辞书出版社、安徽教育出版社 2006 年版，第 123、179、283 册，第 394 页。

② 黎靖德：《朱子语类》卷一百三十七，中华书局 1994 年版，第 3273 页。

③ 四川大学古籍所编：《全宋文》，上海辞书出版社、安徽教育出版社 2006 年版，第 123、179、283 册，第 394 页。

刘咸炘论韩愈①

丁恩全②

（周口师范学院文学院）

摘 要 刘咸炘是近代著名学者，他的巨著《推十书》中有大量韩愈研究资料尚未开发。刘咸炘认为韩愈于儒学是"轻细目而重大义，贱杂家而标儒宗"，在六朝到宋代的学术传承中起了关键作用，这一看法早了陈寅恪近三十年；刘咸炘从文体的规定性出发评论韩愈文章，也有一些较有意义的看法；刘咸炘的韩愈研究启发了后学，研究方法也有极大合理性。

关键词 刘咸炘 韩愈 儒学 文体 研究方法

刘咸炘，生于清光绪丙申（1896年）11月29日，死于1932年，具体日期，黄友铎《著述等身的藏书家——刘咸炘》说"1932年9月9日，不幸咯血而逝，年仅三十有六"③、肖萐父《刘咸炘先生学术成就及学术思想》④、吴天墀《刘咸炘先生学术述略——为诞辰百周年纪念及〈推十书〉影印版而作》⑤说是"1932年8月9日"。肖萐父、吴天墀的说法应源自刘咸炘的儿子刘伯谷，刘伯谷和朱炳先撰《文化巨著〈推十书〉的作者刘咸炘》《刘咸炘先生传略》，说刘咸炘"八月九日，咯血而没"。而说刘咸炘逝世于9月9日，最早的是卢前，卢前《述刘鉴泉》说："鉴泉

① 本文系河南省哲学社会科学规划办规划项目《晚清近代文章学著作研究》（编号：2012CWX016）、第51批中国博士后科学基金面上资助项目《晚清近代文章学论著叙录》（2012M510686）阶段性成果。

② 丁恩全（1977— ），男，河南襄城人，文学博士，周口师范学院文学院副教授，研究方向为中国古典文献学，电子邮箱：hustdingenquan@163.com，联系电话：13839401609。

③ 黄友铎：《著述等身的藏书家——刘咸炘》，《四川图书馆学报》1999年第6期。

④ 肖萐父：《刘咸炘先生学术成就及学术思想》，《中华文化论坛》1997年第1期。

⑤ 吴天墀：《刘咸炘先生学术述略——为诞辰百周年纪念及〈推十书〉影印版而作》，《文献》1997年第4期。

之殁以二十一年九月九日，中秋前六日也。"① 1932 年公历 9 月 9 日，恰好是农历八月初九，所以二者并无不同。然而，《推十书（增补全本）》甲辑第三册《外书三》收录的《横观综论》题目下注释"癸酉二月危城中写定"②，"癸酉"是 1933 年，应误。《横观综论》开篇就说："是书旧稿颇有未审褅处，今覆阅删正之。"注释时间是"乙丑九月"。篇末也直接说明"乙丑九月删定"，则《横观综论》最后应写定于乙丑年，即 1925 年。

刘咸炘一生笔耕不辍，短暂的 36 年的生命里，著书 231 种，475 卷，可谓丰硕，钟肇鹏《双江刘氏学术述赞》把刘咸炘和刘师培并称"二刘"，认为"二刘皆资秉聪颖，勤于著书，其精博贯通亦相类，虽不永年，然其著作将比翼齐飞，长存不朽"③！刘咸炘《论学韵语》说："攻书人且说攻书，书到今朝万象如。总是理明文字好，波澜浩浩一归墟。"诗下自注："读书不过二注意：一明理，一工文。"④《论学韵语》是刘咸炘 1920 年所作，但明理和工文却是刘咸炘一生两大事业。刘咸炘教导学生时也说："读书二法：明理、工文。工文即所以明理。"⑤ 所以，刘咸炘一生留下了大量文学评论资料。而韩愈研究是刘咸炘文学研究的一大着力点，他的《订韩》《唐学略》是较为集中地反映其韩愈研究成就的著作。此外，刘咸炘还有大量零星的论述涉及韩愈，不但是其研究的重要文献资料，而且是近现代韩愈研究的重要文献资料。但是，因为刘咸炘一生居于成都一隅，又很少参与社会重大活动，他的韩愈研究成果并没有引起当代学者们的注意，吴文治编纂的《韩愈研究资料》中也没有收录相关资料。目前，刘咸炘研究方兴未艾，1996 年成都古籍出版社影印《推十书》三册，尤其是 2009 年《推十书增补全本》的出版，引发了刘咸炘研究的小高潮。据中国知网统计，2009 年以来的短短几年时间，学术界发表的刘咸炘研究论文就有 29 篇之多。然而，刘咸炘的文学评论研究，仅有慈波《别具鉴裁　通贯执中——〈文学述林〉与刘咸炘的文章学》、何诗海《刘咸炘的文体观及其学术史意义》、何诗海《刘咸炘的戏曲观及其学术

---

① 卢前：《酒边集》，会文堂新记书局 1934 年版，第 168 页。
② 刘咸炘：《推十书（增补全本）》（甲辑），上海科学技术文献出版社 2009 年版，第 1001 页。
③ 钟肇鹏：《双江刘氏学术述赞》，《中华文化论坛》2003 年第 4 期。
④ 刘咸炘：《推十书增补全本（己辑）》，上海科学技术文献出版社 2009 年版，第 99 页。
⑤ 同上书，第 141 页。

史意义》等有限几篇文章和四川师范大学 2011 年郑小琼的硕士学位论文
《刘咸炘诗学初探》。所以，无论从韩愈研究上看，还是从文学研究来看，
探索刘咸炘的韩愈研究，意义都是不言自明的。

一　轻细目而重大义，贱杂家而标儒宗
——刘咸炘论韩愈的儒学贡献

刘咸炘认为韩愈的儒学，细处错误不少。刘咸炘于己未（1919 年）
二月编撰《订韩》，首先指出了韩愈《原道》中的"辟佛老之误"。刘咸
炘说："辟佛老之误，亦非一言所能辨，吾祖《正讹》已取《原道》而详
驳之矣。"①刘咸炘祖父刘沅，字止唐，一字纳如，号清阳、清阳居士，
出生于清乾隆三十三年（1768 年），卒于咸丰五年（1855 年），享年八十
八岁，有《槐轩全书》存世，《正讹》是其中一部。《正讹》卷二即正韩
愈之讹，分为《〈原道〉之讹也》和《〈论佛骨表〉是也，非尽善也》两
个部分，今以《原道》为例加以简略说明。刘沅把《原道》分成十六句
话，分别加以反驳，明确谈到韩愈"辟佛老之误"有多处。对于韩愈所
说"老子之小仁义，非毁之也，其见者小也。坐井而观天，曰天小者，
非天小也。彼以煦煦为仁，孑孑为义，其小之也则宜"，刘沅认为：老子
所说的"大道废，有仁义"，是在特定情况下说出的，"时势不同，故其
事略殊"，上古之时，"忘帝力于何有"，老子"游心上古之初，目击末流
之事"，所以才会说"大道废，有仁义"，老子并非"不知仁义者"。这一
点从孔子对待老子的态度也可以看出：

> 夫子从之学礼，且叹为犹龙哉！龙德而隐，老子为隐君子，史迁
> 亦言之，其告孔子"得时则驾，不得时则蓬累而行"，即用舍行藏之
> 道，"去而矜气骄泰态色淫声"，犹是上文盛德容貌若愚之意，世俗
> 以为非孔子所有，斥之，不知大圣人相告诫，精益求精如禹戒大舜无
> 若丹朱慢游是好，岂亦舜之所有乎？孔子将别，老子将申告诫，先谦
> 言己非仁人，谬窃仁人之号，则当时老子固有仁人之称者，孔子谓为

---

① 刘咸炘：《推十书增补全本（丙辑）》，上海科学技术文献出版社 2009 年版，第 1401 页。

犹龙，而昌黎以为坐井，是孔子不如昌黎矣，于理可乎？煦煦之仁亦仁，孑孑之义亦义，但当问其合理与否。①

孔子高度评价老子，韩愈的批评就显得狭隘了许多。

韩愈说："古之为民者四，今之为民者六；古之教者处其一，今之教者处其三。农之家一，而食粟之家六；工之家一，而用器之家六；贾之家一，而资焉之家六；奈之何民不穷且盗也？"刘沅评论：

> 愚尝有言，井田废而买卖，由民贫寡众而苍生失职，菴观寺宇，非国家之公田，即民间之义举，以此位置穷民，俾有安所，未为不可，已尽其意。民穷且盗，由养教不周，何尝是僧道太多之故？②

刘沅不仅从社会发展的角度说明了佛教不是"民穷且盗"的原因，而且肯定了佛教对于"穷民"的意义，"菴观寺宇，非国家之公田，即民间之义举，以此位置穷民，俾有安所，未为不可"，还直接说明了"民穷且盗"的根本原因是国家"养教不周"。

韩愈说："今也欲治其心，而外天下国家，灭其天常，子焉而不父其父，臣焉而不君其君，民焉而不事其事。孔子之作《春秋》也，诸侯用夷礼则夷之，进于中国则中国之。……今也举夷狄之法，而加之先王之教之上，几何其不胥而为夷也。"刘沅评论道：

> 中华僧道多无告穷民，藉寺宇以养生，原非得已，其无故而弃人伦出家者，乃为乱民。……然不养父母，佛无此教，僧人亦各有职业。……唐时重佛，亦不过崇信者多，非当时以佛法治民，而云以其法加之先王之上，诬罔时君亦甚。③

实际上，以儒为正宗，儒释道三教并重是唐王朝的基本政治策略，已经得到学者们的赞同。所以，刘沅说唐代"非……以佛法治民"的观点

---

① 刘沅：《正讹》，咸丰四年豫诚堂藏版，第3—4页。

② 同上书，第8—9页。

③ 同上书，第14—15页。

基本上是正确的，批评韩愈"以其法（佛教）加之先王之上（儒）"的说法也是合理的。

最后刘沅对韩愈《原道》有一个总体评价：

> 右《原道》一篇，盖为辟佛老而作，然欲辟人，非须自己于道实有所得，且必深造其境，反身而诚，然后是非不谬。吾所非者，其学之本末，吾皆深悉，则所言符契圣人，辨折无非至理，岂依稀彷佛知其大概即谓此是而彼非乎？①

刘咸炘认可的包世臣也有类似评论。包世臣在《艺舟双楫·书韩文后上》中说："退之以辟二氏自任，史氏及后儒推崇皆以此。今观《原道》，大都门面语，征引蒙庄，已非老子之旨，尤无关于释氏。以退之摒弃释氏，未见其书，故集中所力排者，皆俗僧耸动愚蒙以邀利之说。"所以包世臣认为"俗僧世守者，则益倡福田利益，以攫愚夫愚妇之财利。故徒从虽日众，而其道则极衰。是俗僧自衰之，非必退之辞而辟之之力矣"②。

所以，刘咸炘说："退之之辟佛老，岂足与孟子并哉？"③ 实际上，刘咸炘认为韩愈对于道的认识，是非常肤浅的。他说："韩公于道，知其用之周于万事，而未知其体之具于吾之一心；知其可行于天下，而未知其本之当先于吾之一身也。"④ 所以，韩愈一生行事不符合儒道者颇多，最突出的则是韩愈对于"永贞革新"的评价。刘咸炘认为"退之平生私见失言而乱是非且有玷于大节者，莫如《顺宗实录》与《永贞行》"⑤。

唐顺宗时，王伾、王叔文与柳宗元、刘禹锡等人的政治革新，《旧唐书》《新唐书》大加鞭挞。刘咸炘"读《实录》而大疑之，继读近儒书，乃知已有先我发之者，备录如后"，可以说，刘咸炘集中了历代"永贞革新"的翻案言论，是近现代较早也是说服力较强的为"永贞革新"翻案的学者。

① 刘沅：《正讹》，咸丰四年豫诚堂藏版，第 19 页。
② 包世臣：《艺舟双楫》，商务印书馆 1935 年版，第 35 页。
③ 刘咸炘：《推十书增补全本（丙辑）》，上海科学技术文献出版社 2009 年版，第 1405 页。
④ 同上书，第 1404 页。
⑤ 同上书，第 1408 页。

刘咸炘"备录""先我发之者"，有范仲淹、王应麟、赵彦卫、刘克庄、江瀚、王鸣盛、王志坚、孙宜、张燧、贺贻孙、陈祖范、李详等的反驳意见，王应麟《困学纪闻》，刘咸炘用的是翁元圻等的注本，收录了阎若璩、何焯、方婺如、全祖望等人的注释，阎若璩、方婺如、全祖望的看法与刘咸炘相同。范仲淹是刘咸炘发现的最早为刘禹锡等人翻案的学者。范仲淹在《浙西述梦诗序》中提出了几个疑点：一是刘禹锡、柳宗元、吕温等人的著作"理意精密，涉道非浅"，如果王叔文"狂甚"，"义必不交"；二是刘禹锡等"罢中人兵权，悟俱文珍辈"，"绝韦皋私请"，"其意非忠乎"；三是"《唐书》芜驳，因其成败而书之，无所裁正"；最后感叹，"韩退之欲作唐一经，诛奸谀于既死"，"岂有意于诸君子乎"？① 所谓"唐一经"，应指《顺宗实录》，所谓"岂有意于诸君子"，应指《顺宗实录》对刘禹锡等人的批判。范仲淹的怀疑和感叹受到了王应麟、赵彦卫、江瀚、刘克庄等人的赞同，明清历史学家又时有发明，如张燧详述王叔文善政，特别突出夺宦官兵权一事。这一点尤以王鸣盛《十七史商榷》的论述最为详备，前辈学者的反驳恰恰证明了唐宋时期历史学界对"永贞革新"的普遍性误判，而这个普遍性误判的形成，刘咸炘认为韩愈起了不可忽视的作用。刘咸炘在引录王鸣盛相关论述后有一段评论：

> 西庄之论详切矣，《旧书》所书善政，皆本《顺宗实录》，韩子虽谤叔文，不敢没也。且顺宗之政少，亦不敢削也。《新唐书》则欧、宋为之，欧、宋皆佞韩者也。彼盖觉韩之误而又欲护韩，故削其善政并削叔文之事，以没其迹，使后世无由理叔文之冤，乃其所以使韩之言信于后世也。②

刘咸炘用"诡随"③ 二字来评价《顺宗实录》，也是从诸家评论中总结出来的。赵彦卫说韩愈是"当时有所拘忌，不得不深诛而力诋之"④，张燧也有同样说法。正因为这一点，刘咸炘提出了以下几个课题：一是

---

① 范仲淹著，李勇先、王蓉贵点校：《范仲淹全集》，四川大学出版社2007年版，第182—183页。

② 刘咸炘：《推十书增补全本（丙辑）》，上海科学技术文献出版社2009年版，第1413页。

③ 同上书，第1414页。

④ 赵彦卫著，傅根清点校：《云麓漫钞》，中华书局1996年版，第177页。

"实录之言岂尽由中乎"①，"惟《顺宗实录》本文已大可疑"②，在当代牵连出《顺宗实录》的作者、《顺宗实录》的成书过程、《顺宗实录》的版本等一系列文献问题，也牵连出韩愈对"永贞革新"参加者的区别对待等问题。二是提出韩愈对待宦官的态度问题，"俱文珍，倾叔文者也，其恶亦众知之，而其由汴州还朝，韩子作序诗送之，则又赞其奋武毅，张皇威，冲天报国，忠孝两全。虽在德宗之时，非应恶伾文而然，要不应失言如此"③，"韩子此诗（《永贞行》）大有党宦之疑"④。韩愈对待宦官的态度，也成为当代韩愈研究中一个不可忽视的问题。三是提出历史书写问题。"《实录》载除伾文事亦可疑"，"夫以顺宗之信伾文，何以忽因厌倦而恶之，此明是文珍等挟藩镇以劫持顺宗，观其暗属边将不附范希朝可见，岂启上而除之哉。……岂非畏宦官而曲笔乎"⑤? 韩愈撰写历史著作的方法问题也是今天研究的问题。

刘咸炘认为韩愈还有许多错误，如《与孟尚书书》中说"汉兴且百年……始除挟书之律"，刘咸炘说"汉惠帝四年除挟书之律，上溯高帝元年才十余年耳，其不考甚矣"等，这里不一一论述。

然而，刘咸炘的《订韩》只是针对历史上"过誉"韩愈而作，刘咸炘说："唐吏部侍郎文公韩子退之，后世所称道德文章之宗也，从祀于孔子之庙。读书者莫不读其文学者，数三代以下魁儒，指不十屈必及焉。……咸炘读退之之书……知其多不虞之誉。"⑥ 这并不妨碍刘咸炘在"大义"上对韩愈的赞赏。

实际上，刘咸炘对于韩愈在文化史上的地位评价很高。刘咸炘1926年作《唐学略》，高度认可韩愈在儒学发展上的贡献，他说："世皆言汉学宋学，而无言唐学者，实则唐学非无可言也。天宝已还，复古之风甚盛，韩前韩后，自有师承，大历古文，是两宋之先河也。大历以后，专门之业未衰，史学礼学，尤多著述，记著稽数，是六朝之后海也。"⑦ 在这

---

① 刘咸炘：《推十书增补全本（丙辑）》，上海科学技术文献出版社2009年版，第1415页。

② 同上书，第1413页。

③ 同上书，第1415页。

④ 同上书，第1409页。

⑤ 同上书，第1415页。

⑥ 同上书，第1403页。

⑦ 刘咸炘：《推十书增补全本（甲辑）》，上海科学技术文献出版社2009年版，第1222页。

段话中，刘咸炘在汉学宋学之外提出了"唐学"一词。在学术史上，刘咸炘应该是提出唐学的较早的学者。所谓"韩前韩后""六朝之后海"，刘咸炘把韩愈看成是汉学向宋学转变的关键人物。这个观点，早于陈寅恪近三十年。肖萐父在《推十书增补全本前言》和《刘咸炘先生的学术成就及学术思想》中都谈到了一点："修水陈寅恪抗日时期至成都，四处访求先生著作，认为先生乃四川最有成就的学者。"①　陈寅恪是我国著名历史学家，他对韩愈的认识与刘咸炘有诸多相似之处，这可能也是他访求刘咸炘著作的原因之一。陈寅恪在《论韩愈》一文中说："唐代之史可分前后两期，前期结束南北朝相承之旧局面，后期开启赵宋以降之新局面，关于政治社会经济者如此，关于文化学术者亦莫不如此。退之者，唐代文化学术史上承先启后转旧为新关捩点之人物也。"②　刘咸炘和陈寅恪的共同点最重要的是：共同把韩愈作为唐代文化史甚至中国学术史的转折人物，作为上承六朝，下启两宋的关键人物，而陈寅恪论述更为详尽、论点更为明确而已。所以，陈寅恪承接上面一段话说"千年以来论退之者似尚未能窥其蕴奥"，似乎没有读到刘咸炘的《唐学略》。《唐学略》收入《学史散篇》，《推十书增补全本》列入未刊稿。蒙文通《评〈学史散篇〉》说："先生殁已三年，余始于燕市获见此册，犹封存印书局，尚未流行。"③　说明此书已经刊印，蒙文通在刘咸炘死后三年见到了"封存印书局，尚未流行"的刊本。刘咸炘的儿子刘伯谷参与了《推十书增补全书》的编纂工作，连刘咸炘的儿子都不知道此书已经刊印，可见此书确实是"流传未广"。所以，也无怪乎陈寅恪没有读到这篇文章。

　　刘咸炘在《唐学略》中又说："盖六朝之学与两宋之学，一广一深，一琐一浑，乃两端之形，而唐实为中枢。"正因为唐学是中枢，是转折期，所以其特点就是"于学则轻细目而重大义，贱杂家而标儒宗"，韩愈也是这个特点。

---

①　见《推十书前言》（增补全本）第 8 页和《中华文化论坛》1997 年第 1 期，第 101 页。

②　陈寅恪：《金明馆丛稿初编》，三联书店 2001 年版，第 332 页。

③　蒙文通：《蒙文通文集（第三卷）》，巴蜀书社 1995 年版，第 402 页。

二 定于无定专明体

——刘咸炘论韩愈的古文

同样，刘咸炘在《订韩》中指出了韩愈古文创作的许多不足。刘咸炘推崇包世臣，认为《艺舟双楫》"探源八代，标举正宗""最有卓见"①，又说包世臣《文谱》"言文之篇章结构"，"精简而平通，乍观似浅，而实已赅"②。他在《订韩》中也屡次引用包世臣的话批评韩愈。

> 世臣幼读退之书说赠序数十首，爱其横空起议，层出不穷。成童，（此处原无逗号，作者加）见明允笔力健举，辨才雄峻不可难而嗜之，又谓介甫鸷鸷，能往复自成其说，薄退之横空起议为习气，且时有公家言，又间以艰涩，未觉必为陈言务去，皆醇复肆也。③
>
> 《讼风伯》《射训狐》《读东方杂事》《谴疟鬼》诸作，讥刺当路，不留余地，于言为不慎，于文为伤雅。④

刘咸炘批判韩愈的文字，还有很多，此仅举数例。

> 《滕王阁记》则以未得登无以为文，不得而狡狯焉。⑤
> 《应科目时与人书》、《送石处士序》皆闻叫呼之恶习。⑥
> 《送廖道士序》太狡狯矣。⑦

当然，《订韩》中所叙韩文弊端，不能掩盖刘咸炘整体上对韩文的喜爱。刘咸炘选《幼学读文目》，分简明、详达、盛气、锐笔、蓄势、生趣

---

① 刘咸炘：《推十书增补全本（戊辑）》，上海科学技术文献出版社 2009 年版，第 983 页。
② 刘咸炘：《推十书增补全本（己辑）》，上海科学技术文献出版社 2009 年版，第 297 页。
③ 包世臣：《艺舟双楫》，商务印书馆 1935 年版，第 34 页。
④ 同上书，第 36 页。
⑤ 刘咸炘：《推十书增补全本（丙辑）》，上海科学技术文献出版社 2009 年版，第 1428 页。
⑥ 同上书，第 1429 页。
⑦ 同上书，第 1430 页。

六类，共选文 29 篇，其中韩文 7 篇，只有"生趣"一类没有选韩文。《戊午正月尚友书塾开讲辞》教导诸生文行"戒浮""戒夸""戒剽""戒剿"中引用的是韩愈名言"惟古于词必己出，降而不能乃剽窃"。刘咸炘还高度评价了韩文的价值，《文派蒙告》中评论《原道》等文章"韩变单行，以前所无"①，在《唐学略》中说"韩前韩后"，把韩愈作为唐学的转折点，亦作为唐文的转折点，高度评价了韩愈"于文则轻藻采而重质干，贱集部而标经体"的历史作用。刘咸炘《论学韵语》有两首诗论述到了韩愈的重要价值。

> 源流六艺比江河，辞气要归厚雅和。梁后过文犹故道，唐中参质起波澜（诗下自注：中唐稍多失体，吾论文断于韩柳，有《八代唐文遗珠集》、《订韩》及《柳文定目》，又撰《近世八大家文目》，皆能脱宋人科白，得唐前厚雅和之意者）。
> 韩救浮华攀汉直，欧医僻涩得韩行。补偏救弊非通道，骈散从兹水火争。

"吾论文断于韩柳"，明确说明了韩愈、柳宗元在刘咸炘文章理论中崇高地位。但是刘咸炘并不因为韩愈、柳宗元的重要而忽略其负面影响，从韩愈开始，经过欧阳修的发扬光大，"骈散从兹水火争"，成为中国文学史上一个避不开的话题，而这又从反面证明了韩愈在中国文学史的作用之大。

实际上，刘咸炘《论学韵语》中有一首诗概括了自己的文章学理论。如下：

> 文派辞流乱如麻，甘辛各嗜便称家。定于无定专明体，至味终须欺易牙。（诗下自注：吾撰《文篇约品》及《近代善文目》，皆依体品其高下。）

把文体作为文章创作及评论的标准，是刘咸炘文章学理论的突出特色。"定于无定"一语，还曾被刘咸炘用于评论自己的《文式》，《文式》通过"穷原竟委"的方式确定每种文体的特征，以此判定一篇文章的优

---

① 刘咸炘：《推十书增补全本（己辑）》，上海科学技术文献出版社 2009 年版，第 184 页。

劣。据刘咸炘弟子李克齐、罗体基编订的《系年录》载，《文式》于1918年11月写成，而《订韩》写于1919年2月，晚于《文式》3个月时间，基本上能够体现出学术思想的连贯性。

刘咸炘的《订韩》，涉及韩文文体有传状、颂赞、序记、策论、书简、碑志、哀祭、奏疏等。

对于"传状"，"非史官不得为传"是传统观点，钱谦益、顾炎武、方苞、刘大櫆都持此认识，刘咸炘则反驳了这种认识。他在《文式》中说："专传、汇传，皆原国史，汇传既列书林，专传何独不可作？"① 又举出实例以证实自己观点："《隋志》录任昉等杂传，即单篇集成者也。"而且陶潜有《孟府君传》，陆机有《顾谭传》，昭明太子有《陶渊明传》。② 在《订韩》中，刘咸炘进一步追寻"非史官不得为传"观念产生的原因，他说："原其所以误，特见韩子集中无传，而圬者、何蕃仅施于微者之投赠，遂谓文人不得为大臣立传，侵史官之职耳。"③ 实际上，刘咸炘认为："凡记事之文，皆为传记。"④ 所以，"非谓微者不可作"。传记文的写作弊病：一是"空泛之词"；二是"传奇"；三是"专务高简"。⑤ "空泛"指"行皆曾史，学皆程朱，文皆马班，品皆夷惠"⑥；"传奇"指"其文扬厉，止足以供闲情，而不足以当庄论"⑦；"专务高简"则因简而疏。而韩愈的《毛颖传》，刘咸炘就认为其犯了"传奇"的弊病，所以被大肆批评，"韩子《毛颖传》非体也，柳子排众议而称之，以其文耳"⑧。又引《旧唐书·韩愈传》："又为《毛颖传》，讥戏不近人情，此文章之甚纰缪者。"⑨

对于颂赞，刘咸炘说"赞颂同体"，原因是二者都有"容"义，颂是"美盛德之形容"，赞有"助"义，刘勰释为"飏言明事，嗟叹助辞"，刘咸炘认为这也是"形容之义"，二者的写法也类似，就是刘勰说的"敷写似赋，而不入华侈之区；敬慎如铭，而异乎规戒之域"。据此批评韩愈

---

① 刘咸炘：《推十书增补全本（戊辑）》，上海科学技术文献出版社2009年版，第720页。

② 同上书，第721页。

③ 刘咸炘：《推十书增补全本（丙辑）》，上海科学技术文献出版社2009年版，第1427页。

④ 刘咸炘：《推十书增补全本（戊辑）》，上海科学技术文献出版社2009年版，第719页。

⑤ 同上书，第50页。

⑥ 同上书，第48页。

⑦ 同上书，第50页。

⑧ 同上书，第722页。

⑨ 刘咸炘：《推十书增补全本（丙辑）》，上海科学技术文献出版社2009年版，第1417页。

颂赞文，得出如下结论："退之《伯夷颂》以论为颂，后世遂只知颂为颂美，亦无定其讹者。在退之不过欲矫浮华以自立而不知其失体。凡此流失忘本之蔽，多退之开之。"当然，符合刘咸炘认识的，刘咸炘也作出了肯定，"《子产不毁乡校颂》有咏叹之意而未含讽刺，则善矣"。并且，刘咸炘还反驳了一些对韩愈的错误批评。"退之《三贤颂》乃直增减传文以趁韵耳，吾疑乃其少年学叙事时所为，不可为后世法也。以为附传之论赞，则不宜与传复，以为颂赞之流，则无此质叙之体。此说误，刘向《列女传》颂正是如此。"①

刘咸炘于《文式》中《记》之外专列《杂记》一篇，因为"古无杂记"，"唐宋以还，始有斯体"。所以《订韩》中说："后世斋、亭、楼、馆之杂记，非古也。"刘咸炘作《文式》，本来是"据古义"，但是杂记却"无原"，只是"相沿已久，他无所归"，才"不得不立一门而剔别之"。杂记非常复杂，"就其感慨横生，乃词赋之变格"，"刻石书事及琐记"，都归入杂记一类。就韩愈而言，《画记》是单篇"书画谱录"，《科斗书后记》是"题跋"，《汴州东西水门记》《燕喜亭记》《滕王阁记》是"刻石词"②。而刻石之文的写法是"记事"以"简质为贵"③，所以韩愈《汴州东西水门记》"规模两汉，严重彬雅"，《燕喜亭记》"稍怠"，《徐泗濠书记厅石记》"道古述情题名之体则然"，"不以奇为贵"，《蓝田县丞厅壁记》"则游戏矣"，《滕王阁记》"以未得登无以为文"，是"狡狯"。

而刘咸炘重点论述的是赠序、碑志二体。

刘咸炘说"古无赠序"，"初唐人集中饯送遇会序极多，皆诗序也"，"韩柳始多无诗而序"，晋代傅玄有《赠马钧序》，"主于述事"，并且当时"传多称序"，和赠序不同。赠序的本意是"赠言"，写法正像曾国藩所言："赠言之义，粗者论事，精者明道，证其所已能而靳其所未至。是故称人之善而识小以遗矩，不明也；溢而饰之，不信也；为人友而不勖以君子，不忠也。"④ 以此标准衡量韩文，则多有否定。《与孟东野序》"凡有文者，孰不可移赠耶"、《送窦从事序》"铺张百越之事与送行何关"、《送廖道士序》"不足与言而不能不言，则遂铺陈衡山郴岭之神灵"、《送

① 刘咸炘：《推十书增补全本（丙辑）》，上海科学技术文献出版社 2009 年版，第 1427 页。
② 刘咸炘：《推十书增补全本（戊辑）》，上海科学技术文献出版社 2009 年版，第 792 页。
③ 刘咸炘：《推十书增补全本（丙辑）》，上海科学技术文献出版社 2009 年版，第 1428 页。
④ 刘咸炘：《推十书增补全本（戊辑）》，上海科学技术文献出版社 2009 年版，第 813 页。

王含》"文笔美而意无聊"等，凡与赠言之义违背者都加以批判，"应人之求，不得不作，其无可立言者，则遂弄其狡狯，侮戏肤滑，无所不至"，"坏法乱格，实自韩子始也"。另外，又高度赞赏符合赠言之义的文章。《送齐皞下第》《送陈密》《送张童子》《送孟琯》《送王埙》"合于赠言之义而文亦朴而达"，尤其是《送董邵南游河北序》被刘咸炘称为赠序之最，"陈古刺今，意思深长"。

刘咸炘《文式·石刻辞》说："褒赞功德，记载名迹，欲托不朽，乃刻金石。其文简质，披文相质，叙事不能若传，颂美不能若词赋，虽或用韵而体严重不靡缛，故自成为一体。""唐宋以来，墓石变为传记详实之体。"① 墓志文是"石刻辞"之一种，也当以"简质"为特色。从东汉蔡邕到中唐韩愈，墓志文经历了一个从简质到华靡再到质实的过程，韩愈有"矫以质实"的功劳。然而韩愈"以史传行于碑志"，以"词赋书简之体""用之碑志"，也启发了桐城派以"赠序为碑志"，导致墓碑文体的错乱。刘咸炘以"简质"为标准分韩愈墓志文为四类：简质合体者、用传记法者、少事迹而矜重者、空衍议论不尽矜重者。

所以，刘咸炘的文章学理论重文体，在纷繁复杂的古代文章中，拈出"文体"这一关键词作为文章批评的标准，应该说有一定道理。但是把文体的规定性看作几乎是唯一的标准，却是值得商榷的。比如，韩愈的《送李愿归盘谷序》，苏轼《跋退之送李愿序》中说："欧阳文忠公尝谓晋无文章，惟陶渊明《归去来》一篇而已，余亦以谓唐无文章，惟韩退之《送李愿归谷》一篇而已，平生愿效此作一篇，每执笔辄罢，因自笑曰：不若且放，教退之独步。"刘咸炘认为这是"二公心有所感而偶然所出"，对于这篇"艺苑以为圭臬久矣"，刘咸炘觉得"诗绝佳而文未离横空起议之习，其铺陈处亦唐人所恒有，不足为奇"，与赠序所要求的赠言之义相差甚远。这个说法有一定道理，然而完全否定此文的艺术价值却不一定合理。

三　勿增所无以为有
——刘咸炘"韩愈观"的学术意义

直至今天，刘咸炘的韩愈研究仍有重要价值。

---

① 刘咸炘：《推十书增补全本（戊辑）》，上海科学技术文献出版社 2009 年版，第 825 页。

　　首先，刘咸炘的许多观点切中肯綮。刘咸炘确定韩愈为中国学术思想史、文化史上承前启后的重要价值，早了陈寅恪先生近三十年，已经成为今天学界的定评。刘真伦《韩愈集宋元传本研究》《韩愈文集汇校笺注》提出的韩愈的贡献，邓小军《唐代的中国文化宣言——韩愈〈原道〉论考》都应导源于此。刘咸炘对韩愈散文创作的一些评价也为我们今天所接受，比如上文所提到的对《送董邵南游河北序》的评价。刘咸炘对韩愈的总体评价也是中肯的，符合韩愈儒学贡献的实际。

　　其次，刘咸炘提出了韩愈研究的一系列课题，成为今天学术界韩愈研究的热点。刘咸炘提出的《顺宗实录》的文学文献研究成为今天韩愈研究的重要课题；刘咸炘提出的韩愈文章文体研究也是今天古代文学界研究的热点问题；刘咸炘提出的韩愈儒学研究问题，虽然有所承继，也有自己的推进，今天仍然是韩愈研究的重要课题。

　　最后，刘咸炘的研究方法值得我们借鉴。刘咸炘在《订韩》题解中说："夫过毁一人，有诬善之愆；过誉一人，宜若无罪。然积习生常，过枉害直，纵毁誉而乱是非之真，则非知人论世之道也。"所以刘咸炘确定《订韩》的主旨是"定韩子之真"。在《订韩》的最后，刘咸炘对长期以来过誉韩愈的评论作出了自己的判断，李翱为韩愈写的行状，皇甫湜为韩愈写的墓志、神道碑，都推崇韩文，难免有"师弟之私"，宋祁《新唐书·韩愈传》中的评论"何其言之易"，苏轼则"过誉韩公"之最甚者，合适的评价是："卓然树立，成一家言，刊落陈言，横骛别驱，汪洋大肆，鲸鉴春丽，惊耀天下，然而密丽窈（《推十书》增补全本作'窃'，误）眇，章妥句适。"综合《新唐书·韩愈传》和李翱给韩愈写的行状，作出较为中肯的评价。刘咸炘在《三术》中总结自己的学术方法："勿增所无以为有，勿泥其显而忽于微，勿执己见以强合之，勿持阔论以概讥之，泾渭清浊不混也，郢书燕说无取也。"① 这是今天学术研究也应遵守的学术原则。

---

① 刘咸炘：《推十书增补全本（甲辑）》，上海科学技术文献出版社 2009 年版，第 6 页。

唐代地狱观念的传播及其
对韩愈诗歌创作的影响[①]

陈 龙[②]

（忻州师范学院中文系）

摘 要 地狱观念随佛教传入中国后，即通过多种方式和媒介在社会上广为传播，至唐代已非常流行。其中不少丑陋、恐怖的意象恰与韩愈诗歌创作中"以丑为美"的审美取向相契合，并融入其险重、怪奇的诗歌风格之中。

关键词 地狱 韩愈 传播 诗歌

许多学者在探讨韩愈诗歌时，都会论及其险重、怪奇的诗歌风格以及"以丑为美"的审美取向。那么，韩诗的"险重""怪奇"究竟源于哪些方面？"以丑为美"中"丑"的意象到底取材于何种思想？其来源无疑是多元的，但唐代广为流传的地狱观念对此应当也有不小的影响。关于此论题，前人鲜有论及。陈允吉曾就唐代寺庙壁画对于韩愈诗歌的影响发表过专论，分析了韩愈诗文对于"地狱变相"[③]的吸收。本文认为，在唐代地狱观念是通过多种渠道传播的，其对诗人及诗歌创作的影响，也应该是多方面的。

---

① 基金项目：教育部哲学社会科学研究重大课题攻关项目"中国佛教文学通史"（12JZD008）；教育部人文社会科学研究一般项目"地狱观念与中古文学"（11YJCZH012）；山西省教育厅哲学社会科学研究一般项目"地狱观念与中古文学"（20112216）；山西省高等学校教学改革项目"中国文学批评史教学实践专题研究"（J2012093）。

② 陈龙（1976— ），男，山西忻州人，忻州师范学院中文系副教授，文学博士，主要研究方向：唐代文学。

③ 陈允吉：《古典文学佛教溯缘十论》，复旦大学出版社 2002 年版，第 129—148 页。

一　唐代地狱观念的传播及其对韩愈的影响

（一）　地狱释名

地狱观念伴随佛教传入中土，也随着佛教的兴盛而在民间流行。经过六朝时期的发展，至唐代，地狱观念已经深入人心，并逐渐呈现出本土化的倾向。唐西明寺沙门道世玄晖撰《诸经要集》，对地狱一词作了简要的说明：

> 问曰：云何名地狱耶？答曰：依立世阿毗昙论云：梵名泥黎耶，以无戏乐故，又无喜乐故。又无行出故，又无福德故，又因不除离恶业故。于中生。复说：此道于欲界中最为下劣，名曰非道，因是事故，故说地狱名泥黎耶。如婆沙论中，名不自在。谓彼罪人，为狱卒阿傍之所拘制，不得自在，故名地狱。亦名不可爱乐，故名地狱。又地者底也，谓下底。万物之中地最在下，故名为底也。狱其局也，局谓拘局不得自在，故名地狱。又名泥犁者梵音，此名无有，谓彼狱中无有义利，名无有也。①

此段引文指出了地狱"无戏乐、无喜乐、无行出、无福德、无自在、无有义利、不除离恶业"等诸多特点，并说明了"地狱"和"泥犁"实为一词。"泥犁"仅为音译，"地狱"又增加了"处于下底、拘局不得自在"的意思。

> 问曰：地狱多种，或在地下，或处地上，或居虚空，何故并名地狱？答曰：旧翻地狱，名狭处局不摄地空。今依新翻经论，梵本正音名那落迦，或云捺落迦。此总摄人，处苦集故名捺落迦。又新婆沙论云：问何故彼趣名捺落迦？答彼诸有情，无悦无爱无味无利无喜乐，故名那落迦。或有说者，由彼先时造作增长，增上暴恶身语意恶行，

---

① ［日］高楠顺次郎等：《大正新修大藏经》，新文丰出版公司1983年版，第54册，第166页。

往彼令彼相续，故名捺落迦。有说彼趣以颠坠，故名捺落迦。①

此段引文提到的"新翻经论"即指唐代玄奘法师的新译佛经。按佛经所述，地狱不仅处于地下，它还处于地面之上、虚空之中，"地狱"一词不足以涵盖其他空间的存在，故玄奘译经时选用了"捺落迦"一词。在引文中，道世将地狱所处的空间做了地下、地上和虚空的划分，直到现在，我们仍认同此说。②

（二）佛教类书与地狱观念的传播

释道世（？—683 年），字玄恽，是唐代一位非常重要的僧人，其生平事迹，见北宋赞宁《宋高僧传》③ 卷四以及《法苑珠林》④ 附录等。他所撰集的两部类书《诸经要集》和《法苑珠林》，成为后人研究唐代地狱观念的渊薮。本文援引的"地狱"定义，也正是出于《诸经要集》。这两部著作在佛教地狱观念的传播方面，更起到了重要的作用。

《诸经要集》又称《善恶业报论》，共录佛典资料一千余条，书中注重对善恶业报事缘方面的论述。全书按三十部分类编次，类下多有分"篇"，篇下再分"缘"，共立缘一百八十五部，书中专门设有"地狱部"，讲述佛教地狱观念。道世的第二部类书《法苑珠林》，也是理解中国风土民俗的重要资料。《法苑珠林》所引用的典籍有四五百种，其中佛教的经、律、论和汉地佛教集传占三分之二，佛教以外诸子百家的各种著作占三分之一，如志怪小说、笔记、野史、杂传等。清代以来就有学者指出，它是校刊、辑逸的宝贵资源。民国以来，鲁迅辑录《古小说钩沉》、汪绍楹校辑《搜神记》《搜神后记》等，也曾用为材料。书中亦设"地狱部"，综合了各种典籍关于地狱的记载。

---

① ［日］高楠顺次郎等：《大正新修大藏经》，新文丰出版公司 1983 年版，第 54 册，第 166 页。

② 吕大吉说："在古老的年代，人们在构想灵魂之国所在地时，当然有多种可能的选择。但是，如果我们对古往今来的一切'冥府'观念作一番比较研究，按其空间地域的共同性进行分类。这些幽冥世界的所在地，仍不过是三类：一类在地面之上；一类在地底之下；一类在天上。"见《宗教学通论新编》，中国社会科学出版社 1998 年版，第 125 页。

③ 赞宁：《宋高僧传》，中华书局 1987 年版，第 66—67 页。

④ 道世：《法苑珠林》，中华书局 2003 年版，第 2909—2910 页。

此二部类书中"地狱部"又分"述意部""会名部""受报部""时量部""典主部""王都部""业因部""戒勖部"八小部，介绍了佛教地狱的一般知识。《法苑珠林》中有关地狱的内容，是在《诸经要集》的基础上增补、扩编而成的。但与《诸经要集》不同的是，《法苑珠林》在地狱部之下，还立有"感应缘"，广引地狱感应故事作为证验。在唐代，除佛经外，地狱观念有相当一部分正是通过佛教类书及其"感应缘"中所收录的故事，传播给大众的。

（三）唱导、俗讲、变文与地狱观念的传播

我国的佛教唱导发端于佛法东传之初。经东晋高僧慧远（334—416年）的鼎力提倡，后代僧人将其作为一种有规定法式的佛事。至唐代，此项艺术已非常繁荣。《高僧传》卷十三《唱导传论》云："唱导者，盖以宣唱法理，开导众心也。"① 总体来讲，唱导是一种以歌唱事缘、杂引譬喻来宣唱法理、开导众心的一种佛教讲唱艺术。该书同卷另有一段文字云：

> 至如八关初夕，旋绕行周，烟盖停氛，灯惟靖耀，四众专心，又指缄默。尔时导师，则擎炉慷慨，含吐抑扬，辩出不穷，言应无尽。谈无常则令心形战栗，语地狱则使怖泪交零，征昔因则如见往业，敷当果则已示来报，谈怡乐则情抱畅悦，叙哀戚则洒泪含酸。于是阖众倾心，举堂恻怆。五体输席，碎首陈哀。各各弹指，人人唱佛。

此段记载屡为学者征引。被用来考证、描述唱导的程式及周围气氛。文中明言："谈无常则令心形战栗，语地狱则使怖泪交零。"可见，宣传地狱观念，是唱导程式中一个非常重要的环节，而且往往能起到非常良好的宗教宣传效果。

与唱导相比，俗讲是一种更为理想的宣佛模式，它有着更为广泛的受众群体，在唐代，上至帝王大臣，下至普通百姓，都是俗讲的忠实听众。《资治通鉴·唐纪》记敬宗宝历二年（826年）六月己卯听俗讲事，云：

---

① 慧皎：《高僧传》，中华书局1992年版，第521页。

"幸兴福寺，观沙门文淑俗讲。"① 昭宗乾符年间（874—879 年）诗人李洞诗《题新安国寺》云："开讲宫娃听，抛生禁鸟餐。钟声入帝梦，天竺化长安。"② 又有《赠入内供奉僧》曰："因逢夏日西明讲，不觉宫人拔凤叉。"③ 求得布施是进行俗讲的一个主要目的，此诗即言宫人随帝王去听俗讲，因感动而拔下头钗作为布施之事。皇帝率众入寺听讲，对民间风气有很大影响。唐代俗讲最广大的接受群，是普通百姓。姚合（781—846 年）《听僧云端讲经》诗云："无生深旨诚难解，唯是师言得真正。远近持斋来谛听，酒坊鱼市尽无人。"④ 此诗记述了俗讲灵活自由、贴近百姓的宣讲特点，以及其轰动一时、万人空巷的宣传效应。

　　讲唱目连地狱救母故事，是俗讲之一大宗，也是华夏文明接收外来养分结出的一大硕果。现存各种版本的目连变文，即是当时目连俗讲的记录本，目连变文记述了佛陀弟子目连拯救亡母出离地狱之事，其对地狱的描写最为生动。郑振铎在《中国文学史》中讲："在中国的一切著作里，（目连变文）可以说是最早的详尽叙述周历地狱的情况的；其重要有若《奥德思》、《阿尼特》及《神曲》诸史诗。"⑤ 考证目连故事的来龙去脉，并非本文之重点，本文所要阐明的是，目连故事及其载体——俗讲艺术，在唐代盛极一时的景况。中唐时期很多诗人都是俗讲的热心听众。刘禹锡（722—842 年）《送慧则法师上都，因呈广宣上人》诗曰："昨日东林看讲时，都人象马踏琉璃。"⑥ 姚合《赠常州院僧》诗云："仍闻开讲日，湖上少渔船。"⑦ 元稹（779—831 年）《答姨兄胡灵之见寄五十韵》诗有："尽日听僧讲，通宵咏月明。"⑧ 白天听讲不倦终日，夜晚对月吟咏通宵。这种情形几乎是当时士子文化生活的一个写照。韩愈的《华山女》一诗，描述了中唐民众争听俗讲、热闹非凡的情形："街东街西讲佛经，撞钟吹螺闹宫庭。广张罪福资诱胁，听众狎恰排浮萍。"⑨ 韩愈以反佛著称，此

① 司马光：《资治通鉴》，中华书局 1956 年版，第 7850 页。

② 彭定求等：《全唐诗》，中华书局 1960 年版，第 8729 页。

③ 同上书，第 8293 页。

④ 同上书，第 5712 页。

⑤ 郑振铎：《插图本中国文学史》，作家出版社 1957 年版，第 456 页。

⑥ 刘禹锡：《刘禹锡集》，中华书局 1990 年版，第 394 页。

⑦ 彭定求等：《全唐诗》，中华书局 1960 年版，第 5650 页。

⑧ 元稹：《元稹集》，中华书局 1982 年版，第 124 页。

⑨ 韩愈：《韩昌黎诗系年集释》，上海古籍出版社 1994 年版，第 1093 页。

诗似非赞美佛教俗讲之词，但却真实地记录了长安市民观听俗讲的生动场景。

孟棨《本事诗》中记述张祜（792—853 年）和白居易（772—846年）的一段对话尤其有名：

> 诗人张祜未尝识白公，白公刺苏州，祜来谒。才见白，白曰："久钦籍，尝记得君款头诗。"祜愕然曰："舍人何所谓？"白曰："鸳鸯钿带抛何处，孔雀罗衫付阿谁，非款头何耶？"张顿首微笑，仰而答之："祜亦常记得舍人《目连变》。"白曰："何也？"祜曰："上穷碧落下黄泉，两处茫茫皆不见，非《目连变》何耶？"遂与欢笑竟日。①②

这条记载亦见于五代王定保所撰《唐摭言》③。文中出现的张祜诗句，是一首题为《感王将军之柘枝妓之殁》七言律诗中的一联④，而白居易的诗句则是《长恨歌》中的一联。其时为宝历元年（825 年），白居易赴任苏州刺史，张祜在苏州令狐楚属下。文中，白居易所言"款头"，在《唐摭言》中作"问头"，它并非一个普通用语，而是唐代变文中的一种专用词汇。蒋礼鸿在《敦煌变文字义通释》第三编中有详细的解释。⑤其本义是指官府审问犯人的问题，也指唐人考试对策用的问题，它们都采用书面形式。值得注意的是，"问头"一词亦见于唐代变文《唐太宗入冥

---

① 丁福保：《历代诗话续编》，中华书局 1983 年版。

② 苏轼：《苏轼文集》，中华书局 1986 年版。

③ 《唐摭言》卷一三"矛盾"条所载，与前文略有出入，兹录于下：张处士《忆柘枝诗》曰："鸳鸯钿带抛何处？孔雀罗衫属阿谁？"白乐天呼为"问头"。祜矛楯之曰："鄙薄问头之诮，所不敢逃；然明公亦有《目连经》，《长恨辞》云：'上穷碧落下黄泉，两处茫茫都不见。'此岂不是目连访母耶？"见（五代）王定保《唐摭言》，姜汉椿校注，上海社会科学院出版社 2003 年版，第 271 页。

④ （清）彭定求等编：《全唐诗》卷五一一，中华书局 1960 年版，第 5827 页。原诗如下：寂寞春风旧柘枝，舞人休唱曲休吹。鸳鸯钿带抛何处，孔雀罗衫付阿谁。画鼓不闻招节拍，锦靴空想挫腰肢。今来座上偏惆怅，曾是堂前教彻时。

⑤ 蒋礼鸿：《敦煌变文字义通释》，上海古籍出版社 1981 年版，第 85—87 页。

记》中①②③④，文中所言"问头"，指的是地狱冥官对入冥者罪状的讯问。"问头"和"目连变"皆为唐代描写地狱情状的变文用语，所以，张祜面对白居易之调侃，才能作出这样的联想和对答。在此处"款头"和"目连变"皆用为谑语，即是用来开玩笑的"嘲弄语"。张祜以《目连变》喻《长恨歌》的两句诗，可见，他不仅熟悉《目连变》这种文学形式，而且精通《目连变》的内容。面对张祜"目连变"的谑语，白居易不但没有反驳，反而坦然接受，两人意气投合，遂至"欢笑竟日"。这段文字也说明了唐代士人对《目连变》的熟悉程度：张祜信手拈来，白居易欣然领会。由此亦可推知《目连变》《唐太宗入冥记》等当时极为盛行的地狱类故事之深入人心。

变文，作为唱导的记录本，亦在民间广为传抄。在唐人看来，抄写变文具有消减灾难、除却业障、集聚福德的功用。北京盈字 76 号目连写卷，卷末有云："太平兴国二年，岁在丁丑润六月五日，显德寺学仕郎杨愿受一人恩微，发愿作福，写尽此《目连变》一卷。后同释迦牟尼佛一会弥勒生作佛为定。后有众生同发信心，写尽此《目连变》者，同池（持）愿力，莫堕三途。"⑤ 现存的敦煌变文中，有关目连的变文抄本之多，为所有变文抄本之最。文人学士是变文的重要书写者和基本的阅读群。在记录和阅读变文的过程中，地狱观念也必然借助此种媒体在文人中广泛传播。缘于目连救母故事的盂兰盆法会，其形式之繁盛，历史之悠久，也为中土民间各种节会所罕有，详细情况，可参考美国学者太史文（Stephen Teiser）《幽灵的节日——中国中世纪的信仰与生活》⑥ 一书。

（四）变相与地狱观念的传播

在各类变相中，有一部分与变文是互为表里、相辅相成的。变文是变相的文字说明，变相是变文的直观表现。如 S. 2614 号卷的标题是"大目

---

① 项楚：《敦煌变文集选注（增订本）》，中华书局 2006 年版，第 1965—1995 页。

② 王重民等：《敦煌变文集》，人民文学出版社 1957 年版，第 209—215 页。

③ 潘重规：《敦煌变文集新书》，文津出版社 1994 年版，第 1095—1102 页。

④ 黄征、张涌泉：《敦煌变文校注》，中华书局 1997 年版，第 319—332 页。

⑤ 同上书，第 1069 页。

⑥ ［美］太史文（Teiser, S. F.）：《幽灵的节日——中国中世纪的信仰与生活》，浙江人民出版社 1999 年版。

乾连冥间救母变文并图一卷并序"，现此图虽已逸失，然标题本身说明原来有图配合，这图自然是变相图。地狱变，亦为变相之一大宗。唐时吴道子擅长佛教寺院壁画，《唐朝名画录》云其："凡画人物、佛像、鬼神、禽兽、山水、台殿、草木，皆冠绝于世，国朝第一。"① 杜甫《冬日洛城北谒玄元皇帝庙》赞其画云："森罗回地轴，绝妙动宫墙。"② 地狱变相，是吴道子画得最多的题材。如优秀的唱导师，总能够"绮综成词、指事造形"一样③，吴道子画地狱变相也引用闻见，贴近生活。其地狱变相的着眼点不在于渲染地狱中油锅鼎沸、刀锯林立的恐怖景象，而能够"杂金胄于桎梏"④，精心描写贵胄子弟、达官显贵因作恶多端被鬼神捉拿押解、桎梏加身恐怖莫名的状况。画图所表达的"诸恶莫作"的佛教思想和触目惊心的审美效果，使见过的人都不能无动于衷："京师屠沽酒罟之辈，见之而惧罪改业者，往往有之，率皆修善"⑤，"吴生画此地狱相，都人咸观，惧罪修善。两市屠沽经月不售"⑥。苏轼化用此事为《地狱变相偈》云："我闻吴道子，初作鄷都变。都人惧罪业，两月罢屠宰。"⑦ 除吴道子之外，据《唐朝名画录》，尚有张孝师、卢棱迦善画地狱变。⑧ 二人皆以吴道子画为蓝本进行创作。如本文开头所述，韩愈有些诗，素有"险重怪奇"之称，作者尤喜搜罗各种丑恶可怕的事物，将其置于诗中，作为艺术美而给予强有力的表现。韩愈《谒衡岳庙遂宿岳寺题门楼》有诗云："森然魄动下马拜，松柏一径趋灵宫。粉墙丹柱动光彩，鬼物图画填青红。"⑨ 诗中描写的当是他去拜谒衡岳庙，进入寺院，见到壁画、雕

---

① 朱景玄：《唐朝名画录》，四川美术出版社 1985 年版，第 3 页。

② 杜甫：《杜诗详注》，中华书局 1979 年版，第 91 页。

③ 慧皎：《高僧传》，中华书局 1992 年版，第 521 页。

④ 岳仁：《宣和画谱》，湖南美术出版社 1999 年版，第 40 页。

⑤ 朱景玄：《唐朝名画录》，四川美术出版社 1985 年版，第 4 页。

⑥ 黄休复等：《益州名画录》，四川人民出版社 1982 年版，第 31 页。

⑦ 苏轼：《苏轼文集》，中华书局 1986 年版，第 644 页。

⑧ 关于张孝师《唐朝名画录》这样记载："张孝师画亦多变态，不失常途；惟鬼神地狱，尤为工妙，并可称妙品"；又有关于卢棱迦的记载云："卢棱迦善画佛，于庄严寺，与吴生对画神，本别出体，至今人所传道"。出自（唐）朱景玄《唐朝名画录》，温肇桐注，四川美术出版社 1985 年版，第 26 页。

⑨ 韩愈：《韩昌黎诗系年集释》，上海古籍出版社 1994 年版，第 277 页。

塑时的情形。在《唐代寺庙壁画对韩愈诗歌的影响》一文中①，陈允吉主要分两个方面，阐述了韩愈诗文对于"地狱变相"的吸收。第一，关于火的描绘；第二，关于行刑的场面。本文认为，地狱观念对韩愈诗歌的影响不限于此，吸收地狱变相入诗，只是地狱观念对韩愈诗歌影响的一个方面。

（五）唐人小说与地狱观念的传播

对"地狱之说，儒者不道"② 这一传统观念的奉行，致使地狱观念尽可能地退出了文人所垄断诗、词等文学形式，而在日后反映平民情趣的通俗叙事文学里扎下了营垒。从南朝开始，描写地狱的作品由于其新奇的构思方式，神异的情节效应和深入人心的思想观念，使它很快成为中国传统小说中的一个重要范型。唐人笔记小说中，更夹杂着大量的地狱描写。《朝野佥载》《隋唐嘉话》《明皇杂录》《酉阳杂俎》《博异志》《独异志》《剧谈录》《玄怪录》等，每一部书都是充斥着反映地狱观念的笔记小说。张鷟、刘餗、郑还古（谷神子）、段成式、李冗（李亢）、康骈等，均为当时科场得意，官场扬名之人。牛僧孺，更是名震京师，官居要位，处于中唐"牛李党争"风口浪尖的风云人物。如此多的文人学士和小说著作，不可能对韩愈没有影响。

韩愈自称"生七岁而学圣人之道，以修其身"，又曾说自己"非三代两汉之书不敢观，非圣人之志不敢存"③。他时时刻刻不忘以儒家道统自居。在著名的《五原》中，他给人的印象绝对是一位威仪凛然的儒家宗师。但其实这只是韩愈的一面，韩愈是一个复杂的人物，他性格深处并不是一味地威风凛凛，他还有风趣好奇的一面。他喜欢奇特的事物，喜欢游戏。韩愈诗歌之奇，在其气、在其神、在其文字，更在其非同寻常的喜好。韩愈诗文中时有驳杂无实、调侃谐谑之词。题目中有"醉""玩""戏""调""嘲"等字者，多为此类。张籍曾致书韩愈指摘其弊：

比见执事多尚驳杂无实之说。使人陈之于前以为叹。此有以累于

① 陈允吉：《古典文学佛教溯缘十论》，复旦大学出版社 2002 年版，第 129—148 页。

② 阮葵生：《茶余客话》，中华书局 1959 年版，第 424 页。

③ 韩愈：《韩昌黎文集注释》，三秦出版社 2004 年版，第 300—302 页。

令德。①

韩愈答曰：

> 吾子又讥吾与人为无实驳杂之说。此吾所以为戏尔。比之酒色，不有间乎？②

张籍再次致书云：

> 君子发言举足，不远于理。未尝以驳杂无实之言为戏也。执事每见其说，亦附抃呼笑。是挠气害性，不得其正矣。苟正之不得，曷所不至焉。③

韩愈再答曰：

> 驳杂之讥，前书尽之。吾子其复之。昔者夫子犹有所戏。诗不云乎："善戏谑兮，不为虐兮。"记曰："张而不弛，文武不能也。"恶害于道哉？吾子其未之思乎！④

陈寅恪指出：

> 设韩愈所好"驳杂无实之说"非如幽怪录、传奇之类，此外，更无可指实。虽籍致愈书时，愈尚未撰写毛颖传，而由书中陈述，固知愈于小说，先有深嗜。后来毛颖传之撰作，实基于早日之偏好。⑤

由此可知，韩愈从小就喜欢阅读小说，文中所言《幽怪录》即牛僧儒所撰之《玄怪录》，今本《玄怪录》第一篇"杜子春"条，就有丰富

---

① 彭定求等：《全唐诗》，中华书局 1960 年版，第 7008 页。
② 韩愈：《韩昌黎文集注释》，三秦出版社 2004 年版，第 201 页。
③ 董浩等：《全唐文》，中华书局 1983 年版，第 7009 页。
④ 韩愈：《韩昌黎文集注释》，三秦出版社 2004 年版，第 204 页。
⑤ 陈寅恪：《陈寅恪集·讲义及杂稿》，生活·读书·新知三联书店 2002 年版，第 441 页。

的地狱描写。文中写杜子春所经受的阎罗王、牛头狱卒、熔铜、铁杖、碓捣、硙磨、火坑、镬汤、刀山、剑林之苦，皆为佛教经典及中土小说关于地狱考略的典型描述。另外，《玄怪录》之"崔环""刘讽""董慎"等条，均涉地狱之事。小说中的地狱描述，必然会影响到喜怪尚奇的韩愈及其诗歌创作。

综上所述，从佛教类书到文人小说，从民俗节日到民间传说，从佛教讲唱到寺庙壁画无不体现了唐代丰富的"地狱文化"。如此丰富的地狱信息，不可能对韩愈的诗文创作没有影响。下文试图具体阐明，地狱观念究竟如何影响了韩愈的诗文创作。

二　韩愈诗歌中的地狱意象

韩愈诗歌中地狱意象的出现，一部分是由于唐代地狱观念深入人心，诗人在创作的过程中，不自觉地将其运用于诗歌，无意所致；还有一部分是诗人为追求险重、怪奇的诗歌风格，有意而为。首先，本文试图就第一种情况进行分析。

（一）"山林之牢"

贬谪，是韩愈生命历程中一个不可忽视的重要环节。韩愈从小即对贬谪之苦有过刻骨铭心的体验。大历十二年（777 年），因受元载牵连，韩愈长兄韩会被贬韶州（今韶关）。韩愈曾随兄嫂举家南迁，时年韩愈十一岁。① 长兄韩会，也因悲伤和劳累过度死于贬所。在韩愈的记忆中，贬谪的痛苦是和死亡的恐惧掺和在一起的。

贞元十九年（802 年）十二月，韩愈因言获罪，被贬阳山。他在《祭河南张员外文》里回顾被贬情形时说："彼婉娈者，实惮吾曹。侧肩帖耳，有舌如刀。我落阳山，以尹姗揉；君飘临武，山林之牢。岁弊寒凶，雪虐风婆。颠于马下，我沔君眺。"其中，"我落阳山，以尹姗揉；君飘临武，山林之牢"这四句，描述了他们被贬至岭南的自然环境。"阳山"即连州阳山县，"张员外"即其友张署，其贬谪地"临武"，即郴州临武

---

① 卞孝萱等：《韩愈评传》，南京大学出版社 1998 年版，第 48 页。

县，位于郴州西南。连州与郴州连界，阳山与临武二县，距离不足二百里。"以尹晤揉""山林之牢"两句相通，都表现了流放地的野蛮而恶劣的环境，也都表露了对"婉妾者"如此处分"吾曹"的愤怒。其中，以山林为牢狱的说法，发前人所未发，新颖独特。"地狱"作为我国固有名词，本身即有用以比喻苦难危险的境地之意①。《三国志·蒋济传》中"贼据西岸，列船上流，而兵入洲中，是为自内地狱，危亡之道也"，即用此意②；佛教地狱一词，最早被译为"泥犁"，到了唐代，玄奘法师在译经中，始舍弃"泥犁"一词不用，而用"捺落迦"，意译为苦具、苦器、受罪处。所以地狱一词本身就具有"危险境地"和"受苦之处"的内涵。这与韩愈潜意识中对当时环境的感受非常契合。

在《送区册序》中，韩愈对阳山是这样描写的：

> 阳山，天下之穷处也，陆有丘陵之险，虎豹之虞，江流悍急，横波之石，廉利侔剑戟，舟上下失势，破碎沦溺者，往往有之。县郭无居民，官无丞、尉，夹江荒茅篁竹之间。小吏十余家，皆鸟言夷面。始至，言语不通，画地为字，然后可告以出租赋，奉期约，是以宾客游从之士，无所为而至。③

在韩愈诗中，阳山为"天下之穷处也"，是蛮荒的、恐怖的；这里的居民"鸟言夷面"，是另类的、丑恶的。因而，韩愈对贬谪之地山水风物的描写，不自觉地借鉴了地狱的意象。《题炭谷湫祠堂》云："万生都阳明，幽暗鬼所寰。嗟龙何独智，出入人鬼间""祠堂像侔真，擢玉纤烟鬟。群怪俨伺候，恩威在其颜"④。这是他对当地佛寺的描述。《八月十五夜赠张功曹》云："洞庭连天九疑高，蛟龙出没猩藉号。十生九死到官所，幽居默默如藏逃。下床畏蛇食畏药，海气湿蛰熏燥躁。"⑤ 这是他对当地山林的描写。《赴江陵途中寄赠三学士》云："远地触途异，吏民似

---

① 《辞源》中有解曰：地狱，比喻苦难危险的境地。见商务印书馆修订组编《辞源》，商务印书馆1988年版，第319页。

② 陈寿：《三国志》，中华书局1959年版，第451页。

③ 韩愈：《韩昌黎文集注释》，三秦出版社2004年版，第404—405页。

④ 韩愈：《韩昌黎诗系年集释》，上海古籍出版社1994年版，第177页。

⑤ 同上书，第257页。

援猴。生狞多忿很，辞舌纷嘲啁。白日屋檐下，双鸣斗鹒鹠。有蛇类两首，有蛊群飞游。穷冬或摇扇，盛夏或重裘。咄起最可畏，旬哮簸陵丘。雷霆助光怪，气象难比伴。病疫忽潜遘，十家无一瘳。猜嫌动置毒，对案辄怀愁。"① 这是他对当地民风的回忆。韩愈诗中的暗幽祠堂、鬼物图画、毒蛇湿气以及刁民恶俗，跟作者世路艰难的感受和焦躁愤郁的情感处处纠结在了一起。

　　如果说，在这些夹杂着种种地狱意象的恐怖描写中，尚有写实的因素的话，那么，以下诗歌的描写则更为阴森恐怖，不似人间。如"青鲸高磨波山浮，怪魅炫耀堆蛟虬。山狖雚噪猩猩愁，毒气烁体黄膏流"②，"湖波翻日车，岭石坼天罅。毒雾恒熏昼，炎风每烧夏"③。关于环境"险峻""酷热""腥臊""毒臭"的描述，很容易让人想起敦煌变文中有关地狱的描写。《大目乾连冥间救母变文》云："罪人业报随缘起，造此（次）何人救得伊。腥血凝脂长夜臭，恶染阇梨清净衣。"④ 韩愈诗歌对当地"毒雾炎风"的描述，尤似地狱景象。《目连缘起》有云："其地狱者黑壁千重，乌门千刃，铁城四面，铜苟喊呀，红焰黑烟，从口而出。"⑤ 韩愈正是凭借诗歌中具有地狱意象的表述，传达了其"居蛮夷之地，与魑魅为群"的贬谪之苦，从而引发了朝廷的怜悯之情⑥。当然，韩诗中层出不穷的险怪意象之间，未必都能做到协调和谐。韩诗恐怖意象的生硬组合及其"险重怪奇"的笔法运用，是其内在情绪冲突躁动的反映。韩诗正是将这些恐怖意象生擒活捉，使其诗歌成为"凌暴万物"、意象辐辏的大观。

　　韩愈还喜欢以剑喻山，如《郴口又赠二首》其一云："山作剑攒江写

① 韩愈：《韩昌黎诗系年集释》，上海古籍出版社1994年版，第289页。

② 同上书，第222页。

③ 同上书，第229页。

④ 王重民等：《敦煌变文集》，人民文学出版社1957年版，第720页。

⑤ 同上书，第704页。

⑥ 宋善卿的《祖庭事苑》载：愈至潮阳上表，其略云："臣经涉岭海，水陆万里。州南世界，涨海连天。毒雾瘴氛，日夕发作。臣少多病，年才五十，发白齿落，理不久长。单立一身，朝无亲党。居蛮夷之地，与魑魅为群。"上览而悯之，授袁州刺史。《卍新纂续藏经》第64册，第365页。

镜，扁舟斗转急于飞。"① 《答张彻》云："泉绅拖修白，石剑攒高青。"②
《喜侯喜至赠张籍张彻》诗云："地遐物奇怪，水镜涵石剑。荒花穷漫乱，
幽兽工腾闪。"③ 诗中利用了剑的锋利、尖挺、高直的特点作为比喻，并
指出了隐藏在幽暗角落的凶禽猛兽，这与唐代小说中，关于地狱"刀山
剑树、毒龙猛兽"的描写极为相类。在《玄怪录》"杜子春"条中，当写
到杜子春经受各种冥间考验之时，就有这样的描写：

> 左右竦剑而前，逼问姓名，又问作何物，皆不对。问者大怒，催
> 斩，争射之，声如雷，竟不应。将军者拗怒而去。俄而猛虎、毒龙、
> 狻猊、狮子、腹蛇万计，哮吼拿攫而前，争欲搏噬，或跳过其上。④

地狱中尖刀林立、幽兽腾闪的描述，与韩愈诗歌中相关描写正相暗
合。"剑戟森林，刀枪重叠。剑树千寻以芳拨，针刺相楷（揩）；刀山万
仞〔□〕横连，谗（巉）峆乱倒。"⑤ 韩孟诗派以"险重怪奇"著称，他
们抛弃了传统山水自然美中的静谧、安宁与和谐，而代之以奇怪甚至是丑
陋的美学意蕴。孟郊写湘楚间峡谷所见所闻时云："峡乱鸣清磬，产石为
鲜鳞。喷为腥雨涎，吹作黑井身。怪光闪众异，饿剑唯待人。老肠未曾
饱，古齿崭嵓嗔。嚼齿三峡泉，三峡声断断。"⑥ 其腥风血雨、光怪陆离、
磨牙吮血、剑拔弩张的场景，完全是地狱景象的再现。

元和十四年（819 年），韩愈向朝廷进献著名的《论佛骨表》，数日
后，再次被贬。与十五年前被贬阳山不同，这次韩愈被贬潮州，是其一生
所遭受的最大打击。是年诗人已五十二岁，进入老境，天又大寒，全家扶
老携幼，状况非常悲惨。最凄惨的是韩愈幼女挐，病死于商山南层峰驿。
韩愈有诗云："女挐年十二，病在席，既惊痛与其父诀，又舆走失道，撼
顿失食饮节，死于商南层峰驿，即以瘗道南山下。"⑦ 种种惨状，已非昔

---

① 韩愈：《韩昌黎诗系年集释》，上海古籍出版社 1994 年版，第 269 页。

② 同上书，第 397 页。

③ 同上书，第 620 页。

④ 牛僧孺：《玄怪录》，中华书局 1982 年版，第 5 页。

⑤ 项楚：《敦煌变文集选注（增订本）》，中华书局 2006 年版，第 906 页。

⑥ 孟郊：《孟郊集校注》，浙江古籍出版社 1995 年版，第 426 页。

⑦ 韩愈：《韩昌黎文集注释》，三秦出版社 2004 年版，第 320 页。

年阳山可比。韩愈《泷吏》一诗①，秉承其视贬谪之地为牢笼、地狱的一贯思想。诗中首先描写了行至潮州时的路途险恶："南行逾六旬，始下昌乐泷。险恶不可状，船石相舂撞。"继而，渲染了贬所的恐怖："此下三千里，有州始名潮。恶溪瘴毒聚，雷电常汹汹。鳄鱼大于船，牙眼怖杀侬。周南数十里，有海无天地。飓风有时作，掀簸真差事。"从文中"此下三千里，有州始名潮""恶溪瘴毒聚，雷电常汹汹"等语句，就可以体会到诗人潜意识中，堕入地狱感觉。诗中又云"周南数十里，有海无天地"：这里是天地之尽头，恶物出没，飓风不息，雷电汹汹，苦毒皆具。"比闻此州囚，亦有生还侬。官无嫌此州，固罪人所徙"：被囚于此，凶多吉少，山毒水恶，生机难觅。

韩诗的意象峥嵘奇特、壮伟瑰怪，意象之间往往突起突结、撑拄突兀。意象瑰奇，源于处在矛盾冲突、斗进躁郁中的心灵，艺术上需要有这样的对应物。韩愈贬谪诗歌中的山水，常以险巇、蛮荒、阴晦的面貌出现，正跟作者道之不行，且陷身蛮夷的躁郁感受相对应。诗中出现的地狱意象，跟作者遭受贬谪的恐惧、愤郁之情相结合，催化了韩诗"险重怪奇"之风格特点的形成。

（二）《月蚀》仿作

上文就韩诗中无意识地运用地狱意象的情况作了简单的分析。但其诗歌中，有意借用地狱意象的情况，更值得注意。韩愈的诗文创作，主张语惊四座、独树一帜、彪炳千秋、垂范后世。他反对泛泛而谈、平淡无奇，提倡危言耸听、怪怪奇奇。在《荆谈唱和诗序》中，韩愈宣扬"搜奇抉怪，雕镂文字"，赞赏"铿锵发金石，幽眇感鬼神"。所谓"搜奇抉怪"，即选择新奇怪异的事物而表现之。如此，才能超凡脱俗、标新立异、出奇制胜、令人叹服。当然，这种奇怪之文也是讲究传达技巧的，在形式上要求雕镂、铸炼，在语言上必须音韵铿锵，掷地有金石之声，在造境上追求幽邃绵邈、精微玄妙，在审美效果上要惊天地而泣鬼神。他在《贞曜先生墓志铭》中，赞美孟郊为诗"刿目怵心，刃迎缕解，钩章棘句，掐擢胃肾，神施鬼设，间见层出"②，所谓"刿目怵心"，所谓"掐擢胃肾"

---

① 韩愈：《韩昌黎诗系年集释》，上海古籍出版社 1994 年版，第 1109 页。

② 韩愈：《韩昌黎文集注释》，三秦出版社 2004 年版，第 141 页。

等，均为惊心动魄、耸人听闻的言辞，意思是说，要用令人耳目一新、出乎意料的甚至恐怖的传达媒介，去表现要表现的东西。韩愈的《月蚀诗效玉川子作》，正是意欲模仿《月蚀诗》，有意将恐怖怪奇的地狱意象运用于诗歌创作。

卢仝（？—835 年）自号玉泉子。其《月蚀诗》趋险尚怪①，想象神奇恢宏，多用奇言僻字及散文句法，力求生新拔俗。孙樵称此诗"拔地倚天，句句欲活，读之如赤手捕长蛇，不施鞬奇生马，急不得暇，莫可捉搦"②。饶宗颐曾经指出："然在古典诗中如《长恨歌》之与《目连变》为人所习知外，若卢仝之《月蚀诗》，其铺张之处，似参用佛经中之描写地狱，以描写天上之魔鬼，为其夸饰之手法，此与《南山诗》之用'或'字乃仿自昙无谶之译文，同一途辙。文学作品之取资释氏，亦文人技巧之一端。爰为指出，为治文学史者进一解焉。"③卢仝此诗，参用地狱鬼神的形象来描写天上的魔鬼。

　　　　新天子即位五年，岁次庚寅，斗柄插子，律调黄钟。
　　　　森森万木夜僵立，寒气赑屃顽无风

诗歌开头的即是渲染阴森可怖的气氛，一个"僵"字，把寒夜中的万木，活化为僵立的鬼怪。

　　　　此时怪事发，有物吞食来。轮如壮士斧斫坏，
　　　　桂似雪山风拉摧。百炼镜，照见胆，平地埋寒灰。
　　　　火龙珠，飞出脑，却入蚌蛤胎。摧环破璧眼看尽，
　　　　当天一搭如煤炱。磨踪灭迹须臾间，便似万古不可开。
　　　　不料至神物，有此大狼狈。星如撒沙出，争头事光大。
　　　　奴婢炷暗灯，扚荬如玳瑁。今夜吐焰长如虹，孔隙千道射户外。

在这样一个阴气逼人的夜晚，怪事发生：皎洁的圆月被吞食，宇宙间

①　彭定求等：《全唐诗》，中华书局 1960 年版，第 4365—4367 页。
②　董浩等：《全唐文》，中华书局 1983 年版，第 8325 页。
③　饶宗颐：《梵学集》，上海古籍出版社 1993 年版，第 316—317 页。

一片昏暗。星光忽然显得亮了起来，如沙一般散开，或密或疏，却不忘争当头领。油灯吐着忽上忽下的火焰，从残破的墙缝中射向幽暗的户外。星火和油灯如同地狱的鬼怪，跳窜不已，鬼气阴森。实令人感觉"惨切惊魂，莹煌射眼"。

> 东方苍龙角，插戟尾掉风。当心开明堂。统领三百六十鳞虫，
> 坐理东方官。月蚀不救援，安用东方龙。南方火鸟赤泼血，
> 项长尾短飞跋躠，头戴井冠高逵桥。月蚀鸟官十三度，
> 鸟为居停主人不觉察，贪向何人家。行赤口毒舌，
> 毒虫头上吃却月，不啄杀。虚眨鬼眼明突窅，鸟罪不可雪。
> 西方攫虎立踦踦，斧为牙，凿为齿。偷牺牲，食封豕。
> 大螟一奝，固当软美。见似不见，是何道理。
> 爪牙根天不念天，天若准拟错准拟。北方寒龟被蛇缚，
> 藏头入壳如入狱。蛇筋束紧束破壳，寒龟夏鳖一种味。
> 且当以其肉充臛，死壳没信处，唯堪支床脚，
> 不堪钻灼与天卜。岁星主福德，官爵奉董秦。忍使黔娄生，
> 覆尸无衣巾。天失眼不吊，岁星胡其仁。荧惑矍铄翁，
> 执法大不中。月明无罪过，不纠蚀月虫。年年十月朝太微。
> 支卢谪罚何灾凶。土星与土性相背，反养福德生祸害。
> 到人头上死破败，今夜月蚀安可会。太白真将军，
> 怒激锋芒生。恒州阵斩郦定进，项骨脆甚春蔓菁。
> 天唯两眼失一眼，将军何处行天兵。辰星任廷尉，
> 天律自主持。人命在盆底，固应乐见天盲时。天若不肯信，
> 试唤皋陶鬼一问。一如今日，三台文昌官，作上天纪纲。
> 环天二十八宿，磊磊尚书郎。整顿排班行，剑握他人将。
> 一四太阳侧，一四天市傍。操斧代大匠，两手不怕伤。
> 弧矢引满反射人，天狼呀啄明煌煌。痴牛与呆女，
> 不肯勤农桑。徒劳含淫思，旦夕遥相望。蚩尤簸旗弄旬朔，
> 始捶天鼓鸣珂琅。枉矢能蛇行，眊目森森张。
> 天狗下舐地，血流何滂滂。

此段是在指责天空四像二十八宿失职。对"东方苍龙"之"统领三

百六十鳞虫，坐理东方宫"；"南方火鸟"之"行赤口毒舌，毒虫头上吃却月，不啄杀"；"西方矍虎"之"斧为牙，凿为齿"；"北方玄龟"之"藏头入壳如入狱"的形象塑造，就是借用了地狱鬼神的描述。"枉矢能蛇行，眊目森森张。天狗下舐地，血流何滂滂"，更是典型的地狱描写。

卢仝此诗造景宏阔，设想奇诡，在唐诗中是不可多得的长篇巨作。韩愈对其深为赞赏，有《月蚀诗效玉川子作》。此诗是就卢仝原诗删削修改而成，大量古代的神话和传说，更增加了诗歌的传奇色彩。诗人想落天外，把蛤蟆吞日的情态写得活灵活现。尤其值得注意的是，韩愈有意地学习、模仿了卢仝奇峭、险怪的诗歌风格，将怪异的意象与生僻的文字和奇特的表述熔于一炉。其中，最具"陌生化"的地狱意象在韩愈后期的作品中更是屡有呈现。

（三）地狱描述

在《调张籍》一诗中，韩愈表达了自己追慕李、杜，升天入地，求之不舍的情怀，"精诚忽交通，百怪入我肠。刺手拔鲸牙，举瓢酌天浆"①。这两句描述了韩愈在文学创作过程中，种种奇思异想充斥思维，喷薄欲出的状态。应当注意的是，这些奇思异想中也包含了很多丑恶可怖的事物。在韩愈诗作中，丑的事物不仅是美的陪衬，还往往比美更能揭示本真，激发美感。审美主体在克服对丑的排拒心里之后，可以获得更大的审美快感。韩愈的一些诗作，直截了当地描写了地狱的事物，并使读者获得了一种奇特的审美快感。韩愈将"阿鼻""牛头""马面"等地狱意象，运用到了诗歌之中。其《嘲酣睡》云：

> 澹师昼睡时，声气一何猥。顽飙吹肥脂，坑谷相嵬磊。
> 雄哮乍咽绝，每发壮益倍。有如阿鼻尸，长唤忍众罪。
> 马牛惊不食，百鬼聚相待。木枕十字裂，镜面生痱瘤。
> 铁佛闻皱眉，石人战摇腿。孰云天地仁，吾欲责真宰。
> 幽寻虱搜耳，猛作涛翻海。太阳不忍明，飞御皆惰怠。
> 乍如彭与黥，呼冤受葅醢。又如圈中虎，号疮兼吼馁。
> 虽今伶伦吹，苦韵难可改。虽令巫咸招，魂爽难复在。

---

① 韩愈：《韩昌黎诗系年集释》，上海古籍出版社 1994 年版，第 989 页。

何山有灵药，疗此愿与采。①

此诗用怪异夸张的手法，精心描写了澹公鼾声的灾难性后果。"有如阿鼻尸，长唤忍众罪"一句中，运用了佛教地狱的专门用语——阿鼻。"阿鼻"是指地狱中之最深重者，义译"无间"。《地藏菩萨本愿经》卷上云："又五事业感，故称无间。何等为五？一者日夜受罪，以至劫数，无时间绝，故称无间。二者一人亦满，多人亦满，故称无间。三者罪器叉棒，鹰蛇狼犬，碓磨锯凿，剉斫镬汤，铁网铁绳，铁驴铁马，生革络首，热铁浇身，饥吞铁丸，渴饮铁汁，从年竟劫，数那由他，苦楚相连，更无间断，故称无间。四者不问男子女人，羌胡夷狄，老幼贵贱，或龙或神，或天或鬼，罪行业感，悉同受之，故称无间。五者若堕此狱，从初入时，至百千劫，一日一夜，万死万生，求一念间暂住不得，除非业尽，方得受生，以此连绵，故称无间。"②诗人用处于地狱最深层的厉鬼经受百般折磨时发出的号叫，比拟澹公那令人窒息的鼾声。此鼾声，直惊得"牛马不食，百鬼相待"。此诗通过地狱中的丑恶事物，发挥了其怪异的想象，营造了一种诙谐夸张与雄桀怖厉相糅合的美感。

此外韩愈还有《送无本师归范阳》云："众鬼囚大幽，下觑袭玄窬。"③《城南联句》云："裂胁擒撑桭，猛毙牛马乐。"④ 牛马：俗语中"牛头马面"的简称，是对地狱中鬼卒的称呼。关于"牛头"，《五苦章句经》云："狱卒名阿傍，牛头人手，两脚牛蹄，力壮排山，持钢铁叉。"⑤我国僧传中也有此类记载，如《出三藏记集》卷十三《竺叔兰传》云："叔兰走避，数十步，值牛头人欲叉之。"⑥ 中土小说关于地狱中"牛头狱卒"的记载，更是堪称丰富。刘义庆《幽明录》"索卢贞"条载："使吏牵著熬所，见一物，牛头人身，捉铁叉，叉礼著熬上，宛转，身体焦烂，

---

① 韩愈：《韩昌黎诗系年集释》，上海古籍出版社1994年版，第666页。

② ［日］高楠顺次郎等：《大正新修大藏经》，新文丰出版公司1983年版，第13册，第780页。

③ 韩愈：《韩昌黎诗系年集释》，上海古籍出版社1994年版，第820页。

④ 同上书，第484页。

⑤ ［日］高楠顺次郎等：《大正新修大藏经》，新文丰出版公司1983年版，第17册，第547页。

⑥ 僧祐：《出三藏记集》，中华书局1995年版，第520页。

求死不得"①②③④；唐临《冥报记》"仕人梁"条载："急见庭前有一铁床，并狱卒数十人，皆牛头人身，帝已卧床上，狱卒用铁梁押之"⑤⑥；戴孚《广异记》"崔明达"条云："须臾，见二牛头卒悉持死人于房外炙之，臭气冲塞"⑦⑧。如此种种，不一而足。中土小说中，牛头狱卒总是地狱刑罚的执行者。"马面"，又称"马头罗刹"，《楞严经》卷八云："亡者神识见大铁城，火蛇火狗，虎狼师子，牛头狱卒，马头罗刹，手执枪稍，驱入城门，向无间狱。"⑨ 此种"马头罗刹"的形象亦出现于中土文学作品之中，如《大目乾连冥间救母变文》云："至一地狱，高下可有一由旬，黑烟蓬勃，臭气熏天。见一马头罗刹，手把铁权，意气而立。"⑩⑪⑫⑬ 在中土文学作品中，马头罗刹成了地狱的看守者。

　　韩愈诗歌中，将地狱中的死囚，面目狰狞的牛头马面，一一搬演到了作品里面。各种丑恶的地狱意象在诗歌中的出现，正是为了追求一种"粗鄙化"与"陌生化"的审美效果，这给中唐诗坛吹来了一股清新之风。韩愈这种"以丑为美"的美学取向，在当时也引发了一场对诗歌传统审美观念的革命。"那些可怕的、可憎的、野蛮的、混乱的东西，都被他运用艺术的强力纳入了诗的世界，使之成为一种'反美'之美，'不美'之美。"⑭

　　综此，唐代流行于民间的地狱观念，深刻影响了韩愈的诗歌创作。韩愈把地狱意象，成功地移植和运用在诗歌创作领域。同时，他也将地狱观念化入其狠重怪奇的诗歌风格以及"以丑为美"的审美取向之中。

---

①　鲁迅：《鲁迅辑录古籍丛编》，人民文学出版社 1999 年版，第 200—201 页。

②　道世：《法苑珠林》，中华书局 2003 年版，第 1849 页。

③　李昉等：《太平广记》，中华书局 1961 年版，第 2253—2254 页。

④　李昉等：《太平御览》，中华书局 1960 年版，第 3259 页。

⑤　唐临：《冥报记》，中华书局 1992 年版，第 49 页。

⑥　道世：《法苑珠林》，中华书局 2003 年版，第 2709 页。

⑦　戴孚：《广异记》，中华书局 1992 年版，第 130132 页。

⑧　李昉等：《太平广记》，中华书局 1961 年版，第 3016—3018 页。

⑨　[日] 高楠顺次郎等：《大正新修大藏经》，新文丰出版公司 1983 年版，第 39 册，第 938 页。

⑩　项楚：《敦煌变文集选注（增订本）》，中华书局 2006 年版，第 842—945 页。

⑪　王重民等：《敦煌变文集》，人民文学出版社 1957 年版，第 714—755 页。

⑫　潘重规：《敦煌变文集新书》，文津出版社 1994 年版，第 685—734 页。

⑬　黄征、张涌泉：《敦煌变文校注》，中华书局 1997 年版，第 1024—1070 页。

⑭　舒芜：《论韩愈诗》，《中国社会科学》1982 年第 5 期。

论《韩文起》的时代特色及价值

丁俊丽

（陕西理工学院）

摘　要　福建林云铭《韩文起》是清初政治背景、学术思想、文学思潮、地域文化影响下的产物，具有强烈的时代特点，在韩文评点文献中颇具代表性。《韩文起》在体例编排和解析中以道统思想为核心，贯串经世观念，又融入了福建地域神文化信仰特色，在韩集文献中独一无二；采用考评结合的阐释方式、用八股法细致入微地详解韩文文法，在韩文评点文献中开风气之先。《韩文起》对当时文坛及后世韩愈研究有重要的价值。

关键词　《韩文起》　时代特色　价值

　　林云铭（1628—1697 年），字西仲，号损斋，福建闽县人，清初古文家、评点家，著作颇丰，其《庄子因》《楚辞灯》《古文析义》《韩文起》对后世影响深远。林云铭心仪韩愈，其《韩文起》在韩文评点文献中极具代表性，初稿完成于康熙十二年（1673 年）之前，刊刻于康熙二十六年（1687 年）之后。《韩文起》是清初政治背景、学术思想、文学思潮及地域文化影响下的产物，具有强烈的时代特色。《韩文起》体例安排和评析中以道统思想为核心，贯以经世理念，又融入福建地域文化特色；阐释方式考评相结合，用八股法详解韩文文法技巧，在韩集文献中有发凡起例的作用。

一　以道统思想为核心融入福建地域文化特色

　　林云铭生于明末长于清初，关心民生疾苦，以时局为重，反对叛乱。康熙十二年（1673 年）靖南王耿精忠在福建起兵叛乱，想笼络林氏。林云铭拒不附逆，被囚禁一年多。林云铭《吴山皷音·序》曰："在闽三党争致书以告曰：'君胡不归？'余重违其请。"①《韩文起·提要》曰："耿精忠之叛，云铭方居家，抗不从贼，被囚十八月，及清师入闽，然后得释，其气节有足多者。"② 韩愈奉行大一统思想契合林云铭忠君爱民观念，这正是他对韩愈推崇备至的缘由所在。《韩文起》在体例编排和解析中以清初理学与经世思想为核心，又融入了福建民间盛行的神文化信仰，贯串先神后人的观念，体现大传统文化与小传统文化的融合。

首先，《韩文起》体例编排以道统思想为核心，并结合清初经世思想。林云铭对韩文编排原本有史的理念，《韩文起·凡例》曰："韩文坊刻编次杂乱，即李汉原本于正集后又分外集。且于所作之前后颠倒甚多。"③ 林云铭注重考证韩文本事，对所选韩文编成年谱附入书中，但编排过程中仍坚持以道统思想为核心的观念，并没有完全打通来以时间为序排列，来体现其史的思想。卷一是关涉道统之文，《原道》《原性》《原毁》《师说》。《韩文起·凡例》曰："择其有关道统者，定为卷首卷。"尤其将《师说》放置卷一，曰："史臣称其与《原道》《原性》诸篇，皆奥衍闳深，与孟轲、扬雄相表里，故以列之卷首。"④ 其爱国忠君的儒家道统思想体现甚为鲜明。次为治世之文，"以表、状、议、论、辨、解为世道治体学术，官方所系者次之"，这与清初经世致用思想的兴起相一致。

清初学者批判王阳明心学空洞的同时，又返回程朱理学。梁启超说："王学反动，其第一步则返于程、朱，自然之数也。因为几百年来好谭性理之学风，不可猝易，而王学末流之弊，又已为时代心理所厌，矫放纵之弊则尚持守，矫空疏之弊则尊博习，而程朱学派，比较的路数相近而毛病稍轻，故由王返朱，自然之数也。"⑤ 清初学者又着重于实践，倡导博览群经，为治世之用，掀起了一股经世致用的实学思潮。王国维在《沈乙庵先生七十寿序》中说："顺康之世，天造草昧，学者多胜国遗老，离丧乱之后，志在经世，故多为致用之学，求之经史，得其本原，一扫明代苟

---

① 林云铭：《吴山鷇音〔A〕》，《四库全书存目丛书·补编》，齐鲁书社1997年版。

② 陈锹：《韩文起·提要〔A〕》，《续修四库全书总目提要》，齐鲁书社1996年版。

③ 林云铭：《韩文起》，清刻本版。

④ 同上。

⑤ 梁启超：《中国近三百年学术史》，东方出版社2003年版，第110页。

且破碎之习，而实学以兴。"① 统治者从理学中寻绎教化人心的儒家正统思想和道德标准，以维护统治。孟森评清初统治者对理学的倡导，"实为中国帝王前所未有，后亦莫之能及，故康熙间学术，德行与学问并重"②。在统治者和学者的交互作用下，"清初学术出现了实学和理学同步发展的趋向"③。《韩文起》编排体例应和了清初理学与实学相结合的特点，以道统思想为核心，重治世之文。《韩文起》卷二为治世之文，"表、状、议论、辩解"，所选"表"有《谏迎佛骨表》《潮州刺史谢上表》《为裴相公让官表》，是韩愈忧国忧民之文，林云铭将其列在卷二之首。李汉编《韩昌黎集》四十卷，将"表"列为卷三十八，之后按体裁编排的韩集文献基本依照李汉编排顺序。而同一体裁中，《韩文起》又以创作时间为序编排。《韩文起》之后李光地《韩子粹言》、卢轩《韩笔酌蠡》等，都是从理学角度选取韩愈道统之文，迎合了清初理学的复兴。

其次，《韩文起》在体例编排上和韩文评析中又融合了福建地域文化特色，即受到了福建民间神文化信仰的影响。《韩文起》最后是"碑文二卷"，坚持"先神后人，先国后家"④ 的原则，将《南海神庙碑》《黄陵庙碑》放在此卷之首。而李汉《韩昌黎先生集》则将碑文卷放置于后，随后按体裁编排的韩集文献基本都依照此顺序。福建民间神文化浓厚，信仰的神祇多达百个，尤其是海神妈祖，在福建影响最大。妈祖是宋初福建莆田望族林氏后裔，称林默娘，神力广大，以行善济世，卒后被尊封为"海神"。林云铭生长于闽县，与莆田毗邻，深受这种神文化观念的影响。林氏著作中有反映鬼神观念的作品，《损斋焚余》中《林四娘记》是典型代表，作于康熙六年（1667 年）。林云铭同乡陈一夔康熙二年（1663 年）在山东青州任职，夜见一鬼，后变为一国色丽人，自名林四娘，是福建莆田人，能洞知人间负心之事，因父疑其同表兄乱伦而自尽。康熙六年陈一夔把此事告知林云铭，并嘱其记下。《林四娘记》曰："康熙六年，陈补任江南驿传道，为余述其事，属余记之。余谓《左氏传》言涉鬼神，后儒病其诬。然天下大矣，二百四十余年中，岂无一二事出现于见闻所不及

① 王国维：《王国维遗书》，上海书店出版社 1983 年版，第 583 页。
② 孟森：《清史讲义》，广西师范大学出版社 2005 年版，第 237 页。
③ 张修龄：《清初散文论稿》，复旦大学出版社 2010 年版，第 16 页。
④ 林云铭：《韩文起》，清刻本版。

乎！"① 文中林四娘应指林默娘。在韩文阐释中，也体现了神文化观念，如评《送孟东野序》曰：

> 昌黎少时，梦人与丹篆一卷，强吞之，旁有一人拊掌而笑，觉后胸中物下咽，自是文章日丽。后见孟郊，乃梦中旁笑者。是两人文词皆本天授，为最得意之友，而是篇为最得意之文也。其大意以为千古文章，虽出于人，却都是天之现身，不过借人口发出，犹人之作乐，借乐器而传，非乐器自能传也。故凡人之有言，皆非无故而言，其胸中必有不能已者。这不能已，便是不得其平，为天所假处。篇中从物声说道人言，从人言说道文辞，从历代说道唐朝，总以"天假善鸣"一语作骨，把个千古能文的才人，看得异样郑重，然后落入东野身上，盛称其诗，与历代相较一番，知其为天所假，自当听天所命。②

林云铭相信韩愈少时梦东野这一神秘故事，颇有神话色彩。韩愈借"天假善命"劝孟郊听天命，实是暗存讥讽，替孟郊鸣不平。林云铭则认为千古文章都是天授之于人，韩愈和孟郊的文学造诣也是天神所赋予，自然融入了神文化信仰的观念。

《韩文起》体例编排以道统思想为核心，融入福建神信仰的地域文化特色。这种特殊的编排体例，在韩集文献中独一无二。实质上，这是清代妈祖文化与儒家文化融合的一种表现。福建妈祖信仰长盛不衰，从其产生就被赋予了神圣的宗教色彩。宋代妈祖神话带有强烈的道教色彩，元明时期妈祖神话又被附上了佛教色彩。经过一千多年的演变，清代完成了妈祖文化与儒家文化的结合。妈祖几与孔子相埒，清廷为妈祖敕封十六次，诏天下为妈祖行三跪九叩首之礼。有清一代，只有至圣孔子、武圣关羽、天后妈祖在《礼典》上享受如此至高待遇。《韩文起》正是清代妈祖文化与儒家文化融合过程中的产物，反过来，也可作为二者结合的一个佐证。

---

① 林云铭：《挹奎楼选稿［A］》，四库全书存目丛书，齐鲁书社 1997 年版，第 92 页。

② 林云铭：《韩文起》，清刻本版，卷五。

二　考评融为一体的时代特色

清初因学者倡导形成的求实学风使评点学发生了新变，诗文评点中开始融入考据的成分。多数评点大家都在纯粹的文学评点中融入校注内容，提高评点中学术含量，使批点成果更扎实可信，更有价值。如郭英德所说："清人重视资料考据的治学特点渗透到文学研究的各个方面，很多作家、评论家都在自己的研究著作中加进了考据的内容，理论阐述、评点赏析和资料考据三位一体成为不少诗话文评的特点。"①《韩文起》应该是较早受此种风气影响的成果，在韩文解析中将考据和评点相结合。林云铭对唐及以前历史、地理了如指掌、烂熟于心，既细考韩文创作背景、人物生平事迹及典章制度、注释难懂字词，又详赡评析作品创作技巧、风格特征，以助于读者解读韩文。《韩文起·凡例》曰：

> 各代有各代之制度，如科第、官职及郡县地名，沿革不一，多有同名而实异者。若执今日之制度，读唐代之文章，何啻盲人问路。余取《文献通考》查核，凡有制度名目，与今日异同者，必为辨出，附入各篇小注或总评之内。……韩文内其人其事皆有来历根据，若不知其人为何等人，其事为何等事，与其人其事之本末如何，始终如何，便思学作解，事小儿说长道短，犹今日制艺。选家议论他人文字，自己先不认得题目，徒供作者葫芦耳。余取《唐书》一一考证，即起作者于一堂，受其耳提面命亦不过此快心曷。②

《韩文起》有夹注、末评。夹注包括词意注释、字词校勘、句法分析等。如《衢州徐偃王庙碑》中"衢州，故会稽太末"，夹注曰："衢，在春秋时为越西鄙，故曰会稽。至秦，则名为太末。点出衢州。"又"梁桷赤白陜剥"，夹注曰："椽方曰桷。陜，落也。"

篇末总评将考评融为一体是《韩文起》最鲜明的特点。韩文中关涉

---

① 郭英德等：《中国古典文学研究史》，中华书局2000年版，第532页。

② 林云铭：《韩文起》，清刻本版。

到理解文章整体布局的注释，林云铭便将其放置篇末总评，边注边评，以更好地解析韩文整体脉络。《韩文起·凡例》曰："韩文所用典实及地名官名之类，前篇既注，后不重载，间有词意不便割裂，则附入总评之内。或总评亦碍不能入，则他篇之再用者。总评要完完全全还他各篇神理为第一义。"① 林云铭在总评中运用大量史料，由"知人论世"，进而达到"以意逆志"，真正使注评结合，是以前韩集评点本所没有的。建立在考证基础上的文法分析、文意阐释便显得有理有据，扎实可信。如《黄陵庙碑》文后考评曰：

　　按公修庙致祭之时，本欲再刻旧碑而铭其阴，因旧碑多破落，其文不可尽识，恐失其实，故作是文而刻石也。全篇引证辩驳，而以二妃有功于天下，当得庙祀之意，做个结局。看来"以谋语舜"，如《烈女传》所云鸟工、龙工之说，亦未必不涉于荒唐。故用"既曰"二字，轻轻提过，即倒入人之所敬，即为神之所凭，以明庙当修而碑当立。不然，无可歇手处也。余尝谓禹既摄位，征苗书有明文，巡守亦无不可相代，司马《涑水》已辩之矣。因《礼记》有舜葬苍梧，二妃不从之语，后人遂以征苗巡守，溺死沅湘，纷纷附会凑合。不知《礼记》亦出于汉儒补辑而成，其中不无传闻之误。以理揆之，即世俗三家村中情痴妇女，亦断无年登百岁，犹奔驰七八千外，追夫不及，投身波流者，况圣帝之佳配乎？若孟子则云："舜卒于鸣条。"考鸣条岗，在夏都安邑西北，所谓造攻自鸣条者，舜都蒲坂，与安邑俱属平阳。帝记言河中有舜冢，河中即蒲州也。此理有可信者，即《吕览》、《路史》，皆谓"舜葬于纪"。纪去安邑，仅两舍耳。然则《山海经》所载："苍梧山，帝葬其阳，丹朱葬其阴。"恐彼地或别有一苍梧山，隋代异名，非南方之苍梧，亦未可知。不然，何丹朱亦葬此乎？《困学纪闻》云："苍梧山在海州界，近莒之纪城。载在《方域志》。"虽未必附会凑合，总之舜无征苗巡守之事，则二妃之至湘水，自是不根。而世代荒原，无可考据。辩之亦不可胜辩。昌黎止用"皆不可信"四字作断，省却多少葛藤。但为神之灵，可以无远不

---

① 林云铭：《韩文起》，清刻本版。

至，原不拘定死葬于此，方得庙祀于此也。非见理者，不能道矣。①

　　林云铭引用大量文献考证分析舜及二妃到过沅湘、苍梧一带的传说属附会，证明韩愈文中所言"皆不可信"正确。在考证传说故事时，穿插解析韩文用词暗含之意。陈克明评林氏语："林云铭详加分析和论证，更有助于澄清视听。"② 唐代科举制度名目繁多，称呼不同身份便各异，对此制度没有清晰的了解，会影响到对韩文中人物履历的解读。又如《赠张童子序》一文，关于张童子身份历来便有异议，林氏在解析文章技巧的同时对唐代科举进行考证，对前人观点不能苟同之处加以辨析。文中张童子，其称"童子"的含义存在两种解释。明茅坤认为张童子中了童子科，是一种身份的称谓，但缺乏考证。林云铭、何焯则认为张童子已经中了明经科，童子只是对其有卓异之才的夸赞，以示异于常人。林云铭对文章脉络加以分析，接着详细阐释了唐代考试制度的分类以及各科所考内容，然后结合文中"斑白之老"等语辩驳茅坤的观点，有理有据。

　　林云铭《韩文起》考评结合的阐释方式是清初求实学术思潮影响下评点学发生的新变。孙琴安《中国评点文学史》认为何焯的诗文集批点"有校有注有评"，"开了清人评点诗文的新风气。"③ 对照之下，开诗文评点新风气之人至少可以上溯至林云铭。准确来说，《韩文起》是韩集文献中考评一体的先例。其后何焯批《韩昌黎集》、卢轩《韩笔酌蠡》、高澍然《韩文故》等，都将考据融入韩集批点之中，增强了韩集评点的学术成分和可信度。

三　用八股法详解韩文章法

　　自明代起，评点之风大兴。诗文评点不仅继承宋代以来传统的文学鉴赏、品评方式，还从八股文写作中得到启示，另辟蹊径，"形成一种独特的批评方式，它的目的主要是为人们指点赏析作品、创作作品的具体途

---

①　林云铭：《韩文起》，清刻本版，卷九。

②　陈克明：《韩愈年谱及诗文系年》，巴蜀书社 1999 年版，第 614 页。

③　孙琴安：《中国评点文学史》，上海社会科学院出版社 1999 年版，第 244 页。

径，因此特别重视揭示'作文之用心'，对于作家的创作意图、创作方法，对于作品的遣词、造句、修辞、构思以及结构上的抑扬、开阖、奇正、起伏、转折等方面的艺术技巧，都进行了细致入微的评点"①。林云铭认为读古文不重视为文之心，就会导致"千古作者苦心埋没尘垄，尤为憾事"。他《古文析义·序》曰："古文篇法不一，皆有神理。有结穴，有关键，有窾郤，或提起，或脱卸，或埋伏，或照应，或收或纵，或散或整，或突然而起又咄然而止，或拉杂重复，或变换错综，亦莫不有一段脉络贯行其间。学者惯惯于此，只记取数语活套，可以搀入八股制艺者，便自称学古有获。"② 林云铭从小受八股文熏陶，深谙八股文法，但他追求的是高境界的八股文。林云铭"以古文为时文"作为研究韩文宗旨，用八股法寻绎韩文创作之巧，指导士子创作高品位的八股文，而不是只会剽窃古人词句的庸俗八股文。

　　《韩文起》用八股法来详解韩文，在韩集评点文献中具有代表性。之前如明茅坤《唐宋八大家文钞·韩文卷》等韩文批点文献，都曾以八股法评点韩文，相对来说，多属简评方式。历代批点文献中评点方式有精评和详解两种，精评宋代就已盛行，详解出现在南宋后期，由谢枋得开创。但明人评语仍主要是言简意赅的精评，详解的方式发展于明末清初，盛行于清代。③ 清初，以八股法详细评点小说之风盛行。受此影响，林云铭《韩文起》以八股法细致入微地解析韩文，为初学者指导作文津筏，直接为科举服务，开启了韩集评点文献中的详解类型。随后沈闇《韩文论述》、高澍然《韩文故》、刘成忠《韩文论述》、林纾《韩柳文研究法》等，都属此类。这种以八股法详赡韩文的阐释方式，与以桐城派为主的精评韩文方式对应，使清代韩文评点形成详解与精评两种互补形式，以适应不同阶层学者。以方包为首的桐城派韩文批点以精评为主，为成学者进一步提升为文境界而设。沈彤《韩文论述·序》曰："今天下之善论古文者，吾得二人焉，曰方灵公皋，曰沈君师闵。二人者，皆能上下乎周汉唐宋元明名世之文，较其利与病之大小浅深而辨析之，而其为教也。……盖方公为成学者设，而师闵与始学者谋。志各有存，故举以为教，则不能无

---

① 郭英德等：《中国古典文学研究史》，中华书局 2000 年版，第 478 页。
② 林云铭：《古文析义》，清刻本版。
③ 孙琴安：《中国评点文学史》，上海社会科学院出版社 1999 年版，第 142 页。

异。"① 而清初沈闿《韩文论述》与《韩文起》相同，也是以详解的方式批点韩文。

《韩文起》以八股法细解韩文，主要表现在重视韩文文"法""眼目"的分析。潘峰在《明代八股论评试探》中说："八股论评在成化以后形成的一个主要特点是对各种文法的标举。"清人也极为重视作品布局之"法"，尤其在清初小说评点中，大量运用"法"。金圣叹评点《水浒传》时运用"倒插法""夹叙法""草蛇灰线法""欲合故纵法"等。林云铭深受当时小说评点影响，对韩文之"法"甚为重视。《韩文起·凡例》曰："韩文全在立意吞吐轻重、布局付应起落，人不能及，总要寻出他眼目来，然后知其个中神理。"② 林云铭运用"秘密法""无中生有法""卸担法""倒映法""暗度法""补法""省笔法"等，详细分解韩文构思，寻求文章布局之巧，从而厘清全文脉络，得以诠释韩文意旨。如评《送石处士序》：

> 若论作文之法，要说处士贤，又要说节度贤；要说目前相得，又要说异日建功。若系俗笔敷衍，便成滥套。看他特地寻出一个从事，一个祖饯之人，层层说来，段落句法，无不错落古奥。乃知推陈出新，总在练局，此文家秘密诀也。③

元和五年（810 年），朝廷力讨叛军王承宗。河阳节度使乌重胤求士，韩愈荐石洪出山辅佐。石洪出行之日，洛阳好友作诗送行，推韩愈作序。韩愈欲在文中表达乌重胤、石洪二人之贤及主宾相处之融洽，内容复杂，头绪较多，若不善于布局，文章层次就会混乱。韩愈巧用一个从事、一个祖饯从中穿线，将繁乱复杂的内容串联在一起。林云铭洞悉韩文创作之法，看出韩文所要表达的意图，揭示了韩文布局暗用秘密之法。又如评《送殷员外使回鹘序》：

> 作序送行，若提出一个字便失国体。且殷侑本非正使，若以国事

---

① 沈闿：《韩文论述》，乾隆四年刻本版。
② 林云铭：《韩文起》，清刻本版。
③ 同上书，卷七。

专责，置李诚于何地？看来实无可着笔处，故开口只叙唐之盛时，臣服外国，而宪宗即为，削平强藩，已占了许多地步，然后轻轻以诏书叙入。其实所云"悉治方内，就法度"二语，则用兵淮西之意，隐隐自见。而诏书中所云"回鹘于唐最亲，奉职尤谨"二语，则因请婚，使谕以缓期之意，亦隐隐自见也。随借诏书中"学有经法，通知时事"二语，向殷侯身上考验一番，若不知此番奉使为何事而行者。纯用无中生有之法，且移赠不得李诚，吾不知当日落笔时，如何着想成此一篇妙文也！篇中"知轻重"，谓以国事为重，家事为轻，即通知时事。总由于学有经法，一串说来，照应完密，尤见结构精神。①

元和十二年（817 年）殷侑副李孝诚奉命出使回鹘，韩愈为之送行作序。因忙于平淮蔡之事，朝廷延回鹘请婚之期，派二人完成使命，此次出使较为特殊。韩愈送序对象又是副使殷侑，难以下笔。林云铭详细解析韩文构思之巧，分析韩愈在文中叙副使殷侑有通经之才是用了"无中生有之法"，避开一些敏感的政治问题，从而构成一篇妙文。又如分析《刘统军碑》用"卸担法"、《燕喜亭记》用"秘密法"、《凤翔陇州节度使李公墓志铭》用"倒映法""暗度法"等，诸如此类不可胜数。如评《唐河中府法曹张君墓志铭》，"'志不就'三字，是一篇眼目"；《唐故河东节度观察使荥阳郑公神道碑》，"'勤一生'三字，为通篇眼目"；《曹成王碑》，"'忠''孝'二字是本领，'治民用兵'四字是作用"。林云铭先寻出文章的血脉和眼目，以此为中心，再详细分析韩文脉络，探其神理。此种评析如同以绚丽的胡绳将兰蕙串而贯之，使其成为一个细而密的有机整体。之后沈闿《韩文论述》、高澍然《韩文故》、刘成忠《韩文百篇编年》等也以详解的方式阐释韩文，尤其是《韩文论述》。如《谏臣论》，原文数百字，沈闿洋洋洒洒用了近千字详尽地粉饰韩文创作意图、构思技巧，林云铭用了二百多字进行评析，为初学者指导赏奇析疑之径。这种详解的阐释方式在清代之前的韩文评点文献中较为少见。

---

① 林云铭：《韩文起》，清刻本版，卷七。

四 《韩文起》的价值

明清时期，科考以八股文为主，为士子服务的质量较低的坊间刻本泛滥。士子为了考取功名，弃古文而不学，只摘取其中个别词语攒入八股文中应付科考，形成一种剽窃之风。引导士子作文，振兴文坛古文，纠谬坊本之误，成为古文家亟待解决的问题。而福建地区刻书业自宋代以来就十分兴盛，尤其是坊刻业。坊刻本带来的负面影响使林云铭有切身感受，《古文析义·序》曰：

> 古文篇法不一……莫不有一段脉络贯行其间，学者愦愦于此，只记取数语活套，可以挽入八股制艺者，便自称学古有获，如此虽白首下帷何益甚？而坊本中评注纰缪，以讹传讹，致千古作者苦心埋没尘垒尤为憾事。余自束发受书，即嗜古文词，时塾师亦仅取坊本训诂口授。然余终疑古文必不如是作，在后人亦必不应如是读也。①

林云铭少时见到制艺中攒入韩文语词，引起学韩兴趣，便购得一坊本。《韩文起·序》曰："余童年负笈乡塾，见制艺中有用韩文词句，人辄喜之，因购一坊本，以为中郎枕秘。"② 遇有疑问问私塾先生，先生曰："古文不过取其明晰易晓词句，揎入制艺足矣。何深求为？"足见当时坊刻本充斥文坛，剽窃古文词句的庸俗八股文成为一种风气，古文已遭摒弃。为了挽救文坛剽袭之风，重新振兴古文，林云铭悉心研治古文，探究其中神理奥妙，首先著成《古文析义》一书，后又详研韩文，成《韩文起》，供士子学习。《韩文起》命名便有振起、兴起古文之义，《序》曰：

> 因以起衰之义，额之曰《起》。夫昌黎生八代之后，顾于波流茅靡中能自树立，屹然不仆，是众人皆不为而独为，则所谓起者，有振起之义焉。余不佞，有宋穆伯之好，谬取家诵户习之书，扫尽俗解传

---

① 林云铭：《古文析义》，清刻本版。
② 林云铭：《韩文起》，清刻本版。

讹，独摅管窥一得，是前此未曾有而始有，则所谓起者，亦有创起之义等。海内君子得是编，当见韩文堂奥，必能于剽窃词句之时，溯流穷源，湔涤故习，慨然自命以为一代作者，是古人不可学而可学，则所谓起者，又有兴起之义焉。知此三说，思过半矣。"起"之时义大矣哉！①

所以林云铭评点韩文初衷就是要振兴古文，剪除文坛剽窃之陋习。林云铭评注韩文历时数十年，《韩文起·序》曰："嗣余反复探索，暂有所得，即作蝇头小书，逐段逐句分记于各篇之内，常恐有兔起鹘落少纵即逝之虞。不惮一夜十起，如是者有年。渐觉鄙见日新，积疑尽释。谚云：'故书不厌百回读。'又云：'读书千遍，其义自见，良有以也。'"②

林云铭详细解析韩文创作技巧，探流溯源，深入挖掘韩文构思成因，让士子从中领会作文之法，创作出高境界的八股文，振兴古文。《韩文起·序》曰："海内君子得是编，当见韩文堂奥，必能于剽窃词句之时，溯流穷源，湔涤故习。"③ 明清刻书业发达，利于书籍传播。"林云铭和金圣叹所处时代是中国古代出版印刷的发达时期，在市民商品经济活跃起来时刻，通俗的阅读和书籍的广泛传播成为可能，而附于书文中的评点可以较好地起到引导阅读、增进体验的作用，而书目中所刻意罗列的读书之'法'就成为一般阅读者欣赏文本的重要门径和钥匙。"④ 林云铭在世时，《韩文起》已广泛流布，并产生了不小的反响。仇兆鳌《挹奎楼选稿·序》曰："别有《庄子因》《韩文起》《古文析义》行世，领异标新，每阐前人所未及，故薄海内外咸奉为准绳，其所以开后学津梁者，又岂在《左》、《史》、韩、苏下？"⑤ 仇兆鳌对其评价可谓高矣，这正是林云铭作为一个古文兼时文家的最高愿望。《韩文起》振兴古文之"时义"的价值已经远超其文章学的意义。

继林氏之后，以评点韩文振兴古文之士不绝如缕。如沈闿《韩文论述》，其《凡例》曰："愚观宋元以来其文俱漫无法度，恐古人为文之道

① 林云铭：《韩文起》，清刻本版。

② 同上书，清刻本版。

③ 同上书，清刻本版。

④ 周群华：《庄子散文评点研究》，博士学位论文，华东师范大学，2006 年。

⑤ 林云铭：《挹奎楼选稿［A］》，四库全书存目丛书，齐鲁书社 1997 年版，第 3 页。

绝而不传，后代好古之士误其所从，故特以唐文公文论述之。"① 黄乔生
评林云铭《韩文起》："历史上拥护韩愈的一派如茅坤（1512—1601）著
有《唐宋八大家文钞·韩文卷》，清代林云铭著有《韩文起》，林纾
（1852—1924）著有《韩柳文研究法》，指出文章优点，颇为细致周到，
足以启发后学。"② 林云铭和林纾同是福建闽县人，二人都嗜好韩文，研
习韩文数十年，以评点韩文作为振兴古文的途径之一。清初林云铭为振兴
古文而批韩文，清末林纾为坚守古文阵地而评韩文，使清代福建地区古文
家宗韩之风得以薪火相续。如安溪李光地《韩子粹言》、光泽高澍然《韩
文故》都加以批点，以教士子作文。因此，林云铭《韩文起》对清初文
坛古风之复兴以及清代福建地区崇韩之风的发展功不可没。

　　《韩文起》对后世韩愈研究也极具价值，如罗联添《韩愈古文校注汇
辑》、陈克明《韩愈年谱及诗文系年》等韩文评注类文献，对其成果多有
借鉴和吸收。

---

① 沈闳：《韩文论述》，乾隆四年刻本版。
② 黄乔生：《鲁迅、周作人与韩愈——兼及韩愈在中国文学史上的评价》，《鲁迅研究月
刊》2004 年第 10 期。

"文以载道"之文学现象与中原文化精神

郭树伟

（河南社科院中原文化研究所）

摘　要　文以载道是特定的历史阶段具有特定历史内涵的文学现象。古代中国农耕文明所形成的社会二元结构需要士人的文化担当——"文以载道"，而在中原地域文化场景成长起来的士人则提供了这种"载道"的社会担当。文以载道是中原文化精神的文学表达，古代中原作家群体的现实主义文学创作体现了文以载道与中原文化精神之内在联系。

关键词　文以载道　文学自觉　中原文化精神　农耕文明

"文以载道"无论在中国古代文学史，还是在中国古代文化史上都是一个重要的命题。纵观中国古代文学发展的历史，可以说，"文""道"关系密不可分，相互为用。这其中既有社会政治和文学创作的关系问题的讨论，也关涉到文学自身的内容和形式问题的思考，更有历代作者和评论家对这个问题理解的因时、因地、因事情的阐释和使用。"文以载道"作为一个文学创作和批评概念，其内涵和外延、认知和接受始终处于一种变动不居的状态。

一　"文以载道"问题提出的时代背景

人类社会文明之初，社会发展处于一种蒙昧状态，人们结绳记事，到后来逐渐在甲骨、钟鼎之上刻画一些文字，以代表自己随思所想，这里面既有记事的成分，也有表达自己感知的内容，后来渐渐衍变出《尚书》《周易》之类佶屈聱牙的文献资料，这里面既有古人智慧的结晶，也显示了当时的社会生产力和社会生活发展状况，古人有"六经皆史"① 之论，这反映了古人对文学、史学、哲学学科门类的认识之粗浅，还不能彻底廓清三者之间的区别与联系。当此之际，文与道的矛盾尚不足以引起时人的重视，而与之相适应的"诗言志"和"文源于道"的论述也显得适合时代的理论需要。孔子虽有"绘事后素"② 的文学主张，但是从现存的文献材料中并没有确切的某篇文献显示出当时作者文学！再后来，诸子蜂起，其文并不言道而自然载道，如《庄子》汪洋恣肆的文风，不期载道而自然载道，其后，两汉史传散文和政论创作，皆是发愤著书，有为而作。司马迁的《史记》被称为"史家之绝唱，无韵之离骚"③，唐代古文学家梁肃评价独孤及的作品之际称道曰"论人无虚美，比事为实录。天下凛然，复睹两汉之遗风"④。由此而言之，在唐代，西汉的作品有"实录"之誉，成为唐代古文学家模仿的版本，他们首先称道的还是汉人的"实录"之意。东汉以降，人们更愿意把自己的文章作品写得更触动人心一些，这自然就要求在语言、词汇、音韵方面做一些琢磨取舍，此时，诗歌的审美标准也由"诗言志"转变为"诗缘情而绮靡"⑤，而散文的创作自然也是和这个时代的审美认知是同步的，也在辞藻、用典、音韵方面做些改进，以期产生更好的阅读效果，于是骈体文产生了，这样的追求不无益处，实际上是作者愿意使自己的作品有更多的社会阅读群体。这就是所谓的文学的觉醒，这一觉醒提出两个问题：一则是文学的审美特质为人们所认识，二则是如何处理文学的表达和社会政治之间关系的问题。在这样的探索和解释过程中，作家和评论家发现，文章的优美的形式有时和文章所要表达内容产生了冲突，买椟还珠，有时甚至是漂亮的形式淹没读者对内容的理解，以至于出现"齐梁间诗，彩丽竞繁，而兴寄都绝"⑥ 这种情况。那么，这一时期，人们又是如何认识文学和社会的关系问题呢？建安时期，曹丕《典论》提出"盖文章，经国之大业，不朽之盛事"⑦，看来，他还

---

① 清章学诚著，叶瑛校注：《文史通义校注》，中华书局 1985 年版，第 1 页。

② 杨伯峻：《论语译注》，中华书局 1980 年版，第 25 页。

③ 鲁迅：《鲁迅全集》（第 8 卷），人民出版社 1963 年版，第 308 页。

④ 刘鹏、李桃：《毗陵集校注》，辽海出版社 2006 年版，第 435 页。

⑤ 王运熙、顾易生：《中国文学批评史新编》，复旦大学出版社 2001 年版，第 80 页。

⑥ 同上书，第 181 页。

⑦ 同上书，第 74 页。

是把文章的社会功能放在第一位的；南北朝时期刘勰的《文心雕龙〈原道第一〉》提出了"道沿圣以垂文，圣因文而明道"①，从刘勰的思路看来，文与道的关系成为当时文学创作思考的首要问题，《原道》置于《文心雕龙》第一的位置显示当时社会的整体思考。《文心雕龙》还接着说："《易》曰：'鼓天下之动者存乎辞。'词所以能鼓动天下者，乃道之文也。"刘勰的言论貌似给出了"文道"关系的终极解释，显然，从后来不断地创作和批评的争论来看，问题才刚刚开始。

　　魏晋时期的文学觉醒引起了一种社会忧虑，具体一点儿来说，文学的觉醒是否意味着文学的出走？魏晋时期，包括文学在内的各种艺术形式如音乐、绘画、书法都有了某种审美意识的觉醒，音乐、绘画、书法都可以走，只有文学这种艺术形式一如"老女当家"，不得出嫁，不得出走。纸张的发明使得绘画、书法和文学都取得时代审美的最高形式，顾恺之的画作，王羲之的书法，左思的《三都赋》都是这一时代的文化产物。然而，文学似乎真的走不开。政府需要借助文字来传播社会政令，社会的分离和动荡更使得加强文化的凝聚力成为时代的文化要求，文学无法出走，但是文学审美的追求并没有停止前进的步伐，既然文学不能出走，那么对文学形式美的不同裁决又成为不同政治团体之间争夺文化话语权的工具，这种争论持续到唐代的古文运动。唐代古文运动明确地提出"文以载道"的相关论述，提倡"文"要言之有物、不表闲情逸致，要追求三代两汉时的"风骨"以文济世，歌颂有道者而抨击不仁之事，继承汉代的"实录"说，要求文章表现社会实貌。"文以载道"论是针对当时的浮滥文风提出来的，是对文学审美化的一种反方向运动。到了唐代，传统儒家学说的"道"的意义渐渐固化下来。一般有两个方面的含义。一是指王道之道，也就是封建主义的社会理想。韩愈对此有清楚的论述："吾所谓道也，非尔所谓老与佛之道也。尧以是传之舜，舜以是传之禹，禹以是传之汤，汤以是传之文、武、周公，文、武、周公传之孔子，孔子传之孟轲；轲之死不得其传焉。"② 可见，韩愈所说的道就是先王所建立的政治传统，它是封建社会赖以依存的根本。而除了这种儒家的社会政治理想之外，"道"的另一层含义就是指道德，也就是三纲五常的伦理规范，它是封建社会得

---

① 周振甫：《文心雕龙今译》，中华书局1986年版，第14页。

② 张清华：《韩愈诗文评注》，中州古籍出版社1991年版，第170页。

以维持的具体行为准则。当然，"道"的这两层含义是相辅相成的，韩愈在他的《原道》篇中还提出了"仁与义为定名，道与德为虚位"，也就是说"仁义"与"道德"只是"名"与"实"的关系。这样，儒家的仁义道德与"王道"就得以融为一体了。所以，"道"之概念的核心所在也就是政治理想和仁义道德的结合。而从实质上说，以仁义为核心的封建社会的经济、政治统治关系，伦理纲常和文化礼法，就是所谓的先王之道、圣人之道，就是中国文化的传统。显然，先秦儒者的对道的理解还不可能如此清晰，他们更可能是一种比较素朴的社会和人生道德，包含着更多的社会内容。至此，"文以载道"说其实是一种价值观，它把文学的社会政治功能置于审美功能之上。虽然对于多数宋代文学家来说，在强调"道"的同时，并未放松对"文"的追求，但宋代诗文的说教意味显然比唐代浓厚。[①] 理学家对"文"与"道"的关系的这种认识，当然可以说是一种道德哲学发展到极端的体现，但同时，它也隐示着一种文学与道德矛盾的不可调和。他们所持观点基本上陷入了极端狭隘的功利主义，按照这种理论阐释，文学之多样性湮没于纯粹的道德中，从而使独立之文学依附于道德之禁锢，乃至文学最终会失去自身存在的意义和价值。综上所述，从"文以害道"到"文以载道"，再到"文道合一"，理学文论对"文"与"道"的关系的认识逐步深入，并渐趋接近文学的本质。不过，它们从本质上说仍是一种道德批评方式，并且从某种程度上说是一种对文学本质予以否定的文论。我们从今天的历史经验不难看出，"文以载道"明显具有特定历史阶段的时代需求，只要社会发展到一定时期，文学的出走是一种逻辑的必然，就如绘画和书法的出走一样，虽然唐代柳公权有"书谏"的特例，但是书法作为一种艺术形式想参与的社会政治生活的需求没有了，书法真正成为书法，将来有一天，文学真正成为文学。

二　"文以载道"的文化学和社会学历史场景的新阐释

　　文学作为一种艺术形式，背负上"文以载道"的历史重负，这提醒

---

① 豆桂花：《从"诗言志"到"文以载道"看文学观的发展》，《时代文学》2009 年第 1 期。

我们研究者，历史上是否尚有其他的载道之载体，这种思路一如火车和轮船都可以作为运送货物的载体，是一种很自然的想法。人类文明之初，绘画肯定做过人群之间传播的工具，也就是载体了，由绘画到符号，再到文字，我们完全可以认为某一特定的历史时期绘画就是人们交流的载体，或者说文字载体是绘画载体的延伸。随着人类社会文明的进步，从"学在王官"的贵族社会，到"竹帛下庶人"的秦汉时期，再到"文以载道"的唐宋社会。以中原地区为核心统治区域的历史场景和社会结构并没有多大的变化。这里一直是一个以农耕结构为主的二元社会，总是一小部分人作为社会统治者，一大部分人作为社会基层的支撑者，分别承担不同的社会功能。诚如孟子所谓"劳心者治人，劳力者治于人"，发布政令，治理国家需要这种文学工具，只要这种社会需要还是一种必需的需要，文学的出走基本就不可能。贵族社会时期，"学在王官"，他们的"文"本身就是"道"，到了后来，越来越多的底层社会精英进入统治者阶层成为了一种社会可能，这就需要来自不同社会群体共同体认的一种文化，科举制度的文化背景使得"文以载道"成为一种社会共识。从某种意义上说，"文以载道"恰恰是伴随着贵族社会的式微和科举的勃兴而来的，这就是唐宋士人关于"文以载道"提出的社会场景。

以农耕结构为主的二元社会结构的区划提出了一种社会需要"文以载道"，而中原地域文化场景则提供了这种"载道"的社会担当。一种是社会场景有需要，一种区域文化的担当，中原文化精神为"文以载道"这种文化理念提供一种主体——中原文化士人，中原文化的担当精神是文以载道的逻辑起点。葛景春先生把中原文化归结为"关注社会人生的正视现实、务实致用的文化传统及海纳百川的包容精神和勇于进取的创造精神"。可简单概括为"担当精神、现实精神、创新精神、包容精神"。这很容易使人想起《列子·汤问》记载的一个古老的神话故事《愚公移山》："太行，王屋二山，方七百里，高万仞，本在冀州之南，河阳之北。北山愚公者，年且九十，面山而居。惩山北之塞，出入之迂也。聚室而谋曰：'吾与汝毕力平险，指通豫南，达于汉阴，可乎？'杂然相许。其妻献疑曰：'以君之力，曾不能损魁父之丘，如太行、王屋何？且焉置土石？'杂曰：'投诸渤海之尾，隐土之北。'遂率子孙荷担者三夫，叩石垦壤，箕畚运于渤海之尾。"①愚公，年且九十，一直居住在这片土地上，这是对故乡的一种热爱，对这片土地上人民的热爱，年且九十，不离不弃。"惩山北之塞，出入之迂也"，面山而居，出入困难，这是一种历史的现实存在！"吾与汝毕力平险"，面对困难，解决困难，这是一种担当精神！"指通豫南，达于汉阴"，这是一种创新精神！《愚公移山》这则神话故事基本上包括了中原文化精神的全部内涵。中原文化精神，涵盖儒家的进取精神、墨家的博爱精神、道家的包容精神、法家的现实精神，浑浩无涯！考察中原作家，多表现出一种现实主义的创作风格，这和蜀地走出的作家群体表现为两种风格类型。唐代以后，中原区域的作家在不同的时代对这种社会担当甚至表现出某种主观的固执的坚守和客观上胶着分不开的一种状态！杜甫、韩愈、白居易以及清代小说家李绿园等，诗歌载道，文以载道，小说载道，出现了不同形式的载道文体。中原文化的担当精神是文以载道的地域文化起点，中原地区愚公的现实精神和担当精神，使得中原区域作家成为载道的创作主体。儒家文以载道精神的探源，儒家讲究用行舍藏，而中原文化载道精神则反复强调是文学的担当精神，杜甫、韩愈、李绿园这些中原作家群体，无论穷达，艰难苦恨繁霜鬓，在载道这一社会担当问题上从没退缩过！农耕社会结构的文学二元叙事书写是社会外部提出的文学任务，中原文化精神成为作家主体内部自觉的担当精神则是对文以载道的落实。宋代正式提出"文以载道"文学主张则是对这种文学现象的理性认识，而宋代朱熹文章害道说则暗含了文学的再次觉醒的内容，试图摆脱政治影响力的努力，虽然处于被放逐的位置，但性质上仍然属于文学的再次觉醒。从朱熹的文害道论，到王夫之的对文学创作主体人格的否认，不难看出文以明道、文以载道、文害道变迁的历史过程。

三　中原作家对文以载道文学精神的突破和坚守

所谓突破，是对儒家精神的突破，所谓坚守，是对中原担当精神的坚守。这种社会担当要求诗载道、戏曲载道、小说载道各种文体都要载道，引起某种泛载道论，使文学成为一种工具。

---

① 杨伯峻：《列子集释》，中华书局1979年版，第159页。

　　杜甫的儒学思想具有浓郁的中原文化精神色彩。儒家认为"达则兼济天下，穷则独善其身"是士人基本进处原则，而杜甫却无论穷达都一饭不敢忘君，穷年忧黎元。这种坚守精神，担当精神是中原文化精神在杜甫思想层面的映射。杜甫忠君爱民，民胞物与的那种博大胸怀所展示的伟大人格力量不正是对这片土地和人民的热爱吗？杜甫经常在自己最困难的时刻，不由自主地想到普天下穷苦百姓，想到灾难深重的民族和祖国，正是这种发自内心的、不假雕饰的、不带功利的忧患情怀使杜诗富有深厚的人道主义精神，使诗人的形象在人民心中永远闪耀着人性的光辉，这不正是一种关心现实的精神吗？《孟子·离娄下》云："禹思天下有溺者，由己溺之也；稷思天下有饥者，由己饥之也，是以如是其急也。"① 禹和稷在不溺不饥的处境中，想到了人溺人饥的痛苦，从而肩负起拯民于溺饥的重任。杜甫的"安得广厦千万间，大庇天下寒士俱欢颜"何尝不是一种禹稷情怀，杜甫"窃比稷与契"正是一种中原文化中的担当精神。杜甫的诗歌是"载道"的诗歌。

　　韩愈强调"文以载道"，他主张"气盛为宜""不平则鸣"，强调的是文的作用。韩愈散文真正具有文学价值的，也不是《原道》《原毁》那些篇章，这些政论虽然气势凌厉，但却给人以"霸气"之感，而是那些被称为"谈墓之文"的墓志铭和那些自由灵活的赠序。但作者恰恰在意的是这些"载道"的文章。柳宗元在"文""道"问题上较之韩愈则更为灵活，他那些寄寓了自身情感的山水游记和寓言小品，实际上就是自身人格的化身。

　　李绿园小说载道精神也充分显示了中原地域文化精神。《歧路灯》小说的创作指导思想表明了李绿园文学创作的拯救意识和担当精神。李绿园在《歧路灯自序》中表明了自己"文以载道"的文学观念，具体一点就是小说载道的创作思想。《歧路灯自序》表达自己的小说载道观念，作者写道：

　　　　余尝谓唐人小说，元人院本，为后世风俗大蠹。偶阅阙里孔云亭《桃花扇》，丰润董恒岩《芝龛记》，以及近今周韵亭之《悯烈记》，喟然曰："吾故谓填词家当有是也！藉科诨排场间，写出忠孝节烈，

_____

　　① 杨伯峻：《孟子译注》，中华书局 1960 年版，第 199 页。

而善者自卓千古，丑者难保一身，使人读之为轩然笑，为潸然泪，即樵夫牧子厨妇爨婢，皆感动于不容己。以视王实甫《西厢》、阮圆海《燕子笺》等出，皆桑濮也，讵可暂注目哉！"因傲此意为撰《歧路灯》一册，田父所乐观，闺阁所愿闻。子朱子曰："善者可以发人之善心，恶者可以惩创人之逸志。"友人皆谓于纲常彝伦问，煞有发明。①

这段话基本上是李绿园创作《歧路灯》的指导思想。李绿园在这里表达了自己对唐宋以来通俗小说的整体看法，将"唐人小说，元人院本"等不关"风化"之作看作"风俗大蛊"，认为这类世俗小说对社会风气多有损伤，表达了他深切的社会责任感。并因此撰"《歧路灯》一册"，"以发人之善心，惩创人之逸志"，传递出他自己的教育策略，这是典型的文以载道的创作理念。李绿园在诗歌创作方面也表达诗以载道的创作思想，《绿园诗钞自序》写道："诗以道性情，裨名教，凡无当于三百之旨者，费辞也。""惟其于伦常上立得足，方能于文藻间张得口，所以感人易入，不知其然而然也。不然者，使屈灵均而非有忠君爱国之心，缠绵笃挚于不可己，则美人香草，亦不过如后世之剪云镂霞，媲青妃白而已，乌所睹与日月争光者哉？"② 这种载道精神，这种淑世思想，表明了李绿园文学创作的担当精神，也都可看作中原文化的担当精神对作家在文学创作方面潜移默化之影响。

四　结　语

文以载道是在特定的历史阶段具有特定历史内涵的文学现象。古代中国农耕文明所形成的社会二元结构需要士人的文化担当——"文以载道"，而在中原地域文化场景成长起来的士人则提供了这种"载道"的社会担当，文以载道是中原文化精神的文学表达，古代中原作家群体的现实主义文学创作体现了文以载道与中原文化精神之内在联系。

---

① 栾星：《歧路灯研究资料》，中州书画社 1982 年版，第 94 页。
② 同上书，第 93 页。

从碑志看韩愈的人生观

摘　要　在韩愈的碑志文创作中，体现了韩愈重视并推崇志主以仁爱为本、"耆磨乎事业，发奋乎文章"，以及在逆境中奋发有为的人生状态，而这也构成了韩愈本人的人生观。在韩愈的一生中，也从这三方面成功实践了他的人生观，体现于他人为他而作的碑志文。但韩愈的人生中仍有无法释怀的缺憾，体现于他对自己的内在修养仍有不满，无法保持内心的稳定平静，特别是在面对不公平待遇时仍无法释怀，而造成这一状态的原因与他不够圆融的思想状况有关。
关键词　韩愈　碑志文　人生观

碑志的本质是"盖棺定论"。当人走完这一生的历程时，由墓志铭的创作者代表社会为他的一生作出总结，所谓生死大事，所以墓志铭一直为世人所看重。墓志铭虽然代表的是主流社会的评价观点，但也多少会反映出创作者对"人的一生应该怎样度过"这个问题的思考和答案，亦即创作者的人生观。特别是能让创作者产生共鸣，致使真情流露的碑志作品，更能有助于我们加深对创作者本人人生观的了解。作为碑志创作的大家，韩愈共创作碑志七十五篇。从这些碑志里，可一窥韩愈本人的人生观。

---

①　高玮（1978—　），女，陕西紫阳人，福建师范大学中国语言文学博士后流动站博士后，三峡大学文学与传媒学院讲师。

一　韩愈碑志体现的人生观

（一）仁爱为本

在传统儒家思想里，孔子把"仁"作为最高的道德原则、道德标准和道德境界。韩愈本人在《原道》里也表明他的儒家思想的基础建构正是"博爱之谓仁，行而宜之之谓义，由是而之焉之谓道"①，他的门人李汉无疑也在学习以及编纂韩愈文集时体会到了这一点，他有感而发称韩文正是"千态万貌，卒泽于道德仁义，炳如也"②。（《昌黎先生集序》）

然而纵览韩愈的诗文，同传统士人的表达方式类似，鲜少有直接表达"仁爱"主题及情绪的作品，我们只能从韩愈与友人之间的和诗赠文，或是读古籍而有感的作品中间接、含蓄地体会到韩愈对于"仁爱"的重视及感性呼唤。如这首《琴操十首·履霜操》中，韩愈虽发出了"母生众儿，有母怜之。独无母怜，儿宁不悲"的对母爱的呼唤，让我们直接联想到韩愈自幼孤苦的生长环境，但这样直抒胸臆呼唤仁爱的作品仍是很少见的，韩愈更多的诗文作品，总是以一个理性严肃的学者或长者身份，讲述着他脑中的观点，心中的道。

韩愈的碑志中，他则常常被志主富有人情味、充满仁爱之心的行为所打动，当我们看到韩愈以充满感情的笔触叙写此类事例时，常常能接触到韩愈渴望情感、呼唤仁爱的一面。

张彻，韩愈的堂侄女婿，张彻本人死于地方节度使的一场兵变中，临死前还骂不绝口，时人皆赞"义士"。韩愈在写张彻墓志铭时，自然将大量篇幅集中于张彻的忠义之举，但在后半段写到了张彻对他弟弟张复充满仁爱之心的行为："君弟复亦进士，佐汴宋，得疾。变易丧心，惊惑不常。君得闲即自视衣褥薄厚，节时其饮食，而匕筋进养之，禁其家无敢高语出声。医饵之药，其物多空青、雄黄诸奇怪物，剂钱至十数万；营治勤剧，皆自君手，不假之人。"③（《幽州节度判官赠给事中清河张君墓志

---

① 马其昶校注，马茂元整理：《韩昌黎文集校注》，上海古籍出版社1986年版，第12页。

② 同上书，第2页。

③ 同上书，第545页。

铭》）细节描写向来是韩愈碑志创作的特色，但能将细节准确到知道张复的药方里有"空青、雄黄"等物，说明在日常生活中，张彻对弟弟的照顾必定打动了韩愈的心，而让韩愈有了细致的观察和体会。韩愈在处理这段文字时，并无一字直接赞叹，但我们读这段时，一个仁爱的兄长形象跃然于眼前，竟比前段张彻的忠义之举更能打动一个普通人的心。韩愈推崇仁爱的态度不言自明。

再如为李虚中而作的墓志铭，"君昆弟六人，先君而殁者四人。其一人尝为郑之荥泽尉，信道士长生不死之说，既去官，绝不营人事。故四门之寡妻孤孩，与荥泽之妻子，衣食百须，皆由君出。自初为伊阙尉，佐河南水陆运使，换两使，经七年不去，所以为供给教养者。及由蜀来，辈类御史皆乐在朝廷进取，君独念寡稚，求分司东出。呜呼，其仁哉"①！（《殿中侍御史李君墓志铭》）李虚中照顾哥哥弃之不管的寡妻孤儿，尽职尽责，甚至舍弃了"在朝廷进取"的机会，这次韩愈直接赞叹"其仁哉"。

又见《朝散大夫越州刺史薛公墓志铭》中，韩愈也特别提到志主薛戎"公笃于恩义，尽用其禄，以周亲旧之急，有余，颁施之内外，亲无疏远，皆家归之"②。这三位志主的共同特点都是"仁爱"，而且他们的仁爱超越了一般人的小爱，并不是通常意义上的父慈子孝等，而是当生活出现了特别考验人的非常状况时，如精神病患者需要的照料、不该由自己背负责任时出现在当事人面前的穷急状况等，志主们都表现了惊人的耐心、持久的关怀，并能够牺牲自己的利益，这些行为背后，正是儒家思想所推崇的"仁爱"二字。

深受儒家思想浸淫的韩愈，一直将"仁"视为为人处世甚至济世之根本，故他对这样的行为推崇备至也属自然。然而，韩愈饱含情感的笔触仍然让我们感到，他的推崇并不仅仅是理性认同，更有感性共鸣，与他的个人经历不无关系。

韩愈自述"吾少孤，及长，不省所怙，惟兄嫂是依"③（《祭十二郎文》）。在父母至亲至爱这一块，韩愈有着一生都无法填补的残缺，也正

---

① 马其昶校注，马茂元整理：《韩昌黎文集校注》，上海古籍出版社 1986 年版，第 439 页。

② 同上书，第 519 页。

③ 同上书，第 336 页。

因如此，韩愈更理解孤苦之人的不易。幸而兄嫂对他很好，"视余犹子，诲化谆谆"①（《祭郑夫人文》），因为这份养育之情来之不易，韩愈对兄嫂就格外感恩，并推而广之，对一切超越了小爱的"仁爱"之心、仁爱之举推崇备至。

在韩愈碑志中，打动他的"仁爱"行为还体现在公平待人方面，且韩愈就是直接的受益者。如窦牟，是韩愈相交近乎一生的师友，韩愈在《国子司业窦公墓志铭》中深情回忆，"愈少公十九岁，以童子得见，于今四十年。始以师视公，而终以兄事焉。公待我一以朋友，不以幼壮先后致异。公可谓笃厚文行君子矣"②。韩愈一生经历起起伏伏，开罪过小人，经历过世态炎凉，而窦牟以"仁爱"对待韩愈，"不以幼壮先后致异"，再参看韩愈为柳宗元所写的墓志铭中的大发感慨："呜呼！士穷乃见节义。今夫平居里巷相慕悦，酒食游戏相征逐，诩诩强笑语以相取下，握手出肺肝相示，指天日涕泣，誓生死不相背负，真若可信；一旦临小利害，仅如毛发比，反眼若不相识，落陷阱，不一引手救，反挤之，又下石焉者，皆是也。此宜禽兽夷狄所不忍为，而其人自视以为得计。"③（《柳子厚墓志铭》）故可知韩愈对失掉仁爱的"势利"之举的痛恨，再对比窦牟一生待他之仁爱公平，故感受格外深刻，遂有此记。

再如韩愈曾在碑文中赞美郑儋，说他"部将有因贵人求要职者，公不用，用老而有功、无势而远者"④（《河东节度观察使荥阳郑公神道碑文》），这是对"仁爱"的进一步拓展，仁爱不仅仅体现在待人方面，也是做官为国家处理政事公平公正的源泉，韩愈早就认识到，"博爱之谓仁，行而宜之之谓义，由是而之焉之谓道"（《原道》），孔子"仁论"也主张"仁"的实现是推自爱之心以爱人的过程，所谓"己欲立而立人，己欲达而达人"。所以"仁爱"既满足了韩愈的感性需求，又符合他的理性认知，个人以及整个社会都需要以仁爱为本，因此韩愈对仁爱推崇备至。

① 马其昶校注，马茂元整理：《韩昌黎文集校注》，上海古籍出版社1986年版，第334页。
② 同上书，第524页。
③ 同上书，第510页。
④ 同上书，第399页。

（二）"砻磨乎事业，发奋乎文章"

"文章事"对于韩愈来说，是他一生的重点。他在《答窦秀才书》中说："愈少驽性，于他艺能自度无可努力，又不通时事，而与世多龃龉。愈终无以树立，遂发愤笃专于文学。"① 韩愈"笃专于文学"的目的何在呢？他在《争臣论》中说："君子居其位，则思死其官；未得位，则思修其辞，以明其道。我将以明道也。"②

在韩愈的碑志中，志主的"文章事"是他浓墨重彩描摹的部分。而韩愈看重的"文章事"并不同于人们一般理解的、拥有出众的写作水平即可。如韩愈在为王仲舒创作的"神道碑"中，提到王仲舒年轻时就"读书著文，其誉蔼郁，当时名公，皆折官位辈行愿为交"。但这还不是重点，重点是后面的一个细节："天子曰：'王某之文可思，最宜为诰，有古风，岂可久以吏事役之'"③（《唐故江南西道观察使中大夫洪州刺史兼御史中丞上柱国赐紫金鱼袋赠左散骑常侍太原王公神道碑铭》）"可思"与"有古风"，是王仲舒文章的特点，也是韩愈最为看重的两个特点。一是在文章内容上，表达了作者的思想，可说是在用文章来"明道"；第二体现在形式上，正契合了韩愈提倡的古文运动，去除芜杂冗赘的形式，追求行文方面平易畅达的主张。而天子口中的那句"岂可久以吏事役之"其实也道出韩愈内心的声音，能够写出如此文章的人，应该到更重要的位置，承担更重要的社会责任，而不应以碌碌奔走的小吏身份浪费一生。

《答李翊书》是一篇系统体现韩愈文学观念的文章，韩愈在谈到自己经营文章事的过程时，强调自己遇到最大的困难就是"惟陈言之务去，戞戞乎其难哉"④！刘熙载在《艺概·文概》中如此解释："所谓'陈言'者，非必剿袭古人之说认为己有也，只识见议论落于凡近，未能高出一头，深入一境，自'结撰至思'者观之，皆'陈言'也。"韩愈在习文的过程中，迫切希望建立起自己独特的风格，而他也认识到，唯有独特之内在思想，才能形成独特之文字，故而他自然将重点转到"气盛"的修养上。因此体现在韩愈碑志中，他在评判志主文学成就方面，亦会格外看重

---

① 马其昶校注，马茂元整理：《韩昌黎文集校注》，上海古籍出版社 1986 年版，第 138 页。
② 同上书，第 108 页。
③ 同上书，第 498 页。
④ 同上书，第 169 页。

志主的文章事是不是能够"务去陈言",拥有独特之面目。

散文家樊宗师去世后,韩愈为其作《南阳樊绍述墓志铭》,他首先肯定了樊宗师创作的高产:"得书号《魁纪公》者三十卷,曰《樊子》者又三十卷,《春秋集传》十五卷,表、笺、状、策、书、序、传记、纪、志、说、论、今文、赞、铭,凡二百九十一篇,道路所遇,及器物门里杂铭二百二十,赋十,诗七百一十九。曰:多矣哉!古未尝有也。"然而数量当然不是韩愈最关注的重点,"然而必出于己,不袭蹈前人一言一句,又何其难也!必出入仁义,其富若生蓄万物,必具海含地负,放恣横从,无所统纪;然而不烦于绳削而自合也。呜呼!绍述于斯术,其可谓至于斯极者矣"①。樊宗师的文章,实现了"出入仁义",即"明道"的需求,而文章本身的形式也臻于完美,符合为文的要素又拥有强烈的个性,这样的文章,韩愈认为就"至于斯极者矣"。

再如韩愈为薛公达作的《国子助教河东薛君墓志铭》,记述薛公达"君少气高,为文有气力,务出于奇,以不同俗为主。始举进士,不与先辈揖,作《胡马》及《圆丘》诗,京师人未见其书,皆口相传以熟"②。首先是"气高""为文有气力",体现了韩愈"气盛言宜"的观点,后自然出现了一个为文为人均有个性的志主。这篇墓志铭中还讲述了"奇文"传播的情景,刚开始薛公达是"不与先辈揖",看起来不合群甚至不知礼的,但因为诗文够奇够好,反而最后仍然能达到"皆口相传以熟"的良好传播效果。这段描写也符合韩愈自身写个性文章遇到的情况,"其观于人,不知其非笑之为非笑也。如是者亦有年,犹不改"③(《答李翊书》)。韩愈正是经历了这样一个为人嘲笑否定,但因为自己的坚持,而终究没有被环境改变,反而引领了一时文风成为一代文宗的过程。所以韩愈此段的叙写第一是有情感方面的共鸣;第二则是表达了韩愈对自己文学主张终会获得认同的自信。

另外韩愈的此类观点还明确地体现于为孟郊和柳宗元所作的墓志铭中:"先生生六七年,端序则见,长而愈骞,涵而揉之,内外完好,色夷气清,可畏而亲。及其为诗,刿目钩心,刃迎缕解,钩章棘句,掏擢胃

① 马其昶校注,马茂元整理:《韩昌黎文集校注》,上海古籍出版社1986年版,第539页。
② 同上书,第361页。
③ 同上书,第169页。

肾，神施鬼设，间见层出。唯其大玩于词，而与世抹杀，人皆劫劫，我独有余。"①（《贞曜先生墓志铭》）仍然是将孟郊的修养功夫置于言辞独特之前，符合"气盛言宜"的内在逻辑关系。而柳宗元则是"俊杰廉悍，议论证据今古，出入经史百子，踔厉风发，率常屈其座人；名声大振，一时皆慕与之交。诸公要人，争欲令出我门下，交口荐誉之……居闲，益自刻苦，务记览，为词章，汛滥停蓄，为深博无涯涘，而自肆于山水间"②（《柳子厚墓志铭》）。在柳宗元这里，已经不存在需要经历一个曲折的过程再得到认可，柳本人就是"文以明道"的代言人。

文章对于韩愈来说，是用以明道的。所以韩愈对于文章的态度是极其认真的，这也是他对人生事业孜孜以求的表现。

（三）逆境中的奋发有为

贞元十三年（797年），三十岁的韩愈虽然考中进士，但未能通过吏选，进入地方幕府佐汴州，又以疾辞。在此之前，年轻的韩愈生活的重点还在于不断提升自己，寻找机会实现抱负，而从事业不顺蛰伏期开始，韩愈开始对如何应对逆境进行了深刻的思考，《复志赋》就是他这一思考的总结。

《复志赋》中最后明志"昔余之约吾心兮，谁无施而有获……苟不内得其如斯兮，孰与不食而高翔。抱关之厄陋兮，有肆志之扬扬。伊尹之乐于畎亩兮，焉贵富之能当？恐誓言之不固兮，斯自讼以成章。往者不可复兮，冀来今之可望"③。韩愈经过痛苦的心路历程，终于还是跟自己的心有了一个约定，在现实环境不尽如人意的情况下，仍然要坚持自己内心的志向不更改。

因此，当韩愈为他人创作墓志铭时，他十分重视志主在逆境中的表现，顺境中的成就虽然也会有所褒扬，但逆境中志主的作为往往会被韩愈描摹得更加动人，更富感染力。究其原因，这样的行为与韩愈内在的人生观达成了一致，故而感动了韩愈，进而感动读者。

人生的逆境有很多种。生而受苦招致无妄之灾是逆境，贬官受挫是逆

---

① 马其昶校注，马茂元整理：《韩昌黎文集校注》，上海古籍出版社1986年版，第444页。

② 同上书，第510页。

③ 同上书，第4页。

境，即使身居要职面临高压困境险境时其实也是逆境。

韩愈所作《中大夫陕府左司马李公墓志铭》中，就提到自幼孤苦的志主："（父）岌为蜀州晋原尉，生公，未晬以卒，无家，母抱置之姑氏以去，姑怜而食之。至五六岁，自问知本末，因不复与群儿戏，常默默独处，曰：'吾独无父母，不力学问自立，不名为人！'年十四五，能暗记《论语》《尚书》《毛诗》《左氏》《文选》，凡百余万言，凛然殊异。姑氏子弟，莫敢为敌。浸传之闻诸父，诸父泣曰：'吾兄尚有子耶？'迎归而坐问之，应对横从无难。诸父悲喜，顾语群子弟曰：'吾为汝得师。'于是纵学，无不观。"① 这段经历与韩愈本人的经历十分类似，如皇甫湜作《韩愈神道碑》里就提到韩愈："先生讳愈，字退之。乳抱而孤，熊熊然角，嫂郑氏异而恩鞠之。七岁属文，意语天出。长悦古学，业孔子、孟子，而侈其文。"② 一个早慧孤单的孩子，"自问知本末"后，就全身心地浸淫在经典中，汲取日后自立自强的力量。看起来是对经典的勤学，背后却是积极昂扬的人生态度，唤起了韩愈对自己人生的共鸣，深得韩愈之心。

再如韩愈为王仲舒所作《故江南西道观察使赠左散骑常侍太原王公墓志铭》，其中提到王仲舒："……故遭谗，而贬。在制诰，尽力直友人之屈，不以权臣为意，又被谗而出。元和初，婺州大旱，人饿死，户口亡十七八，公居五年，完富如初。按劾群吏，奏其赃罪，州部清整，加赐金紫。其在苏州，治称第一。公所至，辄先求人利害废置所宜，闭阁草奏，又具为科条，与人吏约。事备，一旦张下，民无不抃叫喜悦；或初若小烦，旬岁皆称其便。"③ 因为自己的正直而遭谗遭贬，但仍然在贬所励精图治，在其位谋其政。

还有张署，他是昔日与韩愈一同遭"幸臣之谗"并因此被贬的患难之交，从监察御史贬至偏远地方的小县令，这样的遭际不可谓打击不大，但张署并未因为这种打击就从此心灰意冷，在他后来被起用后，历任了刑部郎、虔澧二州刺史以及河南令等官职，而无论在哪一任上，他都积极进取，有所作为，韩愈在为他作的《河南令张君墓志铭》中就历数他在各

---

① 马其昶校注，马茂元整理：《韩昌黎文集校注》，上海古籍出版社1986年版，第542页。
② （清）董浩等编：《全唐文》第7部卷687，中华书局1983年版，第7037页。
③ 马其昶校注，马茂元整理：《韩昌黎文集校注》，上海古籍出版社1986年版，第534页。

地的政绩："自京兆武功尉拜监察御史。为幸臣所谗，与同辈韩愈、李方叔三人俱为县令南方。二年，逢恩俱徙掾江陵。半岁，邕管奏君为判官，改殿中侍御史，不行。拜京兆府司录。诸曹白事，不敢平面视；共食公堂，抑首促促，就哺歠，揖起趋去，无敢阑语。县令丞尉，畏如严京兆，事以办治。京兆改凤翔尹，以节镇京西，请与君俱，改礼部员外郎，为观察使判官。帅他迁，君不乐久去京师，谢归，用前能，拜三原令。岁余，迁尚书刑部员外郎。守法争议，棘棘不阿。改虔州刺史。民俗相朋党，不诉杀牛，牛以大耗；又多捕生鸟雀鱼鳖，可食与不可食相买卖，时节脱放，期为福祥。君视事，一皆禁督立绝。使通经吏与诸生之旁大郡，学乡饮酒丧婚礼，张施讲说，民吏观听从化，大喜。度支符州，折民户租，岁征绵六千屯，比郡承命惶怖，立期日，惟恐不及事被罪。君独疏言：'治迫岭下，民不识蚕桑。'月余，免符下，民相扶携，守州门叫欢为贺。改沣州刺史。民税出杂产物与钱，尚书有经数，观察使牒州征民钱倍经。君曰：'刺史可为法，不可贪官害民。'留噤不肯从，竟以代罢。观察使使剧吏案簿书，十日不得毫毛罪。"①

人生中的逆境当然不止贬官这一种境遇，当身犯险境、危及个人利益时，表现出的状态也是韩愈所关注的点。比如韩愈所作《河南少尹李公墓志铭》中重点描写了志主李素以身犯险的事迹："衢州饥，择刺史，侍郎曰：'莫如郎李某。'遂刺衢州。至一月，迁苏州。李锜前反，权将之成诸州者，刺史至，敛手无敢与敌。公至十二日，锜反。公将左右与贼战州门，不胜；贼呼入，公端立责以义，皆敛兵立，不逼。锜命械致公军，将斩以徇。及境，锜适败缚，公脱械还走州。贼急卒不暇走死，民抱扶迎尽出。天子使贵人持紫衣金鱼以赐。"②

二　韩愈对人生观的实践

一般来说，人的思想指导他的行为。韩愈一生所看重的人生之本，亦即"仁爱""文章事"以及身处逆境仍然奋发有为的人生态度，不仅仅体

---

① 马其昶校注，马茂元整理：《韩昌黎文集校注》，上海古籍出版社1986年版，第459页。
② 同上书，第368页。

现于他为他人而写的碑志，韩愈更是不打折扣地践习于自己的人生，并获得外界社会的一致认可，这也反映在韩愈身后别人为他而创作的碑志中。

皇甫湜为韩愈而作的《韩愈神道碑》中，"内外惸弱悉抚之，一亲以仁，使男有官，女有从，而不畜于己生。交于人，已而我负，终不计，死则庇其家，均食剖资。与人故，虽微弱，待之如贤戚。人诉笑之，愈笃"①，正是写韩愈的"仁爱"，对亲人对朋友甚至对不如己的所谓微弱之人，都深怀仁爱之心举仁爱之行；"七岁属文，意语天出。长悦古学，业孔子、孟子，而侈其文。秀人伟生，多从之游，俗遂化服，炳炳烈烈，为唐之章"则指韩愈"文章事"，无须多言，能够当得起"为唐之章"，则不仅仅是"文章事"，可称得上是"千秋文章事"了。

皇甫湜所作碑志的重点放在了韩愈一生事迹，而这些事迹都恰巧无一例外地展示了韩愈身处逆境仍奋发有为的人生观。如贬至阳山后的作为，使得"阳山民至今多以先生氏洎字呼其子孙"，皇甫湜与韩愈相差不过十几岁，故皇甫湜提到的"至今"应属于当时实际发生的客观事实，这是从当时民众的反响来间接证明韩愈在贬官阳山时亦有所作为；清人万承风《谒韩文公祠即次公〈衙斋有怀〉韵并寄王明府》诗中也提道："昔闻湟关南，异俗真可吒。山居杂瑶壮，猎食薄耕稼。……户不闻诗书，日唯追獐麝。自从韩公来，礼义为策驾。务本习渐移，农桑朱无价。入耳有弦歌，从禽废弋射。"清人的诗虽然时代较晚，但将韩愈在阳山时期的作为更加明晰化了，韩愈让这样一个昔日的蛮荒之地开始知书习礼，并拓宽了生活物资的来源。生活观念的转化、生活方式的转变，这些对于人类的生活都是至关重要的，韩愈在阳山不过一年时间，还是贬官至此心情沮丧之时，却让当地百姓收获到了最重要的东西，影响传颂至今。

皇甫湜所作《韩文公墓志铭》中还提到韩愈以身犯险置个人安危于不顾的典型事例，即长庆二年（822年）韩愈受诏宣抚镇州之事，其时据李翱《韩公行状》载："镇州乱，（王廷凑）杀其帅田宏正，征之不克，遂以王庭凑为节度使，诏公往宣抚。既行，众皆危之，元稹奏曰：'韩愈可惜。'穆宗亦悔，有诏令至境观事势，无必于入。"朝廷对王廷凑"征之不克"后的宣抚显然不可能赢得王廷凑的信任，加之叛军内失控的强兵悍将甚多，韩愈的此次"宣抚"之行几乎注定凶多吉少，所以元稹直

①　（清）董浩等编：《全唐文》第 7 部卷 687，中华书局 1983 年版，第 7039 页。

接叹其可惜，而穆宗也因爱惜韩愈，下令观望即可，不必非入险境。而韩愈的态度是："安有受君命而滞留自顾？"遂疾驱入。而后在王廷凑"严兵拔刃，弦弓矢以逆。及馆，甲士罗于庭"的情况下，大声与对方抗辩，后幸不辱使命全身而归。此事也成为韩愈一生中，与贞元十九年（803年）御史台上书论旱、元和十三年（816年）随裴度出征淮西、元和十四年（817年）谏论佛骨相提并论的义勇行为。

　　叶嘉莹先生曾经在《唐宋词十七讲》中指出："真正伟大之作者乃是以自己全部生命之志意与理念来写作他们的诗篇，而且是以自己整个之一生之生活来实践他们的诗篇的。"这样的观点仍然也适用于韩愈，在中国不少的知识分子都呈现出"心画心声总失真，文章仍复见为人。高情千古闲居赋，争信安仁拜路尘"（元好问《论诗绝句》）的状态时，韩愈在为他人而作的碑志中，赞叹"仁爱"精神，重视"文章事业"，推崇在逆境之中也要奋发有为的生命状态，而他自己也身体力行，用自己的一生为自己的人生观作了最好的注解。

三　韩愈人生观实践中的缺憾

　　纵观韩愈的一生，即便他怀有仁爱之心，以文章事业彪炳千秋，遇到挫折也能够不折不挠、奋发有为，但他对自己的人生仍然有无法释怀之处，仍有缺憾。观其所作墓志中，《河南少尹李公墓志铭》感慨李素的一生"高其山而坎其中。以为公之宫。奈何乎公"[1]。《朝散大夫越州刺史薛公墓志铭》中在述及其生平时，用将近三分之一的篇幅描写薛戎被柳冕所构陷之冤，"映卒，湖南使李巽、福建使柳冕，交表奏公自佐，诏以公与冕。在冕府，累迁殿中侍御史。冕使公摄泉州，冕文书所条下，有不可者，公辄正之。冕恶其异于己，怀之未发也。遇马总以郑滑府佐忤中贵人，贬为泉州别驾，冕意欲除总，附上意为事，使公按置其罪。公叹曰：'公乃以是待我，我始不愿仕者，正为此耳。'不许。冕遂大怒，囚公于浮图寺，而致总狱，事闻远近。值冕亦病且死，不得已，俱释之"[2]。《中

---

① 马其昶校注，马茂元整理：《韩昌黎文集校注》，上海古籍出版社 1986 年版，第 368 页。

② 同上书，第 519 页。

大夫陕府左司马李公墓志铭》的志主也是受到不公平待遇，一生事业未成，韩愈在铭文中勉强安慰道："愈下而微，既极复飞，其自公始。公多孙子，将复庙祀。"① 语气中仍流露出对这样有才华却不得志的文人命运深深的惋惜。而这样的惋惜、无法释怀，也是韩愈对自己人生的一份沉重慨叹。且不必说他青年时期"三试于吏部则无成"，单是他步入仕途后，因上《御史台上论天旱人饥状》而被贬阳山、《平淮西碑》被推倒、因谏迎佛骨而被贬潮州，才华满腹、怀一片赤诚之心却遭受不公平待遇，韩愈虽以积极的态度进行应对，但内心对此类事件却终无法释怀，想不通、委屈、无奈等情绪一直萦绕于心，因此在面对与他有同样遭遇的人的墓志铭中予以流露。

　　韩愈也曾从个人修为的角度作过认真反思。如同几乎所有的中国文人一样，在世俗生活中积极进取的同时，还能降服情绪的冲动，保持内心的淡定平静，是一个做了多年不愿醒来的美梦。在韩愈写的《清边郡王杨燕奇碑文》中，志主"不畏义死，不荣幸生，故其事君无疑行，其事上无间言"②。这是一种让韩愈敬佩的宠辱不惊的风范和处世正直圆融的风格；在《朝散大夫商州刺史除名徙封州董府君墓志铭》中，董溪"宾接门下，推举人士，侍侧无虚口；退而见其人，淡若与之无情者"③。这是进退之间周转自如，情绪修养已达一定境界的状态。而韩愈自己呢？他知道自己有一颗急于为人所知的心，所以在《知名箴》中劝诫自己"今日告汝，知名之法：勿病无闻，病其晔晔"④。在《上兵部李侍郎书》中也反省自己"惟是鄙钝，不通晓于时事，学成而道益穷，年老而智益困，私自怜悼，悔其初心，发秃齿落，不见知己"⑤。特别是在他的《答冯宿书》中，他想要听取朋友建议改变自己性格提高个人修养的愿望是如此的强烈："仆何能尔？委曲从顺，向风承意，汲汲恐不得合，犹且不免云云，命也。可如何。然子路闻其过则喜，禹闻昌言则下车拜。古人有言曰：'告我以吾过，吾之师也。'愿足下不惮烦，苟有所闻，必以相告。

①　马其昶校注，马茂元整理：《韩昌黎文集校注》，上海古籍出版社1986年版，第542页。
②　同上书，第356页。
③　同上书，第441页。
④　同上书，第56页。
⑤　同上书，第143页。

吾亦有以报子，不敢虚也，不敢忘也。"①

那韩愈是否通过这种理性的自我修持达到了他的理想状态呢？长庆三年（822 年），五十六岁的韩愈移葬自己夭折的女儿坟墓回家乡，他在墓志铭《女挐圹铭》中这样叙写女儿"惠而早死"的："愈之为少秋官，言佛夷鬼，其法乱治，梁武事之，卒有侯景之败，可一扫刮绝去，不宜使烂漫。天子谓其言不祥，斥之潮州，汉南海揭阳之地。愈既行，有司以罪人家，不可留京师，迫遣之。女挐年十二，病在席，既惊痛与其父诀，又舆致走道，撼顿失食饮节，死于商南层峰驿，即瘗道南山下。"② "哀而不怨"的儒家修养让韩愈未曾在墓志铭中直接抒发怨怼之情，但这样的铺陈叙事中，我们仍然能体会到韩愈心中的大恸，而这背后则仍是对自己当年遭受不平待遇的无法释怀。韩愈的情绪修养、性格修正，既不能保证他的仕途一帆风顺，也无法让他平心静气地接受自己不公平的命运。迁坟后的第二年，韩愈病逝。

考察韩愈的思想，攘斥佛老、与佛教的拒不相容的态度，是其思想的重要组成部分。陈寅恪《论韩愈》一文中已指出韩愈的排佛有考虑"匡救政俗之弊害"以及"呵诋释迦，申明夷夏之大防"等因素，站在国家民族的立场上，自是有其合理性，但如此激烈的排佛态度可能却有碍韩愈自身思想的圆融。例如，他在贬官潮州时，遇到了老和尚大颠，韩愈也称其"颇聪明，识道理，远地无可与语者，故自山召至州郭，留十数日，实能外形骸，以理自胜，不为事物侵乱。与之语，虽不尽解，要自胸中无滞碍；以为难得，因与来往"。尽管"以理自胜，不为事物侵乱"和"胸中无滞碍"正是韩愈梦寐以求的心理状态，也明知大颠的境界得益于佛学的浸淫修养，但韩愈仍然执着于自己固有的思想理念，仍要坚决跟佛教划清界限，对天地鬼神发誓以自证道："天地鬼神，临之在上，质之在傍，又安得因一摧折，自毁其道以从于邪也！"③（《与孟尚书书》）

韩愈对佛教思想的极端态度，可提供一个探测韩愈思维及行为模式的角度。而结论，可能已被知韩愈至深的朱熹道出：他在研读韩愈的文集后指出："然考其（韩愈）平生意向之所在，终不免于文士浮华放浪之习，

---

① 马其昶校注，马茂元整理：《韩昌黎文集校注》，上海古籍出版社 1986 年版，第 191 页。

② 同上书，第 560 页。

③ 同上书，第 211 页。

时俗富贵利达之求。”这样一个将大部分注意力都集中在外部世界的传统
文人，无法获得内心的安宁平静，即使他想要改善自己的内心状况，但他
偏执固执的思维习惯、对其他思想流派的过度排斥，终使得他在践习人生
观的过程中，无法达到自己期望的圆融状态。

中唐儒学复兴与韩愈的思想认同

王 雷

（解放军外国语学院）

摘 要 中唐时期整体社会态势渐趋衰落，新的思想不断涌流变动，牵引文士群体重新审视自己的社会身份，反观自己的生命遭际，从而调整自己的心态，这种变化最直接、最迅速的表现就是思想界复兴儒学的呼吁。韩愈作为一个典范，主体性在研究其思想认同中处于核心地位，其思想认同的困境也可以在某种程度上理解为中唐文士主体性具有代表性的困境。

关键词 儒学复兴 韩愈 思想认同

历史并不是对于一段尘封的往事的记录，它更像是人们的记忆，记录是纯粹客观的，而记忆则是意义不断被阐释的、依然继续着存在价值的过去，不同的是叙述人的观照方式与聚焦中心。历史行进到中唐时期，经过长期在分裂与融合中的开放性建设，经过中古贵族知识分子自觉的思想沉淀，经过自身的适应性改造，佛教思想迎来了一个繁荣的格局。伴随着佛教成功地寻求到了最高统治者的庇护与支持，佛教以庞大的声势悄然改变着中国人的观念、生活，提供了丰富的想象繁荣了艺术世界，又为儒、道两家思想的自我整顿与改造提供了丰富的理论资源。中唐文士们并没有从内在原因入手认真反思社会动荡的根源，而是归咎于他们视为"夷狄之法"的佛教，他们认为佛、道侵犯了他们的思想版图，力图重振他们认为"遭遇危机、正在衰落"的儒学。韩愈就是一个典型的代表，他的初衷很善意，他也由此得到了后世的尊重与推崇。

一 复兴儒家思想的针对性

唐朝初建的一段时期内，帝王为了神化祖宗，抬高皇室地位，假借符瑞自托为老子后裔，这并非一种内心真正意义上的信仰，而是一种工具性的利用。佛教也因其在克制民主的欲望、安定人心、稳定秩序方面的优势，再加上佛教已经蔚然成为时代风尚，统治者也只能采取改造利用的政策。尽管当时的思想是一个复杂的综合体，然而安顿确立社会新秩序的重任，仅靠道教或佛教显然是难以担当，儒家经世致用的传统及其关涉治国平天下的理念，更符合一个崭新的统一的王朝的需要，所以它也理所当然地成为主流意识形态并受到统治者的推崇。儒家的"国以人为本""君当以生民为念""君当以天下为公"等"民本"政治理念，也确实给唐王朝带来了前所未有的生机与活力。思想界的基本方针一经确立，就成为有唐一代（除了个别特殊的例外情况：韩愈声嘶力竭地反佛是个孤独的个案，唐武宗歇斯底里地灭佛是个极端）的主导倾向。

　　佛教作为一种外来宗教，势必会与中国传统思想发生碰撞，产生冲突乃至受到攻击。源于印度的修隐生活方式，容易引起以"夷夏之别"为借口的贬斥，佛教也因而经常被民族文化的坚守者视为"夷狄之法"。僧众不承担奉养父母和抚养家庭的责任，在经过迂腐的"孝道"教条驯服的人看来，这无疑是"是可忍孰不可忍"的行为，每一种大肆诋毁佛教的言论中千篇一律地重复着这种立论根据。也有很多儒家士人站在社会学经济利益的角度进行排佛、反佛，他们认为僧人不事生产、不纳税、不服徭役和兵役、不承担社会义务，佛教的大兴会致使国家前途堪忧。即便在佛教内部，在佛教不断地向权力乞求庇护、不断地世俗化、不断地与中国传统寻求契合的过程中，它消解了宗教的神圣意味，蒙上了很深的功利色彩。

　　尽管佛道给中国传统儒家思想带来了震撼与挑战，尽管佛道小心翼翼地争取与国家主流意识形态的合拍，但思想界的主流还是与国家政治权力高度重叠的儒家学说。在初盛唐相对宽松的环境中，正统的儒学渐渐失去了它控制一切的地位，文士们信仰的边界开始模糊，到了中唐混乱的思想界有了一个强烈的呼声，那就是复兴儒学。在他们看来正是由于佛道的侵犯才使儒家的思想版图受到佛道挤压，而且他们认为也正是儒家思想的衰落才导致了统一的秩序趋于崩溃、统一的唐王朝趋于分裂。其实所谓的复兴只是当时知识阶层的士人一厢情愿的想法而已，因为儒家一直以其强势的地位与其正统的价值体系占据着中国思想的主流，它并没有受到意识形态安全的威胁，相反佛道在各自的传播过程中都意识到了儒家的坚韧不动摇的主流地位的庞大压力，从未与儒家做过正面的抗衡或冲突，都不得不认同儒家的基本思想原则。复兴儒家思想是中唐文士面对社会危机、试图疗救社会弊病时所开出的一剂药方。

二　新春秋学派对儒家思想的认同

在中唐前期儒学复兴的趋势中，对政治学术影响较大而又迹象比较明显的，是以啖助、赵匡为先驱，陆淳（陆质）为集大成者的新春秋学派。针对经学日益萎缩的状况，新春秋学派的发起人强烈要求改造经学并身体力行。他们以为《公羊》《榖梁》二传久遭冷落，而习《左传》者也往往"遗经存传"，《春秋》经义芜杂不经；主张从微言大义的角度来研习《春秋》，讲求兼修三传会通经旨，既不专注一传也不迷信权威。新春秋学派能够打破官方注经的权威，将自己的见解（特别是有关时政的理念）与对经传的阐释结合在一起。他们针对中唐时期藩镇割据的现状，提出维护中央集权，维护中央权威，维护一个大一统的国家应有的尊严。

新春秋学派强烈要求回归传统秩序，他们认为重建秩序的根本在于明晓君臣之义，臣下尽心辅佐君主是臣下对国家应尽的义务，而他们认同的国家的名义上的象征就是君主，在引导国家走上复兴道路的过程中，君主应该成为"有道之君"，应该受到有效的制约而不至于沦落为独夫或暴君。陆淳将原则性与灵活性相统一，他在《春秋微旨》中明确道，"父子之道，天性也，君臣之义也，君有过，臣有犯而无隐"，"君臣之义，不可不立也"，"人臣之义，可则竭节而进，否则奉身而退"。

新春秋学派的兴起与中唐的社会背景息息相关，正是其浓郁的观照现实的情怀才使他们对社会动荡不安、民生凋敝不堪、礼法受到破坏的现状深感忧虑。现实促使他们反思，反思之后是改革弊端的呼吁。陆淳更是将变革的思想与愿望付诸实践，他身体力行地参与了"永贞革新"。所有这一切的出发点就是儒家"以天下苍生为念"的淑世情结，其最终的指归也在于有助于社会政治，一切的学术学说的最终理想也必须纳入有关民生的社会实践层面。

唐代科考重进士、轻明经，"三十老明经，五十少进士"，由于经学家这个社会身份在唐代知识阶层并不是风尚所趋，相反他们的地位相当隐晦相当边缘化，因此新春秋学派也没有形成一场范围更广泛的儒家复兴运动。但这个学派的基本思想经 8、9 世纪之交在文士群体中广泛成功地传播流布，而得到中唐文士阶层的强烈共鸣与认同，并在社会政治、文学创作等方面产生了一定的影响。

三　韩愈复兴儒学的努力及其思想认同

谈到复兴儒家思想，不可回避的就是中唐时期那场著名的古文运动；谈到古文运动，不可回避的就是它的健将韩愈。古文运动不仅仅是一场文章革新运动，它更是一场以儒家思想为出发点而进行探索发现的思想之旅。尽管学者对"古文运动"这个概念多有纷争，以为其参与者在思想观念上又多有不同之处，以为古文只是个人提倡少数人附和，既不能构成一个文士群体，又不能成就运动的广泛意义。我们尊重学者的各抒己见，但并不代表一家之言就可以取消这个概念源远流长的历史。而且从思想史意义（所谓"盛世的平庸"也不过是因为他们过于关注社会现实人生，而相对地减少了对纯粹思想领域的形而上学的思考）上来讲，它是一个相当庞大的群体，代表了文士这个阶层最广泛的认同——他们有着共同的政治理念、共同的"辅时及物"的责任感、共同的力挽狂澜时代精神；至于他们观念不一的说法，笔者认为他们每个人都是完全独立的个体，他们当然可以观念不一，而且观念不一并不影响"认同"。

韩愈认同的是根深蒂固的儒家思想传统，所以他极力振兴儒家思想，这一点是为世人所熟知的。在经过一个反思过程之后，他更是将社会动荡的原因归结为儒学的衰败，而要肃整思想界的混乱格局，重新实现原有秩序的回归，从而缔造一个强大的可以给民众带来安定的集权国家，就必须复兴儒家思想。韩愈作为中唐时期传统思想的承负者和传播者，他在考虑各种社会问题的同时，不可能忽视佛道思想对中国思想界的冲击。既然杂乱纷争的社会现实需要一种秩序来整理，那么促使秩序的实现就是他义不容辞的责任与义务。

韩愈极力推崇以孟子为代表的纯儒的学说，他主张儒家不仅要自觉地超越君主的控制，而且还要对君主无限膨胀的权力予以有效的制约，他以大无畏的精神独绝千古。他的对"道"（他一再强调他特指的是儒家之道）的忠贞，使他敢于为了他所坚守的正义而置自己的身家性命于不顾，敢于蔑视那些无原则的政府官员，敢于极言进谏，甚至敢于挑战宪宗皇帝至高无上的权威。复兴儒家的口号，是在对社会现实进行了自觉的批判、对当时风靡的精神思想进行了深刻的反思之后提出来的，目的是通过自己主动地承担道义，以图力挽狂澜于既倒的局面并开创新的政治思想局面。

在此过程中，他们一方面吸收了佛道思想中有关"心性"的部分为儒家思想服务，使儒家思想在一定的范围内，吸纳新的思想资源，从而能够做出适当的自我调整与自我改善；另一方面他们也成功地促使佛道思想主动地接受儒家思想的改造，以便共同适应社会政治的现实需要。这样一来，佛教也与中国传统的儒、道两家不断地交流融汇，不断地力求与中国传统的思想文化保持步调一致，在成为中国思想的有机组成部分的过程中，也相应地付出了宗教本身应有的独立性与神圣性的代价。即便如此，中唐思想界提出的复兴儒家的要求，针对的还是来自佛教的无形压力，假如不是由于佛教的长期侵袭而使中唐知识分子的思想认同发生问题，这种要求就不容易产生。这种重新定于一尊意识形态的形成，毋庸置疑是社会危机感的产物，同时也是思想产生危机感的产物。

韩愈"陈言务去"，锐意创新，用律拗峭，喜奇字险韵，常硬语盘定，以文为诗。这与他极力倡导古文运动、反对浮华靡丽却不能承载巨大信息量的骈文的思想是一致的。韩愈自言"气，水也；言，浮物也。水大而物之浮者大小毕浮，气之与言犹是也，气盛则言之短长与声之高下者皆宜"。苏轼亦谓韩愈——皆可寻其源。陈衍也称赞韩愈的譬喻曲肖，称"昌黎专喻于水，则求其造语之妙。言气而未言理耳，言气而理亦在其中"，"盖多读书，多见事，理足而识见有主。然后下笔吐辞之际，浅深反正，四通八达，百折不离其宗。如山之有脉，如水之有源，如木之有本，则峰峦之高下，港汊之短长，枝叶之疏密，无不有自然之体势"。近代学者钱基博谓古之诗人"一人各具一笔意。谢之笔意，绝不似陶；颜之笔意，绝不似谢；小谢之笔意，绝不似大谢。初唐犹然。至王右丞而兼有华丽、雄壮、清适三种笔意。至老杜而各种笔意无不具备。十历十子，笔意略同。元和以降，又各人各具一种笔意。昌黎则兼有清妙、雄伟、磊砢三种笔意"。凡大诗人皆有自己风格，今人作诗，也要创新，自成自己独特的风格。正是有了这种主体自觉地创新变革的思想的支撑，才使得韩愈无论是在诗歌理论还是诗歌创作中，突破了儒家传统的"温柔敦厚"

"春风化雨"式的诗教观，从而形成一种剑拔弩张的气场。这不仅与他的儒家担当沉重的社会道义的身份不相冲突，相反面对中唐时期诸多的社会矛盾，"温柔敦厚""春风化雨"的诗歌显然不能满足他浓郁主体性思想、情感的传输。

四　当思想遭遇权力的同化

中唐文士看到佛教思想在克制人的欲望、征服人心协助教化、重新整顿人伦秩序方面的作用，出于有补于儒学的考虑，在选择佛教思想时更多的也是其"合于儒"的部分。道教虽然在形式上是中国土生土长的宗教，但它那白日升天、羽化成仙、神仙方术的说教显然不能成为中国思想的主流，在唐代道教虚位在前是为了尊君（李唐皇室以道教之宗祖为自己的远祖），是为了方便有效地推行王权统治。但道教依靠的还是儒家意识形态、国家政治权力，它自身缺乏一套精致深邃的哲学理论体系和步步为营的逻辑推理体系。虽然佛道两家为表达各自的观点而论争不休，"但是它们都认同儒家的基本思想原则"，并在儒家思想与王权政治的共同支配下，在维护王权这一点上达成一致而且必须达成一致，"宗教神学必须严格服从政治、经济、军事的需要"，与李唐的统治合拍。实际上王权政治需要通过儒学来保证君主统治可以继续进行，而儒家对秩序、等级的肯定与推崇也表达和满足自己的要求，儒家的历史责任感与时代使命感也符合君主的意愿。虽然有"三教鼎立"的说法，但是佛道永远不可能争取到与儒家思想平等的地位，而且这种事实上的不平等一直在扩大。由于三者都必须严格被限定在王权的可操控的范围之内，它们又可以在维护统一王权的基调上保持相对制衡的状态，三者之间以儒家思想为认同标准的前提下相互协调，各自发挥其有补于时政的功能。在上述中唐思想的大背景下就不难理解许多著名的看似三教兼采、崇佛修禅的文士实际上还是以儒家为其核心思想的。

柳宗元在《送僧浩初序》中说的"浮图诚有不可斥者，往往与《易》《论语》合，诚乐之，其与性情奭然，不与孔子异道"，"吾志所取者与《易》《论语》合，虽圣人复生不可得而斥也"很明确地表达了自己学佛的倾向与初衷，之所以对佛教没有拒斥就在于它与儒家经典多有交集，而且自己所选择接受的内容也是不与圣人之教相异的部分。他在《送巽上人赴中丞叔父召序》中传达了这种风习普遍性的讯息："其由儒而通者，郑中书泊孟常州。（郑）中书见（巽）上人，执经而师受，且曰：'于中道吾得以益达。'（孟）常州之言曰：'从佛法生，得佛法分。'皆以师友命之。今连帅中丞公（柳公绰，拜御史中丞，李吉甫当国，出为湖南观察使），具舟来迎，饰馆而俟，欲其道之行于远也，夫岂徒然哉！以中丞公之直清严重，中书之辩博，常州之敏达，且犹宗重其道，况若吾之昧昧者乎！"他所言及的这些人都是以儒家知识分子的身份立足社会，他们都是由儒学出发而习佛，通过习佛之后更好地理解了儒家经典，也可以援佛入儒，而且这丝毫不会影响或动摇他们的身份意识。

　　白居易一生深受佛教影响，但他清醒而又理性地指出治理天下还需"大道惟一"，佛教的"诱善崇福之方"虽然有助于辅助王化，但是佛教毕竟还是儒学之根本的枝枝叶叶，要想使教化完备，就更不可以舍本取末、舍儒取佛了。他在策林《议释教》中更进一步分析道："若欲以禅定复人性，则先王有恭默无为之道在；若欲以慈忍厚人德，则先王有忠恕恻隐之训在；若欲以报应禁人僻，则先王有惩恶劝善之刑在；若欲以斋戒抑人淫，则先王有防欲闲邪之礼在。虽臻其极则同归，或能助于王化，然于异名则殊俗，足以贰乎人心。"而且，从社会层面上讲佛教更是于世无补，随着"僧徒月益，佛寺日崇"，"劳人力于土木之功，耗人则于金宝之饰，移君亲于师资之际，旷夫妇于戒律之间"。这与他与生俱来的儒家传统教育密不可分，他既然要以救世济民为志业，在对社会现实进行了理性的分析与反思之后，他得出了结论：只有儒家思想才是能够维持社会秩序、推动社会前进的最好的、最完备的工具，而佛道不过是锦上添花而已。

　　当儒学汲取了佛道的有益成分渐至形成一种新的与权力合谋并又笼罩一切的思想，这个时候"皇权同样运用普遍主义的真理观念对思想的垄断和遏制，这种遏制可能并不主要靠文字狱而实现，而更有效的是靠真理话语的占有而实现的。在没有另类思想资源挑战的情况下，人们无法反驳，只能认同，而对这一真理的认同，恰恰就意味着对话语权力的臣服，而且是心悦诚服地臣服"。中唐文士们并没有从内在原因入手认真反思社会动荡与儒学衰落的根源，而是归咎于他们视为"夷狄之法"的佛教。韩愈就是一个典型的代表，他的初衷很善意，他也由此得到了后世的尊重与推崇。

从某种意义上讲，"韩愈表达的是一种传统，即复古的历史传统、习惯的思维传统，正是这种越千年而不变的传统，成为理学家们追溯和传承的理由"。当然他的这种极端的力图保持一种民族文化原生态的做法并不普遍，然而这种思维方式是相当危险的——纯粹正统的儒家思想成为凌驾一切的权威，而其他的去中心化的思想就会被作为异端遭到遏制、压抑甚至迫害，权威高高在上渐渐失去自我调适的可能性，一旦它再次受到外部因素刺激的时候就会变得脆弱不堪。理学在中国的遭遇就印证了这一点，"君主把理学作为一种出自权威思想家的政治上的有用赠物加以欣赏——所以有用，是由于思想上的正统观念将养成思想上的顺从，而思想上的顺从必将产生政治上的顺从。理学所以有用，还因为君主对这一正统学问的认可给儒家学者带来了丰厚的报酬，而儒家学者则以支持王权作为对君主的回报。虽然儒家学者对王权表示支持（他们为了报酬而出卖了一些权力），但君主仍然觉得在某些方面他缺乏垄断权"。理学的形成阻塞了其他边缘化的思想的正常发展，当所有的一切有可能激励思想界的更新与创造的思想都被视为异端和"思想的犯罪"的时候，与权力合谋的拥有话语权的思想就会形成一种垄断，这无疑是可悲的，这就是整齐划一的"同"的悲哀。

论韩愈三颂的散文化

张志勇[①]

（河北大学文学院）

摘　要　韩愈三颂指《河中府连理木颂》《子产不毁乡校颂》和《伯夷颂》。它们虽然继承有颂文美盛德而述形容的传统，内容上坚持揄扬盛德，明道树义，但是他把颂发展到了偏重个人意见的表达上，这是对颂文体功能的有意偏离。同时，韩愈颂文的形式典懿清铄，句式以散体为主，整体上汪洋流畅，以气贯注，注重情感的力量，有着刚健的风格。这种散文化创作不仅扩大了"颂"的表现领域，还增强了"颂"在实用价值上积极的表达功能。

关键词　韩愈　三颂　散文化

刘勰《文心雕龙·颂赞第九》云："四始之至，颂居其极。颂者，容也，所以美盛德而述形容也。昔帝喾之世，咸墨为颂，以歌《九韶》。自商以下，文理允备。夫化偃一国谓之风，风正四方谓之雅，容告神明谓之颂。"[②]是说作为四始之一的"颂"与风、小雅、大雅是诗理的极致，所以一般来说《诗经》中的三颂（《商颂》《周颂》《鲁颂》）完成了"颂"这种文体在形式的定型和功能上的定位。刘勰认为教化影响到一个诸侯国的作品叫作"风"，能影响到全国风俗的作品叫作"雅"，通过形容状貌来禀告神明的作品叫作"颂"。他强调"风"和"雅"是写人事，"颂"是用来禀告神明的。从表现的内容来看，"颂"乃专用于歌颂帝王功业，所以与"风""雅"相比，"颂"有着特殊的地位，因多与庙宇祭祀连在一起，是典型的庙堂文学。

---

①　张志勇（1971—　）男，安徽界首人。河北大学文学院副教授，主要研究方向为唐宋文学与文学批评。

②　（南朝梁）刘勰著，詹锳义正：《文心雕龙义正》，上海古籍出版社1989年版，第313页。

一 对美颂正途的坚持

"颂",多和美颂或颂美联系在一起,是因为"颂"不仅要明白叙述颂主的盛德,还必须突出显示其宏伟的功绩,让优点得以弘扬,此为颂的创作正途。韩愈三颂在内容上正是继承了《诗经》容告神明的"三颂",以揄扬盛德,明道树义为旨归。如揄扬盛德的《河中府连理木颂》①:

> 司空咸宁王尹蒲之七年,木连理生于河之东邑。野夫来告,且曰:吾不知古,殆气之交畅也。维吾王之德,交畅者有五,是其应乎?训戎奋威,荡戮凶回。举政宣和,人则宁嘉。入践台阶,庶尹克司。来帅熊罴,四方作仪。闵仁鳏寡,不宁燕息。人乐王德,祝年万亿。府有群吏,王有从事。异体同心,归民于礼。天子是嘉,俾赐劳王。王拜稽首,天子之光。庶德昭融,神斯降祥。殊本连理之柯,同荣异垄之禾。吾侯之产兹土也久矣,今欲明于大君,纪于策书。王抑余也,冶金伐石,垂耀无极。王余抑也,奋肆姁媮,不知所如。愿托颂词,长言之于康衢。颂曰:
> 木何为兮此祥,洵厥美兮在吾王,愿封植兮永固,俾斯人兮不忘。

贞元六年(790年)韩愈即将参加第三次科举考试,时浑瑊为河中尹,韩愈想在应试以前,凭借浑瑊的地位和声望,向考官予以推荐,以便引起重视,适逢河中境内生有一株连理木,遂写成《河中府连理木颂》。此颂的前序首先交代写作背景,随后颂美浑瑊武备整饬,军威奋扬,同时由于推行仁政,百姓因此安好。作为身负百官之长的辅弼重臣,四方之人都以他作为表率,贤德光大,神灵才降下连理木,是为祥瑞的征兆。在世事多艰的唐代社会,韩愈的这种赞美"吾王之德"的干谒做法是可以理解的。

---

① 曲守元、常思春主编:《韩愈全集校注》,四川大学出版社1996年版,第1141页。

再如明道树义、言志抒情的《伯夷颂》①：

> 士之特立独行，适于义而已，不顾人之是非，皆豪杰之士，信道笃而自知明者也。一家非之，力行而不惑者寡矣；至于一国一州非之，力行而不惑者，盖天下一人而已矣；若至于举世非之，力行而不惑者，则千百年乃一人而已耳。若伯夷者，穷天地亘万世而不顾者也。昭乎日月不足为明；崒乎泰山不足为高：巍乎天地不足为容也。
>
> 当殷之亡、周之兴，微子贤也，抱祭器而去之。武王、周公圣也，从天下之贤士与天下之诸侯，而往攻之，未尝闻有非之者也。彼伯夷、叔齐者，乃独以为不可。殷既灭矣，天下宗周。彼二子乃独耻食其粟，饿死而不顾。繇是而言，夫岂有求而为哉？信道笃而自知明也。
>
> 今世之所谓士者，一凡人誉之，则自以为有余；一凡人沮之，则自以为不足。彼独非圣人，而自是如此。夫圣人乃万世之标准也。余故曰：若伯夷者，特立独行，穷天地亘万世而不顾者也。虽然，微二子，乱臣贼子接迹于后世矣。

这里颂美伯夷"特立独行"，"穷天地亘万世而不顾者也"，指出伯夷所以此，是因为他"信道笃而自知明者也"。清何焯《义门读书记》卷三十一对此文的解读为："士之特立独行"三句，圣一层。"信道笃而自知明者也"，智一层。"一家非之，力行而不惑者寡矣"至"千百年乃一人而已耳"，总上二层。"昭乎日月"至"不足为容也"，六语颂，"昭乎"句以知言；"崒乎"句以行言；"巍乎"句以知行之极言。"夫岂有求而为哉"，应适于义句。张南轩无所为而为之谓义，盖出子此。"彼独非圣人而自是如此"，应"未有非之者也"句。言非武王、周公之所为而自以为是。"夫圣人乃万世之标准也"，圣人二字从"武王、周公圣也"生下。"余故曰"至"亘万世而不顾者一也"，皆"特立独行"。圣人万世之标准，彼非圣人，是不顾万世矣。② 真正抓住了韩愈作文的核心。

---

① 曲守元、常思春主编：《韩愈全集校注》，四川大学出版社 1996 年版，第 2741 页。

② （清）何焯：《义门读书记》，文渊阁《四库全书》影印本，商务印书馆 1983 年版，卷三十一。

清张伯行《唐宋八大家文钞》卷三亦言："特立独行，适于义，乃为万世标准。然非信道笃而自知明，乌能力行不惑如是？闻伯夷之风者，固宜顽廉懦立，慨然兴起也。此人真说得圣人身分出。"① 在较强的抒情中，韩愈追古思贤，企慕超脱，格调瞻淡，弘扬美德，议论很有力度，这正是对颂文体功能传统的坚持。

二　对美颂传统的偏离

"颂"发展至中唐，由于社会环境的无奈改变，个人遭际的辗转游移，以及文体本身的因素影响，与《诗经》"三颂"的典懿本色有了很大的改变。一方面颂君王之功威，歌贤臣之盛德的庙堂御制仍不断出现，如李观的《郊天颂》、吕温的《皇帝亲庶政颂并序》、白居易的《中和节颂并序》以及戎昱的《澧州新城颂并序》等；另一方面，状私己之情冀，倾内心之潮涌，摹草木之纤巧的文案短缀也时有曜显，如唐次的《骠国乐颂》、柳宗元的《永字八法颂》和杨冕的《灵石颂并引》等，他们在对美颂传统继承的同时，有着较强烈的文体创新意识。但在这一时期走得更远的是韩愈，他的颂一改呆板生硬的面孔，庙堂的应诏外衣基本脱去，功能上有了偏离，除了美盛德述形容之外，发展到了个人意见的表达。

如影射劝谕的《子产不毁乡校颂》②：

　　我思古人，伊郑之侨，以礼相国；人未安其教，游于乡之校，众口嚣嚣。或谓子产："毁乡校则止。"曰："何患焉？夫岂多言？亦各其志。善也吾行，不善吾避，维善维否，我于此视。川不可防，言不可弭。下塞上聋，邦其倾矣。"既乡校不毁，而郑国以理。在周之兴，养老乞言；及其已衰，谤者使监。成败之迹，昭哉可观。

　　维是子产，执政之式。维其不遇，化止一国。诚率是道，相天下

---

① 迟文浚主编：《唐宋八大家散文广选新注集评·韩愈卷》，辽宁人民出版社1999年版，第182页。

② 曲守元、常思春主编：《韩愈全集校注》，四川大学出版社1996年版，第1362页。

君，交畅旁达，施及无垠。于乎，四海所以不理，有君无臣。谁其嗣
之？我思古人。

　　韩愈借古喻今，用子产不毁乡校，广开言路，反喻当权者拒纳忠言，
堵塞进言之路。作者坦言：“川不可防，言不可弭；下塞上聋，邦其倾
矣。”《旧唐书·韩愈传》就此云：“愈发言直率，无所畏避。”① 明茅坤
《唐宋八大家文钞》卷十：子产之识远，故不毁乡校。退之之思深，故为
颂。此文以“我思古人”开头，以“我思古人”结尾，首尾回环，反复
强调子产这类精于治国的古人不可多得，这也正是大唐“有君无臣”的
原因，可谓针砭时弊、入本三分。② 清林云铭《韩文起》卷七：此欲国家
大开言路而作也。所引乞言监谤，明明是人君之事，因不便斥言人君，故
归重于执政；又不便突言子政，故借子产之相郑国，惜其不得大用，而以
“有君无臣”四字，作笼统语，逼出立言本旨，多少浑雅。起结皆用“我
思古人”句，见得是道必不可复见于今之意。妙在“谁其嗣之”四字，
乃国人诵子产现成语，不即不离间，有无穷之味。③
　　屈原《橘颂》不黏滞于所歌颂的事物的本身，同时也没有脱离所歌
颂的事物，以比兴手法，将作者的主观精神和橘树的具体形象、特性妙合
于一体。六朝以来颂作同样用于细物，甚而推广到人事，褒扬和贬抑混
杂，劝谕与讽颂杂居。如曹植的《宜男花颂》《柳颂》，左九嫔的《菊花
颂》《芍药花颂》，张协的《白鸠颂》等，他们沿屈原的创作，在继承传
统正途的同时，表诉心曲不离美赞。刘伶的《酒德颂》却只有心曲没有
美赞，和颂完全背离。而韩愈在思想意旨方面表现在既能关注社会现实，
也能言志抒情，鲜明地美赞了子产不毁乡校，当然影射劝谕这一方面却走
得更为远了一些，从理论上说这称得上“破体”。

---

　　① （后晋）刘昫等撰：《旧唐书》，中华书局1975年版，第4195页。
　　② （明）茅坤：《唐宋八大家文钞》，文渊阁《四库全书》影印本（卷十），商务印书馆
1983年版。
　　③ 迟文浚主编：《唐宋八大家散文广选新注集评·韩愈卷》，辽宁人民出版社1999年版，
第178页。

三 明显的散文化表现

作为语言存在的一种文体之所以异于其他文体，是有着它的个体的形态特征的。吴承学先生在《中国古代文体形态研究》中说："文体形态是依照某种集体的特定的美学趣味建立起来的具有一定规则和灵活性的语言系统的语言规则。"① 既然是一定的语言规则，其创作应该有着一定的法式。"文苑笔场，有术有门，务先大体，鉴必穷源。乘一总万，举要治繁。思无定契，理有恒存。"② 不同的文体，在写作上是有规律可循的。对于"颂"的创作，刘勰认为："原夫颂惟典懿，辞必清铄，敷写似赋，而不入华侈之区；敬慎如铭，而异乎规戒之域；揄扬以发藻，汪洋以树义，虽纤巧曲致，与情而变，其大体所底，如斯而已。"③ 典雅赡丽应是"颂"的根本特征或写作要求。王应麟《辞学指南》引西山先生（真德秀）曰："赞颂皆韵语，体式类相似。赞者赞美之辞，颂者形容功德。然颂比于赞，尤贵赡丽宏肆（夹注：须铺张扬丽，以典雅丰缛为贵）。"④ 吴讷《文章辨体·序说》："西山云：赞颂体式相似，贵乎赡丽宏肆，而有雍容、俯仰、顿挫、起伏之态，乃为佳作。"⑤ 陈绎曾：《文说》："颂宜典雅和粹。"⑥ 他们都指出了作为文体之一的"颂"的总体法式。

但是文学总是与社会的发展相伴随，社会的发展要求人们表达更为丰富复杂的思想情感，作为文体的一种，颂文的篇幅和表现形式也不断地与社会的需要相适应。颂对祖先、神灵的"美盛德而述形容"的这一中心特质，自《诗经》以后就被不断地扩展、突破，有了细物，有了颂佛，有了论道，也有了谈玄，同时又受到诗、赋等文体的影响，内容涵盖的范

---

① 吴承学：《中国古代文体形态研究》，中山大学出版社 2002 年版，第 3 页。

② （南朝梁）刘勰著，詹锳义正：《文心雕龙义正》，上海古籍出版社 1989 年版，第 1649 页。

③ 同上书，第 334 页。

④ （南宋）王应麟：《玉海》，文渊阁《四库全书》影印本，商务印书馆 1983 年版，卷二百四。

⑤ （明）吴讷著，于北山点校：《文章辨体序说》，人民文学出版社 1962 年版，第 48 页。

⑥ （元）陈绎曾：《文说》，文渊阁《四库全书》影印本，台北商务印书馆 1983 年版，第 3 页。

围越来越广，特别是到了唐代，由于国力的强大，政治、社会、文化的极大发展，士人的视野扩大，他们在文体的模拟中开始突破。特别是安史之乱以后，由于强烈的中兴愿望，以中唐韩愈为代表的一些作家，进行了一场改革文体文风的古文运动。他们从章句之学回到了义理的探讨，把散文引向了政教之用。正是在这样的背景下，在工整的对偶、华丽的辞藻之外，韩愈的三颂，文学性被有意地强化，展示出了流走的活泼生气和注重骨力的刚健风格。

典懿清铄是韩愈颂文在语言上的最大特色。典懿偏重内容和气质，清铄偏重语言和势态，典懿为清铄抛光润色，清铄为典懿修正反拨，此二者在韩愈颂文中结合为审美的个性存在，也应是韩愈颂文创作中的个性追求。如《河中府连理木颂》序文中的"训戒奋威，荡戮凶回。举政宣和，人则宁嘉。入践台阶，庶尹克司。来帅熊罴，四方作仪"，以及颂文"木何为兮此祥，洵厥美兮在吾王，愿封植兮永固，俾斯人兮不忘"。言辞有典据，美溢金石，高雅而不浅俗。再如《伯夷颂》中的"士之特立独行，适于义而已，不顾人之是非，皆豪杰之士，信道笃而自知明者也。一家非之，力行而不惑者寡矣"等，皆文温以丽，捷缓相间，毫不局促，言辞甚有根底。

汉魏六朝以来，颂文体虽然也受到赋、四六等文体的影响，但在语言、句式的写作上少有突破，如左棻的《菊花颂》："英英丽质，禀气灵和。春茂翠叶，秋耀金华。"美盛德而述形容，模经为式，再如牟秀的《彭祖颂》《王乔赤松颂》，陆云的《登遐颂》，许善心的《神雀颂并序》等也要么依傍前人，要么效骚命篇，没有大的突破。韩愈的三颂却与他人不同，以散体为主是其句式上的一大特色。如果说《河中府连理木颂》尚以效骚命篇，整饬典雅，但《子产不毁乡校颂》和《伯夷颂》则不再重词句整齐对偶而趋向散文化，如《子产不毁乡校颂》中的"思古人，伊郑之侨，以礼相国；人未安其教，游于乡之校，众口嚣嚣。或谓子产：'毁乡校则止。'曰：'何患焉？夫岂多言？亦各其志'"。《伯夷颂》中的"当殷之亡、周之兴，微子贤也，抱祭器而去之。武王、周公圣也，从天下之贤士与天下之诸侯，而往攻之，未尝闻有非之者也"。有二字读、三字读、四字读、五字读，甚至十二字读，长短不拘，自由结合，完全受控于作者的思路意旨，展示出了流走的活泼生气。不同的句型各取所长，尽逞其妙——叙事则流畅明白，抒情则细腻婉曲，不仅增强了行文的气势，提高了情绪的感染力，也使旨意更加鲜明。如果说语言是一种手段，一种过程，那么语言也是一种目的，一种绝对的自我存在。虽然作品的风格并不仅仅以语言的特色为标志，但是就作品而言，没有什么（抒情、叙事、阐释）能够脱离语言而独立存在。韩愈主张在创作中要不因循前人前文，能够独立创造，所以我们就很容易理解他的这种个性化的追求了。

韩愈三颂整体上汪洋流畅，以气贯注，注重情感的力量。如《子产不毁乡校颂》中的"成败之迹，昭哉可观。维是子产，执政之式。维其不遇，化止一国。诚率是道，相天下君，交畅旁达，施及无垠。于乎，四海所以不理，有君无臣"语句清新流畅，"成败之迹，昭哉可观"是起，"维是子产"是承，"诚率是道"是放，"于乎"三句是收，就似书法之连贯的笔意，形贯（四字句为主）气贯（议论是目的），势从内出。盘纡于虚，随机生发，因势流动，内在的联系因精神而挽结，颇有顿挫之韵味，进而使读者精神不断振奋，情绪持续高昂。再如《子产不毁乡校颂》与《伯夷颂》，诵读时感觉如同拳师打拳，吞、吐、浮、沉，以气催力，细、深、匀、刚，由气贯注，行文因内在的节奏感而充满着明朗壮大的基调，将博采众长的气魄展现得淋漓尽致，有着注重骨力的刚健风格，颇具感染力。

韩愈三颂在创作上的这种开拓和创新，其意义主要表现在两个方面。其一，在于扩大了颂的表现领域，建立了新的美学规范。他能突破文体的界限和陈规旧制，把散文散句引入赡丽宏肆的颂文中，把这种应用性很强的文体写成了艺术性很强的文学作品。他在遣词造句和文势的营造上给予了较高的重视，甚至一些常用的助词也都采撷融入，"学古人，而求与之远"，"得其神而不袭其貌"，这就在无法与有法之间，创立了一种与前人前作判然有别的新的颂文的规范和秩序。近人刘师培在《左庵文论》中讨论"颂之作法"时主张："颂虽主形容，但不可死于句下；应以从容揄扬，涵蓄有致为佳。"① 这其实就是对韩愈三颂创作的一种有意的肯定，当然抑或是受到韩愈创作的一种启发吧。其二，在于他将浓郁、高昂的情感注入了颂文的创作中，大大强化了作品在实用价值上的积极的表达功能。

---

① （南朝梁）刘勰著，詹锳义正：《文心雕龙义正》，上海古籍出版社 1989 年版，第338 页。

韩愈传记文学理论刍议

谢志勇

（宜春学院文学与新闻传播学院）

　　韩愈在其倡导的散文文体、文风改革创作实践中，继承前代传记文学的优良传统，勇于创新，突破一切文体的界限，摒弃众多陈规旧制，赋予碑志等传记之文以文学性和艺术性；不仅重视文章的辞采、语言和技巧，而且在行文中注入现实情感，以应用之文抒怀言志，以传状之文叙事摹物，显示出杰出的传记文学艺术才能。而韩愈没有专门撰文系统地阐述自己的传记文学理论观点，但他在传记文学的创作实践中，不断汲取前代史传文学的有益经验，并进行及时的总结，在理论上进一步提升。韩愈对传记文学的认识分散于他的书启、杂著、序赠、碑志等文章中，通过对这些文章的细心勘阅，可以看出韩愈对传记文学的零星见解，甚至有的论述还闪烁着真知灼见。韩愈的传记文学理论观点对后世传记文学的创作、批评有着一定的指导、借鉴意义。

一　补益于世：韩愈传记文学的创作目的

　　韩愈善于借鉴前代史传创作的有益经验，并受唐代史官文化的深刻影响，认为传记文学创作不仅要惩恶，还要能扬善，从而有补于世。我国自古就有"以史为鉴"的传统。《诗经》云："殷鉴不远，在夏后之世。"《尚书》云："我不可不监于有夏，亦不可不监于有殷。"惩恶扬善、补益于世的思想历时久远，对后世文人产生了深远影响，历代文人学者的论述亦不绝于耳，《论语》《孟子》《左传》《史记》等著作都从不同角度加以表述，兹不赘举。唐代统治阶级吸取隋亡的历史经验教训，意识到史书的重要作用，对修史重视有加，也加强了对修史的控制。隋代于秘书省置著作曹，由著作郎掌修国史，唐贞观三年设立史馆，移于禁中，专修国史。唐代最高统治者多次下诏书修史，认为修史要"考论得失""惩恶劝善"

"贻鉴将来""正人伦而美教化"。贞观重臣魏征强调文章"昭德塞违，劝善惩恶"的教化作用。唐代文人以弘扬儒学、经世致用为己任，在古代传统史学思想的浸润和唐代浓郁的修史氛围中，为文要补益于世的创作目的成为他们的自觉要求，终有唐一代古文家们大都主张创作须有补于世。韩愈在其倡导的"古文运动"中旗帜鲜明地以宗经明道、经世致用为古文创作的目的，并在传记文学的创作实践中自觉地遵循这一创作原则，创作出了大量的优秀传记文学作品。

韩愈为文坚守要补益于世的创作目的，极度重视传记文学创作的社会效果。他以强烈的忧患意识关注历代兴亡变化，注意总结经验教训。韩愈惩恶扬善、补益于世的创作目的与其政治道德观一脉相承。韩愈具"忧天下之心"，他反对藩镇割据、维护国家统一，以儒反佛、挽救社会危机，重视人才、任人唯贤等，这是他进行传记文学创作要惩恶扬善、补益于世的内在思想根源。因此韩愈下笔行文便以此为标准，对权臣、暴吏、为非作歹之人事毫不留情予以记载。《太学生何蕃传》通过欧阳詹与别人的辩论，写出了何蕃"仁勇"的种种表现。何蕃身体瘦弱，手无缚鸡之力，"力不任其体""貌不任其心""人不知其勇"。后朱泚称帝作乱，太学诸生将依附朱泚，何蕃"正色叱之"，结果使"六馆之士"保全了名节。《故幽州节度判官赠给事中清河张君墓志铭》为幽州节度判官张彻立传，塑造了一个忠勇刚烈、有情有义的英雄形象。铭文部分连叠八个感叹词"也"，对忠孝仁义之士高度褒扬，对不忠、不孝、不仁、不义之人则予以激烈抨击，可谓声情并茂，慷慨激昂。

韩愈在传记文学的创作中，强调以"实录"为基础的惩恶劝善，以达到补益于世的目的，这与我国史书传统的"实录"精神有着密切的关系。史传作者要如实地记述历史人物，直书其事，否则不是良史所为。隋文帝曾要求"公私之翰，并宜实录"，其"实录"精神为唐高祖李渊所继承，李渊曾诏命史官修史要"务加详核""书法无隐"。刘知几在其《史通·直书》中认为史传"贵在直书"，对贼臣逆子、淫乱君主，要"直书其事，不掩其瑕"。韩愈把史传的"实录"精神自觉地贯彻到其传记文学创作中去，他在《崔立之书》中云："求国家之遗事，考贤人哲士之始终，作唐之一经，垂之于无穷，诛奸谀于既死，发潜德之幽光。"《欧阳生哀辞题后》云："思古人而不得见，学古道则欲兼通其辞。通其辞者，本志乎古道者，古之道不苟誉毁于人。"同时，韩愈还指出："忠良奸俊，

莫不备书。苟关于时，无所不录。"韩愈在这里表现出的思想符合史传的
"实录"精神，他认为对奸邪、阿谀之人即使其死后也要予以揭露，而对
历史人物道德上的细微闪光点亦不能抹杀，而要"备书""无所不录"，
同时对人的评价要做到一秉至公，毫不苟且，这才是合于"古道"的。
韩愈自己为文的特点之一就是要发言真率而无所畏避，做到"鲠言无所
忌"；韩愈敢讲真话、据实而录之精神与其政治态度和人格个性有关。他
敢在皇帝面前讲实话，其多篇奏章勇于揭发事实，发"群臣之所未言"。
韩愈尊儒而不守儒，为文书真情，讲实话。韩愈在《与李翱书》中云：
"孔子称颜回一箪食，一瓢饮，人不堪其忧，回也不改其乐。彼人者，有
圣者为之依归，而又有箪食瓢饮足以不死，其不忧而乐也，岂不易哉？若
仆无所依归，无箪食，无瓢饮，无所取资，则饿而死，其不亦难乎？"韩
愈将自己与颜回比较，坦率承认自己不可能做到颜回的"不忧而乐"，真
实得无所掩饰。韩愈不仅自己坚持据实为文，他还对历史上坚持"实录"
的史传作者倍加赞誉，其《答刘秀才论史书》列举了自先秦孔子到唐代
吴兢等十三位史家的悲惨遭遇，从本质上肯定了直书的难能可贵。更指出
史官要遵循实录之不易："不有人祸，则有天刑。"此外，韩愈认为《春
秋》实寓史氏褒贬大法，后世之史传作者应该根据人物事迹予以实录，
则可"善恶自见"。

韩愈在其碑志文的创作中大体遵循"实录"的精神。通过对韩愈七
十五篇碑志文与《旧唐书》《新唐书》人物列传的比照发现，韩愈大约三
分之一的碑志作品被《旧唐书》全文采用，《新唐书》新增的石洪、李
观、樊宗师等八人的传记亦是采录自韩愈的碑志文，这从一个侧面说明了
韩愈碑志文的真实性。就单篇碑志作品而言，韩愈也是据实而录。如
《唐故河南令张君墓志铭》对张署守法爱民的崇高品德予以赞誉，而对迫
害他的上司亦给予谴责。当然，历代有学者指责韩愈的碑志文有"谀墓"
之嫌，如果我们分别站在韩愈和逝者的角度，具"同情"之理解，即可
明白在墓志中为死者讲点好话乃人之常情，在所难免，且与传记文学的
"实录"精神并没有本质上的冲突，韩愈碑志的创作态度是严肃的，值得
后人肯定。

韩愈的传记文学理论还体现在他善于对前代史传尤其是《史记》的
学习上。韩愈学习古文，"口不绝吟于六艺之文，手不停披于百家之篇"，
"非三代两汉之书不敢观"，韩愈通过广泛而勤奋地钻研先秦两汉的典籍，

学古而不拘泥于古，从中汲取艺术和精神的养料，推陈出新，创造性地进行传记文学的创作。《旧唐书》云："愈所为文，务反近体，抒意立言，自成一家新语。"韩愈为文，言意"自成一家"。晚年作的《南阳樊绍述墓志铭》又一再强调要"词必己出"。韩愈极为推崇西汉司马迁、司马相如和扬雄的作品，他认为："汉朝人莫不能文，独司马相如、太史公、刘向、扬雄为之最。"柳宗元亦云："退之所敬者，司马迁、杨雄。"韩愈对司马迁的《史记》可谓推崇备至，韩愈不仅学习《史记》惩恶扬善及其"实录"的史学精神，更是对《史记》的文学成就予以高度评价。韩愈学《史记》，得其精髓，其传记文学创作从《史记》获益良多。刘熙载云：

> 昌黎谓柳州文"雄深雅健，似司马子长"。观此评，非独可知柳州，并可知昌黎所得于子长处。

韩愈认为柳宗元的文章"雄深雅健"得之于司马迁，而刘熙载评价说这"雄深雅健"四字亦是韩愈学司马迁处，他又说"太史公文，韩得雄"，可谓一语中的。韩愈的许多传记文学的优秀篇章一气贯注，饱含深情，堪称情感、气势与力度的佳构。

二 不平则鸣：韩愈传记文学创作的内在精神动力

韩愈在《送孟东野序》中提出"不平则鸣"的理论主张。全篇以"大凡物不得其平则鸣"振起，接着以"鸣"为线索，多方设喻，反复论述。在历举自然界的事物以说明其皆不得其平而鸣后，历数各代善鸣者，最后到唐代用陈子昂、李白、杜甫等作陪衬而突出孟郊："孟郊东野始以其诗鸣"，而以"抑不知天将和其声，而使鸣国家之盛耶？抑将穷饿其身，思愁其心肠，而使自鸣其不幸耶"为孟郊等鸣不平，流露出对统治者压抑人才的感慨和不满。历代对此文评价甚高，大都集中于一"鸣"字。韩愈指出"人之于言也亦然：有不得已者而后言。其歌也有思，其哭也有怀，凡出乎口而为声者，其皆有弗平者乎"，韩愈认为只有"不平"才能"鸣"，而且要"善鸣"。对韩愈的"不平则鸣"理论观点，我们还注意到其"不平则鸣"也并非只鸣不幸，还鸣"国家之盛"。此外，韩愈也以"不善鸣"批评了魏晋的浮靡文风："其辞淫以哀，其志驰以肆，其为言也，乱杂而无章。"可见，韩愈《送孟东野序》一文所阐述的"不平则鸣"的内涵可以概括为：不平且善鸣才能写出有真情实感的好诗文。"不平"一是指人有感于外物的刺激而产生的内心的感情激发，是一种内心的不平静、不吐不快；二是指人因受到不公正的待遇，不得已而发牢骚，是一种愤慨不满的、悲愤不平的情感。所鸣内容可以是个人穷愁，也可以是国家兴亡。韩愈在《荆潭唱和诗序》中云：

> 夫和平之音淡薄，而愁思之声要妙；欢愉之辞难工，而穷苦之言易好。是故文章之作，恒发于羁旅草野；至若王公贵人气满志得，非性能而好之，则不暇以为。

韩愈提出一个文学创作的普遍规律："夫和平之音淡薄，而愁思之声要妙；欢愉之辞难工，而穷苦之言易好。"以此说明王公贵人在志得意满时创作出优秀的作品是难能可贵的。这里韩愈所提出的文学创作规律与他先前提出的"不平则鸣"有何关系？韩愈"不平则鸣"说明的是一个文学创作的起源问题，为何会有文学创作？因为作者心中有"不平之气"，这个"不平"是"情动于中"，是"感于哀乐，缘于事发"，是有不得已的情境，可以为哀，也可以是乐。而"穷苦之言易好"是在这个创作起源大前提下的一个表现，穷苦感发下文学作品比欢愉感发下的文学作品更能感染人、启发人，更易出好作品。因此，在封建社会，只有那些"穷饿其身，思愁其心肠"，备受排斥压抑的正直文人通过切身感受"自鸣其不幸"，才能对黑暗的社会现实有更为清醒的认识，也正是他们才能用其鸣不平之作，真实而生动地反映那个时代。

总体上讲，韩愈"不平则鸣"的理论观点，上承司马迁"发愤著书"说，下起欧阳修"诗穷而后工"论，是一种高度重视个人情感的理论主张，具有不容忽视的价值和意义，对后世文学创作产生了深远影响。它作为一种理论依据，成为韩愈进行传记文学创作内在的强大精神动力。在这一精神动力驱动下，韩愈创作了大量的传记文学作品，为自己也为他人"鸣不平"。韩愈在《柳子厚墓志铭》中选取柳宗元一生事迹的少年才俊、出仕被贬、柳州政绩、文学成就等几个片段加以叙述，对其遭贬及贬后的无人推挽深表同情，同时又为他的才华不施、含恨离世而鸣不平："然子厚斥不久，穷不极，虽有出于人，其文学辞章，必不能自力，以致必传于后如今，无疑也。"韩愈以游戏之笔为"毛颖"立传，柳宗元在《读韩愈所著〈毛颖传〉后题》一文中评价其文曰：

> 韩子之辞，若壅大川焉，其必决而放诸陆，不可以不陈也。且凡古今是非六艺百家，大细穿穴用而不遗者，毛颖之功也。韩子穷古书，好斯文，嘉颖之能尽其意，故奋而为之传，以发其郁积，而学者得以励，其有益于世欤！

柳宗元明确指出《毛颖传》是在抒写"郁积"，是有为而作，揭示了这段文字的精髓。柳宗元身遭贬谪之祸，且与韩愈为"古文运动"同道，更能体会韩愈撰写此文的旨意。在《毛颖传》一文的最后可看出韩愈"郁积"之所在："颖始以俘见，卒见任使，秦之灭诸侯，颖与有功，赏不酬劳，以老见疏，秦真少恩哉"。这是韩愈以嬉笑幽默之笔墨，抨击统治者的"刻薄寡恩"，宣泄其怀才不遇的愤懑不平。《张中丞传后叙》针对"小人之好议论，不乐成人之美"，抑制不住自己的情感，抒发出"巡、远之所成就，如此卓卓，犹不得免，其他则又何说"的感叹，为在反对安史之乱中立下赫赫战功的张巡、许远申辩，字里行间充满了义愤和不平。《贞曜先生墓志铭》《国子助教河东薛君墓志铭》《试大理评事王君墓志铭》《太学生何蕃传》为孟郊、薛公达、王适、何蕃等立传，抒写了韩愈对压抑人才的黑暗社会现实的不满，为怀才不遇之士鸣不平。

三 文以明道：韩愈传记文学的创作思想

韩愈之所以能在传记文学创作上取得巨大成就，很大程度与他的古文创作思想有关。韩愈在前辈们宗经、守道观点基础上，提出文以明道的理论主张，在其倡导的"古文运动"中，给文体文风改革注入了强烈的社会现实和政治的内容，赋予古文创作思想以强烈的现实感和鲜活的生命力。韩愈在《争臣论》中第一次明确提出"修其辞以明其道"，其实，韩愈"文以明道"思想理论的形成经过了一个较长时间的酝酿，随着韩愈人生阅历的增加，对社会现实认识的深入和理论素养的增强，他的这一思想逐渐明晰起来。韩愈所要明的道和社会现实、政治问题紧密相连，他在《上宰相书》中说自己年纪不小却无留名于农、工、商、贾，只是"读书著文，歌颂尧舜之道"，接着进一步指出：

> 所著皆约六经之旨而成文，抑邪与正，辨时俗之所惑。居穷守约，亦时有感激怨怼奇怪之辞，以求知于天下，亦不悖于教化，妖淫谀佞诗张之说，无所出于其中。

可见，韩愈要明的是尧舜之道，此"道"要符合六经之旨，要能"抑邪与正""不悖于教化"。韩愈在《重答张籍书》中云："自文王没，武王、周公、成、康，相与守之，礼乐皆在……己之道，乃夫子、孟轲、扬雄所传之道也。"韩愈认为"道"早已"未久"，他的使命是要重建文、武、周公、孔子、孟轲之道。文中韩愈还认为要复兴古道，必须反对佛老，韩愈对此将要遇到的艰巨阻力亦有明确的认识，他以义无反顾的心情踏上了复兴古道之路，字里行间透露出的强烈责任感、使命感和英勇豪情令人崇敬。其《原道》亦云："博爱之谓仁，行而宜之之谓义，由是而之焉之谓道。"综合韩愈对"道"的种种论述，我们可以理解韩愈所明的道乃是儒家之道，此"道"以仁义为核心，行先王之教。韩愈要用儒家的"道"重建严格的封建等级制的思想基础，他认为现实社会的种种弊端都是因为儒道的衰微而导致的，恢复圣人之道才是济世的根本。具体来讲，韩愈所明之道内容有四：一是由孔孟"仁学"而引申出的"忧天下之心"；二是反对佛老以挽救社会危机；三是反对藩镇割据，加强中央集权；四是重视人才，任人唯贤。

随着韩愈"道"论思想的基本成熟，他的古文创作思想也已定型。和其"道"论思想一样，韩愈古文创作思想具备很强的现实性和针对性。就文体文风改革而言，韩愈的"明道"是要批判骈体文的"无道"，赋予"文"以坚实的社会生活内容。那么，对"文"的重视是否会削弱"道"的承载功能？而导致文行道落呢？这其实传达的是对文道关系不平衡的忧虑。韩愈较好地处理了文与道之间的关系，他在强调"文以明道"的同时，多次提到"文"，既重道又重文。《答李秀才书》云："然愈之所志于古者，不惟其辞之好，好其道焉尔。"《答陈生书》云："愈之志在古道，又甚好其言辞。"《送陈秀才彤序》云："读书以为学，缵言以为文，非以夸多而斗靡也；盖学所以为道，文所以为理耳。"韩愈认为，士人所学为"道"行诸文字乃为"文"，"文"必己出，"道"须学习。通过学习成"道"，再发而为"文"，由"学"而"道"到"文"，三位一体，"道"在其中，"文"亦在其中，"道"为本，"文"为辅。

以此为思想基础，韩愈广泛师承，《答侯继书》云"百氏之书，未有闻而不求，得而不观者"，对待文学遗产他的态度是"闳其中而肆其外"。韩愈不仅认真学习钻研儒家文化经典，其他文体文章之精华亦为其所用。即使韩愈一再排斥骈文，对好的骈文他一样赞赏有加，如他就称赞王勃《滕王阁序》曰："壮其文辞。"韩愈善于汲取各种文体文章的合理文学表现手法，兼收并蓄，学古而不拘泥于古，创造性地进行包括传记文学在内的古文创作，使古文重放光彩。韩愈在《答刘正夫书》中清楚地阐明了继承与创新的关系："或问：为文宜何师？必谨曰：宜师古圣贤人。曰：古圣贤人所为书具存，辞皆不同，宜何师？必谨对曰：师其意，不师其辞。又问曰：文宜易宜难？必谨对曰：无难易，惟其是尔。……然则用功深者，其收名也远。若皆与世沉浮，不自立，虽不为当时所怪，亦必无后世之传也……能者非它，能自树立，不因循者是也。"韩愈认为要使文有"后世之传"，必须做到"自树立，不因循"。这里，韩愈有破有立：破是不因循，破除旧思想旧传统的羁绊；立讲是要师古圣贤人之文，"师其意，不师其辞"，师是为了创新，为自具面目。韩愈突出"异"和"新"，写古文就是要树立这样的奇异之新。韩愈接着指出，求"新"求"异"必须"深探而力取"，付出艰辛的艺术劳动。

韩愈"自树立，不因循"的古文创作思想的确立，迫切需要一批成功的作品来验证他的思想，他的传记文学创作尤其是在碑志的革新与创作上取得的杰出成就证明了这一点。"古文运动"之前，散文主要局限于非文学的应用领域，其文学性不强。韩愈以个人的才情，致力于碑志、赠序、哀祭等文体的改革和创作，以应用之文抒怀言志，使之产生无穷的文学艺术魅力。自六朝以来的碑志形式上模式化，内容上言之无文。韩愈以其古文创作思想指导传记文学的创作，追求"异""新"，创作了一大批迥异于前代碑志的传记文学作品，使碑志这一应用之体焕发出前所未有的艺术光芒。

四　道以文传：韩愈传记文学创作的艺术追求

韩愈的"文以明道"强调的是"道"的核心地位，但其古文理论的重点却在于如何为"文"？"道"要靠"文"来承载，无论"道"如何高深，倘若"文"没有更好地发挥其承载功能，"道"将行之不远，其经世致用的社会效果也将大打折扣。韩愈在运用他的"文以明道"古文理论进行传记文学创作时，并没有忘记他的文学家的身份。朱熹指责韩愈"第一义是去学了文字，第二义方去穷究道理，所以看得不亲切"，朱熹站在其道学家的立场批判韩愈把道和文学反了，却正好印证了韩愈对"文"的重视。韩愈非常重视对历史上内容和文采兼具的优秀作品的学习，他在《答刘正夫书》中推崇司马相如、刘向、太史公、扬雄之文，注重的即是其"能文"。韩愈认为柳宗元文章"雄深雅健，似司马子长"，实际上这是他自己对司马迁史传语言风格的自觉向往和追求。

从韩愈传记创作的实际来看，韩愈"道""文"并重，甚至有时重"文"胜于重"道"。韩愈一方面通过传记文学的创作传达其"道"，阐述其惩恶扬善、补益于世的思想，另一方面他高度关注传记创作的文学性，在写作实践中赋予传记文体以文学的特质，努力提高传记写作的艺术水平。韩愈、柳宗元等古文大家通过其富于创新的创作实践，为后人留下了一大批内容和形式完美结合的传世传记文学佳作。韩兆琦先生对唐代传记文学予以高度评价，亦是从其艺术水准、文学性而言，他说"这类作品不仅写得多，而且艺术水准高。这类文章变化多端，风格多样，不论是写什么人、什么事，都像是信手拈来，又无不各臻其妙。且又叙事明晰，情节生动，富有浓郁的感情"。

韩愈传记文学创作的意义更在于他确立了中国散文美的标准范式。苏轼在《东坡题跋》中云："故诗至于子美，文至于韩退之，书至于颜鲁公，画至于吴道子，而古今之变天下之能事毕矣。"把韩文放在和杜诗、颜书、吴画同等重要的位置，作为文学的最高典范，成为后世文人学习的样本。韩愈所确立的散文的新模式和新的审美规范，一方面以明道为其思想基础，一方面在艺术上于规矩方圆中不断开拓作为文学的艺术之美。韩愈把以述事为主的史传文创作引向以传人为主的文学传记的创作，赋予其更多的文学表现手法和技巧。

韩愈传记作品的文学性首先表现在对人物的描写上。人物是传记的灵魂，韩愈的传记文善于将人物的重要事件和典型细节结合在一起加以具体描写，常常于不长的篇幅中形象而生动地展现出人物的独特个性和精神风貌。《太学生何蕃传》开篇写何蕃年年参加科举考试，入太学二十余年不得中举，韩愈没有去解释原因，而是紧接一句"学成行尊"，接下去不写学如何成、行如何尊，而写他的太学同学对他的称颂和推举。经过层层烘托、侧面的渲染，一个才华横溢的才子形象凸显出来，但却因主持科举考试的礼部的黑暗而使何蕃"无成功"。作者只作客观描述，未加评论，但压抑人才的社会现实和何蕃的怀才不遇一览无余。何蕃求仕无门，作者写他的"纯孝"和"归养"，带出一百多名"太学六馆之士"为何蕃"言于司业阳先生城，请谕留蕃"，却"不果留"。作者的客观描述中一位在太学苦读二十多年、饱受挫折的穷书生空手回家奉养父母的形象跃然纸上，令人百感丛生。作者最后通过欧阳詹之口写何蕃面对朱泚之乱，怒斥将要从之的太学生这样一个细节，表彰了何蕃在大是大非面前的大无畏精神。何蕃的形象在作者的客观描述和典型细节的点染下趋于丰满。

文学语言的创造性运用是韩愈传记文学的重要特征。韩兆琦先生说："我国古代的优秀传记文学作家如司马迁、韩愈、柳宗元、欧阳修、苏轼等，都是我国古代的语言大师。……我国古代的传记文学在文学史上是属于'散文'一类，而中国的'散文'之所以能够进入'文学'，在形式方面最关键的就是在于语言的精美。"韩愈《答李翊书》云"惟陈言之务去"，《南阳樊绍述墓志铭》云"不蹈袭前人一言一句""文从字顺"，"陈言"包括熟滥的词语、格式、结构，骈文的浮词丽语，以及套语、古老经典之言等，"务去"讲的是词必己出，要求语言运用上的创新，反对机械模仿和剽窃。在此基础上，韩愈提出"文从字顺"的主张，要求用语既要出新，又要合乎语法自然。韩愈在借鉴中推陈出新，创作出比较接近口语、易于为人所接受的文学语言，他的大多数优秀的传记文学作品就是这种语言的创造性运用。《试大理评事王君墓志铭》从"奇"字入笔，以奇语写奇人奇事，突出人物的性格，文章的可读性大大增强，不愧为韩愈运用文学手法创作传记的奇文。《殿中少监马君墓志》全篇文字简洁，由少监而及三代，前颂后悲，寄托无尽的感伤。文章中间描写马继祖祖孙三代的形象：

　　　　姆抱幼子立侧，眉眼如画，发漆黑，肌肉玉雪可念，殿中君也；当是时，见王于北亭，犹高山深林巨谷，龙虎变化不测，杰魁人也；退见少傅，翠竹碧梧，鸾鹄停峙，能守其业者也；幼子娟好静秀，瑶环瑜珥，兰茁其芽，称其家儿也。

　　可谓比喻新颖鲜明，形象生动，下笔如神龙变化，莫测其妙。语言有如《世说新语》描摹人物形容之妙处。韩愈还善于用变化多端的构思谋篇布局、结构文章，以比喻、排比、细节等文学手段来丰富文章的形象性和感染力。《毛颖传》就是这样的构思佳作。作者杂取古文献中的真人真事、神话传说等有关资料，用拟人、双关、联想、虚构等文学手法，不仅写了毛颖的先世、经历，而且突出了毛颖的才情。读完此传，俨然一个血肉丰满、活生生的人出现在面前。但文章处处又在写毛笔，双关之巧妙，比拟之贴切，联想之新奇，令人叹为观止！有人认为韩愈此文乃游戏之作，但柳宗元却"甚奇其节"，同时看到了其深刻寓意：统治者的刻薄寡恩和人才的不尽其用。

韩愈忠君更爱民，"诛民"之说不成立

张振台[①]

（《新乡学院学报》编辑部）

摘　要　思想界曾有人误读、误解韩愈的《原道》，认为他"尊君诛民"，因而大加挞伐；近有学者被动接受此概念，论证韩愈"诛民"之说存在合理性，沦为善意误读；韩愈的一贯思想及宦海沉浮均证明："诛民"之说是强加罪名，不科学，不能成立，必须彻底否定。
关键词　诛民　误读　误解　科学解读

当代学者黄永年先生认为："疏说韩愈思想的主导方面自必依据《原道》，这不仅是《韩昌黎文集》的压卷之作，也是我国思想史上承前启后的一篇绝大文字。"[②] 韩愈忠君爱民的思想在该文中得到详细论证，而且与其毕生思想发展相一致，与文史界千百年的主流评价相一致。苏轼称赞他"文起八代之衰，道济天下之溺，忠犯人主之怒，而勇夺三军之帅"（《潮州韩文公庙碑》）。不料自清末以来，因批判儒学误国，随即声讨韩愈"尊君诛民"，持此种观点人有严复、侯外庐、王芸生、杨荣国、章士钊、冯友兰等名家，可谓影响之大；此种观点的文章、书籍的发表、出版时间自1895年至1996年，跨越百年，可谓影响之广。至今只有为数不多的学者提出质疑、商榷。笔者认为："诛民"之说是强加给韩愈的一项罪名，必须彻底否定。

---

①　张振台（1954—　），女，河南孟州人，《新乡学院学报》编辑部副研究馆员，主要从事国学研究。

②　黄永年：《论韩愈在中国思想史上的地位》，《陕西师范大学学报》（哲社版）1996年第1期。

一　唐代本无韩愈"诛民"说

"安史之乱"以后，大唐帝国由盛转衰，朝政腐败、藩镇割据；佛老盛行，政治上意图影响朝政，经济上参与土地兼并、不纳赋税，动摇统治的思想与经济两大基础。韩愈义无反顾，挺身而出反佛。他的反佛思想集中反映在《谏迎佛骨表》与《原道》两篇文章之中。"韩愈在民族文化、学术传统、理论体系等方面对佛教进行了批判。他的新儒学也正是在批判佛教的过程中形成和发展的。"[①]《谏迎佛骨表》，痛斥佛之不可信，要求将佛骨"投诸水火，永绝根本，断天下之疑，绝后代之惑"。因文中引证若干史实证明敬佛的皇帝寿命短，触怒宪宗，被贬为潮州司马。

韩愈反佛在当时文人士大夫中赢得广泛赞誉，虽有一些不同意见，也只是提示韩愈，不能抹杀佛教的合理因素。例如，韩愈的好友柳宗元说："儒者韩退之与余善，尝病余嗜浮图，訾余与浮图游。近陇西李生础自东都来，退之又寓书罪余，且曰：'见《送元生序》，不斥浮图。'浮图诚有不可斥者，往往与《易》《论语》合，诚乐之，其于性情奭然，不与孔子异道。"（《柳河东集·送僧浩初序》）后人评价："在一定意义上可以说，柳宗元是站在儒家的立场上肯定佛教思想的，韩愈则是站在儒家的立场上否定佛教的。"[②] 当时并没有人认为韩愈一味"尊君诛民"。

二　"诛民"误读、误解不断升级

宋儒有人认为韩愈学识浅薄，对其多有批评。南宋周应合在《景定建康志·田赋志序》中对《原道》断章取义，言"昌黎韩愈曰：'民不出粟米麻丝，作器皿，通货财，以事其上，则诛。'然取材于民而过其中焉，则为损下益上，如争如夺。民方吾仇，何以致天下之平哉"[③]？

① 程有为：《河南通史（第二卷）》，河南人民出版社 2005 年版，第 574 页。
② 王永平：《中国文化通史隋唐五代卷》，北京师范大学出版社 2009 年版，第 52 页。
③ 刘真伦：《韩愈"尊君诛民"平议》，《周口师范学院学报》（哲学社会科学版）2008 年第 3 期。

通观韩愈《原道》此段全文："是故君者，出令者也；臣者，行君之令而致之民者也；民者，出粟米麻丝，作器皿，通货财，以事其上者也。君不出令，则失其所以为君；臣不行君之令而致之民，则失其所以为臣；民不出粟米麻丝，作器皿，通货财，以事其上，则诛。"

韩愈只是扼要介绍当时的社会结构及其各方的职责与义务，假如失责、不尽义务，各方均有不利的后果。

周的误读在于：略去君臣失责亦要被追究不提，回避辟佛排老的主题，认为官府"取材于民而过其中"的可能性非常大，民不尽责，一定是因为"损下益上"。

清末严复亦犯此错误："使天下无数之民，各出其苦筋力、劳神虑者，以供其欲，少不如是焉则诛，天之意固如是乎？道之原又如是乎？"[①]

章士钊先生在 1971 年出版的《柳文指要》中"扬柳斥韩"："自前清末造候官严复著论辟韩，退之在思想上千年不倒之垄断地位开始动荡。以至公历一九四九年人民政府成立，韩之《原道》诛民学说，形成冰与炭不能两存。"[②]

冯友兰先生于 1980 年出版的《中国哲学史新编》中解释："这一段的意思是说，君是最高发号施令的，臣是执行君的命令以统治人民的，民有的出粟米麻丝（农），有的制造器具（工），有的流通货财（商贾）。他们用这些劳动工作以为在他们上面的人服务。君如果不发号施令，就失去其所以为君的道理。臣如果不执行君的命令以统治人民，那就失去其所以为臣的道理。民如果不好好劳动工作，为在他们上面的人服务，那就要杀。"[③]

严、章同为国学、逻辑学者，章更是资深法学家、律师。他们本应比常人更理性地对待古人，然而，不同时代的共性因素（因政治环境而彻底批儒），使他们犯下严重的逻辑错误。韩愈所指的对象"主要是针对僧道'游手游食而逃赋'说的，因为当时除僧尼道士女冠外，处于下层的劳动者哪里有不出赋税的呢"[④]？原本特指的"游手游食逃赋者"（非集

① 石峻主编：《中国近代思想史参考资料简编》，生活·读书·新知三联书店 1957 年版，第479 页。

② 章士钊：《柳文指要》，中华书局 1971 年版，第 1629 页。

③ 冯友兰：《冯友兰文集（第八卷）》，长春出版社 2008 年版，第 425 页。

④ 卞孝萱、张清秋、阎琦：《韩愈评传》，南京大学出版社 2007 年版，第 275 页。

合概念），被错误地概括为"全体人民"（集合概念）；"诛"原本是多义词，有"责备、责罚、杀戮"等义，但是在"20世纪50年代以后，学术界直接将此处的'诛'字训释为'杀戮''杀头'"①。刘真伦先生《韩愈"尊君诛民"平议》一文里举出这样的训释多达八例。偏激的年代，最残酷的"杀戮"之意被直接选取，"责备、责罚"之意被有意忽略或淡化。

值得注意的是，"严复晚年对中西文化的重估，除了其自身的学理探讨使然外，更多的是来自中国社会现实的刺激和对西方文明所出现的危机的深深失望"②。

他断言："今意者天道无平陂，将必有孟子、董、韩、胡其人者出，举尧、舜、禹、汤、文、武、周公、孔子之道于既废之余，于以回一世之狂惑，庶几得去死亡之祸，而有所息肩。"③④⑤　我们看到，"从对传统伦理观的批判到对孔孟'礼教'的认同，从要求伦理进化与历史进步统一到倡扬传统道德，严复思想另一面的透视，不能简单归结为向传统的复归，而是更深层的回复。故此，严复晚年在对待中西文化问题时也较原来偏执的态度有了相对全面而成熟的认识"⑥。

三　科学解读"诛民"

"十年动乱"结束后，极端的观点陆续受到质疑。"论及韩愈思想，专门谈其对待人民态度问题的甚少，即使有所论述，也多是持否定态度。尤其对韩愈的'诛民'说，一些学者更是直接斥责，毫不留情。这些都不十分符合韩愈的思想实际。"⑦　与那些学者的"直接斥责，毫不留情"

---

① 刘真伦：《韩愈"尊君诛民"平议》，《周口师范学院学报》（哲学社会科学版）2008年第3期。

② 欧阳哲生：《严复评传》，百花洲出版社2010年版，第162页。

③ 王栻：《严复集第2册》，中华书局1986年版，第351页。

④ 欧阳哲生：《严复评传》，百花洲出版社2010年版，第162页。

⑤ 张福民：《浅论韩愈的诛民说》，《河南大学学报》（哲学社会科学版）1988年第5期。

⑥ 刘真伦：《韩愈"尊君诛民"平议》，《周口师范学院学报》（哲学社会科学版）2008年第3期。

⑦ 刘知渐：《韩愈、柳宗元的评价问题》，《重庆师范大学学报》（哲学社会科学版）1981年第1期。

相比，论者小心翼翼地选择"不十分符合韩愈的思想实际"词语，难以引发人们的深思。

"韩愈诗文以及《顺宗实录》中对宫市小儿及乱兵的'诛责'，和此处对佛老的'诛责'一样，都体现了韩愈对'民焉而不事其事'的社会蠹虫的高度警觉，体现了韩愈高度的社会责任感和敏锐的危机洞察力。这样看来，韩愈的'诛民'思想，即便是在今天也还不失其借鉴意义。"①刘真伦先生的论文史料翔实，论证严密，本应得出更有力的结论，但是文章结尾却非常含蓄地说"在今天也还不失其借鉴意义"。

以上两例，形成了韩愈的"诛民"说不仅存在，而且有一定错误，但是有可取之处的理论；以及虽然不能再像极"左"年代那样全盘肯定，但是亦不能全盘否定的局面。这种留有小辫子、拖条小尾巴的处理方式，对韩愈、对国学仍然不公平、不科学。

刘知渐先生认为："韩愈在一些文章中提出的'民不出粟米麻丝，作器皿，通货财，以事其上，则诛'，矛头指向'不劳而食'的僧道，不是指向人民。柳宗元虽然信仰佛教，喜欢佛学，但同样反对僧人出家，反对僧徒'不为耕农蚕桑而活乎人'，和韩愈立场一致。"② 可惜，刘先生言之过简，未能详尽论述。

解放思想、拨乱反正几近四十年，国学研究境遇有了明显的改善。习近平同志 2013 年 11 月 26 日到曲阜考察，随后同有关专家学者代表座谈。他表示，中华民族有着源远流长的传统文化，也一定能创造中华文化新的辉煌。研究孔子和儒家思想要坚持历史唯物主义立场，坚持古为今用，去粗取精，去伪存真，因势利导，深化研究，使其在新的时代条件下发挥积极作用。③

通过古今学者的长达一千多年的研究、交流乃至对立观点的交锋，韩愈的历史形象清晰可见，他言行一致，努力践行自己心目中的道，"不畏天地鬼神，不怕灾祸殃咎，上敢触逆鳞，下敢刺群臣"，证明韩愈忠君但不媚上，不结党营私。"至元和元年（806 年），韩愈的兄弟行有名可考者五人皆亡，寡嫂、孤侄、孤侄女及侄孙、侄孙女可知者约十四五人，大部

① 习近平到曲阜孔府考察［J］．新华网，2013－11－26。

② 卞孝萱、张清秋、阎琦：《韩愈评传》，南京大学出版社 2007 年版，第 390 页。

③ 同上书，第 43 页。

分随韩愈生活在一起，加上韩愈之妻、二男、五女及乳母，有二十余人之多。"韩愈凭一己之力维系四世同堂的大家族，做到了"老吾老""幼吾幼"，称得上"齐家"。无论升迁还是贬谪阳山、潮州、袁州三地，都能恪尽职守，为民谋利（兴修水利、重视教育、计佣免奴）；韩愈尽管在思想上排斥佛老，但是对有学问的僧人、道士，仍然以礼相待。1986 年 2 月下旬，年已八旬的当代佛学大师、中国佛学协会主席赵朴初先生偕夫人，首次莅潮汕视察。他参观了潮州韩文公祠，留下《访韩文公祠口占》一诗："到此虚怀遇大颠，留衣亭可与祠班。不虚南谪八千里，赢得江山都姓韩。" 赵朴初先生在诗中通过韩愈在潮州对大颠和尚的尊重，说明韩愈并不是不分青红皂白地反佛，而是反对荒唐靡费的佞佛。同时更是用诗歌语言表达：韩愈真诚爱民，做到了"及人之老""及人之幼"，他的英名在民间流传千古。赵朴初先生的诗句，并不局限于潮州，同样适用于韩愈贬谪阳山、袁州等地，以及韩愈的故乡。

断章取义，用一千多年后的标准苛求古人，不正确、不科学，无法令人相信韩愈"诛民"。韩愈是古代官员与文士，以科学的标准去衡量，"诛民"说是强加于韩愈的罪名，是对韩愈的曲解不公，理应正确、科学地辨清，予以彻底否定。

韩愈真诚为民、爱民，所作所为，令人崇拜、敬仰，尊重、感动。

韩愈赢得了千古英名的潮州
——兼谈潮州山河见证了韩愈的为民的问题

韩守贞[①]

（湖北省咸宁县咸宁中学）

摘　要　韩愈在潮州只是逗留了短短八个月，但他播下的种子，带来的希望，却是一直默默萌芽，暗暗闪亮；韩愈又像一座高山，一湾绿水，永远留在潮州，润养着潮州，赢得了千古英名的潮州。纪念和感戴韩愈，其实是一种人文精神和民心所向。

关键词　韩愈　八个月　赢得　潮州

韩愈到潮州为官仅仅八个月，却为他赢得了千古英名的潮州。

自韩愈离开潮州之后的千余年来，潮州的山水纷纷易姓为韩，如韩江在古代因滩石险恶，且有鳄鱼出没伤害人畜，故被称为"恶溪""鳄溪"，"自韩公过化之后，江故名恶溪，改曰韩江"。韩江堤称为"韩堤"。"韩山，在城东，即文笔山……又名双旌。唐韩愈尝览其上，邦人思之，名曰韩山。"还有韩山上的韩木，笔架山上的韩文公祠，已成千古奇观。

至于潮州以韩愈的号命名的民俗文化现象大有存在，有建于明嘉靖十

---

①　韩守贞，生于 1945 年 7 月。湖北省咸宁市桂花镇太原韩庄人，中国共产党党员，中学首批高级教师，退休前为咸宁市人民政府教育督学。2005 年 8 月在咸宁市教育局装备办公室退休。

1995 年第五届伏太、伏成、起荣、有明等七公续修宗谱总理人、纂修人（其父纂修人，未纂修完逝世后由其继任）。2010 年赣鄂皖陕湘五省联修《韩氏宗谱》总顾问、编审、太原庄分谱理事长。2011 年创办《华夏韩氏宗亲网》站，并试编了《韩姓人与辛亥革命》资料专辑、《韩氏文化》刊物、《修家谱指南》等资料。近年又与韩择英一起编著《宁德历史文化名人·韩信同》一书。

现为湖北省韩氏宗亲会名誉会长，世界韩氏宗亲联谊总会副会长，《世界韩氏总谱》副主编，世界韩氏谱馆、世界韩氏文化研究会主办的《华夏韩氏》刊物编委会副主任、主编，华夏韩氏宗亲网站站长。

七年（1538 年）的石牌坊，坊额题着"昌黎旧治""岭海名邦"八字；潮州西湖公园内涵碧楼后面山坡上有"景韩亭"；潮州北郊韩江北堤旁还建有"祭鳄台"；潮州市区至今有"昌黎路"，有"昌黎小学"，有简称为"韩师"的韩山师范学院，等等。

潮州作为唐朝非常偏远贫瘠的一块版图，整个唐朝被贬而来的"罪臣"很多，被贬前官位比韩愈大的不知多少，可潮州单单记住了一个韩愈。

韩愈此来潮州，从放下行包到收拾行包再出发，不过八个月，如此短的时间，要推行什么新政、创建什么政绩，实在是很难的。韩愈在潮州八个月，做了四件事情：解放奴婢，禁卖人口；兴修水利，凿井修渠；兴办学校，开发教育；祭杀鳄鱼，安顿百姓。

一　解放奴婢，禁卖人口

唐代岭南是"夷獠杂处"的地方，法制观念相对淡薄，加上陋俗的影响，故奴婢问题比中原地区更为突出。其中，债务纠葛是逼良为奴的一个重要原因。正如韩愈在《柳子厚墓志铭》中所说的："子厚得柳州，其俗以男女质钱，约不时赎。子本（按：指子金，即利息和本金）相侔，则逼为奴婢。"这种情况，在潮州亦同样存在。为此，韩愈在被贬潮州时，采用了相应的措施加以解决，正如他的学生皇甫湜在《韩文公神道碑》[①] 中说的：贬刺史潮州，掠卖之口，讲庸免之，未相值，辄以钱赎，及还，著之赦令。可见，潮州逼良为奴的现象相当严重。

韩愈依据《唐律·杂律》中规定的"诸妄以良人为奴婢用质债者，各减自相卖罪三等，知情而取者又减一等，仍计庸以偿债宜"[②] 的精神，用"计庸折值"的方式予以解决。具体做法是：因债务纠葛等原因被抵押的人质为债主做工，必须计算工钱（计庸），当工钱和债款相当时，人质便须放归。差距太大的，则由官府"以钱赎"。及至人质归还了，便以

---

① 皇甫湜（777—835 年），字持正，睦州新安（今浙江淳安）人。唐代文学家。是引发牛李党争的人物之一。《韩文公神道碑》见皇甫湜《皇甫松文集·卷六》。

② 《唐律》卷 26《杂律》，转引自孟昭庚《唐代的奴仆问题》，载《唐史研究会论文集》，陕西人民出版社 1983 年版。

正式的契约文书（赦令）为证，毋使反悔。欠债还钱，是"天经地义"的道德准则。但因债务纠葛而逼良为奴，甚且"鞭笞役使，至死乃休"则是"乖律文、亏政理"的行径。所以，韩愈下令奴婢可以工钱抵债，钱债相抵就给人自由，不抵者可用钱赎，以后不得蓄奴。因此，韩愈依法以"计庸折值"的方式处理好理与法之间的矛盾，的确是合情、合理、合法的高明措施。①

韩愈释奴一事，从个人品德去衡量，是他那刚正廉明性格的具体体现；对地方行政主管官员而言，他是一位明智官员依法施政的典范；而充溢在他身上的法治精神，则是促成这一举措的前提和保证。

赎放奴婢是一项德政，缓和了阶级矛盾，取得了"海夷陶然"、和平稳定的发展局面，有效地解放和发展了社会生产力。

二　兴修水利，凿井修渠

韩愈兴修水利，凿井修渠，推广北方先进耕作技术进潮州。其中，众所周知的山芋的插栽技术就是那时引进的。同时，兴修水利，凿井修渠，现在还盛传着两则传说。

《竹竿山的传说》：潮州城北郊有座竹竿山。竹竿山是怎样得名的呢？传说韩愈为解水患，有一天，他带着张千、李万亲自到北关外勘测堤防。他骑着一匹白马，走在前面，张千、李万各扛着一捆竹竿，走在后面。韩愈马蹄踏过之处，张、李二人就插上竹竿作为标志。他们干了一整天，一直干到日落西山。回归时，张千、李万将剩下的竹竿随便丢在山坡上。谁知到第二天一看，昨天插上竹竿的地方，出现了一条崭新的大堤，丢竹竿的光秃秃的山坡，竟然绿竹婆娑了。这条大堤，就是后来的北堤。而那座山，人们把它称为"竹竿山"②。

在潮州水南都（今潮安县磷溪镇旸山等八乡）一带，还流传着《顽石化雀屏》的美丽传说：为治水患，韩愈率众修金砂溪，决定在金砂溪

---

① 见中国唐代文学学会韩愈研究会副会长，潮州市政协文史委原主任曾楚楠《韩愈依法治潮刍议》一文。

② 陈亿：《韩渠千载遗泽长》，载《潮汕乡讯》1985年第6期（总第48期）。

下游开凿龙门关排水闸，把内涝积水排出大海。龙门关一带怪石嶙峋，一动工便有石妖作祟，民工被石妖所缠，纷纷病倒。韩愈闻讯，赶到现场，严肃地对怪石说："我韩愈受命于天子，守此土治水以安民，你等顽石不可从中作梗。"那些石头深为韩刺史关心民生疾苦的精神所感动，结伴纷纷离开。它们跑到三十里之外的一个地方停留下来，变成一座十分秀丽的山峰，这便是现在潮安县铁铺镇内的雀屏山。①

　　上述两则传说，幻想性和传奇性特别突出，它们是经过概括、集中、幻想、虚构了的。然而，民间传说的幻想性、传奇性与其他文学样式的幻想性和传奇性不同。传说的幻想、虚构，总是在某些方面以具体人物、具体事件作为依据的。而其他文学样式的幻想、虚构却不受具体人物和事件的约束，不必以某项实际的客观存在的事物为依据。《竹竿山的传说》和《顽石化雀屏》虽属幻想、虚构的东西，但它们毕竟是以韩愈这个历史人物和一些实际存在的风物以及某些史实为其依据的。

　　韩江北堤位于潮州城北，起于竹竿山，止于凤城驿，长七百丈，其作用主要是防汛。据《海阳县志》记载，北堤"筑自唐韩公"②。韩愈治潮仅八月，要完成一项像北堤这样巨大的水利工程是不可能的。但是，筹划、动工，正如史籍所载，应该是个事实。北堤始建自韩愈刺潮时期，竹竿山与北堤紧密相连。雀屏山是实际存在的地方风物，金砂溪则不但实际存在，而且人们为了纪念韩愈还将它称为"韩公渠"，并在龙门关侧建立了韩祠。昀山等八乡，还在每年九月初九隆重纪念韩愈。到这一天，各乡各里鼓乐喧天，游神赛会，热闹异常。他们把这个日子附会成"韩文公生"（韩愈诞辰纪念日）。据猜测，很可能是当年庆祝龙门关排水闸落成或金砂溪整治工程竣工的日子。年代久远以讹传讹，最后竟变成纪念韩愈诞辰了。

　　我们且不去拘泥于韩愈治水功绩的大小，但仅从治水传说中便可清楚地看出：韩愈治潮期间，对人民群众为水患所苦这一点，是十分关心的。也应该说，是采取了一定措施治理的。如其不然，老百姓绝不会在传说中对他颂扬备至，甚至将他神化，而且世代相传，直至今天。

---

① 陈亿：《韩渠千载遗泽长》，载《潮汕乡讯》1985 年第 6 期（总第 48 期）。

② 《海阳县志》卷二十一《建置略五·堤防》。

三 兴办学校，开发教育

韩愈最为人民纪念的就是他在潮州兴办学校。这是他以做"国子博士"① 老本行而言，推动一下当地的教育工作，是顺理成章的事。

韩愈到潮州不久，就写了《潮州请置乡校牒》，强调教育的重要性："以德礼为先，而辅之以政刑也。夫欲用德礼，未有不由学校师弟子者。"于是，他一方面荐举地方俊彦赵德主持州学，一方面花大力气兴办乡校。办学缺资金，韩愈就"出己俸百千以为举本，收其赢余，以给学生厨馔"。百千之数，大致相当于韩愈八个多月的俸禄，也就是说，韩愈兴办学校，把其治潮州八月的俸禄，都捐了出来。

韩愈在潮州开办学校，大兴教育之风，使潮州成了一座文化名城。曾经有人统计，韩愈到潮州以前，潮州登进士第者仅有三人，韩愈到潮州之后至南宋期间，潮州登进士第者达一百七十三人。所以潮州人民才这样赞颂他："文章随代起，烟瘴几时开。不有韩夫子，人心尚草莱！"南宋时潮州太守曾造亲眼看到了潮州的兴盛认为，潮州文物之富始于唐而盛于宋，是因为"昌黎韩公以儒学兴化，故其风声气习，传之益久而益光大"。

韩愈办学有非同一般的意义。这一点，当我们行走在隔江的"牌坊街""甲第巷"时，身感尤为强烈。我们所看到的，不在于这里出过多少进士、状元、柱史、文宗，而在于从重重叠叠、形制尊显的牌坊、屋宇间透现着一种深厚的文化自豪感、自信感。正是这种文化自豪感、自信感，日积月累，将这个地方垫高到"海滨邹鲁"② 的地位。

---

① 韩愈三进国子监做博士，一度担任国子监祭酒，除了开办乡学，鼓励为师，他自己还招收弟子，好为人师。

② 海滨邹鲁，旧指的潮州，现在是泛指潮汕地区。出处是宋陈尧佐的诗《送王生及第归潮阳》中的一句："海滨邹鲁是潮阳"。由于以前潮州又叫潮阳，所以这两个名称常被混用。邹是山东邹县，孟子的故乡；鲁是指孔子的故乡。孔孟是儒家最高精神统帅，地位很高。陈尧佐用海滨邹鲁来形容潮州，意思是说，潮州就相当于海边的邹鲁，也会孕育出像孔孟一样的人才。当然他说的不是当时，而是以后。全诗是：休嗟城邑住天荒，已得仙枝耀故乡。从此方舆载人物，海滨邹鲁是潮阳。

四　祭杀鳄鱼，安顿百姓

真正"彪炳史册"，成为潮州人津津乐道的就是韩愈祭鳄了。

说来这"驱鳄"简直带有"游戏"的性质，他上任后探问民情，了解老百姓深为鳄鱼食畜所苦，多方治理，没有效果。韩愈到任没几天，写了一篇《鳄鱼文》，对鳄鱼说，你为害百姓已经很长时间了，现在我命令你赶快离远一点，否则就要组织刀枪杀掉你。在《鳄鱼文》中韩愈又说了两种让鳄鱼不要再为害百姓的方法：第一让鳄鱼晓以利害，自己离开；第二"选材技吏民，操强弓毒矢，以与鳄鱼从事"。

韩愈择日率众官来到恶溪畔，面对一大群围观的老百姓，命属下将一猪一羊投入水中，宣读了一纸给鳄鱼的"哀的美敦书"，要鳄鱼三几天内乖乖滚蛋，如果不然，就"尽杀乃至"。后面的情形，就是一个典型的传说了：当真那天晚上，"暴风震电起溪中，数日水尽涸"，鳄鱼举族大逃亡矣。然后就是《新唐书·韩愈传》的记载，说没几天，鳄鱼果真退避了六十里。潮州百姓很少再受到鳄鱼的侵害。

历史中肯定"祭鳄"的记载并不少。苏轼肯定韩愈"能驯鳄鱼之暴"①；明宜德年间潮州知府王源②《增修韩祠之记》中称颂韩愈"存恤孤茕，逐远恶物"；清代楚州人周玉衡③则在《谒韩文公祠》诗中说："驱鳄文章非异术，化民诗礼亦丹心"。而"祭鳄"最后越传越神，成了传奇在百姓中流传，最少能证明"祭鳄"是取得了成效的。

到任潮州后八个月，韩愈走了，正所谓"我挥一挥衣袖，不带走一片云彩"。韩愈和当时当地官民所未料及的是，确有一点什么东西留在了那里，且在老百姓中继续发酵。使得这一片山水之间，蕴藉着一种特殊的气息，水波、石碣、林木、亭榭，无不为之熏染。潮州百姓将韩愈奉若神

---

① 见（宋）苏轼《潮州韩文公庙碑》，此文收录在《古文观止》一书中。

② 王源，字启泽，龙岩人。明永乐朝潮州知府，《明史》将他列为循吏。

③ 周玉衡，字器之，清代楚州人（现湖北荆门州人），本锺祥王氏，依外祖周，遂从姓焉。嘉庆十二年举人，道光四年，大挑知县，发江西。署会昌、龙泉、大庚，除龙南，调赣县。又署宁都、新建，迁义宁知州。湖北崇阳土匪滋事，以协防功擢知府。二十五年，授南康，调赣州。

明，捐资兴建了气势恢宏的韩文公祠①，称其"功不在禹下"②。韩愈死后二百多年，潮州人又重修韩文公庙，请苏轼先生作碑文，苏先生起笔两句"匹夫而为百世师，一言而为天下法"，以之为韩愈定位，真可谓震古烁今。

韩愈治潮虽功不可没，但毕竟时间短暂，其作为也很有限。对此，潮州人民何尝不知？他们出于对韩愈感激、崇敬的心理，以诗歌概括了韩愈的几个民俗故事："判石牵堤说有神，赤诚育得满园春。韩渠千载留恩泽，社戏笙歌究有因。"说明只要给人民带来了好处，人民就会永远把他铭记。

韩愈到潮州为官的八个月证实，"参天地之化，关盛衰之运"，乃思想和灵魂的东西，关系一个民族、一个国家的兴亡，是不可不特别予以重视的。

---

① 潮州韩文公祠始建宋真宗咸平二年（999 年），潮州通判陈尧佐倡导，在金山麓夫子庙正室东厢辟建"韩吏部祠"；元祐五年（1090 年），知州工涤迁至城南七里，苏轼为其撰写了《潮州昌黎伯文公庙碑》；南宋淳熙十六年（1189 年）知军州事丁允元认为韩公常游于此并手植橡木，韩公之祠应建于此，遂将城南七里的韩文公祠迁至今址。后几经变迁和修葺，历八百年而香火不断，是我国现存纪念韩愈的一座历史最悠久、保存最完整的祠宇。

② 功不在禹下。这出自韩文公自己的文章，本来是韩愈称赞孟子的话，但后来后人用这句话来赞美他。

传承弘扬韩愈精神　争当勤廉务实公仆

杨树亮

（河南孟州）

政声人去后，民意闲谈中。中国历史上，有个耐人寻味的现象，有三个人在地方上做官，时间都很短，他们的名字在民间却是有口皆碑，万民称颂。一位是"县委书记的好榜样"——焦裕禄，兰考县委书记只做了一年半；一位是"包青天"——包拯，开封府尹只做了一年零三个月；还有一位就是韩愈，他在潮州当刺史，只干了八个月，"赢得江山皆姓韩"，那里的恶溪改为韩江，笔架山改为韩山。他摩挲过的橡树叫韩木，坐过的亭子叫景韩亭。当地许多百姓追慕他也改姓韩，并将他奉为神明，建庙修祠，千年祭祀香火不断。韩愈在他57年的人生历程中，以其"文起八代"的卓越成就、"兴儒复古"的执着追求、"重教传道"的不朽业绩，诠释了为人臣、为人师、修身、齐家、治国、平天下的本旨。可以说，韩愈"致力于改变民生、为民呐喊"的民本思想、"不畏皇权，勇于进谏"的务实作风，以及"谪阳山、迁江陵，司东都、再任令，刺潮州、移袁州，仕官三番五次沉浮，始终不泯鸢飞鱼跃之志"的自强不息精神，在当今"为民、务实、清廉"时代的舞台上仍然熠熠生辉，为后世铸就了一个难以攀越的时代精神楷模。

韩愈的为民清廉之德

"一个人是微不足道的，但是当他与百姓利益，与社会进步连在一起时就价值无穷，就被社会所承认。"这是作家梁衡对韩愈的评价，也是韩愈为官的真实写照。众所周知，唐宋八大家之首的韩愈，作为封建时代的官吏、文人，他在阳山、潮州、袁州等贬谪地任职时间都不长，但是他却在当地发展史上产生了极其深远的影响，在人们心中享有崇高的威望。追根溯源，主要是因为他时刻以改善民生为己任，察民情，解民忧，办实事，实实在在为群众谋利益。一是开化阳山。被贬阳山是韩愈政治生涯中最为难忘的一次挫折，在这段时间，他经历了贬谪途中的种种险境和磨难，亲身体验了"天下之穷处"阳山的恶劣环境，第一次尝到了被贬的辛酸滋味，第一次如此近距离、长时间地接触平民百姓。为改变阳山的落后面貌，韩愈首推"治贫先治愚"，他在阳山注重教化、宣传德礼、兴学办校、招生授徒，阳山由此风化渐开人文蔚起，出现一派"彬彬儒雅"之景象，始而闻名天下。同时韩愈还把中原先进的农耕技术、农耕工具带到阳山，教人耕织、重视农田水利兴建、改良农作物品种等，大力发展农业生产力，提高人民的生活水平，彻底结束了阳山"刀耕火种"的生活形式。二是德化潮州。韩愈在潮州的功绩可以概括为"驱鳄除害、发展农桑、赎放奴婢、兴办教育"四件事，而这些实事又无一不与群众生活息息相关：鳄鱼之害令"食民畜产日尽，民以是穷"；奴婢之实又让"岭南以口为货，其荒阻处，父子相缚为奴"，贫苦百姓陷于水深火热之中，广大群众对此深恶痛绝却又无可奈何。韩愈以其敢于"亮剑"的精神，战鳄鱼，斗富豪，放奴婢，使长期困扰潮州人民的鳄鱼之害和"人神共疾"的千古陋习从此根除。同时，韩愈开凿水渠、发展农桑，大力启用当地人才、兴学育才的做法，又为潮州的长远发展奠定了根基。潮州自然也从"五岭之南，人杂夷獠，不知礼仪"的荒凉落后状态迅速赶了上来，到宋代已经达到了中原和江淮地区的发展水平。三是泽化袁州。韩愈被贬潮州后因政绩突出，准例量移，于元和十四年（819年）十月，改授袁州刺史。在九个多月的为政期间，同样实实在在为宜春百姓做了两件大好事。第一件是放奴婢。当时用良人男女抵债为奴婢的现象在宜春较多。韩愈到任后通令各地，改掉旧做法，凡抵债奴婢一律放回到父母身边，所欠债务一笔勾销，共解放奴婢732人。等到韩愈回京后上奏穆宗，穆宗采纳其建议，通令全国不许典贴良人男女做奴婢，这一措施解救了成千上万的奴隶，赢得人们的广泛赞誉。第二件是兴书院。韩愈反对佛教，但是很重视文教，他一到宜春就大力兴办书院，大施教化，开启民智，推举人才，倡导务实文风。《宜春县志》记载："袁自韩文公倡明道学，自岭南移学于此，教化既洽，州民交口颂之。"袁州一时教育盛行，人才辈出。五代诗人韦庄在《袁州作》中这样描绘当时的袁州："家家生计只琴书，一郡清风似鲁儒。"由于韩愈对袁州教育的重视，十几年后，江西的第一个状元卢肇即出自袁州，也正是因为韩愈对袁州文化事业的推动，唐朝中后期，宜春文风大兴，考中了三十多位进士，赢得了"江西进士半袁州"的美誉。诗人蒙嘉树这样写道："左迁来袁阳，矫矫贤刺史。惠政纪丰碑，书院自公始。"对韩愈为袁州教育做出的突出贡献给予了高度评价。韩愈离任以后，袁州府后来的官吏都喜欢把自己的堂题名为"仰韩堂"，对韩愈的景仰之情不言而喻。

　　可以说，论权位，韩愈生前官位不过侍郎，远不如历代遭贬的众多名公卿相；论政绩，韩愈也非筑城、修堤、造桥者可比；论时间，则韩愈更似匆匆过客。但有一点应强调指出的是，韩愈所做的这一切，集中体现的是他的为人处世"不为一己求安乐，但愿众生得解苦"（古潮州鳄渡亭楹联）和"得官即办兴国事，失位不失爱民心"的高尚品德。考察韩愈一生行状，不论是任朝廷大员抑或贬为地方官佐，他都是恪守着这些品德标准，勤修德政，爱民若赤，这就至为难能可贵。就以他居官廉洁一节来说吧，韩愈抵潮之后，岭南节度使孔戣担心他因"州小俸薄"开支欠缺，因而"特加优礼"，"每月别给钱五十千，以送使钱充者"，但韩愈却觉得受之"非循省之道"，"非廉者所为……名且不正"，乃婉言谢绝。这还不算，他为了在潮兴学，曾在经济上予以大力支持，慷慨解囊，"出己俸百千，以为举本；收其赢余，以给学生厨馔"。据说，韩愈在潮州捐款助学的数目，刚好等于他在潮州任上八个月的俸禄。对于这样一位积极用世，以"修身、齐家、治国、平天下"为己任的人物，得到百姓"信之深，思之至"的爱戴和颂扬。"香火遍瀛洲"，千秋功过，民众才是最公正的法官，也正折射出了"为人民做了好事，人民永远纪念他"这一天下至理。

　　我们今天就是要学习韩愈这种"驱鳄、扶农、释奴、兴学"的为百姓办实事的做法，既从群众最关心、最直接、最现实的问题入手，敢于向顽疾亮剑，解决矛盾，改善民生；又要坚持以人为本，着眼长远发展，深入践行全面、协调、可持续的科学发展观，促进一个地方、一个国家持续走向繁荣昌盛。这就要求我们每个人尤其是国家公职人员，要像韩愈一样做到尽责，无论身处何地，无论官居何位，都始终心系百姓，为民解难，造福一方；要像韩愈一样做到勤政，为民做事勤勤恳恳，殚精竭虑，鞠躬尽瘁；要像韩愈一样做到善政，为民谋事眼光长远，创新思路，创新方法；要像韩愈一样做到求实，为民办事脚踏实地，劳而有果，勤而有效；同时更要不断学习、更新、充实科学的发展理念，尽己之力，推动发展的规模、速度、质量显著提升，使经济、政治、文化、社会以及生态得到全面、协调、可持续发展。至于是非功过，尽由后人评说。

韩愈的求真务实之风

在韩愈身上，体现了敢言、敢行的文人风骨和实实在在为民办事的执着情怀。"一个人为文不说空话，为官不说假话，为政务求实绩"，这在封建时代难能可贵，在今天更是我们所要大力提倡的。

贞元十九年（803年），关中地区大旱，导致作物减收，百姓食不果腹。韩愈查访发现，灾民流离失所，四处乞讨，关中饿殍遍地。正如他在诗中所写："前年关中旱，闾井多死饥。去岁东郡水，生民为流尸。"目睹严重的灾情，韩愈痛心不已。而当时负责京城行政的京兆尹李实却封锁消息，上报朝廷说，关中粮食丰收，百姓安居乐业。这激起了韩愈的一腔怒火，以坚正操行为民请命，当年冬他奋笔疾书，向皇上递交了《御史台上论天旱人饥状》："今年以来，京畿诸县，夏逢亢旱，秋又早霜，田种所收，十不存一……至闻有（百姓）弃子逐妻，以求口食……伏乞特敕京北府，应今年税钱及草粟等在百姓腹内征未得者，并且停征……"着实反映真实情况，并请求减免这一地区的租税。这篇奏状上呈之后，德宗皇帝李适不仅没有采纳，反而将其贬官至阳山。

韩愈是唐宋八大家之一，苏东坡说他"匹夫而为百世师，一言而为天下法"，苏东坡还说他"文起八代之衰，道济天下之溺；忠犯人主之怒，而勇夺三军之帅"——其他暂且不表，单说这"忠犯人主之怒"，于韩愈确实不为过。皇甫湜在《韩文公墓铭》中称赞韩愈："前后三贬，皆以疏陈治事，适议不随为罪。"韩愈一生中最轰轰烈烈的事情就是上《论佛骨表》。

唐代寺院经济恶性膨胀。"十分天下财，而佛有七八"，"凡京畿上田美产，多归浮屠"，与之相对的是国库空虚，农民破产，百姓生活于水火之中。当时官府民间，均重佛事，凤翔县的法门寺里有一座护国真身塔，塔内收藏着一节指骨化石，僧人们纷纷传说是释迦牟尼佛的遗骨，被称为"佛骨"。唐宪宗元和十四年（819年），宪宗派人将法门寺中佛骨迎入宫中供养三日，又在长安城内各寺院轮流公开展出，一时间搞得满城风雨。

王公大夫奔走膜拜，甚至毁损自身来敬佛。百姓"自朝至暮，转相仿效，老幼奔波，弃其生业"。韩愈对此深恶痛绝，冒死以批龙鳞，以一篇《论佛骨表》上书直谏，对兴师动众、耗费巨资，掀起迎拜佛骨狂潮的宪宗加以劝诫。他在文章中恳请，将佛骨"投之于水火，永绝根本，以断天下后世之迷信疑惑"，"此皆群臣之所未言，陛下之所未知者也"，"一切灾殃，由臣承担，上天鉴福，绝不怨悔"。文中字字情真意切，流露出身为臣子的拳拳之心。可唐宪宗读后大为震惊，要对韩愈处以极刑。幸亏有宰相裴度等大臣极力劝谏，才免了韩愈的死罪，一纸贬书将其谪往了远离京城8000里外的荒蛮之地——潮州，随后又将其家人逐出京城，12岁的女儿病死途中，这对当时已51岁的韩愈来说，堪称一生最大的挫折，悲愤万分的他在前往潮州的途中写下了"一封朝奏九重天，夕贬潮州路八千。欲为圣明除弊事，肯将衰朽惜残年。云横秦岭家何在，雪拥蓝关马不前。知汝远来应有意，好收吾骨瘴江边"的千古绝唱。

　　韩愈的《谏迎佛骨表》虽然当时似乎没有起到什么作用，但他敢于据理力争，勇于追求真理而冒死举谏，这是何等的勇气与担当！

韩愈的自强不息精神

　　韩愈出生于官宦世家，然而其生活和仕途的道路却相当坎坷。他是在逆境中求学、成才、立业的。他3岁时，父亲便去世了，随后母亲也离开了人世，他从此便由长兄韩会和长嫂郑氏抚养，随韩会职务的变动而时常奔波各地。他7岁读书，非常勤奋，用他自己的话说，是"鸡鸣而起，孜孜研读"。"焚膏油以继晷，恒兀兀以穷年"，"口不绝吟于六艺之文，手不停披于百家之编"（《进学解》），"自五经之外百氏之书，未有闻而不求，得而不观者"（《答侯继书》）。然而祸不单行，韩愈11岁时，长兄韩会贬任邵州刺史，不久便客死异乡。郑氏又带着一家人到了宣州，仅靠韩会生前置下的一些田产的微薄收入度日。他随嫂子定居宣州之后，仍然勤奋苦读，从不懈怠。然而随之而来的是科举的失意，仕途的坎坷。19岁那年，这位满腹经纶的才子满怀信心进京赶考，但他不知单凭学识而没有高官名流的举荐是难以考中的。事实上也正是这样，接连三次，韩愈都名落孙山。他在苦闷彷徨中打发了6年的岁月，后来偶得梁肃的赏识和举荐，直到贞元八年（792 年），韩愈 25 岁，第四次才始中进士。按唐朝的制度，礼部考中后，还得通过吏部的考试才能做官，韩愈又是 3 年连遭失败。此时韩愈经济困窘，已经无法在京城待下去了，只能怀着沉痛的心情离京返乡。然而在一次又一次的打击面前，他并没有怨天尤人、自暴自弃，而是自强不息，依然刻苦读书，终于成为一代文学宗师。"天将降大任于斯人也，必先苦其心智，劳其筋骨，饿其体肤，空乏其身，行拂乱其所为，所以动心忍性，曾益其所不能"，韩愈的出世磨难也为他以后的宦海浮沉炼就了不屈与坚韧。

贞元十八年（802 年），韩愈才得国子监四门博士。贞元十九年（803年）十月，又与柳宗元、刘禹锡等同为监察御史。韩愈以书生而得官，立即上书言事，却不料《御史台上论天旱人饥状》一奏，即得罪"专政者"，贬为连州阳山令。十年谋官，两月即贬。永贞元年（805 年）八月，宪宗即位，韩愈遇赦，移官江陵，为法曹参军。元和元年（806 年），奉诏回长安，充国子博士。因避谤毁，求为分司东都，移官洛阳。又因"日与宦者为敌"，降职河南县令。元和六年（811 年），迁为尚书职方员外郎，调为国子博士。元和八年，迁比部郎中，史馆修撰。元和十二年（817 年），因附议裴度用兵淮西，被任为行军司马，功成之后，迁刑部侍郎。元和十四年（819 年），正当宪宗妄图福田，迎接佛骨之时，他又上书直谏。《论佛骨表》一疏，引起宪宗震怒。一封朝奏，夕贬潮阳。一到贬所，他立即上表请罪，长庆元年（821 年）又返长安做官，由兵部侍郎转吏部侍郎、京兆尹。

在他仅有的 20 余年仕宦中，贬谪一次次地降临到他头上，谪阳山、迁江陵，司东都、再任令，刺潮州、移袁州，仕宦三番五次沉浮，始终不泯"鸢正鱼跃"之志，终于以其忠诚、才智傲立于朝野，成为后人推崇备至的集大成者。"宝剑锋从磨砺出，梅花香自苦寒来"，纵观韩愈的一生，非凡的经历铸炼出了百折不挠、自强不息的毅力及战胜一切艰难的勇气。可以说，韩愈在其一生的颠簸中，靠他矢志不渝的精神，实现了他济世的宏愿，在今天则彰显出了更为重要的时代意义。目前，中国进入社会转型期、改革攻坚期，精神力量的作用也愈加凸显。面对纷繁复杂的观念世界，如何在多元中立主导，在多样中谋共识？面对艰巨繁重的改革发展任务，如何以更大智慧与勇气啃硬骨头、涉险滩？离梦想越近，就越需要不断增强团结一心的精神纽带，越需要持续激发自强不息的精神动力。就个人层面来讲，需要我们能够立足岗位，主动承担压力，敢于负起历史责任，靠自己的智慧、努力、拼搏、奋斗，为实现伟大的"中国梦"做出自己应有的贡献。

"哲人日已远，典型在夙昔"。韩愈虽已远离我们今世，但他坚正敢为，忠耿不二，仁政爱民，艰苦著述的业绩，他的求学作文之志，当官做人之德，处世办事之道，对推动孟州文化建设具有重大的社会价值和深远的现实意义，值得我们永远敬仰和学习，作为韩愈故里的孟州人，我们将一如既往、持之以恒地高举韩愈文化旗帜，进一步将韩愈精神发扬光大。

韩愈贬徙潮州期间其家眷何在？

刘荣德

（河南孟州）

唐元和十四年（819 年）春，韩愈因谏阻朝廷迎祭佛骨，被贬徙潮州。各种史料证明，当时其家眷也被赶出京师，并尾随其南下。但韩愈莅潮八个月，而家眷却未到潮州。韩愈家眷当时在何处？史册上没有说明，后人对此也多有疑问。[①] 笔者在撰著长篇小说《大唐泰斗韩愈》一书时，对此进行了探索，认为其家眷既未回原籍，也未到潮州，而是寄留在前往潮州的途中韶州。为此，特阐明以下几个问题。

一 韩愈贬谪潮州时，其家眷也被赶出 京师，并尾随其后南下

唐时官吏制度，如京官犯罪被贬，其家眷原则上也要离开京城，同往贬所。元和十四年（819 年）正月，时任刑部侍郎的韩愈，因上表朝廷，谏阻迎祭佛骨，从而激怒狂热信佛笃道的唐宪宗，欲处韩愈死刑。当时多亏宰相裴度、崔群力保，唐宪宗方免去韩愈死刑，立贬韩愈为潮州刺史，令其即日离京。忧愤惊惧的韩愈，不敢有违圣命，顾不得安顿、携带家眷，慌忙带着老仆秦济，只身仓皇离京南下，其家眷只好数日后尾随其后离开京城。对此，韩愈在以后诗文中讲得非常明白。

一是韩愈在《女挐圹铭》一文中写道："愈之为少秋官，言佛夷鬼，其法乱治，梁武事之，卒有侯景之败，可一扫刮绝去，不宜使烂漫。天子谓其言不祥，斥之潮州，汉南海揭阳之地。愈既行，有司以罪人家不可留京师，迫遣之。"[②] 这就说明，韩愈被贬后，其家眷也被逐出京师。

---

① 见张清华先生《韩学研究·韩愈年谱汇证》，第 376 页。

② 见《韩愈全集》，第 313 页。

二是韩愈在《过始兴江口感怀》一诗中说道："忆昨儿童随伯氏，南来今只一身存。目前百口还相逐，旧事无人可公论。"① 这是韩愈南贬到达韶州附近的始兴江口时所作。其意是：第一，儿童时代因哥哥韩会受元载一案牵连，被贬为韶州刺史，十岁的他和嫂嫂郑氏及侄子老成，曾随哥哥来到这里；第二，现在他们都已仙逝离去，只剩下自己一人，今遭贬谪又来到这里；第三，目前家人虽众，但他们被逐出京师后，只能远远跟在后面，而不能相见。② 古往今来，官场忠奸，是非曲直，有谁能够给予公论呢？这就明确告诉我们：其家眷被逐出京城后，尾随其后南下。

三是韩愈家眷尾随韩愈南下，于元和十四年（819 年）二月二日，行至商南时，十二岁的四女儿"挐挐"，因身患疾病，加上韩愈被贬时受到惊吓和道路颠沛，不幸死于层峰驿站。当时因地处荒山野岭，条件极差，连口棺材都找不到，韩愈家人只好用藤条将女挐尸体缠裹，葬于道旁。③ 元和十五年（820 年）十一月，韩愈遇赦擢为国子祭酒。他在自袁州赴京途中，路过层峰驿站，悲痛地到女挐坟前赋诗祭奠。在序中写道："去岁自刑部侍郎以罪贬潮州刺史，乘驿赴任。其后家亦谴逐，小女道死，殡之层峰驿旁山下。蒙恩还朝，过其墓留题驿梁。"④ 这就充分说明，韩愈被贬后，其家眷尾随其南下，而且小女病死于中途的商南山中。

二　韩愈贬途中只有韩湘相伴，其家眷虽尾随南下，但并未同行

从传说、史料和韩愈的诗文来看，韩愈家眷虽被逐出京师，尾随韩愈南下，但并未与韩愈同行，只有侄孙韩湘一人伴随韩愈到达潮州。

韩愈在《左迁至蓝关示侄孙湘》诗中写道："一封朝奏九重天，夕贬潮阳路八千。欲为圣明除弊事，肯将衰朽惜残年！云横秦岭家何在？雪拥蓝关马不前。知汝远来应有意，好收吾骨瘴江边。"⑤ 这首诗是韩愈贬离

---

① 《韩愈全集》，第 100 页。

② 同上书，第 107 页。

③ 同上。

④ 同上。

⑤ 同上书，第 98 页。

京城，路经蓝关遇到侄孙韩湘时感怀相赠。诗中讲了四层意思：其一，韩愈因上《论佛骨表》，被立贬潮州；其二，阐明上表原因和誓死尽忠的精神；其三，路经蓝关时遭遇暴风雪无法前进；其四，正当危急时刻韩湘赶到相救。这说明当时韩愈是只身仓皇离京，在蓝关被风雪所阻，韩湘从远地赶来相救，与之相遇。

韩愈南贬行至广州东边的曾江口时，因当时正遇台风袭扰，海水溯东江倒灌，形成严重水灾。韩愈夜宿客船，夤夜难眠。望着汪洋洪水，村庄被淹，百姓痛苦的生活，顿起忧国、忧民、忧己之感，遂作《宿曾江口示侄孙湘二首》诗，以抒胸臆。① 从韩愈的诗来看：第一，韩湘不仅在蓝关风雪中救了韩愈，而且陪同韩愈南下，一块儿来到曾江口；第二，当时韩愈身边可能只有韩湘一人相随，故此诗只能让韩湘来看。

民间传说，韩湘陪护韩愈来到潮州，并帮助韩愈制服妖道恶僧，铲除鳄鱼之患，在湫水上修建了广济桥，不仅得到了当时百姓的爱戴，而且由此被后人尊为八仙之列。

三　韩愈莅潮八个月，其家眷并未到达潮州任所

韩愈于元和十四年（819 年）四月到达潮州，是年十二月底移任袁州，前后共八个月。各种史料证明，其家眷虽尾随韩愈南下，但却未到达潮州。最有力的证据是：元和十四年（819 年）七月二十七日，韩愈给当时广州刺史、岭南节度使孔戣的《潮州谢孔大夫状》。②

孔戣乃韩愈的朋友，于元和十二年由国子祭酒调任岭南节度使。韩愈因家中人口众多，加上经常周济、招待来往朋友，故生活常常处于贫困、拮据状态，正如他在《进学解》一文中所说"冬暖而儿号寒，年丰而妻啼饥"那样，为朋友所共知。这次贬谪潮州，因潮州乃是小洲，每月俸禄只有十二缗零四百文。孔戣怜其州小俸薄、人多家贫，每月另给钱五十千。韩愈接到孔戣文牒后十分感动，遂作上状，予以谢绝。他在状中写道：

---

① 《韩愈全集》，第 102 页。
② 同上书，第 385 页。

伏奉七月二十七日牒：以愈贬授刺史，特加优礼，以州小俸薄，虑有阙乏，每月另给钱五十千，以送使钱充者。开缄捧读，惊荣交至；顾己量分，惭惧益深。欲致辞为让，则乖伏属之礼；承命苟贪，又非循省之道。进退反侧，无以自宁。吾妻子男女并孤遗孙侄奴婢等，尚未到官；穷州使宾罕至，身衣口食，绢米足充，过此以往，实无所用。积之于室，非廉者所为；授之于官，名且不正。恃蒙眷待，辄此披陈。

韩愈在文状中讲了四层意思：其一，对孔戣的关怀和另加俸银，深感惊荣交至；其二，阐明此钱若拒收，有悖常理和上司恩惠，若收下，又有点贪占之嫌；其三，说明目前家眷未到任所，潮州又地处南疆，宾客罕至，花费极少，俸金有余，不需要这些钱；其四，这些钱若私存官所，非廉者所为，若分给僚属他人，则有点名目不正。韩愈此文不仅展现了其政清风廉、德高操洁的风貌，而且清楚地告诉我们：他在潮州期间，家眷并未到达任所。

四　韩愈在潮期间，其家眷应寄留在韶州

韩愈的家眷既然被逐出京师，又尾随韩愈南下，但却未到达任所，其究竟在何处？笔者认为，从各种现象来看，其家眷应寄留在途中的韶州。具体理由如下。

其一，韩愈在南贬途中，到达韶州南边的宣溪时，收到韶州刺史张蒙派人送来的书信和银两，韩愈十分感动，遂赋《晚次宣溪辱韶州张端公使君惠书叙别酬以绝句二章》[①]，由差人带给张蒙。韩愈在诗中写道：

韶州南去接宣溪，云水苍茫日向西。客泪数行元自落，鹧鸪休傍耳边啼。

兼金那足比清文，百首相随愧使君。俱是岭南巡管内，莫欺荒僻断知闻。

---

① 见《韩愈全集》，第 100 页。

韩愈第一首诗是讲他离开韶州到达宣溪时的忧郁心情，第二首诗是讲他与张蒙的关系。他在第二首诗中讲了三层意思：其一，十足的黄金也比不上高雅的文章，张蒙送他这么多银子，还不如送他几篇诗文；其二，目前众多家人尾随在后，到达韶州后要靠张蒙来照顾，定给张蒙增加不少麻烦和负担，实在是有些惭愧；其三，潮州与韶州虽远隔千里，但都属于岭南节度使管辖，希望张蒙多通信来往。

韩愈为什么在诗中要这样讲？他与张蒙什么关系？为什么讲"百首相随愧使君"？笔者翻阅了有关资料认为：第一，张蒙与韩愈应是刎颈之交；第二，韩愈路经韶州时两人必然屈膝相谈，张蒙对韩愈遭贬定然愤慨不平，伸手相援；第三，因当时潮州飓风猖獗、瘴气弥漫、鳄鱼成灾，环境十分恶劣，两人很可能商定韩愈家眷来到韶州后暂留这里，先不到潮州去；第四，因韩愈家人口众多，留在韶州，必然给张蒙带来不少麻烦和负担，故韩愈有愧对张蒙之感。由此可见，韩愈家眷应在韶州。

其二，从韩愈由潮州前往袁州的路线来看，韩愈的家眷应在韶州。唐元和十四年（819 年）冬，在潮政绩卓著的韩愈，因佞臣皇甫镈谗毁，被迫量移袁州。从潮州到袁州有两条路线可走。一条是从潮州直线向北，经虔州（今江西赣州市）、吉州（今江西吉安市）到达袁州（今宜春市），全程一千公里稍多一点。另一条路是由潮州向东到广州，然后再向北经韶州到达袁州，全程一千六百多公里。当时韩愈并未直接向北前往袁州，而是向西绕道广州、韶州前往袁州。韩愈为什么要舍近求远、多行六百多公里呢？后人多认为韩愈舍近求远是有其目的的，原因是他的家眷寄留在韶州，要到韶州去接取家眷。①

其三，从韩愈前往袁州赴任，路经韶州时不仅停留较长时间，而且还游览了当地的名胜古迹来看，其家眷定寄留在韶州无疑。根据张清华先生考证：韩愈于元和十四年（819 年）十二月底到达韶州，翌年润正月方莅任袁州，中间相隔一个多月。从韶州到袁州六七百公里，路程最多需要半个月的时间。由此推算，韩愈将在韶州停留近二十天时间②。急急忙忙离潮赴袁的韩愈，路经广州时，连对他关心备至的老朋友孔戣，都无暇拜访酬谢，怎么竟在韶州逗留不前？后人多认为韩愈的家眷就在韶州。他在这

① 见张清华先生《韩学研究·韩愈年谱汇证》，第 385 页。

② 同上。

里不仅同家人团聚一堂，欢度了春节，而且一起游览了曲江周围的山水名胜，拜访了名僧秀禅。[1]

五　韩愈为何要把家眷寄留在韶州

韩愈为何要将家眷寄留在韶州，而未接到潮州任所？根据后人推测分析，原因大致有以下三个方面。

首先，潮州地处南疆，自然条件十分恶劣，在当时朝野中视其为九死一生的荒蛮之地。韩愈在未到潮州之前，已对潮州具有一种"有去无回"的恐惧感。他在《左迁至蓝关示侄孙湘》一诗中就写道："知汝远来应有意，好收吾骨瘴江边。"表达了他准备死在那里的心理。在南贬到达湖广交界的乐昌时，他在船上与"泷水吏"交谈，有感赋诗《泷吏》。在诗中韩愈忧惧地写道："下此三千里，有州始名潮。恶溪瘴毒聚，雷电常汹汹。鳄鱼大于船，牙眼怖杀侬。州南数十里，有海无天地。飓风时有作，掀簸真差事。"[2]作为文学作品，韩愈对诗中描写的潮州环境虽有些夸张，但却反映了他对潮州的险恶印象。在"圣命难违"的韩愈思维中，虽然他不顾艰险，冒死前去赴任，但却不愿让百十口的家眷，同他一块儿前去冒险送死。

其次，从韶州到潮州还有一千多公里，皆是崇山峻岭，江海险滩，道路十分难行。韩愈家眷有百十口人，多为老弱妇孺之人。从长安到韶州，经过数千公里，两个多月的跋涉奔波，可想而知已经疲惫如何种程度，如果再继续往前走，将会有更大的困难和风险。韩愈不会想不到这一点。韶州曾是韩愈幼年居住过的地方，自然条件比潮州要好得多；张蒙又是韩愈的知交好友。在张蒙的建议下，让家眷暂留韶州，对韩愈来说，可谓是喜出望外，明智选择。

最后，韩愈虽然昼夜兼程，冒死前往潮州赴任，但并非准备在潮州干到老死，只不过是圣命难违，以退为进的无奈之举。其真正的目的是想早日返回朝堂，为大唐中兴、实现自己政治抱负做出更大的贡献。而且胸怀

---

① 见张清华先生《韩学研究·韩愈年谱汇证》，第381页，《韩愈全集》，第106页。

② 见《韩愈全集》，第99页。

大略的韩愈，对当时的朝政局势应了如指掌，在较短时间内被朝廷重新起用，"东山再起"，应在预料之中。故将家眷暂留韶州，以观其变，也是其理由之一。其原因有二。第一，韩愈才德卓荦、忠君爱民、名重朝野，宪宗李纯对其十分器重。这次韩愈被贬，乃是因其犯颜直谏，语言触讳，在唐宪宗盛怒之下所为。一旦韩愈低头认错，宪宗便会立即起用他，这点韩愈是非常明白的。故韩愈到达潮州后，马上向朝廷呈上《潮州刺史谢上表》①。宪宗看罢表后，向着群臣说道："昨得韩愈到潮州表，因思其所谏佛骨事，大是爱我，我岂不知？然愈为人臣，不当言人主事佛乃年促也。我以是恶其容易。"大有复用韩愈之意。佞臣皇甫镈因恶韩愈耿直，怕其复用回朝，率先谗毁道："韩愈终归太狂妄，向内挼任一郡即可。"结果韩愈即被从潮州调到袁州②。第二，韩愈领军文坛、扬儒辟佛，在朝德高望重，多有其朋。虽有佞臣皇甫镈恶之，但宰相裴度、崔群对其十分钦佩，定会予以荐拔。故韩愈对重返朝堂充满信心。元和十五年（820年）九月，莅袁八个月的韩愈，被诏拜为朝散大夫、国子祭酒。时穆宗刚刚即位，好友裴度为宰相兼司空，孔戣为吏部侍郎，很有可能是得到他们的推轮捧毂。

以上所论纯属个人拙见，仅供大家在研究韩愈时商榷。

---

① 见《韩愈全集》，第336页。
② 见《新·旧唐书·韩愈传》。

论韩愈《平淮西碑》

梁永照[1]

（河南孟州）

韩愈的《平淮西碑》[2] 写于唐宪宗元和十三年（818 年）三月，平定淮西叛乱之后。《平淮西碑》写出之后，在唐中央内部引起了一场不小的风波，曾出现了磨文断碑。其原因为何，历来史学界多有争论，笔者将就《平淮西碑》的几个问题发表一点看法，与有关的专家学者商榷。

一 《平淮西碑》写作的历史背景

安史之乱平定后，安史余部还保持相当大的势力，昏懦的唐代宗为求得暂时的苟安，"瓜分河北地带授叛将"[3]。在平叛的过程中，唐朝对内地掌兵的刺史也多加"节度使"的称号。因此，安史之乱之后，"方镇相望于内地，大者连州十余，小者犹兼三、四"[4]，形成了割据的局面。《新唐书·方镇表》共列方镇四十三个，实际还不止于此，许多小的方镇并未列入。各个藩镇拥兵自重，表面上尊奉朝廷，但法令、官爵都自搞一套，自行其是，对境内的人民实行暴虐统治，赋税不入中央，甚至"节度使"的职位也往往父死儿继，或由部下拥立，唐中央只能事后追认，不能更改。

藩镇与唐中央以及藩镇与藩镇之间，都存在着很大的矛盾，所以它们经常"喜则连横而叛上，怒则以力而相并"[5]，使唐中后期的政局极度动荡不宁。唐中央也曾想平定各个藩镇，把权力重新收归中央，在代宗、德

---

① 作者系孟州市文化广电新闻出版局干部，孟州市韩愈研究会副会长。

② 童第德：《韩愈文选》，人民文学出版社 1980 年版。

③ 欧阳修：《新唐书·藩镇魏博传序·卷二百十·列传第一百三十五》，上海书店出版社 1989 年版。

④ 欧阳修：《新唐书·兵志·卷五十》，上海书店出版社 1989 年版。

⑤ 同上。

宗在位时，曾对这些叛乱的藩镇用兵，但几乎每一次用兵都以失败而告终。少有的几次胜利，也是因为叛军内部发生内讧，而被唐军打败，并非由于官军的强大。

至唐宪宗时期，大规模的平定藩镇叛乱的战争才真正开始。公元806年李纯继位，史称宪宗。是年宪宗29岁，正是年富力强之时，很有魄力。他登位之后，唐王朝的政治有了很大的变化。一是对藩镇势力从妥协退让变为坚决抑制；二是宪宗虽是由宦官扶立做皇帝，但他敢于削弱宦官的权力，不受他们挟制，撤销了宦官做监军的制度，增强了军队的战斗力；三是平定了西川刘辟的叛乱，树立了威信。继而又平定了夏州之叛，使长期叛离朝廷的淄青、武宁两路节度使归服朝廷。他还刻苦自励，训练士卒，起用一批有才能的文臣武将，为消灭藩镇割据做好准备工作，史称"中兴英主"。

元和九年（814年）彰义军节度使吴少阳病死，他的儿子吴元济没有得到朝廷委任，擅自继承父亲职位。他更加跋扈，四处攻略，"狂悍而不可遏"，关东地区"为其杀伤驱剽者千里"①，他又进犯洛阳附近。元和十年（815年）宪宗命宣武等十六道出兵讨伐，以宣武节度使韩弘为都统。但由于各道兵马心力不齐，战事长时间没有进展。

在这种情况下，宪宗派御史中丞裴度到淮西调查，裴度回朝后认为应该继续用兵。在这个问题上，以裴度为首的主战派和李逢吉、韦贯之为首的主和派进行了长时间争抗。由于韩愈从维护王权的思想出发，上书《论淮西事》②，坚决主张出兵讨伐，支持裴度，因此与主和派结下嫌隙，身不由己地卷入早期的朋党之争。元和十二年（817年），宪宗终于决定出兵讨伐吴元济，命宰相裴度为淮西宣慰招讨处置使，带兵招讨。韩愈以太子右庶子身份充当行军司马兼御史中丞。经过四个多月的战事，元和十二年十月，李愬雪夜入蔡州（今河南汝阳，吴元济的老巢）生擒吴元济，不久淮西叛乱终被平定。

裴度胜利班师回朝，第二年初，韩愈撰写了《平淮西碑》文，上呈宪宗皇帝，并刻石立于蔡州城头。不想韩愈呕尽心血撰写的碑文却遭到李逢吉、皇甫镈、李愬妻子等的强烈反对，最后宪宗不得不下令磨掉碑文，

① 宋祁：《旧唐书·吴元济传·卷一百四十五·列传第九十五》，上海书店出版社1989年版。
② 《全唐文·卷八九六》，中华书局1983年版。

并令翰林学士段文昌重写了篇《平淮西碑》①。

二　韩愈写《平淮西碑》的原因及其目的

诗人李商隐在《读韩碑》诗中认为"帝曰汝度功第一，汝从事愈宜为辞"②。《新唐书·吴元济传》曰："帝美度功，即命愈为平淮西碑。"但韩愈在《平淮西碑序》③中却说："即还奏，群臣请纪圣功，被之金石。皇帝从命臣愈，臣愈再拜稽首而献文曰……"为什么宪宗选中韩愈撰写此《平淮西碑》呢？是因为韩愈是文学大家吗？从韩愈《进撰平淮西碑文表》中我们可以看出并非如此，韩愈说："词学之英，所在麻列，儒宗文师，磊落相望。"④宪宗之所以命韩愈撰写，主要是因为韩愈作为此次战役的行军司马，不但协助裴度，亲履战事，平淮有功，并且对整个平叛过程较为了解。

据《进撰平淮西碑文表》：韩愈于元和十三年（818年）"正月十四日敕牒"，于"三月二十五日"完成。数千字的一篇文章，文学大家韩愈竟用了七十余日，由此可见，韩愈对撰写此碑文的重视程度。由此可知，韩愈撰写《平淮西碑》文并刻石立碑，系群臣之请，皇帝之命。并非宪宗认为裴度"功第一""帝美度功"。

淮西平定之后，群臣请记"圣功"。所谓的"圣功"即指皇帝的功劳。平定淮西叛乱，宪宗皇帝并未"新征"，那么为何要记"圣功"呢？

《平淮西碑序》云："九年（814年），蔡将死，蔡人立其子元济以请，不许，逐烧舞阳，犯叶、襄城，以动东都，放兵四劫。皇帝历问于朝，一二臣外，皆曰，'蔡师之不廷授，于今五十年，传三姓四将，其树本坚，兵利卒顽，不与他等'。因抚而有，顺且无事。大官臆决唱声，万口和附，并为一谈，牢不可破"这里的"一二臣"是指以裴度为首的主战派。"大官臆决唱声，万口和附"是指以李逢吉、韦贯之为首的主和派。但宪宗并不为动，坚决主张讨伐。元和十二年（816年）前后，先后

①　《全唐文·卷八九六》，中华书局1983年版。

②　（唐）李商隐：《樊南文集补编·读韩碑·卷一二》，人民文学出版社1983年版。

③　《全唐文·卷八九六》，中华书局1983年版。

④　《唐文粹·卷一百》。

贬黜了大部分主和派的官职，韦贯之被贬为湖南观察使，并拜裴度为相，主讨淮西。

《平淮西碑铭》① 曰："始议伐蔡，卿士莫随，即伐四年，小大并疑。不赦不疑，由天子明。凡此蔡功，惟断乃成。"韩愈认为平淮西之功，主要在于宪宗皇帝的断与不断，"惟断乃成"。这同韩愈在元和十年（815年）上书《论淮西事》的观点相同："以三小州残弊困剧之余，而当天下全力，其破败可立而待也。然所未可知者，在陛下断与不断耳。"② 王礼卿先生在《论平淮西碑》一文中明确指出："以平蔡之功，不为众议所沮，而出之明断者，宪宗也；而佐成其决断，总持具战略者，则为裴相也；建树首功者，则为李愬；引吴元济并重兵于北方，使李愬得捣虚而破蔡城者，则诸将之力也。事之本末，功之大小如此，即文家所谓义也，故以'惟断乃成'，为全篇之主旨。"③

所以，韩愈撰写《平淮西碑》目的是"记圣功"。为此他必须在皇帝、宰相、大将几个方面用墨有别，以示英明圣主宪宗的功绩，皇恩的浩荡，天子的权威，同时警告那些正在与中央对抗的藩镇，应归顺朝廷，不然吴元济就是他们的下场。

三　宪宗下令磨文断碑的原因

《平淮西碑》在蔡州城竖立之后不久，李愬的部卒石孝忠见碑文大怒，用力推倒韩碑，并砸毁。最后闹到朝廷，宪宗皇帝令翰林学士段文昌重写《平淮西碑》，重新立碑立石。

关于《平淮西碑》被磨平拽倒之说，长期以来，学者见仁见智，也有学者认为历史上可能根本就无此事，或是该碑被磨平另有原因。有学者经考证，宪宗之表妹唐安公主之女并未下嫁李愬，因此由于李愬妻哭诉一事也就根本不存在，认为《平淮西碑》被磨平是牛党为达其党同伐异的政治目的，而编造的故事④。

---

① 《唐文粹·卷一百》。

② 同上。

③ 王礼卿：《论平淮西碑》历代文约选择卷二。

④ 何法周：《韩愈新论》，河南大学出版社 1988 年版。

笔者认为历史上确有废韩碑事件，但起决定作用的力量又是什么呢？

《旧唐书·韩愈传》云"其辞多叙裴度事。时先入蔡州擒吴元济，李愬功第一，愬不平之，愬妻（宪宗表妹）出入禁中，因诉碑辞不实。诏令磨愈文，宪宗令翰林学士段文昌重撰文勒石"。《新唐书·吴元济传》云"愈以元济之平，由度能用天子意，得不赦，故诸将不敢首鼠，卒擒之，多归度功。而愬持以入蔡功居第一。愬妻，唐安公主女也，出入禁中，诉愈文不实，帝亦难牾武臣心，诏斫其文。更命翰林学士段文昌为之"。

在此次平定淮西的战事中，李愬是立下大功，但李愬仅是这次带兵参战的主要将领之一，他的战功也是在其他将领的协助和配合之下才立下的。

此次征讨淮西除统帅裴度外，主要将领共有六人：李光颜，忠武军节度使，统河东、魏博、郖阳三军行营；乌重胤，河阳怀汝节度使，统朔方、义咸、陕（陕虢）、益（剑南西川）、凤翔、延（鹿坊丹延）、庆（邠宁）七军行营；韩公武（父韩弘为宣武节度使），原寿州团练使，统武宁、宣歙、淮南、浙西四军行营；李道古，鄂州观察使；李愬，原为邓隋节度使。裴度坐镇郾城督战，六将率兵四面合围。

李光颜、乌重胤、韩公武合攻其北，大战十六次，叛兵投降四万人；李道古攻其东南，战八次，叛兵投降一万三千人；入申州破其外城；李文通战其东，战十余次，叛兵投降一万二千人；李愬攻其西。

《新唐书·李愬传》亦云："时李光颜战数胜，元济悉锐卒屯洄曲，以抗光颜，愬知其隙可乘。"经报请裴度获准后，李愬便以吴元济部的降将几百人为先昪，于一大雪天，自文城（今河南遂平县西）驰奔一百二十余里，半夜赶到蔡州城下，并巧妙攻进城中，一举把吴元济活捉，押回京师处死。

韩愈在这次战役中，也功不可没。韩愈主动请命，出使汴州。"愈请乘遽先入汴，说韩弘使叶力。"[①] 喻以大义，晓以利益，终于说服了宣武节度使韩弘，促使他派儿子韩公武带领一万二千大军前来助战，并拨出一批钱、粮援助裴度军队。

---

① 欧阳修：《新唐书·韩愈传·卷一百七十六·列传第一百一》，上海书店出版社 1989 年版。

当时宣武节度使韩弘，坐镇的汴州是一处战略要地。在平淮西战役中更是处于重要的地位。韩弘协助朝廷，便可隔断两河，分割叛军；若倾向叛军，则贼势将加倍炽盛，更难阻遏。由于韩弘在历次平淮西战中态度暧昧，"虽居统帅，常不欲诸将立功，阴为逗挠之计"①，致使每次战争毫无进展。韩愈此举，对整个战局的成败关系重大。

所以说，李愬妻子到宫中哭诉，只是断碑的表面原因。作为一位"中兴明主"的宪宗皇帝，绝不会因表妹的几滴眼泪，就下令磨文断碑，有失君王的威严和风范。真正的原因是什么呢？我们应从当时唐王朝内部的政治斗争中寻找答案。

之一是政治斗争的原因。《新唐书·吴元济传》中所说的"帝亦难悟武臣心"应是最主要原因之一。当时河北、山东等地的藩镇之乱，尚未平息，仍须借重武臣去拼杀。作为一代君王、政治家，一心想恢复盛唐时期的"开元盛世"，重建伟大唐朝的唐宪宗也只会从政治上去考虑此事，绝不允许因一篇文章、一块石碑而挫伤了那些带兵打仗将领的积极性，从而对以后的平叛战争产生消极的影响。武将们出生入死，浴血奋战，终于打了胜仗，可功劳却要归于一介书生，怎能会没有想法，以后打仗，谁还肯为朝廷出力卖命。

之二是权力斗争的原因。淮西平定之后，宪宗志得意满，渐渐变得骄傲起来。户部侍郎皇甫镈、盐铁转运使程异仗权多方刻剥，敛聚财物，曲意逢迎，又厚赂宦官吐突承璀，因而取得宪宗的宠幸，两人同时拜相。裴度因不满宪宗的所作所为，又讨厌那些不正派的朝官，多次上书进谏。宪宗不但不听，反而指责裴度为朋党，渐渐疏远了裴度。这样，在皇甫镈的把持下，原来被贬黜的主和派又重新回朝担当要职。

元和十三年（818 年）三月，韩愈的《平淮西碑》文撰写完毕上奏后，碑文的"相臣将臣，文恬武嬉，习见熟闻，以为当然"和那段"皇帝历问于朝，一二臣外，皆曰……"正好戳到了主和派的痛处。正如清代包世臣说的，韩碑"揶揄通朝"②，王元启也说"满朝群贵皆为失色，李逢吉辈尤应愧死"③。更何况，此碑立于蔡州城头，将传之后世，所以

---

① 宋祁：《旧唐书·韩弘传·卷一百五十六·列传第一百六》，上海书店出版社 1989 年版。

② 罗联添：《唐代四家诗文论集·论韩愈评淮西碑》，学海出版社 1996 年版。

③ 同上。

李逢吉等把它视为眼中钉，必除之而后快。但又因它是韩愈奉皇帝之命而作，于是他们就利用李愬妻子同宪宗的特殊关系，大造舆论，故意说韩愈只歌颂了裴度的功劳，贬低了李愬的业绩，到宫中哭诉，再加上这时的裴度亦失去了宪宗的信任，即然谤言大起，于是宪宗就下令把韩愈撰写的碑文磨掉，另命翰林学士段文昌重撰。

韩愈撰写的《平淮西碑》文虽被磨掉，但该文章却备受历代文人的推崇，被认为是庙堂文学的佳作。认为该文是用《尚书》和《雅》《颂》的体裁，记述平淮西的经过，歌颂唐王朝平定淮西之乱的业绩，文字古雅，"句奇语重""大笔淋淳"。李商隐称它有"点窜尧典舜典字，涂改清庙生民诗，公之斯文若元气，先时已入人肝脾。汤盘孔鼎有述作，今无其器存其辞"①。把韩愈写的碑文比作商汤盘铭、孔悝鼎铭，而盘铭碑石等实物可能消失，但碑文、铭词则永存于后代。

宋代文学家苏东坡在《临江驿小诗》中写道："淮西功业冠吾唐，吏部文章日月光，千载断碑人脍炙，不知世有段文昌。"②

---

① （唐）李商隐：《樊南文集补编·读韩碑·卷一二》，人民文学出版社 1983 年版。

② 苏东坡：《东坡全集·卷八》，人民出版社 1980 年版。

论曾国藩的韩文批评

李文博

（河南焦作师专）

摘　要　从《曾国藩读书录》中可以看出，集部中他最重视《昌黎集》，于韩文批评尤多。这些韩文批评反映了曾国藩读书治学的诸多特色，如将读书与读人结合，各种学问兼通的"士大夫之学"的特色，以及承袭桐城而又突破桐城的特色等，并且可以看出他于韩文研究的成绩和心得。

关键词　曾国藩　韩文　批评

　　作为清朝"中兴之臣"和"一代儒宗"的曾国藩，在事功和学术上都卓有建树，成为中国近代思想史、学术史、军事史、教育史研究者所绕不开的人物。他一生酷嗜读书，经史子集，无不该览。从《曾国藩读书录》① 中可以看到，经他批阅的经部书籍有八种，史部六种，子部三种，集部二十九种，史部中最重视《汉书》，下评语 369 条。集部中最重视《昌黎集》，批评最多。其中诗批评 54 首，大约占韩诗总数的八分之一。文批评 165 篇，几乎占到了韩文总数的一半，不仅从数量上看，曾国藩对韩文所下的功夫远远超过了诗歌，从批评的深度和丰富性上讲，韩文的批评也超过了韩诗。因此，在集部中，韩文的批评可以反映出曾国藩读书治学的特色与风格，曾氏对韩文的研究成绩也可从中窥得一斑。

一

　　曾国藩的批评透出他对韩愈其人其文特有的崇敬之情。

　　曾氏评《重答张籍书》："二氏盛行中土六七百年，公以数篇文字斥

---

① 此书据《求阙斋读书录》而成，陈书良校点，上海古籍出版社 2012 年版。

之，遂尔炳如日星。识力之大，令千世人肃然起敬。"① 韩愈的《重答张籍书》申明了自己此时不能著书立说，排斥佛老，是考虑到二氏为当时君相所宗，若作书排之，必遭时忌而取祸，所以要等待时机，以图佳效。韩愈这篇文章，茅坤、林云铭、何焯、林纾等名家都有评说，但皆从文章内容和论辩层次入手，分析韩愈立论的正确和辩驳的有力。曾国藩却能由此及彼，联想到韩愈另外的几篇排佛文章（如《论佛骨表》《原道》等），对韩愈的排佛功绩大加赞赏。这不能不说在曾氏的潜意识里，时刻有一个功高业伟的韩文公形象的存在。曾氏评《送王秀才序》："读古人书，而能辨其正伪醇疵，是谓知言。孟子以下，程朱以前，无人有此识量。"② 韩愈此文，意在勉励一位儒学后生，借机阐述自己对儒学源流演变的认识。诸家有评，如方苞曰："北宋诸家皆得退之之一体，此序渊雅古厚，其支流与子固为近。"③ 刘大櫆曰："韩公序文，扫除枝叶，体简辞足。"④ 张裕钊曰："其渊厚，子固能得之，其朴老简峻，则不及也。"⑤方、刘、张三家评点均是对此文内容和文风的分析，尽管有拔高之嫌，但还没有离开文本。另外，储欣、林云铭、何焯、沈德潜等人亦有评，同样着眼于文本的分析。而曾国藩竟从这篇赠序中得出"孟子以下，程朱以前，无人有此识量"的结论，实在是能够说明他对韩愈的尊崇程度。

　　以上两则评语是曾国藩透过韩文对韩愈其人的高度评价。再看几则对韩文本身的褒赞。

　　评《罗池庙碑》："此文情韵不匮，声调铿锵，乃文章第一妙境。"⑥评《柳子厚墓志铭》"今夫平居里巷相慕悦"一段："此段为俗子剽袭烂矣，然光气终自不灭。"⑦ 评《与孟尚书书》："此为韩公第一等文字，当与《原道》并读。"⑧ 尽管曾氏并没有批评《原道》一文，但在家训、书札中屡次提及。况且《原道》是韩愈的代表篇目，历来评韩文者几乎无

①　曾国藩：《曾国藩读书录》，陈书良校点，上海古籍出版社 2012 年版，第 202 页。

②　同上书，第 207 页。

③　韩愈：《韩昌黎文集校注》，马其昶校注，上海古籍出版社 1998 年版，第 261 页。

④　同上。

⑤　同上。

⑥　曾国藩：《曾国藩读书录》，陈书良校点，上海古籍出版社 2012 年版，第 215 页。

⑦　同上书，第 216 页。

⑧　同上书，第 205 页。

不涉笔，程颐、范温、王阳明、归有光、方孝孺、茅坤、何焯、吴楚材、吴调侯、沈德潜、蔡世远、过珙、刘大櫆、姚鼐、余诚、蔡铸、林纾、吴闿生、钱基博等人都对其推崇备至，曾国藩通过《与孟尚书书》的批评，将两文同时给予了极高的评价。

曾国藩对韩愈的崇敬之情还可以通过对读其他别集的批评看出来。曾氏除了爱读韩愈诗文之外，还喜爱读陶渊明、杜甫、黄庭坚、陆游等人的诗。但在这些人的别集批评中，或为诗句本事的揭橥，或为人名、地名的介绍，或为诗歌特色、风格的阐发等。并且在批评别家的时候，往往会提到韩愈，如评杜甫《太子张舍人遗织成褥段》："叙事得雄直之气，韩公五古多学此等。"[1] 评黄庭坚《再答冕仲》时提到了韩文"子本相侔"等，不仅显示出曾国藩对韩愈诗文的熟稔，也显示出对韩愈风格渊源的提示。

曾国藩在其日记、家书、诗文中亦屡次提及韩愈。如曾在家书中说："余于《四书》《五经》之外，最好《史记》《汉书》《庄子》《韩文》四种。"[2] 并且把韩愈称为"千古大儒"。道光二十九年（1849年），曾国藩升任礼部侍郎，作《祭礼部韩公祠文》，其中有曰：

> 尼山纂经，悬于星日。衰周道溺，踵以秦灰。继世文士，莫究根荄。炎刘之兴，炳有扬、马。沿魏及隋，无与绍者。天不丧文，蔚起巨唐。诞降先生，掩薄三光。非经不效，非孔不研。一字之惬，通于皇天。上起八代，下垂千纪。民到于今，恭循成轨。予末小子，少知服膺。[3]

自朱子以来，韩愈的儒学地位受到一定程度的抑制，朱熹《读唐志》："若夫所原之道，则亦徒能言其大体。"又谓之"平生用力深处，终不离乎文字言语之工"[4]。所以后来的理学家，多以为韩愈"不知道"。曾国藩的这篇祭文，一定程度上突破了程朱理学的樊篱。曾国藩的诗歌创作也多次表达了对韩愈的尊崇之情。如《题彭旭诗集后即送其南归二首》

① 曾国藩：《曾国藩读书录》，陈书良校点，上海古籍出版社2012年版，第181页。

② 曾国藩：《曾国藩全集·家书》，岳麓书社1986年版，第187页。

③ 曾国藩：《曾国藩诗文集》，王澧华校点，上海古籍出版社2005年版，第238页。

④ 朱熹：《晦庵先生朱文公文集》卷七十，四部丛刊本，商务印书馆1953年版。

之二称："大雅沦正音，筝琶实繁响。杜韩去千年，摇落吾安放？"① 《太学石鼓歌》有"韩公不鸣老坡谢，世间神物霾寒灰"② 之句。《杂诗九首》之一谓："早岁事铅椠，兀傲追前轨……述作窥韩愈，功名邺侯拟。"③ 还有如"文笔昌黎百世师"，"私淑韩公二十霜"等，将韩愈作为自己进德立言的榜样来学习。

曾国藩对韩愈的推崇应该说既有环境的因素，也有个人气质以及政治、学术祈向的因素。

曾国藩出自湖南，深受湖湘文化的影响。因清初移民的繁衍和生息教化，到清代乾嘉年间，渐次形成了湖南劲直尚气的民风和朴质进取的湖湘士气，经世之心转浓，进取之气日长。④ 曾国藩虽出身于寒门冷籍，但亦是耕读之家，从小奋发攻读，进入翰林院之后，逐渐走上治学的道路，并立下宏大志向，"毅然有效法前贤澄清天下"⑤ 之志。在不断地读书问学中，曾国藩选择了诸葛亮、韩愈、王安石等人作为自己的榜样，并最终更为钦慕韩愈。因为韩愈在卫道、事功、诗文诸方面均有杰出贡献，终身勇于进取，加之气质相近，曾国藩向慕韩愈就是很自然的事了。

二

曾国藩的韩文批评显示了他的"士大夫之学"的特色。

何谓"士大夫之学"？南宋时期，在湖南为官的胡安国上书皇帝说："士大夫之学，宜以孔孟为师，庶几言行相称，可济时用。"⑥ 强调了"士大夫之学"应"言行相称""可济时用"，积极实践传统儒家的经世致用理念。比曾国藩年长一岁的陈澧说："有士大夫之学，有博士之学。"⑦

---

① 曾国藩：《曾国藩诗文集》，王澧华校点，上海古籍出版社 2005 年版，第 80 页。

② 同上书，第 92 页。

③ 同上书，第 6 页。

④ 参林增平著《近代湖湘文化试探》，《林增平文存》，中华书局 2006 年版，第 114 页。

⑤ 黎庶昌：《曾国藩年谱》，北京图书馆出版社 1999 年版，第 14 页。

⑥ 杨士奇等：《历代名臣奏议》卷二百七十四，文渊阁《四库全书》本，第 274 页。

⑦ 陈澧：《东塾集》卷四，菊坡精舍本。

"博士之学"即"专明一义"，而"略观大义，士大夫之学也"①。陈澧将"士大夫之学"和"博士之学"比较，强调"士大夫之学"以"大义"为主，并且应该"有益于身，有用于世"，而不要斤斤于饾饤琐碎。余英时在《曾国藩与"士大夫之学"》一文中，将"士大夫之学"比作"通识"，"博士之学"比作"专家"，并且说"曾国藩所向往、所实践的正是'士大夫之学'"②。这在他的韩文批评中有明显的体现。

清代韩愈诗文的批评蔚成风气，韩诗有汪琬、朱彝尊、严虞惇、查慎行、何焯、蒋宗海、黎简、郑珍等人的批评，韩文由于唐宋八大家文的流行而批评者更多，如储欣、林云铭、何焯、方苞、吴楚材、吴调侯、沈德潜、浦起龙、蔡世远、刘大櫆、姚鼐、魏源等。在众多的批评中，能够将韩文中的思想、史实、辞章、训诂及韩愈的立身处世都予以揭橥评论的，曾国藩可称得上是较杰出的一位。如他评《原性》："此实与孔子性相近二章相合。程朱又分出义理之性，气质之性，以明孟子性善之说之无失，亦自言各有当。要之，韩公之言固无失耳。"③ 人性是儒家学者非常关注并经常引起争论的一个问题。孔子不言性善性恶，孟子提出性善，荀子提出性恶，扬雄主张性善恶混。张载将性分为天地之性与气质之性，认为天地之性是纯善的，气质之性则有善有不善。后来的程颢、程颐和朱熹继承发展了张载的学说，又提出义理之性。朱熹说："天之生此人，无不与之以仁义礼智之理，亦何尝有不善？"④ 认为义理之性是受天地所赐而无不善，发展了孟子的性善说。但同时承认义理之性与气质之性是结合在一起的，因此要不断拔除气质之性中的各种蔽锢，才能一步步向善。实际上，韩愈在《原性》中所言，最接近孔子原意，孔子说"唯上智与下愚不移"，认为人性有等级之分，虽未明言中间这一层次，但这是很明显的言外之意。韩愈加以发挥，将性分为三等，并说："中焉者，可导而上下也。"⑤ 综合来看，无论是孔子、孟子，还是韩愈、程朱，出发点虽有所不同，但归宿是相同的，即引人向善。因此，曾国藩的评语"与孔子性

---

① 陈澧：《东塾集》卷四，菊坡精舍本。

② 余英时：《历史人物考辨》，《余英时文集》第九卷，广西师范大学出版社2006年版，第19页。

③ 曾国藩：《曾国藩读书录》，陈书良校点，上海古籍出版社2012年版，第199页。

④ 朱熹：《晦庵先生朱文公文集》卷七十，四部丛刊本，商务印书馆1953年版。

⑤ 韩愈：《韩昌黎文集校注》，马其昶校注，上海古籍出版社1998年版，第20页。

相近二章相合"，"韩公之言固无失"确属洞见，显示了曾氏的哲学修养。评《送浮屠文畅师序》："辟佛者从治心与之辨毫芒，是抱薪救火矣。"①评《送高闲上人序》："事之机括，与心相应。事不如志，则气挫。所向如意，则不挫于气。荣辱得失，不纠缠于心，此序所谓机应于心不挫于物者，姚氏以为韩公自道作文之旨。余谓机应于心，熟极之候也。《庄子·养生主》之说也。不挫于物，自慊之候也。《孟子·养气》章之说也。不挫于物者，体也，道也，本也。机应于心者，用也，技也，末也。韩公之于文，技也，进乎道矣。"②《送浮屠文畅师序》一文，诸家之评如真德秀曰："韩柳并称，柳《送僧浩初序》，其道不同如此。"③沈德潜评曰："将众人投赠之文撇开，引入圣人之道，以下约《原道》之旨成文，而语更道炼。"④此文宋代的黄震，明代的茅坤，清代的林云铭、何焯都有评论，而且评论者都注意到了韩愈这次所赠的对象是一名僧人，所以此文他仍举辟佛的主张。但是曾国藩看到了传统儒学与佛教相比，缺乏对心性的探讨这一弱点，于是推己及人，认为韩愈若"从治心与之辨毫芒"则显然是持己之短，量人之长，如"抱薪救火矣"。《送高闲上人序》也有多家批评。薛瑄曰："庄子好文法，好学古文者多观之……韩文公作《送高闲上人序》，盖学其法而不用其一辞，此学之善者也。"⑤方苞曰："子厚《天说》类似《庄子》。若退之为之，并其精神意气皆得之矣。观《高闲序》可辨。"⑥沈德潜评曰："汪洋恣肆，善学《庄子》之文，亦可谓文中之颠矣。"⑦刘大櫆评曰："奇崛之文，倚天拔地。"⑧张裕钊评曰："退之奇处，最在横空而来，凿险缒幽之思，翛云乘风之势，殆穷极文章之变矣。"⑨大多数评者关注乃至着迷于韩文的风格，甚至觉得富有庄学精神意气的支撑。韩文在心物关系的认识上，提出了"机应于心，不挫于物"

---

① 曾国藩：《曾国藩读书录》，陈书良校点，上海古籍出版社2012年版，第207页。

② 同上书，第208页。

③ 姚鼐：《古文辞类纂》，徐树铮集评，吉林人民出版社1998年版，第441页。

④ 沈德潜：《增评唐宋八家文读本》，赖山阳增评，崇文书局2010年版，第90页。

⑤ 薛瑄：《读书录》，卷一，文渊阁《四库全书》本。

⑥ 姚鼐：《古文辞类纂评注》，吴孟复、蒋立甫集评，安徽教育出版社2004年版，第1031页。

⑦ 同上。

⑧ 同上。

⑨ 同上。

八字，姚鼐比之方、刘等前辈的风格评说进了一层，"以为韩公自道作文之旨"。曾国藩所展开的思考更为积极，他以体用关系来体悟"不挫于物"与"机应于心"的辩证意味，并且重新整合《孟子》与《庄子》的思想资源，由此阐发韩愈立说左右逢源的价值，这是曾氏在新形势下思考体与用、道与技关系的体现。

曾国藩评《论变盐法事宜状》："'积数虽多，不可遽算'，每斤失利七八文，积至百千亿斤，则失利无算也……'凡是和雇，无不皆然'，载盐时须轮次，交纳时又有规条，不得自由。"① 此文大多数选本未选，茅坤《唐宋八大家文钞》简评一句："昌黎经济之文如此。"② 林云铭、何焯等批评韩文较多者也未关注此文。而曾评却显示了他对国计民生具体事务的关心和熟稔，相比其他评选者，还是能够说明曾氏的经济之怀。再如评《杂说》四："谓千里马不常有，便是不祥之言。何地无才，惟在善使之耳。"③ 这条评点，呼应了韩愈在文中以马为喻，对在位者不能识别人才的讽刺和控诉，继而进一步说"何地无才，惟在善使之耳"，反映了曾国藩的人才观。

韩愈的《论淮西事宜状》是一篇军事论文，曾国藩评曰："'难处使先'，凡有艰难之处，使先冒其锋也。'悉令却牒，归本道'，以客军各归本道，而以其兵器给召募人。'临城小县可收百姓于便地，作行县以主领之，使免散失'，从前各处堡栅皆置兵马，则百姓倚以无恐。今兵马聚为四道，则各处无声援，不免散失。故无兵马屯聚之处，则作行县以主领之。"④ 这篇韩文，选本大多未选，批评较为详审的只有林云铭和曾国藩，林评从大处着眼，论述了韩愈建议的正确性，曾评则更为细密，拈出韩愈所提的几条建议，一一讲明其缘由，各有优长。

以上所选取的评语反映了曾氏在儒学、政治、经济、军事等方面的修养，下面从文学的角度看其批评。

评《伯夷颂》："举世非之而不惑，乃退之生平制行作文宗旨。"⑤ 这

---

① 曾国藩：《曾国藩读书录》，陈书良校点，上海古籍出版社 2012 年版，第 222 页。

② 茅坤：《唐宋八大家文钞》卷一，文渊阁《四库全书》本。

③ 曾国藩：《曾国藩读书录》，陈书良校点，上海古籍出版社 2012 年版，第 200 页。

④ 同上书，第 221 页。

⑤ 同上书，第 201 页。

是文旨的申说。评《上巳日燕太学听弹琴诗序》："和雅渊懿，东京遗调。"① 评《送王秀才序》："淡折夷犹，风神绝远。"② 这是风格点评。评《送齐皞下第序》："入题连用三'乎'字，俗调。"③ 评《唐故河东节度观察使荥阳郑公神道碑文》："'削四邻之交贿，省娇嬉之大燕'，偶伤句气。"④ 这是句法点评。评《释言》："仍不减其崚嶒之气。"⑤ 评《与孟东野书》："真气足以动千岁下之人。"⑥ 讲的是文气。评《兴元少尹房君墓志》："古者兄弟之子亦称子，故曰吾儿。称侄，俗也。"⑦ 这是字词的阐释与点评。

从以上摘取的评语可以看出曾国藩在韩文批评中体现出的丰富性，即其"士大夫之学"的特色，他在评《答侯继书》时的一段话恰好可以用来作为自己"士大夫之学"特色的一个注脚，他说："'然古之人未有不通此而能为大贤君子者'，所陈数事，皆专家之学，卤莽者多弃置不讲。观韩公此书，然后知儒者须通晓各门，乃可语道。孔氏所谓博学于文，亦此义也。"⑧

三

曾国藩的韩文批评体现出他对桐城派既有承袭，又有超越。

曾国藩的古文无疑渊源于桐城。他在《圣哲画像记》中说："国藩之粗解文章，由姚先生启之也。"⑨《清史稿》卷486《张裕钊传》云："国藩为文，义法取桐城。"⑩ 曾国藩对桐城诸贤非常尊崇，在《欧阳生文集

① 曾国藩：《曾国藩读书录》，陈书良校点，上海古籍出版社2012年版，第206页。
② 同上书，第207页。
③ 同上书，第206页。
④ 同上书，第212页。
⑤ 同上书，第201页。
⑥ 同上书，第202页。
⑦ 同上书，第211页。
⑧ 同上书，第203页。
⑨ 曾国藩：《曾国藩诗文集》，王澧华校点，上海古籍出版社2005年版，第292页。
⑩ 赵尔巽等：《清史稿》，中华书局1977年版，第13442页。

序》的结尾处说："余之不闻桐城诸老之謦欬也久矣。"① 但他又不囿于桐城主张，如他在"义理、考据、辞章"之外加上"经济"一条，认为"此四者阙一不可"，显示了他的济世情怀。文风也不斤斤于"雅洁"，而是更加宏肆开旷，坚劲雄直。

首先，曾国藩批评群书本身，便是对桐城学术的一种良好继承。虽然说诗文批评在清代已成为一种广泛的风气，但桐城学人在这方面做得更为突出。从早期的"桐城三祖"一直到晚期的姚永朴、姚永概、吴闿生等皆有评点著作。特别是对韩文的批评，桐城学人更为尽力。所以曾国藩的韩文批评具有浓厚的桐城派的色彩，但他又并不囿于桐城规矩，在批评中体现出了自己的特点，这是曾国藩批评韩文的又一特色。

《讳辨》一篇，曾国藩评曰："此种文字为世所好，然太快利，非韩公上乘文字。"② 评《送孟东野序》："征引太繁，颇伤冗蔓。"③ 评《太学生何蕃传》："善用缩笔。"④ 评《祭柳子厚文》："峻洁直上，语经百炼。公文如此等，乃不复可攀跻矣。"⑤ 评《上宰相书》有"欠裁炼"的批语，以上几则批评显示了曾国藩论文对"雅洁"文风的欣赏，特别是评《祭柳子厚文》的批评，居然说"乃不复可攀跻"，给予如此高的评价。实际上韩文最能打动人之处是气势磅礴，如长江大河，浑灏流转，并非以"峻洁"名世。曾国藩更为赞赏的也是这种阳刚的文风，他曾说过"为文全在气盛"的话，也曾批评过姚鼐的文章"其不厌人意者，惜少雄直之气，驱迈之势"⑥。曾国藩自己的古文创作也是如此，有雄奇瑰玮、倚天拔地之概。而曾国藩批评韩文中出现赞赏整练、含蓄、峻洁等阴柔一类文风的批语，不能不说是受了桐城文论的影响。尽管曾国藩未用"雅洁"一词，但上述的批评术语却和"雅洁"在内涵上有着相似之处。另外，桐城派论文喜用笔法、笔力、起、收、转、提、势等概念来评点古文，曾氏的批评中也常常见到这一类的用词。如评《送许郢州序》："转换处痕

① 曾国藩：《曾国藩诗文集》，王澧华校点，上海古籍出版社 2005 年版，第 287 页。

② 曾国藩：《曾国藩读书录》，陈书良校点，上海古籍出版社 2012 年版，第 201 页。

③ 同上书，第 206 页。

④ 同上书，第 202 页。

⑤ 同上书，第 210 页。

⑥ 曾国藩：《曾文正公书札》卷十四，传忠书局光绪二年刻本。

迹未化……收句俗笔。"[①] 评《送温处士赴河阳军序》："此种起法，创自韩公……汉文无起笔峭立者。"[②] 评《乌氏庙碑》："最善取势。"[③] 评《南海神庙碑》："笔力足以追相如作赋之才。"[④] 还有一些如"起最得势"，"笔愈提，则气愈振"等，在此不一一列举。曾国藩在批评中还能够汲取桐城前辈的观点，进一步申说、解释、发挥。如《读〈仪礼〉》，方苞曰："风味与《史记》表序略同而格调微别。"[⑤] 曾国藩在评《读〈荀〉》时说："此与《读〈鹖冠子〉》《读〈仪礼〉》《读〈墨子〉》四首，矜慎之至，一字不苟，文气类史公各年表序。"[⑥] 再如《祭郴州李使君文》，方苞批曰："此赋体也，其源出于陆机《吊魏武帝文》。"[⑦] 曾国藩进一步申说："亦不出六朝轨范，不使一秾丽字，不着一闲冗句，遂尔风骨遒上。"[⑧] 甚至有的批评直接来自桐城先贤，如评《画记》："桐城方先生以为此学周人之文。"[⑨] 评《司徒兼侍中中书令赠太尉许国公神道碑》又引用了姚鼐的一段评语，表现出了曾国藩对桐城前贤学术上的尊重与肯定。

以上的例子说明了曾国藩的文学趣味有接近桐城派的一面，但曾国藩毕竟不是一个亦步亦趋、甘随人后者。他的批评也有很多异于桐城之论。如桐城派一向不大喜欢柳宗元，崇韩抑柳，方苞在"义法"说的宗旨下，认为柳宗元"彼言涉于道，多肤末支离而无所归宿，且承用诸经字义，尚有未当者"[⑩]。姚鼐编选《古文辞类纂》，柳宗元入选的篇数为 36 篇，而韩愈达到了 132 篇。在他们的批评中，也时时流露出对韩愈的拔高和对柳宗元的贬低。如方苞评柳宗元《封建论》："深切事情，虽攻者多端，而卒不可拔。气甚雄毅，而按之实有虚怯处。"[⑪] 方苞此条评点，首先肯

---

① 曾国藩：《曾国藩读书录》，陈书良校点，上海古籍出版社 2012 年版，第 206 页。

② 同上书，第 209 页。

③ 同上书，第 212 页。

④ 同上书，第 215 页。

⑤ 姚鼐：《广注古文辞类纂》，世界书局 1935 年版，第 139 页。

⑥ 曾国藩：《曾国藩读书录》，陈书良校点，上海古籍出版社 2012 年版，第 200 页。

⑦ 韩愈：《韩昌黎文集校注》，马其昶校注，上海古籍出版社 1998 年版，第 308 页。

⑧ 曾国藩：《曾国藩读书录》，陈书良校点，上海古籍出版社 2012 年版，第 209 页。

⑨ 同上书，第 201 页。

⑩ 方苞：《方苞集》，刘季高校点，上海古籍出版社 1983 年版，第 112 页。

⑪ 姚鼐：《广注古文辞类纂》，世界书局 1935 年版，第 37 页。

定了此文的优点，但最后仍添一句"有虚怯处"，但"虚怯处"在哪儿，并未指出，显得无的放矢。评《〈论语〉辨二首》云："飘然若秋云之远，可望而不可即……子厚谪官之后，始知慕效退之之文……此二篇几可与退之并驱等先……"① 评《驳复雠议》："《谤誉》《段太尉逸事状》《乞巧文》皆思与退之比长而相去甚远，惟此文可肩随。"② 这两条评语，同样肯定了柳文的优点，但最后总要和韩文比一比，显示出韩文的更高一筹，不可超越。曾国藩对柳宗元的态度明显脱却了桐城派的偏隘，他在《圣哲画像记》中将柳宗元亦列为三十二圣贤之一。同样，在他的批评中也能看出曾氏对柳宗元并无偏见。例如，评韩愈《燕喜亭记》："柳公山水记以峭削见奇，固非韩公所能比并。"③ 评《复雠状》："柳子厚此议最为精当。"④ 对待韩文，曾国藩比桐城前人也更加公允一些，如《潮州刺史谢上表》，方苞虽有批评，但非常委婉含蓄，他说："退之之气不能不挫于岭表，而东汉一曲之士皆能视死如归，可觇二代风教所积之异。"⑤ 而刘大櫆只从文章的风格入手，称赞韩文"雄迈无匹，是昌黎能事"⑥，后来的张裕钊也只是从文气上评说。曾国藩的批评则既指出了韩愈此文所表现出来的节概，又毫不客气地批评了韩愈的软弱，他说："'苟非陛下哀而念之'节，求哀君父，不乞援奥灶，有节概人固应如此……'东巡泰山'，此则阿世取悦。韩公于此等处，多信道不笃。"⑦ 所以说，从对待韩愈和柳宗元的态度上，我们也可以看出曾国藩的学术胸襟要比桐城先辈们宽广一些，免去了刘熙载"最为陋习"的讥讽。另外，曾氏的批评涉及面广，如曾氏在批评中对字词的训诂，对经济、军事等文的关注，这都是异于桐城前辈之处。

---

① 姚鼐：《广注古文辞类纂》，世界书局 1935 年版，第 147 页。

② 同上书，第 234 页。

③ 曾国藩：《曾国藩读书录》，陈书良校点，上海古籍出版社 2012 年版，第 201 页。

④ 同上书，第 221 页。

⑤ 姚鼐：《广注古文辞类纂》，世界书局 1935 年版，第 332 页。

⑥ 同上。

⑦ 曾国藩：《曾国藩读书录》，陈书良校点，上海古籍出版社 2012 年版，第 221 页。

四

　　韩愈古文历来是人们学习、研究的热点，自宋至清，毫未衰歇。曾国藩的批评对韩文研究也贡献颇多。如他曾指出韩愈文中的许多独创之处，批《施先生墓铭》："或先叙世系而后铭功德，或先表其能而后及世系。或有志无诗，或有诗无志。皆韩公创法。后来文家踵之，遂援为金石定例。"① 关于韩愈墓志的写法，元代的潘昂霄在《金石例》中已经有所阐明，黄宗羲的《金石要例》也有涉及，曾国藩对韩愈墓志写法的独创性及其影响提出了自己的意见。《送温处士赴河阳军序》，曾国藩批曰："此种起法，创自韩公，然不善为之，譬若唐人为官韵赋。往往起四句峭健壁立，施之于文家，则于立言之体大乖。汉文无起笔峭立者。"② 《送温处士赴河阳军序》的第一句为"伯乐一过冀北之野，而马群遂空"。这个起首句得到了后来评家的高度赞赏，曾国藩在赞赏之余，提出了其法"创自韩公"，由此可见曾国藩对历代文章的熟悉和对韩文的敏感。曾国藩的批评，有的能够沿波讨源，指出韩文之从来，如批《进学解》："仿东方《客难》，扬雄《解嘲》，气味之渊懿不及，而论道论文二段，精实处过之。"③ 批《应科目时与人书》："其意态诙诡瑰玮，盖本诸《滑稽传》。"④ 批《送郑尚书序》："气体似《汉书·匈奴传》。"⑤ 有的能够指出韩文对后世的影响，如指出欧阳修文多似《送杨少尹序》，指出《为韦相公让官表》对宋代"清真之风"的影响，等等。曾国藩不仅能指出韩文的诸多优点，亦能摘出韩文不足，这也是曾氏批评中难能可贵的地方。如批《上宰相书》："连用三'抑又闻'，义层出不穷。然究是少年，才思横溢，欠裁炼处，故文气不遒。若删去'《洪范》曰'至'廉于自进也'，则格老而气遒矣。"⑥ 批《送许郢州序》："'情已至而事不从，小人之所不

---

① 曾国藩：《曾国藩读书录》，陈书良校点，上海古籍出版社 2012 年版，第 210 页。

② 同上书，第 209 页。

③ 同上书，第 200 页。

④ 同上书，第 205 页。

⑤ 同上书，第 209 页。

⑥ 同上书，第 203 页。

为也'，转换处痕迹未化，便可直接本事，不须为二语纽合也。'故其赠
也，不以颂而以规'，收句俗笔。"① 在曾国藩的韩文批评中，像这样的批
评还有几处，不一一罗列。对于曾氏的批评，姑且先不判断其恰当与否，
单纯从敢于批评韩文来说，已经十分不易。我们知道，自宋代以来，韩愈
的诗歌受到两种截然不同的评价，毁誉参半。但韩文一直少有指责者，即
使是对韩愈相当不满的朱熹，也不得不承认韩愈的文章作得好。后来的桐
城派更是将韩文奉为圭臬，少有批评。这里以马其昶《韩昌黎文集校注》
所引诸家评论为例，说明桐城派对韩文的回护，从而愈加显得曾氏批评的
宝贵。马氏著作所引前代评论，虽自称"博采诸家之说"，但实际上是以
清代评论为主，清代之中又以桐城学人为主，据徐雁平先生统计，"曾国
藩三百二十六条，沈钦韩二百六十九条，方苞一百二十一条，张裕钊一百
一十八条"②，其余皆不足一百条。从使用数量上，我们可以看出马其昶
对曾国藩评论的重视，将《曾国藩读书录》中的批语和《韩昌黎文集校
注》对读可以发现，曾国藩称赞、分析韩文的批语几乎全部被引用。但
是对曾氏批评韩文的文字，马其昶则毫不客气地予以删除，如上文提到的
《上宰相书》《河南府王屋县尉毕君墓志铭》等，曾批全部未用。《黄陵庙
碑》仅保留了"此等题以高简为要，百数十言足矣"一句话，将后面的
批语删除。这说明了曾国藩的批语已经超越了流派的限制，具有更加广
泛、深刻、独特的意义。

曾国藩曾在日记中反省自己的诗文批评有时"良有为人之念"③，说
明他的批评重在"为己"。正因为他重在"为己"，才于批评中更好地凝
结了自身的精神意度。对于读者来讲，阅读曾国藩的批评，不仅可以加深
对韩文的理解，亦可更加深刻地理解曾氏的学术意蕴。所以说，曾国藩的
韩文批评，虽然只是一种形式上的"小结裹"，但精义颇丰，足以孚得钱
穆先生所赞"至论学术，曾氏也有他自己一套独特之旗帜与地位"④。

---

①　曾国藩：《曾国藩读书录》，陈书良校点，上海古籍出版社 2012 年版，第 206 页。

②　徐雁平：《批评本的内部流通与桐城派的发展》，《文学遗产》2012 年第 1 期。

③　曾国藩：《问学》，《求阙斋日记类钞》卷上，传忠书局本。

④　钱穆：《学籥》，九州出版社 2011 年版，第 87 页。

浅谈挫折在韩愈文学成就中的
作用及时代意义

王惠敏

（河南孟州）

摘　要　在韩愈众多的历史贡献中，其文学成就最受瞩目。在韩愈笔耕不辍、从政为官的短暂一生中，各种挫折常常不期而至、如影随形，挫折在韩文公人文成就的形成、升华、促进方面，起到了重要的推动作用，并使其人文成就富有特色。探究人生挫折在韩愈文学成就形成的作用，并推而广之、古为今用、启迪当前，具有重要的时代意义。

韩愈最杰出的贡献在于文学方面，他的散文和诗都有很高的成就，被后世列为"唐宋八大家"之首，尊为"百代文宗"。笔者在学习韩愈的成长经历中发现，与众多有影响的历史文化名人一样，挫折在韩愈的成长和文学成就中起到了重要作用。概括来说，韩愈经历的挫折主要有成长环境、科举考试、从政沉浮，在他57年的人生旅途中，挫折几乎一路相伴。由于历经各种挫折，韩愈提出了"物不平则鸣"的文学理论、"气盛言宜、辞事相称"的文气说，形成了"以文为诗"和"奇崛险怪"的文学特点。时至今日，挫折教育已经被各界广泛接受，并在个人成长、情商培养、职业生涯、政治经济管理等方面运用。

一　韩愈饱含挫折的成长经历

父恩母爱缺失的成长环境。韩愈出生不久，母亲去世；3岁时，父亲又因病辞世，此后韩愈由哥嫂抚养；7岁时，韩愈随兄长韩会到长安生活；10岁时，韩会仕途遇到挫折，被贬到韶州（今广东省韶关）做刺史，韩愈随兄长离开京城来到南方。当时的岭南是犯官罪人流放之地，远离政治、经济、文化中心，蛮荒、贫瘠、闭塞是其主要特征。虽然如此，仅两年，韩会病死任上。时年 12 岁的韩愈，同嫂嫂郑氏一起，历经千里把韩会灵柩运回老家孟州。其时，中原地区战乱不断，韩愈又同家人到安徽宣城避乱。纵观韩愈幼年到青少年的成长经历，用"亲人早逝、缺少爱护、颠沛流离"来形容毫不为过。总而言之，对一个童年、少年时代的孩子来说，父兄早丧、家道中落、颠沛辗转，这些经历足以使韩愈深刻感受到世态炎凉、人情冷暖，从而也让他磨炼出坚强、勇毅、不屈服的刚直性格。

屡试不第的科举之路。修身、齐家、治国、平天下是古代文人的最高追求，而科举考试就成了读书人"学而优则仕"的正统之路。韩愈 7 岁读书，13 岁能文，19 岁时学有所成且小有名气，20 岁时他满腔热血地赴长安参加进士考试。然而，自视甚高的韩愈，历经六年时间、四次考试才进士及第，六年的大好光阴、青春韶华就这样过去，残酷的社会现实给他上了一堂生动的"挫折课"。此外，考取进士并不等于有官可做，只是进入仕途的第一步，派官还要经过吏部"守选"考试（相当于今天的公开选拔领导干部考试）。韩愈此时已经 25 岁，在唐代算是大龄青年了。此后三年，他又连续参加吏部"博学宏辞科"考试，尽管文章锦绣、字字珠玑、见解深刻，但有名无实的"官二代"韩愈，缺少达官显要的推荐提携，又是三试不中。当时，韩愈过着寄人篱下、衣食无着的生活，平时还要靠别人接济。百般无奈下，他三次给当朝宰相上书自荐，希望得到重用，但均石沉大海。28 岁时，韩愈离开首都长安这个令他伤心失意的地方，回到孟州老家。由此可见，即便后来名列"唐宋八大家"之首的韩文公，当年也经历了"屡败屡战"的挫折命运，饱尝了生活的艰辛、奋斗的不易。

跌宕起伏多次被贬的仕途。自古宦海多沉浮，而韩愈似乎更是如此。面对饥寒困顿的窘境，韩愈不得不降低要求，在一些地方大员的幕府中奔波流离地工作。29 岁时，韩愈到汴州（今河南开封）宣武军节度使董晋幕府任推官（掌推勾狱讼之事），董晋死后又到徐州（今江苏徐州）武宁军节度使张建封幕府任职。33 岁时，小有文名的韩愈才在第四次吏部铨选中通过，任职国子监四门博士（正七品）。也就是说，韩愈的第一个正式官职是国家最高学府享受正县级待遇的教授。36 岁时，韩愈转任监察御史，但不到两个月，又因上书《论天旱人饥状》，得罪了当权派李实，被贬为连州阳山（今广东阳山县）令。49 岁时，韩愈因反对皇帝迎佛骨，上奏《论佛骨表》，结果"一封朝奏九重天，夕贬潮阳路八千"，韩愈第三次被贬到南方。回朝后，历官国子祭酒、兵部侍郎、吏部侍郎、京兆尹等职。纵观韩愈的仕途之路，起步于艰难之基，供职于清苦差事，因耿直而得罪权贵，因言辞激烈而触犯皇帝，险些性命不保。聂世军先生在《书生为官的激切与凄惶》中所概括：韩愈这个有鲜明个性的文人，在从政期间，任的多是闲散差事，无法展现政治才能；加之不够圆滑、政敌倾轧等，他无时无刻不在遭受挫折。

二　挫折经历丰富了韩愈伟大的文学成就

对于韩愈的文学成就，从古至今的文人学者都有很高评价。比如苏轼评价他"文起八代之衰""诗至杜子美，文至韩退之"；比如当代韩学家张清华先生认为：韩愈领导了中国文化史上一次影响深远的文学革新运动，它的成功不仅改变了中唐人的文学观念，也奠定了中国文学散文发展的基础。类似这样的评价汗牛充栋、俯拾皆是。在文学理论方面，韩愈开创性地提出了"气盛言宜、辞事相称"的文气说，使文气说从此成为一种文学理论，并为后世沿用推广，影响极其深远；在诗论方面，韩愈认为诗歌"舒忧娱悲""不平则鸣""以文为诗，以议论入诗"，力挽中唐诗歌之狂澜，对中唐及以后的诗歌创作产生了重要影响。

那么，这些光耀千古、影响后世的文学成就，为什么恰恰出现在韩愈身上，究竟是怎样产生的呢？

从韩愈自己的体会来看，他认为文学创作是"不平则鸣"的产物。他在《荆潭唱和诗序》中提示了封建社会里文学艺术发展的一个带有普遍性的现象：人们学术文化事业上的成就往往是和政治仕途上的发展成反比的，这说明坎坷的逆境可以磨炼人的意志，考验人的毅力，激起人的奋发精神，促使人的智慧才能得到更加充分的发展。这是韩愈文学思想中非常有价值的一点。据史载，少年时代的韩愈曾对哥哥韩会说："左丘明双眼失明，才发奋写了《左传》；屈原被流放，才写了《离骚》；司马迁受了宫刑，才写下《史记》。如此看来，要想有所建树，必须经历困苦！"由此可见，韩愈自小就对挫折坎坷在一个人长远发展中的作用有着自觉而正确的认识。

从韩愈的文学创作实践来看，他的大量传世佳作，均与他遭遇坎坷、历经挫折的实践节点、心态历程息息相关，也是他描心态、绘世相的经典之作。比如，他在屡屡碰壁、郁郁不得志时，感于时事写了著名的《马说》，他以千里马比喻人才，感叹"千里马常有，而伯乐不常有。故虽有名马，祇辱于奴隶人之手，骈死于槽枥之间"，留下了千古名篇；比如，他在50岁时因谏迎佛骨遭贬，途遇韩湘子时写下了脍炙人口的《左迁至蓝关示侄孙湘》。类似这样的创作，在韩愈的诗文中比比皆是。

从当今学者的研究来看，长期致力于韩学研究的张清华先生认为，韩愈的文学成就、文风形成方面，主要有自性关照、学养绍承、时代风气及时空环境等。张先生把韩愈的"自性关照"放在首位，他认为"由于（韩愈）遭遇坎坷，使他感受到先天之命就与众不同……他在与这种默蝎运及造成他不幸遭遇的势力抗争中，锻炼了铮铮铁骨、猖狷奇伟的硬直性格与勇于进取、百折不挠的斗争精神"。从文人的社会心态史角度来看，"文章憎命达"，韩愈为官坎坷，转而以文章抒发心中的块垒，他的文章特别长于刻画人生遭际，铺叙自己的心意情怀，读之令人有荡气回肠、直透肺腑的感觉，留下了大量传世佳作。

总之，笔者认为，挫折对于韩愈及其文学成就而言，是一剂强大的催化剂，是激发强者越挫越强的动力，是他在文学创作上取得成功的重要条件。

三　挫折的时代意义

人生道路不是一帆风顺的，时常会遇到坎坷，受到挫折。然而，成功者如韩愈越挫越勇，在挫折的磨难下做出了千古成就，平凡者却在挫折面前苟且度日。当不少青少年甚至成年人面对挫折时，不是砥砺心志、奋发图强，而是一蹶不振，甚至轻易结束自己的生命。每逢看到此类消息，不禁扼腕叹息，由此发出重视挫折教育、探寻人生挫折之价值的倡议。

对学生来说，挫折教育应贯彻始终。有人将"80后""90后"形容为"草莓"，何谓"草莓"？即外表光鲜，内心酸涩，遇到一点风雨，很快就会腐烂。这很好地反映出现代年轻人的不足。越来越多的资料显示，不少年轻人自感压力过大，遇到一点挫折，便心理状况不佳，有的甚至以自杀的方式结束生命。

从国内外的教育实践来看，挫折教育有利于促进青少年生理和心理的健康发育和心智成熟。在人的成长阶段，如果外界消极因素不能被消除或被有效地抵制，就会出现各种消极意识和心理问题，导致缺乏对前途美好的憧憬，丧失上进的动力。更为严重的是，这些心理问题如果不及时加以疏导、转化，就有可能形成一种犯罪动机。心理学研究表明，同样的挫折，第二次的影响力度和影响广度比第一次要弱得多，若事先对青少年进行挫折教育，可以有效抑制青少年遭受挫折后的消极心理，培养青少年积极、乐观的精神。当前，我国已进入改革发展的关键时期，经济体制深刻变革，社会结构深刻变动，利益格局深刻调整，思想观念深刻变化，多元化的社会价值观相互激荡，多元化的人文思潮观相互交织，对于多数是独生子女、成长顺利的学生群体，在教育过程中，增强其心理承受能力和适应能力成为当务之急。挫折教育正是增强青少年免疫力的重要方式。当前，减少学生心理挫折的最好办法是：实施挫折心理教育，耐心进行挫折锻炼，努力避免挫折伤害，不断提高承受能力。这才是培养学生过硬的心理素质，磨砺他们意志的最好途径。

对个人职业生涯来说，挫折是走向成功的必要台阶。从业经历和丰富经验是优秀人才的招牌，而多种挫折和错误经历则是人才的金字招牌。在现实的工商管理活动中，很多大企业在选聘重要管理人才时，更注重选择有各种挫折经历的专业型人才、职业经理人。知名房地产上市公司北京华远地产公司董事长任志强在他的回忆录中讲述了一件事，琢磨一下很有代表意义。2000 年年初，任志强辞去北京华远地产公司总经理职务，管理层需要物色一位新的总经理人选。当时控股方黄铁鹰重点推荐业界知名企业万科公司的郭钧任职，他最明确也最重要的选择理由是：郭钧此前在万科公司任职多年，曾经历过许多错误。黄铁鹰认为，当一个人把操作项目中的所有错误都犯过之后，就很难再犯同样的错误。这是房地产业界一个真实的案例。简而言之，就是在挫折这堂课里缴过学费的人，在工商管理实战中，往往比那些受过 MBA、EMBA 的人赢利能力、应对复杂局面的能力要更强。

四　让挫折丰富人生内涵

做这个选题，有两点想法：一是期望人人都能正确对待自己的当下。顺境也好，逆境也好，都能从挫折中集聚和涵养自己的正能量：给逆境中的人加油鼓劲、呐喊助威，进行一次精神按摩；给顺境中的人以忧患意识，疏通一个学习渠道，体验人生的"挫折模式"。二是正确认识挫折的意义和作用。笔者把韩文公的各种挫折经历罗列出来，并证明其作用，并不是让每个人都去自讨苦吃，挫折之于个人成长、之于人生历程，自有其调和作用，但过犹则不及，矫枉不宜过正。

当我们回望过去，时间过得飞快，快得让人心碎，快得让人惆怅，快得让人无奈。虽然繁重的工作、琐碎的生活，能冲淡一些无奈，但很快就会在独自面对自己时又浮上心头，抑或和亲朋好友聊天时共同感怀岁月无情。换句话说，凡是感觉人生如梦，弹指间就从摇篮进入耄耋的人，都是人生过于平顺的，一切都如自己心愿，一切岁月都是在众人的艳羡和侧目中流逝，最终，这样的人生像是一场充满悲剧色彩的快餐，还没来得及品尝味道就已经人去盘空。而人一生当中有些挫折，虽然面对挫折时不舒服，甚至痛苦，但只要"艰难困苦，玉汝于成"之后有所成就、有所感怀，就能让生命变成大餐。

写到这里，又想起了有关韩愈的两件事。

一是韩愈的《左迁至蓝关示侄孙湘》一诗。元和十四年（816 年），韩愈上《谏迎佛骨表》，因言辞激烈触怒了唐宪宗，被贬为潮州刺史，责求即日出发。50 岁的韩愈只身一人仓促上路，走到蓝田关口时，家人还没有跟上来，只有侄孙韩湘跟了上来，他写下了著名的《左迁至蓝关示侄孙湘》："一封朝奏九重天，夕贬潮阳路八千。欲为圣明除弊事，肯将衰朽惜残年！云横秦岭家何在？雪拥蓝关马不前。知汝远来应有意，好收吾骨瘴江边。"韩愈大半生仕宦蹉跎，擢升刑部侍郎仅仅两年又遭此难，他的内心不免悲苦万分，满心委屈、愤慨悲伤。千百年来，其情其景其诗感人至深。这是韩愈晚年遇挫后在诗歌创作上的又一传世佳作。

二是苏轼的《潮州韩文公庙碑》。宋代元祐七年（1092 年）春天，苏轼应潮州知州王涤的请求，为重新修建的韩愈庙撰写了《潮州韩文公庙碑》。这篇碑文在后世评价极高。例如，"非东坡不能为此，非韩公不足以当此，千古奇观也"（《三苏文范》）、"及东坡之碑一出，而后众说尽废。骑龙白云之诗，蹈厉发越，直到《雅》《颂》，所谓若捕龙蛇、搏虎豹者，大哉言乎"（宋代洪迈《容斋随笔》卷八《论韩文公》）、"此碑自始至末，无一懈怠，佳言格论，层见迭出，如太牢之悦口，夜明之夺目，苏文古今所推，此尤其最得意者"（明代杨慎《三苏文范》）。韩文公的一次挫折之行，在270多年后，又让苏轼有感而发地创作了传世佳作。

　　耿直的韩愈，在晚年的一次忠言之谏，又被"夕贬潮阳路八千"，再次遭遇人生的重大挫折。然而韩愈的这次挫折，却对潮州地区的社会历史文化发展产生了巨大而深远的影响，潮州从"南蛮之地"到北宋以后变为"海滨邹鲁"，这与韩愈有着千丝万缕的联系。

再论"韩愈故里"为孟州

尚振明

（河南孟州）

关于韩愈籍贯问题，一千多年多有争论：昌黎争、南阳争、修武争和孟县（州）争。1986 年 12 月和 1992 年 4 月，在广东省汕头市和河南省孟州市两次召开的"韩愈国际学术研讨会"上已经定论——韩愈系河南河阳今孟州人。《中国文物报》（1989 年 2 月 17 日）和中央人民广播电台已向世界公布这一定论，韩愈陵园已列入国保单位。时任党和国家领导人胡锦涛、江泽民、乔石、李克强、贾庆林等以及国内外著名学者、专家、教授饶宗颐（香港）、任继愈、蔡涵墨（美国）、倪豪士（美国）、卞孝萱、孙昌武、吴文治、张清华、闫琦等均多次亲临孟州韩愈陵园进行视察和瞻仰、膜拜。然而，2000 年 7 月和 2007 年 5 月，河北昌黎和河南修武，又发表了《揭开了千年之梦——韩愈系河北昌黎人》和《韩愈根在修武》等文章和著作，同时又利用网络发表了他们的言论，当时孟州市党政领导对此十分重视，特请河南省社科院韩愈研究员、中国唐代文学学会韩愈研究会会长张清华先生和孟州韩愈研究会会长尚振明等同志前赴河北昌黎县进行再次考察，同时又组织有关人员，进一步搜集资料进行论证。

一 再次考察河北昌黎

2000 年 8 月中旬，以张清华会长为首的孟州考察团前赴河北昌黎，昌黎县领导说：他们对此事不很清楚，只知道秦皇岛所谓"韩愈后裔"和《人民日报》记者发表了文章。对此昌黎县领导表示支持我们澄清此事。与此同时，昌黎县文联主席董宝瑞先生也用专版发表了长篇论文，题目是"说说韩愈与昌黎"，他从昌黎历史的发展演变，直到光绪四年（1878 年）著名学者史梦兰（乐亭县人）在主持重修《永平府志》时，削去了以往的《永平府志》所收的韩愈传和各种资料为止，全面阐述韩愈不是昌黎人的真实记载，他的文章最后说：韩愈的郡望为"昌黎"，而不是今天的河北昌黎。"韩愈与昌黎""昌黎与韩愈"的这种关系，无疑是一个非常有趣的历史文化现象，绝不能仅凭一部上百年编修的家谱中的一些记述就可以断言韩愈是河北昌黎人，他强调指出，绝不能自以为是，也不能拿历史来开玩笑……

为了进一步澄清昌黎《韩愈家谱》的真实性，又特邀请昌黎县文联、县志办、博物馆、文化馆等有关人员，同赴昌黎县韩家营村，那里是韩氏家族居住最集中的地方。在那里我们又请到了村委主任和韩氏家族的要人与长者，共同研究他们的家谱，张清华教授仔细研究分析了"家谱"后认为：这部兰皮古朴的"家谱"，端庄整齐，条理清晰，字体端正，但内容不系统，衔接不严谨，世系姓名不避讳，使人难以信服为韩愈家谱，例如前20代是个空白，在21代起的"谱序"中缺乏承上启下的连续人，父子两代也出现了"家谱"中最大避讳的字眼……我们又追溯韩氏渊源，知道汉代有两大韩族：大将军颓当有二子：韩骞和韩寻。韩骞后裔由山西延转到东北大凌河上下，为今天辽宁省的奇县、义县和朝阳县一带，古称昌黎。韩愈自称昌黎，就是指这个昌黎，而不是今天的河北昌黎。昌黎，是韩愈的族望，也叫郡望，但韩愈从来没有到过昌黎，也没在这里当过一天官；韩寻立足中原，出于颍，辗延各地，落根于河南河阳，即今孟州境内。北魏安定桓王韩茂即葬于此，下续七世韩愈。张教授当场问其长者，你们先祖从何而来？答曰：我们先祖从山西而来，回其应也。大家在欢笑中说：我们应是同一祖宗——汉代颓当。

会后，我们发表了昌黎县韩家营"座谈会"的纪要，题目是"对昌黎'韩氏家谱'的考察和朝阳韩愈'郡望'的确认"，发表于《周口师范高等专科学校学报》（2001年第4期）上。

二 《韩愈籍贯追踪记》专著出版

根据上级的要求，河南省时任韩愈研究会会长尚振明先生，根据他的实地考察，撰写出了《韩愈籍贯追踪记》一书，翔实地记述了1983年9月至翌年7月，北上北京、昌黎、锦州、沈阳、朝阳；东转蓬莱；南下邓县、宜春、韶关、阳山、潮州、宣城，行程两万五千余里的考察纪实。同时又公布和他长期与韩愈嫡裔，即台湾的第 40 代裔孙韩清濂先生十多年的来往信函和其他重要资料，结合孟州文物古迹进一步确立韩愈系孟州人的纪实，内容丰富，资料翔实，任继愈为该书题词，张清华写了"序跋"，时任党和国家领导胡锦涛、江泽民、乔石、贾庆林、李克强等对韩园视察照片也收入其中。专著出版后通过省文物局，呈送国家文物局，2005 年 6 月孟州市韩愈陵园被晋升为"中华人民共和国文物保护单位"。

三　《史证韩愈故里》论证大作相继问世

中国唐代文学学会韩愈研究会理事，孟州市韩愈研究会执行委员会委员，韩愈后裔韩少武先生，在孟州韩愈研究会的大力支持下，自筹资金，历经数载，涉足河南、河北、山西、北京、广东等地考察，挖掘韩愈宗系历史资料，经认真考证，精心撰拟，在编印《简析韩文公家谱》《韩文公后裔宗系简表》等的基础上，又花费大量心血，耗费两年多时间，从七个方面捋顺了资料：①韩愈自述故里；②后裔论述韩愈；③门人挚友述韩愈故里；④地方志记载韩愈故里；⑤历代学者论述韩愈故里；⑥当代学者论述韩愈故里；⑦有关文献论述韩愈故里。全书共 430 余页达 50 余万字，以大量的史实资料，展示了韩愈故里在孟州这一不可争的事实。正如张清华会长在"序言"中所说的："足以正其名、实其事、整其乱、息其争。"《史证韩愈故里》出版在即，世界公认的汉学大师饶宗颐先生为该书庄重地题词，无疑进一步确认了韩愈故里的地位。

四　发现清代雍正九年碑记，再次确认韩愈故里于孟州

2006 年 11 月中旬，孟州市赵和镇韩愈祖茔地尹村，发现一通清雍正九年"重修兴隆圣母殿宇兼金装神像记"石碑，明确记载韩愈故里于孟州。此碑高 120 厘米、宽 53 厘米、厚 7.5 厘米，虽经历了近三百年的岁月沧桑，但整个碑刻仍保存完好，行气挺拔，字迹清晰，内容完整，无漫漶之处。据村民回忆，此碑原藏于本村的圣母殿内，1958 年圣母殿被拆

除后，此碑被本村姓焦的人家，拉到家中当案几使用，幸亏字面朝下，方免于日晒雨淋而得以保存完好。此碑其首句即是"苏家庄旧属古尹村唐文公故里也"。接着记述，本村"兴隆圣母殿宇，因年久失修，岌岌可危，民众自愿集资，进行修缮，末尾，把当时集资人员的姓名和金额，端端正正排列于后，最后镌款为大清雍正九年×月×日吉时立"。

孟州苏庄村（古为尹村）为韩愈祖茔早已定论。《河南通志》《孟县志》上均记载，韩愈的先祖"自始祖后魏安定桓王韩茂以下，至文公父仲卿、叔云卿、伯兄会与嫂郑氏均祔葬于此"，又说"孟县之苏家庄，古尹村也。庄南土山有茔，周围大数里许，其东南隅有冢。……明代历年间，盗掘一小墓，其墓志铭弃棘中，樵夫负去，将为砧石，或争之不得，遂鸣于官，念其，公子昶墓志铭也。此墓为韩氏祖茔无疑"。该墓志，后经河南巡抚田公、富公再三核实，确为韩昶墓志，现保存在河南孟州，如今另加此碑发现，再一次确凿证明韩愈为孟州人也。

五　国学大师再次挥毫"韩愈故里"墨宝

国学大师饶宗颐、任继愈是 1986 年汕头国际韩愈学术研讨会的发起者，主持者和确立"韩学"研究的奠基人。那次国际会议主要成果之一就是确立韩愈为河南河阳今孟州人的定论。会议期间，他们为孟州题写了"韩愈墓""韩愈祠""韩陵""韩园""泰山北斗""文宗阁"等，以镌刻碑石拢起圣地。事后，1992 年和 1998 年他们先后亲临墓地进行拜谒与瞻仰，并指导我们开展韩愈研究工作和建设工程。二十多年来，在他们的支持和倡导下，广东省的阳山、潮州、江西省的宜春（古袁州）和河南的韩愈故里孟州等地形成了交流网络，先后共召开了十多次的"韩愈国际学术研讨会"，为继承、发扬和传播中国传统文化，做出了巨大的贡献。

然而，进入 21 世纪以来，关于韩愈的籍贯问题，河北昌黎、河南修武又掀起了风波，孟州韩愈研究会和有志之士，为进一步整理资料，挖掘证据，不辞劳苦奔走全国各地，深入农村小镇，攫取了翔实、可靠资料，著书撰文，进行有力辩驳，直至 2009 年两位国学元老再次挥毫"韩愈故里"墨宝投向了孟州，他们为掌握"韩学"发展航舵又付出精力。

总之，"百花齐放，百家争鸣"，在学术发展的道路上有不同见解、不同认识是正常的现象，辩论可以得出真知，辩论可以激励人们深入挖掘资料，可以开阔探讨视野，反复研究，可以得出真谛。韩愈的研究正是如此，"真金不怕火炼"，韩愈故里，永属孟州，不可非议。

草色遥看近却无

——诗说韩愈之一

刘 群[①]

（河南孟州）

"天街小雨润如酥，草色遥看近却无。最是一年春好处，绝胜烟柳满皇都。"韩愈呈张籍的这首小诗，读来让我们感到的是一种超越的洒脱：那遥看似有而近却无的草色，即便是满皇都的烟柳又如何能比呢？因为这是早春最好的景色！正是这种最美好的景色成了韩愈一生理想的追求。韩愈不屑于"皇都烟柳"，但他知道青青草色离不开"天街小雨"的滋润，使他有了"近却无"的现实困惑。理想的追求和现实的困惑发生的碰撞，让韩愈在仕途上付出了令人感慨唏嘘的沉重代价。

在皇权至上的时代，韩愈能认识到荒郊草色"绝胜"皇都烟柳是有骨气的。中国历代有理想抱负的文人大都有"大凡物不得其平则鸣"的骨气。韩愈为官所彰显的骨气，为追求理想所展示的勇气，尤其让后来人赞叹和敬佩。

韩愈任四门博士时，世人皆以从师学习为耻，"独韩愈不顾流俗，犯笑侮，收招后学，作《师说》，因抗颜为师，愈以是得狂名"。韩愈的骨气和勇气，在于不惧名狂，独抗流俗。韩愈任监察御史时，年逢大旱，独有韩愈上书请免赋税，冒犯了当权者，遭遇了他仕途上的首次重大挫折，被贬为阳山令。韩愈的骨气和勇气，在于不计名利、敢犯权贵。韩愈后来侥幸被召回京，本当不应再作狂言了。可是在元和十五年（820 年），韩愈不顾宪宗的知遇之恩，明知皇帝崇佛、举国痴佛的现实，独敢谏"枯

① 刘群，男，河南省孟州市人，生于 1956 年 10 月，1978 年毕业于郑州大学中文系新闻专业，中共党员。现任中华诗词学会会员，河南诗词学会理事，焦作市诗词学会会员，焦作市诗词楹联学会副会长，孟州市诗词学会副会长，河阳诗社社长，中国唐代文学学会韩愈研究会副秘书长，孟州市韩愈研究会副会长兼秘书长。

朽之骨，凶秽之余"，应"投诸水火，永绝根本"。更让宪宗恼怒的是，他还竟敢说崇佛的皇帝是短命的，甚至不得好死。虽在大臣们的劝谏下，免了韩愈的死罪，但"夕贬潮阳路八千"，韩愈再次被贬，他的女儿也客死在辗转潮州的路上。韩愈的骨气和勇气，在于不顾生死、忤逆龙颜。

韩愈抗流俗、犯权贵、逆龙颜，源自他教化社会风气、体恤百姓疾苦、忧心国家兴亡的理想追求，源自"虽千万人，吾往矣"的大无畏精神。柳宗元赞韩愈"勇夺三军之帅"，诚哉斯言！

陆游写过一句诗"位卑未敢忘忧国"，对于"位卑"者，这是对理想的不懈追求，这是仁人志士的责任担当，也是人轻言微难展抱负的无奈感叹。早在先朝的思想家韩愈深谙其理，在他所处的那个时代，如若失去了官位，没有了话语权，就只有空怀经世治国之才，报国无门，壮志难酬。韩愈偏偏又不是一个甘于"采菊东篱下，悠然见南山"的人，所以韩愈在为官路上的犹豫彷徨和妥协随流，多为后人诟病。

韩愈三岁而孤，靠兄嫂抚养成人。少时的困顿流离，使韩愈能深切体会到黎民百姓的疾苦。所以韩愈求学做官的愿望十分强烈，他要用满腹经纶去齐家、治国、平天下。封建文人做官，大致有三种途径：一是科举考试，相当于现在的普通高考和公务员考试，属于中规中矩的正经门路；二是投靠达官贵人，充当幕僚，类似于战国时期的门客，相当于现在的破格提拔，须等待时机，脱颖而出；三是隐居山水之间，待价而沽，很像现在的炒作，虽有旁门左道之嫌，一旦炒红了，必有人用之。韩愈屡试不中，又不屑于旁门左道走了中间道路，屈尊于幕府之中蓄势待发。机会只给有准备的人，韩愈终于蒙恩"天街小雨"的滋润，在皇都做了京官。

当韩愈踌躇满志、为理想而奋斗时，却不为世俗所容，屡遭贬黜。韩愈知道要真的到了"好收吾骨瘴江边"的地步，教化民风、揭露权奸、以正圣听都会"白茫茫一片真干净"。什么理想抱负，再怎么"看"，已是"遥"得太远了。韩愈明白青青草色离不开"润如酥"的"天街小雨"，更何况还有"近却无"的残酷现实。

于是，韩愈妥协了。为了得到实权，韩愈不惜低下高傲的头颅，经常给那些达官显贵写墓志铭，甚至向他一贯不屑的权奸寻求惠顾。为了回到京城，韩愈专门结交了一位高僧，相谈甚欢，并且违心地向皇上呈交了一份深刻的检查。韩愈真的是放弃了傲骨和勇气，低首哀鸣、伏地乞怜了吗？

为官如屈原者，"居庙堂之高则忧其民，处江湖之远则忧其君"，国破之日，怀石投江，九死不悔；为官如嵇康者，竹林啸醉，戏弄当权，宁可使《广陵散》成为绝响，死不与司马氏为伍；为官如李白者，虽总想"仰天大笑出门去"，无奈是"天子呼来不上船"，终归与朝廷分道扬镳。韩愈为官，不类先贤。他没有死而后已，也没有远而去之。较之"哀民生之多艰"的屈原，韩愈说得少而做得多，赵朴初"不虚南谪八千里，赢得江山俱姓韩"便是明证。较之嵇康，韩愈少了一些聚友斗酒的轻狂，多了一份为富一方的担当；较之李白，韩愈更明白做官的真谛，绝不可能像李白一样一走了之。

我们看到的韩愈，是他在一次次妥协中的一次次奋力反击。提携自己的权臣，当诛必谏；有碍民生的圣旨，致死必犯。他在权位的争斗中，充满了现代人没有的勇气和智慧。骨气是坚守自己的理想，勇气是坚守理想的鼓与呼。韩愈的坚守，是"虽千万人，吾往矣"的傲然独立，韩愈的妥协是他在皇权专制、奸臣当道、民风恶俗的现实中无可奈何的灵活变通。可以说，韩愈在与魔鬼的同行中，至死未与之同流合污。苏轼说韩愈"所论不精于理，支离破碎，又往往自叛其说"。实则是未见韩愈风骨，独见其违心随流而已。

时至今日，在我们的工作中，"遥看"似有的理想和"近却无"的现实往往产生痛苦的矛盾。时而"天街"有恩、降雨如酥，时而"皇都"烟柳、雾里看花。要想让"草色"成为"最是一年春好处"，韩愈的为官之道，应该给我们许多启发。

韩愈对潮州文化的影响及原因浅析

张家庆　詹树荣

（广东省潮州市潮州文化研究中心）

摘　要　在潮州，韩愈的影响无处不在。韩愈积极治潮的精神成为后人难以逾越的"标杆"，为后世治潮官员树起了一面伟大的旗帜；韩愈治潮的最主要功绩在于兴学育才，这一实绩之所以显著，完全得益于他荐用了潮州先贤赵德主管州学。韩愈与赵德联手牵起了一条潮州千年文脉；韩愈的人格魅力，在潮州民众心目中矗立起了一座不朽的文化丰碑。

关键词　韩愈　潮州文化　影响　原因　浅析

在潮州，唐代伟大的思想家、文学家、政治家和教育家韩愈（768—824年）的影响无处不在：江称"韩江"，山称"韩山"，路名"昌黎"，橡木称"韩木"，庙有韩文公祠，仅有的一所大学叫"韩师"，亭号景韩、仰韩、观韩，牌坊匾刻"昌黎旧治"，就连举世闻名的"中国四大古桥"之一广济桥，民间也以韩愈侄孙的名字来命名，称之为"湘子桥"……"崇韩文化"成为潮州独特的人文奇观，也成为中国文化史上独特的现象。本文拟就韩愈对潮州文化的影响及原因加以浅析。

一　韩愈积极治潮的精神为后世州县官员树立了一面伟大旗帜

唐元和十四年（819年）一月十四日，韩愈因谏迎佛骨触怒皇帝，由刑部侍郎谪为潮州刺史。经过两个多月的舟车劳顿，韩愈于三月二十五日来到潮州，当年十月二十四日接到量移袁州调令，在短短的八个月里，为潮州人民办了几件好事、实事，主要是驱鳄除害、关心农桑、赎放奴婢、延师兴学等民心工程。韩愈积极治潮的精神成为后人难以逾越的"标杆"，为后世治潮官员树起了一面伟大的旗帜。

韩愈治潮惠政之一，就是驱鳄除害。对于鳄鱼之残暴酷烈，韩愈在到达粤北的昌乐泷时，早有耳闻，至于鳄害之严重，则是在他莅潮以后，才真正地了解。《新唐书·韩愈传》云："初，愈至潮州，问民疾苦，皆曰恶溪有鳄鱼，食民畜产且尽，民以是穷。数日，愈自往视之。令其属秦济以一羊一豚投之湫水祝之。"这就是"爱人驯物，施治化于八千里外"的祭鳄行动。可是，由于韩愈写了《鳄鱼文》，《唐书》又有"祝之夕，有暴风雷起于湫中，数日，水尽涸，（鳄鱼）徙于旧湫西六十里"的记述。历史上，唐代韩愈祭鳄之后，在一段时间内韩江不再出现鳄患。然而，潮州的鳄鱼并没有真的绝迹，以后又出来祸害乡民了。陈尧佐是史上真正除过鳄鱼的人。潮人没有忘记他，设了"三王公庙"祭祀陈尧佐，称其为"护灵王公"。

对韩愈祭鳄一事，后世向来有两种不同的态度。一些文人士大夫持批评的态度。宋王安石在《送潮州吕使君》诗中告诫当时的潮州太守吕使君说："不必移鳄鱼，诡怪以疑民。"明确表示韩愈祭鳄为"诡怪"之事。近人郭朋在《隋唐佛教》中则认为，韩愈简直就是中国古代的唐·吉诃德，演了一出"无聊的闹剧"。与之相反，千百年来，更多的一些文人学士、潮州历任太守及佐僚都对韩愈驱鳄称颂备至，苏轼肯定韩愈"能驯鳄鱼之暴"[1]，明宜德年间潮州知府王源《增修韩祠之记》中称颂韩愈"存恤孤茕，逐远恶物"；清代楚州人周玉衡则在《谒韩文公祠》诗中说"驱鳄文章非异术，化民诗礼亦丹心"。清乾隆间人李调元在《题韩祠诗》中写道："官吏尚镌鹦鹉字，儿童能诵鳄鱼文。"这两句诗，即道出韩愈对潮州文化影响之深。在韩祠正堂东侧石柱上，镌刻着清道光年间潮州知府觉罗禄昌的一副联语：

> 辟佛累千言，雪岭蓝关，从此儒风开海峤；
> 到官才八月，潮平鳄渚，于今香火遍瀛洲。

"香火遍瀛洲"五字，也表明韩愈对潮人的广泛影响。

---

[1] 见《潮州昌黎伯韩文公庙碑》。

自宋以后，历代治潮之官员，皆以韩愈为榜样，自觉把驱除鳄害，造桥修路、惠民爱民看成韩愈精神的继承。北宋咸平年间，潮州通判陈尧佐第一个高举崇韩之大旗，并把韩愈推上了潮州文化的神坛。咸平二年（999 年），开封府川籍推官陈尧佐被贬任潮州通判，到任当年，便与知州于九流新修了孔庙并在里面招生办学。同时，在他倡议下，还在这座位于潮州金山之麓的孔庙正室东厢辟建了韩吏部祠。陈尧佐为此写下《招韩文公文》，称建祠目的就是要"以风示潮人"，此举开创了在潮州为治潮名宦立祠纪念的先河。陈尧佐一生尊韩崇韩，自觉追慕韩愈的行为，继续为潮州人民驱除鳄害，继承发扬韩愈精神为民谋福利，因此潮人将他与韩愈并崇，配祀韩庙。据苏轼《潮州昌黎伯韩文公庙碑》所载，"元祐五年，朝散郎王君涤来守是邦，凡所以养士治民者，一以公为师"。又据清顺治《潮州府志·卷十二》一文说的："后之吏兹土者，弗惟民之承则己，苟志于民矣，则必以韩为师。"由此可见，历代莅潮官吏都自觉以韩愈为师，像韩愈一样为民做了许多好事。

韩愈之能为潮人永久崇敬，与宋代仕潮官吏的尊韩和其他文化名人的推崇与宣传有极为密切的关系。宋哲宗时，王涤知潮州，把刺史堂后的韩文公祠迁至城南七里处，并专门约请名满天下的大文豪苏东坡撰写碑文，东坡因而写成千古名文《韩文公庙碑》，文章高屋建瓴，高度评价了韩愈，这对潮州以至全国性的尊韩产生了巨大影响。此外，历代仕潮官吏尊韩学韩，也对潮人崇拜韩愈起着推波助澜的巨大作用。

二　韩愈兴儒学敦教化牵起了一条潮州千年文脉

韩愈治潮的最主要功绩在于兴学育才，这一实绩之所以显著，完全得益于他荐用了潮州先贤赵德主管州学。韩愈与赵德交谊深挚、志同道合，他们联手牵起了一条潮州千年文脉，为潮州文教事业发展做出了巨大贡献。

韩愈贬来潮州不久，就写了《潮州请置乡校牒》，他认为，治理国家，"不如以德礼为先，而辅之以政刑也。夫欲用德礼，未有不由学校师弟子者"。如果"忠孝之行不劝，也县之耻也"，所以他把坚持兴学育材作为施治化的根本措施。于是，他一方面荐举地方俊彦赵德主持州学，一方面花大力气兴办乡校。办学缺资金，韩愈就"出己俸百千以为举本，收其赢余，以给学生厨馔"①。也就是说，韩愈为兴办学校，把自己的俸禄捐了出来。这正是重义轻利的古君子之风的体现。

　　韩愈兴学立教的事迹，尤为后代治潮官吏所效仿。苏轼在《潮州昌黎伯韩文公庙碑》中说："朝散郎王君涤来守是邦，凡所以养士治民者，一以公为师。"而实际上，不独王涤治潮以韩愈为师，两宋所有莅潮官吏，都崇奉韩愈，历任州刺史及州郡长官之佐僚，也都无不以韩愈为师。②在宋代，知州直接主持州学或学宫之事者达40余人。建炎二年（1128年）和四年（1130年），先后有知州方略、张思承兴办州学之举。绍兴十一年（1140年）至绍熙年间（1189—1191年），先后主持、修建或重修州学的有徐璋、张元振、曾造、丁允元等多位官员。淳祐五年（1245年），知州陈圭亲为书院讲学及课试命题，还捐俸购置朱熹著作赠给书院，拨款置田益廪。这种办学之风到了明清两代更盛。明宣德、正统年间潮州知府王源，扩建海阳学宫，并修韩祠、书院。清雍正十年（1732年）知府龙为霖扩建韩山书院，楼堂厅屋达110多间，成为粤东最大书院。同时，历代治潮官员效仿韩公举赵德主持州学的做法，延聘时贤名流主讲儒学或书院。仅清一代，掌教韩山书院者就有进士10人，翰林2人。金山书院自清光绪三年（1877年）创建至光绪二十八年（1902年）间，主讲8人中就有7名进士。

　　韩愈兴办学校，同时荐举当地俊彦主持州学，就如"随风潜入夜，润物细无声"的春雨，滋润了潮人的群体性格。潮人向以好学崇文、聪明灵活、善于经商著称。这种好学崇文风气的形成，追根溯源，则直接得益于韩愈当年的兴学。早在北宋，苏轼就已指出："始潮人未知学，公命进士赵德为之师，由是潮之士笃于文行，至于今号称易治。"③南宋乾道年间潮州太守曾造也说，潮州文物之富，始于唐而盛于宋，"爰自昌黎韩公以儒学兴化，故其风声气习，传之益久而益光大"④。明代林廷玉《重修韩文公祠记》中说："文公在潮虽不久，而文章道德，衣被于潮者实多。其神之在潮，万世固一日也。嗣守斯土者，孰无钦崇之心。"换言

---

① 《韩愈全集校注·潮州请置乡校牒》，四川大学出版社1996年版。

② 饶宗颐：《宋代潮州之韩学》，载《饶宗颐潮汕地方史论集》。

③ 见《潮州昌黎伯韩文公庙碑》。

④ 陈余庆：《重修州学记》，转引自《韩愈在潮州》。

之，韩愈治潮时间虽短，所做的事并不多，但影响深远。他当年没有做完的事业，一代又一代潮人和州官都在做，迄今我们继续还在做，而且将做得更多更好，这才是韩愈对潮州文化真正的影响力。

三 韩愈的人格魅力在潮州民众心目中树起了一座文化丰碑

"潮为要郡，代有名贤，而白沙（按：明代著名学者陈献章，字白沙）称韩愈与王（源）为最。"①（清代潮州知府周硕勋语）

据记载，韩愈之前唐代潮州已有十一位刺史，大部分都是中原的名臣显宦，有的位至宰相、少詹、尚书，有的还是皇室贵族，其中许多人功业比韩愈大，有多位刺史治潮的时间比韩愈长。他们治潮时究竟做过什么好事？可惜这些人都没有一代文豪儒宗那样的隆誉，是以事不能以文传。正如苏东坡所说的："公去国万里而谪于潮，不能一岁而归……而潮人独信之深，思之至，煮蒿悽怆，若或见之。"② 其所以如此者，是因为韩愈的人格魅力，在潮州民众心目中树起了一座不朽的文化丰碑。

韩愈是一位清正廉洁、勤政爱民、自强不息和特立独行的文化巨人。一千年来他站立在韩文公祠的圣殿之上，活在潮州人民的心中。潮州韩文公祠始建于宋真宗咸平二年（999年），南宋淳熙十六年（1189年）迁至韩山。后几经变迁，几经修葺，历八百多年而香火不断。它是我国现存纪念韩愈的一座历史最悠久、保存最完整的祠宇。该祠之修建与存在，对潮人文化生活的影响极大。它寄托着潮人的崇韩心理，又是旅游观光或进行历史文化教育的极好场所。不管过去还是现时代的潮人，都喜欢到韩文公祠走一走，看一看，想一想。这已成了一种下意识的习惯，一种风气。

韩愈是潮州的神明。千百年来，他庇佑着好学的士子，并以他手植的橡木开花繁稀"兆先机"。潮州八景中有一景称"韩祠橡木"。橡木，亦称韩木，传说为韩愈手植，今已不存，但"潮人想慕者，久而弥殷"③。

---

① 周硕勋：《潮州府志·宦绩·序》。

② 见《潮州昌黎伯韩文公庙碑》。

③ 饶宗颐：《潮州韩文公祠沿革考·附录三·韩木考》。

自宋以来，关于韩木流传着一个有趣的民俗传说：韩祠橡木开花之繁稀，预示着潮州士子登科人数之多寡。宋代潮人王大宝《韩木赞》即记载了韩木花开"兆先机"的神异传说："（韩木）遇春则华，或红或白，簇簇附枝，如桃状而小。每值士议春官，邦人以卜登第之祥，其来旧矣。绍圣四年丁丑开盛，倾城赏之，未几捷报三人，盖比前数多也。继是榜不乏人，繁稀如之。"这是韩愈以儒学兴化直接结出的果实。王大宝分析道："公刺是邦，命师训业，绵绵厥后，三百余年。士风日盛，效祥于木，理之宜然。"这几句话，表明在韩愈影响下潮州养成了多么浓厚的爱文好学的"士风"。南宋王十朋《曾潮州到郡未几，首修韩文公庙，次建贡闱，可谓知化本矣。某因读韩公别赵子诗，用韵以寄》诗"至今潮阳人，比屋皆诗书"，即是这种风气的生动写照。曾有这样一个记载：宋孝宗问王大宝曰："潮风俗如何？"大宝则以"地瘦栽松柏，家贫子读书。习尚至今"对之。[①] 这种好学崇文之风习一直绵延到现当代。潮州的这种人文传统，这种民情风俗，正因为遥接着绵延着韩愈当年以儒学兴化的古风，总使人感到其中氤氲着一种深厚的历史文化蕴涵。

　　韩愈是潮人的"百世师""吾潮导师"。他有教无类的平等意识、平民情怀与民主平等的思想让潮人缅怀和崇拜。潮州市区有"昌黎路""昌黎小学"。人们为一条路、为一个学校起名，绝非随意而为，它往往反映着命名者的特定的文化心态。以韩愈的号命名，反映着潮人对韩愈的怀念与崇敬。在昌黎路中段有巍峨的石牌坊，它建于明嘉靖十七年（1538年），坊额题着"昌黎旧治""岭海名邦"八字，既表达了潮人对韩愈的怀念与赞誉，又流露出潮人因有文化名流韩愈治潮而产生的自豪之情。潮州西湖公园内涵碧楼后面山坡上有一"景韩亭"，亭内正壁中有据说是韩愈所书而由清代潮州知府龙为霖主持摹刻的《白鹦鹉赋》石碑。潮州北郊韩江北堤旁还建有"祭鳄台"。在"祭鳄台"前，韩江北堤下的沙滩里，就埋藏着一个"祭鳄亭"，因该亭没有出土，故无法验证它的始建年代。这里可能是韩江与古西溪的交汇处，古时是"湫西起点"。千百年来，潮人用各种各样的方式纪念韩愈。据记载，韩愈离潮后，每逢五年或十年当政者就会举办纪念韩愈的重大活动。每次活动的主要内容都有修缮纪念韩愈的遗迹，如学校、祠庙、牌坊、亭台等景观场所。

---

① 《永乐大典》卷5343【风俗形胜】引《余崇龟文集》。

四 结 语

　　韩愈在潮州任刺史的短短八个月里，用人才，复州学，驱鳄鱼，释奴婢，修水利，兴农桑，赠文章，诲正音，传道启文，教化士子，引领民风，造福百姓，赢得了潮州历代吏民的敬仰和颂扬，对潮州文化产生了广泛而又深远的影响。韩愈谪潮，是他人生的一大挫折，加上家庭不幸，心境很苦让人同情。但他忠君爱民，公私分明，积极进取，勤政廉政，"为官一任，造福一方"的官德官风和"以德礼为先而辅以政刑"的治潮方略，被历代官吏视为典范，成为学习的榜样。

解读韩愈在《论淮西事宜状》中的军事思想

黄俊明

（广东省潮州市潮州文化研究中心）

摘　要　韩愈是一位军事实践家和军事理论家，这是他一生事业中的一个重要方面，也是思想家理论的一个重要贡献。要完整、准确、全面了解韩愈全人，对韩愈的军事实践、军事思想就必须下功夫加以研究。韩愈一生与军事方面有关的活动，主要有"两入戎幕""力平淮西""镇州平叛"等。韩愈的军事思想，最集中体现在他的《论淮西事宜状》中。《论淮西事宜状》集中体现了韩愈深刻的军事思想和高超的运筹帷幄、决胜千里的雄才大略。

关键词　韩愈　军事实践　军事思想　平淮西

韩愈是一位伟大的历史人物。"唐宋八大家"之首，"百代文宗""泰山北斗""文起八代之衰，道济天下之溺"（苏轼《潮州韩文公碑》）。历史上公认他为著名的思想家、教育家、哲学家、文学家。如果说他同时也是一位军事家，恐怕少有人苟同。因为在这方面，专家学者少有人涉猎，少有人挖掘，少有人关注和付诸研究。然而在历史上，韩愈是一位军事实践家和军事理论家，这是他一生事业中的一个重要方面，也是思想家理论的一个重要贡献。要完整、准确、全面了解韩愈全人，对韩愈的军事实践、军事思想就必须下功夫加以研究。

韩愈的军事实践和军事理论，是一个新的研究课题，可参考的文献资料不多。但在历史上，韩愈的确在军事上是有很大的建树并立下汗马功劳的。韩愈一生与军事方面有关的活动，主要有"两入戎幕""力平淮西""镇州平叛"等。韩愈的军事思想见诸文字的，笔者只知道他的《论淮西事宜状》和一些书信、诗作。最集中体现的是在他的《论淮西事宜状》中。可以说，《论淮西事宜状》是平息淮西之叛的战略纲领和战术方针。

《论淮西事宜状》既是上奏皇帝的奏折，同时也是对平淮西的参战人员的动员令。既是下达给战役指挥员的作战决心，也是战斗各阶段的兵力部署和推进的具体战术。《论淮西事宜状》集中体现了韩愈深刻的军事思想和高超的运筹帷幄、决胜千里的雄才大略。

一　敌我态势与指挥决心

孙子曰："知彼知己，百战不殆，不知彼而知己，一胜一负；不知彼不知己，每战必殆。"克劳塞维茨的《战争论》中指出："战争是充满不确实性的领域。战争中行动所依据的情况有四分之三好像隐藏在云雾里一样……因此，在这里首先要有敏锐的智力，以便通过准确而迅速的判断来辨明真假。"毛泽东同志说："指挥员的正确部署来源于正确的决心，正确的决心来源于正确的判断，正确的判断来源于周到和必要的侦查和对于各种侦查材料的连贯起来的思索。"唐朝安史之乱后，国家开始从鼎盛走向衰弱。各地出现了藩镇割据的局面。元和九年（814 年），淮西节度使吴少阳病死，其子吴元济袭了吴少阳之职，拒纳唐朝吊祭使者，并发兵在河南舞阳叶县、鲁山一带四处烧杀抢掠，唐朝几次发兵讨伐却无济于事。面对淮西之乱，朝中大臣多数不敢正视，主张安抚。而以宰相裴度和韩愈为代表的，坚决主张用兵。韩愈经过搜集有关资料，尤其是吴元济叛军方面的情况，反复周密思考，去伪存真，去粗存精，对照兵书，正确判断，定下决心，在国家危难之关键时刻，写出了扭转乾坤、具有战略性意义的《论淮西事宜状》。《论淮西事宜状》文首先分析了淮西之敌的态势。"右臣伏以淮西三洲之地，自少阳疾病，去年春夏以来，图为今日之事。""有职位者，劳于计虑抚循；奉新役者，修其器械防守。金帛粮畜，匮于赏给。执兵之率，四向侵略，农夫织妇，能携持幼弱，饷于其后。虽时侵略小有所得，力尽筋疲，不偿其费。又闻畜马甚多，自半年以来，皆上槽枥。"对吴元济一伙叛军，韩愈尖锐地指出："譬如有人虽有十夫之力，自朝及夕，常自大呼跳跃，初虽可畏，其势不久，必自萎顿。乘其力衰，三尺童子可使制其死命；况以三小洲残弊困剧之余，而当天下之全力？其破败可立而待也。然所未可知者，在陛下断与不断耳。"《论淮西事宜状》中又分析："近贼州县，征役百端，农夫织妇，不得安业。或时小遇水旱，百姓愁苦。当此之时，则人人异议，以惑陛下之听，陛下持之不坚，半途而罢，伤威损费，为弊必深，所以要先决于心，详度本末，事至不惑，然可图功。"经过分析后，最后韩愈下了结论："臣愚以为淮西三小洲之地，元济又甚庸愚，而陛下以圣明英武之姿，用四海九州之力，除此小寇，难易可知。太山压卵，未足为喻。"在战略上要藐视敌人，在战术上要重视敌人。韩愈在开战之前就遵循这个原则，对当面之敌作出分析。又如他在《与鄂州柳公绰中丞书》中描述淮西之敌，"淮右残孽，尚守巢穴"，"以靡弊困顿三州之地，蚊蚋蚁虫之聚"。但在开战之后的战术上，韩愈在《论淮西事宜状》中一共陈述了六个方面的内容，的确是一位熟读兵书、兵法娴悉、掌握战局、指挥若定的军事人才。由于韩愈的出谋献策，以宰相裴度为代表的主战派终于占了上风。元和十二年（817 年）七月开始了平淮西之役。韩愈有诗曰："龙困虎疲割川原，亿万苍生性命存。谁劝君王回马首，真成一掷赌乾坤。"

二　集中兵力与速战速决

孙子兵法对集中兵力的用兵方法讲得很清楚："用兵之法，十则围之，五则攻之，倍则分之，敌则能战之。"集中兵力打歼灭战是战争中最重要的作战原则。指挥员都懂得这个原则，但在兵力部署的时候往往会出现面面俱到、平分兵力，像这样的指挥员肯定是要吃败仗的。韩愈在《论淮西事宜状》中首先指出了朝廷之前每次派兵平淮西时所犯的军家大忌，即分散兵力："诸道发兵各二三千人，势力单弱，羁旅异乡，与贼不相谙委，望风慑惧，难使前进。……或分割队伍，兵将相失，心孤意怯，难以有功。"又指出以前征战发兵不少，但落实到具体位置上却兵力很少的弊端："绕逆贼州县堡栅等，各置兵马，都数虽多，每处则兵至少，又相去阔远，难相应接。所以数被攻劫，致有损伤。"在这次平淮西战争中，韩愈坚决主张用集中兵力打歼灭战的战法，避免犯忌兵家平分兵力的打法："今若分为四道，每道各置三万人，择要害地，屯聚一处，使有隐然之望，审量事势，乘时逐利。可入，则诸道一时俱发，使其狼狈惊惶，首尾不相救济；若未可入，则深壁高垒，以逸待劳，自然不要诸处多置防备。临贼小县，可收百姓于便地，作行县以主领之，使免散失。"韩愈将以前的多道发兵改为四道发兵，将以前每道发兵二三千人改为每道发兵三万人。很明显，他的布兵摆阵充分体现了集中兵力打歼灭战的思想。不仅每道集中了兵力，而且"择要害地屯聚一处"，形成强大的拳头。尔后乘时逐利，"可入则诸道一时俱发，使其狼狈惊惶，首尾不相救济。若未可入，则深壁高垒，以逸待劳"。韩愈为了防止分散兵力，告诫大家，"自然不要诸处多量防备"。针对平淮西战斗打响出，溜青、恒冀两道与蔡州气类略同，会不会乘机发兵来袭以救蔡州？朝廷要不要派兵防备问题，韩愈经过分析判断认为，应该集中兵力于淮西蔡州方向，至于溜青、恒冀两道不必派兵防之。理由是："今闻讨伐元济，人情必有救助之意。然皆暗弱，自保无暇；虚张声势，则必有之。至于分兵出界，公然为恶，亦必不敢。"建议宪宗皇帝下诏书向他们陈述利害关系，说明讨伐元济是"事不得已"与溜青、恒州、范阳等道的情况不同，希望他们"各宜自安"。"如妄自疑惧，敢相扇动"，那么将"回军讨之"，溜青、恒州、范阳等道"自然破胆，不敢妄有异议"。结果，平淮西的兵力没有分散，而是坚决集中在主攻方向上。在平淮西的作战中，韩愈还提出速战速决的作战思想。孙子曰："兵贵胜，不贵久"。"久则顿兵挫锐"，"夫钝兵挫锐，屈力殚贷"，"虽有智者不能无其后矣"。打仗如果旷日持久，战线拉得太长，是不能打胜仗的。所以韩愈指出"夫兵多不足以必胜，必胜之师必在速战"。由于集中了兵力，缩短了战线，速战速决，四路大军所向披靡，旗开得胜。北路军"大战十六，得栅城县二十三，降人卒四万"（《平淮西碑》）。南路军，"八战，降卒万三千"（《平淮西碑》）。东路军"十余遇，降卒万二千"（《平淮西碑》）。西路军乘蔡州城空虚，雪夜奔疾一百二十里，破城活捉叛军之首吴元济。至此，藩镇割据、连年战乱的中原得以安定。韩愈喜不自禁，在班师途中作了《次潼关先寄张十二阁老使君》七绝一首："荆山已去华山来，日照潼关四扇开。刺史莫辞迎候远，相公新破蔡州回。"

三　兵士之本与瓦解敌军

孙子曰："知吾卒之可以击"，"视卒如爱子，故可与之俱死"。韩愈治军，除了将帅要身先士卒，"为统帅者，尽力行之于前，而参谋者，尽力奉之于后，内外相应，其功乃成"（《论淮西事宜状》），还要求将领必须体恤士兵，知兵爱兵。平淮西之战"本军各须资遣，道路辽远，劳费倍多。士卒有征行之艰，闾里怀离别之思"（《论淮西事宜状》）。"夫远征军士，行者有羁旅离别之思，居者有怨旷骚动之忧，本军有馈饷烦费之难，地主多姑息，形迹之患，急之则怨，缓之则不用命；浮寄孤悬，形势销弱，又与贼不相谙委，临敌恐骇，难以有功。若召募土人，必得豪勇，与贼相熟，知其气力所极，无望风之惊，爱护乡里，勇于自战。征兵满万，不如召募数千。"（《与鄂州柳公绰中丞相》）韩愈主张带兵打仗的人一定要体恤自己的士兵，了解士兵，关爱士兵，才能使士兵团结在将帅之麾下，执行命令，不怕牺牲，奋勇杀敌。要做到这样，将帅身先士卒，对士兵的号召力、感染力非常重要。"鼓三军而进之，陈师鞠旅，视与为辛苦，慷慨感激，同食下卒。将二州之牧以壮士气，斩所乘马以祭醊死之士，虽古名将，何以加兹！此由天资忠孝、郁于中而大作于外，动皆中于机会，以取胜于当世。而为戎臣师，岂常习于威暴之事，而乐其斗战之危也哉？""握兵之将，熊罴貙虎之士，畏懦蹜踾，莫肯杖戈为士卒前行者，独阁下奋然率先，扬兵界上，将二州之守，亲出入阵间，与士卒均辛苦，生其气势。"（《与鄂州柳公绰中丞相》）毛泽东同志说过，"军队的基础在士兵"，军队要打胜仗，除了审时度势，决心正确，摆兵布阵，善用战术之外，士兵的因素是至关重要的，是打胜仗的关键所在。一千多年前，韩愈就已经形成了兵士之本的军事思想；一千多年后，这个军事思想仍然适应所有的军队，仍然是现代化军队可借鉴的。

　　韩愈在《论淮西事宜状》中还阐述了有关瓦解敌军和优待俘虏的政策，这也是韩愈军事思想中的一个重要内容。孙子曰："故善用兵者，屈人之兵而非战也，拔人之城而非攻也。"一个战役，一次战斗，如果能使敌军降服，却不用通过兵刃交锋，能夺取敌国的城池而不用经过激烈的攻城战斗而取得，那就是善于用兵，以计谋取胜。韩愈在《论淮西事宜状》中深刻地阐明了这个作战思想。"蔡州士卒，为元济迫胁，势不得已遂与王师交战。""原其本根，皆是国家百姓，进退皆死，诚可闵伤。宜明敕诸军，使深知此意。当战斗之际，固当以尽敌为心；若形势已穷，不能为恶者，不须过有杀戮。喻以圣德！放之使归！销其凶悖之心！贷以生命之幸，自然相率弃逆归顺。"（《论淮西事宜状》）由于执行了韩愈的瓦解敌军和优待俘虏的作战原则，平淮西之役，虽然经过大小战斗无数次，"兵不血刃"，敌军被瓦解而投降不计其数。北路军大战十六次，投降之人足有四万人之多。南路大军，经过八次战斗，投降的敌人有一万两千人。东路大军，战斗十余次，放下武器投降的敌军也有一万两千多人。而西路大军更是战绩辉煌。李愬雪夜袭蔡州，先后俘获了吴元济手下官员、将领丁士良、陈光治、吴秀琳、李佑等人。他严格执行了优待俘虏的政策，不但没有杀他们，还委以官职，同时对其随军家属进行安抚。降将感动不已，反戈一击，为唐军透露叛军的内部设防并出谋献策。根据降军提供的情报，在扫清蔡州城外围的要点以后，利用蔡州城内空虚的情况，乘虚而攻下该城，活捉了吴元济。当时吴元济的部将董重质拥有精兵数万据守洄曲。李愬派人厚抚董重质的家属，叫董重质之子前往招降董军，使数万叛军归降朝廷。申、光二州守兵见蔡州已破、也先后投降了唐军。攻下蔡州城后，裴度宣布"诛止其魁，释其下人"（《平淮西碑》）。结果"蔡之卒夫，投甲呼舞；蔡之妇女，迎门笑语。蔡人告饥，船粟往哺；蔡人告寒，赐以缯布。始时蔡人，禁不往来；今相从戏，里门夜开。始时蔡人，进战退戮。今眠而起，左飧右粥，为之择人。以收余惫，选吏赐牛，教而不税"（《平淮西碑》）。瓦解敌军和优待俘虏，一直是战争史上的一个课题，尤其是人类进入文明时代后所发生的战争中所有军事家和参与战争的军事人员不得不研究和遵循的军事原则。古今中外的战争和战例中，这个军事原则对整个战役战斗都起着至关重要的作用。韩愈在平淮西战役中，特别重视和实践了这个军事原则，因此平叛淮西之役，能够最大限度地保存自己的有生力量而以最少的牺牲来换取最大的胜利。

四　其　他

韩愈在《论淮西事宜状》中还阐述了许多至今看来仍然很重要、很珍贵、很值得借鉴的军事思想。一是就地征兵、屯兵于民的思想。就地征集兵员，屯兵于民，取兵于民，发动人民群众参与正义战争的做法，其实就是发动群众打人民战争的思想。"今闻陈、许、安、唐、汝、寿等州，与贼界连接处，村落百姓，悉有兵器，小小俘劫，皆能自防，习于战斗，识贼深浅。既是土人护惜乡里，比来未有处分，犹愿自备衣粮，共相保聚，以备寇贼。若令召募，立可成军；若要添兵，自可取足。贼平之后，易使归农。伏请诸道先所追到行营者，悉令却牒归本道，据行营所追人额、器械、弓矢，一物已上，悉送行营，充给所召募人。兵数既足，加之教练，三数月后，诸道客军，一切可罢！比之徵发远人！利害悬隔。"（《论淮西事宜状》）"兵民是胜利之本"这是毛泽东军事思想的重要组成部分。克劳塞维茨的《战争论》中也特别强调"民众战争是一种斗争手段"，"善于运用民众战争这一手段的国家会比那些轻视民众战争的国家占有相对的优势"。中国革命的胜利是依靠人民群众，打人民战争的胜利，这是铁的事实和已经证明了的伟大实践。在中国历史上，许多著名的军事家都是遵循了这条军事原则取得战争的胜利的。平时屯兵百万于民间，战时百万大军上战场。三国时期的著名政治家、军事家曹孟德就是用屯田制，既发展了经济，又藏兵于民，成为三国最强大的政治集团。二是赏罚并用，重赏重罚的治军思想。"兵之胜负，实在赏罚。赏厚可令廉士动心，罚重可令凶人丧魄，然可集事。不可爱惜所费，惮于行刑。"（《论淮西事宜状》）有句老生常谈的话是"重赏之下必有勇夫"，分析起来有一定的道理，但不完全是因为重赏才出勇夫的。韩愈告诫皇帝，该重赏必重赏，不要怜惜所花的钱，该重罚必须重罚，不能姑息养奸。宪宗皇帝听从韩愈的意见，裴度率大军出发之日，亲自到长安通化门送行，并特赐犀牛角饰制的腰带，以示鼓励。裴度大军到达行营后，宪宗皇帝又命人拿出国库内所存的罗绮、犀玉、金带等物，送裴度估价折值以供军需。裴度在整个战役中也遵照韩愈重赏重罚的原则以治军。

五　结　论

韩愈二十九岁入仕便是汴州刺史、宣武军节度副使、知节度事董晋的门下，"军事既频召，戎马乃连跨"。虽然没有与董晋赴战场战斗过，但他毕竟度过了二三年的军旅生涯。在平淮西战役中任行军司马充当副帅和总参军务，在他的身上不乏武将的智慧和才能。平淮西战斗打响后，为了使汴州的节度使韩弘能配合平淮西的战役，不让他充当叛军吴元济的帮手，尽管知道韩弘与朝廷不和，在这种情况下，韩愈不带一兵一卒单枪匹马以一日三百里的速度直奔汴州。韩愈的大智大勇，为国家的利益不惜牺牲个人生命的精神感动了韩弘，经过韩愈的一番肺腑之言，晓以大义，示以利害，令韩弘解除与朝廷的隔阂，表示与朝廷同心同德共除叛逆之贼。并派其儿子带领精兵配合平淮西之战斗。韩愈单骑入汴，斗智斗勇，说服韩弘为平叛扫除了一大障碍，并增强了兵力，解去了此战的后顾之忧。在晚年还做出了一件惊天动地的壮举，冒死闯敌营，只身入虎穴，说服了对朝廷充满敌意的骄兵悍将王廷凑，赤手空拳平息了一场叛乱。被后人称为"勇夺三军之帅"而载入史册。"衔命山东抚乱师，日驰三百自嫌迟。风霜满面无人识，何处如今更有诗。"（《镇州路上酬裴司空相公重见寄》）

　　韩愈当过兵部侍郎，但时间很短。因此，说他是一位军事家，是不是有些牵强附会？但"不知何故翻骧首，牵过关门妄一鸣"（《入关咏马》）。用"一鸣惊人"来形容韩愈的军事思想并不稀奇。韩愈的才能是多元的，"才备九能"。笔者倒想用"天才"二字来概括之。天才者"特殊的智慧和才能"（《辞海》），天才的界定是指具有人类最完善、最科学、最合理的思维方式，在有关领域做出伟大不朽功绩的人。就韩愈的军事实践和军事理论而言，在这里笔者要对他下的结论是"韩愈是一位军事天才"。克劳塞维茨的《战争论》第三章"军事天才"是这样讲的："在任何一项专门活动中，要想达到相当高的造诣，就需要在智力和感情方面有特殊的禀赋。如果这些禀赋很高，并能通过非凡的成就表现出来，那么就称为天才。""军事天才是各种精神力量的和谐的结合"。笔者认为"军事天才"必须具备坚定的政治信念、审时度势的能力、高超的指挥艺术和惊人的勇气。韩愈的军事天才主要表现以下几个方面。

　　一是政治信念。《孙子兵法》的开篇就讲道："兵者，国之大事，死生之地，存亡之道，不可不察也。"军事是国家的大事，是关系到人民生死的领域，也是关系到国家存亡的根本之道，因此是不可不加以深入考察研究的。"战争无非是政治通过另一种手段的继续"（克劳塞维茨的《战争论》第一篇第一章）。一个政治家不一定同时也是一个军事家，而一个军事家与"武夫"的区别就在于他有清醒的政治头脑和坚定的政治信念。否则，他最多也只能被称为"军事将领"而已。维护国家的统一，维持人民的安定，反对藩镇割据，坚决平叛淮右叛逆之师，这是韩愈坚定不移的政治信念。不管来自何方的阻力，他都矢志不渝地坚持自己的信念，没有这种坚定的政治信念，就没有他上书献策和充当平淮西战役的副帅而运筹帷幄之中，决胜千里之外。

二是审时度势。这是韩愈的军事天才中一个带全局性的重要体现。平淮西之役能够取得胜利，是由于韩愈对敌我态势的正确分析，产生了正确判断，定下了正确的决心，调整和部署了正确的兵力，从而纠正了以往平叛战斗中的各种弊病，知己知彼、扬长避短，使整个战役能够按照预定的作战计划实施和推进，实现指挥决心，取得战斗胜利。

三是指挥才能。韩愈在平淮西战役中是担任行军司马要职，相当于战役的副总指挥，加之总指挥裴度非常器重韩愈的军事才能，所以在整个战斗中，韩愈能充分地发挥他的指挥构想和指挥艺术。比如集中兵力而不平分兵力，速战速决而不旷日持久，打歼灭战而不打消耗战，还有避敌之实，攻敌之虚，正面攻击，用兵奇袭，以及"兵不血刃"，瓦解敌军，"诛止其魁，释其下人"，优待俘虏，厚赏重罚，鼓舞士气等，都体现了韩愈军事天才中的高超指挥艺术。

四是勇气。军事家的英雄本色主要表现在"干劲、坚强、顽强、刚强和坚定"（《战争论》）。"大智大勇""智勇双全"是在讲一个合格的军事指挥员所具备的性格。当勇气"成为性格上的特征时，又是精神上的一种习性"。勇气是"敢于负责的勇气，也就是敢于面对精神危险的勇气。这种勇气是从智力中产生出来的，因此，通常称为有智之勇"（《战争论》第三章军事天才）。韩愈不失为一个"有智之勇"的人，他的赤诚引发报国的精忠，精忠报国引发舍生取义的行动，舍生取义引发了无所畏惧的勇气。无所畏惧的勇气是韩愈一生在每一个关键时刻的写照和亮点。他的勇气令人赞叹，可以说是排山倒海，勇往直前，九牛二虎之力也拉不回来的。他的勇气也令人震惊，令人屈服，只身闯虎穴，唇作枪，舌作剑，犹如千军万马之势，震慑对方，不动一兵一卒，不费一枪一弹就成功平息一场叛乱。他的勇气上可震主，下可夺三军之帅，也就是历史上经常说的"忠敢犯人主之怒，勇能夺三军之帅"。

综上所述，一番刍言，有待专家学者指教。

参考文献

[1]《孙子兵法》，京华出版社 2004 年版。

［2］《毛泽东选集》，人民出版社1994年版。

［3］严昌点校：《韩愈集》，岳麓书社2000年版。

［4］卞孝萱、张清华：《韩愈集》，凤凰出版社2006年版。

［5］张清华、张弘韬：《论韩愈——历史在这里转折》，作家出版社2008年版。

［6］克劳塞维茨：《战争论》，解放军出版社2005年版。

饶宗颐先生的尚韩情怀

陈月娟

（广东省潮州市潮州文化研究中心）

有学者认为："饶氏少年即有奇志，有一半应归功于潮州地区的人文传统，归功于韩文公在潮州的流风余韵。"

韩文公为韩愈（768—824 年），唐朝文学家，哲学家，贞元八年（792 年）进士，"唐宋八大家"之一。

饶氏系饶宗颐，1917 年生于潮州，我国当代著名的历史学家、考古学家、文学家、经学家、教育家和书画家，是集学术、艺术于一身的大学者，又是杰出的翻译家，他在中国研究、东方学及艺术文化等多方面成就非凡，蜚声国际，学术界称他为"国际瞩目的汉学泰斗""整个亚洲文化的骄傲"。

饶宗颐先生说过：

"韩公在潮的丰功伟绩，爱民如子之心，已熏陶、感染了我的幼小心灵。"

"我是靠韩愈起家的。"

"有一种主张给我影响甚大，就是作古文要从韩文入手。"

"现在我还是要说，作文应从韩文入手，先立其大，韩文可以养足一腔子气……这确是作文正途。"

"我的书法是从碑体入手，跟我的作文是从韩文入手一样，是终身受用的。"

……

饶宗颐先生的尚韩情怀，时时处处可见。

一 饶氏少年已得韩文精髓

元和十四年（819 年），宪宗皇帝遣派使者到凤翔迎佛骨，在京城掀起一股信佛狂潮，韩愈不顾自身安危，毅然呈上《论佛骨表》，痛斥佛法惑众之弊端，要求将佛骨"投诸水火，永绝根本，断天下之疑，绝后代之惑"。宪宗皇帝见表，龙颜大怒，要处韩愈以极刑。幸得宰相裴度等大臣竭力说情，才免一死，贬为潮州刺史，正所谓"一封朝奏九重天，夕贬潮阳路八千"（《左迁至蓝关示侄孙湘》）。韩愈任潮州刺史八个月，本着儒家经世致用的积极入世思想，以"德礼为先而辅以政刑"为治潮方针，推行一系列惠民措施：驱除鳄鱼、兴办乡校、赎放奴隶、修建水利。韩愈刺潮之功，首推倡学，他任用"沉雅专静，颇通经，有文章，能知先王之道，论说且排异端，宗孔氏"的赵德"摄海阳县尉，为衙推官，专勾当州学，以督生徒，兴恺悌之风"，并"出己俸百千以为举本，收其赢余，以给学生厨馔"，着力发展文化教育事业，使诗书弦诵之声，响彻南海之滨。正由于韩愈积极实践兴学立教，使此后守潮良吏，纷纷以为榜样，于是潮州各地，"庠序大兴，教养日盛"，文风蔚起，英贤辈出，潮州文化逐渐成为独具特色的地域文化，潮州成为礼仪之邦和文化名城！张华云先生在《潮汕风采》丛书之《胜景画卷·序》中写道："百代文宗的韩文公以谏迎佛骨获罪，贬来潮州当刺史。这对他是塞翁失马，对我潮则是福星高照。虽为期不过八月，其影响竟及千秋。从此文风鼎盛，人才辈出，有海滨邹鲁之称。观乎山川桥梁、祠堂橡木，无不姓韩，足见其感人之深远。"

饶宗颐先生正是出生在这样的人文环境中。饶先生祖辈是潮州显赫大族，家门是书香世家，父亲饶锷老先生是当时潮州文化界名流，家有藏书十万卷，家中"谈笑有鸿儒，出入无白丁"。可以说，特殊的环境氛围，深厚的家学渊源，造就了今日的旷世奇才。饶宗颐先生在他的《家学师承与自修》一文中说道："我的古文老师王慕韩（弘愿）有一种主张给我影响甚大，就是作古文要从韩文入手。我父亲跟他搞不来，而我却信服王师的这一套。父亲喜欧体，大约也跟他的气质有关，因为他的身体不好，就不大适合韩文的挥洒淋漓了。现在我还是要说，作文应从韩文入手，先立其大，韩文可以养足一腔子气，然后由韩入欧，化百炼钢为绕指柔，这确是作文正途。要不然，一开始就柔靡，后来文气就出不来了。"饶先生还在文中说："我的书法是从碑体入手，跟我的作文是从韩文入手一样，是终身受用的。"足见韩文对他的影响之深。这里说的"韩文可以养足一腔子气"指的就是韩愈提出的养气论，他在《答李翊书》中说"气盛则言之短长与声之高下者皆宜"，重视作家的道德修养，强调文章内容的重要性，认为道（即仁义）是目的和内容，文是手段和形式，强调文以载道，文道合一，以道为主，并主张学古要在继承的基础上创新，坚持"词必己出""陈言务去"。韩愈身体力行，积极践行这一主张，不趋炎附势，甘于寂寞，潜心于古文写作和道德修养，"文起八代之衰，道济天下之溺"，留下许多不朽篇章。苏洵说"韩子之文，如长江大河，浑灏流转"说的正是韩愈的儒家学养和道德人性所融摄成的韩文最突出的艺术美——浩然气势。

饶宗颐先生自幼博览群书，奠定深厚的古文功底，阅读、编录、钻研韩愈文章无数，深得韩文真传。笔者曾在潮州市饶宗颐学术馆看到饶宗颐先生撰写的一副对联："万古不磨义，中流自在心。"字体古朴，遒劲有力。2008 年 11 月 9 日饶宗颐先生在接受凤凰卫视采访时提到这副对联，说："这是一首，我在港大教书的时候，同学生去玩儿，在海上随便写出来的。"并解释说"不磨就是不朽，没有磨掉的……（义就是）古人所追求的不朽。古人讲三不朽，立德是排第一，就是造成这个人，人有个 character。不管什么气，浩然也是其中一个，这一点是先修养，所以不磨意，不朽，要追求不朽……（中流自在心）就是船上，船漂来漂去，但是我有自在，自在是佛教的说法自在，就是观世音菩萨的大自在，是一个等于他的符号。在不朽中找你自己的自在。这自在就是今天讲，用现在的话讲可以说是这种独立的精神，独立的精神，对，自我的，不是夸张的，对。自己站得住的，独立的精神，做艺术，做学问，这是重要条件"。从这里可以看出饶宗颐先生已尽得韩文精髓。

二 饶氏大家集得韩学大成

饶宗颐先生从来不掩饰他对韩愈的崇敬仰慕之情，饶宗颐在与池田大作的对谈中如此说："我喜爱的诗人韩愈曾说：'古之学者必有师。'对我来说，万卷诗书就如我的老师。"一句顺口说出的"我喜爱的诗人"，已把他心中的感情表露无遗。

1999年10月30日，饶先生携女儿饶清芬小姐，亲临潮州金山中学，接受金山中学恭聘为荣誉校友，参加新图书馆揭幕典礼，并惠赠著作设立专橱。当校友嘉宾游览完金山"一览亭"后到新图书馆休息座谈时，成江华校长诚邀饶宗颐先生在这个珍贵的时刻为金中、为新图书馆留下墨宝作为纪念，饶先生即席挥毫，书写了北宋刘允诗："惆怅昌黎去不还，小亭牢落古松间。月明夜静神游处，三十二峰江上山。"

这首诗的作者刘允，是潮州前八贤之一，北宋海阳县东津（今潮州市湘桥区意溪镇）人，字厚中。刘允从小勤读经史，聪慧过人，于绍圣四年（1097年）考中进士，历任循州户曹、程乡知县、化州知州、桂州知州，人称刘知州。刘允崇尚韩愈，他效法韩愈一心为民，勤于政事，屡革弊政。他任职过的地方，在他身后"皆立祠祀之"。刘允尤好韩愈文章，泰国刘氏宗亲总会《刘氏族谱》记载："允胸臆夷广，博极群书，所著文二百余篇。夙好韩文，大观初，尝集京浙闽蜀刊本及赵德旧本，参以石刻，订正刊行，为潮本椠韩集之始。"说的是刘允一向推崇韩愈的文章，是最早刊行韩愈文集的人，他这样做，对潮人学习韩文起到十分积极的推动作用，由此足见他敬韩崇韩之心。也基于这种心态，刘允游韩山有感而发，写下了这首流行较广的《韩山》绝句：诗人游赏韩山，看到纪念韩愈的小亭伫立于古松之间，十分寂寞寥落，不禁触景生情、睹物思人，慨叹先贤圣人之不能复返；想象韩愈如有灵而旧地神游，必然流连于江上三十二峰之间不忍回。此诗写得"颇清真而雅丽"，温丹铭评曰："《韩山》一绝，神到之作。"

饶宗颐先生在重回金山、畅游旧地之际，书写这首同为崇韩爱韩者写的怀念韩愈的《韩山》诗，应有其深意。韩愈是潮人的"百世师"，韩愈的遗范嘉风熏陶着代代潮州人，刘侯武称他为"吾潮导师"，其"知化本，重风教"等思想精髓，是历代潮人用之不竭的精神财富，无时不砥砺着潮人奋发向上的心志。饶宗颐先生题赠咏韩愈诗，应含有勉励金山中学秉承一代文宗"以德礼为先，兴学教士"的遗风，办好学校，教书育人，传播文化，弘扬精神之意。刘允游韩山遇小亭思韩愈，饶先生登金山见一览亭，想必也会产生类似的惆怅之情，忆及刘允这首小诗，即席挥毫录下，亦是一时间灵光一闪，神来之笔，借以寄托他对金山、对母校真挚深厚的情谊。当然更主要的是表达他对韩愈的敬仰思慕之情。

韩愈的故乡孟州方面曾请饶宗颐先生书写"韩愈陵园"四个大字，饶宗颐先生说："我不能写'韩愈'二字，因为我是靠韩愈起家的，只写个'韩陵'二字吧！"先生抱着恭敬之心亲笔题写了"韩陵""泰山北斗""韩园""湘子故园"等条幅。1998 年 9 月 20 日，饶宗颐先生特地到位于孟州城西六公里的韩庄村西的韩愈陵园和位于孟州城东三公里的庙底村湘子故园参观拜祭，并发表讲话说："我七八十年前，继承父业，从事地方志的研究和编撰，韩公在潮的丰功伟绩，爱民如子之心，已熏陶、感染了我的幼小心灵，如今年逾八旬，能来到韩公故里，代父朝拜，实现了我的夙愿。"情辞恳切，令人无不为之动容。

众所周知，把韩愈研究作为一门学问"韩学"确立起来，是饶宗颐先生首倡的。他在《宋代潮州之韩学》一文中说："宋世文章，实以韩愈为中心，故名之曰'韩学'。""宋代潮州之韩学，可称述者，约有三端：一为潮本《韩集》之刊刻；二为名宦的尊韩，而多所兴建；三为大颠与韩公来往事，演为灵山问答。"提出把韩愈文化作为一门学科进行系统研究探讨，为韩愈研究开辟了新纪元。

饶先生不但积极倡导、推动韩学研究，而且躬身践履，勤恳耕耘，修《韩山志》，作《韩湘子辨》，成《潮州韩文公祠沿革考》《恶溪考》，论《赵德及其昌黎文录——韩文编选溯源》，为《马鸣〈佛所行赞〉与韩愈〈南山诗〉》，和韩愈诗，撰韩愈诗论、诗注，成果丰硕，为韩学研究做出了突出贡献。

2003 年 7 月 4 日，位于潮州金山顶，在实验楼东侧，与古榕相依，跟北阁佛灯相邻，同一览亭相接，和隔岸的韩文公祠遥对的选堂书廊举行揭幕仪式，饶宗颐先生在演讲中说："刚才校长把我同对岸的、隔岸相望的涵盖起我们地区文化的韩文公连起来讲，就是我最大的配不起，这个更令我忐忑不安。"记得陈伟南先生在《重印饶氏〈潮州志〉序》中说："韩江之滨，钟灵毓秀，造就了饶教授如此魁杰之士。论者谓前有韩公，今有饶公，使潮州历史文化名城焕发异彩。韩公'文起八代之衰，道济天下之溺'，在我潮兴学育才，使地方得到'海滨邹鲁'的美誉。饶公以学术与艺术雄视天下，且推动乡邦文化，提倡'潮学'天下闻。二公后先辉映，足为潮汕文化史之美谈。"是以饶先生的人品学识，足令人以之与韩文公相提并论；矗立于金山上的选堂书廊，与对岸的韩文公祠遥相呼应，后学者认为饶先生"不安"却无愧！正如全国韩愈研究会会长张清华先生在《饶宗颐先生与〈韩学〉——从韩愈到饶宗颐》一文中所说的："把以儒学为主的中原文化带给潮人，使潮州文化走向辉煌的是韩愈；继承韩公之志，发扬光大的世代有人；然集其大成者是当代著名学者饶宗颐先生。"

三 饶氏耄耋赐题韩祠墨宝

2009 年 3 月 27 日，93 岁高龄的饶宗颐先生再次给家乡送来一份大礼——一部由两张 6 尺宣纸构成，全文近 400 字，散发着墨汁清香的行草《韩木赞》。

事情的起因是这样的：潮州韩愈纪念馆拟在韩文公祠景区恢复"韩祠橡木"景观，通过市政协副主席、市委统战部部长沈启绵恭请饶宗颐先生赐题"韩祠橡木"的牌匾，饶先生欣然应允，并主动提出不单重书"韩祠橡木"景名，而且录写《韩木赞》。

大家知道，韩木，又称韩祠橡木，是潮州著名八景之一。现可查考的有关韩木的最早记载，是潮州八贤之一、南宋礼部尚书王大宝所作的《韩木赞》："潮东山有亭，唐韩文公游览所也。亭隅有木，虬干麟文，叶长而旁棱……遇春则华，或红或白，簇簇附枝，如桃状而小。耆老相传公所植也，人无识其名，故曰韩木。"自宋以来，韩祠橡木在历代潮人心中一直有着十分神圣的地位，饶先生正是以此举表达他心中神圣的感情。

饶先生说："这是很重要的文章，是王大宝的，又是准备存放在韩文公祠的，无论如何吃力，都要写好。"为慎重起见，早年已熟读过王大宝《韩木赞》的饶先生，还特地让人找来《永乐大典》中王大宝《韩木赞》原文，由女儿读给他听，边听边写，用足十二分精神，分两天三次把它完成，并专门加以"苍龙己丑春三月木棉盛开之际九十三叟选堂饶宗颐略拟苏公丰腴笔意据永乐大典三阳志敬录"的隆重落款。那温润丰腴的笔法，气韵生动的行文，寄托着饶宗颐先生对偶像韩愈的敬重之情，对家乡文化建设的热诚之心。

如今，饱蘸着饶宗颐先生满腔深情的珍贵墨宝，奉存于韩文公祠中，当是饶先生心之所愿。

参考文献

［1］潮州市地方志办公室：《走近饶宗颐》，2005 年。

［2］潮州市潮州文化研究中心：《饶宗颐学术研讨会论文集》，海天出版社 2007 年版。

［3］屈守元、长思春：《韩愈全集校注》，四川大学出版社 1996 年版。

［4］邢映纯：《韩木情缘》，《潮州日报》2009 年。

韩愈的儒学思想与《谏迎佛骨表》

陈耿之　林泽茂

（潮州市委政研室，潮州市文湘桥区区志办）

摘　要　韩愈是唐代古文运动的倡导者，在学术思想上，他主张复兴儒学，排斥佛道，提出了"仁、义、礼"的一套儒家行为规范。并以此作为加强皇权、维护中央集权制度。尽管历代的学者对韩愈有着不同的评价，但他所提出的道统理念为宋明理学家构建儒学理论体系提供了方向是不可否认的，他的贡献与地位更值得我们重视和思考。

关键词　韩愈　儒学　道统　贡献

　　韩愈（768—824年）唐代文学家、哲学家。字退之，河阳（今河南省焦作孟州市）人。韩愈三岁而孤，受兄嫂抚育，早年流离困顿，虽孤贫却刻苦好学。二十岁赴长安考进士，三试不第。二十五岁后，他先中进士，三试博学鸿词科不成，赴汴州董晋、徐州张建封两节度使幕府任职。后回京任四门博士。三十六岁后，任监察御史，因上书论天旱人饥状，请减免赋税，贬阳山令。宪宗时北归，为国子博士，累官至太子右庶子，但不得志。五十岁后，先从裴度征吴元济，后迁刑部侍郎。因谏迎佛骨，贬潮州刺史。移袁州。不久回朝，历国子祭酒、兵部侍郎、吏部侍郎、京兆尹等职，五十七岁终。谥号"文"，世称韩文公。

　　韩愈是唐代古文运动的倡导者，主张学习先秦两汉的散文语言，宋代苏轼称他"文起八代之衰"，有"文章巨公"和"百代文宗"之名。韩愈在学术思想上，主张复兴儒学，排斥佛道，并以此作为加强皇权、维护中央集权制度的旗帜鲜明，本文试以《谏迎佛骨表》一文加以论述。

一　韩愈《谏迎佛骨表》的主要内容

第一，"佛者夷狄之一法耳。自后汉时始流入中国，上古未尝有也"。文中以历代盛衰验证佛教的实际效果。佛法传入以前"百姓安乐寿考"。自有佛法后，反而"乱亡相继，运祚不长"。列举了自黄帝、少昊、颛顼、帝喾、帝尧、帝舜及禹年皆百岁。其后殷汤、汤孙太戊、武丁虽史书不言其寿，但推其年数，其寿亦具不减百岁。周文王年九十七岁，武王年九十三岁，穆王在位百年。说明了上古帝王在位和长寿的原因"非因事佛而致此也"。指出"汉明帝时，始有佛法，明帝在位，才十八年耳。其后乱亡相继，运祚不长"。虽然"梁武帝在位四十八年，前后三度舍身施佛"，结果"饿死台城，国亦寻灭。事佛求福，乃更得祸。由此观之，佛不足事，亦可知矣"。

第二，结合本朝的实际情况，指出宪宗奉佛有违先帝之志："高祖始受隋禅，则议除之。……即位之初，即不许度人为僧尼道士，又不许创立寺观。臣常以为高祖之志，必行于陛下之手，今纵未能即行，岂可恣之转令盛也？"

第三，坚持孔子"敬鬼神而远之"的儒家思想，认为佛骨是"枯朽之骨，凶秽之馀"，应将"此骨付之有司，投诸水火，永绝根本，断天下之疑，绝后代之惑"。对此自己愿意承担"佛如有灵，能作祸祟，凡有殃咎，宜加臣身"的职任。

二　佛教的发展与唐宪宗迎佛骨的因由

南北朝时期佛教盛行。佛寺大量出现，信佛之人不断增加，上到皇帝下到平民百姓，甚至一些儒生，都开始信佛。其主要原因是自汉武帝大一统以后，随着社会经济的不断发展，统治者开始奢侈腐败，贪图享乐。到了东汉末年，天下大乱，军阀割据混战，人民生活困苦。在五胡十六国和南北朝时期，社会动荡不安。特别是在战乱时期，读书无法出仕，各种思想自由传播，士人阶层受到极大冷落，儒家观念不为统治者所重视，这为佛教的流行提供了社会土壤。另外，当时的统治阶级也大力支持佛教发展。从南朝来看，梁武帝信佛，他与其他统治阶级一样主张用佛教来"糅化人心"，利用佛教所宣传的"生死轮回""因果报应"的思想，把人们痛苦的现实转移到无法验证的来世上。梁武帝大力支持佛教发展，广建佛寺，使佛教在南朝盛极一时。

到了唐代初年，唐高祖很重视对于佛教的整顿和利用，武德二年（619年），就在京师聚集高僧，立十大德，管理一般僧尼。

据二十四史傅奕传载：唐武德七年（624年），傅奕上书请求除去佛教，说："佛在西域，言谈怪异路途遥远，用汉语翻译佛书，肆意塞进私货。因此使不忠不孝的人，削发出家就可以告别君王和亲属；有手不生产四处游食，换上僧尼服装来逃避租赋。宣扬他们的妖书，传讲他们的邪法，编造虚假的三种世界、六种轮回，恐吓愚夫，欺骗平民。……其实生死及寿命，是由自然决定的；奖惩及威福，是由皇帝掌握的。说到贫富贵贱，是由建功立业与否造成的，然而不明事理的僧人却说，这一切都是佛决定的。窃取了皇帝的权力，窃夺了自然的威力，他们的做法违害了国家的治理，的确可悲啊！"武德九年（626年），傅奕再上书十一条，认为儒家的"礼义是从奉养父母出发，到为皇家服务为终点，这样就使忠孝的道理显著，臣子的行为规范。而佛教徒走出城镇脱离家庭，背叛其主，以一个普通百姓的身份与天子对抗，以继位来背反亲人"。对于傅奕的建言，"高祖因僧道多避赋税，下令沙汰，但未执行"[1]。实际上是唐高祖准备采纳傅奕的建议时，遇上玄武门之变而没有实行。至太宗即位后，太宗曾对傅奕说："佛教的教义玄妙，留下的圣迹可以学习，而且因果报应显然，经常得到验证，独独你不领会其中教理，什么原因呢？"傅奕回答说："佛是外族的狡猾之人，用来欺骗边远民族，开始传到西域为止，渐渐流传到国内。信奉佛教，都是邪僻小人，模仿编造庄子老子之类的玄言，来掩饰妖幻的教义罢了。对百姓没有好处，对国家只有危害。"太宗很同意他的说法。

贞观十九年（645年），玄奘从印度求法回来，他以深厚的学养，作精确的译传，给当时佛教界以极大的影响，但佛教的发展仍受到太宗的改造和利用。

---

① 沈起炜：《中国历史大事年表》，上海辞书出版社2001年版，第310页。

　　武周时期，武则天要当女皇帝，按照儒家传统的思维，妇女不得干预朝政，武则天要以女身称帝，只能从佛典中寻找根据。武周天授元年（690 年）："僧法明造《大云经》，言太后系弥勒佛降生，应代唐为阎浮提主。太后命将该书颁行天下。"① 而《大云经》里女菩萨为转轮圣王的预言正好适合她。为此她"令诸州各置大云寺，总度僧千人"。并于九月宣布"改唐为周，称圣神皇帝，改元天授，以皇帝为皇嗣，赐姓武"②。玄宗时（712—756 年），佛教一度受到抑制，唐玄宗在开元二年（713 年），"用宰相姚崇之言，沙汰僧尼。……禁百官与僧尼、道士往来，禁铸佛写经"③。但到开元二十六年（737 年），唐玄宗下令在全国曾经发生过重大战争的地方，建造大寺一座，以"开元"命名，超度在水、陆战争中死亡战士的亡灵。可以说，自此之后，全国许多地方都建有寺院。据中国佛教网《唐朝佛教概况》载："玄宗时（712—756 年），虽曾一度沙汰僧尼，但由善无畏、金刚智等传入密教，有助于巩固统治政权，得到帝王的信任，又促使密宗的形成。当时佛教发展达于极盛，寺院之数比较唐初几乎增加一半。不久，安史乱起，佛教在北方受到摧残，声势骤减。"禅家的南宗由于帮助朝廷征收度僧税钱，以为军费的补助，南宗也日趋发展，进而取得了北方的地位。安史之乱虽然结束，但僧侣的地位和佛教的发展日益提升。至宪宗执政时，平定藩镇割据，有了"元和中兴"之后，大唐政局渐趋稳定，宪宗逐渐骄侈。他对佛教的崇信，既是要利用佛教"糅化人心"稳定政局，也想祈求福寿。

　　元和十四年（819 年）奉迎法门寺佛骨舍利的活动就是在这种思想的指导下发生的。

三　韩愈的儒学思想与道统理念

　　粤东地区唯一文状元（明嘉靖十一年，即 1532 年）林大钦在《潮州八贤》一文中指出："力排异端，师宗孔孟，为韩愈之所尊礼者，吾潮之赵德

---

① 沈起炜：《中国历史大事年表》，上海辞书出版社 2001 年版，第 328 页。

② 同上。

③ 同上书，第 334 页。

焉。"① 在这里，林大钦认为韩愈是一个"力排异端，师宗孔孟"的人。

韩愈的"师宗孔孟"，从韩愈《原道》一文我们可以看出，他界定了孔孟"仁、义、德"之道："博爱之谓仁，行而宜之之谓义，由是而之焉之谓道，足乎己而无待于外之谓德。"韩愈认为："斯吾所谓道也，非向所谓老与佛之道也。尧以是传之舜，舜以是传之禹，禹以是传之汤，汤以是传之文、武、周公，文、武、周公传之孔子，孔子传之孟轲，轲之死，不得其传焉。"韩愈从尧舜到孔孟，论证儒家在中国历史上的正统地位，以中国帝王、圣人的历史序列，应对佛教的传法世系"祖统"，正式提出"道统"论，填补了儒学谱系的空白。

其次，韩愈提出了"仁、义、礼"的一套儒家行为规范，认为讲仁义道德的书有《诗经》《尚书》《易经》和《春秋》。体现仁义道德的法式就是礼仪、音乐、刑法、政令。维护孔子"君君臣臣父父子子"的伦理道德，肯定了君臣、父子、师友、宾主、兄弟、夫妇的伦理次序。

再次，在《原道》中，韩愈引入《礼记·大学》所说的："古之欲明明德于天下者，先治其国；欲治其国者，先齐其家；欲齐其家者，先修其身；欲修其身者，先正其心；欲正其心者，先诚其意。"这论证了儒家之"正心诚意"，最终目的是"治国平天下"。这些也正是韩愈想要达到的有所为而非无为的思想。

韩愈的"力排异端"一说，在《原道》中，韩愈以"公""私"区分儒家之"道"和老子之"道"，"老子之小仁义，非毁之也，其见者小也。坐井而观天，曰天小者，非天小也……凡吾所谓道德云者，合仁与义言之也，天下之公言也。老子之所谓道德云者，去仁与义言之也，一人之私言也"。文中对于佛教主张的"必弃而君臣，去而父子，禁而相生相养之道，以求其所谓清净寂灭者"。韩愈在《谏迎佛骨表》一文中，认为"佛本夷狄之人，与中国言语不通，衣服殊制。口不道先王之法言，身不服先王之法行，不知君臣之义、父子之情"。

最后，在《原道》一文中大声疾呼："不塞不流，不止不行。人其人，火其书，庐其居。"就是说：不堵塞佛老之道，儒道就不得流传；不禁止佛老之道，儒道就不能推行。必须把和尚、道士还俗为民，烧掉佛经道书，把佛寺、道观变成民房。阐明先王的儒道以教导人民，使鳏夫、寡

---

① 黄挺：《林大钦集》，广东人民出版社1995年版，第32页。

妇、孤儿、老人、残疾人、病人都能生活，这样做也就差不多了。

四　《谏迎佛骨表》的主要论点对后代儒士的影响

《谏迎佛骨表》的三点论证说明了宪宗迎佛骨的荒谬行径。

第一，《谏迎佛骨表》从华夷之辨入手，指斥佛教为"夷狄"之法，与中国先王之教诲相违背："夫佛本夷狄之人，与中国言语不通，衣服殊制，口不言先王之法言，身不服先王之法服，不知君臣之义、父子之情。"而潮州明代状元林大钦在其《书太安人不事佛语》中指出佛教"不立仪象"，"东方以为无父无君之说，言其极也"①。林大钦的儒家观念认为：佛教否定世俗法规的理论会导致否定君父之尊。

第二，《谏迎佛骨表》以历代盛衰验证佛教的实际效果，佛法传入以前，百姓安乐寿考，自有佛法后，反而"乱亡相继，运祚不长"，结果"事佛求福，乃更得祸，佛不足事，亦可知矣"。林大钦在其《书太安人不事佛语》中也指出："俗人不晓，妄以利害之心希冀佛氏。如梁武之设斋造寺，唐宪之诵经奉骨，本欲徼福，自心未善，何处得益？况今俗妪区区礼拜之诚，希冀天堂，不已迂矣？"②林大钦这一观点，与韩愈《谏迎佛骨表》所说的"唯梁武帝在位四十八年，前后三度舍身施佛，宗庙之祭，不用牲牢，昼日一食，止于菜果。其后竟为侯景所逼，饿死台城，国亦寻灭。事佛求福，乃更得祸。由此观之，佛不足信，亦可知矣"如出一辙。

第三，《谏迎佛骨表》结合本朝先帝的实际情况，指出奉佛有违先帝之志："高祖始受隋禅，则议除之。"且伤风败俗："焚顶烧指，百十为群，解衣散钱，自朝至暮，转相仿效，惟恐后时，老少奔波，弃其业次，若不即加禁遏，更历诸寺，必有断臂脔身，以为供养者，伤风败俗，传笑四方，非细事也。"而林大钦在其《书太安人不事佛语》一文中大力赞誉"安人之世，不焚香徼福，不供养以幸益。敬事祝宗，和惠亲族，慈恤卑

---

① 黄挺：《林大钦集》，广东人民出版社 1995 年版，第 123 页。

② 同上。

幼。平心易行，百缘无思，恒自安乐"① 的高尚品德。不但如此，在其
"太安人殁后，又有迷人以佛事言者。乃为追书其语，且以破俗妪之惑"。
林大钦不迷信佛事，移风易俗且崇尚礼教，与韩愈所反对的"伤风败俗"
确有异曲同工之妙。

五　结　论

《谏迎佛骨表》中韩愈不但提出自己的儒学道统理论，还"力排异
端"地批判了"老子之小仁义"的"一人之私言"；而且批判了佛道的
"不知君臣之义、父子之情"，"事佛求福，乃更得祸"，"伤风败俗"。自
己还愿意承担"佛如有灵，能作祸祟，凡有殃咎，宜加臣身"的责任，
为维护封建王朝的利益而"臣不怨悔"。对此，林大钦在其试策《韩愈》
一文中指出："然自汉魏以来，历乎晋、宋、齐、梁、陈、隋之间，邪说
盛行。以及贞观、开元之盛，辅之以房、杜、姚、宋而不能自救，则左道
之入人心者亦深矣。独愈起布衣而麾之，挺然特立，而不为俗尚所移。"②
林大钦对韩愈的高度评价，说明了明代儒士自洪武以后，由于受到程朱理
学的影响而肯定韩愈维护道统的立场，同时也说明了韩愈道统思想对程朱
理学的影响。

有的人认为：作为有名的卫道者，韩愈反对佛教是很出名的，他提倡
的"道"中有排除一切异端思想的主张。因此，古文运动也以捍卫孔孟
之道为目的。其实并非全是：韩愈虽不顾个人安危，甚至冒着生命危险谏
迎佛骨，险被赐死。但他反对的是铺张浪费和官僚贪污，不想反对民众想
做的事。他出身平民阶层，知道老百姓的精神寄托。可能他在路上经过七
十多天的思考，认识到迎佛骨活动也有发展经济、安定社会、满足人们信
仰表达的积极意义（所以能保存至今）。因此他到潮州后便写谢表认错，
又和大颠交往以表示友好。可见韩愈不排除异端而是普及文化，因为文化
是人类进步的阶梯，是文明的标志，改变文风的社会影响是巨大的。如孙
中山先生提出的"博爱"和"天下为公"也是来自韩愈的《原道》，可

① 黄挺：《林大钦集》，广东人民出版社 1995 年版，第 123 页。
② 同上书，第 30 页。

见其哲学思想影响的深远。"新文化运动"主张文章应该让人们看得懂、能够学。也应该归功于韩愈的启发、倡导和实行。

　　尽管历代的学者对韩愈有着不同的评价，但韩愈对儒家仁义之"道"矢志不渝的坚持，抨击佛老，匡正时弊，其关心时政，以文为理论武器的斗争精神，值得后人借鉴；他所提出的道统理念为宋明理学家构建儒学理论体系提供了方向是不可否认的。为此，我们要在韩愈儒学思想的基础上有着新的探索和发展，从中受到启发。韩愈的贡献与地位更值得我们重视和思考。

参考文献

[1] 马其昶：《韩昌黎文集校注》，上海古籍出版社 1998 年版。

[2] 沈起炜：《中国历史大事年表》，上海辞书出版社 2001 年版。

[3] 黄挺：《林大钦集》，广东人民出版社 1995 年版。

[4] 曾楚楠：《韩愈在潮州》，文物出版社 1993 年版。

"崇韩文化"与潮州旅游

黄智敏

（潮州韩愈纪念馆）

说起韩愈，或许很多人都会不由得想到"潮州"，不只因潮州曾是韩愈当年流贬的地方，有其留下的珍贵印记，更因韩愈的惠政开启了潮州历史文化的新篇章，造就了潮州"一片江山尽姓韩"的人文奇观，留下了千古传颂的佳话。至今，潮州仍保留着现存历史最久远、保存最完好的纪念韩愈的专祠——韩文公祠，民间仍流传着许多与韩愈有关的故事传说及民俗事象。一个落魄失意的文人，八个月的贬谪经历，竟能对一座城市的历史文化产生如此深刻而又深远的影响，这不禁令后世为之惊叹不已。其实，在中国文化思想史上，"尊韩""崇韩"自唐宋以来就有，而并非潮州独有，它是一个历时性的、广泛性的文化现象，然而，就全国范围而言，恐怕很少有一个地方像潮州这样尊崇、神化韩愈。可以说，经过历史长河不断的积淀和衍化，"崇韩文化"如今已经融入了潮州的各个角落，甚至成了这座城市最具特色的文化亮色。

潮州"崇韩文化"积淀

"一封朝奏九重天，夕贬潮阳路八千。"远贬潮州可谓是韩愈一生最大的政治挫折，风烛残年之际仍因直谏佛事，触怒龙颜，被贬至离京八千里外的蛮荒海隅，他年仅12岁的小女儿更因经不起劳顿惊吓而惨死道途，几近绝望中，他甚至发出了"好收吾骨瘴江边"的凄凉哀叹！然而面对现实的打击，这位儒弱的贬臣却未因此而意志消沉，更不愿沿袭"大官谪为州县，薄不治务"的官场陋习，反而更加坚守自己"居其位则思死其官"为政之道，不遗余力地为地方兴利除弊：驱鳄除害、奖励农桑、释放奴婢、延师兴学，件件办到了百姓的心坎上。于驱鳄，他勇于向凶残的鳄鱼宣战，宣祭文，抚民心，鼓士气，尽显为民除害的大无畏精神；于劝农，他修堤凿渠，在潮所作祭神文更多达五篇，字里行间无不是为民祈福、关切农桑的赤诚之情；于释奴，他费尽心思，巧用"计庸折值"根治百姓深恶痛绝的陋习，亦是民心所向的善政之举；于兴学，他捐俸建学，敦教化，正人心，更卓有远见地擢拔潮州俊彦赵德主持学政，使育才树人之风薪传火继，韩愈是功在当下，泽及千秋。作为贬臣逐客，韩愈身处逆境却仍能如此关心民瘼、造福一方，实在是难能可贵，就其人格与官风而言，已足以令后人为之敬仰和称颂。也正因此，韩愈离去后，潮民对其"独信之深、思之至"①，甚至奉若神明般的尊崇，"饮食必祭，水旱疾疫，凡有求必祷焉"②，以至于其手植的"韩木"更被视为"能逃化机"、能"卜登第之祥"的瑞木，犹若"召公之棠"与"孔明之柏"③。

　　其实，潮州之所以能够形成浓厚的"崇韩文化"积淀，跟历代官师对韩愈的标榜亦是分不开的。特别是入宋之后，随着韩愈文学地位的备受肯定，加上朱子理学风气的推动，潮州"崇韩"之风更是大盛，历任治潮者对韩愈亦是极力推崇，甚至视其为德政的典范，无不是见贤思齐。也正因此，"崇韩""师韩"在潮遂慢慢演化成为了一种文化自觉，且代代相传而盛行不衰。有宋一代，首举崇韩大旗，当推宋真宗咸平间潮州通判陈尧佐，其"修文庙，作韩吏部祠，选潮民秀者劝以学"④，开潮州立祠敬贤之先例，兴潮地官员"崇韩"之风尚，更率民戮鳄除暴，继韩愈未竟之业，当之无愧是传承韩愈遗风之佼佼者。又如，宋哲宗元祐间的知州王涤，在潮期间兴学育才、濬沟疏患、筑堤障田、筑城保民，"凡所以养士治民者，一以公为师"⑤，又迁刺史公堂后文公庙于城南，以便官民崇祀，还敦请苏轼为撰《潮州昌黎伯韩文公庙碑》，王涤对韩愈的钦仰之情亦历历可见。再如，南宋孝宗淳熙间因直谏谪至潮州的丁允元，贬潮经历甚似韩愈，而施政亦是"绍昌黎馀绪"。任期间，"置丁公桥"，"类于驱鳄安澜"，"购田赡士，创置六斋，类于延师训学"⑥，更"以溪东之山，

　①　《永乐大典》卷5354，苏轼《韩文公庙碑》。

　②　同上。

　③　《永乐大典》卷5345，王大宝《韩木赞》。

　④　（清）周硕勋：《潮州府志》卷33，《宦迹·陈尧佐》，第786页。

　⑤　《永乐大典》卷5354，苏轼《韩文公庙碑》。

　⑥　（清）邹朝阳：《太守丁公配享亭记》，现此碑立于潮州韩文公祠前厅南壁。

乃韩公登览之地，手植橡木在焉"[①]，不忍其虚胜，遂将城南昌黎伯庙迁至韩山今址，其后再无他徙，"崇韩"之风得以千古传承。至元代，至顺间太守王元恭对韩愈亦是推崇备至，莅潮初政，清狱讼、访民瘼，"除蟆去蛊，振滞匡乏，好贤下士，悉以韩公为师"[②]，更修韩祠，建韩山书院，还亲自为学生讲课，激励潮州士子"学韩子之学"，倡导"业精行完""道明德立"，传承弘扬韩愈的思想，其"一以公为师"之心曲灼热可掬。明代时，潮地官员崇韩、学韩的事例，文献中仍比比皆是，如嘉靖间潮州同知刘魁、宣德间潮州知府王源等均是"得韩之深者"。其中，刘魁不以迁谪介意，至郡事事无少懈，每日登访韩公祠，瞻依仰止，坐"原道堂"，与诸生论道，从治绩到身心皆是"以韩为师"；而王源初到任更立志欲"景仰先哲，动息如之"[③]，任内更是大修广济桥、韩祠、学宫，筑堤坝、置社仓、立警铺、抑强横……"百废俱举，无坠不兴"，明大学者陈献章曾如此评价王源："吏于潮者多矣，其有功而民思之，唐莫若韩愈，明莫若王源"。于清代及近代，潮人"崇韩""师韩"之心依然历久不衰，纵观潮州韩文公祠内的碑刻，无不是各朝官绅建庙修祠的记载及咏韩的诗文，无不寄托着潮人对韩愈的深深感念和崇高敬仰。可以说，"以仰韩之心"而"施韩之政"俨然成为了历代潮官的共同心迹。

  虽然，自古以来贬潮之士不乏声名显赫的名公钜卿，仅唐代就有常衮、李德裕等人，然而却没有一位能在潮人心中占据一席之地，"惟韩愈深入人心，建有专祠，历久而弥显"[④]，此远比元丰七年（1084 年）宋神宗诏封韩愈为"昌黎伯"、配祀孔圣庙要早上整整八十五年，亦可见潮人"崇韩"情结之深厚。虽然在这个过程当中，历代治潮者对潮州"崇韩文化"的发展也有着推波助澜的作用，但如果不是韩愈的精神风范令他在潮人心中占据了根深蒂固的地位，韩愈又怎能在官方一厢情愿之下一跃成为潮人世代供奉的神祇？明代林廷玉在《重修韩文公祠记》中就曾这样中肯地指出："文公在潮虽不久，而文章道德，衣被于潮者实多。其神之在潮，万世固一日也。嗣守斯土者，孰无钦崇之心。"

---

① 《永乐大典》卷 5343，《书院》。

② 《永乐大典》卷 5345，刘希孟《南珠亭记》。

③ （明）王源：《增修韩祠之记》，现此碑立于潮州韩文公祠前厅南壁。

④ 饶宗颐：《宋代莅潮官师与蜀学及闽学——韩公在潮州受高度崇敬的原因》，载《饶宗颐潮汕地方史论集》，汕头大学出版社 1996 年版，第 394 页。

历代与韩愈有关的文物胜迹

韩愈在潮，革新除弊，政泽黎民。其离去后，潮人亦思念不已。至宋初，潮人将韩愈登览的东山改称"韩山"，将祭鳄的恶溪改称"韩江"，而他手植的橡树亦改称"韩木"，甚至连广济桥都被神话为韩愈侄孙韩湘施法所建，别称"湘子桥"。正因为有这种浓厚的"崇韩"情结，后来潮州各地遂兴建起了不少"崇韩"的建筑，如祠堂、亭阁、牌坊等，以此寄托对韩愈的深切缅怀之情，亦有"风示潮人"之意。而这些建筑随着"崇韩文化"世代传承，在历史的更迭中兴废交替，时至今日仍有相当一部分被较好地保存了下来，成为了潮州独特的文化标志，也为潮州增添了一批珍贵的文物旅游资源。目前，潮州城内可供游人怀古的韩愈文化景点仍有近十处之多。

1. 韩文公祠

潮州韩文公祠历史悠久，始建于北宋咸平二年（999 年），初置郡治前夫子庙正室东厢，称"韩吏部祠"；元祐五年（1090 年），知州王涤徙至州南七里，苏轼为撰碑记；南宋淳熙十六年（1189 年），太守丁允元复迁于韩山今址，距今已有八百多年历史，为我国现存历史最久远、保存最完好的纪念韩愈的专祠。

今古祠大致保留着清光绪时期的样貌，整体融合了潮式与广式的建筑风格。青瓦屋面歇山顶，屋脊有潮汕地区独特的嵌瓷为饰，层次立体；正墙由淡绿色水磨砖砌筑，明净素雅，大门保留有清嘉庆十六年（1811 年）知府温承志所题的隶书"韩文公之祠"石门匾；祠内分前后两进，头进为门厅，后进是三开间大堂，中间有小院，左右设庑廊，内饰部分延续了粗犷质朴的装饰风格，抬梁、穿斗相结合，并融入了潮州传统的木雕工艺，简雅为主，不尚华丽。现祠内保留有道光间题刻的楹联四副，四壁立有明清以来的碑刻四十通，或颂扬韩愈功绩，或记载韩祠兴废，是研究韩祠沿革与潮州文化史的珍贵资料。这些碑刻中，年代最早的是明正统八年（1443 年）知府王源所立的《增修韩祠之记》，最负盛名的当数苏轼的《潮州昌黎伯韩文公庙碑》。关于"苏碑"，目前祠内共有三通，分别翻刻于明成化二十年（1484年）、清康熙三十六年（1698年）及乾隆二十四年（1759年），其中以乾隆间碑刻保存最为完好。

继1984年古祠全面修缮之后，韩祠景区相继配建了"天南碑胜"名家书法长廊、侍郎阁、允元亭、天水园、廉政基地、橡木园等多个景点，遂形成一主次错落有致、人文自然相得益彰的风景名胜区，亦是潮州重要的文化地标之一、旅潮者的必游之地。

2. 祭鳄台与"鳄渡秋风"亭

祭鳄台位于潮州城内韩江北堤中段，为纪念韩愈为民祭鳄除害而建，台上有亭曰"鳄渡秋风"。

关于韩愈祭鳄的地点，宋代时已无法确指。但据清代画家陈琼所绘的《潮州古城市图》，北堤中段有一"祭鳄碑"石（今逸），而光绪《海阳县志·古迹》亦载："鳄溪即恶溪，在城东北，为唐韩文公驱鳄处。"又因上述碑石处原有一古渡口，人称"鳄渡"，秋景迤逦，素有"鳄渡秋风"之名，因此，后人习惯将此地视为韩愈祭鳄之旧址，遂建亭台于此。

祭鳄台建于1987年，花岗岩结构。亭立于二级石台之上，重檐歇山石屋面，亭额书"鳄渡秋风"四字。前柱有联语曰"佛骨谪来岭海因而增重，鳄鱼徙去江河自此澄清"，为明参政刘玮所撰、当代著名书法家黄子厚重书。后柱联语曰"溪石何曾恶，江山喜姓韩"，为国学大师饶宗颐撰书。亭内立有石碑一面，以鳄鱼为碑座，正面刻韩愈《鳄鱼文》，为邑人詹砺群所书，背镌《建鳄渡亭碑记》，为原海南省委书记、邑人许士杰撰书。

3. 景韩亭

景韩亭位于潮州西湖公园内，原名"仰韩亭"，取景仰韩愈之意。亭建于民国年间，为角隅式亭，三面通透，正壁镶有《白鹦鹉赋》、"关公竹"、《西湖景韩亭碑记》等碑刻，有柱联曰"景山秀色怀燕市；韩水瑶光入孟亭"，为民国卅五年邑人刘逊卿撰、黄方松书。

《白鹦鹉赋》碑由四块碑石组成，全碑计二百四十八字，传为韩愈真迹。据《碑跋》记载，手稿为清雍正十二年（1734年）潮州知府龙为霖于羊城购得，后摹刻勒石于笔架山韩文公祠东壁。日寇占领潮州时，该碑曾被卸至西湖，企图偷运回日，后幸被追回。抗战胜利后遂镶进景韩正壁。

如今学界对于亭中韩愈手迹《白鹦鹉赋》的真伪仍存争议，但在潮人心中，其意义已胜过其价值，而景韩亭亦成为后人缅怀韩愈、睹物思人的又一好去处。

4. "昌黎旧治"坊

"昌黎旧治"坊建于明嘉靖十七年（1538年），原立于潮州太平路东府巷口（今昌黎路东端），后遭拆除，坊额被弃置西湖公园内。1986年，政府主持重建昌黎旧治坊，重新定址于昌黎路海阳县儒学宫前。

今"昌黎旧治"坊高10米，宽10.9米，四柱三门三层结构，额面刻"昌黎旧治"，右款"潮州府知府石首郑宗古，同知泰和刘魁，通判武昌胡裕、武宁彭凤仪，推官南昌张默"，左款"大明嘉靖十七年戊戌春二月之吉，前兴化府事揭阳月溪黄一道书"；额背镌"岭海名邦"，右款"大明隆庆三年仲春日吉旦"，左款"中顺大夫潮州知府侯必登，奉议大夫同知白世徵，奉直郎通判杨肇，承事郎推官来经济重建"。

"昌黎旧治"指的是韩愈曾"守此土，治此民"，是潮人对韩愈治绩的怀念和推崇，而"岭海名邦"则是潮人对韩愈贡献的赞誉和颂扬。

5. "太山北斗"坊

"太山北斗"坊原有两处，一在潮州府前街铺巷口，一在城南书院前，皆已毁圮。

今"太山北斗"坊位于太平路南端，为2006年修复牌坊街时重新仿古修建的。南额为"太山北斗"，下镌"唐潮州刺史韩愈"，右款"明万历癸未季秋之吉"，左款"泰和郭子章，兴业何敢复，石门梅鸷识，滇南王国宾题，潮阳林大春书"。北额为"十相留声"，下镌"唐宰相：常衮、李宗闵、李德裕、杨嗣复，宋宰相：陈尧佐、赵鼎、吴潜、文天祥、陆秀夫、张世杰"，右款"明嘉靖十年仲夏"，左款"潮州知府丘其仁，通判黄洪，推官秦兴建"。

"太山北斗"即"泰山北斗"，原为后人对韩愈文学造诣的赞美和钦仰。《新唐书·韩愈传》谓："自愈没，其言大行，学者仰之如泰山北斗云"，明嘉靖二十五年（1546年）潮州知府郭春震亦曾以"泰山北斗"为文，书匾悬于韩文公祠内。今此牌坊又将韩愈与十位来潮的宰相并列称颂，由此亦可见韩愈在潮人心目中的崇高地位。

6. 叩齿庵

叩齿庵位于潮州西平路南段道后巷，始建于唐代，历代多有修建，1947年修复后称"叩齿古寺"，至今仍香火旺盛。据乾隆《潮州府志·寺观》记载："叩齿庵在城南，韩文公招大颠至郡日住此。"

关于"叩齿庵"名字的由来，民间还有这么一段传说：相传韩愈到潮后，曾遇见一个门齿如獠牙般暴出的老和尚，当下心里甚是厌恶。不料回府坐定后，门役却递上一包裹，说是一和尚送来的，要刺史亲自开拆。韩愈开包一看，正是路上看到的那两颗獠牙。这才自愧：对方乃有道高僧，自己不该以貌取人。遂派人追上和尚，当面向其致歉，并盖建了"叩齿庵"请他居住，而这位有道高僧便是大颠和尚。

虽然韩愈招大颠至州郡确有其事，但大颠是否有在叩齿庵居停则无从考证，而"叩齿"的含义，到底是潮人所说的敲掉牙齿，还是佛门的一种礼节，至今仍是议论纷纷，但或许也正因此，这些疑点现在更成为了游客喜闻乐见的谈资。

7. 书院遗址

振兴文教是韩愈对潮影响最为深远的政绩。入宋之后，潮地官员崇奉韩愈，纷纷以兴学育才为己任，亦使得潮州人文蔚起、文风鼎盛。其中，"城南书庄"与"昌黎书院"的创办，便是后继官员秉承先贤遗志的惠政善举。

"城南书庄"旧址为宋元祐间知州王涤建于城南七里的"昌黎伯庙"，后因庙徙韩山而其地遂墟。淳祐三年（1243年），知州郑良臣于庙址复辟斋舍以课生徒，题匾"城南书庄"；至元十五年（1278年），书院毁于兵火，二十一年（1284年）得以重建，改称"韩山书院"，并恢复了韩祠；至正十二年（1352年），书院又遭火毁，二十六年（1366年）潮州路总管王翰毁城西大隐庵而迁建书院；康熙二十七年（1688年），知府石文晟将书院改名为"南隅社学"；1901年改为"城南学堂"；民国时改为县立第一小学；抗战时被拆毁，复原后恢复为第一中心国民学校；现仍为潮州市城南小学校址。

"昌黎书院"创于清康熙三十年（1691年），为巡道史起贤所创，位于笔架山韩祠以东数十步的文昌阁下，正中有原道堂，次进为学斋，前有亭榭，侧有厢房；雍正十年（1732年）知府龙为霖扩建并改名为"韩山师院"；光绪二十九年（1903年）改为惠潮嘉师范学堂，之后又改称"广东省立惠潮梅师范学校""省立第二师范学校""省立韩山师范学校""韩山师范专科学校"，现称"韩山师范学院"，为潮州唯一的全日制本科院校。今康熙间所立的《昌黎书院碑记》及雍正间所立的《韩山书院碑记》仍存于韩山师范学院内。

对潮州韩愈文化旅游资源开发的思考

　　韩愈治潮仅八个月，却留给潮州不灭的精神记忆。千百年来，"崇韩文化"的血液一直在这座城市流淌，它是历史赋予潮州的一笔宝贵的文化遗产。文化与旅游向来就是相辅相成、相互促进，没有文化的旅游缺乏魅力，没有旅游的文化活力不足。潮州是国家历史文化名城，发展旅游自然离不开其深厚的历史文化底蕴和积淀，而"崇韩文化"便是潮州最具特色的文化资源之一。虽然，近几年来潮州韩愈文化资源得到很好的保护和开发，但如何善用潮州的韩愈文化、文物资源，擦亮韩愈的金字招牌，发挥名人效应，做活"名城名山名水名人"文章，仍是当前潮州发展"旅游旺市"战略一个值得探讨的课题。下面，笔者拟就此略抒浅见，以期抛砖引玉，就教于方家。

　　第一，可利用潮州韩文公祠这一核心资源，打造独具吸引力的韩愈文化园区。潮州韩文公祠为我国现存历史最久远、最完整的纪念韩愈的专祠，全国重点文物保护单位，其本身在国内就享有盛誉，而就其位置来讲，其前临韩江，后倚韩山，又与广济桥、广济城楼相望，山光水色尽收，亦拥有不可多得的环境优势。虽然，近年来韩文公祠景区在规划建设方面已投入了大量的精力，增建了侍郎阁、天水园、"天南碑胜"等配套景点，近期又新辟了韩愈廉政教育基地和橡木园两大景观群，然而碍于景区的用地，整体上只能说有"小家碧玉"的精致，却缺乏大型景区那种大气磅礴的震撼感，形象宣传上仍不足以吸引民众的眼球。因此，景区在长远的规划上，应在拓展空间的同时深挖"名人文化"，立足打造一个展示韩愈文化的综合文化旅游园区。具体而言，首先应该在展览规模与形式上求创新。景区原有的几个展览规模都不大，且多为传统的图文展现形式，内容上则缺少对韩愈传世名篇的展示，因此建议择址增建一大型的韩愈文化展示馆，内容上可邀请当代名书法家重书韩愈在潮所作的诗文，然后结合瓷都潮州有名的陶瓷工艺，以瓷板雕刻等现代陶瓷艺术形式进行展示，让看惯了古碑残石的游客有全新的视觉冲击，而且展览还可以融入潮绣、木雕、泥塑、麦秆画、剪纸等多种民间艺术表现形式，以韩愈在潮的事迹、传说为题材，创作潮文化艺术精品，让展线更具立体观感，增加看点与趣味性，充分展现潮州特色文化的魅力。其次应该从历史景观的复原上找突破。因为韩山曾是韩愈登临之地，又有韩祠、韩木在此，所以历代不少官绅常以修祠建亭的方式来表达敬贤之心，如乾道间太守曾造便建有"观海""仰斗""抉云""乘风"四亭，正统间海阳丞江仪凤则建有"泰山北斗亭"，成化间知府陈瑄建有"清趣亭"，嘉靖间知府郭春震又建有"曲水流觞亭"等。鉴于此，建议开辟林荫小道至韩山高处，恢复历史上较有意义或特色的亭台，建成一盛大壮观的亭台区，而路旁及亭边亦可利用韩愈的名言警句增设一些摩崖石刻点缀增加看点。这样一来，不仅景区的山景资源可以得到更加充分的利用，活动空间与整体看点还可"更上一层楼"，游客亦可登高望远，领略韩江胜景。再者还应该从文化载体上寻新意。潮剧是中国十大剧种之一，有"南国奇葩"的美誉，《韩文公冻雪》《韩愈治潮》等均为其中的经典曲目。因此建议在景区内扩建一表演区，增加潮剧艺术的特色表演，除演绎经典曲目外，还可以把韩愈在潮州的许多故事改编成剧本，于重要节庆邀请专业演员来表演助兴，既能增加节日的气氛，又可弘扬潮州独特的民俗文化，必定会吸引大批游客前来参观欣赏，而平时演出区还可提供给业余票友自娱自乐，这种动静结合的方式，某种程度上也能增加景区趣味性，吸引游客的目光。

　　第二，可增设韩愈系列城市雕塑，提升城市文化形象。城市雕塑代表的是一座城市的历史文明与精神象征，是城市整体形象的一部分，亦是城市旅游重要的吸引物与旅游点。如西安大唐不夜城的唐文化巨型雕塑群，不仅让西安深厚的历史文化有了具象的展示，也为城市增添了一道亮丽的风景线。然而，反观同样是历史文化名城的潮州，至今却连一座较大型的城市雕塑都没有。韩愈被尊为"吾潮导师""崇韩文化"亦在此扎根了一千多年，若说韩愈是这座城市一个重要的文化符号一点也不为过，因此建议在潮州一些重要的场所增设韩愈的系列雕塑，以提升城市的文化形象，增强城市的文化记忆点。另外，从目前潮州韩愈旅游景点的现状来讲，这也有助于改善规模较小带来的内涵不足、看点单调等问题。具体来说，比如在人民广场增设韩愈勤政爱民的雕塑，在滨江长廊增设韩愈"奖劝农桑""释放奴婢""延师兴学"等反映韩愈治绩的系列雕塑，在"鳄鱼亭"旁增设"驱鳄除害""走马牵堤"等故事性塑像，还可在广济桥头增设"仙佛造桥"传说的塑像等。

第三，可引进大型实景演出，进一步做活潮州文化旅游。实景演出是一种以当地民俗风情、人文精神为内容，融合了实景、大型舞台设计、现代化声光电及专业演出团队的文化旅游经营模式，近几年国内亦比较流行，如最早的《印象·刘三姐》及后来的《印象·丽江》《印象·西湖》等均为颇具代表性的作品。韩愈在潮州有着说不完的故事，犹如一本百读不厌的书籍，充满着趣味性、传奇性与启发性，或许我们可以参考这种经营模式，以韩山、韩江、韩文公祠为实体背景，引资制作一部展现潮州与韩愈的大型历史舞台剧，在彰显潮州历史文化、"崇韩文化"的同时，丰富潮州"夜文化"的形式与内涵，使游客在潮州停留的时间更长，拉长城市文化旅游产业的链条，从而实现文化旅游的创收。

第四，"潮州菜"名扬天下，韩愈寓潮时就曾品尝过不少新奇的潮州佳肴，其诗作《初南食贻元十八协律》中亦有比较详尽的描述，因此我们还可依照韩愈诗作的内容，烹制出独具潮味的特色菜，使其成为游客来潮必点的"韩文公宴"，让"崇韩文化"与潮州美食、潮州旅游三者有机结合，或许也不失为一种新的尝试。

结　语

一封《论佛骨表》，让韩愈与潮州这个海隅小城一道名彰史册，成为流传千古的佳话；而苏轼的一篇《潮州昌黎伯韩文公庙碑》更让潮州为历代文人士子所熟知，再次声扬九州。一千年前，正是韩愈把先进的中原文化带到了潮州，促进了当地的开化，才使得潮州由原先"蛮夷之地"逐步迈向了"领海名邦"。如今，潮州已是国家历史文化名城、中国优秀旅游城市，这其中自然少不了韩愈的一份功劳。今天，我们在这里谈"崇韩文化"与潮州旅游，并不单单只是要利用文化为旅游服务，为旅游创造效益，而是希望两者达到互促共进的局面，毕竟，从某种程度上来讲，文化的传承与弘扬也需要旅游的带动，旅游可以使文化深入浅出，不再晦涩难懂，旅游可以使更多的人认识文化、关注文化、传播文化。因此，我们应该善用韩愈留给潮州的文化、文物资源来发展好潮州旅游，更要借助潮州旅游把"崇韩文化"传播出去，让韩愈爱民、勤恪、清廉的官德官风在全国各地开枝散叶、发扬光大。

德礼为先　政刑辅之
——论韩愈法治思想及其现实意义

陈立佳　吴和群　林杰荣

（潮州市委政研室）

摘　要　韩愈的一生，不仅在文学上有很深的造诣，在法治思想上也提出过一些独特的见解，本文从韩愈的"德礼为先、政刑辅之"法治思想及其现实意义进行研究，探索韩愈法治思想的实践价值。

关键词　韩愈　法治思想　依法治国　以德治国

作为唐朝中期一位重要的思想家，韩愈在从政期间提出了"德礼为先、政刑辅之"的主张，在一定程度上发展和完善了儒家德主刑辅的法律思想。他在《道浮署文畅序》中说："是故道莫大乎仁义，教莫大乎礼乐刑政，施之于天下，万物得其宜，措之于其躬，体安而气平。"直到今天，学习和研究韩愈"德礼为先、政刑辅之"法治思想，对于推动我国民主与法制发展历程，完善社会主义法治，建设社会主义和谐社会，仍有着重要的借鉴意义。

我们党和国家也在德治和法治上做过一系列的探索和实践。江泽民同志强调指出："我们在建设有中国特色社会主义，发展社会主义市场经济的过程中，要坚持不懈地加强社会主义法制建设，依法治国，同时也要坚持不懈地加强社会主义道德建设，以德治国。"习近平同志也指出，要坚持依法治国和以德治国相结合，把法治建设和道德建设紧密结合起来，把他律和自律紧密结合起来，做到法治和德治相辅相成、相互促进。

因此，把依法治国与以德治国紧密结合起来，既是对中国古代以儒家道德为主体的优秀传统道德的批判继承，更是在中国共产党领导的革命和建设事业中总结创造出来的治国之道。

一　韩愈法治思想的实质

（一）儒家德治思想的渊源

"德治"思想，是中国古代儒家政治思想和伦理思想的一项重要内容。《论语·为政》曰："子曰：道之以政，齐之以刑，民免而无耻；道之以德，齐之以礼，有耻且格。"生活在两千多年前的孔子，就已经看到法律和刑罚并不能从根本上达到维护社会秩序的目的，已经看到人们的道德思想素质在维护社会秩序中的重要作用。他认为，如果不重视道德教育，一味地依靠刑罚的强制手段，靠强力来制服那些违反法律的人，人们就不可能产生"羞耻之心"，也不知道违反法律是"可耻的"。西汉董仲舒，将儒家经义应用于法律实践，以经义决狱，开始礼法结合，这一过程历时将近七百年，及至《唐律疏议》的制定而最终完成。

但即便到了唐朝以后，不少思想家、政治家在一定程度上对礼义道德的作用和法律的作用仍有对立或割裂的趋向，不能如实地认识它们在社会生活中的作用。在唐朝，坚持"道礼为本，政教为用"，把二者在儒家思想原则上统一起来，大大丰富了儒家礼法结合的思想，形成了完整的礼主刑辅、礼法结合的思想体系。但这一思想重德礼而轻政教，强调德礼与政教的关系是本与用的关系，是一种手段与目的的关系。

（二）韩愈法治思想的核心

韩愈基本上沿袭了唐朝开国以来沿用的儒家礼法兼用、德礼为先的法治主张，但韩愈一方面恪守儒家以"礼乐"为本，"以德治人治国"的信条，视"礼乐刑政"为教化之正道，另一方面又充分认识到刑政法治的重要性，把"刑政"与"礼乐"提到同等重要的地位上，认为礼乐是指思想教化方面的统治，刑政是政治法律刑罚方面的统治，这二者都是治理天下的必要手段，欲求得国家的长治久安，就必须施行"德治与法治相结合，德礼为先、政刑辅之"的方针。从韩愈《潮州请置乡校牒》中的开篇"孔子曰：'道之以政，齐之以刑，民免而无耻，不如以德礼为先而辅以政刑也'"，可知这一思想的正确理解。

"德礼为先、政刑辅之"这是生活在中唐时代的韩愈对德治、法治关系的见解，也是其法治思想的核心所在。通过区分德礼教化与政刑法律不同的作用，厘清了两者在治理国家中承担的不同功能，明确其功能的差异与互补，两者作为方法在推行仁政、维护君权统治方面的目的是统一的。如在《送浮屠文畅师序》中，韩愈提出："道莫大乎仁义，教莫正乎礼乐刑政，施之于天下，万物得其宜，措之于其躬，体安而气平。"

（三）韩愈法治思想的影响

安史之乱之后，大唐帝国由盛转衰、朝政黑暗腐败，由繁荣巅峰而逐步滑向衰亡深谷，严峻的社会现实迫使"锐意钻仰，欲自振于一代"（《旧唐书·韩愈传》）的韩愈对社会治理进行了深刻的思考。韩愈以其"德礼为先、政刑辅之"为核心的法治思想对中唐时期阶级矛盾的缓和与中央集权的加强有着现实意义，也影响宋明理学法律思想的形成与发展。他继承了儒家"德主刑辅"的法治精神，并大力倡导，其为政时期的法治理念和法治实践，丰富完善了唐代律令，对后世各个朝代法律的制定和实施产生了深远影响。可以说，它是我国实施以德治国方略和加强精神文明建设的文化渊源。我国现在强调以德治国和加强精神文明建设，既来源于现代社会的迫切需要，也根植于中国古代深厚的文化土壤。"德礼为先、政刑辅之"，是以往各个朝代治理国家的重要理念。正是有这样的文化传承，我们在汲取传统文化为现代社会所用时，才能充分发挥沉淀于民族性格中的文化基因，为现代社会的发展提供强大动力。

二　韩愈法治思想的现实意义

韩愈的法治思想，是思想家韩愈理论体系的重要组成部分，是以他的道统论为指导思想和理论基础的。韩愈的法治思想与他的文学成就一样辉煌，对中晚唐的律令的进一步完善起到重要作用。

（一）依法治国与以德治国，是相辅相成、相互促进的

中国封建社会繁荣时期的唐朝，统治者一面搞"贞观修礼"，制定了一套封建的道德体系，以"正家""定天下"；一方面又制定法律，形成

了我国历史上最严密、最系统的封建法典——唐律，不仅把统治阶级的意志以法律的形式体现出来，而且以法律的形式强制推行其道德观念。目的是"制礼以崇敬，立刑以明威"，促进社会发展。

依法治国需以"以德治国"为基础。道德是立法的基础，重要和基本的道德规范是法律规范的主要来源之一，先进的道德规范是法律规范的主要价值目标之一，良好的道德规范是评价法律规范善恶的主要标准之一。道德是守法的基础，大多数人对法律的认同和信仰是法律存在的基础；权利是现代法治的核心，如何将法定权利兑现成为现实权利取决于公民的自觉和自愿意识；与权利意识相对应的义务意识也与公民的自觉和自愿意识相关联。

以德治国需以依法治国为补充与保障。以德治国着力于通过提高人的内心觉悟和建设人的动机文明，来端正人的文明行为；依法治国则着力于通过约束人的外部行为和建设人的行为文明，来开掘人的内心文明。以德治国着力于建设个体文明，通过榜样的力量促进社会主义群体文明水平的提高；依法治国则着力于建设群体文明，通过群体文明的提高，防范、震慑个体的越轨行为。以德治国着力于强调人的义务意识、责任意识，依法治国着力于维护人的权利，强调人的权利意识，两者相得益彰。

（二）法治必须与民族的历史文化结合，走出一条适合自己发展的道路

当前，中国正在建设具有中国特色的社会主义法治体系，在立法层面，我国在改革开放 30 多年的时间里已经相继完成了多部法律的立法工作，在法律体系的建设方面取得了巨大成就。但是我们法治体系的建设，还需在软件方面更加努力，使之更加完善。

法的形成并不是随机产生和形成的，而是一个跟民族历史文化紧密结合而产生的上层建筑，马克思主义法学认为：有什么样的社会形态，就有什么样与之相适应的法律，但是，具体的法律表现出来的特点，是和民族历史文化传统紧紧联系、密不可分的。韩愈作为中华民族共同体中一个受人尊敬的人物，他更能引起人们的共鸣，他的作为理应得到继承和发扬，这样，和民族共同体所认同的东西相结合，就能更好地促进人民对法治本质的真正理解和信任。因此，中国古代的优秀的法律思想理应得到继承和发扬，只有这样，走一条现代法治精神和民族历史文化特点相结合的道

路，才能使法治的观念真正深入人心，使得法治有其实施的土壤和基础。

（三）依法治国和以德治国相结合是社会主义制度的必然要求

韩愈一方面以儒家传统在唐的正统继承人自居，继承"德治"思想，主张"仁政""德政"。另一方面又借鉴法家的"法治"思想，他认为治国的根本在于纲纪、法度是否严明，纲纪关系国家安危兴亡。在《德意志意识形态》一书中，马克思就在批判资产阶级道德虚伪性的同时，从社会制度存在和发展的角度强调了道德的重要作用。恩格斯明确指出："工人阶级处境悲惨的原因不应当到这些小的欺压现象中去寻找，而应当到资本主义制度本身中去寻找。"应当说他们看到了资本主义社会中的个人的不道德，但他们从不把这个社会的不道德归结为个人的不道德，特别是不归结为这个社会底层的民众的不道德，而是归结为这个社会制度的不道德。也正是这个原因，他们总是把理论着力点放在揭示资本主义社会统治体系的不道德上。

根据上述马克思主义观点，我们可以得出这样的结论，在社会主义国家中，德治应当是社会法治的主要特征，正是在这一点上使它区别于以往所有的国家形式。而社会主义条件下的德治又包括两个方面：其一，是以德治理国家；其二，是以德教化群众。这两个方面是联系在一起的，只有实现了以德治理国家的时候，才能起到道德垂范的作用，也才能起到对广大群众的道德教化作用。

三　韩愈法治思想的实践价值

（一）加强联系群众和畅通民意，健全完善监督制约机制

韩愈并不认同法家"禁止私议"的做法，反而他认为，国家的治理，须开放舆论，推行舆论监督，并使民情上达，这是推行法治的前提与保证。如韩愈看到当时社会过度迷信，皇帝作为领导者过度地痴迷于佛教而致使当时社会风气过于萎靡而写《谏迎佛骨表》上书直谏，对兴师动众、耗费巨资，掀起迎拜佛骨狂潮的宪宗加以劝诫，这表现了一个儒家君子敢于直言的风范，忠心进谏、一心为国为民的情怀。早在贞元十九年（803年），韩愈曾任监察御史，他曾经就关中地区大旱百姓流离失所而在京城

行政的京兆尹李实却封锁消息的事愤而写成《御史台上论天旱人饥状》，向朝廷反映真实情况。

早在他任国子博士时，便已撰写了《子产不毁乡校颂》以申明自己的观点：或谓子产，毁乡校则止。曰："何患焉，可以成美。夫岂多言，亦各其志。善也吾行，不善吾避。维善维否，我于此视。川不可防，言不可弭。下塞上聋，邦其倾矣。既乡校不毁，而郑国以理。川不可防，言不可弭"，如果一味压制舆论，执政者将"下塞上聋"，其结果必然是"邦其倾矣"。把是否开放舆论提高到关系国家兴亡的高度，这样的认识，堪称卓越。因此，建设社会主义民主国家必须加强联系群众和畅通民意，健全完善监督制约机制。

（二）借鉴片面强调德治的教训，加强社会主义法制建设

法律是一种硬约束，是一种"他律"，法治通过制裁违法行为迫使违法者服从法律，同时警戒其他社会成员不得违法。德治是一种软约束，是一种内心"自律"，它以说服力和劝导力来规范人的行为，使人在内心形成道德行为的内在动因。法律和道德具有相辅相成、功能互补的相济性和互补性。因此，必须坚持依法治国与以德治国相结合，二者缺一不可。

我国古代的"德治"，尽管在一定时期内，在一些特定的情况下，也曾使老百姓得到某些利益，缓和了社会和阶级的矛盾，出现了某些历史上的"治世"，但是到头来都只能是"昙花一现"的暂时现象。依靠道德教化和修养的"德治"力量固然可以求得"寡罪"，但这并不意味着可以忽视政刑作用。而今天的德治，由于有社会主义基本制度的保障，不再只是圣人、明君之治的理想，而是社会的现实生活，是从根本上和制度上把领导者的道德品质同能否实现广大人民群众的利益挂起钩来，是以能否真正使人民群众生活富裕做考察和衡量干部的标准，因此与社会主义民主建设和法治建设相辅相成、相得益彰，是使人民更快富裕起来的治国安邦的重要措施。

韩愈主张德刑兼用，运用德礼"教化"人民，使人民遵循"先王之道"，用仁义作为行动准则，大家则安乐守己。但道德教化毕竟缺乏刚性约束力，因此他在《原性》中提出"凶人"概念，主张政刑震慑"凶人"，德刑兼用，德先刑辅。历史的经验证明：治国必有法，无法必乱国，国无法而不治，民无法而不立。依法治国是新时期中国共产党根据社

会发展及经济发展的时代要求所提出来的治国方略。它具有时代的特点，也是符合客观规律发展要求的，同时也体现了社会主义法制发展的要求。在社会主义法治建设中，必须坚定地把宪法、法律作为社会治理的最高准则，依法行政、规范行为，严格做到有法可依、有法必依、执法必严、违法必究，树立法律权威，把法治作为和谐社会的灵魂，发挥法律调节社会利益的杠杆功能。

（三）借鉴韩愈法治思想，加强党员干部作风建设

中国古代的德治，要求国家的官吏在道德上要身体力行，应当以自己的榜样和模范行动来影响广大的老百姓。这就是孔子所谓的"政者，正也，子率以正，孰敢不正"？"其身正，不令而行，其身不正，虽令不从"，以及"苟正其身，于从政乎何有"等对从政者的要求。韩愈法治观认为，一个从政者的威信和力量，既不在于他的权力大小，更不在于他的地位高低，而在于他的道德人格，只有高尚的道德品质和自身的道德模范行为，才能影响老百姓，才能在老百姓中享有威信，才是一个从政者的真正力量所在。

韩愈思想给予我们的启迪之一就是"务实清正"。韩愈当年敢于上书直谏、为民请命；敢于开一代文章先河，"文以裁道"，"陈言务去"，善于体察民苦，为潮州人民办实事，这些都值得我们借鉴。在推进新一轮的改革和发展之中，更需要在各级干部乃至全体人民中大力提倡求真精神和务实之风。进一步端正执政之风，真正做到鼓实励、出实招、办实事、求实效，使各级党组织做到求真务实，开拓创新、勤政高效、清正廉洁，不断提高创造力、凝聚力和战斗力，更好地体现时代的要求和人民的要求。因此，对我们今天的党员干部而言，这种思想境界和道德要求，就是必须具有坚定的政治信念，坚定的共产主义信仰和党性原则，积极践行科学发展观，按照习近平总书记的要求，做到信念坚定、为民服务、勤政务实、敢于担当、清正廉洁。只有这样，才能做到立党为公，才能增强责任意识，处理好权力与责任、权利与义务的关系，才能爱民、为民、富民、安民，德治才有保障。

研究韩愈的法治思想及其实践探索，对于我们完善社会主义法制具有现实借鉴意义。我们应从时代的新要求上认真学习和深入理解韩愈的"德礼为先、政刑辅之"法治思想，将其精粹融入社会主义法制中，为当

前我国发展社会主义民主政治，建设社会主义法治国家，汲取源源不断的历史精神财富。

参考文献

［1］曾楚楠：《韩愈在潮州》，文物出版社 1993 年版。

［2］江泓：《弘扬"韩愈文化"创新执政理念》，《南方日报》2004 年 11 月 9 日。

［3］陈岑博：《韩愈法律文化的问题初探》，《潮州调研》2013 年第 5 期。

韩愈文化与潮州文化旅游
资源的开发与探索

蔡述高　苏庆辉　曾庆桦　苏金涌①

（广东潮州市委政研室）

摘　要　韩愈（768—824年），字退之，唐代著名的文学家、哲学家、思想家、政治家和教育家，河南焦作孟州人，祖籍河南邓州，世称韩昌黎，晚年任吏部侍郎，又称韩吏部，谥号"文"，又称韩文公，唐宋八大家之一，被尊称为"百代文宗"。韩愈一生仕途坎坷，公元819年（元和十四年），因谏阻宪宗奉迎佛骨被贬为潮州刺史，在潮州任刺史八个月期间，韩愈驱鳄鱼为民除害，请教师办乡校启民智，计庸抵债释放奴隶，率领百姓兴修水利排涝灌溉等，造福潮州百姓，终获"民心如镜长相映，山水于今皆姓韩"。本文通过挖掘韩愈从政经历，尤其是治潮八个月的足迹，并通过还原历史片段，对潮州有关韩愈文化的旅游资源开发进行研究探索，为发展潮州文化旅游业提出政策建议。

关键词　韩愈文化　潮州文化　旅游资源　开发探索

唐代元和十四年（819年），韩愈上书《论佛骨表》，向皇帝提出停止迎接法门寺佛骨到长安供奉的建议，触怒了皇帝，被令处死，幸得宰相裴度等讲情，才改贬为潮州刺史。韩愈发扬儒家积极治世精神，以戴罪之身，在潮州"八月为民兴四利，一片江山尽姓韩"，把中原先进文化带到岭南，驱鳄鱼、办教育、释奴隶、兴水利，为潮州人民做了许多实事，被潮州人奉若神明，后潮州人将笔架山改称韩山，山下恶溪改称韩江，并建韩文公祠、祭鳄台等，以纪念韩愈。

---

① 作者依次为中共潮州市市委政策研究室副主任、调研科科长、综合科副科长、综合科科员。

韩愈于潮州，潮州于韩愈，在感情上是无可替代的。韩愈虽主张"排佛"，但因潮州佛教信徒众多，为安定政局，他主动团结佛门，潮州的叩齿庵见证了他和大颠和尚的情谊。韩愈刺潮，带动了中原文化在潮州的传播，潮州人因学韩而兴学，又在兴学中益尊韩。韩愈虽"刺潮八月"，但他在潮州的发展史上，地位最崇高，对潮州后代的影响也最深远，以致潮州江山易姓韩，有关韩愈的故事在潮州百姓中世代相传。

潮州有韩文公祠、祭鳄台等与韩愈息息相关的历史遗迹，但如何更好地传承韩愈文化，运用韩愈文化发掘潮州的旅游资源，发展潮州的文化旅游业，我们认为，可从以下方向进行探索。

一 还原重现祭鳄仪式，展示韩愈为民官风

韩愈刚到潮州，就了解到境内恶溪中有鳄鱼为害，经常伤害人畜，闹得路断人稀，村镇凋敝，百姓苦不堪言。他经过了一番考察，遂写了《祭鳄鱼文》，并在韩埔古鳄渡口设坛祭鳄，限期要求鳄鱼徙迁大海。当时，潮州人倾城而出，人山人海，鸦雀无声，只听韩愈庄严宣布："刺史受天子命，守此土，治此民，而鳄鱼睅然不安溪潭。潮之州，大海在其南，鳄鱼朝发而夕至也。今与鳄鱼约：尽三日，其率丑类南徙于海，以避天子之命吏；三日不能，至五日；五日不能，至七日；七日不能，是终不肯徙也。刺史则选材技吏民，操强弓毒矢，以与鳄鱼从事，必尽杀乃止。"说毕，将祭文焚化连同猪羊投入溪中，拜祭鳄鱼。相传，当日拜祭了鳄鱼，晚上恶溪骤起暴风雨，雷鸣电闪，不过数日，溪水尽退，鳄鱼不得不徙迁大海。实际上，韩愈借助祭鳄形式，开展了声势浩大的除鳄总动员，组织一批捕鳄能手，"操强弓毒矢，以与鳄鱼从事"。这条原来人烟稀少被称为"恶溪"的广东第二大江，逐渐有了生机，潮州城对外最重要的交通枢纽，又恢复了往日的繁华。

通过对历史挖掘，我们可以借鉴"印象丽江"等成功模式，融入潮州文化，重现祭鳄仪式的全过程。具体做法是，请一知名导演，还原导演一场祭鳄仪式，并把它精心打造成一个旅游节目。根据历史，节目演出者均着当时特色唐装，韩愈扮演者在祭鳄台上，宣告祭鳄仪式开始，宣读《祭鳄鱼文》，后将祭文焚烧，秦济扮演者将祭台上的羊和猪抛入江中，

一声令下，江里八十艘船分成上下游各四十艘，八百壮汉每艘十名，在江面来回穿梭呐喊，两岸以及船上的潮州大锣鼓互相呼应，震耳欲聋，号角轰鸣，四处彩旗飘飘，几队骑马战士在堤上来回奔跑，形成非常壮观的祭鳄、驱鳄仪式。这个节目，可以根据实际，确定参加的船和人员的数量，设计成每周一至两次演出，观众的座位可以设在堤上、堤内，音响设备安设到两岸多处，让游客对韩愈的祭鳄产生了空前的震撼。通过对祭鳄仪式的还原重现，并重新包装设计，吸引大量游客，既可增加旅游收入，增加就业岗位，又可展示韩愈为民官风，增强正能量，同时又把潮州文化发扬光大，提高潮州知名度。

二 传承推广马说理论，体验韩愈际遇心境

"世有伯乐，然后有千里马。千里马常有，而伯乐不常有。"《马说》大约作于贞元十一年（795年）至十六年（800年）间，其时韩愈初登仕途，很不得志。曾三次上书宰相求擢用，"而志不得通"，因而郁郁不乐，所以有"伯乐不常有"之叹。尽管如此，他仍然声明自己"有忧天下之心"，不会遁迹山林。

时至今日，"伯乐不常有"想象仍然存在，大把的人才被浪费、被埋没。社会发展迅速，人的心里普遍压力大、易烦躁，怀才不遇的情绪高涨，有的甚至自暴自弃。在这样的社会氛围，我们更需要去学习《马说》，以求平衡心理，调整心态，以怀"有忧天下之心"，充实提升自己，把自己真正打造成一匹"千里马"，为下一个伯乐的出现做好充分的准备。

我们可以设计这样一个旅游项目，建设一个《马说》的旅游点，里面有养马场，游客可以参观学习养马的技术，可以学习认识马的类别，可以自选马，进行骑马赛马，考验自己是否是一个伯乐，反思自己是否是一匹千里马，如何处理好伯乐与千里马的关系等；同时，还可以展示马在人类历史上的应用，从出行到磨豆腐，到娶亲，到打仗；还可以将非物质文化遗产潮州饶平的布马舞、潮州潮安英歌舞从中进行表演展示，并让游客参与、体验和娱乐，甚至还可以用潮剧表演韩愈的某个历史片段；最后还可以销售和马文化相关的潮绣、潮州木雕及陶瓷艺术品等，从中展现潮

州文化魅力。通过旅游，把《马说》的理论糅合在整个旅游项目之中，寓教于乐，从旅游娱乐中默默传承、弘扬《马说》理论，使更多的人能通过这旅游项目调整心态，提高能力，增强识人和被人识的能力，适应日益竞争激烈的工作和社会。

三　创新运用师说理论，开发教育旅游资源

"师者，所以传道授业解惑也"，这是千百年前韩愈对"师"的解读以及尊师重教良好社会氛围的描述，但今天，教育已演变为简单的应试教育，而且走上了商业化的道路，逐渐远离教书育人的宗旨。尽管国家出台规定，对学生进行适当的减负，但是收效甚微，与素质教育的距离还是相当遥远，大多学生只是简单地接受填鸭式教育进行记忆力锻炼，而缺乏诚信、道德、推理创新、应对突发事件及生存能力方面的培养。

如何实施素质教育？素质教育和应试教育的差别有多大？其实，只是一种教学方法的调整，甚至这种差别就表现在试卷之上。例如，历史题，关于元朝。中国式试题是这样的："元朝中，哪个帝王在哪一年的疆域达到最大？界限分别到哪里？之间经历几次关键战争？战争的意义何在？"这明显就是在考记忆，学生只能应试。而欧洲，他们考的是推理和创新的思维能力，同样的题目，他们的试题是这样的："如果中国元朝没有打到欧洲，今天的欧洲是什么现状？"笔者印象中答得不错的欧洲学生，大概的答案是这样的：如果元朝时，中国的忽必烈没有打到欧洲，就没有把蒙古草原的跳蚤带入欧洲，欧洲就不会出现因为被跳蚤咬到而产生的瘟疫，欧洲人就不会用心去研究科学，欧洲就不会出现文艺复兴和工业革命，欧洲也就没有今天的繁荣！

观今宜鉴古，我们应从《师说》中得到启发，并借鉴西方教育方式，找出我们现代教育需要改善的地方。我们可以建设一个"韩愈书斋"或者是"昌黎书院"的旅游景点，通过人物扮演还原韩愈"敢为人师，广授门徒"的历史原貌及教学方法，开设课程，传播优秀传统文化，欢迎学生、老师及游客免费听课，课程内容可以用韩愈和"韩门第子"交流探讨的一些历史片段，并通过表演传承韩愈的教育思想。课程设计可以参考《灰姑娘》故事的启发式授课，如何启发学生从故事中学会像灰姑娘

一样守时赶上马车才能成为王后，学会广交朋友才能在关键时刻得到朋友帮助，学会明白什么事情都需要自己努力争取才能做到，学会在别人不爱自己的时候更爱自己等启发式素质教育。力争通过参观"韩愈书斋""昌黎书院"，以点带面，影响、培育更多的"韩门第子"，让更多的国人从旅游节目中获得启发、反思教育、传承韩愈教育文化，掀起新一轮的教育改革。特别应该认真发掘韩愈在袁州"兴书院"十多年后，出了江西第一个状元，到"江西进士半袁州"这一段历史，打造一批"昌黎书院"和"韩门第子"，振兴潮州教育，同时培育潮州教育文化旅游资源。

四　创造小桥流水人家，全面发展生态旅游

韩愈为帮助百姓发展生产，动员民众，筑堤修坝，兴修水利，排涝灌溉，造福潮州百姓。潮州，被韩江分成一江两岸，极具自然地理优势。我们可以根据韩愈兴修水利的史实，找出韩愈修过水利的位置，重新塑造，重新规划，在韩江进行引渠，使潮州市区被几条韩江支流均匀穿过，增大城市水面积，发挥水面综合功能。参考苏州、丽江，甚至威尼斯等城市的规划设计，为未来每家每户门口都有小桥流水做计划，逐步规划，逐步实现，让作为生态环境重要组成部分的城市水面发挥其不可替代的服务功能和经济价值。

丽江古城最奇特的地方是古城建造者巧妙地运用了清澈的玉泉水，把泉水分成三叉，穿街过巷，流遍全城千家万户，造成一派"家家门前流泉水，户户垂柳拂屋檐"的特有景观。小桥、流水、人家构成丽江古城恬静的居住环境，独具魅力，形成人与自然的美好和谐。另外，只要古城下游关上水闸，水流就漫上大街小巷；开闸，水流就带走了路面的泥沙和垃圾，用全新的方法解决了城市的卫生问题。

通过借鉴，我们是否可以全新规划设计，创造出一个小桥流水人家的全新潮州？一是可以解决城市严重积水的排涝问题；二是可以打造更加适合现代人放松心灵的全新旅游城市；三是可以通过在引渠设计喷泉美化城市并形成城市的几道水幕大面积降尘减轻雾霾。

五　连接韩愈历史轨迹，整合韩愈旅游资源

从孟州—韶州—孟州，长安—连州—江陵—长安，潮州，袁州，再到长安等，沿着韩愈的历史轨迹，挖掘韩愈历史文化资源，连接形成韩愈人生线路图，整合全国韩愈旅游资源，做大韩愈文化旅游。通过包装设计，重新打造韩愈景点，把韩愈的人生线路做成一条旅游线路，可以在线路上任何一个城市购买全程的总门票，也可单独购买在线路中的某个城市的韩愈景点的总门票，也可以购买某个城市单独某个韩愈景点的门票，这样就可以共同开发韩愈文化旅游业，创造就业、创造收入，为地方共同发展注入全新的动力。

参考文献

［1］韩愈，百度百科．网址为：http：//baike. baidu. com/link？url = JkEZWaemwIQ2jXCPKQVrMVOOG3OIfBeek4fvhCST4j4GDjYASh9lbrsHe&le96 rQI2jPn4YgYg9Rvac2yWiIO_ .

［2］韩愈，百度知道．网址为：http：//zhidao. baidu. com/search？ lm = 0&n = 10&pn = 0&fr = search&ie = gbk&word = % BA% AB% D3% FA.

［3］孟州韩愈文化网．网址为：http：//www. mzhywh. com.

［4］曾楚楠：《韩愈在潮州》，文物出版社1993年版。

［5］张清华：《韩愈大传》，中州古籍出版社2003年版。

韩愈文化的内涵与现代价值

欧阳峻峰①

（广东阳山县委宣传部）

摘　要　本文从文化的精神、物质、行为（实践）三个层面，解读了韩愈文化蕴含的丰富内涵，并分别阐述了它们在当今三个文明建设中的意义和价值。

关键词　文化　韩愈文化　思想　资源　借鉴　教育　价值

　　凡是文化，总是与一定的精神价值和人文意蕴相联系。既然文化具有一种价值的属性，价值是满足于人的某种需要的事物的一种性质，是与人的需要相联系而存在的，那么文化必然与人的价值观念具有一种对应的关系。而价值观念作为人们价值选择活动的经验的概括，是人的目的、信仰、信念和理想的总和，是属于世界观、人生观的范畴的，所以它的形式不仅必然以人所处的一定的社会关系和社会地位为基础，而且一旦形成之后，反过来又必然会规范人的价值活动，对人的情绪、兴趣、意志、态度、行为具有调节和控制的作用。在阶级社会中，由于各个阶级和社会集团在经济上和政治上所处的地位不同，决定了他们的价值观念和行为准则必然也不一样，这就使得文化在阶级社会里必然带有意识形态的性质。当然，韩愈文化也不例外。

　　如前文所述，文化包括三个层面，即精神（思想理念）层面、行为（实践）层面、物质层面。本文所探讨的韩愈文化的现代价值，正是根据韩愈文化三个层面的内涵进行探讨的。

　　首先，从韩愈文化的精神（思想理念）层面看，韩愈作为中唐的思想家、政治家、文学家、教育家，他的思想理念是非常丰富的。他的政治

---

　　①　作者欧阳峻峰系原中共阳山县委宣传部副部长、原县委讲师团团长。自20世纪80年代开始，长期利用业余时间进行韩愈文化、韩愈与阳山的研究梳理，发表有关文章100多篇。

伦理思想、社会伦理思想、文学思想、教育思想等超越时间和空间的界限，至今仍然是我们建设社会主义精神文明，构建和谐社会，建设中国特色社会主义的宝贵的精神财富和思想资源。

韩愈一生倡扬儒学，以儒家道统继承者自许，儒家文化中的精华，一一在他的作品中得到体现。他在作品中极力宣传明纲纪、大一统的思想。他以维护道统为己任，并表示"使其由愈而粗传，虽灭死万万无恨"（《与孟尚书书》）。他在《原道》中直言不讳地提出维护封建秩序，强调维护"纲纪"；在《守戒》《送董邵南序》《论淮西事宜状》《张中丞传后叙》等一系列文章中表现了强烈的要求国家统一，中央集权，反对暴乱和分裂的思想，虽有维护封建统治的一面，但在当时来说，他反对藩镇割据，维护国家统一、社会安定，这又是符合时代需要的，也是符合广大人民群众利益和要求的，因而也就具有积极的社会意义。

韩愈继承并发挥了儒家仁政爱民的思想，在《原道》中他大讲仁义，主张博爱，建设一个"鳏寡孤独废疾者有养"的社会；在《论天旱人饥状》《送许郢州序》《赠崔复州序》等作品中，大胆揭露了统治阶级急于赋敛的行径，反映了民生的疾苦，大声疾呼施行"仁政"；在《子产不毁乡校颂》中，呼吁统治者要听取人民群众的呼声；在《黄家贼事宜状》中，呼吁统治者对起义农民要施行安抚，不要穷讨，并指出了官府的盘剥是造成人民"穷且盗"的根本原因。所有这些都包含着强烈的关注民生、同情人民的思想内容，充分体现了人民的精神诉求。

笔者认为，韩愈文化中在精神（思想理念）层面上可供我们今天借鉴和利用的有如下几个方面。

第一，韩愈的政治思想，热爱祖国、反对藩镇割据、维护国家统一、重视"国格""注重整体性"，可以激发民族自尊心，培育人们的爱国主义和集体主义精神，这是我们今天进行社会主义核心价值体系教育的可以利用的思想资源。

第二，韩愈的民本思想，仁政爱民、关注民生、体恤民情、主张让百姓安定生息、反对官吏扰民侵民损民，对我们今天执政为民，搞好党群、政民关系，构建和谐社会有着非常重要的借鉴和启迪作用。

第三，韩愈的道德伦理思想，倡导见利思义、持身立节、注重人的道德礼仪、廉洁自律，这有利于今天社会主义荣辱观的建立，有利于在发展市场经济的同时防止和消除腐败现象，端正党风政风和社会风气，有着不可否认的积极意义。

第四，韩愈的教育思想，主张有教无类、教学相长、师生互学、收生授徒、奖励后学，这在我们今天"教育立国""科学立国"的情况下，唤起全党、全国、全民对教育的重视，发展社会主义教育事业，实现教育现代化，为四化建设培养输送更多更好的人才，具有超时代的恒常价值。

第五，韩愈的人才思想，主张不拘资格、举贤任能、才分量级量才使用、辨才求实、知人早用，为我们今天培养使用人才提供了事实与理论依据。

第六，韩愈的经济思想，主张士、农、工、商四民分工，各尽其职，相生相养；他反对僧道寄生，减轻人民负担；他主张提高货币价格，改变钱重物轻的现状；他主张以法治理金融，堵塞货币流通的漏洞；他主张食盐官营私卖，让偏僻山区的群众吃到食盐。同时，他还主张开放沿海市场，促进中外经济交流。韩愈的经济思想不仅对中唐的经济生活起了重要作用，也受到后世经济学家的重视，就是在改革开放、发展市场经济的今天，也有一定的可借鉴作用和现实意义。

第七，韩愈在处理人与人的关系中，主张"乐道人之善"，即喜欢说人家的好话，称赞别人的优点，乐于帮别人做好事。这有利于建立和谐的人际关系，树立良好的社会风尚。

第八，韩愈的中庸思想，主张处世要适度、适中，无过与无不及。这一求中和、求和谐，以及依时而取中的方法论原则，在我们今天落实科学发展观中，可被用来处理各种社会矛盾，协调各种关系，维护社会稳定，保持社会和谐，更显示出智慧的价值。

第九，韩愈的积极入世思想，他主张做人要自强不息、奋发有为、积极进取，反对消极怠惰、自暴自弃，这有利于进行社会主义现代化建设的过程中培育"四有新人"，激发人的积极性、主动性和创造性，在建设中国特色的社会主义事业中建功立业。

第十，韩愈的文学思想，主张"文以载道""文以明道"，提倡写文章要保持内容与形式的统一，形式要为内容服务。他提出"不平则鸣""穷而后工"的文学创作观点，进一步把作家的生活、思想、创作动机与现实社会联系起来，让文学更好地反映现实服务，这一创作原则，就是在今天，也有很深刻的启迪作用。

此外，韩愈协和万邦、定边安国的外交思想，居安思危、屯田备战、优选边帅、安边定远的军事思想等，也是今天我们可以借鉴的宝贵的思想财富。

应该明白，上述所列韩愈文化中精神（思想理念）层面中的积极因素只是一种潜在的思想资源，这些资源能否在现代社会中为我所用，起到启迪作用，关键在于我们的工作。这就需要我们进行重新的阐释，并经过创造性的转化，亦即创新，把它们吸纳到为现代化建设的服务中来。

其次，从韩愈文化的行为（实践）层面上看，韩愈的一生，是忧国忧民、积极入世、顽强拼搏、勤奋著述的一生。虽然，他是一个封建官吏，在生活作风上带有那个时代的阶级烙印，但是他的为官做人、处世作文，为我们树立了良好的风范，至今仍是我们学习的楷模。

韩愈求学，刻苦勤奋、进取自强。他一岁丧母，三岁丧父而孤，由兄嫂抚养成人。他七岁读书，非常勤奋，用他自己的话说，是"鸡鸣而起，孜孜研读"。"焚膏油以继晷，恒兀兀以穷年"，"口不绝吟于六艺之文，手不停披于百家之编"（《进学解》），"自五经之外百氏之书，未有闻而不求，得而不观者"（《答侯继书》）。他"四举于礼部乃一得，三选于吏部卒无成"（《上宰相书》）。这种刻苦自励、奋发进取的求学精神，至今仍是我们对青少年进行励志教育的好典型。其记事提要、纂言钩玄的读书方法，在今天仍然有着积极的指导作用。

韩愈当官，操行坚正，有见则言。他关注国家安危，关心民生疾苦，凡有机会言事的，不管上意如何，都敢按实情事理，讲真话不讲假话，报实情不弄虚作假。他被贬令阳和刺潮，都是因为他敢讲真话，敢报实情，忤逆圣意，得罪权贵而招致的。韩愈在令阳、刺潮，虽身处逆境，仍以济世利民为己任，扎扎实实地为百姓兴利除弊，做实事、谋实惠，赢得"江山易姓韩"和"百姓生子名韩"的美誉。我们今天的广大干部可以从韩愈的当官之道中，找到当官做人的明镜。

韩愈处世，克己奉公，为国利民。唐穆宗长庆元年（821年）冬，镇州兵乱，诏令兵部侍郎韩愈出使镇州宣谕王廷凑。既行，朝廷上下臣僚都认为韩愈此行有被王廷凑乱军杀害的危险。元稹也说："韩愈可惜。"穆宗李恒也后悔不该让韩愈去，诏令韩愈度事从宜，可入镇州军营再入，如有危险，无必入。年已五十五岁且体弱多病的韩愈则说："止，君之仁。死，臣之义。安有授君命之滞留自顾？"遂策马扬鞭，直入军营，临危不惧，晓以大义，使王廷凑接受朝廷诏谕，罢兵解深州之围，使河北数州之民免除了一场战火的灾难，可见韩愈为国为民，尽忠不怀禄，尽节不畏死的精神和品格。

韩愈待友，交而有信、情真意切。他恪守儒家与朋友交而有信的准则，深于友情，终人之托。韩愈与孟郊、贾岛等人的穷达之交暂且不说。韩愈与柳宗元政见不同，常有据理力争，针锋相对的辩论，但不妨碍他们是厚交的文友。后柳宗元临终时未托孤于发达的亲友，而托子于尚在贬潮州刺史移袁州刺史任职途中的韩愈。韩愈以誓相许，并为柳宗元写了《柳子厚墓志铭》《祭柳子厚文》和《柳州罗池庙碑》三篇文章，对柳宗元作出了全面贴切的评价。

韩愈任教，好贤乐善、识才举能。他推心置腹地谆谆告诫学生该如何刻苦努力修养自己。他为学生讲课，也表现出难能可贵的亲和力与感染力。他的学生皇甫湜为他写的墓志铭中说："平居虽寝食未尝去书，怠以为枕，餐以恰口，讲评孜孜，以讲诸生，恐不完美，游以诙笑啸歌，使皆醉而忘归。"这种敬业精神，值得今天广大教师学习。

韩愈作文，闳中肆外，言辞质直，叙次论断，简峻明健，其功力之勤、造诣之深、影响之大，是文坛公认的。他非常重视文章要有充实的内容，注重作家个人的思想、人格、气质、品德的修养，也就是说，非常重视作家的内在精神力量对文学作品成败的影响。这一点就是在今天，我们也还是提倡和借鉴的。

"哲人日已远，典型在夙昔。"韩愈虽已远离我们今世，但他坚正敢为，忠耿不二，仁政爱民，艰苦著述的业绩，他的求学作文之志，当官做人之德，处世办事之道，却是值得我们今人永远敬仰和学习的。

最后，从韩愈文化的物质层面上看，韩愈为后人留下一批诗文作品、墨迹遗迹及后人为敬仰、纪念韩愈修建的名胜古迹，这既是我们今天研究唐代历史的丰富的资料，又是我们今天发展旅游业的宝贵的资源。

韩愈诗文作品，收入《韩昌黎全集》的有诗 413 首，文 392 篇。韩愈谪阳山令，在阳山写下了三十多篇（首）诗文。韩愈墨迹，全国四阳山占其三。韩愈遗迹古迹，在阳山有读书台、钓鱼台、远览亭、游息洞、千岩表、贤令山摩崖石刻；在孟州有韩愈墓园；在潮州有韩公祠、韩愈故治、祭鳄亭等。同时，在阳山、孟州、潮州都建起了韩愈纪念馆，成立了韩愈研究会，利用这些遗迹古迹和民间组织，我们可以开展寻韩研韩学韩之旅，建设韩愈文化主题公园，开辟韩愈文化一条街，把韩公酒、韩公茶、韩公泉、韩公黄柑、韩公影像资料、韩公动漫片等作为产业做大做强，使其成为人们参观游览购物的景点，寓传统美德教育于休闲旅游之中，为建设文化阳山服务，为发展阳山旅游服务，为振兴阳山经济服务。

笔者认为，韩愈文化为中国传统文化主体——儒家文化的一支根脉，在中国绵延一千二百多年，一些道德规范、名篇名言、故事传说在群众中脍炙人口，深入人心，这是我们发挥韩愈文化积极作用的良好的群众基础。今天，面对世界范围内各种文化的相互激荡，面对市场经济的双重效应，面对构建社会主义和谐社会的战略任务，面对贯彻落实科学发展观的现实要求，只要我们引导得力，措施得当，运用得法，韩愈文化对人们修身立德、积极进取、扬善抑恶，将会产生积极的作用。

综上所述，韩愈文化关注民生，具有普遍的社会价值。韩愈文化是资源，具有永久的开发利用价值。韩愈文化是产业，具有丰厚的发展增值价值。韩愈文化是灵魂，具有恒常的教育塑造价值。

燕喜亭考

李纯宏

（广东省阳山县阳山中学）

唐贞元十九年（803 年）冬，韩愈贬阳山令。同年九月王仲舒（字弘中）贬连州司户。[①] 其时阳山县属连州管辖，且相距仅百余里。应王弘中之邀韩愈作《燕喜亭记》，取《诗经》所谓"鲁侯燕喜"者颂也。[②] 一千多年来"燕喜亭"名扬天下，历久弥新，至今是中国十大名亭。这种奇特的文化现象耐人寻味，笔者试以考析，求教于同好。

一　千岁古亭　历久弥新

连州燕喜亭，在旧州城北、巾峰山麓，连州志[③]记载："唐德宗贞元二十年（804 年），连州司户王弘中建[④]，有俟德丘、谦受谷、黄金谷、振鹭瀑、秩秩瀑、寒居洞、君子池、天泽泉诸胜。阳山令韩愈为之记。"

唐会昌五年（845 年），连州刺史武兴宗重修，亭记重刻。李汉之子李赧作《燕喜亭后记》。[⑤]

宋咸平六年（1003 年），燕喜亭重修。

宋康定元年（1040 年），连州知州林槩立石重修。[⑥]

宋端平二年（1247 年），知州刘元长新修。[⑦]

---

① 《唐书·王仲舒传》。
② 洪兴祖：《韩子年谱》。
③ 同治版《连州志·古迹》。
④ 方崧卿：《韩集举正》。
⑤ 《文苑英华》。
⑥ 方崧卿：《韩集举正》。
⑦ 同治版《连州志·艺文》。

明嘉靖十五年（1536 年）知州李壮义又修，刻石《重修燕喜亭记》。①

清康熙年间［约四十二年（1703 年）］知州王济民又修。②

雍正十一年（1733 年），知州陶德焘重葺。③

乾隆五十三年（1788 年），州牧萧榕重修。④

民国三十年（1941 年），广东省会广州沦陷，广东省政府迁连州，时任广东省政府主席李汉魂，于抗日战争极端困难时期，重新修建燕喜亭，整治亭边文物古迹。⑤

20 世纪，燕喜亭历经"文化大革命"劫难，幸运被民众保护下来，奇迹！宛若神灵护法，后之拜谒者无不惊叹！

唐德宗贞元二十年（804 年），燕喜亭新建，至今已历一千二百一十岁。其间历经无数战火洗劫，日本战机狂轰滥炸⑥，十年"文化大革命"破坏，竟然幸免于难！瞻仰燕喜亭者都会探问，这是为什么？昌黎公《燕喜亭记》深入人心，连州官民用心呵护"燕喜亭"，这就是奇迹的奥秘。

二　开宗立派　绵延无穷

昌黎公贞元十九年（803 年）冬贬阳山令，二十一年夏秋之间奉调前往江陵。其间所写诗文，仅有一篇《燕喜亭记》手书留在连州，一篇手书《燕喜亭记》，开篇书写一部壮丽的韩学历史画卷。

连州地处广东西北角，北与湖南宜章为界，西与广西贺州相邻，与省会广州相距近三百公里，沿途崇山峻岭，江水险急，境内一千多米高山连绵不断。然而江山险阻阻不断一千多年来为了亲自拜读昌黎公手书《燕喜亭记》的人流，据史乘记载，既有前朝宰相、封疆大吏地方要员；更

---

① 同治版《连州志·古迹》、同治版《连州志·艺文》。

② 同上。

③ 同上。

④ 同上。

⑤ 民国版《连州志·大事记》。

⑥ 同上。

多是当代贤达、文人墨客；至于平民百姓，数不胜数。近年统计：每年有数百万游客拜访，盛况非常。

唐会昌初年，李汉子李贶拜谒燕喜亭，寻访外王父昌黎公石刻。①

唐名相张曲江胞弟裔孙、宋原宰相张魏公张浚多次拜谒燕喜亭，寻访昌黎公芳踪。②

权发遣广南东路转使司事尚书职方郎向中。

宋道光伯尚书虞部员外郎知连州军事陆琮宝之同观燕喜亭旧迹，遂游北禅寺，熙宁辛亥二十七日，假守金杰屡同郡寮玩尝于此、癸丑岁题。见亭前石刻。

元丰辛酉夏五月十四日题名石刻，此刻部分字迹莫辨。见亭前石刻。

张子镇同游燕喜亭，览韩刘遗迹天泽泉。宋元丰辛酉仲夏日纯中题。亭前石刻。

紫岩张浚携子栻游燕喜亭，阳山唐赋、陈宗谔、欧阳献可、欧阳相、武彝李翔。皇宋绍兴己巳。亭前石刻。

因得屡游燕喜……庆历乙卯二月二日，亭前残刻一方。用斋刘燧叔、淳祐壬寅携家来游。见石刻。

郡守朱洗，淳祐庚戌夏五月十日携家来游摩崖以记岁月。见亭前石刻。

“郡学官莆田翁淼，万安罗彦洪、建安吴恭慨……游览寻古迹”，“正统甲子至日书”。见石刻。

辛丑二月二日同郡守陈润，连山令蔡元旦游燕喜之集流杯池。③

除上述十多方亭前石刻外。清代广东学政李调元、翁方纲、徐棋等先后拜谒昌黎公《燕喜亭记》。④

为了发扬昌黎公《燕喜亭记》文化精神，连州吏民奉《燕喜亭》为亭祖，在其周围相继建数十座富有理学文化的新亭，垂法传承文公德泽。

宋元丰年间，连州建成十二亭。

宋绍兴年间，连州又修建十二亭。亭名有：燕喜亭，日月窟亭，真览亭，振鹭亭，飞源亭，君子亭，天泽亭，卧龙亭，钟美亭，十咏亭，聚秀

---

① 《文苑英华》。

② 《永乐大典·孙烛明先生集》。

③ 同治版《连州志·古迹》。

④ 同上。

亭，勿幕亭（勿幕亭清代改流杯亭）。

明嘉靖十四年余勉学以御史贬连州，摩崖刻石以记。[①]

回顾连州巾峰山麓变迁：一千二百一十年前只是两个僧人——景常、元慧，避风雨寒暑的禅舍，岁月流逝，禅寺早已不见踪迹；贞元二十年昌黎公手书《燕喜亭记》问世，巾峰山成为天下人心向往之，不远千里万里访游的乐土，拜读《燕喜亭记》殿堂，研究昌黎公道德理想源泉。

三　立德垂法，惠泽千秋

《新唐书·韩愈传》赞美昌黎公在阳山任上"有爱于民"。这里笔者赞美昌黎公于连州"立德于民"。《左传》曰："太上有立德，其次有立功，其次有立言。""立德谓创制垂法，博施济众，圣德立于上代，惠泽被于无穷。"[②] 昌黎公于连州，深得立德要义，一篇《燕喜亭记》形象阐述抽象的立德精华，滋润历代连州人民。

《燕喜亭记》阐述：人的道德犹如山丘，"斩茅而嘉树列，发石而清泉激。辇粪壤，燔槎翳"。"出者突然成丘，陷者呀然成谷，注者为池而缺者为洞"。形象提示道德俟于开发。人要学石谷"谦受之德"，学振鹭瀑之胸怀；有黄金之谷怀抱，立"秩秩之瀑"的美德；"志其入时"，尤如"寒居之洞"；池般的君子美德，"虚以钟其美，盈以出其恶"。要学那"天泽之泉"的美德，"出高而施下"，后世之"居庙堂之高则忧其民"。合而名之"燕喜"。昌黎公贬阳山于德宗是不幸，为连州吏民立德垂法，惠泽滋润千载，又是连州人民之万幸。个中深意连州人民心领神会，感受深远，历代《连州志》记述甚详。[③]

一篇《燕喜亭记》开启连州巾峰山漫山遍野刻石题记，题名，赋诗作词，美文佳构，几乎可称为"燕喜"文化长廊。

唐会昌五年李贶《燕喜亭后记》。

宋元祐六年徐常《流杯亭记》（原名"勿幕亭"）。

---

① 同治版《连州志·古迹》。

② 《春秋左传正义》卷三十五。

③ 同治版《连州志·艺文》。

明正统九年杨寿夫《复修泮池记》。

明嘉靖十五年李壮义《重修燕喜亭记》。

清康熙十年李菁《修复流杯亭记》。

清雍正十一年陶德焘《新建兴文塔记》。

宋绍兴张栻《巾峰远眺》诗。

明赵瑄《巾峰远眺》诗。

明卫金章《游巾峰谦溪泉》诗。

明金鼎《燕喜亭》诗。

宋林华皖《列秀亭泳并序》。

清翁方纲《列秀亭题字》诗。

明王洛民《重建燕喜亭诗并序》。

明吴九谦《燕喜亭》诗。

明朱洗《游燕喜亭》诗。

明游朴《游燕喜亭集歃流杯池》《谒三贤祠》。

明莫与齐《燕喜亭论学赋二首》。

清卫金章《燕喜亭》三首。

张惟勤《夏日游燕喜亭》诗。

张瑄《勿幕亭之流杯池》八首。

清谈昇《重建燕喜亭》诗。

清李调元《玉峰张牧伯邀游燕喜亭》长短句并序。

清萧榕年《春日游燕喜亭》词。

清王丕烈《燕喜亭跋》。

陶德焘《燕喜亭记后跋》。

徐香祖《流杯亭跋》。

清光绪八年（1883 年），知州曾纪渠创建燕喜书院。二十年广东学政徐棋命名燕喜书院。民国初年又建燕喜小学，燕喜中学。[①] 从此燕喜亭旁新生燕喜教育园。

连州昌黎公“燕喜文化”，吏民崇敬程度，在韩学文化史，可称为罕见。检阅《连州志》，连州人民敬奉昌黎公为神灵。宋绍兴年间州牧陈奕

---

① 民国版《连州志·人文》。

创建"仰韩堂"于州治内。① 以后历代有续修。宋绍熙二年（1191 年）知州陈晔重刻文公石像，供奉于三贤祠，春秋祭祀昌黎公。② 以后州牧刘元长又重修。仰韩堂、学宫里的三贤祠远不能满足连州百姓景仰韩公渴望，明代开始燕喜亭旁的北山蝉寺，把昌黎公碑位请进佛寺，设四贤祠③，和阳山人民一样"朔望香灯经年不改，春秋俎豆历久弥光"。④

　　访寻昌黎公在连州芳踪，德泽滋润经年不改，燕喜文化光耀千秋；亲谒"燕喜亭"，拜读韩公手书《燕喜亭记》，终生受用，千载美事。

① 同治版《连州志·古迹》。

② 《永乐大典·孙烛明集》。

③ 民国版《连州志·学校》。

④ （清）陆向荣：《阳山县志》。

浅论韩愈碑志的艺术特色

李伯瑶

（广东省阳山县教育局）

摘 要 韩愈一生留下三百多篇散文，其中碑志约占四分之一，不但内容丰富、体裁创新，而且具有较高的史学与文学价值。本文仅从随事赋形、精选细节、雄浑恣肆、叙中有议和开合不凡等方面浅探韩愈碑志的艺术特色。

关键词 韩愈 碑志 艺术特色

在韩愈留下的三百余篇散文中，碑志占七十五篇，大部分是他精心撰写的名作。韩愈的大部分碑志，不但有较丰富的社会内容，发展了碑文的体裁，还具有不容忽视的史学和文学价值。这些碑志在当时和后代都引起人们的重视，在史学和文学领域产生了不容低估的影响。限于篇幅，本文仅就韩愈碑志的文学价值方面进行粗略的探讨。

魏晋六朝以来，尽管碑志盛行于世，但大多是铺排郡望、藻饰官阶，赞颂之词千篇一律，公式化概念化的现象非常严重。阮亨在《瀛舟笔谈》中说："唐人昌黎以前，如权文公李北海犹沿袭其体。……六朝骈俪之文，读者或至不能知其官阀事功，世以为憾。"[1] 何焯也说碑志自蔡邕后皆华而不实，唐梁肃、李华等"欲变而未能，至昌黎而始一洗其习"（《义门读书记》）[2]。为了表达充实的内容，韩愈文起八代之衰，力弃陈言，勇于创造，"自成一家新语，后学之士，取为师法，当时作者甚众，无以过之"（《旧唐书·韩愈传》）[3]。杜牧在《读韩杜集》中评论道："杜

---

① （清）阮亨撰：《瀛舟笔谈》，嘉庆庚辰（1820年）刊刻，扫描版电子书，第478页。

② （清）何焯撰：《义门读书记》，中华书局1987年6月第1版，第974页。

③ 吴文治编：《韩愈资料汇编》，中华书局1983年9月第1版，第68页。

诗韩笔愁来读，似情麻姑痒处搔。"① 唐人已把动人心弦的韩愈散文，与杜甫脍炙人口的诗歌媲美。碑志是韩愈散文的重要组成部分，它能够具有如此强烈的感染力，重要原因是包含着上述时代内容和如下艺术特色。

一　随事赋形，各肖其人

韩愈善于根据人物的特点和事迹的大小多少，采用不同的笔墨来加以表现。对当时有名望的公卿将相，由于事迹较多，他往往精心剪裁，铺陈直叙。例如，李皋是享有盛名的大将，碑文依次记他忠于朝廷、反对藩镇之事，特别详写讨伐李希烈的经历，其他则概括言之。这样的直叙，不会成为记流水账，而是宾主分明，不可增损，使人既了解李皋的全貌，又突出地看到他是善于用兵的将才。全篇似风行水上，自然成文。再如韦丹，新史将他列入循吏传，可记之事甚多，政绩相当显著。墓志记他所作所为，按事迹大小施用笔墨，详略得体，就事直书，成功地写活了这位为民去害兴利的良吏。何焯评论说："初读此，似无奇，后观杜牧遗爱碑，仅存一空壳，乃服其叙致之精瞻也。"（《韩昌黎文集校注》韦丹志补注）② 匠心独运，叙致精瞻，貌似平淡，而功力极深，是这类碑志的显著特色。

对于事迹不多的人物，韩愈则根据其性格特征，抓住一两件事，浓墨重彩地渲染刻画。王适以奇人著称，志文记他"怀奇负气，不肯随人后举选"，应朝趋直言试，对语惊人等事，特别描叙他与媒婆合谋骗婚的奇举：侯翁立志将女嫁官人，王适"即谩谓媒妪：'吾明经及第，且选，即官人。侯翁女幸嫁，若能令翁许我，请进百金为妪谢。'诺许，白翁。翁曰：'诚官人邪？取文书来。'君计穷吐实，妪曰：'无苦，翁大人，不疑人欺我，得一卷书粗若告身者，我袖以往，翁见未必取视。幸而听我。'行其谋，翁见文书衔袖，果信不疑，曰：'足矣'。以女与王氏"。这段化工之妙的记述，可谓绘声绘影、形神兼备，不但使我们对王适的奇崛疏狂之态印象深刻，他对贪财狡猾的媒妪，忠厚轻信的侯翁，也写得个性鲜

---

① 吴文治编：《韩愈资料汇编》，中华书局 1983 年 9 月第 1 版，第 47 页。
② 马其昶校点，马茂元整理：《韩昌黎文集校注》，上海古籍出版社 1986 年 12 月第 1 版，第 374 页。

明，如现眼底，堪称文学作品中的上乘之作。此外，张彻的义士形象，孟郊、樊宗师的诗人特色，韩愈均采用类似的手法，在志文中准确生动地表现出来。陶宗仪指出："碑文中唯韩公最高，每碑行文言，人人殊面目，首尾不再行蹈袭。"（《南村辍耕录》卷九）① 王文禄《文脉》也评论："韩昌黎本奇才，得节奏疾徐，参伍错综，回旋照顾，八面受敌之妙。故曰：为文必使透入纸背，如是则文厚而园矣。"② 韩愈那些随事赋形，各肖其人的碑志，无疑是力透纸背的"厚而园"之文。

二 精选细节，偏师取胜

为了刻画人物的性格特征，韩愈往往精选其人言谈举止中最有典型性的细节，三言两语，就使人物活脱脱地站在读者面前。张季友为人谨慎，韩愈没有罗列事件来说明他的这个特点，而是抓住日常生活中的一个片段，写他"与人语，恐伤之，而时巍巍有立"。张与人言谈时的神态如此，其他时候的情况就可想而知了。短短十二个字，把一位小心谨慎的人物表现得栩栩如生、呼之欲出，起到了画龙点睛之妙。再如李郱是一位刚直不阿的人物，志文记他任南郑令时，"尹家奴以书抵县请事，公走府，出其书投之尹前。尹惭其廷中人曰：'令辱我，令辱我！'且曰：'令退。'"当场投书之举和府尹恼羞成怒的细节，写得如此有声有色，鲜明地展示出李郱不徇私情、刚直耿介的性格特征。

另外，重点不直接写本人，而是通过其他人的言行来渲染，收到烘云托月，偏师取胜的效果。施士丐是教学多年的国子监教授，志文没有正面铺叙他的人品和教学成绩，而是记："贤士大夫，老师宿儒，新进小生闻先生之死，哭泣相吊，归衣服货财。"这么多的人为施士丐的死哀伤，说明他在生前是何等地受到尊重和欢迎。再如为了表现孔戡身为佐吏而敢于直言，志文记他据理指责卢从史时，卢"面颈发赤，抑首伏气，不敢出一语以对之"。着意刻画骄横不法的卢从史那狼狈不堪的情态，衬托出孔戡大义凛然的高风亮节。刘勰在《文心雕龙·隐秀》中说："夫隐之为

① （元）陶宗仪撰：《南村辍耕录》，中华书局2004年4月第1版，第108页。
② 吴文治编：《韩愈资料汇编》，中华书局1983年9月第1版，第785页。

体，义主文外，秘响旁通，伏彩潜发。""藏颖词间，昏迷于庸目；露锋文外，惊绝于妙心。"① 韩愈精选细节，弦外有音，他那些优秀碑志中人物性格的塑造，真可谓具备系风捕影之妙。

三　雄浑恣肆，浪漫神奇

·

刘开曰："韩退之取相如之奇丽，法子云之闳肆，故能推陈出新，徵引波澜，铿锵锽石，以穷极声色。……夫退之起八代之衰，非尽扫八代而弃去之也。但取其精而汰其粗，化其腐而出其奇，其实八代之美，退之未尝不备有也。"（《国朝文汇》乙集卷六十《与阮芸台宫保论文书》）② 此论颇有卓见。韩愈富于想象和创造力，毕生爱好新奇景物，善于汲取前人所长。其文章大都气势磅礴，雄浑刚健，壮阔奇丽，有天风海雨逼人之感，某些碑志尤为突出地显示了这一特色。试看《南海神庙碑》描绘孔戣乘舟祀神时的场面："海之百灵秘怪，恍惚毕出，蜿蜿蚰蚰，来享饮食。阖庙旋舻，祥飙送帆，旗纛旄麾，飞扬晻蔼。铙鼓嘲轰，高管嘌咏，武夫奋棹，工师唱和。穿龟长鱼，跃踊后先，乾端坤倪，轩豁呈露。"百灵秘怪似有似无，浮游求食于瀚海碧波之中；大舟乘着强劲的顺风，在震天的鼓乐歌唱声中，在船夫们奋力的划桨声中破浪前行；苍穹丽日祥风，船上旗旄飞动，海内巨鱼腾跃。这是何等壮美奇丽的画面！苏轼有诗赞道："退之仙人也，游戏于斯文。笑谈出奇伟，鼓舞南海神。"（《杨康功使高丽还奏乞立海神于板桥》）③ 因关西大汉击铁板唱大江东去而乐，以豪迈奔放自许的他，也不能不如此赞赏叹服这篇碑文。另外，《衢州徐偃王庙碑》写穆王骑龙西游，"同王母宴于瑶池之上，歌呕忘归"的神话，《柳州罗池庙碑》记柳宗元死后为神，造福于民和受人爱戴的传说，同样是颇有浪漫色彩的奇伟之作。

---

① （南朝梁）刘勰编：《文心雕龙今译》，周振甫今译，中华书局1986年12月第1版，第240、242页。

② 吴文治编：《韩愈资料汇编》，中华书局1983年9月第1版，第1438页。

③ 同上书，第485页。

四　叙中有议，相映生辉

碑志本属传记体裁，以记述人物事迹见长，但韩愈有时却打破惯例，于记述中插入精辟的议论，使事迹更有感染力，使文章更耐人寻味。《柳子厚墓志铭》中，记柳宗元与刘禹锡换州之事后曰："呜呼，士穷乃见节义！今夫平居里巷相慕悦，酒食游戏相征逐，诩诩强笑语以相取下，握手出肺肝相示，指天日涕泣，誓生死不相背负，真若可信；一旦临小利害，仅如毛发比，反眼若不相识；落陷阱，不一引手救，反挤之，又下石焉者，皆是也。此宜禽兽夷狄所不忍为，而其人自视以为得计，闻子厚之风，亦可以少愧矣！"这段形象而又深刻的论说，借题发挥，爱憎分明，激宕沉郁，悼叹无穷，是对柳宗元此举的高度赞赏，更是对那类无耻的卖友者的鞭挞谴责。千载之后的今天，读毕仍使人联想感叹，佩服其不朽的现实意义。此外，在卫之玄、李于等人的墓志中，他记述信奉佛老者服药而亡的事实后，直接发表议论，嘲笑讥刺那些愚蠢迷佞的达官贵人，也是非常辛辣深刻的。

除了直接表明观点，韩愈更多是采用间接评议的手法，点出自己对所写人物的看法。张彻墓志中，记他痛骂叛军遇害后，没有发任何议论，而以叛军情不自禁地称赞他是义士，将其收埋，"天子壮之，赠给事中"作结，从侧面表明韩愈对他的高度评价。再如卢宇陵的墓志中，详记他的父亲任法曹时坚持法纪，终因反抗强暴而亡。韩愈行文中饱含同情和称赞，却没有一句论说，仅写"东都人至今尤道之"。这位法曹长久活在东都人们心中，歌颂之情不言自明。短短八字味中有味，耐人咀嚼，真是言已尽而意无穷。

五　结构善变，开合不凡

刘熙载曰："太史公文，韩得其雄，欧得其逸。雄者善用直捷，发端便见出奇。"（《艺概·文概》）① 韩愈的碑志，往往不按照"公讳某，字某，某地人也"的公式化的写法来开头，而是根据人物的事迹或全篇的中心思想起笔，使人读了首句就忍不住要看下去。如孔戡墓志开端曰："昭义节度卢从史有贤佐曰孔君……"起始即说明孔戡是一位贤佐，然后才写他堪称贤佐的事迹。这样的笔法，正如陆机所谓的"立片言而居要，乃一篇之警策"。（《文赋》）② 是颇能造成悬念，引人入胜的。再如《襄阳卢丞墓志铭》开端云："襄阳卢行简，将葬其父母，乞铭于职方员外郎韩愈。"然后几乎通篇均为卢的乞铭语。为什么要这样起笔？因为韩愈对卢的父母了解不多，故开篇即点明卢乞铭之举，定出全文的写法。这体现了韩愈"古之道不苟誉毁于人"的主张。

韩愈的碑志不但开端出奇，富于艺术特色，结尾也是或呼应起首，或概括全文，或突出人物的主要特征，或交代碑志的写作原因。显得变化多端，余味包容。张圆墓志起句曰："有女奴抱婴儿来，致其主夫人之语"，接写张的遇害和简历，结尾交代其子女时云："男一人，婴儿汴也。"与首句紧紧呼应，使全篇笼罩着凄凉的气氛。裴复墓志结尾曰："历十一官而无宅于都，无田于野，无遗资以为葬。斯其可铭也矣。"概述裴的清廉，收得简括有力。樊绍述是韩愈多年的老友和诗文方面的深交，韩对其逝世很痛惜，在碑志中尽力赞扬樊的文学成就，结尾铭曰："惟古于词必己出，降而不能乃剽贼，后皆指前公相袭，从汉迄今用一律。寥寥久哉莫觉属。神徂圣伏道绝塞。既极乃通发绍述，文从字顺各识职。有欲求之此其躅。"后人认为樊的成绩并没有如此高，这自当别论。但是，正如韩愈断言柳宗元的文章能流芳百世，把孟郊比喻成龙而自己甘愿为云伴随左右一样，他看中和深爱自己的朋友。樊绍述词必己出、勇于创新的风格是韩愈称赞的重点。铭词点出樊不愿剽窃相袭的特色，也是宣告自己在文学方面的体会和见解，颇能发人深省。韦丹墓志结尾云：其从事东平吕宗礼，与其子寰谋曰："我公宜得直而不华者铭传于后，固不朽矣，寰来请铭。"志文记韦丹政绩甚多，且就事直书，未加藻饰，故结尾作此交代。

以上从随事赋形、精选细节、雄浑恣肆、叙中有议和开合不凡等方面论及了韩愈碑志的艺术特色。当然，作为一个一千二百余年来影响甚巨的

---

① 吴文治编：《韩愈资料汇编》，中华书局 1983 年 9 月第 1 版，第 1507 页。

② 同上书，第 31 页。

杰出的散文大师，韩愈碑志的艺术特色绝不仅限于上述所论。诚如皇甫湜论韩愈之文"如长江秋清，千里一道，冲飚激浪，瀚流不滞"（《谕业》）①。苏洵亦说："韩子之文如长江大河，浑浩流转，鱼鳖蛟龙，万怪惶惑，而抑遏蔽掩，不使自露；而人望见其渊然之光，苍然之色，亦自畏避，不敢迫视。"（《嘉祐集》卷十一《上欧阳内翰书》）② 他们的看法是很有见地的。

参考文献

[1] 童第德选注：《韩愈文选》，人民文学出版社 1980 年 6 月第 1 版。

[2] 吴文治编：《韩愈资料汇编》，中华书局 1983 年 9 月第 1 版。

[3] 童第德：《韩愈校诠》，中华书局 1986 年 1 月第 1 版。

[4] 马其昶校点，马茂元整理：《韩昌黎文集校注》，上海古籍出版社 1986 年 12 月第 1 版。

[5] 屈守元、常思春主编：《韩愈全集校注》，四川大学出版社 1996 年 7 月第 1 版。

[6] 阎琦校注：《韩昌黎文集注释》，三秦出版社 2004 年 12 月第 1 版。

[7] 王水照编：《历代文话》第二册，复旦大学出版社 2008 年 1 月第 1 版。

[8] 刘真伦、岳珍校注：《韩愈文集汇校笺注》，中华书局 2010 年 8 月第 1 版。

---

① 吴文治编：《韩愈资料汇编》，中华书局 1983 年 9 月第 1 版，第 117—118 页。

② （宋）苏洵撰，曾枣庄、金成礼笺注：《嘉祐集笺注》，上海古籍出版社 1993 年 3 月第 1 版。

《师说》对我国当代教育的启示

吴伟强①

（广东省阳山县阳山中学）

摘　要　近年来，我国教育取得了长足的发展，可是仍然存在不少局限性，我们必须审时度势，注重在继承中发展，在继承中创新，在继承中前进！《师说》阐述了"道与师""道与业""师与生"之间既矛盾又统一的关系，丰富了我国古代教育理论，对当代教育也具有非常重要的启示。本文从三方面论述了《师说》对我国当代教育的启示，一是对学生的启示：聪明才智须求师，不同观点敢提出，尊师重道不可少，选择朋友要慎重；二是对教师的启示：注重培养高尚的道德情操，努力提高自身的业务素质，充分发挥教师的主导作用；三是对教育制度的启示：不断完善教师权益的保障机制，合理制定评价教师工作的指标体系，科学制定学生学习质量的考核标准。

关键词　《师说》　学生　教师　教育制度　启示

　　民族要振兴，国家要发展，就必须抓好教育。十七大报告指出："教育是民族振兴的基石……要全面贯彻党的教育方针，坚持育人为本、德育为先，实施素质教育，提高现代化教育水平，培养德智体美全面发展的社会主义建设者和接班人，办好人民满意的教育。"多年来，我国教育取得了长足的发展，可是仍然存在不少局限性，我们必须审时度势，注重在继承中发展，在继承中创新，在继承中前进！

　　唐代著名文学家、教育家韩愈作于唐德宗贞元十八年（802 年）的散文《师说》，对师道作了精辟的论述，阐述了"道与师""道与业""师与生"之间既矛盾又统一的关系，蕴含着朴素唯物辩证法的因素，丰富

---

　　①　吴伟强，男，1969 年出生，系中国韩愈研究学会阳山分会会员，清远市第六届政协委员，现于广东省清远市阳山县阳山中学担任历史教师。

了我国古代教育理论，对当代的学生、教师、教育制度等也具有非常重要的启示。

一　对学生的启示

韩愈在《师说》中阐述了"师与生"之间的关系，要求学生以能者为师，这对当代的学生仍然具有十分重要的启示。

（一）聪明才智须求师

《师说》指出："人非生而知之者，孰能无惑？惑而不从师，其为惑也，终不解矣。"说的就是聪明才智离不开求学于师。面对广阔的大千世界，置身变幻莫测的社会环境，谁都会遇到各种各样的问题。欲解未知、寻求答案，使自己变得聪明，拥有更多的才智，只有不断探索，只有向各种老师求教。在知识快速爆炸、社会发展日新月异的今天，更需要不断广泛深入地求师学习，以获得广博的知识，精湛的技艺，聪明的才智，才能跟上时代的步伐。

（二）不同观点敢提出

韩愈在《师说》中写道："弟子不必不如师，师不必贤于弟子"。"闻道有先后，术业有专攻，如是而已"。学生不一定不如老师，老师不一定比学生贤明，只不过老师通常比学生早接触知识，学的时间可能比学生长，学业技艺有专门学习，往往较早学会了学生不会的东西，所以可以教人，可以做老师。今天，学习的途径明显增多，获取知识的方法灵活多样，学生可能有更多、更好的不同观点。再说，老师教学生，目的不仅仅是让学生达到老师的水平，而更重要的是"青出于蓝而胜于蓝"。因此，若有不同观点，学生应该勇敢地提出来，共同探讨，共同研究，通过比较鉴别，寻求正确答案，以便获取更多、更全面的知识。

（三）尊师重道不可少

在《师说》一文中，韩愈还提倡尊师重道："生乎吾前，其闻道也固先乎吾，吾从而师之；生乎吾后，其闻道也亦先乎吾，吾从而师之：是故无贵无贱，无长无少，道之所存，师之所存也。"教育的过程是一个先觉传后觉，先知传后知的过程，教师闻道受道在先，在教学活动中起着主导作用，因此，学生必须尊敬师长，重视师道。当今时代是信息时代，知识比过去任何时候都显得重要，要发展就离不开知识，而知识的获取又离不开老师，尊师重道显得尤为重要，当今学生更应尊敬师长，重视师道。因此，当今社会尊师重道不可少。

（四）选择朋友要慎重

韩愈在《师说》一文隐晦地指出：交友不慎影响求知。文中写道："巫医乐师百工之人，不耻相师。士大夫之族，曰师曰弟子云者，则群聚而笑之。问之，则曰：彼与彼年相若也，道相似也。位卑则足羞，官盛则近谀。""巫医乐师百工之人，君子不齿，今其智乃反不能及，其可怪也欤！"士大夫之族经常聚集在一起，不肯相师，耻于相师，导致他们的智慧比不上不耻相师的巫医乐师百工之人。学生正处在学习的重要阶段，外在环境对他们的影响非常明显，在通信十分发达的今天，人与人之间的交往频繁，学生更容易受到外界朋友的影响。例如，一些学生虽然拥有良好的先天条件，智商高，接受能力强，但由于选择朋友不慎重，误交损友，以致"不务正业"，沉迷网吧，荒废了学业。因此，当今学生选择朋友要特别慎重。

二　对教师的启示

韩愈在《师说》中论述了"师与生"之间既矛盾又统一的关系，提出了教师应忠于职守，传播真理，学有专长，认真受业，这对当代教师也将会有不少有益的启示。

（一）注重培养高尚道德情操

教师对人才的培养和文化科学事业的发展起着重要作用。韩愈的《师说》给老师下了这样的定义："师者，所以传道授业解惑也。"所谓老师，就是传授道理、授予专业知识、解答疑难问题的人。韩愈在《师说》中还指出："道之所存，师之所存。""师"和"道"是密切结合、不可分离的，"道"是师存在的基础和前提条件，"师""道"不可分，教师要传"道"，首先自己要有"道"，如果教师没有一定的"道"，那就不成其为教师。

今天，我们要做好教师工作，首先必须注重培养高尚的道德情操，包括良好的政治思想道德品质、高度的工作责任心和高尚的职业道德水平。具体来说，就是要忠于党的教育事业，爱岗敬业，全面关心学生的健康成长，全心全意为人民服务，做好人类灵魂的工程师。

（二）努力提高自身业务素质

教师要积极承担传授道理、授予专业知识、解答疑难的责任和义务，就必须努力提高自身的业务素质，自觉地、不断地发展自我，完善自我，以便在平凡的工作中做出不平凡的贡献，从而实现自己的人生价值。

当代社会对教师业务素质提出了更高要求，教师必须具备渊博的学识、高超的教学艺术、良好的身心素质、健全的人格和创新的意识等。为此，教师必须树立终身学习和全面学习的观念，要坦诚地向自己的学生、孩子和下级学习，向德行高尚、学有专长的人请教，拜某一方面比自己强的人为师；要深入系统地学习中国特色社会主义理论体系和党的教育方针政策，刻苦钻研教学、教育业务知识，学习新理论，钻研新教材，运用新教法……用丰富的理论知识指导具体实践，全面提高自身的业务素质。

（三）充分发挥教师主导作用

教师恰当的指导、点拨，可以使学生形成良好的道德情操，掌握良好的学习方法，了解各种知识，形成多种能力。教师要做到"传道授业解惑"，就应该在教学中充分发挥主导作用，使学生真正懂得道理、掌握知识、解决疑难。

今天，社会环境复杂多变，学生思想也常处于动态变化之中，在具体的教育教学工作中，教师要充分发挥主导作用，因材施教，就要关爱每一位学生、尊重每一位学生、了解每一位学生，注意挖掘学生身上的闪光点，同时了解学生的不足之处，多表扬，多鼓励，常鞭策，从德智体美等各方面引导好、教育好、培养好每一位学生，努力使学生进得来、留得住、学得好、用得上。

三　对教育制度的启示

新中国成立以来，特别是改革开放以来，我国的教育制度在继承中逐步发展，在创新中不断完善，但是仍存在着这样那样的缺陷，应该从韩愈的《师说》得到一些有益的启示。

（一）不断完善教师权益保障机制

教师是传授道理、授予专业知识、解答疑难问题的人，是为社会进步做出重大贡献的人，理应备受人们尊重，他们的权益应当得到充分保障。

改革开放以来，教师地位明显提高，教师权益普遍得到保障。随着教育改革的深化，学生的主体地位越来越受关注和重视，教师地位却无形中被降低，而各方面对教师的要求却越来越高，限制越来越多，致使一些教师正常行使教育教学权也难以得到保证，甚至自身权益受到严重侵害。面对来自社会、学校以及学生家庭等各方面的压力，绝大多数教师感到压力很大，不少已产生一定的心理健康问题，影响了教师工作积极性和教育质量的全面提升。因此，必须不断完善教师权益保障机制，加强对教师的人身自由、安全和健康等权益的保障。

（二）合理制定评价教师工作指标体系

"师者，所以传道授业解惑也。"这是韩愈的《师说》给老师下的定义，也是对教师工作、责任和任务的具体阐述，应该是评价教师教学工作的指标体系的主要组成部分。

我国现行评价教师工作的指标，注重了教师"受业"方面的指标，而忽视了教师"传道"和"解惑"方面的指标，也就是侧重于传授知识的评价和上课数量的统计，而对教师其他工作，如备课、批改作业、课外辅导、科研工作等，都没有纳入工作量考核之列。例如，衡量中小学教学质量和教师能力高低的标准往往只有升学率，使中小学教师不得不面临这样的困境：上头强调不能搞应试教育，而实际工作又不得不搞应试教育。笔者以为，制定评价教师工作的指标体系，必须增加"传道"和"解惑"等方面的指标，并形成一个科学的体系。

（三）科学制定学生学习质量考核标准

教师的责任是"传道""受业""解惑"，那么，学生的任务则应该是"接受道理、学习专业知识、解决疑难问题"。

目前，我国教育模式多是"老师讲，学生听；老师写，学生抄；老师问，学生答"。考核的则往往是老师讲过、写过或问过的内容，这不利于学生能力的培养和素质的提高，与时代发展要求严重不相适应。此外，如今对学生的考核，无论是毕业班还是非毕业班，无论是基础教育还是中、高等教育，几乎清一色地看重学习成绩，即重视"专业知识"的考核，忽视政治思想道德修养、解决问题能力提升等方面的考核，而考核的方式又往往比较单一呆板。我们必须改革对学生的考核内容和考核方式，科学制定学生学习质量的考核标准，注重突出考核学生解决实际问题的能力，才能真正达到素质教育的远大目标。

（作者系广东省阳山县中学一级教师）